もへえ稼業中《かぎょうちゅう》

NINJA MOHEI ②

作・宮崎文敬
キャラクター原案・風兎遙
漫　画・正木秀尚
筆文字提供・蒼喬

リーブル出版

もへえ、稼業中

もくじ

もへぇ、敗《やぶ》れる

「……始《はじ》めるか」

もへぇは立《た》ちあがった。

城下《じょうか》から山一《やまひと》つ南《みなみ》に当時《とうじ》『吾南平野《ごなんへいや》』と呼《よ》ばれた米所《こめどころ》があった。

もへぇが立《た》つのは、そこで一番大《いちばんおお》きな豪農《ごうのう》の米蔵屋根《こめぐらやね》である。

辺《あた》りは真《ま》っ暗《くら》で、蔵《くら》から中庭《なかにわ》を挟《はさ》んで母屋《おもや》の一帯《いったい》を含《ふく》めて人《ひと》の気配《けはい》がなかった。

屋敷《やしき》の人々《ひとびと》は全員《ぜんいん》、もへぇによって眠《ねむ》らされていた。

数日前《すうじつまえ》、屋敷《やしき》の茅葺屋根《かやぶきやね》に一本《いっぽん》の矢文《やぶみ》が突《つ》き刺《さ》さった。

——蔵《くら》の米《こめ》を頂戴《ちょうだい》する——

屋敷《やしき》の主人《しゅじん》は、巷《ちまた》で噂《うわさ》の泥棒二人組《どろぼうふたりぐみ》に狙《ねら》われたと察《さっ》して慄《おのの》いた。

もへぇは天狗《てんぐ》から習《なら》った仙術《せんじゅつ》を使《つか》って、人間《にんげん》では不可能《ふかのう》な手口《てぐち》で盗《ぬす》みを行《おこな》っていた。

堅牢《けんろう》な蔵《くら》も複雑《ふくざつ》な錠前《じょうまえ》も無力《むりょく》だったが、人《ひと》でも可能《かのう》な手口《てぐち》を用《もち》いて最後《さいご》に仙術《せんじゅつ》を使《つか》い、人々《ひとびと》をドロンと煙《けむ》に巻《ま》いたのだった。

今回《こんかい》も前祝《まえいわい》と偽《いつわ》って睡眠薬入《すいみんやくい》りの酒《さけ》を飲《の》ませ、酔《よ》い潰《つぶ》した後《あと》で屋敷《やしき》の周囲《しゅうい》を巨大《きょだい》な暗幕《あんまく》で覆《おお》って疑似夜景《ぎじやけい》を造《つく》り、体内時計《たいないどけい》に働《はたら》きかけて全員《ぜんいん》を眠《ねむ》らせている。

近隣住民《きんりんじゅうみん》には盗人対策《ぬすっとたいさく》の仕掛《しか》けだとの偽《にせ》の情報《じょうほう》を、堂々《どうどう》と流《なが》して信《しん》じ込《こ》ませている。

もへぇは民衆対策《みんしゅうたいさく》も怠《おこた》らなかった。

悪事《あくじ》を働《はたら》いた者《もの》たちだけを狙《ねら》い、騒《さわ》がれた時《とき》には悪事《あくじ》の数々《かずかず》を嘘《うそ》や誇張《こちょう》を交《まじ》えて流《なが》した。

狙《ねら》われた者《もの》たちは軽々《かるがる》しく表沙汰《おもてざた》に出来《でき》ず、もへぇは義賊稼業《ぎぞくかぎょう》を続《つづ》けることができた。

仕事《しごと》を前《まえ》に気持《きも》ちが昂《たかぶ》るもへぇの耳《みみ》に、心地良《ここちよ》い笛《ふえ》の音《ね》が足元《あしもと》の蔵《くら》から聞《き》こえてきた。

「市之丞《いちのじょう》が動《うご》いたな。今夜《こんや》も頂《いただ》きだぜ」

もへぇは満面《まんめん》の笑《え》みを浮《う》かべ、手応《てごた》えを確信《かくしん》していた。

全《すべ》ては何事《なにごと》もなく進《すす》むかに思《おも》えた。

だが今夜《こんや》は違《ちが》っていたのだ。


もへぇの相棒《あいぼう》である川上市之丞《かわかみいちのじょう》は、米蔵《こめぐら》の中《なか》で竹笛《たけぶえ》を吹《ふ》いていた。

一列《いちれつ》に並《なら》んだ灯台《とうだい》の火《ひ》が、蔵《くら》の出入《でい》り口《ぐち》から規則正《きそくただ》しく積《つ》まれた米俵《こめだわら》の山《やま》に伸《の》びていて、照《て》らされた部分《ぶぶん》では笛《ふえ》の音《ね》に合《あ》わせて行進《こうしん》する鼠《ねずみ》の群《む》れが行列《ぎょうれつ》を作《つく》っていた。

小《ち》さな藁籠《わらかご》を背負《せお》い、米粒《こめつぶ》をせっせと籠《かご》に入《い》れては外《そと》に運《はこ》び出《だ》す。

黙々《もくもく》と行《おこな》われる鼠《ねずみ》の行進《こうしん》によって、米俵《こめだわら》はみるみる消《き》えていった。

――屋敷《やしき》の米《こめ》はこれで最後《さいご》。後《あと》はいつものように川《かわ》を下《くだ》るだけだな……。

市之丞《いちのじょう》がそんな算段《さんだん》をしていた時《とき》だった。

鼠《ねずみ》の一匹《いっぴき》が警戒《けいかい》の声《こえ》をあげて、作業《さぎょう》が突如中断《とつじょちゅうだん》した。

市之丞《いちのじょう》が笛《ふえ》を吹《ふ》くのを止《や》めて感覚《かんかく》を研《と》ぎ澄《す》ますと、微《かす》かだが人《ひと》の気配《けはい》がした。

「何者《なにもの》だ？　気配《けはい》がダダ漏《も》れだぞ――」

声色《こわいろ》に殺気《さっき》を少々《しょうしょう》混《ま》ぜて脅《おど》しをかけると、相手《あいて》はあっさり声《こえ》を返《かえ》してきた。

「ちょっと待《ま》って。足《あし》が俵《たわら》の間《あいだ》に挟《はさ》まって出《で》られないだけだから」

なんとも呑気《のんき》で無邪気《むじゃき》そうな子供《こども》の声《こえ》だった。

「あら、よっと――」

わざとらしい声《こえ》と共《とも》に転《ころ》がり出《で》てきたのは、あどけない顔《かお》の少年《しょうねん》だった。

歳《とし》は数《かぞ》え年《どし》で換算《かんさん》すると八歳《はっさい》くらいの顔《かお》つきだ。

髪形《かみがた》や服装《ふくそう》で武士《ぶし》階級《かいきゅう》の人間《にんげん》と思《おも》われるが、自己主張《じこしゅちょう》なのか趣味《しゅみ》なのか『芥子和気《けしわげ》』と呼《よ》ばれる娘《むすめ》が本来《ほんらい》する髪形《かみがた》をして、芸子《げいこ》や遊女《ゆうじょ》が着《き》るような派手《はで》な彩《いろど》りの小袖《こそで》に加《くわ》え、ほんのり薄化粧《うすげしょう》までしており、服《ふく》は大人物《おとなもの》で不自然《ふしぜん》にダブつき、柔肌《やわはだ》がむきだしだった。

市之丞《いちのじょう》は懐《ふところ》の忍者道具《にんじゃどうぐ》である苦無《くない》に手《て》をかけたが、少年《しょうねん》は無警戒《むけいかい》に話《はな》しかけてきた。

「邪魔《じゃま》して御免《ごめん》。気《き》にせず、米泥棒《こめどろぼう》を続《つづ》けてよ」

そう言《い》うと少年《しょうねん》は大胆《だいたん》にも土床《つちゆか》にゴロリと寝転《ねころ》がったので、市之丞《いちのじょう》は警戒《けいかい》しつつも笛《ふえ》を吹《ふ》く作業《さぎょう》に戻《もど》り、鼠《ねずみ》たちも作業《さぎょう》を再開《さいかい》した。

「なるほどぉ。こうやってお米《こめ》を盗《ぬす》んでいたのね」

少年《しょうねん》は頬杖《ほおづえ》をついて足《あし》をピョコピョコ動《うご》かし、作業《さぎょう》を興味津々《きょうみしんしん》で眺《なが》めた。

表情《ひょうじょう》は玩具《おもちゃ》に見惚《みと》れる子供《こども》そのもので敵意《てきい》の欠片《かけら》もなかったが、市之丞《いちのじょう》は少年《しょうねん》が動《うご》くまでその気配《けはい》が一切《いっさい》なかったことが、どうにも気《き》になっていた。

やがて米《こめ》は一粒残《ひとつぶのこ》らず運《はこ》び出《だ》され、市之丞《いちのじょう》は灯台《とうだい》を手際《てぎわ》よく片《かた》づけて仙術《せんじゅつ》の一《ひと》つである『転送術《てんそうじゅつ》』を唱《とな》えて蔵《くら》から出《で》ようとした。

「あらら？　脅《おど》しはかけないの？　喋《しゃべ》ったら命《いのち》は無《な》いとかさ――」

挑発紛《ちょうはつまが》いの問《と》いに、市之丞《いちのじょう》は冷静《れいせい》に返《かえ》した。

「――今見《いまみ》たことを、頭《あたま》の固《かた》い大人《おとな》たちが信《しん》じると思《おも》うか？」

「……だよね。子供《こども》の戯言《たわごと》で片《かた》づけられちゃうよね、川上市之丞《かわかみいちのじょう》さん！」

市之丞《いちのじょう》が険《けわ》しい顔《かお》で振《ふ》り返《かえ》ると、作《つく》り笑《わら》いを浮《う》かべる少年《しょうねん》の計算《けいさん》された表情《ひょうじょう》があった。

「どこで、わたしの名《な》を？」

少年《しょうねん》は小袖《こそで》の袖口《そでぐち》で口元《くちもと》を隠《かく》し、クスクス笑《わら》って答《こた》えた。

「こういう格好《かっこう》で、それなりの処《ところ》に出入《でい》りすると、偉《えら》い人《ひと》たちが色々《いろいろ》お喋《しゃべ》りするのよ。そう言《い》うの、聴《き》き逃《のが》さない性質《たち》なの」

「……なるほど。夜遊《よあそ》びは、慎《つつし》むべきだなッ――」

話《はなし》が終《お》わらない内《うち》に市之丞《いちのじょう》は苦無《くない》を投《な》げつけたが、返《かえ》ってきたのは鈍《にぶ》い金属音《きんぞくおん》だった。

間髪《かんはつ》入《い》れず腰《こし》の小太刀《こだち》を抜《ぬ》こうとしたが、それはもへぇの腕《うで》で鞘《さや》へと引《ひ》き戻《もど》された。

「なにムキになってんだ？　米《こめ》を運《はこ》ぶのが先《さき》だろ。こいつの相手《あいて》は俺《おれ》に任《まか》せろ」

市之丞《いちのじょう》は一瞬《いっしゅん》迷《まよ》ったが、すぐに冷静《れいせい》さを取《と》り戻《もど》して九字《くじ》の印《いん》を結《むす》びながら警告《けいこく》した。

「気《き》をつけろ。ただの子供《こども》ではないかもしれん」

そう言《い》い残《のこ》し、市之丞《いちのじょう》はフッと姿《すがた》を消《け》した。

「それが仙術《せんじゅつ》ぅ？　オイラにも教《おし》えてよ。あ、まず御挨拶《ごあいさつ》するね――」

少年《しょうねん》は片膝《かたひざ》をつくと姿勢《しせい》を正《ただ》し、その場《ば》にちょこんと畏《かしこ》まった。

「お初《はつ》お目《め》にかかる。拙者《せっしゃ》、桂七之助《かつらしちのすけ》と申《もう》す者《もの》。越前《えちぜん》より参《まい》った武芸家《ぶげいか》の長男坊《ちょうなんぼう》でござる。この度義賊《たびぎぞく》の茂平様《もへえさま》にお目通《めどお》り適《かな》い、御尊顔拝顔賜《ごそんがんはいがんたまわ》ります事《こと》この上《うえ》ない喜《よろこ》びでござる。どうぞ平《ひら》に平《ひら》にお見知《みし》りおきを宜《よろ》しく御頼《おたの》み申《もう》し上《あ》げ、不束者《ふつつかもの》ではございまするが此《こ》度《たび》の御挨拶《ごあいさつ》とさせて頂《いただ》く所存《しょぞん》に――」

至極丁寧《しごくていねい》な長台詞《ながぜりふ》に、もへぇは片耳《かたみみ》に小指《こゆび》を突《つ》っ込《こ》んで耳垢《みみあか》をフッと吹《ふ》き飛《と》ばした。

「――慇懃無礼《いんぎんぶれい》って知《し》ってっか？　過剰《かじょう》な敬語《けいご》の羅列《られつ》はバカにしてるってことだぜ」

「……へー、一応《いちおう》の教養《きょうよう》はあるわけね。これは失敬《しっけい》――」

七之助《しちのすけ》は、わざとらしく頭《あたま》を叩《たた》いてから、パッと宙返《ちゅうがえ》りをして立《た》ち上《あ》がった。

「――お詫《わ》びと敬意《けいい》と親《した》しみを込《こ》めて、『もへ兄《にい》』って呼《よ》んで良《い》いよね？」

「……なれなれしい奴《やつ》だな」

「人懐《ひとなつ》っこいって言《い》って欲《ほ》しいな。これでも子供《こども》なりに武家社会《ぶけしゃかい》で苦労《くろう》してるんだからさ」

「……で？　お目当《めあ》ての俺《おれ》と何《なに》がしたいんだ？　俺《おれ》には、お稚児趣味《ちごしゅみ》はねぇぞ」

先回《さきまわ》りした読《よ》み合《あ》いに、七之助《しちのすけ》は不満《ふまん》を口《くち》にした。

「……ああバレてた？　もへ兄《にい》ってさぁ、周《まわ》りから愛想《あいそう》のない人間《にんげん》って言《い》われない？」

「まどろっこしいのは嫌《きら》いだ。おめぇみてぇな捻《ひね》くれたガキは特《とく》にな」

「酷《ひど》いな〜。幼気《いたいけ》な子供心《こどもごころ》が傷《きず》ついちゃいましたよ。ムカついたから戦闘態勢《せんとうたいせい》だ――」

そう言《い》いながら七之助《しちのすけ》が懐《ふところ》から取《と》り出《だ》したのは、法具《ほうぐ》の一《ひと》つ『金剛杵《こんごうしょ》』の左右《さゆう》の形《かたち》が違《ちが》う『割五鈷杵《わりごこしょ》』という変《か》わり種《だね》で、握《にぎ》りの部分《ぶぶん》に市之丞《いちのじょう》が投《な》げた苦無《くない》が刺《さ》さっていた。

「……それで、苦無《くない》を防《ふせ》いだのか」

「御加護《ごかご》は、事前《じぜん》に仕込《しこ》むものだからね」

したり顔《がお》の七之助《しちのすけ》が杵《しょ》の宝珠《ほうじゅ》を指《ゆび》で軽《かる》く押《お》すと鋭《するど》い刃《やいば》が勢《いきお》いよく跳《と》び出《で》し、もう片方《かたほう》の杵《しょ》がググッと下《した》に引《ひ》き延《の》ばされると金剛杵《こんごうしょ》は槍《やり》に早変《はやが》わりした。

「凄《すご》い仕掛《しか》けでしょ？　天竺《てんじく》では由緒正《ゆいしょただ》しい魔《ま》を祓《はら》う武器《ぶき》だったからね〜」

七之助《しちのすけ》は革《かわ》の手袋《てぶくろ》の紐《ひも》を口《くち》で締《し》め上《あ》げてから、勇《いさ》ましく槍《やり》を手《て》にした。

踵《かかと》を床《ゆか》につけて爪先《つまさき》を上《あ》げ、斜《なな》めに傾《かたむ》いた刃先《はさき》を向《む》けて体《からだ》と顔《かお》を半身《はんみ》に構《かま》えた。

ジャキーン

「いざ、尋常《じんじょう》に勝負《しょうぶ》！」

「……意外《いがい》と堂《どう》に入《い》った構《かま》えだな。下手《へた》の横好《よこず》きと思《おも》ったが、馬子《まご》にも衣装《いしょう》って感《かん》じだ」

「人《ひと》を見《み》た目《め》で判断《はんだん》してはいけませんよ。こう見《み》えても『杉山流《すぎやまりゅう》』の跡取《あとと》りだからね」

杉山流《すぎやまりゅう》は江戸時代《えどじだい》の土佐《とさ》を代表《だいひょう》する槍術《そうじゅつ》の一《ひと》つだったが、もへぇには疑問符《ぎもんふ》がついた。

「そんな武芸家《ぶげいか》の坊《ぼっ》ちゃんが、なんで山一《やまひと》つ越《こ》えた米蔵《こめぐら》の番人《ばんにん》なんかやってたんだ？」

「虎穴《こけつ》に入《い》らずんば虎児《こじ》を得《え》ず。武勇伝《ぶゆうでん》一《ひと》つ引《ひ》っさげないと将来《しょうらい》の仕官《しかん》に影響《えいきょう》するの。無礼講《ぶれいこう》の宴席《えんせき》とかでね。話《はなし》のネタってさぁ、いつの時代《じだい》も必須《ひっす》でしょ？」

「……その歳《とし》で、将来設計《しょうらいせっけい》とは感心《かんしん》なこった」

呆《あき》れつつも、もへぇは修行時代《しゅぎょうじだい》にエンコウから教《おそ》わった大陸武術《たいりくぶじゅつ》の構《かま》えをとった。

「およよ、拳法《けんぽう》で勝負《しょうぶ》する気《き》？　柔術《じゅうじゅつ》とは違《ちが》うみたいだけど」

「大陸《たいりく》の体術《たいじゅつ》さ。いつでも来《き》な――」

指《ゆび》をクイっと動《うご》かして挑発《ちょうはつ》すると、七之助《しちのすけ》は意外《いがい》にも真《ま》っ向勝負《こうしょうぶ》を挑《いど》んできた。

二段《にだん》の突《つ》きを繰《く》り出《だ》し、喉《のど》の一歩手前《いっぽてまえ》まで槍先《やりさき》を踏《ふ》み込《こ》む。

だが七之助《しちのすけ》の強《つよ》さは、七之助《しちのすけ》と同《おな》じ年頃《としごろ》の子供《こども》の割《わり》には――、という注釈《ちゅうしゃく》がついた。

突《つ》き入《い》れられる槍先《やりさき》はもへぇの手甲《てこう》に軽《かる》く払《はら》われ、空《くう》を突《つ》く音《おと》と弾《はじ》かれる音《おと》と七之助《しちのすけ》のかけ声《ごえ》だけが米蔵《こめぐら》に響《ひび》き、やがて数十回目《すうじゅうかいめ》の突《つ》きが空振《からぶ》ると七之助《しちのすけ》は踏《ふ》み込《こ》むのを止《や》めた。

「やっぱオイラの力《ちから》じゃダメかぁ――」

もへぇに聞《き》こえるように大《おお》きめの独《ひと》り言《ごと》を放《はな》ってから、七之助《しちのすけ》は奇妙《きみょう》なことを口《くち》にした。

「マルバシのオジサンと替《か》わっても良《い》いかな？」

「オジサン？　何言《なにい》ってんだ？」

「オイラの体《からだ》の中《なか》にはオジサンがいるの。生《う》まれた時《とき》から一緒《いっしょ》で、いろんなことを教《おし》えてもらっているんだよ。そうねぇ、もへ兄《にい》の体《からだ》の中《なか》に鷲《わし》さんが棲《す》んでるのと同《おな》じだよ――」

これを聞《き》いて、もへぇの態度《たいど》から余裕《よゆう》が消《き》えた。

「……鷲《わし》のことを、何処《どこ》で知《し》った？」

「……オジサンを倒《たお》せたら、教《おし》えて、あ・げ・る」

袖口《そでぐち》で口元《くちもと》を隠《かく》してクスクス笑《わら》う七之助《しちのすけ》に、もへぇは寒気《さむけ》を覚《おぼ》えた。

市之丞《いちのじょう》の推察《すいさつ》は当《あ》たっていたのだ。

「オジサンも話《はなし》をしたいらしいから、今《いま》から替《か》わるよ。変身中《へんしんちゅう》は攻撃《こうげき》しないでね」

そう言《い》い終《お》えた直後《ちょくご》、七之助《しちのすけ》はガクンと首《くび》を傾《かたむ》け、ガクガク全身《ぜんしん》を震《ふる》わせた。

突如《とつじょ》、七之助《しちのすけ》の体《からだ》が大人《おとな》の体《からだ》に変《か》わり始《はじ》めた。

体《からだ》はみるみる骨太《ほねぶと》になり、手足《てあし》がググッと伸《の》びて筋肉質《きんにくしつ》となって衣服《いふく》にピタリ収《おさ》まった。

服装《ふくそう》の奇妙《きみょう》なダブつきは、このためにあったようだ。

グ
グッ
グンッ
グッ
グ
クッ

やがて七之助《しちのすけ》の両手《りょうて》が顔《かお》を掴《つか》み、皮《かわ》を剥《む》くように白粉《おしろい》に塗《ぬ》られた顔《かお》がパリパリ捲《めく》れた。

そして鋭《するど》い眼光《がんこう》を持《も》つオジサンが姿《すがた》を現《あらわ》し、野太《のぶと》い声《こえ》で話《はな》しかけてきた。

「俺《おれ》は、此奴《こいつ》の体《からだ》に転《てん》じて間借《まが》りをしてる者《もの》だ」

「転《てん》じた？　……『転生術《てんせいじゅつ》』か？」

「高等仙術《こうとうせんじゅつ》を知《し》っているなら話《はなし》は早《はや》い。術《じゅつ》はとある仙術使《せんじゅつつか》いから教《おそ》わった。俺《おれ》はその仙術使《せんじゅつつか》いを探《さが》してる。妖術《ようじゅつ》で盗《ぬす》みを働《はたら》く輩《やから》の噂《うわさ》を聞《き》いてもしやと思《おも》ったが、人違《ひとちが》いのようだな。だがこのまま帰《かえ》るのも癪《しゃく》だ。鬱憤《うっぷん》晴《ば》らしに勝負《しょうぶ》してもらうぞ」

オジサンはそう告《つ》げて、槍《やり》を軽《かる》く振《ふ》り回《まわ》して構《かま》えた。

先程《さきほど》とは比《くら》べ物《もの》にならない隙《すき》のない構《かま》えで、明《あき》らかに杉山流《すぎやまりゅう》の構《かま》えではなかった。

もへぇも身構《みがま》えるため、一歩前《いっぽまえ》へ足《あし》を踏《ふ》み出《だ》した時《とき》だった。

メキメキ――と、土床《つちゆか》から突然竹《とつぜんたけ》の割《わ》れる音《おと》が聞《き》こえて、もへぇはその場《ば》に固《かた》まった。

「七之助《しちのすけ》は無暗《むやみ》に攻《せ》めていたのではない。そこへ誘《さそ》い込《こ》むのが目的《もくてき》だった。じゃあな――」

オジサンはそう言《い》い残《のこ》して跳《と》び上《あが》り、蔵《くら》の格子戸《こうしど》を蹴《け》り外《はず》して一目散《いちもくさん》に外《そと》へ逃《に》げ去《さ》った。

「おい、ちょっと待《ま》て！」

叫《さけ》んだ拍子《ひょうし》に踏《ふ》みしめた足《あし》が僅《わず》かにずれ、火薬《かやく》の臭《にお》いがして爆発《ばくはつ》の閃光《せんこう》が走《はし》った。

ちょうどその頃《ころ》、市之丞《いちのじょう》は夕闇迫《ゆうやみせま》る新川川《しんかわがわ》の川岸《かわぎし》で、もへぇを待《ま》っていた。

しかし定刻《ていこく》を過《す》ぎても現《あらわ》れず、仕方《しかた》なく浦戸湾《うらどわん》に向《む》けて筏《いかだ》を向《む》けた直後《ちょくご》、屋敷《やしき》のある方角《ほうがく》から大《おお》きな爆発音《ばくはつおん》が聞《き》こえ、続《つづ》いて土煙《つちけむり》が上《のぼ》るのが遠目《とおめ》からハッキリと見《み》えた。

「やはり只者《ただもの》ではなかったか……。『付喪飛翔《つくもひしょう》の術《じゅつ》』！」

市之丞《いちのじょう》が素早《すばや》く印《いん》を結《むす》んで仙術《せんじゅつ》を唱《とな》えると、繋《つな》がれた舟《ふね》に積《つ》まれた米俵《こめだわら》から白《しろ》い翼《つばさ》が次々《つぎつぎ》と生《は》え、米俵《こめだわら》が鷺《さぎ》の群《む》れのように大空《おおぞら》に飛《と》びあがった。

「少《すこ》し早《はや》いが、離《はな》れ小島《こじま》で待機《たいき》していろ」

米俵《こめだわら》たちが飛《と》び去《さ》るのを見届《みとど》けてから市之丞《いちのじょう》は筏《いかだ》の漕《こ》ぎ手《て》を速《はや》め、土煙《つちけむり》が上《あ》がった屋敷《やしき》では大《おお》きな暗幕《あんまく》が周囲《しゅうい》を囲《かこ》むように姿《すがた》を現《あらわ》し始《はじ》めていた。

当時《とうじ》の地雷《じらい》である『埋火《うずめび》』によって木端微塵《こっぱみじん》に吹《ふ》き飛《と》んだ米蔵《こめぐら》から、屋敷《やしき》の中庭《なかにわ》にまで飛《と》ばされたもへぇが見《み》たものは屋敷《やしき》を囲《かこ》んだ暗幕《あんまく》が剥《は》がれ落《お》ちるところだった。

「まずいな。『明暗地道《めいあんちどう》の術《じゅつ》』が破《やぶ》れちまった」

その直後《ちょくご》、気配《けはい》を感《かん》じてもへぇは得物《えもの》である鎖鎌《くさりがま》を横振《よこふ》り向《む》き様《ざま》に斬《き》りつけて、背後《はいご》に置《お》かれた庭石《にわいし》が真《ま》っ二《ぷた》つになって切断《せつだん》された上部《じょうぶ》がズシンと地面《じめん》に落《お》ちた。

気配《けはい》を追《お》って、もへぇが視線《しせん》を動《うご》かした時《とき》だった。

「気配《けはい》は追《お》うのでなく予測《よそく》しろ。でなければ振《ふ》り回《まわ》されるだけだぞ。おまえの相棒《あいぼう》も気配《けはい》に囚《とら》われて七之助《しちのすけ》を見《み》つけられなかった。後《あと》で教《おし》えてやれ」

余裕《よゆう》のある声《こえ》と共《とも》に姿《すがた》を現《あらわ》したオジサンは、金剛杵《こんごうしょ》の槍《やり》を肩《かた》に預《あず》けて笑《わら》っていた。

勝負《しょうぶ》が楽《たの》しくて仕方《しかた》のない表情《ひょうじょう》だった。

もへぇは鷲《わし》の翼《つばさ》を背中《せなか》に生《は》やして逃《に》げようとしたが、オジサンが挑発《ちょうはつ》をかけてきた。

「子供相手《こどもあいて》に尻尾《しっぽ》を巻《ま》いて逃《に》げたという噂《うわさ》が広《ひろ》まるぞ。臆病者《おくびょうもの》と呼《よ》ばれても良《い》いのか？」

……もへぇは翼《つばさ》を畳《たた》むと、手《て》に持《も》った鎖鎌《くさりがま》の分銅《ぶんどう》を水平《すいへい》に勢《いきお》いよく回《まわ》した。

分銅《ぶんどう》の遠心力《えんしんりょく》で旋風《つむじかぜ》が起《お》こり、風《かぜ》の壁《かべ》が二人《ふたり》を取《と》り囲《かこ》んだ。

これで逃《に》げられないはずだったのだが、オジサンの行動《こうどう》は予測《よそく》を超《こ》えていた。

槍《やり》を地面《じめん》に突《つ》き刺《さ》し、全体重《ぜんたいじゅう》をかけて柄《え》を曲《ま》げに曲《ま》げて、一瞬《いっしゅん》で勝負《しょうぶ》をつけにきた。

槍《やり》の反動《はんどう》でオジサンは高《たか》く跳《と》び上《あ》がり、もへぇが分銅《ぶんどう》を投《な》げた隙《すき》に何《なに》かを投《な》げてきた。

咄嗟《とっさ》に鎌《かま》で払《はら》うと、それは庭石《にわいし》の欠片《かけら》だったが、この僅《わず》かな硬直《こうちょく》が仇《あだ》になった。

片足《かたあし》に何《なに》かが食《く》い込《こ》む感触《かんしょく》を覚《おぼ》えて視線《しせん》を下《さ》げると、市之丞《いちのじょう》が七之助《しちのすけ》に投《な》げた苦無《くない》が、
脹脛《ふくらはぎ》に深々《ふかぶか》と、御丁寧《ごていねい》に仙術《せんじゅつ》を封《ふう》じる御札《おふだ》を巻《ま》き付《つ》けて、突《つ》き刺《さ》さっていた。

視線《しせん》を戻《もど》すと、金剛杵《こんごうしょ》の槍《やり》が目前《もくぜん》まで迫《せま》っていた。

「七之助考案《しちのすけこうあん》の子供心溢《こどもごころあふ》れた技《わざ》だ。とくと味《あじ》わえ！」

オジサンはそう言《い》ってから、つけ足《た》すように技《わざ》の名前《なまえ》を叫《さけ》んだ。

「その名《な》も『螺旋撃《らせんげき》』！」

螺旋撃!

槍《やり》は回転《かいてん》をしながら轟音《ごうおん》と共《とも》に地面《じめん》へ激突《げきとつ》し、風《かぜ》の壁《かべ》を吹《ふ》き飛《と》ばした。

四方八方《しほうはっぽう》に地割《じわ》れが波紋《はもん》のように走《はし》った後《あと》――、静寂《せいじゃく》が辺《あた》りを支配《しはい》した。

地面《じめん》に着地《ちゃくち》したオジサンの肩《かた》に、御札《おふだ》の燃《も》えカスがハラリと舞《ま》い落《お》ちた。

「札《ふだ》を焼《や》いて逃《に》げたか。そんなとこだろうな」

そう言《い》ってオジサンが一息《ひといき》ついた時《とき》だった。

槍《やり》の柄《え》や太刀打《たちう》ち、槍穂《やりほ》がバラバラと砕《くだ》け、結髪《けっぱつ》も切《き》れて乱《みだ》れ髪《がみ》がバサッと肩《かた》に落《お》ちた。

「……やるじゃないか」

オジサンは満足《まんぞく》そうに微笑《ほほえ》むと、屋敷《やしき》の庭《にわ》を今更《いまさら》ながらに一望《いちぼう》した。

米蔵《こめぐら》は四散《しさん》して跡形《あとかた》もなく、中庭《なかにわ》には大穴《おおあな》がいくつも開《あ》いている。

「ちょっと派手《はで》にやりすぎたな。後《あと》は任《まか》せたぞ」

そう言《い》い残《のこ》して、オジサンは七之助《しちのすけ》の深層意識《しんそういしき》に逃《に》げて行《い》ってしまった。

意識《いしき》を取《と》り戻《もど》した七之助《しちのすけ》は、目《め》の前《まえ》の光景《こうけい》に、深《ふか》いため息《いき》をついた。

「……酷《ひど》いなぁ。後始末《あとしまつ》を子供《こども》に押《お》しつけるなんて、サイテーな大人《おとな》だよ」

七之助《しちのすけ》は愚痴《ぐち》りつつ、バラバラになった槍《やり》の破片《はへん》を指《ゆび》で摘《つ》まみ上《あ》げた。

「あ～あ、お小遣《こづか》い叩《はた》いて作《つく》ってもらった傑作《けっさく》だったのに」

庭《にわ》の池《いけ》の畔《ほとり》に立《た》って水面《みなも》に映《うつ》る自分《じぶん》を眺《なが》めながら、乱《みだ》れ髪《がみ》を手早《てばや》く結《ゆ》い直《なお》し、槍《やり》の破片《はへん》を髪留めに手堅《てがた》くまとめると、七之助《しちのすけ》は屋敷《やしき》の塀《へい》にピョンと跳《と》び移《うつ》った。

「オイラも、もへ兄《にい》のせいにして、帰《かえ》っちゃおっと！」

七之助《しちのすけ》が屋敷外《やしきそと》に跳《と》び下《お》りると、屋敷内《やしきない》から人々《ひとびと》の慌《あわ》て声《ごえ》が騒《さわ》がしくなり始《はじ》めていた。

「日下茂平《くさかもへえ》と戦《たたか》った感想《かんそう》はどうだ？」

背後《はいご》から聞《き》こえた声《こえ》に、七之助《しちのすけ》は慌《あわ》てることなく振《ふ》り返《かえ》った。

姿恰好《すがたかっこう》は神社《じんじゃ》の神官風《しんかんふう》だが、少々南蛮風味《しょうしょうなんばんふうみ》が混《ま》じった怪人《かいじん》が立《た》っていた。

顔《かお》は山犬《やまいぬ》の獣顔《けものがお》で、見《み》るからに異形《いぎょう》の者《もの》だったが、七之助《しちのすけ》はのんびり問《と》いに答《こた》えた。

「本気出《ほんきだ》されたらオジサンでも厳《きび》しいかな。探《さが》している仙術使《せんじゅつつか》いじゃ、なかったけどね」

「興味《きょうみ》を持《も》ったなら、奴《やつ》の生《う》まれ故郷《こきょう》を訪《たず》ねるがいい。仙術使《せんじゅつつか》いを知《し》っている者達《ものたち》がいる」

「フフフっ、教《おし》えてくれるのは良《い》いけどさ、指図《さしず》されるのは嫌《きら》いだよ」

「行《い》くかどうかは自由《じゆう》だ。おまえとは、敵《てき》でもなければ味方《みかた》でもないからな」

そう言《い》って派手《はで》な服装《ふくそう》をした怪人《かいじん》はフッと消《き》え失《う》せ、七之助《しちのすけ》は額《ひたい》の汗《あせ》を拭《ぬぐ》って、大《おお》きくため息《いき》をついて暗《くら》がりの空《そら》を見上《みあ》げた。

「もへ兄《にい》、どこまで跳《と》んじゃったのかな？　また会《あ》いたいな～」

両腕《りょううで》の裾《すそ》の振《ふ》りを前《まえ》に出《だ》し、袂《たもと》を合《あ》わせて欠伸《あくび》を一《ひと》つして、夕闇染《ゆうやみそ》まる町中《まちなか》へ続《つづ》く道《みち》に七之助《しちのすけ》は足早《あしばや》に消《き》えて行《い》った。

日下茂平と川上市之丞の解説

日下茂平（茂兵衛）は、坂本龍馬の先祖が書いた日記にも登場する実在の人物です。1721（享保6）年の9月4日の夜に、同じ牢屋にいた罪人から銀を盗んで脱獄して、結局捕まらなかったという逸話が書かれているそうです。ただ、修業したとされる『猿田洞』は、茂平が脱獄した時代から100年以上後の1858（安政5）年に発見された洞窟で、修業設定は後世の創作のようです。

川上（佐川）市之丞は、高知県高岡郡佐川町の山中に、生前供養で建てられた墓石があり、茂平と同時代に実在した武士身分の人物だったようですが、茂平の相棒だったかも含めて、その正体は謎に包まれています。

もへぇ、連《つ》れ出《だ》す

目覚《めざ》めると、上手《うま》い具合《ぐあい》に体《からだ》は、大木《たいぼく》の幹《みき》に寄《よ》りかかっていた。

日《ひ》はすっかり暮《く》れて、空《そら》に星《ほし》が瞬《またた》く新月《しんげつ》の夜《よる》である。

もへぇは、腰《こし》に提《さ》げた麻袋《あさぶくろ》から大《おお》きな巻貝《まきがい》を取《と》り出《だ》して、会話《かいわ》を始《はじ》めた。

「市之丞《いちのじょう》か？　連絡遅《れんらくおそ》くなってすまねぇ。実《じつ》はな――」

状況《じょうきょう》と状態《じょうたい》を手短《てみじか》に伝《つた》えると、すぐに反応《はんのう》は返《かえ》ってきた。

「米《こめ》は順調《じゅんちょう》に闇市《やみいち》へ捌《さば》いているし、自由《じゆう》にやっている。養生《ようじょう》しておけ」

通話《つうわ》を終《お》えると、もへぇは巻貝《まきがい》を麻袋《あさぶくろ》の中《なか》に戻《もど》した。

大陸伝来《たいりくでんらい》の仙術道具《せんじゅつどうぐ》で、遠《とお》くの相手《あいて》と会話《かいわ》できる『言霊合《ことだまあ》わせの貝殻《かいがら》』である。

「養生《ようじょう》だって？　半分《はんぶん》は市之丞《いちのじょう》の所為《せい》じゃねぇか――」

ボヤきながら袴《はかま》の裾《すそ》を捲《まく》り上《あ》げると、市之丞《いちのじょう》の苦無《くない》は脹脛《ふくらはぎ》に突《つ》き刺《さ》さったままだった。

致命傷《ちめいしょう》ではないが、化膿《かのう》する恐《おそ》れがある。

応急処置《おうきゅうしょち》をするため、懐《ふところ》から小《ちい》さな瓢箪《ひょうたん》を取《と》り出《だ》して、軽《かる》く振《ふ》った。

火打《ひう》ち箱《ばこ》、灯明皿《とうみょうざら》、麻縄《あさなわ》、ガマ花粉《かふん》、焼酎壺《しょうちゅうつぼ》が打《う》ち出《で》の小槌《こづち》のように、次々出《つぎつぎで》てきた。

まず火打石《ひうちいし》を火打《ひう》ち金《がね》と打《う》ち合《あ》わせて、できた火花《ひばな》を木屑《きくず》に移《うつ》して火種《ひだね》を作《つく》り、更《さら》に付《つ》け木《ぎ》に移《うつ》して火《ひ》を起《お》こして、それを灯明皿《とうみょうざら》へ灯《とも》して照明《しょうめい》とした。

次《つぎ》に麻縄《あさなわ》で脹脛《ふくらはぎ》を縛《しば》ってから慎重《しんちょう》に苦無《くない》を引《ひ》き抜《ぬ》き、焼酎《しょうちゅう》で消毒《しょうどく》した傷口《きずぐち》にガマの花粉《かふん》を塗《ぬ》ってから、下着《したぎ》の帷子《かたびら》を裂《さ》いて包帯代《ほうたいが》わりにした。

植物《しょくぶつ》のガマ花粉《かふん》には、化膿《かのう》止《ど》めの効果《こうか》がある。

応急処置《おうきゅうしょち》を続《つづ》けながら、もへぇは漠然《ばくぜん》と過去《かこ》を思《おも》い返《かえ》した。

天狗夫妻《てんぐふさい》に弟子《でし》入りをして、忍術《にんじゅつ》や仙術《せんじゅつ》を修得《しゅうとく》したが、活《い》かす場《ば》がなかった。

土佐《とさ》には忍者《にんじゃ》の流派《りゅうは》がなく、義賊稼業《ぎぞくかぎょう》に身《み》を染《そ》めるしかなかった。

修行仲間《しゅぎょうなかま》の川上市之丞《かわかみいちのじょう》と組《く》み、藩《はん》の奨励事業《しょうれいじぎょう》だった新田開発《しんでんかいはつ》で財《ざい》を成《な》した新興長者《しんこうちょうじゃ》や豪農《ごうのう》たちの蔵《くら》を襲《おそ》い、米《こめ》や金銀《きんぎん》を盗《ぬす》み続《つづ》けた。

仁淀川《によどがわ》の堰《せき》で割《わり》を食《く》った故郷《こきょう》の仇討《あだう》ちの名目《めいもく》もあったが、建前《たてまえ》は所得《しょとく》の再配分《さいはいぶん》だった。

盗《ぬす》んだ物《もの》を藩《はん》の手《て》が及《およ》ばない闇市場《やみしじょう》で換金《かんきん》して、一部《いちぶ》を故郷《こきょう》の村《むら》に納《おさ》めた。

狙《ねら》った者《もの》たちは皆《みな》、藩《はん》の税制優遇制度《ぜいせいゆうぐうせいど》に胡坐《あぐら》をかいて暴利《ぼうり》を貪《むさぼ》った連中《れんちゅう》ばかりだった。

良心《りょうしん》の呵責《かしゃく》は微塵《みじん》も起《お》きず、咎《とが》めらないよう行動《こうどう》をした結果《けっか》、市井《しせい》の人々《ひとびと》からも肯定的《こうていてき》に評価《ひょうか》され、一定《いってい》の支持《しじ》も得《え》ていた。

それを数年《すうねん》ばかり繰《く》り返《かえ》したが、最近《さいきん》、もへぇは義賊稼業《ぎぞくかぎょう》に嫌気《いやけ》が差《さ》していた。

やっていることは所詮《しょせん》コソ泥《どろ》で、藩《はん》から睨《にら》まれつつもある。

どんなに盗《ぬす》みをやっても格差《かくさ》はなくならず、貧《まず》しい人《ひと》たちは一向《いっこう》に減《へ》らない。

七之助《しちのすけ》に手痛《ていた》い傷《きず》を負《お》わされたのも、潮時《しおどき》という、一種《いっしゅ》の警告《けいこく》に思《おも》われた。

「……年貢《ねんぐ》の納《おさ》め時《どき》かな」

治療《ちりょう》を終《お》え、もへぇは疲労感《ひろうかん》に負《ま》けて体《からだ》を横《よこ》たえ、ふと此処《ここ》は何処《どこ》か考《かんが》えた。

焦《あせ》っていたので移動指定《いどうしてい》が出来《でき》なかったが、本来《ほんらい》この術《じゅつ》は一度《いちど》行《い》った場所《ばしょ》にしか移動《いどう》ができない術《じゅつ》で、もへぇは最近《さいきん》、自分《じぶん》が使《つか》う術《じゅつ》の調子《ちょうし》がおかしいことを、気《き》に病《や》んでいた。

習《なら》っていない術《じゅつ》を勝手《かって》に覚《おぼ》え、意図《いと》しない発動《はつどう》をする意味《いみ》とは——。

不安《ふあん》が頭《あたま》を過《よ》ぎったが、瞼《まぶた》は少《すこ》しずつ重《おも》くなり、目覚《めざ》めたのは翌日《よくじつ》の昼《ひる》だった。

周囲《しゅうい》を探索《たんさく》した結果《けっか》、ここは土佐西南《とさせいなん》にある『宿毛《すくも》』だと分《わ》かった。

伊予《いよ》と土佐《とさ》を繋《つな》ぐ街道《かいどう》が通《とお》り、湾《わん》や島《しま》が海防《かいぼう》の要《かなめ》であるため、警備《けいび》が強固《きょうこ》な町《まち》である。

「せっかく来《き》たんだ。養生《ようじょう》も兼《か》ねて物見雄山《ものみゆさん》でもして帰《かえ》るか」

もへぇはそう言《い》って、眼下《がんか》に広《ひろ》がる宿毛《すくも》の町並《まちな》みを見下《みお》ろした。

戦国大名《せんごくだいみょう》の一条氏《いちじょうし》が支配《しはい》していた頃《ころ》、宿毛《すくも》は貿易船《ぼうえきせん》が頻繁《ひんぱん》に入港《にゅうこう》する国際色豊《こくさいしょくゆた》かな港町《みなとまち》だったが、江戸時代《えどじだい》になると安全保障《あんぜんほしょう》の観点《かんてん》から、海防重視《かいぼうじゅうし》の軍港《ぐんこう》に変貌《へんぼう》を遂《と》げた。

普段《ふだん》なら戦《いくさ》でもないのに町《まち》が騒然《そうぜん》となることはないが、この日《ひ》は何《なに》かの祭《まつ》りをしていて、町《まち》の外《そと》から来《き》た人々《ひとびと》が、出店《でみせ》を開《ひら》くなど活気《かっき》に溢《あふ》れていた。

河川敷《かせんじき》には物見櫓《ものみやぐら》が組《く》まれて大勢《おおぜい》の見物客《けんぶつきゃく》が集《つど》い、軽業師《かるわざし》の曲芸《きょくげい》が披露《ひろう》されていた。

椰子《やし》の繊維《せんい》で作《つく》られた冠《かぶ》り物《もの》に、上衣《じょうい》、袴《はかま》、帯《おび》を全身黒《ぜんしんくろ》ずくめにした男《おとこ》と色違《いろちが》いの茶褐色《ちゃかっしょく》に統一《とういつ》した男《おとこ》が、十一間《じゅういっけん》――、二十mはある丸太《まるた》に白《しろ》い木綿《もめん》を巻《ま》きつけた一本柱《いっぽんばしら》に攀《よ》じ登《のぼ》り、頂《いただき》と根元《ねもと》に組《く》まれた足場《あしば》から逆《さか》さまにぶら下《さ》がったり反《そ》り返《かえ》ったり、両手《りょうて》を広《ひろ》げて交互《こうご》に胸《むね》へ当《あ》てる仕草《しぐさ》をしたりして、動作《どうさ》が決《き》まる度《たび》に喝采《かっさい》が贈《おく》られていた。

黒《くろ》ずくめの軽業師《かるわざし》が曲芸《きょくげい》を終《お》えて、頂《いただき》の足場《あしば》から地面《じめん》に向《む》かって斜《なな》めに張《は》られた縄《なわ》に飛《と》び移《うつ》り、滑空《かっくう》しつつ途中《とちゅう》で逆《さか》さ吊《づ》りをしたり、交互《こうご》に両手《りょうて》を動《うご》かす仕草《しぐさ》をしながら地面《じめん》に着地《ちゃくち》をすると、茶褐色《ちゃかっしょく》の軽業師《かるわざし》も同《おな》じ動《うご》きで地面《じめん》に下《お》り、鼓舞《こぶ》するため周囲《しゅうい》で踊《おど》っていた男《おとこ》たちの舞《まい》も終《お》わって、曲芸《きょくげい》はお開《ひら》きとなった。

観客《かんきゃく》たちは一際大《ひときわおお》きな賛辞《さんじ》を贈《おく》ったが、もへぇだけはフリをしながら周囲《しゅうい》を窺《うかが》い、曲芸《きょくげい》を見《み》るための観客席《かんきゃくせき》である物見櫓《ものみやぐら》に、目《め》を凝《こ》らした。

護衛《ごえい》や供《とも》を従《したが》えた身《み》なりの良《よ》い武士《ぶし》がいて、宿毛《すくも》の領主《りょうしゅ》と思《おも》われた。

もへぇは人混《ひとご》みに紛《まぎ》れて出店《でみせ》が並《なら》ぶ場所《ばしょ》に戻《もど》ると、情報収集《じょうほうしゅうしゅう》を行《おこな》った。

踊《おど》り手《て》と出店《でみせ》の者達《ものたち》は宿毛《すくも》から南東《なんとう》にある『三原郷《みはらごう》』の人々《ひとびと》で、曲芸《きょくげい》は三原郷《みはらごう》に伝《つた》わる『猪舞《ししま》い』と呼《よ》ばれる踊《おど》りで、宿毛《すくも》の領主《りょうしゅ》が呼《よ》び寄《よ》せて踊《おど》らせたものらしい。

櫓《やぐら》にいたのは、宿毛領主《すくもりょうしゅ》で間違《まちが》いないと睨《にら》んだもへぇは、祭《まつ》りの会場《かいじょう》を後《あと》にした。

向《む》かった先《さき》は、宿毛《すくも》の山《やま》に残《のこ》る城跡《しろあと》だった。

戦国時代《せんごくじだい》の宿毛《すくも》には出城《でじろ》や山城《やまじろ》を含《ふく》めた城塞《じょうさい》が多数築《たすうきず》かれたが、江戸時代《えどじだい》になると軍縮《ぐんしゅく》政策《せいさく》の一環《いっかん》で廃城《はいじょう》となり、全《すべ》て破棄《はき》されたので、上《うえ》に立《た》つ領主《りょうしゅ》が平地《へいち》に『土居《どい》』と呼《よ》ばれる屋敷《やしき》を構《かま》え、もへぇが山《やま》の城跡《しろあと》からそれを見下《みお》ろす構図《こうず》が生《う》まれた。

もへぇは城跡《しろあと》の土塁《どるい》に腰《こし》をかけ、情報収集《じょうほうしゅうしゅう》の過程《かてい》で購入《こうにゅう》した戦利品《せんりひん》を膝元《ひざもと》に置《お》いた。出店《でみせ》で買《か》った粳米《うるちまい》の赤飯《せきはん》を食《た》べ、同《おな》じく出店《でみせ》で買《か》った絵本《えほん》を読《よ》んだ。

『椿姫《つばきひめ》』という作品《さくひん》で、領主同士《りょうしゅどうし》の諍《いさか》いから悲劇《ひげき》を迎《むか》えた姫君《ひめぎみ》の物語《ものがたり》だったが、金《かね》を払《はら》ったのに救《すく》われない話《はなし》を読《よ》まされ、もへぇは大《おお》いに不満《ふまん》を覚《おぼ》えた。

一通《ひととお》り音読《おんどく》してから本《ほん》は瓢箪《ひょうたん》に入《い》れ、入母屋造《いりもやづく》りの美《うつく》しい土居屋敷《どいやしき》を見据《みす》えた。

高台《たかだい》から家《いえ》の様子《ようす》を観察《かんさつ》するのは、豊《ゆた》かさを調《しら》べるためである。

この時代《じだい》の屋根瓦《やねがわら》は高級品《こうきゅうひん》で大名屋敷《だいみょうやしき》や仏閣《ぶっかく》、そして蔵《くら》にしか用《もち》いられなかったので、屋根瓦《やねがわら》を目安《めやす》にすれば、家《いえ》の豊《ゆた》かさが一目瞭然《いちもくりょうぜん》だった。

もへぇは修行時代《しゅぎょうじだい》に大鷲《おおわし》と同化《どうか》しており、鷲《わし》の眼力《がんりき》で屋敷《やしき》の様子《ようす》は簡単《かんたん》に見《み》てとれた。

「警備《けいび》は厳重《げんじゅう》じゃなさそうだ。侵入《しんにゅう》するだけなら楽勝《らくしょう》だな」

つぶやいた直後《ちょくご》、眼《まなこ》に奇妙《きみょう》な建物群《たてものぐん》が映《うつ》り込《こ》んだ。

土居《どい》の白壁《しらかべ》に囲《かこ》まれた家《いえ》と土居《どい》の外《そと》に建《た》てられた家《いえ》で、どちらも高《たか》い板《いた》の塀《へい》と屋根《やね》、竹《たけ》を編《あ》んだ竹矢来《たけやらい》に囲《かこ》まれ、完全《かんぜん》に隔絶《かくぜつ》されたその造《つく》りは、俯瞰《ふかん》で見《み》ると牢獄《ろうごく》のように見《み》えた。

「……『伊達屋敷《だてやしき》』みてぇだ」

伊達屋敷《だてやしき》は仙台《せんだい》で起《お》こった『伊達騒動《だてそうどう》』で土佐《とさ》に流《なが》された『伊達宗勝《だてむねかつ》』が居住《きょじゅう》した屋敷《やしき》のことで、かつて城下近《じょうかちか》くの小高坂山《こだかさやま》の麓《ふもと》に存在《そんざい》していた。

昔《むかし》、もへぇはそこに忍《しの》び込《こ》もうと調査《ちょうさ》したが、決行前《けっこうまえ》に宗勝《むねかつ》が亡《な》くなり中止《ちゅうし》になった。

既視感《きしかん》を感《かん》じたもへぇは、大鷲《おおわし》の力《ちから》で翼《つばさ》を生《は》やして、見下《みお》ろせる位置《いち》まで移動《いどう》した。

「塀外《ほりそと》の建物《たてもの》は番所《ばんしょ》が四軒《よんけん》。ご丁寧《ていねい》に下横目《しもよこめ》の小屋《こや》付《つ》きか……」

伊達屋敷《だてやしき》は三方《さんぽう》を堀《ほり》で囲《かこ》っていたが、此方《こちら》は四方《しほう》を塀《へい》と竹矢来《たけやらい》で囲《かこ》っている。

周囲《しゅうい》が田畑《たはた》だった伊達屋敷《だてやしき》よりも一層《いっそう》、隔絶《かくぜつ》された造《つく》りである。

「伊達《だて》の殿様《とのさま》くらい偉《えら》い奴《やつ》かな？　家族《かぞく》は外《そと》の離《はな》れっぽいが」

訊《き》くは一時《いっとき》の恥《はじ》、訊《き》かぬは一生《いっしょう》の恥《はじ》——と、もへぇは貝殻《かいがら》を取《と》り出《だ》して呼《よ》び出《だ》した。

「市之丞《いちのじょう》か？　今《いま》、ちょっと話《はな》せるか？」

相棒《あいぼう》の川上市之丞《かわかみいちのじょう》は、城下《じょうか》のことや土佐全般《とさぜんぱん》の政治事情《せいじじじょう》に詳《くわ》しかった。

「怪我《けが》の具合《ぐあい》はどうだ？」

「今《いま》のところは大丈夫《だいじょうぶ》だ。ちょっと訊《き》きたいことがあってな——」

宿毛《すくも》にある奇妙《きみょう》な建物《たてもの》のことを話《はな》すと、すぐに答《こた》えが返《かえ》ってきた。

「それらは宿毛《すくも》に流《なが》された野中伝右衛門《のなかでんえもん》の家族《かぞく》を幽閉《ゆうへい》している屋敷《やしき》だ」

「偉《えら》い奴《やつ》か？」

「前《まえ》に教《おし》えた筈《はず》だぞ。土佐一国《とさいっこく》を仕切《しき》った宰相《さいしょう》だ。興味《きょうみ》がないことは本当《ほんとう》に無関心《むかんしん》だな」

「余計《よけい》な事《こと》は忘《わす》れる性質《たち》なんだよ。土居《どい》に近《ちか》い方《ほう》の家《いえ》に伝右衛門《でんえもん》がいるのか？」

「いるのは伝右衛門《でんえもん》の正室《せいしつ》だ。土居外《どいそと》の家《いえ》は側室《そくしつ》とその子供《こども》たちだ。伝右衛門《でんえもん》は数十年前《すうじゅうねんまえ》に死《し》んでいる。伝右衛門《でんえもん》の家族構成《かぞくこうせい》も含《ふく》めて、前《まえ》に話《はな》したはずだがな……」

「……悪《わる》かった。じゃあ、伊達屋敷《だてやしき》の面影《おもかげ》は偶然《ぐうぜん》か」

「閉《と》じ込《こ》めるためだからな。似《に》ても不思議《ふしぎ》ではない」

「伝右衛門《でんえもん》は何《なに》やらかしたんだっけ？　一族《いちぞく》が縁座《えんざ》に問《と》われるのは、余程《よほど》の事《こと》だよな」

もへぇの問《と》いに、市之丞《いちのじょう》は少《すこ》し間《ま》をおいて答《こた》えた。

「それは話《はな》していないが一口《ひとくち》には言《い》いにくい。強権的《きょうけんてき》な人間《にんげん》だったが嵌《は》められた節《ふし》もある。政治《せいじ》に功罪《こうざい》は付《つ》き物《もの》。伝右衛門《でんえもん》の命《めい》で仁淀川《によどがわ》に堰《せき》が造《つく》られ、おまえの村《むら》は水害《すいがい》に遭《あ》うようになったが、下流《かりゅう》の吾南平野《ごなんへいや》は、新田開発《しんでんかいはつ》が進《すす》んで蔵持《くらも》ちが増《ふ》えた——」

「——仁淀川《によどがわ》の堰《せき》に関《かか》わってたのか？　急《きゅう》に悪《わる》い奴《やつ》に思《おも》えてきたな」

あっさり評価《ひょうか》を決《き》め込《こ》むもへぇに、市之丞《いちのじょう》は忠告《ちゅうこく》した。

「一《いち》を聞《き》いて善悪《ぜんあく》を決《き》めつけるのは、馬鹿《ばか》のすることだぞ。物事《ものごと》は多角的《たかくてき》に見《み》るべきだ」

「……分《わ》かったよ」

もへぇの嫌気《いやけ》ぶりを察《さっ》したのか、市之丞《いちのじょう》は助言《じょげん》をした。

「忍《しの》び込《こ》むなら止《や》めておけ。伝右衛門《でんえもん》の家《いえ》は改易《かいえき》され、財産《ざいさん》は没収《ぼっしゅう》されている。先祖伝来《せんぞでんらい》の家宝《かほう》も、宿毛《すくも》へ移送《いそう》の際《さい》に海《うみ》の藻屑《もくず》と消《き》えた。普通《ふつう》に土居《どい》を狙《ねら》った方《ほう》がマシだぞ」

「……そうだな。罪人《ざいにん》の物《もの》を盗《ぬす》むのは鬼《おに》のすることだしな。……それにしても市之丞《いちのじょう》よ、さっきから、おめぇの声《こえ》が篭《こも》って聞《き》こえるんだが？」

「焚《た》き風呂《ぶろ》に入《はい》っているのだ」

「風呂《ふろ》だと？　真昼間《まっぴるま》から豪勢《ごうせい》だな」

十数年前《じゅうすうねんまえ》に城下《じょうか》で銭湯《せんとう》が流行《はや》り、もへぇたちも修行時代《しゅぎょうじだい》に天狗夫妻《てんぐふさい》から教《おそ》わった。

ただし当時《とうじ》は蒸《む》し風呂《ぶろ》で、もへぇらが天狗《てんぐ》から教《おそ》わった焚《た》き風呂方式《ぶろほうしき》ではない。

「――市之丞《いちのじょう》、湯加減《ゆかげん》はどうだ？」

「日菜乃殿《ひなのどの》、とても良《よ》い感《かん》じだ」

「そうか。ついでに背中《せなか》も流《なが》してやろう――」

もへぇは瞬時《しゅんじ》に、市之丞《いちのじょう》がどういう状況《じょうきょう》にあるのか察《さっ》した。

この日菜乃《ひなの》と言《い》う女性《じょせい》は、もへぇの腹違《はらちが》いの姉《あね》である。

「義姉《ねえ》さんとよろしくやってんのか？　仲《なか》の良《い》いこったな」

「羨《うらや》ましいか？　おまえも早《はや》く良《よ》い相手《あいて》を見《み》つけろ」

そう言《い》われて、会話《かいわ》は一方的《いっぽうてき》に切《き》られてしまった。

「ちぇっ、幸《しあわ》せのおすそ分《わ》けをされちまった――」

もへぇは軽《かる》く毒《どく》づくと、土居《どい》を再《ふたた》び見据《みす》えて、ため息交《いきま》じりに呟《つぶや》いた。

「……そろそろ、この稼業《かぎょう》ともオサラバする頃合《ころあ》いかな」

数日後《すうじつご》の昼間《ひるま》、多数《たすう》の土佐馬《とさうま》と人足《にんそく》を従《したが》え、もへぇは土居屋敷《どいやしき》の正門前《せいもんまえ》に姿《すがた》を現《あらわ》した。

見《み》ない面《つら》だと門番《もんばん》から疑《うたが》いの目《め》を向《む》けられても、落《お》ち着《つ》きを払《はら》って言葉《ことば》を交《か》わした。

「いつも荷《に》を運《はこ》んでる旦那《だんな》が今朝方《けさがた》ひどい腹痛《ふくつう》を患《わずら》いましてね。送《おく》り状《じょう》はありますよ。お疑《うたが》いでしたら荷《に》を改《あらた》めます？　お手間《てま》を取《と》らせますし、そちらにもカドが立《た》って色々《いろいろ》ご迷惑《めいわく》がかかるんじゃねぇかと気《き》を揉《も》んでるんですがね――」

「――わかった、わかった。積《つ》み荷《に》を降《お》ろして、さっさと帰《かえ》れ」

こうして堂々《どうどう》と土居《どい》に入《はい》って仕込《しこ》みを終《お》えると、もへぇは城跡《しろあと》に戻《もど》った。

馬《うま》と人足《にんそく》を横一列《よこいちれつ》に並《なら》べて指《ゆび》を軽《かる》く鳴《な》らすと、人足《にんそく》は猿《さる》、馬《うま》は狸《たぬき》に姿《すがた》を変《か》えた。

「『鳥獣変化《ちょうじゅうへんげ》の術《じゅつ》』、我《われ》ながら上手《うま》くいったぜ」

自画自賛《じがじさん》の後《あと》、もへぇは葛籠《つづら》を開《あ》けて、小分《こわ》けにした袋《ふくろ》を獣《けもの》たちに見《み》せた。

「日当《にっとう》で買《か》った食《た》べ物《もの》だ。ありがたく食《く》えよ」

匂《にお》いに反応《はんのう》した獣《けもの》たちは、途端《とたん》に叫《さけ》び声《ごえ》をあげて我先《われさき》に息巻《いきま》いた。

「落《お》ち着《つ》け！　全員《ぜんいん》の分《ぶん》はあるから騒《さわ》ぐんじゃねぇよ」

一喝《いっかつ》して弱《よわ》い獣達《けものたち》から与《あた》えたが、素早《すばや》くその場《ば》で食《た》べると、逃《に》げるように姿《すがた》を消《け》した。

「……おめぇらは、ゆっくり食《く》えよ」

今度《こんど》は強《つよ》い獣《けもの》たちに与《あた》えたが、此方《こちら》は、分《わ》け前《まえ》が足《た》らないと威嚇《いかく》をしてきた。

「……良《い》い根性《こんじょう》してんなぁ――」

もへぇが大鷲《おおわし》の姿《すがた》に変化《へんげ》すると、獣《けもの》たちは分《わ》け前《まえ》を持《も》って、一目散《いちもくさん》に逃《に》げ去《さ》った。

「……獣相手《けものあいて》の駆引《かけひ》きは、苦手《にがて》だな」

この後《あと》、もへぇは少《すこ》し仮眠《かみん》を取《と》り、目覚《めざ》めると土居屋敷《どいやしき》は警備交代《けいびこうたい》の時間《じかん》を迎《むか》えていた。

交代《こうたい》に来《き》た者《もの》が見《み》たものは、白昼堂々《はくちゅうどうどう》、屋敷《やしき》の門《もん》の前《まえ》で眠《ねむ》りこけている門番《もんばん》たちだった。

近寄《ちかよ》ると酒臭《さけくさ》く、程《ほど》なくして、屋敷《やしき》の人間《にんげん》が全員眠《ぜんいんねむ》っていることが発覚《はっかく》した。

調《しら》べると井戸《いど》の水《みず》が酒《さけ》に変《か》わっており、役人《やくにん》たちは直《ただ》ちに屋敷《やしき》の探索《たんさく》を行《おこな》った。

しかし何《なに》も盗《ぬす》まれておらず、被害《ひがい》は屋敷《やしき》の者《もの》たちが眠《ねむ》らされただけだった。

屋敷《やしき》の混乱《こんらん》ぶりを鼠《ねずみ》の耳《みみ》を通《とお》して聴《き》きながら、もへぇは木陰《こかげ》で休《やす》んだ。

騒《さわ》ぎを起《お》こして気《き》を引《ひ》き、欲《ほ》しい情報《じょうほう》を手《て》に入《い》れるのは、忍者《にんじゃ》がよく使《つか》う手《て》である。

そこに一羽《いちわ》の川鵜《かわう》が飛《と》んできて、重《おも》そうな腹《はら》を抱《かか》えてヨタヨタと着地《ちゃくち》した。

川鵜《かわう》はゲゲッ――っと内容物《ないようぶつ》を吐《は》き出《だ》したが、吐《は》き出《だ》されたのは複数《ふくすう》の生《い》きた鼠《ねずみ》だった。

屋敷《やしき》に侵入《しんにゅう》した際《さい》、もへぇは周辺《しゅうへん》で調達《ちょうたつ》した鼠《ねずみ》たちを情報収集《じょうほうしゅうしゅう》の目的《もくてき》で屋敷内《やしきない》に放《はな》ち、一部《いちぶ》を探索《たんさく》の任《にん》に就《つ》かせて探《さぐ》りを入《い》れた。

多《おお》くの鼠《ねずみ》たちは現地解散《げんちかいさん》を命《めい》じたが、探索役《たんさくやく》からは直《じか》に詳細《しょうさい》を知《し》る必要《ひつよう》があったので、土居《どい》の排水路《はいすいろ》から隣接《りんせつ》する松田川《まつだがわ》に跳《と》びこませ、川鵜《かわう》に回収《かいしゅう》させたのである。

鼠《ねずみ》から情報《じょうほう》を得《え》たもへぇは、心底《しんそこ》ガッカリした。

土居屋敷《どいやしき》には何一《なにひと》つ盗《ぬす》める調度品《ちょうどひん》が存在《そんざい》しなかったのだ。

一般《いっぱん》の家老《かろう》であれば、茶道具一式《ちゃどうぐいっしき》や藩業《はんぎょう》である尾土焼《おどや》きの食器《しょっき》セットがある筈《はず》である。

それすら見《み》つけられないとは、宿毛《すくも》の領主《りょうしゅ》は相当《そうとう》に貧乏《びんぼう》な状況《じょうきょう》にあるのだろう。

「祭《まつ》りで憂《う》さ晴《ば》らしするわけだな」

もへぇは鼠《ねずみ》に米《こめ》を渡《わた》し、川鵜《かわう》の報酬《ほうしゅう》にと、竹《たけ》の水筒《すいとう》を出《だ》して茶碗《ちゃわん》に中身《なかみ》を注《そそ》いだ。

出《で》てきたのは鮮《あざ》やかな色《いろ》をした金魚《きんぎょ》で、川鵜《かわう》は金魚《きんぎょ》を一飲《ひとの》みにして飛《と》び去《さ》った。

「盗《ぬす》んだうちには入《はい》らねぇが、一番《いちばん》のお宝《たから》は、あれだったのかもな」

軽《かる》い罪悪感《ざいあくかん》に苛《さいな》まれていると、耳《みみ》に気《き》になる会話《かいわ》が飛《と》び込《こ》んできた。

「伝右衛門《でんえもん》の一族《いちぞく》は、どうなっている？」

「男二人《おとこふたり》に女二人《おんなふたり》、その母四人《ははよにん》、乳母《うば》と言《い》った面々《めんめん》は全《すべ》て揃《そろ》っている」

「土居《どい》の者《もの》が眠《ねむ》らされただけか。その荷《に》を運《はこ》んだ男《おとこ》の仕業《しわざ》だろうな」

「御家老様《ごかろうさま》が、不在《ふざい》だったのが不幸中《ふこうちゅう》の幸《さいわ》いだな。口止《くちど》めをすればそれで済《す》む」

慌ただしく裏工作《うらこうさく》に奔走《ほんそう》する彼《かれ》らとは対象的《たいしょうてき》に、もへぇは冷静《れいせい》に情報《じょうほう》を分析《ぶんせき》していた。

亡《な》くなった伝右衛門《でんえもん》の家族《かぞく》がいることは、どうやら間違《まちが》いないようである。

「そう言《い》えば、萩原《はぎわら》の離《はな》れに移《うつ》した娘《むすめ》がいたな。なぜ移《うつ》した？」

「疱瘡《ほうそう》を患《わずら》ったんだ。……病人《びょうにん》に近《ちか》づく物好《ものず》きがいるとは思《おも》えないがな」

「そっちも確認《かくにん》しておこう。念《ねん》のためにな」

目《め》ぼしいものが無《な》い以上《いじょう》ここに用《よう》は無《な》いが、このまま帰《かえ》るのは癪《しゃく》である。

「……挨拶《あいさつ》がてら、その娘《むすめ》さんを冷《ひ》やかして帰《かえ》るとするか」

自分《じぶん》に言《い》い聞《き》かせるように呟《つぶや》いて、もへぇはゆっくり腰《こし》を上《あ》げたが、伝右衛門《でんえもん》の娘《むすめ》と接触《せっしょく》したのは、さらに十日《とおか》ほど経《た》った夜明《よあ》け前《まえ》だった。

場所《ばしょ》は直《す》ぐに判明《はんめい》したが、接触《せっしょく》を控《ひか》えた。

人間《にんげん》、事《こと》が起《お》こると用心《ようじん》するが、すぐ元《もと》の木阿弥《もくあみ》になる。

それを逆算《ぎゃくさん》して行動《こうどう》すれば、警戒《けいかい》が緩《ゆる》んだ隙《すき》を突《つ》いて楽《らく》に接触《せっしょく》できるからだ。

娘《むすめ》は疱瘡《ほうそう》の瘡蓋《かさぶた》を隠《かく》すため、顔《かお》を包帯《ほうたい》でグルグル巻《ま》きにして月明《つきあ》かりを頼《たよ》りに井戸《いど》から汲《く》んだ水《みず》を盥《たらい》に集《あつ》め、顔《かお》を洗《あら》おうとしている最中《さいちゅう》だった。

仙術《せんじゅつ》『水面写《みなもうつ》しの術《じゅつ》』が唱《とな》えられると、その盥《たらい》の水面《すいめん》に、もへぇの顔《かお》が映《うつ》った。

娘《むすめ》は不審《ふしん》に思《おも》って周囲《しゅうい》を見回《みまわ》したが、勿論《もちろん》、誰《だれ》もいない。

もへぇはニカっと笑《わら》うと、続《つづ》けざまに表情《ひょうじょう》をクルクルと変《か》えて、顔芸《かおげい》を次々披露《つぎつぎひろう》した。

可笑《おか》しかったのか娘《むすめ》が目《め》を伏《ふ》せて吹《ふ》き出《だ》したので、気《き》を良《よ》くしたもへぇは水《みず》と同化《どうか》する『水変化《みずへんげ》の術《じゅつ》』を唱《とな》え、盥《たらい》からヌッと手《て》を伸《の》ばして驚《おどろ》かそうとしたが、裏目《うらめ》に出《で》た。

盥《たらい》から手《て》を伸《の》ばした直後《ちょくご》、娘《むすめ》は庭石《にわいし》を持《も》ち上《あ》げて盥《たらい》めがけて力《ちから》いっぱい投《な》げ落《お》とし、盥《たらい》が破壊《はかい》された後《あと》には、もへぇが目《め》を回《まわ》して娘《むすめ》の前《まえ》にノビていたのだ。


「ちょっと驚《おどろ》かすだけだったのに、ひでぇ仕打《しう》ちだ」

朝焼《あさや》けの中《なか》、もへぇは壊《こわ》れた盥《たらい》の修理《しゅうり》をさせられていた。

修理《しゅうり》は容易《ようい》だったが、自分《じぶん》の体《からだ》が心配《しんぱい》だった。

水《みず》と同化《どうか》する術《じゅつ》を成功《せいこう》させ、水脈《すいみゃく》を伝《つた》って潜入《せんにゅう》したが、悪戯心《いたずらごころ》が失敗《しっぱい》を招《まね》いた。

「五体満足《ごたいまんぞく》で戻《もど》れたのが、不思議《ふしぎ》なくらいだぜ」

ブツブツつぶやく背後《はいご》から、殺気《さっき》を感《かん》じたもへぇは、盥《たらい》を担《かつ》いで素早《すばや》く身《み》を屈《かが》めた。

伝右衛門《でんえもん》の娘《むすめ》が縁側《えんがわ》から、煮《に》えたぎった湯《ゆ》を薬缶《やかん》からかけようとしていた。

「危《あぶ》ねぇじゃねぇかッ！」

もへぇの叫《さけ》びに動《どう》じることなく、娘《むすめ》は縁側《えんがわ》に腰《こし》をかけると、盆《ぼん》に置《お》いた湯呑《ゆのみ》に湯《ゆ》を注《そそ》ぎ、薬缶《やかん》を鍋敷《なべし》きに置《お》いてから薬包紙《やくほうし》を取《と》り出《だ》して、湯呑《ゆのみ》に注《そそ》いで軽《かる》く揺《ゆ》らした。

「……何《なに》してんだ？」

「薬《くすり》を煎《せん》じておる。疱瘡《ほうそう》の瘡蓋《かさぶた》は、痒《かゆ》みを伴《ともな》うのだ」

娘《むすめ》はそう言《い》いつつ、包帯《ほうたい》だらけの顔《かお》を向《む》け、ジロリと二《ふた》つ眼《まなこ》で睨《にら》みつけた。

「修理《しゅうり》は、できたか？」

「綺麗《きれい》に戻《もど》したぜ。ほら、この通《とお》りな！」

もへぇは自信満々《じしんまんまん》に盥《たらい》を掲《かか》げ、底《そこ》の部分《ぶぶん》を見《み》せたが、娘《むすめ》は一瞥《いちべつ》すると湯呑《ゆのみ》を口《くち》にした。

「……無視《むし》かよ。無愛想《ぶあいそ》だな、あんた」

「勝手《かって》に上《あが》り込《こ》んだ癖《くせ》に、その態度《たいど》は何《なん》だ？　山猿《やまざる》の方《ほう》が、まだ礼儀《れいぎ》を弁《わきま》えておるぞ」

もへぇが憮然《ぶぜん》と黙《だま》り込《こ》んで、盥《たらい》を縁側《えんがわ》にそっと置《お》いたので、娘《むすめ》は続《つづ》けて捲《まく》し立《た》てた。

「冷《ひ》やかしに来《き》たのか？　我《われ》は悪名高《あくみょうたか》き伝右衛門《でんえもん》の娘《むすめ》じゃが無知《むち》であったな。今患《いまわずら》っておる病《やまい》は人《ひと》に感染《うつ》るのだ。疱瘡《ほうそう》の怖《こわ》さを身《み》をもって知《し》るがよい」

「残念《ざんねん》だったな。ここに来《く》る前《まえ》、予防接種《よぼうせっしゅ》をしてきたから、感染《うつ》らねぇんだよ」

「……予防接種《よぼうせっしゅ》、だと？」

娘《むすめ》が驚《おどろ》きの声《こえ》をあげたのも無理《むり》はない。

当時《とうじ》の土佐《とさ》では疱瘡《ほうそう》と呼《よ》ばれた天然痘《てんねんとう》の治療法《ちりょうほう》は、神棚《かみだな》ならぬ疱瘡棚《ほうそうだな》を祀《まつ》り、『棚祝《たないわ》い』と呼《よ》ばれる祈祷《きとう》を、行者《ぎょうじゃ》や山伏《やまぶし》、陰陽師《おんみょうじ》が唱《とな》えるという、情《なさけ》ないものだったからだ。

「疱瘡《ほうそう》が医学《いがく》で治《なお》せるなど、聞《き》いたことがない」

「土佐《とさ》に予防法《よぼうほう》が伝《つた》わってねぇだけさ。豊前国《ぶぜんのくに》の中津《なかつ》って所《ところ》に渡来《とらい》した旧明国《きゅうみんこく》の医者《いしゃ》が予防法《よぼうほう》を伝《つた》えてんだ。稀《まれ》に死《し》ぬこともあるんで、あまり広《ひろ》まってねぇ方法《ほうほう》だがな――」

「――どこで知《し》った？　書物《しょもつ》か？　講義《こうぎ》か？」

「自己紹介《じこしょうかい》が先《さき》だ」

優位《ゆうい》に立《た》てるネタを見《み》つけ、もへぇは娘《むすめ》と対等《たいとう》の立場《たちば》に立《た》とうとした。

「俺《おれ》はもへぇ。あんたは？」

「我《われ》は――」

思《おも》わず名乗《なの》ろうとした娘《むすめ》だったが、すぐに踏《ふ》みとどまった。

「――武士《ぶし》でない者《もの》に、名《な》を明《あ》かす必要《ひつよう》が、どこにある？」

「……あ、そう。なら、俺《おれ》も容赦《ようしゃ》しねぇぞ」

もへぇは硯《すずり》を取《と》り出《だ》すと水筒《すいとう》の水《みず》を注《そそ》ぎ、水面《みなも》に『映《うつ》し油《あぶら》』を数滴垂《すうてきた》らすと、鳥《とり》の羽《はね》を取《と》り出《だ》して自分《じぶん》の指《ゆび》に突《つ》き刺《さ》し、血《ち》を一滴《いってき》、油膜《ゆまく》に混《ま》ぜて映《うつ》し出《だ》された情報《じょうほう》を読《よ》み上《あ》げた。

「『野中婉《のなかえん》』か。母親《ははおや》は伝右衛門《でんえもん》の側室《そくしつ》の一人《ひとり》、『きさ』。名前《なまえ》は『婉容《えんよう》』の言葉《ことば》から採《と》った。婉容《えんよう》とは、女性《にょしょう》の大人《おとな》しく淑《しと》やかな態度《たいど》……、真逆《まぎゃく》じゃねぇか、笑《わら》わせるぜ」

ズケズケ個人情報《こじんじょうほう》が言《い》い当《あ》てられると、婉《えん》は鬼《おに》のような形相《ぎょうそう》で薬缶《やかん》を投《な》げつけたが、もへぇは冷静《れいせい》に御札《おふだ》をぶつけて絵《え》に封《ふう》じると、胡坐《あぐら》をかき、わざとらしく頭《こうべ》を垂《た》れた。

「不躾《ぶしつけ》な御訪問《ごほうもん》、誠《まこと》に申《もう》し訳《わけ》ございませんでした。深《ふか》く深《ふか》く御詫《おわ》びを申《もう》し上《あ》げます。御《ご》病気《びょうき》の最中《さなか》、御独《おひと》りで御養生《ごようじょう》の御身《おんみ》を御慰《おなぐさ》みできればと、奇術《きじゅつ》を御披露《ごひろう》したのでございますが、御配慮《ごはいりょ》の程至《ほどいた》らぬようで。思《おも》えば、御父君御亡《おんちちぎみおんな》き後《あと》、御忍従《ごにんじゅう》の日々《ひび》を御過《おす》ごしになられたその御心中《ごしんちゅう》は察《さっ》して余《あま》りあるものであり――」

「……愚弄《ぐろう》する気《き》か？」

「身分《みぶん》を持《も》ち出《だ》すから茶化《ちゃか》したのさ。俺《おれ》は普通《ふつう》の人間《にんげん》じゃねぇ。鬼《おに》や妖《あやか》しの類《たぐい》に近《ちか》いぜ」

「なら殺《ころ》せ。さっさと」

娘《むすめ》がそっぽを向《む》いてしまったので、もへぇは出方《でかた》を変《か》えた。

「……俺《おれ》は、天狗様《てんぐさま》から疱瘡《ほうそう》の治《なお》し方《かた》を教《おそ》わった」

「天狗《てんぐ》とは、行者共《ぎょうじゃども》のことか？」

「――みてぇなもんだ。会《あ》えば分《わ》かるが物知《ものし》りだ」

もへぇは答《こた》えながら、巻《ま》いていた帷子《かたびら》の切《き》れ端《はし》を解《ほど》き、新《あたら》しい晒《さらし》の布《きれ》を巻《ま》いた。

「……その、我《われ》や母《はは》の名《な》を言《い》い当《あ》てた硯《すずり》も、天狗《てんぐ》の調度品《ちょうどひん》か？」

「出店《でみせ》で買《か》った普通《ふつう》の硯《すずり》だ。特別《とくべつ》な油《あぶら》を垂《た》らして、頭《あたま》の記憶《きおく》を映《うつ》し出《だ》すのさ。人間《にんげん》は、見聞《みき》きしたものを、使《つか》う機会《きかい》がねぇと、思《おも》い出《だ》せなくなるらしいからな」

「……では、以前《いぜん》に野中家《のなかけ》のことを調《しら》べたのだな。父《ちち》のことは、何処《どこ》まで聞《き》き及《およ》んでおる？」

「巷《ちまた》で広《ひろ》まってることしか知《し》らねぇよ。誤解《ごかい》も含《ふく》めてな。知《し》り合《あ》いが言《い》ってたが、政治《せいじ》は多角的《たかくてき》に見《み》なくちゃいけねぇとか何《なん》とか——。あんたの見解《けんかい》も伺《うかが》いてぇもんだ」

挑発的《ちょうはつてき》に返《かえ》すと、婉《えん》は流罪《るざい》になった経緯《いきさつ》を、早口《はやくち》で捲《まく》し立《た》てた。

「亡《な》き兄《あに》が申《もう》しつけられたことには父《ちち》は私欲《しょく》や私利《しり》、主君《しゅくん》に対《たい》する非礼《ひれい》や風評《ふうひょう》を企《くわだ》てたという。しかし沙汰《さた》が下《くだ》る前《まえ》に見罷《みまか》り、罪《つみ》は我《われ》を含《ふく》めた子《こ》や母《はは》に引《ひ》き継《つ》がれたのだ」

「親父《おやじ》さんは、奉行《ぶぎょう》のまま死《し》んだのか？」

「身罷《みまか》る一年前《いちねんまえ》に、隠居《いんきょ》した」

「妙《みょう》だな。親《おや》が隠居《いんきょ》をしたら子供《こども》に罪《つみ》は及《およ》ばねぇはずだろ？　それに縁座《えんざ》は国外追放《こくがいついほう》が相場《そうば》だぜ。あんたの親父《おやじ》さん、何《なに》か切《き》り札《ふだ》か、弱《よわ》みでも握《にぎ》ってたのか？」

もへぇの勘繰《かんぐ》りを、婉《えん》は煩《わずら》わしそうに吐《は》き捨《す》てた。

「国外追放《こくがいついほう》は公儀《こうぎ》へ報告《ほうこく》せねばならぬからな。煩《わずら》わしかったのだろう。土佐守《とさのかみ》は父《ちち》を恐《おそ》れ、影《かげ》に怯《おび》えておるのだ。ありもしない遺産《いさん》の在《あ》りかを、執拗《しつよう》に訊《たず》ねて来《く》るしな——」

「——遺産《いさん》だと？」

もへぇはお宝《たから》めいた言葉《ことば》に反応《はんのう》し、婉《えん》は眉間《みけん》に皺《しわ》を寄《よ》せた。

「……興味《きょうみ》があるのか？」

「コソ泥《とろ》の俺《おれ》には、大《おお》いに興味《きょうみ》が湧《わ》く話《はなし》だな」

「父《ちち》は美田《びでん》を残《のこ》すような御人《おひと》ではない。母《はは》も同《おな》じことを言《い》っておる。土佐守《とさのかみ》の嫌《いや》がらせだ」

やけに父親《ちちおや》の肩《かた》を持《も》つ彼女《かのじょ》に、もへぇは質問《しつもん》してみた。

「親父《おやじ》さんは、いくつの時《とき》に亡《な》くなったんだ？」

「二《ふた》つだ」

――物心《ものごころ》つく前《まえ》に、もへぇも幼少期《ようしょうき》に父《ちち》を失《うしな》った。

父親《ちちおや》を亡《な》くした境遇《きょうぐう》に共感《きょうかん》して、もへぇは話《はなし》を変《か》えた。

「ここから出《で》たいとは、思《おも》わねぇのか？」

「……出《で》て何処《どこ》へ？」

「何処《どこ》でも良《い》いだろ？　世間体《せけんてい》気《き》にするなら国《くに》を出《で》ちまぇ。あんたの祖父《じい》さんみたいにな」

伝右衛門《でんえもん》の父親《ちちおや》は、主《あるじ》である山内家《やまうちけ》の待遇《たいぐう》が不満《ふまん》で、一度《いちど》土佐《とさ》を離《はな》れたことがあるのだ。

「今《いま》は乱世《らんせい》の世《よ》ではない。そのようなことが簡単《かんたん》に出来《でき》ると思《おも》うのか？」

「俺《おれ》にとっちゃ、朝飯前《あさめしまえ》だ」

「不思議《ふしぎ》な術《じゅつ》を使《つか》うようだが、小細工《こざいく》は何時《いつ》かバレるものだぞ」

「バレない間《あいだ》だけ抜《ぬ》け出《だ》せば良《い》いさ。まずは髪《かみ》の毛《け》を一本《いっぽん》借《か》りてだな――」

もへぇは素早《すばや》く婉《えん》の髪《かみ》を抜《ぬ》くと、紙《かみ》の人形《ひとかた》に巻《ま》き付《つ》けて畳《たたみ》の隙間《すきま》に縫《ぬ》い込《こ》んだ。

そして印《いん》を結《むす》んで『人形変化《ひとかたへんげ》の術《じゅつ》』を唱《とな》えると、人形《ひとかた》は彼女《かのじょ》と生《い》き写《うつ》しの姿《すがた》となった。

「差《さ》しさわりない会話《かいわ》もするし、飯《めし》も食《く》うぜ。食《く》わねぇ方《ほう》が病人《びょうにん》らしいけどな」

「説明《せつめい》してくれとは、一言《ひとこと》も言《い》っておらぬが？」

「いいから見《み》てろって」

もへぇは人形《ひとかた》を布団《ふとん》に寝《ね》かせ、婉《えん》の周囲《しゅうい》に鉛筆《えんぴつ》で何《なに》かを描《えが》き始《はじ》めた。

「なんだ、その面妖《めんよう》な筆《ふで》は？」

「南蛮《なんばん》の筆《ふで》さ。墨要《すみい》らずで便利《べんり》だぜ」

自慢《じまん》ができたもへぇは、一度《いちど》行《い》った場所《ばしょ》に行《い》ける仙術《せんじゅつ》、『転送術《てんそうじゅつ》』の円陣《えんじん》を描《か》き終《お》え、印《いん》を結《むす》びながら婉《えん》の手《て》を握《にぎ》った。

手首《てくび》を掴《つか》まれた婉《えん》はビクッと体《からだ》を強張《こわば》らせたが、もへぇは構《かま》うことなく言《い》い放《はな》った。

「ちょっくら付《つ》き合《あ》え。此方人等《こちとら》、盗《ぬす》むものがなくて困《こま》ってたんだ」

もへぇは躊躇《ちゅうちょ》なく、露骨《ろこつ》に嫌《いや》な顔《かお》をする婉《えん》と共《とも》に、別《べつ》の場所《ばしょ》へ跳《と》んだ。

やってきたのは朝靄《あさもや》立《た》ち込《こ》める『落人《おちうど》の里《さと》』──、落人《おちうど》の末裔《まつえい》の住《す》む山奥《やまおく》の秘境《ひきょう》だった。

眼下《がんか》に屋敷《やしき》の門前《もんぜん》を捉《とら》えると、もへぇは旋風《つむじかぜ》を起《お》こして門前《もんぜん》にフワッと着地《ちゃくち》したが、
婉《えん》は安全《あんぜん》が確保《かくほ》されるや否《いな》や、手《て》を振《ふ》り払《はら》い、懐紙《かいし》を取《と》り出《だ》してゴシゴシと手《て》を拭《ぬぐ》った。

「触《さわ》られたくらいで、そう嫌《いや》がるなよ──」

「――黙れ下郎《たまけろう》」

「……おお、怖《こわ》っ」

わざとらしく肩《かた》を竦《すく》めたもへぇに、婉《えん》は続《つづ》けて捲《まく》し立《た》てた。

「ここは何処《どこ》だ？　鬼《おに》の棲家《すみか》か？」

「隠《かく》れ里《ざと》さ。土佐守《とさのかみ》の力《ちから》も、此処《ここ》までは及《およ》ばねぇよ」

その時《とき》、屋敷《やしき》の門《もん》が開《ひら》いて、中《なか》から市之丞《いちのじょう》が姿《すがた》を現《あらわ》した。

「よう。義姉《ねえ》さんと、よろしくやってるか？」

「……そちらは？」

見知《みし》らぬ包帯顔《ほうたいがお》の女《おんな》を、市之丞《いちのじょう》はジロリ一睨《ひとにら》みした。

「伝右衛門《でんえもん》の娘《むすめ》さんだ。野中婉《のなかえん》とか言《い》ったっけな」

「なに？　まさか、宿毛《すくも》から連《つ》れ出《だ》したのか？」

「仕事納《しごとおさ》めのつもりで盗《ぬす》んできたのさ。大丈夫《だいじょうぶ》。身代《みが》わりは、ちゃんと置《お》いてきたぜ」

「そういう問題《もんだい》ではない」

市之丞《いちのじょう》は呆《あき》れ気味《ぎみ》に返《かえ》したが、やがて思《おも》い直《なお》したようで顔《かお》を上《あ》げた。

「取《と》りあえず、中《なか》に入《はい》れ」

市之丞《いちのじょう》の了解《りょうかい》を得《え》て、もへぇは婉《えん》に顔《かお》を向《む》けた。

「俺《おれ》の相棒《あいぼう》だ。安心《あんしん》しな」

「安心《あんしん》など出来《でき》るか馬鹿者《ばかもの》。先立《さきだ》って歩《ある》け。妙《みょう》な真似《まね》をしたら、舌《した》を噛《か》むからな」

「……へぇへぇ。なら、そこでちょっと待《ま》ってろよ」

門《もん》の扉《とびら》を閉《し》めてから、もへぇは婉《えん》の前《まえ》に立《た》って歩《ある》き出《だ》した。


日《ひ》が昇《のぼ》り、婉《えん》を屋敷《やしき》の離《はな》れで休《やす》ませている間《あいだ》、もへぇは市之丞《いちのじょう》と話《はな》し合《あ》った。

「心配《しんぱい》ねぇさ。突《つ》っ慳貪《けんどん》だが、文字通《もじどお》りの箱入《はこい》り娘《むすめ》だぜ」

「疱瘡《ほうそう》のことなら、此処《ここ》より天狗様《てんぐさま》の所《ところ》に行《い》くことを、強《つよ》く勧《すす》めるがな」

「元《もと》からそのつもりさ。瘡蓋《かさぶた》の治療《ちりょう》も訊《き》けるだろうしな」

自信満々《じしんまんまん》のもへぇに、それまで呆《あき》れ顔《がお》だった市之丞《いちのじょう》が、急《きゅう》に真顔《まがお》になって問《と》い質《ただ》した。

「足《あし》を洗《あら》うつもりか？」

「……その言《い》い回《まわ》しだと、おめぇも罪悪感《ざいあくかん》を感《かん》じて、止《や》める頃合《ころあ》いを見計《みはか》らってたのか？」

「……うむ。今捌《いまさば》いている米《こめ》が片付《かたづ》いたら——、とは思《おも》ってはいるが、中々難《なかなかむずか》しいものだ」

そう言《い》って立《た》ち去《さ》ろうとする市之丞《いちのじょう》を、もへぇは呼《よ》び止《と》めた。

「義姉《ねえ》さんの姿《すがた》が見《み》えなかったが？　喧嘩《けんか》したのか？」

「……横倉《よこくら》の社《やしろ》に出《で》かけた」

ここから西《にし》の方角《ほうがく》にある横倉山《よこくらやま》に里《さと》の支配地域《しはいちいき》があって、一族《いちぞく》は影響力《えいきょうりょく》を保《たも》つためにそこを行《い》き来《き》し、日菜乃《ひなの》は一族《いちぞく》の代表《だいひょう》として、その任《にん》に就《つ》いていた。

「予感《よかん》がすると書置《かきお》きを残《のこ》して朝早《あさはや》く出《で》かけた。同行《どうこう》したかったが米《こめ》の捌《さば》きが残《のこ》っている。おまえが行《い》ってくれると、助《たす》かるのだが――」

「――悪《わり》い。あの御嬢様《おじょうさま》を送《おく》り返《かえ》すまで無理《むり》だな。疱瘡《ほうそう》の件《けん》が片付《かたづ》いたら行《い》くよ」

約束《やくそく》を交《か》わしてから、もへぇは婉《えん》が口《くち》を滑《すべ》らせた遺産話《いさんばなし》を切《き》り出《だ》した。

「伝右衛門《でんえもん》は美田《びでん》を遺《のこ》したり、金《かね》を貯《た》め込《こ》んだりはしなかったのか？」

「……何《なに》かあったのか？」

土佐守《とさのかみ》も探《さぐ》りを入《い》れているらしい遺産《いさん》の話《はなし》をすると、市之丞《いちのじょう》は関心《かんしん》を持《も》った。

「少《すこ》し調《しら》べてみよう。米《こめ》を捌《さば》くついでにな」

「頼《たの》む。俺《おれ》は義祖父《じい》さんと義母《かあ》ちゃんに挨拶《あいさつ》でもしてくるぜ」

もへぇは軽《かる》い足取《あしど》りで、屋敷《やしき》の奥《おく》に走《はし》って行《い》った。

日下村《くさかむら》の山間《やまあい》にある『猿田洞《さるたどう》』と呼《よ》ばれる洞窟《どうくつ》を訪《おとず》れたのは、ちょうど昼飯時《ひるめしどき》だった。

「ひさしぶりに戻《もど》ったぜ、天狗様《てんぐさま》！」

勇《いさ》んで洞窟《どうくつ》にやって来《き》たもへぇの前《まえ》に現《あらわ》れたのは、意外《いがい》な人物《じんぶつ》だった。

「もへ兄《にい》～、会《あ》いたかったよ～！」

「げぇ！　てめぇはっ――」

吾南平野《ごなんへいや》の米蔵騒動《こめぐらそうどう》で、もへぇに深手《ふかで》の傷《きず》を負《お》わせた、あの桂七之助《かつらしちのすけ》だった。

ご飯粒《はんつぶ》のついた顔《かお》を摺《す》り寄《よ》せてくる七之助《しちのすけ》に、もへぇは思《おも》わず仰《の》け反《ぞ》った。

「汚《きた》ねぇな。行儀悪《ぎょうぎわり》ぃぞッ」

叱《しか》りつけるもへぇに同調《どうちょう》するかのように、懐《なつ》かしい声《こえ》が聞《き》こえてきた。

「そうじゃよ。食事中《しょくじちゅう》は場《ば》を立《た》つものではないぞ」

「もへぇ、あんたもついでに御飯《ごはん》食《た》べていくかい？」

修行時代《しゅぎょうじだい》にお世話《せわ》になった天狗夫妻《てんぐふさい》は、何事《なにごと》も無《な》かったかのように食事《しょくじ》をしていた。

七之助《しちのすけ》を気《き》にしていない天狗《てんぐ》たちを他所《よそ》に、もへぇは七之助《しちのすけ》の胸倉《むなぐら》を掴《つか》み上《あ》げた。

「おい、てめぇのオジサンはどうしてやがる？」

「あれから眠《ねむ》って話《はなし》はしてないよ。何《なに》か託《ことづけ》するぅ？」

「言《い》いたいことは山《やま》ほどあるがな。今《いま》はそれどころじゃねぇんだ」

もへぇは足早《あしばや》に天狗夫妻《てんぐふさい》の座《すわ》る囲炉裏端《いろりばた》に上《あが》り、来客用《らいきゃくよう》の前座《まえざ》に腰《こし》を下《お》ろした。

慌《あわ》ただしく食事《しょくじ》をしながら、七之助《しちのすけ》が洞窟《どうくつ》にやって来《き》た経緯《いきさつ》を知《し》って、もへぇは驚《おどろ》いた。

「七之助《しちのすけ》の奴《やつ》、勝手《かって》に上《あが》り込《こ》んだってのかぁ？」

「ちょっと野暮用《やぼよう》で出《で》かけている隙《すき》にね。勝手《かって》に入《はい》って、勝手《かって》に御飯《ごはん》を食《た》べていたのさ」

「もっとも、わしらの術《じゅつ》を見抜《みぬ》く力《ちから》はあるし、愛嬌《あいきょう》もあるから置《お》いておるのじゃがの」

天狗《てんぐ》たちの話《はなし》を聞《き》いた七之助《しちのすけ》は、白飯《しろめし》をパクつきながら、にんまり笑《わら》った。

「子供《こども》の純真《じゅんしん》さは、仙術《せんじゅつ》よりも強《つよ》しだよ」

「何《なに》が純真《じゅんしん》だよ。腹黒《はらぐろ》のクセに」

「オイラ子供《こども》だから良《よ》くわかんないや。天狗《てんぐ》のおじさん、ハラグロってなぁに？」

「けっ、白々《しらじら》しい奴《やつ》だぜ」

いつまでも構《かま》っていられるかと、もへぇは用件《ようけん》を切《き》り出《だ》した。

「天狗様《てんぐさま》、俺《おれ》がここに来《き》たのは――」

「――伝右衛門《でんえもん》の娘《むすめ》の病《やまい》だったね。交換条件《こうかんじょうけん》で引《ひ》き受《う》けてやっても良《い》いよ」

お見通《みとお》しとばかりに、女天狗《おんなてんぐ》は箸《はし》を動《うご》かしながら、あっさり治療《ちりょう》を承諾《しょうだく》した。

「話《はなし》が早《はや》くて助《たす》かるぜ。で、俺《おれ》は何《なに》をすれば良《い》いんだ？」

この質問《しつもん》に、まず男天狗《おとこてんぐ》が答《こた》えた。

「ちょっとした術比《じゅつくら》べじゃよ。修行《しゅぎょう》しておった時《とき》に住《す》んでおった小屋《こや》があったじゃろ？」

「あんたがいなくなった後《あと》、そこを貸《か》したんだよ。子連《こづ》れの『山姥《やまうば》』にね」

「山姥《やまうば》？　宇治谷《うじたに》の姐《あね》さんとは違《ちが》う奴《やつ》か？」

天狗夫妻《てんぐふさい》が棲《す》む洞窟《どうくつ》を山一《やまひと》つ越《こ》えた所《ところ》に宇治谷《うじだに》と呼《よ》ばれる場所《ばしょ》があり、そこには天狗《てんぐ》と顔馴染《かおなじ》みの『山女《やまおんな》』が棲《す》んでいて、修行時代《しゅぎょうじだい》にもへぇと術比《じゅつくら》べもした旧知《きゅうち》の仲《なか》であるが、この山女《やまおんな》とは違《ちが》う山姥《やまうば》が、もへぇの昔《むかし》の住処《すみか》に、子連《こづ》れで住《す》んでいるらしい。

「姐《あね》さんとは満更無関係《まんざらむかんけい》じゃなくてね――」

女天狗《おんなてんぐ》の話《はなし》によれば、もへぇや市之丞《いちのじょう》が出《で》て行《い》った後《あと》、山女《やまおんな》は寂《さび》しさを覚《おぼ》えて近《ちか》くの『大滝山《おおたきやま》』に封《ふう》じ込《こ》めていた子連《こづ》れの山姥《やまうば》の封印《ふういん》を解《と》き、山小屋《やまごや》に住《す》まわせたという。

「山姥《やまうば》の封印話《ふういんばなし》なんて、初耳《はつみみ》だな」

「元村人《もとむらびと》のあんたが知《し》らないのは、良《い》い意味《いみ》で当然《とうぜん》だよ。ちょいと昔話《むかしばなし》を語《かた》るとね――」

そう言《い》って女天狗《おんなてんぐ》は、山姥《やまうば》たちの過去《かこ》を語《かた》って聞《き》かせた。

京《きょう》の都《みやこ》の大戦《おおいくさ》で多《おお》くの公家《くげ》が焼《や》け出《だ》され、避難《ひなん》や再興《さいこう》を目的《もくてき》に領地《りょうち》であった地方《ちほう》の荘園《しょうえん》に土着《どちゃく》するという事例《じれい》が全国的規模《ぜんこくてききぼ》で発生《はっせい》した時代《じだい》、この日下《くさか》にも都《みやこ》を追《お》われた山姥《やまうば》と、その息子《むすこ》が落《お》ち延《の》びて来《き》たという。

「モノノ怪《け》じゃなくて、人間《にんげん》なのか？」

「乳母《うば》と彼女《かのじょ》が仕《つか》えていた家《いえ》の息子《むすこ》さ。日下《くさか》の村人《むらびと》らに余所者扱《よそものあつか》いされたから、あたしらや宇治谷《うじだに》の姐《あね》さんが世話《せわ》をしてね――」

幸《さいわ》い息子《むすこ》は成長《せいちょう》して太郎《たろう》と言《い》う名前《なまえ》もつけられたが、何時《いつ》までも天狗《てんぐ》たちが関《かか》わる訳《わけ》にもいかず、乳母《うば》と太郎《たろう》は他所《よそ》の土地《とち》に移《うつ》って、人間《にんげん》として暮《く》らす計画《けいかく》を立《た》てていた。

その矢先《やさき》に悲劇《ひげき》が起《お》こった。

村男《むらおとこ》の一人《ひとり》が乳母《うば》に欲情《よくじょう》して強引《ごういん》に交際《こうさい》を迫《せま》り、これに太郎《たろう》が激高《げきこう》した結果《けっか》、村男《むらおとこ》が死亡《しぼう》してしまうという痛《いた》ましい事件《じけん》が発生《はっせい》したのだ。

「太郎《たろう》が殺《や》ったのか？」

「逃《に》げる途中《とちゅう》で崖《がけ》から落《お》ちたのさ。山狩《やまが》りは始《はじ》まるし、二人《ふたり》は死《し》ぬとか言《い》い出《だ》したから、一旦《いったん》落《お》ち着《つ》かせるために、あたしが石《いし》に変《か》えて封印《ふういん》したんだよ」

「そうか。人《ひと》の噂《うわさ》も七十五日《しちじゅうごにち》。ほとぼりを冷《さ》ましてから復活《ふっかつ》させたんだな」

もへぇの言葉《ことば》に、傍《かたわ》らの七之助《しちのすけ》が口《くち》を挟《はさ》んだ。

「それでね、太郎《たろう》ちゃんの引《ひ》き取《と》り先《さき》に、オイラの家《いえ》が選《えら》ばれたってわけ」

「マジか？」

「マジだよ。けど太郎《たろう》ちゃんって頑固者《がんこもの》でさぁ。もへ兄《にい》みたいにオイラを子供扱《こどもあつか》いして、取《と》り合《あ》ってくれないのよねぇ〜」

ワザとらしく色目《いろめ》を使《つか》う七之助《しちのすけ》に、もへぇはこの後《あと》の展開《てんかい》を察知《さっち》した。

「……分《わ》かったぞ。太郎《たろう》と俺《おれ》を勝負《しょうぶ》させて、腕《うで》づくで説得《せっとく》させる気《き》だな？」

「大当《おおあ》たり！」

「七之助《しちのすけ》がやれば良《い》いじゃねぇか。実力《じつりょく》あんだろ？」

「う〜ん。最初《さいしょ》は、そのつもりだったんだけどねぇ……」

視線《しせん》を泳《およ》がせる七之助《しちのすけ》に、天狗夫妻《てんぐふさい》が助《たす》け舟《ぶね》を出《だ》した。

「七之助《しちのすけ》がやると禍根《かこん》が残《のこ》るだろ？　負《ま》かされた家《いえ》の世話《せわ》になるのは屈辱《くつじょく》じゃないか」

「しかし、関《かか》わりがないおぬしが仲介《ちゅうかい》すれば、事《こと》は丸《まる》く収《おさ》まるのじゃよ」

「……ふーん。つまりは人助《ひとだす》けか。なら仕方《しかた》ねぇな」

渋々納得《しぶしぶなっとく》をしたもへぇに、七之助《しちのすけ》がガバっと抱《だ》きついた。

「もへ兄大好《にいだいす》き！　あの時《とき》は怪我《けが》させてゴメンね。オイラ、ずぅ〜と心配《しんぱい》していたのよ」

「……気持《きも》ち悪《わる》いから、離《はな》れろよ」

弾《はじ》ける笑顔《えがお》に計算高《けいさんだか》さを嗅《か》ぎつけたもへぇは、やんわり七之助《しちのすけ》の体《からだ》を押《お》し戻《もど》した。

「じゃあ早速《さっそく》、太郎《たろう》ちゃんの所《ところ》にイザ出陣《しゅつじん》ってことで――」

七之助《しちのすけ》がグイグイと強引《ごういん》に連《つ》れだそうとしたので、もへぇは慌《あわ》てて遮《さえぎ》った。

「ちょっと待《ま》った！　婉《えん》さんの治療《ちりょう》の一件《いっけん》が、まだ片付《かたづ》いてねぇぞ」

「それなら心配《しんぱい》いらないよ」

女天狗《おんなてんぐ》がヤツデの団扇《うちわ》を一煽《ひとあお》ぎすると、土間《どま》の床《ゆか》がグニャリ歪《ゆが》み、落人《おちうど》の里《さと》に待《ま》たせていた野中婉《のなかえん》が、まるで地面《じめん》から湧《わ》き出《で》るように姿《すがた》を現《あらわ》した。

「……今度は、何処《どこ》に跳《と》ばされたのだ？」

だんだん仙術《せんじゅつ》に慣《な》れてきた彼女《かのじょ》とは逆《ぎゃく》に、もへぇは戸惑《とまど》った。

彼女《かのじょ》の居場所《いばしょ》は、まだ天狗様《てんぐさま》に話《はな》してなかったからだ。

そんなもへぇを面白《おもしろ》がるように、男天狗《おとこてんぐ》が笑《わら》いながら言《い》った。

「おぬしが義理《ぎり》の親《おや》たちと会《あ》っている間《あいだ》、市之丞《いちのじょう》から相談《そうだん》されてな。手筈《てはず》は万全《ばんぜん》なのじゃ」

「……そういうことか。市之丞《いちのじょう》も水臭《みずくせ》ぇな」

ふと気《き》がつくと、腕《うで》を引《ひ》っ張《ぱ》っていた七之助《しちのすけ》が婉《えん》の傍《そば》に座《す》わり、話《はな》しかけていた。

「オイラ桂七之助《かつらしちのすけ》。越前《えちぜん》から来《き》たの。病気治《びょうきなお》ったらオイラとお茶《ちゃ》しない？『玲瓏豆腐《こおりどうふ》』の美味《おい》しい店《みせ》が、お城下《じょうか》に期間限定《きかんげんてい》で出来《でき》たから――」

七之助《しちのすけ》の達者《たっしゃ》な口《くち》はもへぇの掌《てのひら》に塞《ふさ》がれ、七之助《しちのすけ》はフガフガ喚《わめ》いた。

「……弟《おとうと》か――？」

「――んなわきゃねぇだろッ！」

もへぇのツッコミを婉《えん》は気《き》にもせず、囲炉裏端《いろりばた》を見回《みまわ》して、天狗夫妻《てんぐふさい》に軽《かる》く頭《あたま》を下《さ》げた。

「疱瘡《ほうそう》の治療法《ちりょうほう》を教《おそ》わった天狗様《てんぐさま》だ。おめぇの病気《びょうき》も治《なお》してくれるさ。じゃあなッ」

もへぇは婉《えん》に言葉《ことば》をかけ、足早《あしばや》に七之助《しちのすけ》を引《ひ》きずって洞窟《どうくつ》から立《た》ち去《さ》った。

静《しず》まり返《かえ》った囲炉裏《いろり》の薪《たきぎ》がパチっと爆《は》ぜ、女天狗《おんなてんぐ》は大《おお》きなため息《いき》をついた。

「あれだけ修行《しゅぎょう》させたのに、七之助《しちのすけ》に良《い》いようにされちゃってまぁ……」

「ハハッ。駆《か》け引《ひ》きは中《なか》の男《おとこ》の入《い》れ知恵《ぢえ》じゃろが、使《つか》いこなすのは大《たい》したものじゃよ」

男天狗《おとこてんぐ》はそう言《い》ってズズッとお茶《ちゃ》を飲《の》み干《ほ》し、土間《どま》に立《た》ったままの婉《えん》に声《こえ》をかけた。

「鳩麦《はとむぎ》のお茶《ちゃ》は如何《いかが》かな？　痒《かゆ》み止《ど》めに良《よ》く効《き》くのじゃよ」

婉《えん》はどう行動《こうどう》するべきか素早《すばや》く判断《はんだん》して、立《た》て膝《ひざ》をついて今度《こんど》は深《ふか》く頭《あたま》を下《さ》げた。

「行者様方《ぎょうじゃさまがた》、この度《たび》は御厄介《ごやっかい》になります。我《われ》は野中婉《のなかえん》と申《もう》す者《もの》。どうぞお見知《みし》りおきを」

山伏扱《やまぶしあつか》いされた天狗《てんぐ》たちは、目《め》をパチクリさせたが、やがて朗《ほが》らかに笑《わら》い合《あ》った。


一方《いっぽう》その頃《ころ》、小屋《こや》に向《む》かう山道《やまみち》を、もへぇは七之助《しちのすけ》を連《つ》れて歩《ある》いた。

「もへ兄《にい》もヤリ手《て》だねぇ～」

「だから、惚《ほ》れ合《あ》ってる間柄《あいだがら》じゃやねぇよ」

「へぇ～、友達以上《ともだちいじょう》、恋人未満《こいびとみまん》ってやつぅ？　もへ兄《にい》って奥手《おくて》なのね」

「……黙《だま》って歩《ある》けよ」

やがて二人《ふたり》は小《ちい》さな滝《たき》に辿《たど》り着《つ》いたが、ここは昔《むかし》、もへぇが修行時代《しゅぎょうじだい》に米《こめ》を作《つく》った時《とき》に利用《りよう》した水源地《すいげんち》で、滔々《とうとう》と細《ほそ》く、長《なが》い滝《たき》の水《みず》が勢《いきお》いよく流《なが》れ落《お》ちていた。

七之助《しちのすけ》によれば、太郎《たろう》と一度目《いちどめ》の話《はなし》をしたのは、この辺《あた》りらしい。

周囲は、『隠《かく》し霧《きり》の術《じゅつ》』と呼《よ》ばれる仙術《せんじゅつ》で発生《はっせい》した霧《きり》で、気配《けはい》が探《さぐ》れなくなっていた。

「……太郎《たろう》と小競《こぜ》り合《あ》いしやがったな」

「エヘへ。若気《わかげ》の至《いた》りで、つい――」

「何《なに》がついだ。こりゃ堅干辺《けんぴあた》りを菓子折《かしお》りにして、頭下《あたまさ》げるっきゃねぇか――」

そうボヤいた頭上《ずじょう》が、急《きゅう》に暗《くら》くなった。

見上《みあ》げると大《おお》きな岩《いわ》が宙《ちゅう》に静止《せいし》して、声《こえ》をあげる間《ま》もなく大岩《おおいわ》は地面《じめん》に激突《げきとつ》した。

地響《じひび》きの後《あと》に静寂《せいじゃく》が支配《しはい》して、やがて大岩《おおいわ》の上《うえ》に下《お》り立《た》つ者《もの》がいた。

七之助《しちのすけ》より年上《としうえ》の少年《しょうねん》で、垂髪《すいはつ》に童水干《わらべすいかん》という、古風《こふう》な都衣装《みやこいしょう》をしていた。

少年《しょうねん》は周囲《しゅうい》を見渡《みわた》して手応《てごた》えを探《さぐ》っていたが、やがて気配《けはい》を感《かん》じて宙《ちゅう》を睨《にら》みつけた。

木漏《こも》れ日《び》を背《せ》に浴《あ》びて、翼《つばさ》を生《は》やしたもへぇの体《からだ》が浮《う》かんでいた。

「あんたが太郎《たろう》か？」

「貴様《きさま》も母上《ははうえ》を奪《うば》いに来《き》たのか？」

――乳母《うば》にもちょっかい出《だ》しやがったのかよッ
もへぇは七之助《しちのすけ》を捜《さが》したが、一足先《ひとあしさき》にトンズラしたらしく、影《かげ》も形《かたち》も見《み》えなかった。

「年増《としま》に興味《きょうみ》はねぇよ。俺《おれ》の目的《もくてき》はおめぇだ。腕《うで》づくで、説得《せっとく》しに来《き》たんだ！」

売《う》り言葉《ことば》に買《か》い言葉《ことば》――、太郎《たろう》は両手《りょうて》で印《いん》を結《むす》びながら言《い》い返《かえ》した。

「やってみろ。返《かえ》り討《う》ちにしてくれる！」

見《み》えない力《ちから》が、太郎《たろう》の髪《かみ》や服《ふく》を波立《なみだ》たせ、岩《いわ》や瓦礫《がれき》が次々《つぎつぎ》と浮《う》かんだ。

「礫《つぶて》か。嫁入《よめい》り前《まえ》の家《いえ》に、よく石《いし》ころ投《な》げたっけな……」

当時実在《とうじじつざい》した、土佐《とさ》の婚礼風習《こんれいふうしゅう》に思《おも》いを馳《は》せた隙《すき》を、太郎《たろう》が見逃《みのが》す筈《はず》はなかった。

かけ声《ごえ》と共《とも》に礫《つぶて》は矢《や》のように放《はな》たれたが、もへぇは慌《あわ》てず騒《さわ》がず体《からだ》を独楽《こま》のように回転《かいてん》させ、作《つく》り上《あ》げた旋風《つむじかぜ》によって礫《つぶて》は全《すべ》て太郎《たろう》に弾《はじ》き返《かえ》されたが、太郎《たろう》も落《お》ち着《つ》いて再度印《さいどいん》を結《むす》び、結界陣《けっかいじん》を張《は》り巡《めぐ》らせて、礫《つぶて》を周囲《しゅうい》に散《ち》らして見《み》せた。

その隙《すき》に、もへぇは木《き》の枝端《えだはじ》に立《た》つと鎖鎌《くさりがま》を構《かま》え、太郎《たろう》は片手《かたて》に礫《つぶて》を集結《しゅうけつ》させた。

太郎《たろう》が刀身《とうしん》を引《ひ》き抜《ぬ》くような動《うご》きをとると、礫《つぶて》は鞭《むち》のように数珠繋《じゅずつな》ぎとなって、撓《しな》った先端《せんたん》が勢《いきお》いよく空《くう》を切《き》って、襲《おそ》いかかってきたが、もへぇは半身《はんみ》でこれを躱《かわ》し、礫《つぶて》の鞭《むち》は木《き》の枝《えだ》を折《お》っただけで、バラバラと砕《くだ》けた。

「狙《ねら》いは、もう少《すこ》し正確《せいかく》にな」

もへぇは軽口《かるくち》を叩《たた》いたが、太郎《たろう》は指《ゆび》と腕《うで》を動《うご》かして空《くう》を掴《つか》み、手繰《たぐ》り寄《よ》せる動《うご》きをした。

すると、落《お》ちた礫《つぶて》は意思《いし》を持《も》つかのように、四方《しほう》から矢《や》のように飛《と》んできた。

もへぇは、鎖鎌《くさりがま》の分銅《ぶんどう》を回転《かいてん》させて礫《つぶて》を弾《はじ》き、手近《てぢか》な礫《つぶて》は鎌《かま》の刃《やいば》で粉砕《ふんさい》した。

なかなかやるな――と、闘志《とうし》が湧《わ》きあがったその時《とき》、もへぇは別《べつ》の気配《けはい》を感《かん》じ取《と》った。

ぐぬぬ

太郎《たろう》の母親《ははおや》にしては、少々妖《しょうしょうあや》しに満《み》ちている。
「おい、あんたの義母《かあ》ちゃん、まだ人間《にんげん》だよな？」
太郎《たろう》は気配《けはい》に気《き》づかないようで、もへぇは再度声《さいどこえ》をかけた。
「義母《かあ》ちゃんは、仙術《せんじゅつ》とか使《つか》えねぇんだよな？」
「それがどうした――」
苛立《いらだ》つ太郎《たろう》も直後《ちょくご》に気《き》がついたようで、鋭《するど》く視線《しせん》を周囲《しゅうい》に動《うご》かした。
もへぇは、鎖鎌《くさりがま》を持《も》ち直《なお》して空《あ》いた手《て》を動《うご》かし、気配《けはい》の位置《いち》を太郎《たろう》に教《おし》えた。
太郎《たろう》は両手《りょうて》に無数《むすう》の礫《つぶて》を集結《しゅうけつ》させ、もへぇの合図《あいず》と共《とも》に礫《つぶて》を投《な》げ込《こ》んだ。
鳥《とり》や獣《けもの》の鳴《な》き声《ごえ》がピタッと止《や》み、滝《たき》の水音《みずおと》だけが辺《あた》りに響《ひび》いた。
次《つぎ》の瞬間《しゅんかん》、礫《つぶて》を打《う》ち込《こ》んだ場所《ばしょ》から、赤《あか》い何《なに》かが血潮《ちしお》のように噴《ふ》き出《だ》してきた。
それは真《ま》っ赤《あか》な椿《つばき》の花弁《はなびら》の集《あつ》まりで、触手《しょくしゅ》のような動《うご》きで、二人《ふたり》に襲《おそ》いかかってきた。
もへぇは風《かぜ》の壁《かべ》、太郎《たろう》は結界《けっかい》を発動《はつどう》させてやり過《す》ごし、ほぼ同時《どうじ》に上空《じょうくう》を見上《みあ》げた。
――海月《くらげ》を頭《あたま》から被《かぶ》ったような巨大《きょだい》な市女笠《いちめがさ》と、長《なが》い虫《むし》の垂《た》れ布《ぎぬ》で体《からだ》を覆《おお》い隠《かく》した、
古風《こふう》な都衣装《みやこいしょう》を纏《まと》った女《おんな》が、ユラユラと宙《ちゅう》に浮《う》かんでいた。
女《おんな》は滝《たき》から離《はな》れた場所《ばしょ》に下《お》り立《た》つと、垂《た》れ布《ぎぬ》をゆっくりかき分《わ》けた。
頭髪《とうはつ》は黒猫顔《くろねこがお》となって顔上半分《かおうわはんぶん》を呑《の》み込《こ》み、黒猫《くろねこ》の牙《きば》が両目《りょうめ》に食《く》い込《こ》んで涙跡《なみだあと》のような

真紅《しんく》の血筋《ちすじ》が頬《ほほ》を伝《つた》い文様《もんよう》となり、唇《くちびる》は横一文字《よこいちもんじ》に開《ひら》き紫《むらさき》の毒々《どくどく》しさを放《はな》っていた。

女《おんな》は、横髪《よこがみ》に飾《かざ》られた鈴《すず》を指《ゆび》で軽《かる》く弾《はじ》いた。

心地《ここち》よい鈴《すず》の音《ね》が鳴《な》り響《ひび》き、落《お》ちた花弁《はなびら》から若芽《わかめ》が生《は》えて、椿《つばき》の花《はな》が咲《さ》き誇《ほこ》った。

女《おんな》は手近《てぢか》な花《はな》を一輪《いちりん》摘《つ》むと、美味《うま》そうに咀嚼《そしゃく》した。

口元《くちもと》がニタァと歪《ゆが》み、お歯黒《はぐろ》に染《そ》められた歯《は》がテカテカ黒光《くろびか》りして、言葉《ことば》が発《はっ》せられた。

「前田六郎太郎《まえだろくろうたろう》に日下茂平《くさかもへえ》か。会《あ》えて嬉《うれ》しいぞ」

女《おんな》は二人《ふたり》を知《し》っているようだが、もへぇに心当《こころあ》たりはなく、太郎《たろう》も同様《どうよう》のようだった。

「そのような姓《せい》と通称《つうしょう》は持《も》たぬ。人違《ひとちが》いだッ」

女《おんな》は太郎《たろう》の言葉《ことば》に、何《なに》かを思《おも》い出《だ》したようで、ポンと手《て》を叩《たた》いた。

「おお、そうであったな。すまなんだ。先程《さきほど》の言葉《ことば》は忘《わす》れてくれ――」

女《おんな》は終始《しゅうし》、のんびりとした口調《くちょう》で話《はなし》を続《つづ》けた。

「――戯《たわむ》れに妾《わらわ》も混《ま》ぜてくれぬか？　術比《じゅつくら》べは、数《かず》が多《おお》いほど楽《たの》しめるでな」

「断《ことわ》る。一対一《いちたいいち》の勝負事《しょうぶごと》に入《はい》って来《く》るなッ」

啖呵《たんか》を切《き》った太郎《たろう》だったが、女《おんな》は小馬鹿《こばか》にしたように、ケタケタと笑《わら》った。

「するなと言《い》われると、しとうなるのぅ。まずは、こやつらの相手《あいて》をしてもらおうか――」

女《おんな》が横髪《よこがみ》を手《て》に取《と》って鈴《すず》を勢《いきお》いよく振《ふ》ると、鈴《すず》の音《ね》が鳴《な》り亘《わた》り、椿《つばき》の花園《はなぞの》が一斉《いっせい》に青白《あおじろ》い炎《ほのお》を上《あ》げて、花弁《はなびら》が大量《たいりょう》の蜂《はち》に、その姿《すがた》を変《か》えた。

「逃《に》げるぞ！」

蜂《はち》を見《み》た瞬間《しゅんかん》、もへぇは顔色《かおいろ》を変《か》えて太郎《たろう》の袖《そで》を掴《つか》み、一目散《いちもくさん》に走《はし》り出《だ》した。

「なぜ蜂如《はちごと》きで逃《に》げる？」

「生《い》き物《もの》の蜂《はち》じゃねぇッ！『火蜂《ひばち》』だ。モノノ怪《け》の一《ひと》つで、土佐《とさ》にはいねぇ奴《やつ》だ」

「名前《なまえ》だけなら天狗様《てんぐさま》から教《おそ》わったぞ。なぜ姿《すがた》を知《し》っている？」

「逃《に》げ切《き》れたら話《はな》してやる。とにかく走《はし》れ！」

修行時代《しゅぎょうじだい》に、嫌《いや》と言《い》うほど走《はし》った場所《ばしょ》だけあって、もへぇは藪《やぶ》を飛《と》ぶように移動《いどう》した。

太郎《たろう》も中々《なかなか》のもので、同《おな》じ速《はや》さで走《はし》っても、息切《いきぎ》れ一《ひと》つしなかった。

やがて二人《ふたり》は、昔《むかし》もへぇが米作《こめづく》りをしていた水田跡《すいでんあと》に辿《たど》りついたが、青々《あおあお》とした稲《いね》の姿《すがた》はなく、満々《まんまん》と水《みず》を湛《たた》えた池《いけ》となっていた。

「おい、米《こめ》は作《つく》ってねぇのか？」

「そんな泥臭《どろくさ》いことをやるものか。鯉《こい》の養殖池《ようしょくいけ》にしているのだ」

見《み》れば、黒《くろ》い色《いろ》の鯉《こい》と鯰《なまず》が仲良《なかよ》く、池《いけ》の中《なか》を泳《およ》いでいた。

この時代《じだい》、鯉《こい》は土佐《とさ》に移入《いにゅう》されたばかりの高級食材《こうきゅうしょくざい》で、売《う》れば良《よ》い金《かね》になった。

「なんで鯰《なまず》と一緒《いっしょ》なんだ？」

「鯉だけでは育たぬのだ。必《かなら》ず鯰《なまず》と一緒《いっしょ》に飼《か》えと、人伝《ひとづて》に教《おそ》わったのでな」

「そうかい。なら此奴《こいつ》らの、邪魔《じゃま》にならねぇようにしねぇとな――」

もへぇは瓢箪《ひょうたん》から、忍者道具《にんじゃどうぐ》の『水蜘蛛《みずぐも》』を二組《ふたくみ》出《だ》して、一組《ひとくみ》を太郎《たろう》に手渡《てわた》した。

「それを履《は》いて水《みず》の上《うえ》に立《た》つぞ」

「……近頃習《ちかごろなら》ったが、それは間違《まちが》った使《つか》い方《かた》ではないのか？」

「俺《おれ》たちは仙術使《せんじゅつつか》いだろ？　『浮遊術《ふゆうじゅつ》』に使《つか》う力《ちから》を、節約《せつやく》するんだよ」

「ああ、そうか。仙術《せんじゅつ》の補助《ほじょ》として使《つか》うのだな？　それを早《はや》く言《い》え」

一足先《ひとあしさき》に養殖池《ようしょくいけ》を滑《すべ》るもへぇを追《お》って、太郎《たろう》も水蜘蛛《みずぐも》を履《は》いて水面《すいめん》に立《た》った。

池《いけ》の中央《ちゅうおう》に移動《いどう》した二人《ふたり》は印《いん》を結《むす》び、水遁仙術《すいとんせんじゅつ》の一《ひと》つ『水柱壁《すいちゅうへき》』を作《つく》り上《あ》げた。

「水《みず》の壁《かべ》は、目安《めやす》に過《す》ぎねぇ。蜂《はち》を寄《よ》せ付《つ》けるなよ」

「言《い》われなくても分《わ》かっている。我慢比《がまんくら》べは癪《しゃく》だがな」

いつの間《ま》にか、意気投合《いきとうごう》している二人《ふたり》の前《まえ》に、無数《むすう》の青白《あおじろ》い火《ひ》が現《あらわ》れ、無数《むすう》の火蜂《ひばち》が二人《ふたり》を取《と》り囲《かこ》んだが、仙術《せんじゅつ》の気《き》に圧《お》されて、近《ちか》づこうとはしなかった。

「先程《さきほど》の質問《しつもん》に答《こた》えてもらうぞ。火蜂《ひばち》を何処《どこ》で知《し》った？」

「修行時代《しゅぎょうじだい》、国外《こくがい》のモノノ怪《け》と知《し》り合《あ》いになった。独《ひと》り立《だ》ちしてから度々連《たびたびつ》れ出《だ》されてな。あれこれ手伝《てつだ》わされた。火蜂《ひばち》は加賀国《かがのくに》のモノノ怪《け》だ。対策《たいさく》はあるが物《もの》と暇《ひま》がねぇ。時《とき》を稼《かせ》いで、蜂《はち》の動《うご》きが鈍《にぶ》るのを待《ま》つしかねぇのが現状《げんじょう》だ」

「仙術《せんじゅつ》で跳《と》べぬのか？」

「術《じゅつ》を辿《たど》って追《お》いかけて来《く》るんだよ。他《ほか》の奴《やつ》らを巻《ま》き込《こ》んじまうぞ」

「面倒《めんどう》だな。だとすると女《おんな》も、加賀国《かがくに》のモノノ怪《け》か。なぜ土佐《とさ》に――」

その時《とき》、水中《すいちゅう》から狙《ねら》っていた小《ちい》さい鯉《こい》が跳《は》ねて、火蜂《ひばち》を丸飲《まるの》みにして水中《すいちゅう》に没《ぼっ》したが、
間《ま》もなく、鯉《こい》は腹《はら》を上《うえ》に出《だ》して浮《う》かびあがってきた。

「火蜂《ひばち》に咬《か》まれると、体温《たいおん》を奪《うば》われて、ああなる。ありゃ鯉濃《こいこく》には無理《むり》だな」

軽口《かるくち》を叩《たた》いていると、椿《つばき》の妖女《ようじょ》も現《あらわ》れた。

ふわふわ宙《ちゅう》に浮《う》かびながら、美味《うま》そうに椿《つばき》の花《はな》を咀嚼《そしゃく》している。

「鬼《おに》ごっこは仕舞《しまい》か？」

「ごっこ遊《あそ》びをするつもりはねぇぞ」

もへぇの返《かえ》しに、女《おんな》はケタケタ、愉快《ゆかい》そうに笑《わら》った。

「その首《くび》を刈《か》り取《と》ってやろう。良《よ》い椿《つばき》が育《そだ》ちそうじゃ」

女《おんな》の両目《りょうめ》から血《ち》の涙《なみだ》が一滴《いってき》ずつ零《こぼ》れ落《お》ち、掌《てのひら》でふわっと浮《う》かんだ。

血《ち》の涙《なみだ》は回転《かいてん》して大《おお》きな血《ち》の輪《わ》となり、薄《うす》く鋭利《えいり》に凝固《ぎょうこ》して『円月輪《えんげつりん》』となった。

「おい、もへぇ、どうするんだ？」

「躱《かわ》すか弾《はじ》くの二択《にたく》だな。健闘《けんとう》を祈《いの》るぜ」

言葉《ことば》を交《か》わした直後《ちょくご》、円月輪《えんげつりん》は勢《いきお》いよく飛《と》んで来《き》た。

一度《いちど》は躱《かわ》したが、円月輪《えんげつりん》は四方八方《しほうはっぽう》に移動《いどう》して、二人《ふたり》の気《き》を散《ち》らし始《はじ》める。

このままでは、隙《すき》を突《つ》かれて火蜂《ひばち》の餌食《えじき》になってしまう——。

その時《とき》、金属音《きんぞくおん》が池《いけ》の畔《ほとり》から聞《き》こえ、火蜂《ひばち》は女《おんな》の手《て》を離《はな》れて、移動《いどう》を始《はじ》めた。

音《おと》の先《さき》には七之助《しちのすけ》が立《た》っていて、足元《あしもと》には小脇《こわき》に抱《かか》えられる金属《きんぞく》の火鉢《ひばち》が置《お》かれていた。

七之助《しちのすけ》は、金属《きんぞく》の火箸《ひばし》で音頭《おんど》を取《と》りながら、軽快《けいかい》に火鉢《ひばち》を叩《たた》いていた。

火蜂《ひばち》は、火鉢《ひばち》の灰《はい》に次々《つぎつぎ》吸《す》い込《こ》まれ、やがて沈黙《ちんもく》した。

ドヤ顔《がお》の七之助《しちのすけ》に、女《おんな》は人差《ひとさ》し指《ゆび》を向《む》けて、円月輪《えんげつりん》を二《ふた》つ同時《どうじ》に差向《さしむ》けた。

七之助《しちのすけ》は落《お》ち着《つ》きを払《はら》い、懐《ふところ》から何《なに》かを取《と》り出《だ》した。

それは、もへぇを窮地《きゅうち》に追《お》いやり、バラバラにしたはずの金剛杵《こんごうしょ》だった。

金剛杵《こんごうしょ》は円月輪《えんげつりん》を吸《す》い寄《よ》せ、杵《しょ》の両端《りょうはじ》に吸着《きゅうちゃく》させると、一振《ひとふ》りでボロボロと崩《くず》れた。

七之助《しちのすけ》と女《おんな》は遠《とお》くから対峙《たいし》していたが、女《おんな》は両手《りょうて》で印《いん》を結《むす》ぶと一瞬《いっしゅん》で七之助《しちのすけ》の近《ちか》くに移動《いどう》して、二人《ふたり》が何《なに》やら話《はなし》を始《はじ》めたので、もへぇは鷲《わし》の聴力《ちょうりょく》で、これを聴《き》き取《と》った。

「変《か》わった仕掛《しか》けじゃのぅ」

「慈《いつく》しむ力《ちから》のおかげだよ」

「慈石《じせき》から作《つく》りし物《もの》か。おぬしの体《からだ》に、宿《やど》る者《もの》の入《い》れ知恵《ぢえ》か？」

「そうだよ。おねぇさんと同《おな》じ、転生《てんせい》した人《ひと》なんだよ」

――転生《てんせい》だって？

モノノ怪《け》と思《おも》っていた女《おんな》は、元人間《もとにんげん》らしいが、なぜ七之助《しちのすけ》が、それを知《し》っているのか？

女《おんな》は、得体《えたい》の知《し》れない七之助《しちのすけ》に躊躇《ちゅうちょ》しているらしく、暫《しば》し無言《むごん》の後《のち》に、口《くち》を開《ひら》いた。

「妾《わらわ》を何処《どこ》まで知《し》っておる？　そもそも、何処《どこ》で知《し》った？」

「おねぇさんを転生《てんせい》させた人《ひと》に訊《き》いてみれば？　世間《せけん》は、案外狭《あんがいせま》いもんだよ」

意味深《いみしん》な挑発《ちょうはつ》だったが、女《おんな》は場《ば》を動《うご》かず、言葉《ことば》のみを七之助《しちのすけ》に送《おく》った。

「興《きょう》が削《そ》がれた。次《つぎ》はおぬしと戯《たわむ》れたいのぅ」

「構《かま》わないよ。椿油《つばきあぶら》を使《つか》っている、良《い》い髪結《かみゆ》いを紹介《しょうかい》するね」

「……名《な》は？」

「おねぇさんが名乗《なの》ってくれたら、教《おし》えて、あ・げ・る」

「妾《わらわ》は、妾《わらわ》の名《な》を知《し》らぬ。『椿姫《つばきひめ》』とでも呼《よ》ぶが良《よ》い」

――椿姫《つばきひめ》？

宿毛《すくも》の出店《でみせ》で買《か》った、絵本《えほん》の題《だい》と同《おな》じ名前《なまえ》だった。

「……オイラは桂七之助《かつらしちのすけ》。よろしくね」

「ではまた会《あ》おう。首《くび》を洗《あら》って待《ま》っておれ」

そう言《い》い残《のこ》して、椿姫《つばきひめ》は上空《じょうくう》で姿《すがた》を消《け》し、七之助《しちのすけ》は笑《え》みを浮《う》かべていたが、その場《ば》にパタリと倒《たお》れてしまい、もへぇ達《たち》が駆《か》け寄《よ》ると、脂汗《あぶらあせ》をかいて顔《かお》は真《ま》っ青《さお》だった。

火蜂《ひばち》の一匹《いっぴき》が、七之助《しちのすけ》の首筋《くびすじ》に食《く》らいついていた。

「まずいぞ。無理《むり》に剥《は》がそうとすると、咬《か》みつきが酷《ひど》くなる――」

どうしたものかと焦《あせ》っていると、七之助《しちのすけ》がもへぇの肩《かた》を掴《つか》み、顔《かお》を近《ちか》づけて来《き》た。

「天狗様《てんぐさま》が治療《ちりょう》の準備《じゅんび》をしてくれているよ。運《はこ》んでくれない？」

「分《わ》かった。任《まか》せろ」

もへぇが『転送術《てんそうじゅつ》』を唱《とな》える間《あいだ》、七之助《しちのすけ》は太郎《たろう》の手《て》を取《と》って、こう続《つづ》けた。

「悪《わる》いけど、火鉢《ひばち》も運《はこ》んでくれる？　天狗様《てんぐさま》が処分《しょぶん》してくれるからさぁ――」

そう言《い》い終《お》えると、七之助《しちのすけ》はガクンと意識《いしき》を失《うしな》ってしまった。

洞窟《どうくつ》に急行《きゅうこう》したもへぇを、一人《ひとり》の娘《むすめ》が出迎《でむか》えた。

「その小童《こわっぱ》、我《われ》が部屋《へや》まで運《はこ》ぼう。渡《わた》してくれ」

目《め》の前《まえ》の娘《むすめ》が、疱瘡《ほうそう》を完治《かんち》させて包帯《ほうたい》を取《と》った野中婉《のなかえん》と気《き》づくまで若干時間《じゃっかんじかん》を要《よう》した。

婉《えん》が七之助《しちのすけ》を担《かつ》いで、昔《むかし》もへぇが鷲《わし》と同化《どうか》し、想《おも》い人《びと》を治療《ちりょう》した部屋《へや》に行《い》ってしまうと、もへぇは気《き》を取《と》り直《なお》して、瓢箪《ひょうたん》から椿姫《つばきひめ》の絵本《えほん》を出《だ》して、読《よ》み返《かえ》した。

——乱世《らんせい》の時代《じだい》、三原郷《みはらごう》に椿《つばき》を愛《め》でる心優《こころやさ》しい姫君《ひめぎみ》が、年老《としお》いた乳母《うば》と暮《く》らしていた。

ある日《ひ》、飼《か》い猫《ねこ》の墓参《はかまい》りに行《い》く途中《とちゅう》、姫《ひめ》は行方《ゆくえ》知《し》れずとなり、悲《かな》しんだ乳母《うば》は滝《たき》へと身《み》を投《な》げて、この悲劇《ひげき》を村《むら》の人々《ひとびと》は、椿姫《つばきひめ》という伝説《でんせつ》として語《かた》り継《つ》いだ——。

……あの椿姫《つばきひめ》は、心優《こころやさ》しくないばかりか、人《ひと》の命《いのち》を平気《へいき》で奪《うば》おうとしていた。

七之助《しちのすけ》のオジサンもそうだが、転生《てんせい》すると好戦的《こうせんてき》になり、残虐性《ざんぎゃくせい》が増《ま》すのだろうか？

「——少《すこ》し良《よ》いかな？」

男天狗《おとこてんぐ》の声《こえ》に、もへぇは絵本《えほん》を瓢箪《ひょうたん》に仕舞《しま》ってから振《ふ》り返《かえ》った。

「火蜂《ひばち》を鎮《しず》める方法《ほうほう》を、教《おし》えておこうと思《おも》うてな——」

「分《わ》かった。すぐ行《い》くよ」

もへぇはそう言《い》って、囲炉裏《いろり》のある部屋《へや》に移動《いどう》したが、部屋《へや》には先《さき》に太郎《たろう》が控《ひか》えていた。

男天狗《おとこてんぐ》は二人《ふたり》を土間《どま》に座《すわ》らせ、太郎《たろう》が運《はこ》んだ火鉢《ひばち》の灰《はい》をならしながら、話《はなし》を始《はじ》めた。

「七之助《しちのすけ》は助《たす》かるから安心《あんしん》するがよい。さて——」

男天狗《おとこてんぐ》は、火箸《ひばし》を使《つか》って灰《はい》の中《なか》から、冷《つめ》たく銀色《ぎんいろ》に固《かた》まった火蜂《ひばち》を摘《つ》まみだした。

「灰《はい》に混《ま》ぜた水銀《すいぎん》で固《かた》まっておるが、火《ひ》にくべると動《うご》きだす。鎮《しず》めるには手順《てじゅん》が肝心《かんじん》じゃ」

男天狗《おとこてんぐ》は丁寧《ていねい》に、火蜂《ひばち》を一匹《いっぴき》ずつ取《と》り出《だ》しながら、まず太郎《たろう》に問《と》いかけた。

「付喪神《つくもがみ》の定義《ていぎ》とは、何《なん》であったかな？」

「荒《あら》ぶれば禍《わざわい》――、和《な》ぎれば幸《さいわい》――。そう教《おそ》わりました」

「その通《とお》り。使役《しえき》できるモノノ怪《け》にも、これが当《あ》て嵌《は》まる。ではもへぇ、これを踏《ふ》まえて、火蜂《ひはち》をどうすれば、鎮《しず》められると思《おも》う？」

「幸《さいわい》になる使《つか》い方《かた》だろ？　硫黄《いおう》と混《ま》ぜて過熱《かねつ》して、魔除《まよ》けの染料《せんりょう》にすればどうよ？」

「その通《とお》り！　いやいや、二人《ふたり》とも弟子《でし》として良《よ》く分《わ》かっておるではないか――」

男天狗《おとこてんぐ》は満足《まんぞく》げに微笑《ほほえ》み、『薬研《やげん》』と呼《よ》ばれる調合器具《ちょうごうきぐ》に、火蜂《ひばち》を入《い》れて粉《こな》にした。

「神宿《かみやど》りし物《もの》は、力《ちから》ある物《もの》。形《かたち》を変《か》え、良《よ》き行《おこな》いとすれば、自《おの》ずと、鎮《しず》まるであろう」

呪文《じゅもん》のように文言《もんごん》を唱《とな》えながら、火蜂《ひばち》を研《と》ぎつつ男天狗《おとこてんぐ》は、語《かた》りを続《つづ》けた。

「七之助《しちのすけ》には礼《れい》を言《い》わねばな。ぐずぐずしておったら、おぬしらも危《あや》うかった。あの子《こ》は危険《きけん》を顧《かえり》みず、助《たす》けに出向《でむ》いてくれたのじゃぞ」

太郎《たろう》は、何《なん》とも申《もう》し訳《わけ》なさそうな顔《かお》をしていたが、やがてその顔《かお》を上《あ》げた。

「心《こころ》が決《き》まりました。七之助殿《しちのすけどの》の回復《かいふく》を待《ま》って、一緒《いっしょ》に此処《ここ》を発《た》ちます」

「……母《はは》とは、しばらく会《あ》えなくなるぞ？」

「生《い》き別《わか》れるわけではありません。独《ひと》り立《だ》ちした暁《あかつき》には、必《かなら》ず迎《むか》えに参《まい》りますよ」

そう宣言《せんげん》して、太郎《たろう》は勢《いきお》いよく立《た》ち上《あ》がった。

「支度をして来《き》ます。もへぇ殿《どの》も、色々《いろいろ》と御迷惑《ごめいわく》をおかけしました」

深々《ふかぶか》と頭《あたま》を下《さ》げて、太郎《たろう》は部屋《へや》を出《で》て行《い》ったが、もへぇはジト目《め》を男天狗《おとこてんぐ》に向《む》けた。

「出来過《できす》ぎていねぇか？　ひょっとして、最初《さいしょ》から七之助《しちのすけ》と共謀《きょうぼう》して、俺《おれ》をダシに太郎《たろう》を親離《おやばな》れさせるつもりじゃなかったのか？」

「ハハハハッ。相変《あいか》わらず疑《うたぐ》り深《ぶか》いのぅ。終《お》わりよければ、全《すべ》て良《よ》しじゃろうが」

「……何《なん》か怪《あや》しいけどな」

囲炉裏《いろり》に枯《か》れ枝《えだ》をくべながら、煮《に》え切《き》らないもへぇはポツリとつぶやいた。


「七之助《しちのすけ》の様子《ようす》はどうだい？」

部屋《へや》に顔《かお》を出《だ》すと、七之助《しちのすけ》の姿《すがた》はなく、野中婉《のなかえん》と女天狗《おんなてんぐ》がそこにはいた。

婉《えん》は、当時《とうじ》の学習机《がくしゅうづくえ》である『書見台《しょけんだい》』に置《お》かれた書物《しょもつ》を真剣《しんけん》に読《よ》み耽《ふけ》り、女天狗《おんなてんぐ》はそれを微笑《ほほえ》ましそうに見守《みまも》っていたが、部屋《へや》にはもう一人《ひとり》、客人《きゃくじん》がいた。

もへぇと旧知《きゅうち》の仲《なか》である宇治谷《うじだに》の山女《やまおんな》で、部屋《へや》の壁《かべ》にもたれて瓢箪《ひょうたん》から注《そそ》いだお酒《さけ》をうまそうに飲《の》んで、ほろ酔《よ》い気分《きぶん》で出来上《できあ》がっていた。

「ひさしぶりだねぇ」

「デキの良《い》い兄弟子《あにでし》を復活《ふっかつ》させてくれて、どうもありがとよ」

「な〜に、礼《れい》には及《およ》ばないよ」

嫌味《いやみ》を躱《かわ》されたもへぇはモヤモヤしつつ、女天狗《おんなてんぐ》に小声《こごえ》で話《はな》しかけた。

「何《なに》を熱心《ねっしん》に読《よ》んでんだ？」

「医学書《いがくしょ》だよ。ウチは旧明国《きゅうみんこく》や清国《しんこく》、南蛮《なんばん》の蘭学《らんがく》まで充実《じゅうじつ》しているからね」

成程《なるほど》と納得《なっとく》していると、医学書《いがくしょ》を読《よ》み終《お》えた婉《えん》は本《ほん》を片《かた》づけ、女天狗《おんなてんぐ》に礼《れい》を述《の》べた。

「貴重《きちょう》な書物《しょもつ》、有難《ありがた》く拝見《はいけん》しました」

「何《なに》か興味《きょうみ》をもったかい？」

女天狗《おんなてんぐ》の問《と》いかけに、婉《えん》は饒舌《じょうぜつ》に語《かた》った。

「大陸《たいりく》の医学《いがく》が脈《みゃく》を測《はか》る診察《しんさつ》に移行《いこう》しているのに驚《おどろ》きました。この国《くに》では腹《はら》の触診《しょくしん》が中心《ちゅうしん》でございます。些細《ささい》な病状《びょうじょう》の変化《へんか》を見逃《みのが》し易《やす》いので、目《め》から鱗《うろこ》が落《お》ちました」

「蘭方医学《らんぽういがく》の方《ほう》が実用的《じつようてき》だけどね。まだまだ庶民《しょみん》は血《ち》を嫌《きら》う体質《たいしつ》だから、実践《じっせん》するなら唐《から》の医学書辺《いがくしょあた》りを参考《さんこう》にすると良《い》いよ」

女天狗《おんなてんぐ》の助言《じょげん》に、婉《えん》も素直《すなお》にうなずいた。

「父《ちち》も生前《せいぜん》、キリシタンの疑惑《ぎわく》をかけられました。それが無難《ぶなん》でしょう」

「さっき教《おし》えた疱瘡《ほうそう》の予防法《よぼうほう》は緊急《きんきゅう》の時《とき》だけに使《つか》いなよ。百人試《ひゃくにんため》せば二人《ふたり》は死《し》ぬからね。加《くわ》えて患者《かんじゃ》やその家族《かぞく》と、しっかり話《はな》し合《あ》って使《つか》うんだよ」

「はい。肝《きも》に銘《めい》じます」

女天狗《おんなてんぐ》の忠告《ちゅうこく》を神妙《しんみょう》な面持《おもも》ちで聴《き》く婉《えん》に、女天狗《おんなてんぐ》は話《はなし》を続《つづ》けた。

「気《き》に入《い》ったのがあったら、写本《しゃほん》をして旦那《だんな》の名義《めいぎ》で贈《おく》ってあげるよ。『安田道玄《やすだどうげん》』という名前《なまえ》で人間《にんげん》の治療《ちりょう》もしているからね。ここだけの話《はなし》、あの土佐守《とさのかみ》も江戸《えど》で天竺人《てんじくびと》の医者《いしゃ》に診察《しんさつ》してもらっているんだよ。蘭方医学《らんぽういがく》を、殿様連中《とのさまれんちゅう》もアテにしているのさ」

婉《えん》は意外《いがい》な情報《じょうほう》を知《し》り、パッと目《め》を輝《かがや》かせた。

「それは誠《まこと》ですか？　詳《くわ》しく聴《き》かせて下《くだ》さいませ」

「いいとも。この時《とき》に土佐守《とさのかみ》が患《わずら》っていたのは経脈《けいみゃく》の病《やまい》だったらしいんだけど、油薬《あぶらぐすり》——つまり軟膏《なんこう》を塗《ぬ》って治療《ちりょう》をしたらしいんだね。具体的《ぐたいてき》な成分《せいぶん》は——」

話《はなし》が専門的過《せんもんてきす》ぎてクラクラしたもへぇは、宇治谷《うじだに》の山女《やまおんな》の所《ところ》に移動《いどう》して腰《こし》を下《お》ろした。

山女《やまおんな》は相変《あいか》わらず、酒《さけ》を飲《の》みながら満足《まんぞく》げにもへぇに話《はな》しかけてきた。

「活《い》き活《い》きしているだろう？　あの娘《こ》は書物《しょもつ》が恋人《こいびと》なんだよ」

「そうみたいだな」

どこなく不満《ふまん》そうなもへぇに、山女《やまおんな》はニヤついた。

「妬《や》いているのかい？」

「……どうせ覚《おぼ》えたって活《い》かす機会《きかい》なんてねぇだろうに——」

「あれま。送《おく》り帰《かえ》すつもりかい？　そのまま彼女《かのじょ》と逃避行《とうひこう》じゃなかったのかい？」

「冗談《じょうだん》じゃねぇや。――宿毛《すくも》に親兄妹《おやきょうだい》もいるんだぜ」

「その親姉妹《おやきょうだい》も連《つ》れ出《だ》して、まとめて面倒《めんどう》は看《み》ないのかい？」

「昔《むかし》の俺《おれ》だったら、そうしてたかもな」

もへぇは真顔《まがお》で言《い》い切《き》り、そしてポツリつぶやいた。

「俺《おれ》、臆病《おくびょう》になっただろ？」

「……いいや。それが賢明《けんめい》だろうね」

助言《じょげん》をした山女《やまおんな》は、しんみりした雰囲気《ふんいき》を変《か》えようと、もへぇを誘《さそ》った。

「湯治《とうじ》に行《い》かせた七之助《しちのすけ》の様子《ようす》を見《み》に行《い》く頃合《ころあ》いだ。あんたも来《く》るかい？」

「……そうだな。気分転換《きぶんてんかん》といくか」

もへぇは山女《やまおんな》と一緒《いっしょ》に、宇治谷《うじたに》にある温泉《おんせん》へ移動《いどう》することにした。


「ほ〜い、もへ兄《にい》。七之助《しちのすけ》は元気《げんき》に復活《ふっかつ》したよん。もへ兄《にい》も一緒《いっしょ》に温泉入《おんせんはい》るぅ？」

温泉《おんせん》の湯場《ゆば》で、七之助《しちのすけ》は呑気《のんき》に寛《くつろ》いでいた。

襦袢《じゅばん》を着《き》た妙齢《みょうれい》の女性《じょせい》を侍《はべ》らせ、なんと膝枕《ひざまくら》に加《くわ》えて耳《みみ》かきまでさせていた。

「……おめぇは一体《いったい》、何《なに》してんだよ!?」

「なにって、お肌《はだ》の触《ふ》れ合《あ》いだよぉ～」

「ガキの立場《たちば》を利用《りよう》して、不埒《ふらち》なことやってんじゃねぇよッ！」

もへぇは鎖鎌《くさりがま》の分銅《ぶんどう》を七之助《しちのすけ》に投《な》げつけ、脚《あし》に絡《から》ませると力《ちから》いっぱい手繰《たぐ》り寄《よ》せた。

七之助《しちのすけ》は足《あし》を捕《と》られて、ガボガボと湯《ゆ》の中《なか》に引《ひ》きずり込《こ》まれた。

妙齢《みょうれい》の女性《じょせい》はオロオロとしていたが、傍《かたわ》らに宇治谷《うじだに》の山女《やまおんな》が現《あらわ》れたのを見《み》てホッと胸《むね》を撫《な》で下《お》ろして安心《あんしん》したようだったが、山女《やまおんな》は苦笑《にがわら》いをしながら、彼女《かのじょ》を嗜《たしな》めた。

「相変《あいか》わらずの不用心《ぶようじん》さだねぇ。だから、人間《にんげん》の男《おとこ》に言《い》い寄《よ》られたりするんだよ」

「はぁ……、すみません。喜《よろこ》んでくれるもので、つい気《き》を許《ゆる》してしまって――」

「親《おや》の役割《やくわり》をいい加減《かげん》に止《や》めなくちゃ。あんたの身《み》がもたないよ」

恐縮《きょうしゅく》する妙齢《みょうれい》の女性《じょせい》は、かつて山姥《やまうば》と呼《よ》ばれた太郎《たろう》の乳母《うば》だった。

一方《いっぽう》、もへぇが白濁《はくだく》したお湯《ゆ》から引《ひ》き揚《あ》げたのは、なんと木《き》の丸太《まるた》だった。

「何《なに》!?　『代《か》わり身《み》の術《じゅつ》』だとッ――」

慌《あわ》てて視線《しせん》を動《うご》かすと、七之助《しちのすけ》は太郎《たろう》の義母《ぎぼ》に、馴《な》れなれしく擦《す》り寄《よ》っていた。

「太郎《たろう》ちゃんのお義母《かあ》さま～。オイラの家《いえ》にも遊《あそ》びに来《き》てね。もう家族同然《かぞくどうぜん》なんだから～」

「は、はぁ……」

明《あき》らかに困惑《こんわく》している太郎《たろう》の義母《はは》を見《み》かねて、山女《やまおんな》が七之助《しちのすけ》を注意《ちゅうい》した。

「そのくらいにしておきなよ。太郎《たろう》の逆鱗《げきりん》に触《ふ》れても、知《し》らないよ」

「大丈夫《だいじょうぶ》。太郎《たろう》ちゃん旅支度《たびじたく》で忙《いそが》しいから、此処《ここ》まではやって来《こ》ないよ～」

「……じゃあ、おめぇの後《うし》ろで肩震《かたふる》わせて、怒《おこ》る一歩手前《いっぽてまえ》な奴《やつ》は、何処《どこ》の誰《だれ》なんだろうな？」

もへぇの言葉《ことば》に振《ふ》り返《かえ》った七之助《しちのすけ》の眼前《がんぜん》には、キレる寸前《すんぜん》の太郎《たろう》が旅支度《たびじたく》の服装《ふくそう》のまま仁王立《におうだ》ちになって、今《いま》にも掴《つか》みかかろうと息巻《いきま》いていた。

「七之助《しちのすけ》ェ――。あの涙《なみだ》ぐましい行《おこな》いは、全《すべ》て母上《ははうえ》を誑《たぶら》かす芝居《しばい》だったのだなッ！」

「死《し》にかけたのは事実《じじつ》だよぅ。オイラは、太郎《たろう》ちゃんのために必死《ひっし》で――」

「問答無用《もんどうむよう》だ！　その淫《みだ》らな性根《しょうね》を、滅《めっ》してやるッ」

掌《てのひら》を翳《かざ》して礫《つぶて》を集《あつ》めようとする太郎《たろう》を見《み》て、七之助《しちのすけ》は素早《すばや》く山姥《やまうば》の背中《せなか》に隠《かく》れた。

「お義母《かあ》さまぁ～。太郎《たろう》ちゃんを止《と》めて」

「およしなさい太郎《たろう》。まだ子供《こども》でありませんか――」

「どいて下《くだ》さい！　そやつは邪鬼《じゃき》、色魔《しきま》、淫欲《いんよく》の亡者《もうじゃ》！　滅《めっ》さねば末代《まつだい》の恥《はじ》です！　大体《だいたい》、母上《ははうえ》も何《なん》ですか？　そんなあられもない格好《かっこう》をして――」

「ええ？　これは七之助《しちのすけ》さんが、今流行《いまはや》りの天女《てんにょ》の服装《ふくそう》だと――」

「歳《とし》を考《かんが》えなさい！　騙《だま》されていますよ！」

三者三様《さんしゃさんよう》の激《はげ》しいボケツッコミを傍観《ぼうかん》し、もへぇは肩《かた》の力《ちから》が抜《ぬ》け、しれっと逃《に》げて来《き》た山女へ、ボヤく様《よう》につぶやいた。

「ちょっと休《やす》んで宿毛《すくも》に帰《かえ》るぜ。後《あと》よろしく……」

「……正直《しょうじき》こっちも関《かか》わり合《あ》いたくないんだけどね。暇《ひま》になったら、また遊《あそ》びにおいでよ」

二人《ふたり》の口調《くちょう》は、すっかり疲《つか》れ切《き》っていた。


日暮《ひぐ》れ時《どき》、萩原《はぎわら》の離《はな》れ小屋《ごや》に婉《えん》を送《おく》り届《とど》け、身代《みが》わりの人形《ひとかた》を回収《かいしゅう》して薬缶《やかん》を返《かえ》すと、記念《きねん》になればと、もへぇは言霊合《ことだまあ》わせの貝殻《かいがら》を彼女《かのじょ》に与《あた》えた。

「何《なに》かあったら、それに託《ことづけ》でも吹《ふ》き込《こ》んでくれ」

婉《えん》は不思議《ふしぎ》そうに、受《う》け取《と》った貝殻《かいがら》を手《て》に取《と》って見回《みまわ》した。

「それと、親父《おやじ》さんの遺産《いさん》にも首《くび》を突《つ》っ込《こ》ませてもらうぜ。金《かね》になりそうだからな」

「……あるとは、思《おも》いたくないがな」

天狗《てんぐ》や山女《やまおんな》たちから色々《いろいろ》と聞《き》かされたのか、婉《えん》は以前《いぜん》ほど警戒《けいかい》しなくなっていた。

「……何故《なにゆえ》そこまで我《われ》に世話《せわ》を焼《や》く？　我《われ》に惚《ほ》れたわけではあるまい？」

婉《えん》の指摘《してき》に、もへぇは一瞬《いっしゅん》だけ間《ま》を置《お》いて答《こた》えた。

「自分《じぶん》のためかな。世《よ》の中《なか》から要《い》らない奴《やつ》だと思《おも》われたくねぇのさ。だから――」

「――下《くだ》らん。悩《なや》む暇《ひま》があるなら、我《われ》の名《な》を、盗《ぬす》んで来《き》た物《もの》の目録《もくろく》から即刻外《そっこくはず》せ。不愉快《ふゆかい》だ」

そう言《い》い残《のこ》して、婉《えん》は小屋《こや》の中《なか》へ、足早《あしばや》に消《き》えて行《い》った。

もへぇは、後《うし》ろ髪《がみ》を掻《か》きながら彼女《かのじょ》を見送《みおく》り終《お》えると、視線《しせん》を動《うご》かさずに声《こえ》を荒《あら》げた。

「いい加減《かげん》に出《で》てこい！　気配《けはい》が丸見《まるみ》えだぜ」

その言葉《ことば》に応《おう》じるように、木陰《こかげ》から現《あらわ》れたのは、獣《けもの》の顔《かお》をした怪人《かいじん》だった。

顔《かお》は山犬《やまいぬ》、土偶《どぐう》の遮光器《しゃこうき》のような眼鏡《めがね》をかけ、明《あき》らかにモノノ怪《け》と一目《ひとめ》でわかった。

「てめぇも、俺《おれ》と戯《たわむ》れに来《き》たのか？」

「……警告《けいこく》しに来《き》た」

予想外《よそうがい》の言葉《ことば》に、もへぇは一瞬《いっしゅん》驚《おどろ》いたが、すぐに声《こえ》の主《ぬし》が怪人《かいじん》ではなく、別《べつ》の離《はな》れた場所《ばしょ》から、この怪人《かいじん》を通《とお》して話《はな》しかけていることに気《き》がついた。

「言《い》いたいことがあるなら、直接《ちょくせつ》言《い》えよ。恥《は》ずかしがり屋《や》か？」

もへぇの問《と》いかけに、怪人《かいじん》はサッと姿《すがた》を消《け》したが、何処《どこ》に逃《に》げたのか把握《はあく》はできた。

怪人《かいじん》が跳《と》んだ痕跡《こんせき》を、わざと残《のこ》したからで、もへぇはすばやく、『転送術《てんそうじゅつ》』を唱《とな》えた。

跳《と》んだ場所《ばしょ》は、宿毛《すくも》から幡多《はた》寄《よ》りの山間部《さんかんぶ》の、尾根沿《おねぞ》いにある山城跡《やまじろあと》だった。

見回《みまわ》すと、山犬《やまいぬ》の怪人《かいじん》が一足先《ひとあしさき》に、少《すこ》し離《はな》れた石積《いしづ》み土塁《どるい》に腕組《うでぐ》みをして腰《こし》かけている。

「てめぇは誰《だれ》だ？」

「未来《みらい》のおまえだ」

「……何《なに》？　冗談《じょうだん》のつもりか？　挑発《ちょうはつ》と受《う》け取《と》るぜ」

もへぇは、耳飾《みみかざ》り用《よう》に小《ちい》さくしていた鎖鎌《くさりがま》を外《はず》して、大《おお》きくすると鞘《さや》を外《はず》して身構《みがま》えた。

「残念《ざんねん》ながら、相手《あいて》をするのは妾《わらわ》じゃぞ」

聞《き》き覚《おぼ》えのある声《こえ》に、もへぇは反射的《はんしゃてき》に、鎖鎌《くさりがま》の分銅《ぶんどう》を声《こえ》の方角《ほうがく》に投《な》げつけた。

金属音《きんぞくおん》がして分銅《ぶんどう》は足元《あしもと》に跳《は》ね返《かえ》り、視線《しせん》の先《さき》には大木《たいぼく》の枝《えだ》に腰《こし》をかけて鉄扇《てっせん》を軽々《かるがる》と扇《あお》ぐ、あの自称椿姫《じしょうつばきひめ》の姿《すがた》があり、彼女《かのじょ》の傍《かたわ》らには火蜂《ひばち》が一匹道案内《いっぴきみちあんない》として控《ひか》え、椿姫《つばきひめ》は火《ひ》蜂《ばち》を指《ゆび》に留《と》まらせて、そのままゴクリと、口《くち》の中《なか》に呑《の》み込《こ》んだ。

山犬《やまいぬ》の怪人《かいじん》と椿姫《つばきひめ》を、交互《こうご》に見据《みす》えながら、もへぇは椿姫《つばきひめ》に問《と》いかけた。

「七之助《しちのすけ》と戯《たわむ》れるんじゃなかったのか？」

「その前《まえ》に、やる事《こと》をやっておかねばな」

椿姫《つばきひめ》はそう言《い》って、ユラリと立《た》ち上《あ》がると、ふわぁっと宙《ちゅう》に浮《う》かび上《あ》がった。

「仙術《せんじゅつ》は便利《べんり》じゃが、故《ゆえ》に古庵《こあん》が困《こま》っておる。封《ふう》じさせてもらうぞ」

まだ仲間《なかま》がいるのか——と、もへぇはさらに問《と》い質《ただ》した。

「古庵《こあん》って誰《だれ》だ？　てめぇを転生《てんせい》させた奴《やつ》か？　さっきの声《こえ》の奴《やつ》か？」

「あの槍使《やりつか》いが古庵《こあん》を知《し》って、おぬしが知《し》らぬのか？　つかぬことを訊《き》くが伝右衛門《でんえもん》の遺産《いさん》が何《なん》であるか、まだ突《つ》き止《と》めておらぬのか？」

「……何《なん》で、てめぇが遺産《いさん》のことを知《し》ってんだ？」

椿姫《つばきひめ》は、その答《こた》えで状況《じょうきょう》を理解《りかい》したらしく、ケタケタと小気味《こきみ》よく笑《わら》った。

「ちと先走《さきばし》った。後《あと》で古庵《こあん》に叱《しか》られそうじゃな。手早《てばや》く片《かた》づけるとするか――」

のんびりとした口調《くちょう》とは裏腹《うらはら》に、椿姫《つばきひめ》の長《なが》い髪《かみ》の毛《け》が逆立《さかだ》ち、鬣《たてがみ》のように広《ひろ》がった。

その威勢《いせい》に隠《かく》れるかのように山犬《やまいぬ》の怪人《かいじん》は姿《すがた》を隠《かく》し、椿姫《つばきひめ》が素早《すばや》く両手《りょうて》で輪《わ》を作《つく》って息《いき》を吹《ふ》きかけると衝撃波《しょうげきは》が一瞬《いっしゅん》で、もへぇのいる場所《ばしょ》に大穴《おおあな》を開《あ》けた。

もへぇは寸前《すんぜん》に椿姫《つばきひめ》の目前《もくぜん》に跳《と》び、鎖鎌《くさりがま》の刃《やいば》を顔面《がんめん》に斬《き》りつけようとしたが、もへぇの利《き》き腕《うで》は、椿姫《つばきひめ》の華奢《きゃしゃ》な繊手《せんしゅ》によって阻《はば》まれた。

人形《にんぎょう》のように細《ほそ》い腕《うで》からは想像《そうぞう》もできない握力《あくりょく》が、もへぇの動《うご》きを封《ふう》じたのだ。

椿姫《つばきひめ》の恐《おそ》ろしさは怪力《かいりき》だけではなかった。

袖《そで》の内側《うちがわ》から真《ま》っ黒《くろ》な呪詛《じゅそ》の墨字《すみじ》が、生物《いきもの》のように白《しろ》い腕《うで》を伝《つた》ってもへぇの手首《てくび》に絡《から》み、絡《から》みついた墨字《すみじ》は形《かたち》を変《か》えて『重』を表《あらわ》す文字《もじ》となり、手《て》を放《はな》された瞬間《しゅんかん》、もへぇの体《からだ》は地面《じめん》に叩《たた》きつけられて、動《うご》きを封《ふう》じられた。

利《き》き腕《うで》に刻《きざ》まれた墨字《すみじ》は、次《つぎ》に『空腕』という文字《もじ》に形《かたち》を変《か》え、腕《うで》の感覚《かんかく》が消失《しょうしつ》した。

微動《びどう》だにしない腕《うで》に、焦《あせ》るもへぇの眼前《がんぜん》に、椿姫《つばきひめ》はゆっくり下《お》り立《た》った。

「『空腕《そろで》』を呪《まじな》いで再現《さいげん》してみた。効果《こうか》は覿面《てきめん》じゃのぅ」

空腕《そらで》とは、腱鞘炎《けんしょうえん》の江戸時代《えどじだい》の呼《よ》び名《な》である。

説明《せつめい》をしながら椿姫《つばきひめ》は、片手《かたて》でもへぇを持《も》ち上《あ》げて、顔《かお》を近《ちか》づけ口《くち》を開《あ》けた。

大《おお》きく開《あ》いた口《くち》から何《なに》かが這《は》い出《で》て、もへぇの口《くち》に跳《と》びこんだので、もへぇは喉元《のどもと》を抑《おさ》え、咳《せ》きこんだが、椿姫《つばきひめ》は乱雑《らんざつ》に、もへぇを地面《じめん》に投《な》げ捨《す》てた。

「腹《はら》に挿入《はい》ったモノは早《はや》く処置《しょち》せねば命《いのち》が危《あや》ういぞ。仮《かり》に生《い》き長《なが》らえたところで大方《おおかた》の術《じゅつ》は暫《しばら》く使《つか》えぬ筈《はず》じゃ。良《よ》き戯《たわむ》れであったわ」

透《す》き通《とお》った垂《た》れ布《ぎぬ》を羽衣《はごろも》のように棚引《たなび》かせ、舞《ま》い上《あ》がった椿姫《つばきひめ》は空《そら》の彼方《かなた》に消《き》え失《う》せた。

もへぇは、動《うご》かせるもう片方《かたほう》の手《て》で髪《かみ》の毛《け》を毟《むし》り、口《くち》の中《なか》に呑《の》み込《こ》んだ。

喉奥《のどおく》で何《なに》かが蠢《うごめ》いて、嘔吐《おうと》と共《とも》に、椿《つばき》の花《はな》が吐《は》き出《だ》された。

花《はな》は動物《どうぶつ》のように蠢《うごめ》き、絡《から》まった髪《かみ》の毛《け》の発火《はっか》と同時《どうじ》に、奇声《きせい》を上《あ》げて燃《も》え尽《つ》きた。

精根《せいこん》尽《つ》きて仰向《あおむ》けに倒《たお》れて動《うご》かなくなったもへぇの口《くち》から、また何《なに》かが這《は》い出《で》てきた。

それは、一心同体《いっしんどうたい》となっていた、眷属《けんぞく》の大鷲《おおわし》だった。

大鷲《おおわし》は翼《つばさ》を広《ひろ》げて主人《しゅじん》を両脚《りょうあし》で掴《つか》むと、何処《いずこ》かへと飛《と》び去《さ》って行《い》った。

史実を語るミニコーナー

野中婉の解説

野中婉は、江戸時代の前半期に活躍した人物です。

幼少期から約40年間の幽閉生活を送り、その後は医者として活動して、生涯独身を貫いた人生を送りました。

彼女は、父親である野中伝右衛門（兼山）の名誉回復に生涯を捧げたことが知られていますが、その一方で、父親の儒教思想を色濃く受け継いでおり、戦前は日本人女性が手本とするべき、優れた教育者の１人として評価されていたこともありました。

また、外出の際は、頭巾を着用して常に短刀を携帯し、騎乗した侍に対しても、一喝して道を譲らせたという話が残されていますが、彼女が書き写したとされる馬術書が現存しており、馬の扱いにも優れた、文武両道な女性だったのかもしれません。

婉

もへぇ、もてなす

「参《まい》っちまったぜ。仙術《せんじゅつ》が使《つか》えないって、こんなにも不便《ふべん》だったんだな……」

「贅沢《ぜいたく》を言《い》うな。命《いのち》が繋《つな》がっただけ、マシではないか」

宿毛《すくも》から遙《はる》か東《ひがし》の横倉山《よこくらやま》にて、もへぇと市之丞《いちのじょう》は、山《やま》の参詣社《さんけいやしろ》に続《つづ》く長《なが》い石段《いしだん》の一番下《いちばんした》に腰《こし》をかけ、二人《ふたり》の近《ちか》くでは、もへぇと同化《どうか》していた大鷲《おおわし》が、元気《げんき》に飛《と》びまわっていた。

「鷲《わし》に感謝《かんしゃ》しろよ。宿毛《すくも》から運《はこ》んでくれたのだ。お陰《かげ》でわたしも、ここに来《く》る事《こと》ができた」

「そうだな。仙術《せんじゅつ》が使《つか》えない分《ぶん》、人間《にんげん》に戻《もど》れたわけか」

もへぇの姿《すがた》は、修行時代《しゅぎょうじだい》の頃《ころ》のように、一回《ひとまわ》り幼《おさな》くなっていた。

市之丞《いちのじょう》によれば、術《じゅつ》の毒気《どくけ》に反応《はんのう》して、体《からだ》が防衛反応《ぼうえいはんのう》を起《お》こした結果《けっか》らしい。

椿姫《つばきひめ》の言葉通《ことばどお》り、仙術《せんじゅつ》の大半《たいはん》は、使用《しよう》をすると激痛《げきつう》が伴《ともな》い、使《つか》えなくなっていた。

「伝右衛門《でんえもん》の娘《むすめ》は、大丈夫《だいじょうぶ》だったのか？」

「ああ。連絡《れんらく》を取《と》ってみたが、元気《げんき》そうだった。狙《ねら》いは俺《おれ》のようだな」

「ならば良《よ》いのだが――」

そこに数人《すうにん》の山師《やまし》たちに囲《かこ》まれて、神官《しんかん》の服装《ふくそう》をした女性《じょせい》が、ゆっくり石段《いしだん》を下《お》りて来《き》た。

「『ミカドさま』へのお祈《いの》りは済《す》んだのかい？　日菜乃義姉《ひなのねえ》さん」

「うむ。久《ひさ》しぶりに吉兆《きっちょう》も窺《うかが》えた」

義姉《あね》と呼《よ》ばれた女性《じょせい》は、そう言《い》って満足《まんぞく》そうに微笑《ほほえ》んだ。

もへぇの父親《ちちおや》が、落人《おちうど》の里《さと》にいた頃《ころ》に設《もう》けた、腹違《はらちが》いの姉《あね》である。

飛《と》びまわっていた大鷲《おおわし》は、彼女《かのじょ》の姿《すがた》を捉《とら》えると一目散《いちもくさん》に飛乗《とびの》り、ピイピイと甘《あま》えた。

「これこれ。そんなに纏《まと》わりつくでないぞ——」

「——ったく、デレデレしやがって。だらしねぇな」

苦笑《くしょう》する日菜乃《ひなの》に対《たい》して、もへぇは呆《あき》れてボヤき、市之丞《いちのじょう》は日菜乃《ひなの》に問《と》い質《ただ》した。

「吉兆《きっちょう》と言《い》うのは、わたしたちにか？　それとも——」

詳細《しょうさい》を訊《き》こうとする市之丞《いちのじょう》を遮《さえぎ》り、日菜乃《ひなの》は静《しず》かに答《こた》えた。

「——兆《きざ》しとは、須《すべか》らく天《てん》の見立《みた》てだ。必《かなら》ずしも、我《われ》らの利《り》に直結《ちょっけつ》するとは限《かぎ》らぬが、結果《けっか》として、その利《り》は我《われ》らに、何《なに》かしらの形《かたち》となって与《あた》えられるはずだ」

「……つまり、もへぇが今《いま》の姿《すがた》になったのも、何《なに》かしらの吉《きち》——、ということだな？」

「かもしれぬな。しかし、見《み》れば見《み》るほど、出会《であ》った頃《ころ》を思《おも》い出《だ》す。懐《なつ》かしいな」

そう言《い》って笑《わら》い合《あ》う二人《ふたり》に挟《はさ》まれて、当《とう》のもへぇは大《おお》いに不満顔《ふまんがお》だった。

さらに鷲《わし》が、自分《じぶん》の頭上《ずじょう》でグウグウと眠《ねむ》りだしたので、その場《ば》は更《さら》なる笑《わら》いに包《つつ》まれた。

「取《と》りあえず、私《わたし》は戻《もど》る決心《けっしん》がついたからな。安心《あんしん》して欲《ほ》しい」

麓《ふもと》の社殿《しゃでん》の応接間《おうせつま》で、朝食《ちょうしょく》を摂《と》らせながら日菜乃《ひなの》は、もへぇと市之丞《いちのじょう》にそう告《つ》げた。

「そうか、戻《もど》ってくれるのか」

「良《よ》かったな市之丞《いちのじょう》。これで一件落着《いっけんらくちゃく》だ」

安堵《あんど》する二人《ふたり》を見《み》て、日菜乃《ひなの》は申《もう》し訳《わけ》なさそうな顔《かお》をした。

「巫女《みこ》をしていると、予感《よかん》が昂《たかぶ》るのだ。波《なみ》が合《あ》うと殊更《ことさら》にな。勝手《かって》をしているようだが、こればかりは、どうしようもない」

「いや、決心《けっしん》がついてくれただけでも良《よ》い。わたしも安心《あんしん》できる」

「市之丞《いちのじょう》がそう言《い》ってくれると助《たす》かる。ゆっくりして行《い》ってくれ」

日菜乃《ひなの》が部屋《へや》から出《で》て行《い》くと、二人《ふたり》は黙々《もくもく》と食事《しょくじ》を摂《と》り、やがて市之丞《いちのじょう》が切《き》り出《だ》した。

「伝右衛門《でんえもん》の件《けん》だが、面白《おもしろ》い物《もの》を見《み》つけたぞ」

そう言《い》って市之丞《いちのじょう》は、もへぇに一枚《いちまい》の書《か》き付《つ》けを手渡《てわた》した。

「正保元年《しょうほうがんねん》に伝右衛門《でんえもん》が江戸《えど》まで直参《じきさん》して、御前《ごぜん》に金《きん》を四百三匁《よんひゃくさんもんめ》、差《さ》し出《だ》したとある。寛文元年《かんぶんがんねん》には金《きん》を六百六十九匁《ろっぴゃくろくじゅうきゅうもんめ》だ。公文書《こうぶんしょ》の押印《おういん》から察《さっ》して、恐《おそ》らくは本物《ほんもの》だろう」

四百匁《よんひゃくもんめ》は一・五kg、六百匁《ろっぴゃくもんめ》は約《やく》二・五kg――、手土産程度《てみやげていど》には良《よ》い重《おも》さである。

「……どこで、これを手《て》に入《い》れたんだ？」

「紙屑屋《かみくずや》から仕入《しい》れた。伝右衛門《でんえもん》と聞《き》いて思《おも》い当《あ》たってな。紙《かみ》は今《いま》でも高価《こうか》だ。チリ紙一《がみひと》つでも金《かね》になる。政変《せいへん》の度《たび》に城《しろ》の証文倉《しょうもんぐら》が漁《あさ》られ、失脚者《しっきゃくしゃ》の威光《いこう》を潰《つぶ》す作業《さぎょう》が行《おこな》われるが、破棄される書類は問屋《とんや》を通《つう》じて横流《よこなが》しされ、小遣《こづか》い稼《かせ》ぎにされる。それを頂戴《ちょうだい》したのさ」

もへぇは、相棒《あいぼう》の意外《いがい》な懐事情《ふところじじょう》に驚《おどろ》き、市之丞《いちのじょう》はそれを見《み》て、少《すこ》し得意顔《とくいがお》になった。

「事《こと》の仔細《しさい》は金《かね》になるからな。買《か》い取《と》って強請《ゆす》ると、大判小判《おおばんこばん》に早変《はやが》わりするものだ」

「……修行時代《しゅぎょうじだい》、おめぇの身《み》なりが良《よ》かったのは、そういうことだったのか」

ジリ貧《ひん》だった昔《むかし》を思《おも》い出《だ》し、もへぇは少《すこ》し恨《うら》めしそうに毒《どく》づきつつ、話《はなし》を続《つづ》けた。

「伝右衛門《でんえもん》は何処《どこ》で金《きん》を手《て》に入《い》れた？　本山《もとやま》や豊永辺《とよながあた》りで砂金《さきん》の噂《うわさ》は聞《き》くが量《りょう》が少《すく》ねぇ。金鉱《きんこう》の話《はなし》も聞《き》いたことがねぇな。土佐国《とさのくに》の鉱山《こうざん》は試掘《しくつ》ばかりで採算《さいさん》が取《と》れねぇんだぞ？」

「……本山《もとやま》か。本山《もとやま》は伝右衛門《でんえもん》の御庭《おにわ》だったな。国《くに》を仕切《しき》る前《まえ》は、本山《もとやま》で権勢《けんせい》を振《ふ》るった。金《きん》の鉱脈《こうみゃく》を発見《はっけん》しても、秘匿《ひとく》できる力《ちから》はあっただろう。……ただ動機《どうき》がな――」

市之丞《いちのじょう》は言葉《ことば》を濁《にご》した。

「――前《まえ》にも言《い》ったが伝右衛門《でんえもん》は私財《しざい》を貯《た》めこむ男《おとこ》ではなかった。金鉱《きんこう》を見《み》つけたなら堂々《どうどう》と財政《ざいせい》に使《つか》ったはずだ。なぜ二度《にど》も、公儀《こうぎ》に差《さ》し出《だ》したのか……」

「……わけありの金《きん》だったかもな。辻褄合《つじつまあ》わせで差《さ》し出《だ》したとか――」

「――伝右衛門《でんえもん》の娘《むすめ》に問《と》い質《ただ》したとなると、城《しろ》の奴《やつ》らは、伝右衛門《でんえもん》が金鉱《きんこう》を隠《かく》していると思《おも》い込《こ》んでいるようだな。おまえを襲《おそ》った化物《ばけもの》たちも、遺産絡《いさんがら》みかもしれぬ」

「そういや化物《ばけもの》たちの親玉《おやだま》は、俺《おれ》に警告《けいこく》しに来《き》たと言《い》ってたな。妨害《ぼうがい》するならデカい仕事《しごと》だ。蔵破《くらやぶ》りなんて目《め》じゃねぇや。――よし、ちょっくら、本山《もとやま》まで行《い》ってくるぜ」

勇《いさ》んで立《た》ち上《あ》がったもへぇだったが、市之丞《いちのじょう》は腕《うで》を組《く》み、渋《しぶ》い顔《かお》をしたままだった。

「伝右衛門《でんえもん》亡《な》き後《あと》、今《いま》の本山《もとやま》を治《おさ》めているのは孕石小右衛門《はらみいしこうえもん》という男《おとこ》だ。伝右衛門《でんえもん》の失脚《しっきゃく》に一枚噛《いちまいか》んでいてな。最近《さいきん》、家督《かとく》を息子《むすこ》に譲《ゆず》ろうとしているようだが、息子《むすこ》は本山《もとやま》の土地《とち》を、私的《してき》に買《か》い漁《あさ》っているらしい」

「……どういうことだ？」

「孕石《はらみいし》は小右衛門《こうえもん》の先々代《せんせんだい》から鉱山開発《こうざんかいはつ》に熱心《ねっしん》だ。土地漁《とちあさ》りが遺産発掘《いさんはっくつ》の布石《ふせき》としたら？」

「そうか！　土地《とち》を買《か》って好《す》き勝手出来《かってでき》るようにしてから、遺産探《いさんさが》しをやろうってわけか。尚更急《なおさらいそ》がねぇとな。行《い》って調《しら》べて来《く》るぜ――。……あ、忘《わす》れる所《ところ》だった」

もへぇは苦無《くない》を返《かえ》そうと、懐《ふところ》から取《と》り出《だ》したが、市之丞《いちのじょう》は受《う》け取《と》らなかった。

「おまえにやろう。何《なに》かあった時《とき》は餞別《せんべつ》にもなる。肌身離《はだみはな》さず持《も》っておけ」

「わかった。ありがたく、頂戴《ちょうだい》するぜ」

もへぇは苦無《くない》を再《ふたた》び戻《もど》すと、横倉《よこくら》の社《やしろ》を後《あと》にした。

越知《おち》の横倉山《よこくらやま》から本山《もとやま》の土居《どい》までは、直線距離《ちょくせんきょり》で、およそ四十㎞ほどある。

徒歩《とほ》なら数日《すうじつ》かかるが、もへぇは短時間《たんじかん》で、本山一帯《もとやまいったい》を見下《みお》ろせる城跡《しろあと》に辿《たど》り着《つ》いた。

大鷲《おおわし》に掴《つか》まれば、短《みじか》い時間《じかん》での移動《いどう》が可能《かのう》だったからだ。

仙術が使えない時《とき》は小物《こもの》で補《おぎな》えばよく、『天狗《てんぐ》の遠眼鏡《とおめがね》』を使《つか》って本山《もとやま》の様子《ようす》を探《さぐ》った。

本山《もとやま》は、伝右衛門《でんえもん》の元支配地《もとしはいち》という事《こと》もあり、小規模《しょうきぼ》ながら立派《りっぱ》な町《まち》が造《つく》られていた。

そして町《まち》の司令塔《しれいとう》である土居《どい》は、小高《こだか》い丘《おか》に立地《りっち》していて、簡単《かんたん》に見《み》つかった。

本山《もとやま》の土居《どい》は三段重《さんだんがさ》ねで、中段《ちゅうだん》の石垣《いしがき》や下段《げだん》の長屋門《ながやもん》の造《つく》りが見《み》てとれた。

それに応《おう》じて町並《まちな》みも、土居《どい》を中心《ちゅうしん》に、計画的《けいかくてき》な区画《くかく》の整備《せいび》がなされていた。

土居《どい》や町並《まちな》みを一瞥《いちべつ》したもへぇは、人《ひと》の出入《でい》りが激《はげ》しいという、違和感《いわかん》を感《かん》じ取《と》った。

土居付《どいづ》きとは言《い》え、城下町《じょうかまち》のような市井《しせい》の雑多《ざった》ぶりはありえないはずなのに、町全体《まちぜんたい》の熱気《ねっき》を表《あらわ》すように、家々《いえいえ》から起《た》ち上《のぼ》る蒸気《じょうき》の数《かず》は不自然《ふしぜん》に多《おお》く、明《あき》らかに農業《のうぎょう》や林業《りんぎょう》に従事《じゅうじ》していない男《おとこ》たちが、土居《どい》の周囲《しゅうい》や農道《のうどう》を歩《ある》いていたからだ。

もへぇは、腕《うで》の入墨《いれずみ》から彼《かれ》らは罪人《ざいにん》だと、一目《ひとめ》で見抜《みぬ》いた。

国内《こくない》で罪《つみ》を犯《おか》した身分《みぶん》の低《ひく》い者《もの》たちは、労働力《ろうどうりょく》として鉱山開発《こうざんかいはつ》などに従事《じゅうじ》させられ、人手《ひとで》が足《た》らない時《とき》は、伊予《いよ》などの国外《こくがい》から、罪人《ざいにん》が連《つ》れて来《こ》られることもあった。

彼《かれ》らの周囲《しゅうい》には、羽織《はおり》を着《き》た測量技師《そくりょうぎし》らしき者《もの》たちも見《み》られ、組織《そしき》の関与《かんよ》が疑《うたが》われた。

「ただの測量《そくりょう》じゃねぇな。大掛《おおが》かりな工事《こうじ》の、下準備《したじゅんび》って感《かん》じだ」

その時《とき》話《はな》し声《ごえ》が聞《き》こえたので、もへぇは手近《てぢか》な岩陰《いわかげ》に身《み》を隠《かく》した。

村人《むらびと》と思《おも》わしき男《おとこ》が二人《ふたり》やってきて、近《ちか》くの神木《しんぼく》に御札《おふだ》を貼《は》りながら、愚痴《ぐち》を溢《こぼ》した。

「困《こま》ったものだな」

「全《まった》くだ」

二人《ふたり》の小言《こごと》をこれ幸《さいわ》いと、もへぇは聞《き》き耳《みみ》を立《た》てつつ、岩陰《いわかげ》に置《お》かれた養蜂《ようほう》の箱《はこ》から蜂蜜《はちみつ》を失敬《しっけい》して、オヤツ代《が》わりに舐《な》めた。

当時《とうじ》、本山《もとやま》は蜂蜜《はちみつ》の一大生産地《いちだいせいさんち》であり、その品質《ひんしつ》は江戸《えど》でも評判《ひょうばん》の良《よ》い高級品《こうきゅうひん》だった。

「あんなにも本川郷《ほんがわごう》の金掘《かなほ》り者《もの》を呼《よ》び寄《よ》せて、一体《いったい》、何《なに》を考《かんが》えているのか……」

「本山《もとやま》に金脈《きんみゃく》があるとは聞《き》いたことがない。砂金《さきん》でさえ近頃《ちかごろ》は全《まった》く採《と》れぬというに――」

「――だな。あちこち掘《ほ》り返《かえ》されるばかりか、蓄《たくわ》えまで手《て》を付《つ》けられるのは我慢《がまん》ならん」

「し、声《こえ》が大《おお》きいぞ」

突如《とつじょ》、話《はなし》は中断《ちゅうだん》され、見回《みまわ》り役《やく》と思《おぼ》しき者《もの》の足音《あしおと》が近《ちか》づいて、やがて遠《とお》ざかった。

本山《もとやま》の西《にし》に隣接《りんせつ》する本川郷《ほんがわごう》には銅《どう》の鉱脈《こうみゃく》があり、土佐守《とさのかみ》の肝《きも》いりで開発《かいはつ》が行《おこな》われて、どうやら、そこから金掘《かなほ》り者《もの》を連《つ》れて来《き》たようだ。

「本山《もとやま》は昔《むかし》から睨《にら》まれておるからな。これも受難《じゅなん》という奴《やつ》だ――」

「――そうだな。土地神様《とちがみさま》も御隠《おかく》れしたと聞《き》くし、また災《わざわ》いが起《お》こるやもしれん」

村人達《むらびとたち》はそう言《い》いながら、札《ふだ》を貼《は》った神木《しんぼく》の幹《みき》に釘《くぎ》を打《う》ちこみ、朱《あか》い紐《ひも》を結《むす》びつけて次《つぎ》の設置場所《せっちばしょ》に立《た》ち去《さ》って行《い》ったので、もへぇは近寄《ちかよ》って観察《かんさつ》した。

本格的な呪術式結界《けっかい》の技法《きほう》で、それなりの知識《ちしき》が必要《ひつよう》な技《わざ》であるが、恐《おそ》らく彼《かれ》らは何《なに》も知《し》らされず、命《めい》じられたことをしているだけであろう。

もへぇが結界《けっかい》を辿《たど》ると、領地《りょうち》を囲《かこ》うように、等間隔《とうかんかく》に紐《ひも》と札《ふだ》が設置《せっち》されていた。

本山全体《もとやまぜんたい》を、何《なに》かしらの呪術的脅威《じゅじゅつてききょうい》から、守《まも》るつもりのようだ。

結界《けっかい》が発動《はつどう》すると、モノノ怪《け》や精霊《せいれい》たちは封《ふう》じられ、発動者《はつどうしゃ》の呪術《じゅじゅつ》が効《き》き易《やす》くなる。

「一体《いったい》、何《なに》を企《たくら》んでやがる」

山間《やまあい》の渓谷《けいこく》にて、鷲《わし》を休《やす》ませながら、もへぇは蜂蜜《はちみつ》を舐《な》めつつ漠然《ばくぜん》と考《かんが》えていた。

いつしか周囲《しゅうい》に、『隠《かく》し霧《ぎり》の術《じゅつ》』の霧《きり》が濃《こ》く広《ひろ》がり、警戒《けいかい》を募《つの》らせた時《とき》だった。

「こんにちは」

男《おとこ》が一人《ひとり》、対岸《たいがん》の岩《いわ》の上《うえ》に腰《こし》を下《お》ろしていた。

「気配《けはい》を読《よ》むのは苦手《にがて》と聞《き》きましたので、このような方法《ほうほう》を、とらせてもらいましたよ」

丁寧《ていねい》な口調《くちょう》の男《おとこ》は山師《やまし》の姿《すがた》をしていたが、身綺麗《みぎれい》で、変装《へんそう》と一目《ひとめ》で分《わ》かった。

「……気配云々《けはいうんぬん》を、どこで知《し》った？」

「ご想像《そうぞう》にお任《まか》せしますよ。あなたとは、忌憚《きたん》なく話《はなし》がしたいのでね」

「脅迫《きょうはく》の間違《まちが》いじゃねぇか？　この霧《きり》が何《なに》よりの証拠《しょうこ》だ」

「これは手厳《てきび》しい。そういう余計《よけい》な勘《かん》の良《よ》さは、父親《ちちおや》ソックリですね」

この言葉《ことば》で、もへぇは相手《あいて》が、何者《なにもの》なのか分《わ》かった。

「いつか来《く》ると思《おも》ってたぜ。川上新助《かわかみしんすけ》の後釜《あとがま》さんよ——」

「——名前《なまえ》は世襲《せしゅう》でしてね。私《わたくし》も、川上新助《かわかみしんすけ》と名乗《なの》っています。貴方《あなた》と同《おな》じですよ」

「俺《おれ》は字《じ》が違《ちが》うから一緒《いっしょ》にすんな。ここで何《なに》してる？」

「お祓《はら》いですよ。ここは悪《わる》い気《け》が集《あつ》まり易《やす》い。種類《しゅるい》は、京《きょう》のものに良《よ》く似《に》ていますがね」

義理《ぎり》の姉《あね》である日菜乃《ひなの》の祖先《そせん》は、都《みやこ》から『ミカド』をお連《つ》れした際《さい》に霊的《れいてき》な眷属《けんぞく》を本山《もとやま》付近《ふきん》で祓《はら》い落《おと》し、そのため本山《もとやま》は土佐《とさ》の中《なか》でも霊的《れいてき》に特殊《とくしゅ》な生態系《せいたいけい》となって、日菜乃《ひなの》の一《いち》族《ぞく》も本山《もとやま》を避《さ》けて横倉山《よこくらやま》に向《む》かうほど、異質《いしつ》な場所《ばしょ》だった。

「結界《けっかい》は本山領主《もとやまりょうしゅ》の要望《ようぼう》ですよ。そちらは宝探《たからさが》しですか？」

明《あき》らかな挑発《ちょうはつ》に、もへぇは新助《しんすけ》の目的《もくてき》や行動《こうどう》を、おぼろげに特定《とくてい》した。

「……こっちの遺産《いさん》にも、一枚噛《いちまいか》んでやがったか」

かつて、もへぇの父親《ちちおや》は、公儀隠密《こうぎおんみつ》だった先代《せんだい》の川上新助《かわかみしんすけ》と共《とも》に、日菜乃《ひなの》の一族《いちぞく》が管轄《かんかつ》をする横倉山《よこくらやま》に、後継者《こうけいしゃ》への遺産《いさん》をそれぞれ葛籠《つづら》に納《おさ》めて隠《かく》し、もへぇは修行時代《しゅぎょうじだい》にそれを継承《けいしょう》したが、市之丞《いちのじょう》は継承出来《けいしょうでき》ていなかった。

「どちらも、私《わたくし》には関《かか》わりあることでしてね。貴方《あなた》の友達《ともだち》は、遺産《いさん》を継《つ》げませんよ」

「……条件《じょうけん》でもあんのか？」

「ええ、まぁ。何《なに》、ちょっとした鍵《かぎ》なんですが――」

新助《しんすけ》はそうつぶやいて、煙管《きせる》を取《と》りだして口《くち》に含《ふく》んでから、指先《ゆびさき》で火《ひ》をつけてみせた。

「……てめぇも仙術使《せんじゅつつか》いか？」

「付《つ》け火《び》くらいしか、役《やく》に立《た》ちませんがね」

「悪《わる》いが、煙草《たばこ》は遠慮《えんりょ》してくれ。嫌《きら》いでな」

「……そうですか。残念《ざんねん》ですね――」

新助《しんすけ》は、大人《おとな》しく煙管《きせる》をしまってから話《はなし》を切《き》り出《だ》した。

「手《て》を組《く》みませんか？　正統《せいとう》な後継者同士《こうけいしゃどうし》、紛《まが》い者《もの》より、相応《ふさわ》しいと思《おも》いますが？」

「てめぇ、市之丞《いちのじょう》の何《なに》を知《し》ってんだよ？」

「そうですね。あなたと同《おな》じ小作《こさく》の生《う》まれ、とかね――」

……もへぇが無言《むごん》で新助《しんすけ》を睨《にら》んだのは、市之丞《いちのじょう》の素性《すじょう》を、難《なん》なく言《い》い当《あ》てたからである。

「――佐川《さかわ》の小作《こさく》の倅《せがれ》で、年貢《ねんぐ》が払《はら》えず一家《いっか》が離散《りさん》。無宿者《むしゅくもの》として様々《さまざま》な姓名《せいめい》を騙《かた》って、最後《さいご》に川上《かわかみ》を騙《かた》った流《なが》れ者《もの》ですよ。その前《まえ》は一条家《いちじょうけ》の末裔《まつえい》を騙《かた》ってましたかねぇ。日下《くさか》の一帯《いったい》は、かつて一条家《いちじょうけ》の荘園《しょうえん》でしたから、潜伏《せんぷく》しやすかったかもしれませんが」

そこまで語《かた》ってから、新助《しんすけ》はわざとらしく、ため息《いき》を交《まじ》えて続《つづ》けた。

「不愉快極《ふゆかいきわ》まりないですね。横取《よこど》りされるのは。正統《せいとう》な後継者同士《こうけいしゃどうし》だからこそ川上市之丞《かわかみいちのじょう》と手《て》を切《き》り、私《わたくし》と組《く》んで頂《いただ》きたいのです」

「願《ねが》い下《さ》げだな」

もへぇは、きっぱり断《ことわ》った。

「私《わたくし》に背《そむ》くことは、公儀《こうぎ》に刃向《はむか》うことですよ？」

「散々《さんざん》刃向《はむ》かってきたからな。その手《て》の脅《おど》しは慣《な》れてんだ」

「ですが、刃《は》向《む》かうだけの力《ちから》は、今《いま》は封《ふう》じられていますよね？」

この言葉《ことば》で、もへぇは新助《しんすけ》が、どういう立《た》ち位置《いち》の人物《じんぶつ》か理解《りかい》した。

「……尚更《なおさら》てめぇと組《く》めなくなったな」

「どうしても、というなら仕方《しかた》ありませんね」

新助《しんすけ》は冷《つめ》たく言《い》い放《はな》つと、懐《ふところ》から携帯式《けいたいしき》の火縄銃《ひなわじゅう》、『短筒《たんづつ》』を取《と》り出《だ》して構《かま》えた。

しかし狙《ねら》いを付《つ》けられても、もへぇは平然《へいぜん》としていた。

「利用《りよう》するにしても、旨味《うまみ》やら利点《りてん》やらを羅列《られつ》する筈《はず》だ。あっさり消《け》しにかかるってことは、端《はな》から、俺《おれ》は使《つか》い捨《す》てだったわけだな」

……予想通《よそうどお》り、新助《しんすけ》が不快《ふかい》な表情《ひょうじょう》をしたので、もへぇは挑発《ちょうはつ》を続《つづ》けた。

「鉄砲《てっぽう》は信用《しんよう》ならねぇな。その距離《きょり》じゃ、当《あ》てるのは無理《むり》なんじゃねぇか――」

「――心配《しんぱい》いりませんよ」

今度《こんど》は、川上新助《かわかみしんすけ》が笑《え》みを浮《う》かべた。

「特別仕様《とくべつしよう》でしてね。これは当《あ》たるのです」

「ありがとよ。その言葉《ことば》が聞《き》きたかった」

その直後《ちょくご》、礫《つぶて》が擦《かす》めて新助《しんすけ》は一瞬怯《いっしゅんひる》み、もへぇは空《そら》へと逃《のが》れた。

間髪《かんぱつ》を入《い》れず、新助《しんすけ》は短筒《たんづつ》を撃《う》ったものの、やがて小《ちい》さく舌打《したう》ちをした。

「……まあいいでしょう。移動手段《いどうしゅだん》を奪《うば》っただけでも、良《よ》しとしますか」

捨《す》て台詞《ぜりふ》を吐《は》いて、川上新助《かわかみしんすけ》は弾《たま》を装填《そうてん》しながら、霧《きり》の中《なか》に姿《すがた》を消《け》した。


「——危機一髪《ききいっぱつ》だったたな」

鷲《わし》の両脚《りょうあし》に掴《つか》まりながら、もへぇは本山《もとやま》から横倉山《よこくらやま》に戻《もど》ろうとした。

正当《せいとう》な後継者《こうけいしゃ》が現《あらわ》れた以上《いじょう》、川上《かわかみ》の遺産《いさん》がある横倉山《よこくらやま》に現《あらわ》れるのは明白《めいはく》だった。

何《なん》としても市之丞《いちのじょう》に伝《つた》える必要《ひつよう》があったが、鷲《わし》の調子《ちょうし》が、どうにもおかしい。

近場《ちかば》に下《お》りて調《しら》べると、体《からだ》に銃弾《じゅうだん》が食《く》い込《こ》んでいた。

急遽《きゅうきょ》、樹《き》の洞《うろ》の中《なか》に鷲《わし》を寝《ね》かせ、銃弾《じゅうだん》の摘出《てきしゅつ》にかかった。

火《ひ》を起《お》こし、苦無《くない》を炙《あぶ》って消毒《しょうどく》をして、宿毛《すくも》の時《とき》と同《おな》じように応急処置《おうきゅうしょち》を施《ほどこ》そうとしたが、銃弾《じゅうだん》を取《と》り出《だ》した時《とき》、事態《じたい》は急変《きゅうへん》した。

銀色の銃弾が、生《い》き物《もの》のように激《はげ》しく蠢《うごめ》き、もへぇに襲《おそ》いかかって来《き》たのだ。

咄嗟《とっさ》に火《ひ》の中《なか》へ突《つ》っ込《こ》むと、銃弾《じゅうだん》は溶《と》け、苦無《くない》の先《さき》を変色《へんしょく》させて動《うご》かなくなった。

……何《なん》だ今《いま》のは？

冷《ひ》や汗《あせ》を拭《ぬぐ》い、鷲《わし》の状態《じょうたい》を調《しら》べたが、流石《さすが》に、これ以上《いじょう》は飛《と》べないようだ。

せめて連絡《れんらく》だけは入《い》れようと、『言霊合《ことだまあ》わせの貝殻《かいがら》』で市之丞《いちのじょう》を呼《よ》び出《だ》したが、出《で》ない。

最低限《さいていげん》の託《ことづけ》だけをして、もへぇは鷲《わし》の頭《あたま》を撫《な》でつつ、考《かんが》えた。

山伝《やまづた》いに横倉山《よこくらやま》を目指《めざ》せば、川上新助《かわかみしんすけ》や化物達《ばけものたち》に遭《あ》う可能性《かのうせい》があり、迷《まよ》わず山《やま》を下《お》りた。

市之丞《いちのじょう》に任《まか》せきりで、城下《じょうか》はさっぱりだったが、誰《だれ》かしらの助《たす》けを借《か》りる必要《ひつよう》があった。

不本意《ふほんい》ながら、もへぇは七之助《しちのすけ》の助《たす》けを借《か》りることにした。

城下町《じょうかまち》の道場《どうじょう》を訪《たず》ね、口八丁《くちはっちょう》で情報《じょうほう》を収集《しゅうしゅう》すると、家《いえ》はすぐに特定《とくてい》できた。

父《ちち》は『桂夢覚《かつらむかく》』と言《い》う『越前《えちぜん》』出身《しゅっしん》の槍術使《そうじゅつつか》いで、城下《じょうか》の上町《かみまち》に住《す》んでいるらしい。

もへぇが訪《たず》ねても、番所辺《ばんしょあた》りで門前払《もんぜんばら》いを食《く》らうので、町《まち》の南《みなみ》を東西《とうざい》に流《なが》れる『鏡川《かがみがわ》』、当時《とうじ》の『潮江川《うしおえがわ》』を利用《りよう》して、七之助《しちのすけ》の家《いえ》に乗《の》り込《こ》むことにした。

土佐《とさ》の城下町《じょうかまち》は居住区《きょじゅうく》が区分《くわ》けされており、城主《じょうしゅ》の『山内家《やまうちけ》』が『遠江国《とおとうみのくに》』、今《いま》の静岡県《しずおかけん》から連《つ》れてきた『上士《じょうし》』は、城《しろ》を囲《かこ》むように区分《くわ》けされた中心《ちゅうしん》の『郭中《かくちゅう》』に住《す》み、この外《そと》に造《つく》られた、西《にし》の上町《かみまち》と東《ひがし》の下町《しもまち》に、下士身分《かしみぶん》の武士《ぶし》や町人《ちょうにん》、商人《しょうにん》たちが住《す》んでいた。

もへぇは、潮江川《うしおえがわ》を行《ゆ》き交《か》う舟《ふね》に乗《の》り、郭中《かくちゅう》を経由《けいゆ》して上町《かみまち》へ潜《もぐ》り込《こ》もうと考《かんが》えた。

今年《ことし》の七月《しちがつ》に、潮江川《うしおえがわ》で水害《すいがい》が発生《はっせい》して、郭中《かくちゅう》と下町《しもまち》の多《おお》くが冠水《かんすい》したため、その復興《ふっこう》と防災工事《ぼうさいこうじ》の真《ま》っ最中《さいちゅう》で、人《ひと》の出入《でい》りが激《はげ》しく、潜《もぐ》りこみ易《やす》かった。

郭中《かくちゅう》の川沿《がわぞ》いには、鷹狩《たかが》りの鷹《たか》を世話《せわ》する『鷹匠《たかじょう》』が多《おお》く暮《く》らす『鷹匠町《たかじょうまち》』がある。

この区域《くいき》で猛禽類《もうきんるい》と一緒《いっしょ》に歩《ある》いても怪《あや》しまれないが、鷹匠町《たかじょうまち》に潮江川方面《うしおえがわほうめん》から入《はい》るには、水害用《すいがいよう》の高《たか》さ二間《にけん》――、三mほどの『郭中堤防《かくちゅうていぼう》』と呼《よ》ばれる石垣《いしがき》を超《こ》える必要《ひつよう》があった。

完成《かんせい》していれば、忍者道具《にんじゃどうぐ》の一《ひと》つ、『鎹《かすがい》』を使《つか》って足場《あしば》を作《つく》りながら潜入《せんにゅう》するのだが、建設中《けんせつちゅう》であったため、労働者《ろうどうしゃ》に紛《まぎ》れて容易《たやす》く、鷹匠町《たかじょうまち》を抜《ぬ》けて七之助《しちのすけ》の家《いえ》に辿《たど》り着《つ》いた。

塀《へい》の上《うえ》から遠目《とおめ》に様子《ようす》を窺《うかが》うと、庭先《にわさき》で槍《やり》の鍛錬《たんれん》をする男《おとこ》の姿《すがた》が見《み》て取《と》れた。

取《と》りあえず彼奴《あいつ》に訊《き》くか――と塀《へい》を乗《の》り越《こ》え、何気《なにげ》なく近《ちか》づいて声《こえ》をかけた。

「ちょっと失礼《しつれい》するぜ――」

案《あん》の定《じょう》、敵意《てきい》剥《む》き出《だ》しの殺気《さっき》と、聞《き》いたこともない声色《こわいろ》が返《かえ》ってきた。

「何者《なにもの》だ、貴様《きさま》ッ！」

鋭《するど》く槍《やり》を振《ふ》るい、もへぇを後退《こうたい》させた人物《じんぶつ》は、七之助《しちのすけ》ではなかった。

七之助《しちのすけ》よりも、ずっと年上《としうえ》で、屈強《くっきょう》そうな青年《せいねん》であった。

年頃《としごろ》は幼《おさな》くなる前《まえ》のもへぇと同《おな》じほどだが、安土桃山時代《あづちももやまじだい》に流行《はや》った『中剃茶筅髷《なかぞりちゃせんまげ》』をする辺《あた》り、相当《そうとう》に古風《こふう》な気質《きしつ》の持《も》ち主《ぬし》のようである。

「悪《わり》ぃ悪《わり》ぃ。七之助《しちのすけ》と思《おも》って声《こえ》をかけちまったんだ」

「……七之助様《しちのすけさま》に、何用《なによう》だ？」

「七之助様《しちのすけさま》？　あんたは弟子《でし》か何《なに》かか？」

「左様《さよう》。一番弟子《いちばんでし》の久万弥五兵衛《くまやごべえ》とは、拙者《せっしゃ》のことであるッ！」

弥五兵衛《やごべえ》は、七之助《しちのすけ》よりも遙《はる》かに大柄《おおがら》で、弁慶《べんけい》のような男《おとこ》だった。

「厳《いか》つい弟子《でし》だなぁ」

「人《ひと》の家《うち》に勝手《かって》に上《あが》り込《こ》んで、その言《い》い草《ぐさ》は何様《なにさま》のつもりだ！　成敗《せいばい》して——」

「——どうしました？　騒々《そうぞう》しいですよ」

不意《ふい》に割《わ》り込《こ》んできた少年《しょうねん》の声《こえ》に、弥五兵衛《やごべえ》は素早《すばや》く反応《はんのう》して、サッとその場《ば》に控《ひか》えた。

「小伝次様《こでんじさま》。不逞《ふてい》の輩《やから》が忍《しの》び込《こ》みましたので、今《いま》から成敗《せいばい》するところでございます」

見《み》ると、七之助《しちのすけ》と同《おな》じくらい顔立《かおだ》ちの整《ととの》った少年《しょうねん》が、縁側《えんがわ》から半身《はんみ》を覗《のぞ》かせていた。

こちらは当時最先端《とうじさいせんたん》の『若衆髷《わかしゅうまげ》』で、幼《おさな》さよりも、知的《ちてき》さを漂《ただよ》わせていた。

小伝次《こでんじ》と呼《よ》ばれた少年《しょうねん》は、もへぇをジッと見《み》つめ、含《ふく》み笑《わら》いをして弥五兵衛《やごべえ》を嗜《たしな》めた。

「声《こえ》をかけて正解《せいかい》でしたね。あなたが成敗《せいばい》されるところでしたよ」

「なんですと!?　このような不逞《ふてい》の輩《やから》に、拙者《せっしゃ》が負《ま》かされると——」

「――は〜い、そこまで。弥五兵衛《やごべえ》ちゃん、もへ兄《にい》とケンカしちゃ、だ〜め〜だ〜よ〜」

緊迫《きんぱく》した空気《くうき》は、七之助《しちのすけ》の両手《りょうて》が弥五兵衛《やごべえ》の両目《りょうめ》を隠《かく》したことで、一気《いっき》に緩和《かんわ》された。

「兄上様《あにうえさま》。お友達《ともだち》の前《まえ》ですから、弟子《でし》の躾《しつけ》は、程々《ほどほど》になさいませね」

七之助《しちのすけ》を兄《あに》と呼《よ》ぶ小伝次《こでんじ》は、そう言《い》って障子《しょうじ》をピシャリと閉《し》めてしまった。

七之助《しちのすけ》は、もへぇなど眼中《がんちゅう》にないかのように、弥五兵衛《やごべえ》との戯《たわむ》れを続《つづ》けた。

「オイラの友達《ともだち》に、手出《てだ》しするなんて許《ゆる》せないなぁ。お仕置《しお》きだぞ〜」

「七之助様《しちのすけさま》、首《くび》だけは！　首《くび》だけはやめ――、ぐほっ……」

……拍子抜《ひょうしぬ》けしたもへぇは、気《き》まずさを感《かん》じて大人《おとな》しく門《もん》の外《そと》で待《ま》つことにした。

「先程《さきほど》は、弥五兵衛《やごべえ》ちゃんが、失礼《しつれい》を致《いた》しました」

「俺《おれ》こそ、勝手《かって》に上《あが》り込《こ》んで、すいませんでした」

もへぇと七之助《しちのすけ》は、門前《もんぜん》で互《たが》いに頭《あたま》を下《さ》げ、七之助《しちのすけ》は続《つづ》いて目的《もくてき》を訊《たず》ねてきた。

「で、何《なん》の用《よう》？　婉《えん》ちゃんに振《ふ》られた腹《はら》いせにオイラを誘惑《ゆうわく》ぅ？　お稚児趣味《ちごしゅみ》がバレないように、オイラに合《あ》わせて体《からだ》を小《ちい》さくしているとか――」

「――んなわけあるかッ！」

もへぇは七之助《しちのすけ》の頭《あたま》をコツンと叩《たた》き、七之助《しちのすけ》は待《ま》ってましたと大声《おおごえ》でウソ泣《な》きを始《はじ》めた。

すぐさま、大人《おとな》たちの視線《しせん》が、もへぇに冷《つめ》たく集《あつ》まってきた。

「わかった、わかった。俺《おれ》が悪《わる》かった！」

「もへ兄《にい》、謝罪《しゃざい》というものは言葉《ことば》じゃなく、行動《こうどう》で示《しめ》して欲《ほ》しいなぁ」

「何《なん》だよ、逆立《さかだ》ちしてワン、とかやればいいのか？」

「そうねぇ。婉《えん》ちゃんの口説《くど》きに使《つか》った玲瓏豆腐《こおりどうふ》を買《か》ってくれたら、許《ゆる》して、あ・げ・る」

「……食《く》い物強請《ものねだ》りかよ」

もへぇは白《しろ》い目《め》を七之助《しちのすけ》に送《おく》ったが、流《なが》し目《め》で返《かえ》され、寒気《さむけ》を感《かん》じて視線《しせん》を逸《そ》らした。


「太郎《たろう》ちゃんなら、新《あたら》しく出来《でき》た剣術《けんじゅつ》の流派《りゅうは》に弟子《でし》入《い》りさせたよ」

「何《なに》？　詳《くわ》しく説明《せつめい》しろ。どういうことだ？」

もへぇは、茶店《ちゃみせ》で買《か》った玲瓏豆腐《こおりどうふ》を、七之助《しちのすけ》に食《た》べさせながら問《と》い質《ただ》した。

玲瓏豆腐《こおりどうふ》は、この時代《じだい》に開発《かいはつ》されたばかりの寒天《かんてん》を使用《しよう》した甘味《かんみ》で、柔《やわ》らかな食感《しょっかん》は、半島経由《はんとうけいゆ》で伝《つた》わった、固《かた》い土佐《とさ》の豆腐《とうふ》とは異《こと》なる味《あじ》わいだった。

ところで、今二人《いまふたり》は食《た》べ歩《ある》きをしているが、ここは、当時《とうじ》『高智城《こうちじょう》』と呼《よ》ばれた城《しろ》から南《みなみ》の潮江川《うしおえがわ》を渡《わた》った場所《ばしょ》にある、当時《とうじ》『潮江山《うしおえやま》』と呼《よ》ばれた『筆山《ひつざん》』の山道《やまみち》で、歴代《れきだい》の城《じょう》主《しゅ》や家老《かろう》の墓《はか》が建《た》ち並《なら》び、二人《ふたり》は御廟所番《ごびょうしょばん》の目《め》を盗《ぬす》んで、散歩《さんぽ》を楽《たの》しんでいた。

「小伝次《こでんじ》ちゃんや父上《ちちうえ》と相談《そうだん》してね。太郎《たろう》ちゃんは槍術《そうじゅつ》より剣術《けんじゅつ》が性《しょう》に合《あ》っているから、新《あたら》しく出来《でき》た『新陰流《しんかげりゅう》』に、お墨付《すみつ》きを出《だ》して送《おく》り出《だ》したんだよ」

「厄介払《やっかいばら》いじゃねぇだろうな？」

もへぇの疑《うたが》いに、七之助《しちのすけ》は豆腐《とうふ》をモグモグ、咀嚼《そしゃく》しながら反論《はんろん》した。

「これでも妙案《みょうあん》だよ？　いくら家《うち》が杉山流《すぎやまりゅう》の道場持《どうじょうも》ちでも、素性《すじょう》の証《あかし》が立《た》たない太郎《たろう》ちゃんを、早々《そうそう》よろしく門弟《もんてい》に出来《でき》る訳《わけ》ないでしょう？　ただでさえ、御侍《おさむらい》と軽格《けいかく》の間《あいだ》でピリピリしているんだからさ──」

「……数《かず》ある中《なか》から、その流派《りゅうは》を選《えら》んだ理由《りゆう》は？」

「出来《でき》たばかりだから。数集《かずあつ》めしていたからね。太郎《たろう》ちゃんの出自《しゅつじ》は京《きょう》のお公家《くげ》さんで、品《ひん》も良《よ》かったし、差《さ》し支《つか》えなかったもん」

そう言《い》いながら七之助《しちのすけ》は、もへぇの相棒《あいぼう》である鷲《わし》の頭《あたま》を撫《な》でながら、核心《かくしん》を突《つ》いてきた。

「本題《ほんだい》は太郎《たろう》ちゃんじゃないでしょ？　そっちを訊《き》いちゃおうかな？」

「おめぇの中《なか》のオジサンが嗅《か》ぎつけたか。オジサン元気《げんき》か？」

「憑依《ひょうい》は無理《むり》だけど、今《いま》も起《お》きてるよ。もへ兄《にい》の相談《そうだん》にも、乗《の》ってくれると思《おも》うのよね」

もへぇは、椿姫《つばきひめ》の再襲撃《さいしゅうげき》を受《う》けて今《いま》の姿《すがた》になったことや、伝右衛門《でんえもん》の遺産《いさん》の噂《うわさ》と、それを藩《はん》や幕府《ばくふ》が探《さぐ》っていること、川上新助《かわかみしんすけ》に撃《う》たれて鷲《わし》がケガをしたことなどを話《はな》した。

ちなみに、『藩《はん》』と『幕府《ばくふ》』、『上士《じょうし》』と『下士《かし》』という言葉《ことば》は、当時《とうじ》は存在《そんざい》しない。会話中《かいわちゅう》は全《すべ》て『国《くに》』と『公儀《こうぎ》』、『御侍《おさむらい》』と『軽格《けいかく》（軽輩《けいはい》）』に書《か》き換《か》える必要《ひつよう》がある。

「遺産《いさん》に関《かん》してだけど、オジサンが何《なに》か言《い》いたそうだから、訊《き》いてみるね」

七之助《しちのすけ》は、歩《ある》きながら目《め》を閉《と》じ、ブツブツつぶやいてから、ゆっくりと目《め》を開《ひら》いた。

「伝右衛門《でんえもん》さんのことを調《しら》べたらどうかって。遺産《いさん》が本当《ほんとう》にあったとして、縁《えん》もゆかりもない処《ところ》には残《のこ》さないでしょ？　伝右衛門《でんえもん》さんの足跡《そくせき》を辿《たど》れば、見《み》つかるかもしれないよ」

「足跡《そくせき》か。娘《むすめ》の婉《えん》さんに訊《き》くのが手早《てばや》そうだな。あまり訊《き》いて欲《ほ》しくなさそうだったが」

「そこは、もへ兄《にい》の腕次第《うでしだい》だね。——でさぁ〜、鷲《わし》さんの件《けん》なんだけどね〜」

七之助《しちのすけ》は、不意《ふい》に甘《あま》い声色《こわいろ》になって、もへぇの体《からだ》に擦《す》り寄《よ》って来《き》た。

「……おめぇ、俺《おれ》に悪巧《わるだく》みをする時《とき》は、顔《かお》に隠《かく》さねぇのな」

もへぇが棒気味《ぼうぎみ》にツッコむと、七之助《しちのすけ》は悪戯《いたずら》っぽく笑《わら》って、交換条件《こうかんじょうけん》を出《だ》してきた。

「ウチで預《あず》かっても良《い》いよ。その代《か》わり御代《おだい》は、もへ兄《にい》の体《からだ》で払《はら》ってもらいましょ〜か！」

「……ヤバいことさせて、稼《かせ》がせるつもりじゃねぇだろうな？」

「え？　したいの？　体《からだ》は良《い》いけどさぁ。顔《かお》がね……」

七之助《しちのすけ》が口元《くちもと》を袖口《そでぐち》で隠《かく》し、嫌《いや》らしい目《め》で値踏《ねぶ》みを始《はじ》め、もへぇは無言《むごん》で顔《かお》を背《そむ》けた。

「お膳《ぜん》の片《かた》づけが終《お》わったら、次《つぎ》は、お布団《ふとん》を敷《し》いてね。お香焚《こうた》くのも、忘《わす》れずにね～」

「諸国《しょこく》を巡《めぐ》っておられる、有名《ゆうめい》な行者様《ぎょうじゃさま》です。粗相《そそう》のないよう、お願《ねが》いしますよ」

「分《わ》かってるって。接待《せったい》の段取《だんど》りは心得《こころえ》てるから、安心《あんしん》しな」

受《う》け取《と》った膳《ぜん》を積《つ》み上《あ》げながら、もへえは桂兄弟《かつらきょうだい》にそう言《い》い返《かえ》して土間《どま》を出《で》た。

外《そと》は真《ま》っ暗《くら》で、通《とお》りからは火《ひ》の用心《ようじん》を叫《さけ》ぶ夜番《よるばん》の声《こえ》と、拍子木《ひょうしぎ》の音《おと》が聞《き》こえている。

鷲《わし》の面倒《めんどう》を看《み》て貰《もら》う間《あいだ》、もへえは桂家《かつらけ》の使用人《しようにん》として、タダ働《ばたら》きをするハメになった。

お世話《せわ》の類《たぐい》は修行時代《しゅぎょうじだい》、天狗夫妻《てんぐふさい》に嫌《いや》と言《い》うほど躾《しつ》けられたので、何《なん》の問題《もんだい》もない。

膳《ぜん》を運《はこ》び、寝所《しんじょ》の布団《ふとん》を敷《し》きに向《む》かっていると、腰《こし》に提《さ》げた麻袋《あさぶくろ》が青白《あおじろ》く光《ひか》った。

すぐに、袋《ふくろ》の中《なか》の貝殻《かいがら》を取《と》り出《だ》して、自分《じぶん》の耳《みみ》に当《あ》てた。

貝殻《かいがら》の発光色《はっこうしょく》と明滅《めいめつ》の回数《かいすう》で、相手《あいて》が誰《だれ》なのか見分《みわ》けているのだ。

「市之丞《いちのじょう》か？」

「託《ことづけ》を聞《き》いた。日菜乃殿《ひなのどの》の命《めい》で、横倉《よこくら》の警備《けいび》を固《かた》めた。里《さと》も同様《どうよう》だ。報告《ほうこく》、感謝《かんしゃ》する」

「良《い》いってことよ。でもこっちは、今《いま》ちょっと動《うご》けねぇんだ――」

鷲《わし》が療養中《りょうようちゅう》だということや、面倒《めんどう》を看《み》てもらう代《か》わりに使用人《しようにん》をやっていることなど、掻《か》い摘《つま》んで打《う》ち明《あ》けると、市之丞《いちのじょう》は納得《なっとく》したようだった。

「事情《じじょう》はよく分《わ》かった。暫《しばら》く、厄介《やっかい》になっておけ」

「すまねぇな。新助の野郎《やろう》が現《あらわ》れたら応援《おうえん》に駆《か》けつけるから、すぐに知《し》らせてくれよ」

「此方《こちら》としても、戦力《せんりょく》は多《おお》い方《ほう》が良《い》い。その時《とき》は頼《たの》む――」

そうこう話《はな》していると、廊下《ろうか》の向《む》こうから、小伝次《こでんじ》の声《こえ》が飛《と》んできた。

「もへぇ殿《どの》〜。どこで油《あぶら》を売《う》っているのです？　行者様《ぎょうじゃさま》が、お風呂《ふろ》から上《あ》がりますよ〜」

「へへぇ、どうもすんませんです！　すぐ御寝間《おねま》の支度《したく》を――」

わざと横柄《おうへい》な返事《へんじ》をしてから、もへぇは小声《こごえ》の早口《はやくち》で捲《まく》し立《た》てた。

「もう切《き》るぜ。人使《ひとづか》いが荒《あら》くてしょうがねぇや。彼奴《あいつ》らノビた蕎麦《そば》食《く》わすんだ。薄味《うすあじ》でよ、食《く》った気《き》がしねぇの。葱《ねぎ》を入《い》れたら田舎者《いなかもの》呼《よ》ばわりされるし、御城下《おじょうか》なのに碌《ろく》なモンを食《く》わせてもらえねぇんだぜ！」

「……大変《たいへん》だな。おまえも」

市之丞《いちのじょう》は、少々《しょうしょう》哀《あわ》れ気味《ぎみ》に言葉《ことば》をかけた。

桂家《かつらけ》の使用人《しようにん》となって、数日《すうじつ》が経《た》つと、もへぇは仕事《しごと》に慣《な》れた。

相変《あいか》わらず弥五兵衛《やごべえ》は警戒《けいかい》していたが、家事《かじ》の能力《のうりょく》は認《みと》めていた。

「使用人《しようにん》として、うぬを召《め》し抱《かか》えた七之助様《しちのすけさま》と、小伝次様《こでんじさま》の御彗眼《ごすいがん》は流石《さすが》であるな」

もへぇは、愛想笑《あいそわら》いでごまかした。

そんなある日《ひ》、夜明《よあ》け前《まえ》から裏庭《うらにわ》で薪割《まきわ》りに精《せい》を出《だ》していると、昼頃《ひるごろ》になって道場《どうじょう》から戻《もど》ってきた七之助《しちのすけ》が、鷲《わし》と戯《たわむ》れながら話《はな》しかけてきた。

「相談《そうだん》があるんだけどさぁ――」

「――これ以上《いじょう》、やることを増《ふ》やされるのは、御免《ごめん》だぜ」

「かわいい娘を紹介《しょうかい》して欲《ほ》しいなって。男臭《おとこくさ》い生活《せいかつ》だから、潤《うるお》い欲《ほ》しいんだよね～」

本能《ほんのう》に忠実《ちゅうじつ》な要求《ようきゅう》に、もへぇは思《おも》わず、ため息《いき》をついた。

「食《く》い物《もの》の次《つぎ》は女《おんな》か？　伝手《つて》なんて、あるわけねぇだろ？」

「嘘《うそ》だぁ。修行時代《しゅぎょうじだい》、天狗《てんぐ》のおねぇちゃん達《たち》から、すごくモテたって話《はなし》らしいじゃん」

「……天狗様《てんぐさま》から聞《き》いたのか。――かわいかったら、それで良《い》いんだな？」

「うん！」

「じゃあ折《おり》を見《み》て、そのかわいい天狗《てんぐ》のおねぇちゃん達《たち》に、会《あ》わせてやるよ」

「ホント!?」

目《め》を輝《かがや》かせる七之助《しちのすけ》だったが、もへぇは釘《くぎ》を刺《さ》した。

「遺産探《いさんさが》しや、川上新助《かわかみしんすけ》と戦《たたか》う時《とき》は、ちゃんと協力《きょうりょく》しろよ？」

「うん。都合《つごう》と気分《きぶん》がよろしい時《とき》だったら、いつでもどうぞ」

……こんなことをしている場合《ばあい》ではないが、恩《おん》を売《う》る意味《いみ》でも、もてなす必要《ひつよう》がある。

やりとりから数日後《すうじつご》、二人《ふたり》は暇《ひま》を作《つく》り、潮江山《うしおえやま》の頂《いただき》にある神社《じんじゃ》で待《ま》ち合《あ》わせをした。

市之丞にも事情《じじょう》を説明《せつめい》したが、川上新助《かわかみしんすけ》は気配《けはい》すら見《み》せず、それが嵐《あらし》の前《まえ》の静《しず》けさの予感《よかん》がして、とても不安《ふあん》だったが、一方《いっぽう》の七之助《しちのすけ》は、ウキウキで土産物《みやげもの》を風呂敷一杯《ふろしきいっぱい》に詰《つ》め込《こ》み、一人喜《ひとりよろこ》び勇《いさ》んでいたが、待《ま》ち合《あ》わせ場所《ばしょ》には誰一人《だれひとり》おらず、忽《たちま》ち不満《ふまん》を漏《も》らした。

「……ねえ、本当《ほんとう》に、女《おんな》の子《こ》がここに来《く》るの？」

「焦《あせ》りなさんな。とびっきりの美人《びじん》さんが来《く》るから、もう少《すこ》し待《ま》ってろ」

その言葉通《ことばどお》り、旋風《つむじかぜ》が神社《じんじゃ》の境内《けいだい》に発《た》ち上《のぼ》り、今《いま》のもへぇと同《おな》じ歳格好《としかっこう》の娘《むすめ》が現《あらわ》れた。柄《がら》の鮮《あざ》やかな上質《じょうしつ》の着物《きもの》を着《き》こなし、黒《くろ》マントを羽織《はお》り、着物《きもの》をチラリズムで魅《み》せる服装《ふくそう》は気品《きひん》を漂《ただよ》わせ、黒《くろ》い南蛮《なんばん》のフェルト帽《ぼう》と目鼻《めはな》を強調《きょうちょう》させた化粧《けしょう》の具合《ぐあい》も相俟《あいま》って、美《うつく》しさと凛々《りり》しさを、併《あわ》せ持《も》っていた。

「ご無沙汰《ぶさた》しております、もへぇさん」

「しばらくだな、響《ひびき》さん。今日《きょう》は、無理《むり》を言《い》ってすまねぇ」

「いえいえ。元気《げんき》な男《おのこ》と触《ふ》れ合《あ》える、良《よ》い機会《きかい》です。皆《みな》も喜《よろこ》びましょう――」

響《ひびき》と呼《よ》ばれた娘《むすめ》はそう言《い》うと、七之助《しちのすけ》の前《まえ》に歩《あゆ》み寄《よ》った。

「鞍馬山響《くらまやまひびき》と申《もう》します。今日一日《きょういちにち》、あなたの案内《あんない》を務《つと》めます。よろしくお願《ねが》いしますね」

ニコッと微笑《ほほえ》んだ響《ひびき》に対《たい》して、七之助《しちのすけ》は、さっそく口説《くど》きにかかった。

「うわぁ、凄《すご》い美人《びじん》さん！　ねぇねぇ、お付《つ》き合《あ》いしている人《ひと》はいるの？」

「……口説《くど》く前《まえ》に、名《な》を名乗《なの》れよ」

もへぇの軽《かる》いツッコミに、七之助《しちのすけ》は、ぺろりと舌《した》を出《だ》した。

「いけない！　拙者《せっしゃ》は桂七之助《かつらしちのすけ》と申《もう》します。響《ひびき》おねえさん、今日《きょう》はよろしく！」

響《ひびき》は全《まった》く気《き》にせず、笑《え》みを浮《う》かべたまま、質問《しつもん》に答《こた》えた。

「はい、よろしく七之助《しちのすけ》さん。残念《ざんねん》だけど、許嫁《いいなずけ》がいるの。ごめんなさいね」

「う〜ん、残念《ざんねん》――」

七之助《しちのすけ》は、ガックリと肩《かた》を落《お》とした。

そこに、もへぇの鷲《わし》が舞《ま》い下《お》りて、響《ひびき》にジャレつこうとした。

響《ひびき》はヒラリと身《み》を躱《かわ》し、団扇《うちわ》にしているヤツデの葉《は》を瞬時《しゅんじ》に数本《すうほん》の苦無《くない》に変《か》えて、鷲《わし》に目《め》がけて投《な》げつけると、鷲《わし》を近《ちか》くの木《き》の幹《みき》に、磔《はりつけ》にしてしまった。

「……私《わたくし》を襲《おそ》ったことを、もうお忘《わす》れですか？　未《いま》だに、夢《ゆめ》で魘《うな》されていますのよ」

鷲《わし》は、クェ〜と情《なさ》けない声《こえ》を出《だ》して、主人《しゅじん》に助《たす》けを求《もと》めたが、もへぇは放置《ほうち》した。

「響《ひびき》さんと、もへ兄《にい》の鷲《わし》って、仲悪《なかわる》いの？」

「眷属《けんぞく》になる前《まえ》、響《ひびき》さんに怪我《けが》をさせたんだよ。根《ね》に持《も》つのも仕方《しかた》ねぇのさ」

「もう一《ひと》つ質問《しつもん》！　天狗《てんぐ》ってさ、日下《くさか》の天狗様《てんぐさま》みたいに、南蛮趣味《なんばんしゅみ》の人《ひと》が多《おお》いの？」

「派手《はで》好《ず》きだからな。姿《すがた》や形《かたち》も自在《じざい》に変《か》えられるから、見《み》た目《め》で競《きそ》ってるのさ」

「そうなんだ。じゃあ、変化《へんげ》することにも、流行《はや》り廃《すた》りとかあるのかな？」

続《つづ》け様《ざま》な質問《しつもん》に、響《ひびき》が横《よこ》から口《くち》を出《だ》して、軽《かる》く捕捉《ほそく》をした。

「最近《さいきん》の傾向《けいこう》として、大名《だいみょう》のお姫様《ひめさま》や公家《くげ》の娘様方《むすめさまがた》から生前《せいぜん》に許可《きょか》を頂《いただ》き、亡《な》くなった後《あと》で、その若《わか》かりし姿《すがた》を真似《まね》ることが、流行《はや》っていますのよ」

「じゃあ、響《ひびき》のおねぇさんも？」

「はい。とある大名《だいみょう》の、お姫様《ひめさま》の顔《かお》を頂《いただ》きました」

話《はなし》を咲《さ》かそうとしている二人《ふたり》に向《む》かって、もへぇは咳払《せきばら》いをした。

「響《ひびき》さん。急《せ》かして悪《わり》ぃが、早《はや》く此奴《こいつ》を、庚《かのえ》さんの処《ところ》へ連《つ》れて行《い》ってくれねぇか？」

「あらっ？　もへぇさんは、御一緒《ごいっしょ》しないのですか？」

「……ちょっと別件《べっけん》を抱《かか》えててな」

伝右衛門《でんえもん》の遺産《いさん》やら、川上新助《かわかみしんすけ》の襲撃云々《しゅうげきうんぬん》で、それどころではない。

ところが、もへぇは急《きゅう》に七之助《しちのすけ》に腕《うで》を引《ひ》っ張《ぱ》られ、境内《けいだい》の外《はず》れまで連《つ》れて行《い》かれた。

「あのさ、黙《だま》っていたんだけど、遺産《いさん》に関係《かんけい》あるかもしれない人《ひと》、知《し》っているんだよね」

「……嘘《うそ》じゃねぇだろうな？」

「一緒《いっしょ》に来《き》てくれたら紹介《しょうかい》するよ。一日《いちにち》を棒《ぼう》に振《ふ》るより、マシだと思《おも》うけど〜？」

仙術《せんじゅつ》が使《つか》えたら心《こころ》を読《よ》めるのだが、今《いま》は封《ふう》じられている。

もへぇは不本意《ふほんい》ながら、七之助《しちのすけ》に同行《どうこう》することになった。

一方《いっぽう》、磔《はりつけ》にされたもへぇの鷲《わし》は、響《ひびき》お手製《てせい》の籠《かご》に入《い》れられ、お預《あず》かりの身《み》となった。


やって来《き》たのは、山間深《やまあいふか》くに建《た》てられた、広大《こうだい》な神社仏閣群《じんじゃぶっかくぐん》だった。

山《やま》の中《なか》とは思《おも》えない、立派《りっぱ》な塔《とう》や屋根瓦《やねがわら》のある建物《たてもの》が、あちこちに聳《そび》え立《た》っている。

建物《たてもの》の中《なか》からは、勇《いさ》ましい女天狗《おんなてんぐ》たちの掛《か》け声《ごえ》が、至《いた》る所《ところ》から聞《き》こえていた。

三人《さんにん》は、敷地《しきち》の中《なか》に舗装《ほそう》された本道《ほんどう》を、まっすぐ歩《ある》いていた。

「『比良山次郎坊《ひらやまじろうぼう》』が建《た》てた、女天狗専用《おんなてんぐせんよう》の修練場《しゅうれんじょう》です。道場主《どうじょうぬし》である庚《かのえ》さまの許可《きょか》を頂《いただ》いて、特別《とくべつ》に案内《あんない》できることになりました」

響《ひびき》の説明《せつめい》を聞《き》きながら、七之助《しちのすけ》は興味深《きょうみぶか》そうに、周囲《しゅうい》をキョロキョロと見回《みまわ》した。

「声《こえ》はすれども姿《すがた》は見《み》えないね。みんな恥《は》ずかしがり屋《や》なの？」

「いえいえ。気配《けはい》は感《かん》じ取《と》っていますよ。勘《かん》の良《よ》い者《もの》は、集合場所《しゅうごうばしょ》に向《む》かっている頃《ころ》では？」

その直後《ちょくご》、半鐘《はんしょう》を鳴《な》らす音《おと》が鳴《な》り亘《わた》り、天狗《てんぐ》たちの掛《か》け声《ごえ》は、一斉《いっせい》に消《き》え失《う》せた。

「どうやら、到着《とうちゃく》が正式《せいしき》に知《し》らされたようですね」

響《ひびき》はそう言《い》うと、この道場《どうじょう》を造《つく》った、天狗一族《てんぐいちぞく》の歴史《れきし》を話《はな》し始《はじ》めた。

琵琶湖《びわこ》の西《にし》にある比良山《ひらやま》を統治《とうち》する次郎坊一族《じろうぼういちぞく》は、かつて比叡山《ひえいざん》に拠点《きょてん》を構《かま》えていたが、数百年前《すうひゃくねんまえ》に霊力《れいりょく》を巡《めぐ》る争《あらそ》いで人間《にんげん》に敗《やぶ》れ、恭順《きょうじゅん》した比叡山派《ひえいざんは》と次郎坊山《じろうぼうやま》に移住《いじゅう》した比良山派《ひらやまは》とに分《わ》かれたが、比叡山《ひえいざん》は人間同士《にんげんどうし》の争《あらそ》いで焼《や》かれて、比良山派《ひらやまは》は危機感《ききかん》から武芸《ぶげい》を奨励《しょうれい》し、この修練場《しゅうれんじょう》もその一環《いっかん》として建《た》てられ、今《いま》では多《おお》くの武人《ぶじん》を輩出《はいしゅつ》して、比良山次郎坊《ひらやまじろうぼう》の本家《ほんけ》は比良山《ひらやま》だと、今日《こんにち》の天狗界隈《てんぐかいわい》では言《い》われているという。

「一度没落《いちどぼつらく》したのに、盛《も》り返《かえ》せたのは後《うし》ろ盾《だて》がいたから？」

「はい。『愛宕山太郎坊《あたごやまたろうぼう》』の庇護《ひご》を受《う》けましてね。琵琶湖《びわこ》の対岸《たいがん》にある赤神山《あかがみやま》に同盟《どうめい》の証《あかし》である社《やしろ》が建《た》てられ、今日《こんにち》、次郎坊《じろうぼう》が太郎坊《たろうぼう》の側近《そっきん》を務《つと》めることも、珍《めずら》しくないのです」

「日下《くさか》に団体《だんたい》で来《き》た時《とき》、比良山《ひらやま》の庚《かのえ》さんが愛宕山《あたごやま》の忍《しのぶ》さんに従《したが》ってた理由《りゆう》は、それか」

もへぇが独《ひと》り言《ごと》のように呟《つぶや》いていると、七之助《しちのすけ》が響《ひびき》に再《ふたた》び質問《しつもん》をした。

「響《ひびき》のおねえさんも、どこか有名《ゆうめい》な一族《いちぞく》の生《う》まれなの？」

「私《わたくし》は『鞍馬山僧正坊《くらまやまそうじょうぼう》』――。牛若丸《うしわかまる》だった源義経《みなもとのよしつね》と関《かか》わった天狗一族《てんぐいちぞく》だと言《い》えば、分《わ》かり易《やす》いでしょうか？　最《もっと》も義経《よしつね》は、すぐに山《やま》を飛《と》び出《だ》して山賊《さんぞく》となったので、深《ふか》くは関《かか》わっていませんし、武術《ぶじゅつ》を教《おし》えた天狗《てんぐ》も、実《じつ》は我《わ》が一族《いちぞく》の者《もの》ではなく、宣伝《せんでん》になるからと勝手《かって》に我《わ》が一族《いちぞく》が、困《こま》ったことに詐称《さしょう》をしているだけなのです……」

そうこう話《はな》すうちに、三人《さんにん》は一際豪華《ひときわごうか》な、装飾《そうしょく》の施《ほどこ》された建造物《けんぞうぶつ》の前《まえ》に辿《たど》り着《つ》いた。

この施設群《しせつぐん》の心臓部《しんぞうぶ》で、本庁《ほんちょう》にあたる建物《たてもの》らしい。

大きく堅牢《けんろう》な門《もん》に人間二人《にんげんふたり》が驚嘆《きょうたん》していると、響《ひびき》は何《なに》やら呪文《じゅもん》を二言三言《ふたことみこと》つぶやいた。

――ヤァッ！　と門《もん》に向《む》かって掛《か》け声《ごえ》が放《はな》たれると、門《もん》は鈍《にぶ》い音《おと》を立《た》てて左右《さゆう》に開《あ》いた。

その向《む》こうで待《ま》ち構《かま》えていたのは、ここの主《あるじ》である比良山庚《ひらやまかのえ》だった。

質素《しっそ》だが、丈夫《じょうぶ》で動《うご》きやすい木綿地《もめんじ》の服装《ふくそう》をして、手堅《てがた》くまとめてはいるが、あの猛禽《もうきん》のような眼《め》は眼鏡《めがね》によって一層険《いっそうけわ》しく、体格《たいかく》も相俟《あいま》って、仁王《におう》のような迫力《はくりょく》だった。

「久《ひさ》しぶりだな。　鞍馬山《くらまやま》の響《ひびき》に、日下茂平《くさかもへえ》――」

「比良山《ひらやま》の庚様《かのえさま》。こちらこそ、ご無沙汰《ぶさた》しております」

「相変《あいか》わらず、元気《げんき》そうだな。なによりだぜ」

それぞれ、言葉少《ことばすく》なに挨拶《あいさつ》をする中《なか》、七之助《しちのすけ》は威勢《いせい》よく、庚《かのえ》に挨拶《あいさつ》をした。

「初《はじ》めまして！　桂七之助《かつらしちのすけ》です！　庚《かのえ》おねぇさん、こんにちは！」

「おまえが本日《ほんじつ》の主役《しゅやく》だな。歓迎《かんげい》するぞ、七之助《しちのすけ》――」

庚《かのえ》が、手《て》に持《も》った錫杖《しゃくじょう》を地面《じめん》に打《う》って合図《あいず》を送《おく》ると、無数《むすう》の影《かげ》が集《あつ》まり整列《せいれつ》した。

全《すべ》て天狗《てんぐ》の見習《みなら》いである、『鴉天狗《からすてんぐ》』と呼《よ》ばれる娘《むすめ》たちだった。

見《み》かけは人間《にんげん》と変《か》わらず、美人揃《びじんぞろ》いだが、眼《め》を猛禽《もうきん》のようにして、七之助《しちのすけ》を見《み》ている。

「あらあら、皆《みな》さま、目《め》が怖《こわ》いですよ。七之助《しちのすけ》さんが怖《こわ》がってしまうのでは――」

「――そんなの気《き》にしねぇよ」

もへぇの指摘《してき》で響《ひびき》が見《み》ると、七之助《しちのすけ》は至極《しごく》ご満悦《まんえつ》な様子《ようす》だった。

「こんなに注目《ちゅうもく》されて、オイラ幸《しあわ》せだなぁ。気前良《きまえよ》く、お土産《みやげ》を渡《わた》しちゃおっと！」

そう言《い》って七之助《しちのすけ》が餅投《もちな》げの如《ごと》く宙《ちゅう》にぶちまけた風呂敷《ふろしき》の中身《なかみ》は、大量《たいりょう》の鰹節《かつおぶし》だった。

「まあ！　巷《ちまた》で噂《うわさ》の『土佐節《とさぶし》』ですわよッ」

「あの、『熊野節《くまのぶし》』より日持《ひも》ちの良《よ》い、高級品《こうきゅうひん》ですわよね！」

「こんなに沢山《たくさん》！」

天狗《てんぐ》は魚《さかな》を焼《や》いた煙《けむり》が嫌《きら》いなので、焼魚《やきざかな》や燻製《くんせい》の類《たぐい》は、自分《じぶん》たちでは作《つく》らない。

猫《ねこ》に鰹節《かつおぶし》ならぬ、天狗《てんぐ》に鰹節《かつおぶし》――。

天狗《てんぐ》の娘《むすめ》たちが舌舐《したな》めずりをして、一斉《いっせい》に飛《と》びかかろうとした時《とき》、庚《かのえ》の一喝《いっかつ》が飛《と》んだ。

「狼狽《うろた》えるなッ！」

娘《むすめ》たちはサッと畏《かしこ》まり、宙《ちゅう》を舞《ま》った土佐節《とさぶし》の群《む》れも、ピタリと静止《せいし》した。

「気遣《きづか》いをさせて申《もう》し訳《わけ》ない。土産《みやげ》は此方《こちら》で預《あずか》ろう。良《よ》いな？」

「うん。後《あと》で均等《きんとう》に、分《わ》けてあげて」

庚《かのえ》は、七之助《しちのすけ》の了解《りょうかい》を得《え》ると、呪符《じゅふ》を一枚取《いちまいと》り出《だ》して宙《ちゅう》に投《な》げ、呪符《じゅふ》は風呂敷《ふろしき》の形《かたち》に広《ひろ》がると、生物《いきもの》のように土佐節《とさぶし》を次々《つぎつぎ》と呑《の》みこみ、庚《かのえ》の手元《てもと》に戻《もど》ると大《おお》きな風呂敷包《ふろしきづつ》みに早変《はやが》わりし、やがて羽《はね》を生《は》やしてパタパタと、本庁《ほんちょう》の方《ほう》へ飛《と》び去《さ》って行《い》ってしまった。

「うわぁ凄《すご》い。相変《あいか》わらず、仙術《せんじゅつ》って便利《べんり》だな〜」

「七之助《しちのすけ》、おまえは、仙術《せんじゅつ》を身《み》に着《つ》けたいのか？」

「武術《ぶじゅつ》の鍛錬《たんれん》がしたいかな。できれば、庚《かのえ》さんに個人指導《こじんしどう》されたい！」

「ほう、直々《じきじき》にか？」

庚《かのえ》の眼《まなこ》がギラリと光《ひか》ったが、七之助《しちのすけ》は平然《へいぜん》と庚《かのえ》を見返《みかえ》している。

「七之助《しちのすけ》の奴《やつ》、肝《きも》が据《す》わってやがるなぁ――」

「まるで初《はじ》めてお会《あ》いした時《とき》の、もへぇさんみたいですね」

「……あんなに無鉄砲《むてっぽう》だったか？」

「ええ、無鉄砲《むてっぽう》でしたよ。良《よ》くも悪《わる》くも」

二人《ふたり》が言葉《ことば》を交《か》わしていると、庚《かのえ》は七之助《しちのすけ》に提案《ていあん》を出《だ》した。

「私《わたし》は、相応《ふさわ》しい相手《あいて》かどうかは、腕《うで》で試《ため》すようにしている。覚悟《かくご》は良《よ》いな？」

「はい！　よろしくお願《ねが》いします」

七之助《しちのすけ》の言葉《ことば》を受《う》け取《と》った庚《かのえ》は、周囲《しゅうい》の鴉天狗《からすてんぐ》たちから二人《ふたり》の名前《なまえ》を呼《よ》んだ。

「石鎚《いしづち》の春奈《はるな》に、金毘羅《こんぴら》の朱音《あかね》！」

「はっ！」

声《こえ》と共《とも》に、庚《かのえ》の前《まえ》に、二人《ふたり》の天狗娘《てんぐむすめ》が歩《あゆ》み出《で》た。

「同《おな》じ四国《しこく》の者《もの》として、もてなしてやれ。恥《は》じぬ振《ふ》る舞《ま》いでな」

「承知《しょうち》しました！」

「お任《まか》せください！」

やや田舎育《いなかそだ》ちの、垢抜《あかぬ》けなさが残《のこ》る二人《ふたり》の天狗娘《てんぐむすめ》は、そう言《い》ってその場《ば》に畏《かしこ》まった。

「先《ま》ずは、この二人《ふたり》とわたり合《あ》ってみよ。その気《き》なら、負《ま》かしても構《かま》わん」

「は〜い。頑張《がんば》っちゃいま〜す！」

七之助《しちのすけ》は、喜《よろこ》び勇《いさ》んで天狗娘《てんぐむすめ》たちの元《もと》に走《はし》り寄《よ》り、何処《いずこ》かへと連《つ》れて行《い》かれてしまった。

そして、控《ひか》えていた他《ほか》の天狗娘《てんぐむすめ》たちも、一斉《いっせい》に散開《さんかい》して姿《すがた》を消《け》した。

「だいじょうぶかな」

「安心《あんしん》しろ。とって食《く》うような無礼《ぶれい》はしない」

「……庚《かのえ》さん、そうじゃなくてな——」

もへぇは、七之助《しちのすけ》の女誑《おんなたら》しぶりを説明《せつめい》しようとしたが、面倒《めんどう》なので止《や》めた。

その黙《だま》り込《こ》んだもへぇを見《み》た響《ひびき》は、——ならばと、庚《かのえ》に話《はなし》を切《き》り出《だ》した。

「庚様《かのえさま》。先日《せんじつ》お知《し》らせした、父君《ちちぎみ》の明王院様《みょうおういんさま》への、お目通《めどお》りの件《けん》なのですが——」

「父上《ちちうえ》なら朝一《あさいち》の法会《ほうえ》だ。比叡山分派《ひえいざんぶんぱ》との協議《きょうぎ》が徹夜明《てつやあ》けしてな。今朝方《けさがた》までズレ込《こ》んだ。申《もう》し訳《わけ》ないが、仮眠《かみん》が終《お》わる昼頃《ひるごろ》まで、待《ま》ってはくれぬか？」

「承知《しょうち》しました。それでは待《ま》つ間《あいだ》、もへぇさんと一緒《いっしょ》に、お茶《ちゃ》でも頂《いただ》きましょうか」

「え？　お茶《ちゃ》って、誰《だれ》が淹《い》れるんだ？」

「……私《わたし》だが、何《なに》か不服《ふふく》か？」

渋《しぶ》い顔《かお》をした庚《かのえ》を見《み》て、響《ひびき》はクスリと笑《わら》った。

道場《どうじょう》の一画《いっかく》にある庭《にわ》に建《た》てられた茶室《ちゃしつ》にて、もへぇは天狗《てんぐ》たちと一緒《いっしょ》に、茶《ちゃ》を嗜《たしな》んだ。

「……そう言《い》えば、初《はじ》めて会《あ》った時《とき》も、庚《かのえ》さんは、お茶《ちゃ》を淹《い》れていたっけな――」

「あの頃《ころ》は下手《へた》の横好《よこず》きだったが、今《いま》では許状《きょじょう》を頂《いただ》いて、日々稽古《ひびけいこ》に励《はげ》んでいる身《み》だ」

「え？　本格的《ほんかくてき》に、お茶《ちゃ》やってんのか？」

一見無骨《いっけんぶこつ》そうな庚《かのえ》の素顔《すがお》を知《し》って、もへぇは驚《おどろ》いた。

「天狗《てんぐ》の世界《せかい》も、色々人間《いろいろにんげん》の世《よ》を倣《なら》っていますからね。一定《いってい》の嗜《たしな》みが要《い》るのですよ」

響《ひびき》が補足《ほそく》をすると、庚《かのえ》も軽《かる》くうなずいた。

「山《やま》や海《うみ》を巻《ま》き込《こ》む大戦《おおいくさ》もあれば、このような場所《ばしょ》で競《きそ》い合《あ》う戦《いくさ》もある。然《しか》るべき立場《たちば》に立《た》つと、嗜《たしな》みが幾《いく》つも入《い》り用《よう》になる。煩《わずら》わしいことだが、これも修練《しゅうれん》の内《うち》だ」

「……天狗《てんぐ》の世界《せかい》も、人間《にんげん》と同《おな》じくらい大変《たいへん》なんだな。俺《おれ》なら、投《な》げちまいそうだ」

もへぇはそう言《い》いつつも、出《だ》されたお茶《ちゃ》を口《くち》に含《ふく》み、ゆっくりと味《あじ》わった。

きちんとお茶《ちゃ》を嗜《たしな》むことができるのは、修行時代《しゅぎょうじだい》、天狗夫妻《てんぐふさい》に躾《しつ》けられた賜物《たまもの》である。

「ところで、妖術使《ようじゅつづか》いや公儀隠密《こうぎおんみつ》に、手痛《ていた》くやられたそうだな？」

響《ひびき》にお茶《ちゃ》を淹《い》れようとしている庚《かのえ》の言葉《ことば》に、もへぇはお茶《ちゃ》を吹《ふ》き出《だ》しそうになった。

必死《ひっし》で堪《こら》え、お茶《ちゃ》を胃《い》の中《なか》に入《い》れた後《あと》、激《はげ》しく咽《むせ》つつ、言葉《ことば》を吐《は》き出《だ》した。

「——いつの間《ま》に知《し》ったんだよ!?」

「日下《くさか》の天狗様《てんぐさま》から学《まな》ばなかったのか？　天狗《てんぐ》は、意中《いちゅう》の者《もの》の挙動《きょどう》を容易《たやす》く探《さぐ》れるのだぞ」

「ああ、そうだったな——。でも、あんまし、良《い》い気《き》はしねぇぜ」

「別《べつ》に感知《かんち》はせぬ。だが、術封《じゅつふう》じに遭《あ》ったことは、不甲斐《ふがい》ないの一言《ひとこと》に尽《つ》きるな」

「……面目《めんぼく》ねぇ」

「謝《あやま》ることはない。心《こころ》の鍛錬《たんれん》ができる、良《よ》い機会《きかい》ではないか」

この庚《かのえ》の言葉《ことば》に、庚《かのえ》からお茶《ちゃ》を出《だ》された響《ひびき》も、茶碗《ちゃわん》を回《まわ》しながら、指摘《してき》に加《くわ》わった。

「人《ひと》や物《もの》に気《き》を配《くば》るようになったのでは？　相手《あいて》を理解《りかい》し、糧《かて》とする好機《こうき》かと」

「……確《たし》かに、七之助《しちのすけ》や市之丞《いちのじょう》に頼《たよ》っているし、ここに足《あし》を運《はこ》ぶことになったたな。肯定的《こうていてき》に考《かんが》えろってことだろ？　臨機応変《りんきおうへん》って奴《やつ》だ」

もへぇの、あっけらかんとした返《かえ》しに、庚《かのえ》と響《ひびき》は釘《くぎ》を刺《さ》した。

「今《いま》はそれでも構《かま》わないだろうが、いずれは、深《ふか》い部分《ぶぶん》で理解《りかい》する事《こと》に迫《せま》られるぞ」

「体《からだ》と心《こころ》で理解《りかい》しなければいけませんよ。他人《たにん》の指摘《してき》は、無意味《むいみ》ですから」

「……良く解《わ》からねぇけど、頭《あたま》の片隅《かたすみ》に留《と》めておくよ」

そう答《こた》えてから、もへぇは庚《かのえ》に訊《たず》ねた。

「ところで、仙術《せんじゅつ》のことで訊《き》きてぇことがあるんだが――」

「モノに因《よ》るが、なんだ？」

「『転生術《てんせいじゅつ》』って、知《し》ってるか？」

庚《かのえ》と響《ひびき》は、術《じゅつ》の名《な》を訊《き》かれて表情《ひょうじょう》を険《けわ》しくしたが、もへぇはそれに気《き》づかなかった。

「七之助《しちのすけ》の中《なか》のオジサンが生前使《せいぜんつか》った術《じゅつ》らしい。俺《おれ》も使《つか》えるんじゃねぇかと思《おも》ってな――」

二人《ふたり》の天狗《てんぐ》は、互《たが》いに顔《かお》を見合《みあ》わせ、やがて諭《さと》すように話《はな》し始《はじ》めた。

「人間《にんげん》は我々《われわれ》と違《ちが》って、仙術《せんじゅつ》を使《つか》いこなしやすい。『転生術《てんせいじゅつ》』は我々《われわれ》には禁忌《きんき》の術《じゅつ》だが、人間《にんげん》に限《かぎ》れば、魂《たましい》を他《ほか》の肉体《にくたい》に転《てん》じて生《い》き長《なが》らえる、ただの仙術《せんじゅつ》の一《ひと》つでしかない――」

「――ただし、私《わたくし》たちモノノ怪《け》と等《ひと》しくなる、とても危険《きけん》な術《じゅつ》ですよ」

庚《かのえ》と響《ひびき》の話《はなし》を聴《き》き、もへぇは腕組《うでぐ》みをして考《かんが》えた。

――七之助《しちのすけ》の中《なか》のオジサンは、人間《にんげん》を捨《す》ててまで、仙術使《せんじゅつつか》いを探《さが》しているようだ。

人生《じんせい》に、禍根《かこん》や心残《こころのこ》りがあれば、転生《てんせい》は容易《ようい》に可能《かのう》なのだろうか？

――俺《おれ》の禍根《かこん》、心残《こころのこ》りは何《なん》だったか……

もへぇの心中《しんちゅう》を察《さっ》したのか、庚《かのえ》は警告気味《けいこくぎみ》に語《かた》りかけた。

「生半可《なまはんか》な気持《きも》ちで使《つか》うには過《す》ぎたる力《ちから》だ。興味本位《きょうみほんい》で覚《おぼ》えよう等《など》とは思《おも》わぬことだな」

「……ああ。その通《とお》りだな」

その時《とき》、バタバタと羽音《はおと》が聞《き》こえて、障子越《しょうじご》しに天狗娘《てんぐむすめ》の影《かげ》が現《あらわ》れた。

「庚様《かのえさま》、大変《たいへん》です！　人間《にんげん》の男《おのこ》を鍛錬《たんれん》していた、春奈《はるな》と朱音《あかね》が――」

「……してやられたのか？」

「は、はあ……。その、なんと言《い》い表《あらわ》せばよいか――」

天狗娘《てんぐむすめ》は明《あき》らかに困惑《こんわく》しているようで、それを察《さっ》した響《ひびき》は、もへぇを促《うなが》した。

「どうやら面白《おもしろ》いことになったようですね。見《み》に行《い》きませんか？」

「……何《なん》となく想像《そうぞう》できるのが、嫌《いや》なんだがな――」

庚《かのえ》を含《ふく》めた三人《さんにん》は、立《た》ち上《あ》がって茶室《ちゃしつ》を出《で》た。

庭《にわ》の白州前《しらすまえ》に、七之助《しちのすけ》と天狗娘《てんぐむすめ》の二人《ふたり》が座《すわ》らされて、天狗娘《てんぐむすめ》たちはシクシク泣《な》いていた。

二人《ふたり》の外見《がいけん》は絢爛豪華《けんらんごうか》に着飾《きかざ》られ、どこかのお姫様《ひめさま》と見間違《みまちが》えるほどだった。

響《ひびき》が、彼女《かのじょ》たちの前《まえ》に歩《あゆ》み寄《よ》ると、彼女《かのじょ》たちは、ワッと泣《な》き崩《くず》れた。

「よしよし。良《よ》い経験《けいけん》となりましたね。まずはその、お化粧《けしょう》を落《お》とさなくては」

二人《ふたり》を宥《なだ》め、響《ひびき》は娘《むすめ》たちを連《つ》れて場《ば》を離《はな》れ、もへぇは七之助《しちのすけ》の頭《あたま》を拳骨《げんこつ》で殴《なぐ》った。

「イタッ！　なにするのさ？」

「女の子を泣かすために、おめぇを此処《ここ》に連《つ》れて来《き》たんじゃねぇんだぞッ！」

「負《ま》かして良《い》いって言《い》うから、負《ま》かしただけだよ。オイラ悪《わる》くないもんね～」

「またそうやって、言《い》いわけするつもりか——」

口論《こうろん》に発展《はってん》する直前《ちょくぜん》、意外《いがい》なことに庚《かのえ》が、七之助《しちのすけ》を擁護《ようご》した。

「七之助《しちのすけ》は間違《まちが》っていない。春奈《はるな》や朱音《あかね》が油断《ゆだん》したのだ」

「へー、オイラのこと、怒《おこ》らないのね」

七之助《しちのすけ》が庚《かのえ》の方《ほう》を向《む》くと、庚《かのえ》は神妙《しんみょう》な顔《かお》つきで、七之助《しちのすけ》を見据《みす》えていた。

「焚《た》きつけたのは私《わたし》だ。そして少々《しょうしょう》語《かた》りたくなった。手合《てあわ》せを願《ねが》えるか？」

「待《ま》ってました！」

個人指導《こじんしどう》が実現《じつげん》して七之助《しちのすけ》は喜《よろこ》び、もへぇは立会人《たちあいにん》として、道場《どうじょう》に同行《どうこう》した。

道場《どうじょう》の中《なか》には、数種類《すうしゅるい》の槍《やり》が幾《いく》つも並《なら》べられ、庚《かのえ》は七之助《しちのすけ》に槍《やり》を選《えら》べと告《つ》げた。

七之助《しちのすけ》は槍《やり》の林《はやし》を歩《ある》いて、『月形十文字《つきがたじゅうもんじ》』と呼《よ》ばれる槍《やり》を取《と》ろうとした。

「中《なか》の武人殿《ぶじんどの》はお引《ひ》き取り願《ねが》おう。私《わたし》は、桂七之助《かつらしちのすけ》と手合《てあわ》せがしたいのだ」

七之助《しちのすけ》は、オジサンの正体《しょうたい》を看破《かんぱ》されて驚《おどろ》いた様子《ようす》だったが、気《き》を取《と》り直《なお》して『素槍《すやり》』と呼《よ》ばれる槍《やり》を取《と》り、庚《かのえ》が隼《はやぶさ》の羽《はね》で作《つく》った扇《おうぎ》を一扇《ひとあお》ぎすると、槍《やり》の林《はやし》は呑《の》みこまれるように道場《どうじょう》の床下《ゆかした》に収納《しゅうのう》され、伽藍堂《がらんどう》になった場内《じょうない》で、七之助《しちのすけ》は杉山流《すぎやまりゅう》の構《かま》えを見《み》せた。

それを一通《ひととお》り見《み》た庚《かのえ》は、手《て》にした錫杖《しゃくじょう》を一振《ひとふ》りして、洋風《ようふう》な槍《やり》を作《つく》りだした。

「変《か》わった槍《やり》だね」

「南蛮《なんばん》の槍《やり》だ」

軽《かる》く言葉《ことば》を交《か》わすと、二人《ふたり》は得物《えもの》を携《たずさ》えて、静《しず》かに対峙《たいじ》した。

庚《かのえ》が、扇《おうぎ》を上《うえ》から下《した》に一扇《ひとあお》ぎすると、風《かぜ》で四方《しほう》の蔀戸《しとみど》が跳《は》ね上《あ》がった。

すると忽《たちま》ち、陽光《ようこう》が武者窓《むしゃまど》から差《さ》し込《こ》んで、道場《どうじょう》が俄《にわか》に明《あか》るくなった。

「参考《さんこう》までに、春奈《はるな》や朱音《あかね》をどう負《ま》かしたか、訊《き》いておこう」

「話《はな》せば、長《なが》くなるけど？」

はぐらかしつつ得物《えもの》を構《かま》える七之助《しちのすけ》に、庚《かのえ》は同《おな》じく構《かま》えを取《と》りながら質問相手《しつもんあいて》を変《か》えた。

「もへぇ、どうやったと思《おも》う？」

「そうだな。力《ちから》じゃ勝《か》てねぇから、天狗《てんぐ》たちへは下手《したて》に出《で》た。褒《ほ》めて煽《おだ》てて伊予《いよ》と讃岐《さぬき》のお国自慢《くにじまん》をして、頃合《ころあい》を見計《みはか》らって、こいつを二人《ふたり》に手渡《てわた》したってとこだろう――」

話《はなし》をしながら、もへぇが懐《ふところ》から取《と》り出《だ》したのは、珊瑚《さんご》で作《つく》られた簪《かんざし》と帯留《おびど》めだった。

土佐《とさ》が珊瑚《さんご》の供給地《きょうきゅうち》となるのは明治《めいじ》からで、この時代《じだい》は、地中海《ちちゅうかい》からの輸入品《ゆにゅうひん》である。

「あっ、いつの間《ま》に――」

「――一応《いちおう》、まだ現役《げんえき》のコソ泥《どろ》だからな。こんなもん盗《ぬす》んだうちに入《はい》らねぇが」

手際の良《よ》さを見《み》せつけてから、もへぇは話《はなし》を続《つづ》けた。

「禁欲修行《きんよくしゅぎょう》が長《なが》い娘《むすめ》さん達《たち》には、刺激《しげき》が強《つよ》くて判断《はんだん》が鈍《にぶ》った。しかも珊瑚《さんご》は二人《ふたり》だけの手土産《てみやげ》だ。後《あと》は、言葉巧《ことばたく》みに山《やま》を下《お》り……、京《きょう》の呉服屋《ごふくや》にでも連《つ》れ込《こ》んだって寸法《すんぽう》かな」

「仙術《せんじゅつ》を封《ふう》じられているはずだよね？　どうして、見《み》て来《き》たかのように話《はな》せるの？」

七之助《しちのすけ》の問《と》いかけに、もへぇが指《ゆび》を鳴《な》らすと、相棒《あいぼう》の鷲《わし》が飛《と》んで来《き》て腕《うで》に掴《つか》まった。

「響《ひびき》さんが監視役《かんしやく》に解放《かいほう》したんだ。鷲《わし》が見聞《みき》きしたのを、書付《かきつけ》にまとめて読《よ》んでるだけだ」

もへぇが、手元《てもと》の紙切《かみき》れをヒラヒラさせて七之助《しちのすけ》に見《み》せると、七之助《しちのすけ》はニヤリと笑《わら》った。

「……響《ひびき》さんと、取引《とりひき》でもしたの？」

「トンデモねぇ。天狗《てんぐ》は上下関係《じょうげかんけい》が厳《きび》しくて、嫉妬深《しっとぶか》いんだぜ。響《ひびき》さんに手土産《てみやげ》なしで、こういう事《こと》されると後《あと》で必《かなら》ず一悶着《ひともんちゃく》あるんだよ。未然《みぜん》に防《ふせ》いだ俺《おれ》に感謝《かんしゃ》して貰《もら》いたいね」

「うわぁ、響《ひびき》さんって怖《こわ》〜い――」

わざとらしく身悶《みもだ》えた七之助《しちのすけ》に、庚《かのえ》の槍《やり》が襲《おそ》い掛《か》かった。

二度三度《にどさんど》と、刃先同士《はさきどうし》が鎬《しのぎ》を削《けず》ると、技量差《ぎりょうさ》から七之助《しちのすけ》は、道場端《どうじょうはじ》に追《お》いつめられた。

しかし、本気《ほんき》ではない庚《かのえ》は、それ以上間合《いじょうまあ》いを詰《つ》めず、言葉《ことば》のみを七之助《しちのすけ》に送《おく》った。

「そうやって、すぐ諦《あきら》める限《かぎ》り、精進《しょうじん》は見込《みこ》めないぞ」

背《せ》を向《む》けて、道場《どうじょう》の中央《ちゅうおう》に戻《もど》る庚《かのえ》を、七之助《しちのすけ》は後《うし》ろから攻《せ》めようとした。

しかし思《おも》い直《なお》したようで、槍《やり》を壁《かべ》にかけると、一礼《いちれい》をして敗北《はいぼく》を認《みと》めた。

「降参《こうさん》します」

七之助《しちのすけ》の声《こえ》に、庚《かのえ》は背《せ》を向《む》けたままだった。

「そう下手《したて》に出《で》ても、評価《ひょうか》は変《か》わらないな」

「正攻法《せいこうほう》で来《こ》られると、どうしようもないよ。虚勢《きょせい》を見抜《みぬ》く庚《かのえ》さんは、やっぱ凄《すご》いや――」

褒《ほ》められた庚《かのえ》は、表情《ひょうじょう》を変《か》えず、槍《やり》を錫杖《しゃくじょう》に戻《もど》しながら、意外《いがい》な言葉《ことば》を返《かえ》した。

「言《い》いたいことを、もへぇに伝《つた》えるなら、今《いま》をおいて他《ほか》はない。私《わたし》をダシにするおまえも、大《たい》した奴《やつ》だと言《い》っておこう」

七之助《しちのすけ》は、エヘヘ――、と照《て》れくさそうに笑《わら》ったが、もへぇは困惑《こんわく》した。

「……どういうことだ？」

「ここで話《はな》しておかないと、色々影響《いろいろえいきょう》があるからね。もへ兄《にい》も、きっと傷《きず》つけちゃうから」

そう言《い》って七之助《しちのすけ》が目配《めくば》せすると、庚《かのえ》は扇《おうぎ》を一扇《ひとあお》ぎして道場《どうじょう》の蔀戸《しとみど》を全《すべ》て閉《と》じた。

七之助《しちのすけ》は庚《かのえ》に、お礼《れい》の意味《いみ》でもう一度深《いちどふか》く頭《あたま》を下《さ》げ、もへぇに向《む》かって口《くち》を開《ひら》いた。

「オイラはね、桑名古庵《くわなこあん》さんの間者《かんじゃ》なのよ」

一瞬意味《いっしゅんいみ》が分《わ》からなかったが、とんでもない告白《こくはく》だった。

七之助《しちのすけ》が語《かた》るのを、もへぇはそれから黙《だま》って、小一時間《こいちじかん》ほど聴《き》き入《い》ったのだった。

告白を終《お》えた七之助《しちのすけ》は二人《ふたり》の天狗娘《てんぐむすめ》と和解《わかい》し、他《ほか》の天狗《てんぐ》たちと和気藹々《わきあいあい》に交流《こうりゅう》した。

そして、響《ひびき》が庚《かのえ》の父親《ちちおや》との面会《めんかい》を終《お》えて戻《もど》ったのを待《ま》って、土佐《とさ》へ戻《もど》ることになった。

帰《かえ》り際《ぎわ》に、庚《かのえ》は七之助《しちのすけ》にこう告《つ》げた。

「土佐《とさ》での用件《ようけん》が片付《かたづ》いたら、今度《こんど》は己《おの》が足《あし》で来《こ》い。本腰《ほんごし》に鍛錬《たんれん》をしてやる」

認《みと》められたのが嬉《うれ》しかったのか、七之助《しちのすけ》は嬉《うれ》しそうに、再会《さいかい》を誓《ちか》っていた。

もへぇと七之助《しちのすけ》、そして響《ひびき》の三人《さんにん》は、朝落《あさお》ち合《あ》った潮江山《うしおえやま》の神社《じんじゃ》に戻《もど》った。

「今日《きょう》は楽《たの》しい一時《ひととき》が過《す》ごせました。改《あらた》めて、お礼《れい》を申《もう》し上《あ》げます」

響《ひびき》は深々《ふかぶか》と頭《あたま》を下《さ》げ、続《つづ》いて、もへぇの鷲《わし》に向《む》かって、わざとらしく微笑《ほほえ》んだ。

鷲《わし》は怯《おび》えて、もへぇの頭《あたま》の上《うえ》で、丸《まる》くなってブルブルと震《ふる》えた。

「いつまでビビってんだよ」

もへぇは鷲《わし》に声《こえ》をかけてから、七之助《しちのすけ》から没収《ぼっしゅう》した珊瑚《さんご》を響《ひびき》に全《すべ》て渡《わた》し、返礼《へんれい》とした。

「折《おり》を見《み》て今度《こんど》は、響《ひびき》さんの処《ところ》へ挨拶《あいさつ》に行《い》くぜ」

「はい、是非《ぜひ》とも御越《おこ》しくださいーー」

響《ひびき》は返礼品《へんれいひん》を懐《ふところ》へ仕舞《しま》いながら笑顔《えがお》で答《こた》えると、思《おも》い出《だ》したように付《つ》け加《くわ》えた。

「ーーああ、そうそう。言《い》い忘《わす》れていました。忍様《しのぶさま》が、会《あ》いたがっていましたよ」

『忍《しのぶ》』という名前《なまえ》を聞《き》いて、もへぇの顔《かお》が、サッと渋《しぶ》い顔《かお》に変《か》わった。

「……面《つら》を合《あ》わせたのか？」

「いいえ。念話《ねんわ》で言葉《ことば》を交《か》わしただけです。忍様《しのぶさま》とは、簡単《かんたん》に会《あ》えなくなりましたからね」

「……だろうな。……やっぱり、生《い》きてたか」

もへぇが、まるで吐《は》き捨《す》てるように呟《つぶや》いたので、響《ひびき》は意地悪《いじわる》っぽそうな表情《ひょうじょう》をした。

「あの人《ひと》は我慢《がまん》をしませんよ。もし直々《じきじき》に足《あし》を運《はこ》ばれたら潔《いさぎよ》く年貢《ねんぐ》を納《おさ》めてくださいね」

響《ひびき》はそう言《い》い残《のこ》して、旋風《つむじかぜ》を起《お》こすと、鞍馬山《くらまやま》に帰《かえ》って行《い》った。

気《き》を取《と》り直《なお》して七之助《しちのすけ》を捜《さが》すと、境内《けいだい》の端《はし》で退屈《たいくつ》そうに、地面《じめん》の石《いし》を弄《いじ》って暇《ひま》を潰《つぶ》しており、もへぇが駆《か》け寄《よ》ると、ゆっくり腰《こし》を上《あ》げた。

「待《ま》たせたな。行《い》こうか」

「いいよ。一人《ひとり》で帰《かえ》るから」

「一人《ひとり》？　もう御奉公《ごほうこう》は、しなくて良《い》いのか？」

「鷲《わし》も元気《げんき》になったからね。今度《こんど》来《く》る時《とき》は道場《どうじょう》に寄《よ》ってよ。弥五兵衛《やごべえ》に案内《あんない》させるから」

七之助《しちのすけ》はそう言《い》ってから、もへぇに訊《たず》ね返《かえ》した。

「忍《しのぶ》さんって誰《だれ》？」

「……知合《しりあ》いさ。ここ数年《すうねん》会《あ》ってねえ。間違《まちが》っても、忍《しのぶ》さんを口説《くど》くのは止《や》めた方《ほう》が――」

「――もへ兄《にい》は、信頼《しんらい》していた人《ひと》から裏切《うらぎ》られるの、嫌《きら》いでしょ？」

唐突な指摘に、もへぇは一瞬《いっしゅん》、黙《だま》ってしまった。

「……やられて好《す》きな奴《やつ》なんて、いねぇと思《おも》うがな」

「その忍《しのぶ》さんに、裏切《うらぎ》られたんでしょ？」

もへぇが今度《こんど》は長《なが》く黙《だま》ったのは——、図星《ずぼし》だったからだ。

「ごめんね、触《ふ》れちゃいけないことを訊《き》いて。なんとなく、性格《せいかく》が解《わか》っちゃったからさ」

「……それより、俺《おれ》に色々《いろいろ》打《う》ち明《あ》けて、古庵《こあん》から報復《ほうふく》される心配《しんぱい》はねぇのか？」

「大丈夫《だいじょうぶ》じゃないかなぁ」

七之助《しちのすけ》は、とても落《お》ち着《つ》いていた。

「今《いま》もこうしてピンピンしているし、想定済《そうていず》みかも。もへ兄《にい》のことも色々《いろいろ》知《し》っていたよ」

もへぇは古庵《こあん》を名前《なまえ》でしか知《し》らないが、古庵《こあん》は、もへぇを良《よ》く知《し》っているらしい。

薄《うっす》ら寒気《さむけ》を覚《おぼ》えたが、それを表立《おもてだ》って、顔《かお》には出《だ》さなかった。

「おめぇの立《た》ち位置《いち》は分《わ》かったさ。感謝《かんしゃ》するぜ」

「簡単《かんたん》に信《しん》じていいの？　お芝居《しばい》かもしれないよ？」

七之助《しちのすけ》は意味《いみ》ありげに言《い》ったが、もへぇは首《くび》を横《よこ》に振《ふ》った。

「心積《こころづ》もりがあるだけマシさ。ありがとな」

もへぇが七之助《しちのすけ》の頭《あたま》を撫《な》でると、七之助《しちのすけ》は髪《かみ》の毛《け》を撫《な》でつけてニッコリ笑《え》みを浮《う》かべた。

「後悔《こうかい》しないでね。じゃあ、この話《はなし》はおしまい。それで忍《しのぶ》さんって、美人《びじん》さん？」

「響《ひびき》さんより美人《びじん》で、庚《かのえ》さんよりおっかねぇぞ」

「うわぁ～、怖《こわ》いもの見《み》たさで会《あ》ってみたいかも――」

もへぇと七之助《しちのすけ》は他愛《たわい》もないやりとりをしながら、麓《ふもと》に続《つづ》く参道《さんどう》の階段《かいだん》を下《くだ》って行《い》った。


七之助《しちのすけ》を家《いえ》まで送《おく》った後《あと》、もへぇは相棒《あいぼう》の川上市之丞《かわかみいちのじょう》に、今日《きょう》の出来事《できごと》を伝《つた》えた。

川上新助《かわかみしんすけ》から動《うご》きがないことを確認《かくにん》したもへぇに、知《し》らせが届《とど》いたのは、その夜《よる》だった。

宿毛《すくも》の野中婉《のなかえん》が、言霊合《ことだまあ》わせの貝殻越《かいがらご》しに話《はな》しかけてきたのだ。

貝殻《かいがら》から聞《き》こえてくる声《こえ》は、至《いた》って元気《げんき》そうだった。

もへぇは、市之丞《いちのじょう》から聞《き》いた、伝右衛門《でんえもん》の書付《かきつけ》のことを伝《つた》えた。

「父《ちち》は生前《せいぜん》、そのような物《もの》を公儀《こうぎ》に納《おさ》めたというのか？」

「みてぇだな。金鉱《きんこう》だと思《おも》って連中《れんちゅう》は探《さが》してやがる。近々《ちかぢか》、本山《もとやま》も掘《ほ》り返《かえ》されるようだぜ」

「……そうか。――我《われ》は、父《ちち》の仕事《しごと》ぶりのことで相談《そうだん》がしたかったのだ」

婉《えん》は動揺《どうよう》することなく、用件《ようけん》を切《き》り出《だ》した。

「生前《せいぜん》に多《おお》くの事業《じぎょう》を仕切《しき》ったと聞《き》くが、我《われ》はその仕事《しごと》ぶりを知《し》らぬ。どのような事柄《ことがら》を行《おこな》ったのか、この目《め》で見《み》たいと思《おも》うておるのだ」

伝右衛門《でんえもん》の遺産探《いさんさが》しとは、無縁《むえん》な気《き》がしたが、すぐにオジサンの助言《じょげん》を思《おも》い出《だ》した。

伝右衛門《でんえもん》の事業《じぎょう》を調《しら》べれば、遺産《いさん》の手《て》がかりが、掴《つか》めるかもしれない。

「分《わ》かった。何《なに》を見《み》るか何時《いつ》行《い》くかは、そっちで決《き》めてくれ。日程《にってい》が決《き》まったら迎《むか》えに行《い》く」

「……ところで、話《はなし》を終《お》えるには、どうすれば良《よ》い？」

「貝《かい》の口《くち》に、強《つよ》く息《いき》を吹《ふ》きかければ良《い》いさ。それで――」

言《い》い終《お》わらない内《うち》に、大《おお》きな雑音《ざつおん》が耳《みみ》に飛《と》びこんで、もへぇは思《おも》わず顔《かお》を背《そむ》けた。

一方的《いっぽうてき》に通話《つうわ》を切《き》られたが、信頼《しんらい》されたと自負《じふ》を感《かん》じて、もへぇは少《すこ》し嬉《うれ》しかった。

しかし直後《ちょくご》、仙術《せんじゅつ》を封《ふう》じられていることを思《おも》い出《だ》し、傍《はた》と困《こま》ってしまった。

「川上新助《かわかみしんすけ》の一件《いっけん》が先《さき》だな。ちょっと、待《ま》ってもらうか」

もへぇは頭《あたま》の中《なか》で算段《さんだん》すると、休《やす》むために灯台《とうだい》の火《ひ》をフッと吹《ふ》き消《け》そうとして、不意《ふい》に響《ひびき》の言葉《ことば》を思《おも》い出《だ》した。

――忍様《しのぶさま》が会《あ》いたがっていましたよ
……庚《かのえ》さんには悪《わる》いが、『転生術《てんせいじゅつ》』を覚《おぼ》えないと、いけねぇようだな……

もへぇは決心《けっしん》するように呟《つぶや》いて、目《め》を閉《と》じ、呼吸《こきゅう》を整《ととの》え、肩《かた》の力《ちから》を抜《ぬ》き、眠《ねむ》った。

史実を語るミニコーナー

桂七之助の解説

桂七之助は架空の人物ですが、モデルになった勝浦助七郎高貞は、土佐藩杉山流槍術の師範で、真偽は不明ですが、自宅に侵入した日下茂平を負傷させ、「あの時ほど恐ろしいことはなかった」と述懐させた逸話を持ちます。

助七郎は父親から杉山流を継ぐ際、構え方を自己流にアレンジして勝浦流と改めたり、幼少から弱点だった蛇嫌いを克服するために寝室へ蛇を数匹放って一夜を共にし、失神しつつもショック療法でこれを克服した逸話も残しています。弓術・剣術・槍術を習得し、城の留守居役まで務めた父親に負けまいと奮闘した彼の負けず嫌いな性格が窺えます。

七之助

もへぇ、出《で》会《あ》う

七之助《しちのすけ》から呼《よ》び出《だ》しが来《き》たのは、近江《おうみ》の天狗道場《てんぐどうじょう》へ行《い》ってから、数日後《すうじつご》のことだった。

『花取踊《はなとりおど》り』、というものを御存知《ごぞんじ》ですか？」

七之助《しちのすけ》の家《いえ》の書斎部屋《しょさいべや》で、もへぇは七之助《しちのすけ》の弟《おとうと》の小伝次《こでんじ》から、こんな質問《しつもん》をされた。

周囲《しゅうい》には、土佐《とさ》の舞踊《ぶよう》に関《かん》する巻物《まきもの》が、何本《なんぼん》も床《ゆか》に散乱《さんらん》していた。

これは七之助《しちのすけ》の仕業《しわざ》で、弟《おとうと》に叱《しか》られて憮然《ぶぜん》とした表情《ひょうじょう》で、片《かた》づけをさせられていた。

『踊《おど》り念仏《ねんぶつ》』発祥《はっしょう》の盆踊《ぼんおど》りだろ――」

修行時代《しゅぎょうじだい》から、農村関連《のうそんかんれん》に滅法強《めっぽうつよ》いもへぇは、その博識《はくしき》ぶりを披露《ひろう》した。

「――元《もと》は山神《やまがみ》を供養《くよう》する踊《おど》りで、信仰《しんこう》が薄《うす》れて盆踊《ぼんおど》りになった。験《げん》を担《かつ》ぐのに良《い》いから、今《いま》じゃ盆《ぼん》に限《かぎ》らず、俺《おれ》の村《むら》の近《ちか》くでも踊《おど》られてるぜ」

「結構《けっこう》。基礎知識《きそちしき》はあるようなので、話《はなし》を進《すす》めましょう。この踊《おど》りには、流行《はや》り廃《すた》りや地域差《ちいきさ》があります。最近《さいきん》は刀《かたな》を使《つか》う、『太刀踊《たちおど》り』が流行《はや》りですが、この太刀踊《たちおど》りを天狗《てんぐ》が広《ひろ》めているという話《はなし》があるのです。これに関《かん》しては御存《ごぞん》じで？」

「……初耳《はつみみ》だな」

訝《いぶか》しむもへぇを見《み》て、片《かた》づけをさせられていた七之助《しちのすけ》が、横《よこ》から口《くち》を挟《はさ》んだ。

「本物《ほんもの》じゃないよ。仙術《せんじゅつ》を使《つか》う人間《にんげん》らしいのよ」

「……なんで、そう言《い》い切《き》れるんだ？」

「太郎ちゃんを迎えに行《い》った時《とき》にね、日下《くさか》の天狗様《てんぐさま》たちに問《と》い合《あ》わせたもん」

「相変《あいか》わらず、抜《ぬ》け目《め》ねぇな」

もへぇが感心《かんしん》すると、七之助《しちのすけ》は得意顔《とくいがお》を見《み》せた。

しかし小伝次《こでんじ》が咳払《せきばら》いをすると、七之助《しちのすけ》は慌《あわ》てて作業《さぎょう》に戻《もど》り、小伝次《こでんじ》が話《はなし》を続《つづ》けた。

「この太刀踊《たちおど》りですが、『丹石流《たんせきりゅう》』と呼《よ》ばれる剣術《けんじゅつ》が、演舞《えんぶ》に組《く》み込《こ》まれているとか――」

「丹石流《たんせきりゅう》？」

「失脚《しっきゃく》した野中伝右衛門《のなかでんえもん》が奨励《しょうれい》していた剣術《けんじゅつ》ですよ。江戸《えど》で『柳生新陰流《やぎゅうしんかげりゅう》』を学《まな》ばれた今《いま》の土佐守様《とさのかみさま》は、これを排除《はいじょ》したいようですが……。この丹石流《たんせきりゅう》が、田舎踊《いなかおど》りに組《く》み込《こ》まれ、細々《ほそぼそ》と継承《けいしょう》されているのは、奇妙《きみょう》な偶然《ぐうぜん》だと思《おも》いませんか？」

もへぇは、――成程《なるほど》と頷《うなず》いて、七之助《しちのすけ》に話《はな》しかけた。

「おめぇが関心《かんしん》持《も》ったってことは、オジサンが探《さが》してる仙術使《せんじゅつつか》いは、そいつなのか？」

「多分《たぶん》ね。妖《あや》しげな術《じゅつ》の噂《うわさ》も、踊《おど》りと一緒《いっしょ》に流《なが》れて来《き》てるし。手紙《てがみ》を送《おく》ったから、上手《うま》く行《い》けば、近々会《ちかぢかあ》えるかもね――」

そう言《い》いながら巻物《まきもの》を片《かた》づける七之助《しちのすけ》に、小伝次《こでんじ》は再《ふたた》び咳払《せきばら》いをした。

「兄上《あにうえ》、手紙《てがみ》を書《か》いたのは、私《わたくし》ですよ」

兄弟漫才《きょうだいまんざい》を眺《なが》めながら、もへぇはしばらく考《かんが》えて、再《ふたた》び七之助《しちのすけ》に質問《しつもん》をした。

「踊《おど》りのことだが、どうやって知《し》ったんだ？」

「古庵《こあん》さんから訊《き》き出《だ》したの」

「……俺《おれ》を監視《かんし》する報酬《ほうしゅう》ってとこか？」

「そうだよ。でも裏《うら》は取《と》れた。実《じつ》は、土佐守様《とさのかみさま》もお調《しら》べになっていたのよね」

七之助《しちのすけ》は、一本《いっぽん》の巻物《まきもの》を、もへぇに投《な》げ渡《わた》した。

土佐守宛《とさかみあて》に郡奉行《こおりぶぎょう》の署名《しょめい》が押《お》され、土佐全土《とさぜんど》の花取《はなとり》を詳細《しょうさい》に記《しる》した、報告書《ほうこくしょ》だった。

報告書《ほうこくしょ》を斜《なな》め読《よ》みするもへぇに、小伝次《こでんじ》が補足《ほそく》をした。

「花取《はなとり》を調《しら》べろと、土佐守様《とさのかみさま》が御命《おめい》じになったのは、最近《さいきん》です。担当者《たんとうしゃ》が父上《ちちうえ》と知合《しりあ》いで、まとめた報告書《ほうこくしょ》の写本《しゃほん》を譲《ゆず》ってもらったのです。極秘《ごくひ》でもありませんでしたので」

もへぇは報告書《ほうこくしょ》を閉《と》じると、整頓《せいとん》した書斎棚《しょさいだな》を感慨深《かんがいぶか》く見《み》つめる七之助《しちのすけ》に、三度訊《みたびたず》ねた。

「ところで、桑名古庵《くわなこあん》って奴《やつ》は、どんな風貌《ふうぼう》なんだ？」

「服装《ふくそう》は、天狗様《てんぐさま》みたいな南蛮風《なんばんふう》だよ。でも、一番《いちばん》の特徴《とくちょう》は顔《かお》かな。山犬《やまいぬ》の顔《かお》をしてるの」

もへぇの脳裏《のうり》に、椿姫《つばきひめ》と共《とも》にいた、あの山犬顔《やまいぬがお》の男《おとこ》が浮《う》かび上《あ》がった。

「古庵《こあん》は、土偶《どぐう》みたいな御面《おめん》を、山犬《やまいぬ》の顔《かお》につけてはいなかったか？」

「普通《ふつう》に、顔《かお》は晒《さら》していたよ」

七之助《しちのすけ》が知《し》る古庵《こあん》と、もへぇが遭遇《そうぐう》した山犬顔《やまいぬがお》の男《おとこ》が、同一《どういつ》なのか現時点《げんじてん》では不明《ふめい》だ。

もへぇは花取踊りの質問《しつもん》に戻《もど》ることにして、小伝次《こでんじ》に再《ふたた》び訊《たず》ねた。

「踊《おど》りを広《ひろ》めてるのが、その仙術使《せんじゅつつか》いだとして、伝右衛門《でんえもん》の遺産《いさん》と、どう結《むす》びつくんだ？」

「天狗《てんぐ》を自称《じしょう》する者《もの》は、深尾家《ふかおけ》から追放《ついほう》された者《もの》のようです。伝右衛門《でんえもん》を弾劾《だんがい》した三家老《さんかろう》の内《うち》の二人《ふたり》は、深尾《ふかお》の人間《にんげん》です。失脚《しっきゃく》に遺産《いさん》も絡《から》んでいたなら、深尾《ふかお》も孕石《はらみいし》のように、一枚噛《いちまいか》んでいるのかもしれませんね。その辺《あた》りを、詳《くわ》しく訊《き》ける可能性《かのうせい》があるかも――」

「点《てん》と点《てん》が繋《つな》がって来《き》たな。その仙術使《せんじゅつつか》いに会《あ》ったら、オジサンは何《なに》をするつもりだ？」

この質問《しつもん》の直後《ちょくご》、七之助《しちのすけ》は真顔《まがお》になって、低《ひく》い声《こえ》でつぶやいた。

「……ケリを付《つ》けるって。それしか教《おし》えてくれなかった」

「それで良《い》いのか？　付《つ》け方次第《かたしだい》で、命《いのち》が無《な》くなるかもしれねぇぞ？」

「人間《にんげん》、生《う》まれたら必《かなら》ず死《し》ぬよ。遅《おそ》いか早《はや》いか、それだけの話《はなし》でしょ？」

その言葉《ことば》で、部屋《へや》にいる人間全員《にんげんぜんいん》が沈黙《ちんもく》し、やがて、もへぇが心中《しんちゅう》を察《さっ》して口《くち》を開《ひら》いた。

「……カブキ者《もの》をやってる理由《りゆう》は、それか？」

「短《みじか》く生《い》きるなら、派手《はで》に生《い》きないと――、ね？」

そう七之助《しちのすけ》が、笑顔《えがお》で返《かえ》した時《とき》だった。

『言霊合《ことだまあ》わせの貝殻《かいがら》』が、もへぇの腰《こし》の袋《ふくろ》の中《なか》で、熱《あつ》く光《ひか》り輝《かがや》いたのだ。

これは、急《きゅう》を知《し》らせる合図《あいず》である。

「義姉《ねえ》さんからだ――」

もへぇは、素早《すばや》く貝殻《かいがら》を取《と》り出《だ》して、口《くち》を当《あ》てた。

「――川上新助《かわかみしんすけ》か？」

「そのようだ。市之丞《いちのじょう》が、先《さき》に討《う》って出《で》たようだが――」

切迫《せっぱく》した口調《くちょう》に交《ま》じって、戦支度《いくさじたく》の着替《きが》えをしている、衣擦《きぬず》れの音《おと》が聞《き》こえた。

「――市之丞《いちのじょう》は横倉山《よこくらやま》の社《やしろ》、『隠《かく》し家《が》』に向《む》かった。川上《かわかみ》を継《つ》ぐ者《もの》も、そこにいるはずだ」

「義姉《ねえ》さんは、今《いま》どこだ？」

「本殿《ほんでん》で支度中《したくちゅう》だ。整《ととの》い次第《しだい》、市之丞《いちのじょう》の加勢《かせい》に向《む》かう――」

「分《わ》かった。俺《おれ》も、すぐに行《い》くぜ！」

貝《かい》を袋《ふくろ》にしまい、もへぇは七之助《しちのすけ》に声《こえ》をかけた。

「助《すけ》っ人《と》、頼《たの》めるか？　花取踊《はなとりおど》りの天狗《てんぐ》さまは、間《ま》に合《あ》いそうにねぇが――」

「……オイラを信用《しんよう》するの？」

七之助《しちのすけ》は低《ひく》い声《こえ》を放《はな》ったが、もへぇは正面《しょうめん》から返《かえ》した。

「俺《おれ》を取《と》るか、古庵《こあん》を取《と》るかは、好《す》きにしてくれ。今《いま》は戦力《せんりょく》が欲《ほ》しい。一緒《いっしょ》に来《き》てくれ」

七之助《しちのすけ》は、少《すこ》しの沈黙《ちんもく》の後《のち》で、観念《かんねん》したかのように、おどけた顔《かお》をした。

「鷲《わし》を待《ま》たせてもらえる？　手間《てま》は取《と》らせないから」

そう言《い》い残《のこ》して、自分《じぶん》の部屋《へや》に走《はし》り去《さ》った七之助《しちのすけ》を見送《みおく》って、もへぇは中庭《なかにわ》に出《で》た。

鷲《わし》は既《すで》に庭先《にわさき》に控《ひか》えており、傍《かたわ》らには、弥五兵衛《やごべえ》が槍《やり》を手《て》にして、傅《かしず》いていた。

「拙者《せっしゃ》も、七之助様《しちのすけさま》のお供《とも》に参《まい》りますぞ！」

「弥五兵衛《やごべえ》、兄上《あにうえ》と同行《どうこう》するなら、得物《えもの》は置《お》いて行《ゆ》きなさい！」

小伝次《こでんじ》の強《つよ》い口調《くちょう》に、弥五兵衛《やごべえ》は困惑《こんわく》した。

「何故《なぜ》でございます!?　この久万弥五兵衛《くまやごべえ》、決《けっ》して足手纏《あしでまと》いには——」

「——確実《かくじつ》に足手纏《あしでまと》いです。まず槍《やり》の重《おも》さで、鷲《わし》が飛《と》べません」

「……仕方《しかた》ありませぬな」

渋々槍《しぶしぶやり》を手放《てばな》した弥五兵衛《やごべえ》に、小伝次《こでんじ》は歩《あゆ》み寄《よ》って槍《やり》を取《と》り上《あ》げ、こう助言《じょげん》をした。

「おまえには恵《めぐ》まれた体《からだ》と力《ちから》があります。それを活《い》かして、後方支援《こうほうしえん》に徹《てっ》しなさい」

「承知致《しょうちいた》しました。必《かなら》ずや、お役《やく》に立《た》ってみせますぞ！」

弥五兵衛《やごべえ》が胸《むね》を張《は》った直後《ちょくご》、七之助《しちのすけ》が、あのダブダブの衣装《いしょう》に早替《はやが》えして、走《はし》ってきた。

「オジサンも呼《よ》び出《だ》すから、こっちにしたよ」

「よし、鷲《わし》の背中《せなか》に乗《の》れ。二人《ふたり》とも、振《ふ》り落《お》とされるなよッ」

もへぇは、七之助《しちのすけ》と弥五兵衛《やごべえ》を鷲《わし》に載《の》せ、自分《じぶん》は鷲《わし》の脚《あし》に掴《つか》まろうとした。

その時《とき》、小伝次《こでんじ》が、もへぇの服《ふく》を掴《つか》んで囁《ささや》いてきた。

「兄《あに》を、宜《よろ》しくお願《ねが》いします」

身《み》を案《あん》じる言葉《ことば》に、もへぇは小《ちい》さくうなずいて、小伝次《こでんじ》の肩《かた》を軽《かる》く叩《たた》いてやった。

「小伝次《こでんじ》ちゃん、ちょっと出《で》かけて来《く》るね～」

「兄上《あにうえ》、無茶《むちゃ》はしないでくださいよッ！」

短《みじか》い兄弟《きょうだい》のやり取《と》りがあった直後《ちょくご》、鷲《わし》は勢《いきお》いよく空《そら》に飛《と》び上《あ》がった。

川上《かわかみ》の遺産《いさん》がある横倉山《よこくらやま》に到着《とうちゃく》した時《とき》、川上新助《かわかみしんすけ》の『隠《かく》し霧《ぎり》の術《じゅつ》』で霧《きり》が深《ふか》く立《た》ち込《こ》め、無理《むり》をさせた鷲《わし》は、息切《いきぎ》れを起《お》こし、下《お》りた直後《ちょくご》に、泡《あわ》を吹《ふ》いて倒《たお》れてしまった。

「近《ちか》くに来《き》てる、義姉《ねえ》さんと合流《ごうりゅう》してくれ。それと気付《きつ》け薬《ぐすり》だ。少《すこ》しずつ鷲《わし》に飲《の》ませろ」

薬《くすり》入《い》りの竹筒《たけづつ》を七之助《しちのすけ》に渡《わた》し、弥五兵衛《やごべえ》に鷲《わし》を任《まか》せると、もへぇは森《もり》を走《はし》った。

先代《せんだい》の川上新助《かわかみしんすけ》が、もへぇの父親《ちちおや》と共《とも》に隠《かく》した二《ふた》つの葛籠《つづら》があった――。

もへぇが受《う》け継《つ》いだ葛籠《つづら》は、父親《ちちおや》が使《つか》った、大量《たいりょう》の忍者道具《にんじゃどうぐ》だった。

もへぇは正統《せいとう》な継承者《けいしょうしゃ》だが、市之丞《いちのじょう》は違《ちが》っていたので、継承《けいしょう》に必要《ひつよう》な情報《じょうほう》を得《え》るため、『隠《かく》し家《が》』を管理《かんり》する落人《おちうど》の里《さと》と接触《せっしょく》し、長《おさ》の孫娘《まごむすめ》である日菜乃《ひなの》と親《した》しくなって、今《いま》では家族同然《かぞくどうぜん》となっていたが、そこに真《しん》の継承者《けいしょうしゃ》である、川上新助《かわかみしんすけ》がやって来《き》たのだ。

――急《いそ》がねぇと、市之丞《いちのじょう》が危《あぶ》ねぇぞ
だが、辿《たど》り着《つ》いたもへぇの目《め》には、炎《ほのお》を上《あ》げて燃《も》え落《お》ちる、『隠《かく》し家《が》』の姿《すがた》があった。

綺麗だった庭《にわ》や橋《はし》は黒焦《くろこ》げとなり、激《はげ》しい戦《たたか》いがあったことを、物語《ものがた》っていた。

気配《けはい》を探《さぐ》ったが、市之丞《いちのじょう》や川上新助《かわかみしんすけ》のそれらは、霧《きり》に邪魔《じゃま》をされて、感《かん》じ取《と》れない。

その時《とき》、森《もり》の方角《ほうがく》から、爆竹《ばくちく》のような音《おと》が聞《き》こえ、もへぇは、音《おと》のする方向《ほうこう》に走《はし》った。

藪《やぶ》を抜《ぬ》けて、広場《ひろば》に出《で》ると、飛《と》び込《こ》んで来《き》たのは、倒《たお》れている市之丞《いちのじょう》の姿《すがた》だった。

思《おも》わず、駆《か》け寄《よ》ろうとした時《とき》、市之丞《いちのじょう》の声《こえ》が響《ひび》いた。

「来《く》るな！　罠《わな》だ！」

鉄砲《てっぽう》の発射音《はっしゃおん》と同時《どうじ》に、衝撃《しょうげき》が背中《せなか》を走《はし》り、もへぇは海老反《えびぞ》るように、地面《じめん》に倒《たお》れた。

「御指摘《ごしてき》の通《とお》り、至近距離《しきんきょり》から、撃《う》って差《さ》し上《あ》げましたよ」

顔《かお》を起《お》こして後《うし》ろを振《ふ》り返《かえ》ると、汚《よご》れのない山師《やまし》の服装《ふくそう》をした川上新助《かわかみしんすけ》が、短筒《たんづつ》の再《さい》装填《そうてん》をしているところだった。

「おやおや、動《うご》けるのですか？　流石《さすが》に用心深《ようじんぶか》いのですね」

新助《しんすけ》の言葉《ことば》を裏付《うらづ》けるように、寝返《ねがえ》りを打《う》ったもへぇの背中《せなか》から、バラバラと鎖帷子《くさりかたびら》の破片《はへん》が、音《おと》を立《た》てて割《わ》れ落《お》ちたが、起《お》き上《あ》がろうとしたもへぇは、力《ちから》が抜《ぬ》けて蹲《うずくま》った。

「銃弾《じゅうだん》の効果《こうか》が、出《で》て来《き》たようですね」

そう言《い》いながら、新助《しんすけ》は短筒《たんづつ》の銃口《じゅうこう》を、もへぇの体《からだ》に定《さだ》めた。

銃身《じゅうしん》を複数束《ふくすうたば》ねた連発式《れんぱつしき》で、銃身《じゅうしん》をズラして、容易《ようい》に次弾《じだん》を発射《はっしゃ》する方式《ほうしき》のようだ。

「弾《たま》には、妖《あやか》しの力《ちから》を抑《おさ》える効果《こうか》がありましてね。ご気分《きぶん》は如何《いかが》です？」

もへぇは脂汗《あぶらあせ》を流《なが》しながら、目線《めせん》だけを上《あ》げて新助《しんすけ》を睨《にら》んだ。

「そう怖《こわ》い顔《かお》を、しないでくださいよ――」

新助《しんすけ》はそう言《い》いながら、もへぇと市之丞《いちのじょう》を、交互《こうご》に見返《みかえ》した。

「――もへぇさんが、此方《こちら》についていたら、こんな結果《けっか》には、ならなかったのですからね」

「……川上《かわかみ》の先代《せんだい》さんが遺《のこ》した物《もの》が、何《なん》となくわかったぜ」

「……何《なん》だと思《おも》います？」

「伝右衛門《でんえもん》の遺産《いさん》の在処《ありか》を調《しら》べた、報告書《ほうこくしょ》だろ？　本山《もとやま》をうろついてたのは、下調《したしら》べだ」

もへぇのハッタリに、新助《しんすけ》は笑《え》みを浮《う》かべて、肯定《こうてい》をした。

「中々鋭《なかなかするど》いですね。伝右衛門《でんえもん》の一件《いっけん》は、次代《じだい》の貴方《あなた》と私《わたくし》で片《かた》づける案件《あんけん》だった――」

……どういう意味《いみ》だ――、思《おも》わず訊《き》き返《かえ》そうとしたが、市之丞《いちのじょう》が先《さき》に叫《さけ》んだ。

「――そうか！　もへぇの父親《ちちおや》と先代《せんだい》の川上新助《かわかみしんすけ》は、伝右衛門《でんえもん》の遺産《いさん》を狙《ねら》って、この土佐《とさ》にやって来《き》ていたのだな!?」

「ええ。伝右衛門《でんえもん》は二度《にど》、金《きん》を公儀《こうぎ》に奉納《ほうのう》したことがありましてね。出処《でどころ》を捜《さが》せと老中《ろうじゅう》の何某《なにがし》がお命《めい》じになったのです。ところが先代《せんだい》の報告書《ほうこくしょ》は公儀《こうぎ》に提出《ていしゅつ》されず、隠《かく》れ里《ざと》に秘匿《ひとく》されてしまった。結果《けっか》、こうして態々《わざわざ》、ここに出向《でむ》く二度手間《にどでま》と相成《あいな》ったわけです」

そこまで言《い》ってから、新助《しんすけ》は、もへぇの方《ほう》をゆっくりと向《む》いた。

「貴方《あなた》は、御父君《おちちぎみ》が何《なに》をしたのか、御存知《ごぞんじ》ないでしょうね」

「……知《し》らねぇな。親父《おやじ》は、昔《むかし》のことを一切話《いっさいはな》さなかったからな」

「そうでしょう。そうでしょうとも――」

新助《しんすけ》は意味深《いみしん》な前置《まえお》きして、こう告《つ》げた。

「――野中伝右衛門《のなかでんえもん》を死《し》に追《お》いやったのは、貴方《あなた》の父君《ちちぎみ》ですからね」

「……詳《くわ》しく訊《き》きこうじゃねぇか――」

「――よせ！　そいつは、おまえの心《こころ》に付《つ》け入《い》る気《き》だぞッ」

忠告《ちゅうこく》をした市之丞《いちのじょう》だったが、直後《ちょくご》に顔《かお》を顰《しか》めて、苦痛《くつう》の声《こえ》をあげた。

「そちらも銃弾《じゅうだん》の効《き》き目《め》が現《あらわ》れたようですね。血肉《ちにく》まで欲《ほ》しがり出《だ》しましたか」

楽《たの》しそうに薄笑《うすわら》いを浮《う》かべる新助《しんすけ》に、もへぇは目線《めせん》を動《うご》かさず、市之丞《いちのじょう》に声《こえ》をかけた。

「言《い》わせてやるさ。気《き》が済《す》むまでな」

「素晴《すば》らしい。聞《き》き上手《じょうず》は、出世《しゅっせ》しますよ」

皮肉《ひにく》を込《こ》めた川上新助《かわかみしんすけ》は、悦《えつ》に入《い》って語《かた》り始《はじ》めた。

「先代《せんだい》と貴方《あなた》の父君《ちちぎみ》は、表向《おもてむ》き伝右衛門《でんえもん》を追《お》い落《お》とすために土佐《とさ》へやって来《き》ました。鬼《おに》の国《くに》と呼《よ》ばれ、逃散《ちょうさん》や強訴《ごうそ》が認《みと》められない土佐《とさ》の実情《じつじょう》に、父君《ちちぎみ》は義憤《ぎふん》にかられていましたよ。伝右衛門《でんえもん》を失脚《しっきゃく》させる証拠《しょうこ》を上申《じょうしん》した後《のち》、遺産《いさん》の在処《ありか》を吐《は》かせようとしました。仕事《しごと》は熱心《ねっしん》でしたよ。鬱憤《うっぷん》を晴《は》らすように伝右衛門《でんえもん》を責《せ》め立《た》てた。やり過《す》ぎて命《いのち》を奪《うば》いましたが、公《おおやけ》には病死扱《びょうしあつか》いになりましたよ。よくある話《はなし》です」

「……まるで、てめぇが見《み》て来《き》たかのように、話《はな》すんだな」

「当然《とうぜん》です。私《わたくし》は、先代《せんだい》の見聞《みき》きしたことを、引《ひ》き継《つ》いでいるのですからね」

「……なら、簡単《かんたん》に信《しん》じるわけには行《い》かねぇな」

予想外《よそうがい》の言葉《ことば》だったらしく、新助《しんすけ》は戸惑《とまど》いの表情《ひょうじょう》を見《み》せた。

「おやおや、親《おや》の罪《つみ》から逃《に》げるのですか？」

「うろ覚《おぼ》えは信用《しんよう》できねぇもんだぜ。それに親《おや》の罪云々《つみうんぬん》なら、てめぇの先代《せんだい》も同罪《どうざい》だ」

「同罪《どうざい》？」

「殺《ころ》すのを止《と》めなかっただろ。それをネタに親父《おやじ》を脅《おど》そうとした。遺産《いさん》の在処《ありか》は分《わ》からず、ネコババできなかった。……報告書《ほうこくしょ》を土佐《とさ》に残《のこ》したのは、何《いず》れ自分《じぶん》の物《もの》にするためだった」

「……何《なに》を根拠《こんきょ》に――」

「――今《いま》まで黙《だま》ってたが、俺《おれ》も、てめぇと同《おな》じく親《おや》の見聞《みき》きしたことを引《ひ》き継《つ》いでんだよ」

勿論《もちろん》、もへぇにそんな能力《のうりょく》はなく、嘘八百《うそはっぴゃく》の出鱈目《でたらめ》である。

だが、ハッタリと虚勢《きょせい》は忍術《にんじゅつ》の基本《きほん》で、もへぇはそれを忠実《ちゅうじつ》に実行《じっこう》したのだ。

「……まさか、そんなこと――」

そのつぶやきで、山勘《やまかん》が的中《てきちゅう》したことを悟《さと》ったもへぇは、一転《いってん》して攻勢《こうせい》に出《で》た。

「罪人同士《ざいにんどうし》、仲良《なかよ》く伝右衛門《でんえもん》の墓《はか》へ詫《わ》びに行《い》こうぜ。そうすりゃ、てめぇもまだ――」

言《い》い終《お》わらない内《うち》に、短筒《たんづつ》の銃声《じゅうせい》が轟《とどろ》いて、もへぇは肩口《かたぐち》を押《おさ》えつつ、せせら笑《わら》った。

「やっぱり、思《おも》い通《どお》り当《あ》たらねぇもんだな。それとも加減《かげん》したか？」

銃弾《じゅうだん》は、肩《かた》を貫通《かんつう》しただけのようだった。

「完全《かんぜん》には引《ひ》き継《つ》いでねぇようだな。継《つ》いでりゃ報告書《ほうこくしょ》はいらねぇ。先代《せんだい》さんはどっちの遺産《いさん》も、てめぇに遣《や》りたくなかったから、報告書《ほうこくしょ》を隠《かく》した。先代《せんだい》さんから嫌《きら》われたな」

長々《ながなが》もへぇが煽《あお》る隙《すき》に、攻撃《こうげき》しようとした市之丞《いちのじょう》だったが、新助《しんすけ》はもう片方《かたほう》の腕《うで》の袖《そで》に収納《しゅうのう》された短筒《たんづつ》を出《だ》して、市之丞《いちのじょう》に向《む》けて牽制《けんせい》した。

こちらは火縄《ひなわ》でなく火打《ひう》ち式《しき》で、すぐ弾《たま》が撃《う》てるタイプだった。

「話《はな》し合《あ》いは、もう終《お》わりにしましょう」

もへぇに向《む》けた新助《しんすけ》の短筒《たんづつ》の火縄《ひなわ》に、火《ひ》が灯《とも》った。

「物《もの》を言《い》うのは、やはり文明《ぶんめい》の利器《りき》ですよ」

「フン、種子島《たねがしま》をもっているのは、貴様《きさま》だけではないぞ」

市之丞《いちのじょう》の言葉《ことば》に、川上新助《かわかみしんすけ》が一瞬目《いっしゅんめ》を細《ほそ》めて周囲《しゅうい》を見渡《みわた》すと、藪《やぶ》の中《なか》から無数《むすう》の山師達《やましたち》が、にじり寄《よ》るように此方《こちら》へ歩《あゆ》み出《い》でて、やがてぐるりと新助《しんすけ》を取《と》り囲《かこ》んだ。

山師《やまし》たちの手《て》には、それぞれ火縄《ひなわ》の猟銃《りょうじゅう》が構《かま》えられ、銃口《じゅうこう》が向《む》けられている。

「そこまでだ。川上《かわかみ》の者《もの》——」

割《わ》って入《はい》った女《おんな》の声《こえ》に、川上新助《かわかみしんすけ》は、目線《めせん》だけを其方《そちら》に向《む》けた。

山師《やまし》たちの間《あいだ》を抜《ぬ》けて、戦装束《いくさしょうぞく》をした日菜乃《ひなの》が歩《あゆ》み出《で》て、市之丞《いちのじょう》の肩《かた》を担《かつ》ぎ上《あ》げた。

「領主《りょうしゅ》が替《か》わる直前《ちょくぜん》に、火器《かき》が大量《たいりょう》に発注《はっちゅう》され、密《ひそ》かに我《われ》らに托《たく》された。種子島以上《たねがしまいじょう》の物《もの》も所有《しょゆう》している。戦《いくさ》を望《のぞ》むなら、お相手《あいて》しよう」

「……貴方《あなた》も、巻《ま》き込《こ》まれますよ？」

「おまえを討《う》てるなら、安《やす》いものだ」

その言葉《ことば》に川上新助《かわかみしんすけ》は唇《くらびる》を歪《ゆが》め、一際大《ひときわおお》きく叫《さけ》んだ。

「出番《でばん》ですよ！」

チリーンと鈴《すず》の音《ね》が鳴《な》り、山師《やまし》たちの元《もと》に椿《つばき》の花弁《はなびら》が雪《ゆき》のように舞《ま》い下《お》りると、火縄《ひなわ》銃《じゅう》から植物《しょくぶつ》の芽《め》が次々《つぎつぎ》と生《は》え、銃《じゅう》は一斉《いっせい》に使用不能《しようふのう》になったので、日菜乃《ひなの》は片手《かたて》を揚《あ》げて散開《さんかい》の合図《あいず》を送《おく》り、山師《やまし》たちは一斉《いっせい》に身《み》を引《ひ》いて、距離《きょり》をとった。

「……来《き》やがったか」

もへぇは押《お》し殺《ころ》した声《こえ》で上空《じょうくう》を見上《みあ》げ、それを見《み》た日菜乃《ひなの》は、無言《むごん》で破魔矢《はまや》を射《い》た。

矢《や》は勢《いきお》いよく飛《と》んだが、命中《めいちゅう》して落《お》ちて来《き》たのは、鉄《てつ》の扇《おうぎ》で、上空《じょうくう》に現《あらわ》れた椿姫《つばきひめ》はゆっくりと、川上新助《かわかみしんすけ》の隣《となり》に下《お》り立《た》った。

「那須与一《なすのよいち》も一目置《いちもくお》きそうじゃな。見事《みごと》であったぞ」

椿姫《つばきひめ》は、余裕《よゆう》たっぷりに日菜乃《ひなの》を褒《ほ》め、勝馬《かちうま》に乗《の》った川上新助《かわかみしんすけ》は語気《ごき》を強《つよ》めた。

「さぁ、義理《ぎり》の弟《おとうと》と愛《いと》しい男《おとこ》、どちらを助《たす》けます？　この場《ば》で決《き》めさせてあげますよ」

「俺《おれ》のことはいい。市之丞《いちのじょう》を連《つ》れて逃《に》げろ！」

もへぇの言葉《ことば》を聞《き》いて、日菜乃《ひなの》は印《いん》を結《むす》んで『転送術《てんそうじゅつ》』を唱《とな》え始《はじ》めた。

「精々《せいぜい》お逃《に》げなさいな。遺産《いさん》を継《つ》いだ暁《あかつき》には、貴方《あなた》の里《さと》も焼《や》いて差《さ》し上《あ》げますよ」

「誰《だれ》が逃《に》げると言《い》った？　攻撃《こうげき》は、最大《さいだい》の防御《ぼうぎょ》だ」

日菜乃《ひなの》が新助《しんすけ》に、ドスの利《き》いた声《こえ》を返《かえ》した直後《ちょくご》だった。

目《め》の前《まえ》の空間《くうかん》を突《つ》き破《やぶ》って何《なに》かが飛《と》び出《だ》し、川上新助《かわかみしんすけ》を後方《こうほう》の森《もり》に吹《ふ》き飛《と》ばした。

「ようやく、『螺旋撃《らせんげき》』が成功《せいこう》したか」

現《あらわ》れた野太《のぶと》い声《こえ》は、日菜乃《ひなの》の『転送術《てんそうじゅつ》』で跳《と》んで来《き》た、七之助《しちのすけ》の中《なか》のオジサンだった。

オジサンは軽《かる》く腕《うで》を回《まわ》しながら、日菜乃《ひなの》の隣《となり》に立《た》った。

「早《はや》く立《た》ち去《さ》ってくれ。邪魔《じゃま》だからな」

「うむ。弥五兵衛殿《やごべえどの》、市之丞《いちのじょう》を頼《たの》む」

久万弥五兵衛

「お任《まか》せくだされ！」

見《み》ると、オジサンと一緒《いっしょ》に跳《と》んできた弥五兵衛《やごべえ》が、軽々《かるがる》と市之丞《いちのじょう》を担《かつ》ぎ上《あ》げていた。

「おい、もへぇ、七之助様《しちのすけさま》の足手纏《あしでまと》いになるなよ。分《わ》かったなッ」

短《みじか》く言葉《ことば》をかけて、弥五兵衛《やごべえ》は日菜乃《ひなの》と市之丞《いちのじょう》と共《とも》に、フッと姿《すがた》を消《け》した。

「……気安《きやす》く言《い》ってくれるな」

「気配《けはい》に頼《たよ》るからヘマをするのだ。身《み》を持《も》って知《し》らねば、解《わ》からんのか？」

「……めんぼくねぇな」

オジサンに指摘《してき》されたもへぇは、銃弾《じゅうだん》の力《ちから》に苦《くる》しみながら、辛《かろ》うじて答《こた》えた。

「苦無《くない》を持《も》っているなら、早《はや》く弾《たま》を取《と》り出《だ》せ。心《しん》の臓《ぞう》まで喰《く》われてしまうぞ」

そう言《い》いながらオジサンは、音《おと》もなく近《ちか》づく椿姫《つばきひめ》の牽制《けんせい》も怠《おこた》らなかった。

「悪《わる》いが、今《いま》は相手《あいて》ができない。あの隠密《おんみつ》を片《かた》づけに行《い》くんでな」

革手袋《かわてぶくろ》を嵌《は》め、紐《ひも》を口《くち》で縛《しば》りながら、オジサンは落《お》ち着《つ》いていた。

椿姫《つばきひめ》もオジサンを警戒《けいかい》しているようで、それ以上近《いじょうちか》づこうとはしない。

「ならば妾《わらわ》は、もへぇと語《かた》らうことにしようかのぅ」

「手荒《てあら》くするなよ。七之助《しちのすけ》に、嫌《きら》われたくないからな」

オジサンはそう言《い》い残《のこ》すと、川上新助《かわかみしんすけ》が飛《と》ばされた森《もり》に、のっしのっしと歩《ある》いて行《い》った。

もへぇは川上新助の銃弾に、精《せい》も根《こん》も吸《す》い取《と》られて、荒《あら》く息《いき》をするのがやっとだった。

もう、苦無《くない》を握《にぎ》るのも難《むずか》しいだろう。

「良《よ》い眺《なが》めじゃのぅ」

椿姫《つばきひめ》が、虫垂《むした》れの布《きれ》をかき分《わ》け、素顔《すがお》を曝《さら》して舌舐《したな》めずりをした。

「その体《からだ》を苗床《なえどこ》にすれば、良《よ》き色《いろ》の椿《つばき》が育《そだ》ちそうじゃなぁ」

「あれこれされる前《まえ》に訊《き》きてぇことがある。七之助《しちのすけ》は、何時《いつ》から古庵《こあん》の仲間《なかま》だった？」

「おぬしと会《あ》う前《まえ》だと、古庵《こあん》からは、そう聞《き》いておるが――」

椿姫《つばきひめ》はそう言《い》いながら、鋭《するど》く伸《の》びた指《ゆび》の爪《つめ》を舐《な》め、爪研《つめと》ぎを始《はじ》めた。

「――七之助《しちのすけ》はおぬしにベッタリじゃった。間者《かんじゃ》としては、良《よ》い役回《やくまわ》りじゃったの」

事前《じぜん》に、七之助《しちのすけ》が打《う》ち明《あ》けていたので気落《きお》ちはしなかったが、疑問《ぎもん》も残《のこ》った。

なぜ、七之助《しちのすけ》とオジサンは、川上新助《かわかみしんすけ》と対立《たいりつ》しているのか？

それに、この椿姫《つばきひめ》も両者《りょうしゃ》と距離《きょり》を置《お》いている節《ふし》がある。

「てめぇは、川上新助《かわかみしんすけ》の味方《みかた》じゃねぇのか？　なんで助《たす》けに行《い》かねぇんだ？」

「……一対一《いったいいち》の勝負《しょうぶ》に割《わ》り込《こ》むと、怒《おこ》られるからのぅ。自重《じちょう》したままでよ」

椿姫《つばきひめ》は軽《かる》くはぐらかしてから、もへぇをジィッと凝視《ぎょうし》した。

「七之助《しちのすけ》は正体《しょうたい》を明《あ》かしていたようじゃな。では妾《わらわ》も打《う》ち明《あ》けよう。宿毛《すくも》の娘《むすめ》じゃがな、おぬしと戯《たわむ》れた後《あと》で、会《あ》いに行《い》ってやったぞ」

「!? なんだとッ」

あからさまな反応《はんのう》の違《ちが》いに、椿姫《つばきひめ》はケラケラと笑《わら》って面白《おもしろ》がった。

「古庵《こあん》にも引《ひ》き合《あ》わせてやった。娘《むすめ》に何《なに》やら術《じゅつ》をかけておったのぅ。そう言《い》えば娘《むすめ》から便《たよ》りが来《こ》なかったかぇ？　古庵《こあん》は、謀《はかりごと》でおぬしを誘《さそ》い出《だ》す手筈《てはず》だったやもしれぬのぅ」

……なんてこった、宿毛《すくも》に行《い》って確《たし》かめるべきだった――と、もへぇは後悔《こうかい》した。

「ククククク。強《つよ》がる者《もの》の心《こころ》が折《お》れた時《とき》ほど愉快《ゆかい》なものはない。では戯《たわむ》れを始《はじ》めようぞ」

椿姫《つばきひめ》は、もへぇの後《うし》ろ髪《がみ》をムンズと掴《つか》み上《あ》げ、もへぇは鎖鎌《くさりがま》の鞘《さや》を外《はず》して椿姫《つばきひめ》に切《き》りつけたが、鎌《かま》の刃《やいば》は、長《なが》く鋭《するど》い指爪《ゆびづめ》に、ピタっと白刃《しらは》取《ど》りされてしまった。

「相変《あいか》わらず、進歩《しんぽ》のない奴《やつ》よ」

椿姫《つばきひめ》が、そう囁《ささや》いて顔《かお》を近《ちか》づけると、紫色《むらさきいろ》の唇《くちびる》の奥《おく》に、あの椿《つばき》の化物《ばけもの》がヒクヒクと蠢《うごめ》いて、跳《と》びかかろうとしていたので、もへぇは仕込《しこ》んでいた呪符《じゅふ》の紙吹雪《かみふぶき》を投《な》げ付《つ》け、椿姫《つばきひめ》が虫垂《むした》れの布《きれ》で防《ふせ》ぎ、距離《きょり》を取《と》ろうとした隙《すき》に、鎖鎌《くさりがま》の分銅《ぶんどう》を腕《うで》に絡《から》ませた。

「答《こた》えろ！　なぜ七之助《しちのすけ》は、新助《しんすけ》とやりあってんだ？」

「己《おの》が目《め》で確《たし》かめれば良《よ》かろう。目《め》で見《み》たものしか、信《しん》じぬのであろう？」

椿姫《つばきひめ》はそう挑発《ちょうはつ》して、分銅《ぶんどう》から伸《の》びる鎖《くさり》を、余裕《よゆう》でジャラジャラと揺《ゆ》らして見《み》せた。

「なら、案内してもらおうか？」
「……相変《あいか》わらず強気《つよき》じゃなぁ。その姿勢《しせい》は、嫌《きら》いではないぞ――」
呆《ほう》けたように呟《つぶや》いた瞬間《しゅんかん》、椿姫《つばきひめ》は鎖諸共《くさりもろとも》もへぇを振《ふ》り回《まわ》して、木《き》の幹《みき》に叩《たた》きつけた。
「――じゃが、上《うえ》からものを言《い》われるのは好《す》かぬ」
この言葉《ことば》に、もへぇが反応《はんのう》しなかったのは、衝撃《しょうげき》で気《き》を失《うしな》ったからである。
あまりの弱体《じゃくたい》ぶりと迂闊《うかつ》さだが、一番戸惑《いちばんとまど》ったのは、もへぇ自身《じしん》だった。
川上新助《かわかみしんすけ》の銃弾《じゅうだん》は、予想《よそう》よりも早《はや》く体《からだ》を蝕《むしば》んでいたのだ。
――暫《しばら》くして、もへぇは泥水《どろみず》に顔《かお》を突《つ》っ込《こ》み、その息苦《いきぐる》しさで意識《いしき》を取《と》り戻《もど》した。
顔《かお》を上《あ》げると、そこは浅《あさ》い水《みず》たまりだった。
いつの間《ま》にか土砂《どしゃ》降《ぶ》りの雨《あめ》が降《ふ》り、同《おな》じ水《みず》たまりが周《まわ》りに幾《いく》つも出来上《できあ》がっている。
起《お》き上《あ》がろうとしたもへぇだったが、不意《ふい》に脚《あし》を引《ひ》っ張《ぱ》られ、仰向《あおむ》けに倒《たお》された。
世界《せかい》は一変《いっぺん》していた――。
無数《むすう》の樹木《じゅもく》が薙《な》ぎ倒《たお》され、葉《は》を繁《しげ》らせる木《き》は、遠《とお》くにしか見《み》えない。
脚《あし》が再《ふたた》び引《ひ》っ張《ぱ》られ、感覚《かんかく》のない手《て》で手繰《たぐ》り寄《よ》せると、鎖鎌《くさりがま》の分銅《ぶんどう》が巻《ま》き付《つ》いていた。
目《め》で追《お》うと、大《おお》きな洞《うろ》の中《なか》で、鎖鎌《くさりがま》で爪《つめ》を研《と》ぐ椿姫《つばきひめ》の姿《すがた》があった。
椿姫《つばきひめ》は無言《むごん》で鎌《かま》を握《にぎ》った手《て》の指《ゆび》で指示《さししめ》し、示《しめ》された先《さき》には大木《たいぼく》の幹《みき》があって七之助《しちのすけ》の金剛杵《こんごうしょ》の槍《やり》が、深々《ふかぶか》と突《つ》き刺《さ》さっていた。

その槍《やり》の周囲《しゅうい》には、人間《にんげん》の胴体《どうたい》、腕《うで》、足《あし》が散《ち》らばっていた。

川上新助《かわかみしんすけ》の体《からだ》は、槍《やり》の直撃《ちょくげき》を受《う》けてバラバラになっていたが、血飛沫《ちしぶき》の類《たぐい》はなく、部位《ぶい》は人形《にんぎょう》のように無機質《むきしつ》で、個々《ここ》が意思《いし》を持《も》つように、ピクピクと不気味《ぶきみ》に蠢《うごめ》いていた。

なんと川上新助《かわかみしんすけ》は絶命《ぜつめい》しておらず、手足《てあし》は、もがきながら胴体《どうたい》に合流《ごうりゅう》しようとしていた。

そして新助《しんすけ》の胴体《どうたい》の傍《かたわ》らには、七之助《しちのすけ》の体《からだ》を支配《しはい》しているオジサンがいた。

もへぇに気《き》づいたオジサンは、金剛杵《こんごうしょ》の槍《やり》を幹《みき》から抜《ぬ》きつつ、声《こえ》をかけてきた。

「椿姫《つばきひめ》が連《つ》れて来《き》たのか？　大《たい》した談合術《だんごうじゅつ》だな」

軽口《かるくち》を叩《たた》きながら、オジサンは、新助《しんすけ》の胴体《どうたい》とは別《べつ》の方角《ほうがく》を向《む》いた。

「ホラホラ、もう少《すこ》しだ。気合《きあ》い入《い》れて、舌《した》を動《うご》かせ」

見《み》れば首《くび》だけになった川上新助《かわかみしんすけ》が、舌《した》を足《あし》のように使《つか》いながら這《は》い進《すす》んでいた。

もう少《すこ》しで胴体《どうたい》に辿《たど》り着《つ》く寸前《すんぜん》にオジサンが立《た》ち塞《ふさ》がり、新助《しんすけ》は恨《うら》めしそうに睨《にら》んだ。

オジサンは屈託《くったく》のない笑顔《えがお》をすると、躊躇《ためら》いなく新助《しんすけ》の顔《かお》に槍《やり》を突《つ》き刺《さ》した。

「この隠密《おんみつ》がおまえに対《たい》して強気《つよき》なのは、古庵《こあん》が小細工《こざいく》をしたからだ。宿毛《すくも》の娘《むすめ》の命《いのち》とこいつの命《いのち》を、仙術《せんじゅつ》で繋《つな》げているのさ」

——何《なん》だって!?

もへぇは思《おも》わず体《からだ》を起《お》こそうとしたが、椿姫《つばきひめ》に鎖《くさり》を引《ひ》かれ、再《ふたた》び地面《じめん》に転《ころ》がされた。

「大人《おとな》しくしておれ。話《はなし》は、まだ終《おわ》わっておらぬ」

顔《かお》の泥《どろ》を拭《ぬぐ》うもへぇの耳《みみ》に、オジサンの声《こえ》が再《ふたた》び聞《きこ》こえてきた。

「何《なに》かあれば娘《むすめ》の命《いのち》も潰《つい》えるが、俺《おれ》には関係《かんけい》ない。娘《むすめ》に思《おも》い入《い》れはないからな」

そう言《い》い切《き》ったオジサンは槍《やり》に力《ちから》を込《こ》め、川上新助《かわかみしんすけ》の首《くび》を持《も》ち上《あ》げると、手近《てぢか》な大木《たいぼく》に勢《いきお》いよく投《な》げつけて、首《くび》は上手《うま》い具合《ぐあい》に、枝《えだ》に突《つ》き刺《さ》さって固定《こてい》された。

「中々死《なかなかし》ねないようだが、頭《あたま》を潰《つぶ》されたら、どうなるかな？」

オジサンは金剛杵《こんごうしょ》の槍先《やりさき》を新助《しんすけ》の首《くび》に定《さだ》め、螺旋撃《らせんげき》――、と小《ちい》さく呟《つぶや》いて槍《やり》を投《な》げた。

槍《やり》は指《ゆび》の捻《ひね》りで回転《かいてん》し、猛《もう》スピードで首《くび》めがけて突《つ》っ込《こ》んでいく。

オジサンは命中《めいちゅう》を確信《かくしん》していたが、槍《やり》は命中《めいちゅう》しなかった。

何者《なにもの》かの一撃《いちげき》が、木《き》の幹《みき》を横《よこ》に両断《りょうだん》して、槍《やり》を空過《くうか》させたからだ。

その何者《なにもの》かは、空過《くうか》した槍《やり》を受《う》け止《と》め、槍《やり》は激《はげ》しくかち合《あ》って火花《ひばな》を散《ち》らし、オジサンの元《もと》に跳《は》ね返《かえ》されて、地面《じめん》に突《つ》き刺《さ》さった。

「――やっとお出《で》ましか。古庵《こあん》の飼《か》い犬《いぬ》さんよ」

オジサンは嬉《うれ》しそうにつぶやいて、突《つ》き刺《さ》さった槍《やり》を地面《じめん》から引《ひ》き抜《ぬ》いて構《かま》えた。

遮光器風《しゃこうきふう》の眼鏡《めがね》をかけた山犬顔《やまいぬがお》の怪人《かいじん》が、『長巻《ながまき》』という武器《ぶき》を携《たずさ》え仁王立《におうだ》ちしていた。

怪人《かいじん》は川上新助《かわかみしんすけ》の首《くび》の髪《かみ》を掴《つか》み、新助《しんすけ》は肝《きも》を冷《ひ》やしたようで、浅《あさ》く荒《あら》く呼吸《こきゅう》をしていた。

「勝負《しょうぶ》の前《まえ》に、託《ことづけ》を頼《たの》めるか？」

オジサンの言葉《ことば》に山犬顔《やまいぬがお》の怪人《かいじん》は、川上新助《かわかみしんすけ》の首《くび》を明後日《あさって》の方角《ほうがく》に放《ほう》り投《な》げた。

首《くび》は藪《やぶ》の中《なか》に転《ころ》がって見《み》えなくなったが、オジサンは新助《しんすけ》の首《くび》には目《め》も暮《く》れなかった。

「たった今《いま》、俺《おれ》と七之助《しちのすけ》は古庵《こあん》と袂《たもと》を分《わ》かち、日下茂平《くさかもへぇ》に与《くみ》する。これからは敵同士《てきどうし》だ」

その言葉《ことば》を聞《き》いて、真《ま》っ先《さき》に口《くち》を開《ひら》いたのは、椿姫《つばきひめ》だった。

「……ここで寝返《ねがえ》るか。まぁ、頃合《ころあ》いじゃろうな」

全《まった》く慌《あわ》てない椿姫《つばきひめ》の言葉《ことば》に、もへぇは混乱《こんらん》した。

古庵一派《こあんいっぱ》は一枚岩《いちまいいわ》ではないらしいが、関係性《かんけいせい》が見《み》えないのだ。

さらに困惑《こんわく》させたのは、山犬顔《やまいぬがお》の怪人《かいじん》が見《み》せる戦《たたか》い方《かた》だった。

オジサンと対峙《たいじ》すると躊躇《ちゅうちょ》なく斬《き》りあいを始《はじ》め、掌《てのひら》から衝撃波《しょうげきは》を出《だ》して牽制《けんせい》しつつ、得物《えもの》の長巻《ながまき》で一気《いっき》に攻《せ》める戦法《せんぽう》だったが――、もへぇには見覚《みおぼ》えがあった。

修行時代《しゅぎょうじだい》に見《み》た、鴉天狗《からすてんぐ》と大陸《たいりく》エンコウとの手合《てあわ》せと同《おな》じだったからだ。

オジサンは身軽《みがる》さで太刀筋《たちすじ》を次々《つぎつぎ》躱《かわ》して翻弄《ほんろう》しているように見《み》えた。

しかし実態《じったい》は、徐々《じょじょ》に後退《こうたい》を余儀《よぎ》なくされて一方的《いっぽうてき》な展開《てんかい》になりつつあった。

「気《き》になるかぇ？」

椿姫《つばきひめ》がもへぇに言葉《ことば》を発《はっ》した直後《ちょくご》、オジサンと怪人《かいじん》は藪《やぶ》に突《つ》っ込《こ》んで見《み》えなくなった。

「教《おし》えてやらぬこともないが、古庵《こあん》の正体《しょうたい》に関《かか》わるでな――」

古庵《こあん》の正体《しょうたい》――、脳裏《のうり》に浮《う》かんだ候補者《こうほしゃ》は、投《な》げられた鎖鎌《くさりがま》の水飛沫《みずしぶき》に掻《か》き消《け》された。

椿姫《つばきひめ》が、もへぇの得物《えもの》を返却《へんきゃく》したのだ。

「気配《けはい》を探《さぐ》ることも出来《でき》ぬようになったか？　ほれほれ、危険《きけん》が迫《せま》っておるぞ」

椿姫《つばきひめ》が指示《さしし》めした先《さき》では、首《くび》なしの川上新助《かわかみしんすけ》が起《お》き上《あ》がるところだった。

「人間《にんげん》を辞《や》めた者同士《ものどうし》、仲良《なかよ》く戯《たわむ》れるが良《よ》いわ」

姫《ひめ》は『転送術《てんそうじゅつ》』を唱《とな》えて姿《すがた》を消《け》し、もへぇは巻《ま》き付《つ》いた鎖《くさり》を解《と》いて鎌《かま》を握《にぎ》った。

首《くび》なし新助《しんすけ》は頭《あたま》がなく、重心《じゅうしん》に不安《ふあん》がある。

だから最初《さいしょ》の一撃《いちげき》を躱《かわ》せば、勝機《しょうき》があるかもしれない。

鎖鎌《くさりがま》を握《にぎ》りながら待《ま》ち続《つづ》け、首《くび》なし新助《しんすけ》の踏《ふ》みつけを躱《かわ》して、その軸足《じくあし》を薙《な》ぎ払《はら》った。

しかし、切断面《せつだんめん》は蠢《うごめ》く無数《むすう》の何《なに》かに、忽《たちま》ち修復《しゅうふく》されてしまった。

咄嗟《とっさ》に分銅《ぶんどう》の鎖《くさり》を絡《から》ませて新助《しんすけ》を転倒《てんとう》させ、蠢《うごめ》く何《なに》かを探《さぐ》るため、肉片《にくへん》が抉《えぐ》れる角度《かくど》で鎌《かま》を払《はら》って採取《さいしゅ》したそれは、呪詛文字《じゅそもじ》がビッシリ書《か》きこまれた蟲《むし》の集《あつ》まりだった。

川上新助《かわかみしんすけ》は生半可《なまはんか》な攻撃《こうげき》では歯《は》が立《た》たず、螺旋撃程度《らせんげきていど》の損傷《そんしょう》を与《あた》える必要《ひつよう》がある。

今《いま》のもへぇには無理《むり》だった。

見れば、首なし新助は、早々に斬《き》られた手首《てくび》を繋《つな》げて、起《お》き上《あ》がろうとしている。

もへぇは、古典的《こてんてき》な子供《こども》だまし——、気絶《きぜつ》したフリをして、様子《ようす》を探《さぐ》ろうとした。

起《お》き上《あ》がった首《くび》なし新助《しんすけ》は、もへぇの様子《ようす》を確認《かくにん》しているようだった。

顔《かお》なし状態《じょうたい》で、どうやって確認《かくにん》しているか不思議《ふしぎ》だったが、もへぇは後《うし》ろ髪《がみ》を掴《つか》まれ、ズルズル引《ひ》き摺《ず》られると、暫《しばら》くして椿姫《つばきひめ》と川上新助《かわかみしんすけ》の話《はなし》が聞《き》こえたので、薄目《うすめ》を開《あ》けた。

緑《みどり》の葉《は》が見《み》えるので、先程《さきほど》とは別《べつ》の場所《ばしょ》のようだ。

体《からだ》は全《まった》く動《うご》かせないが、意識《いしき》は研《と》ぎ澄《す》まされていた。

「さっさと、先代《せんだい》の遺産《いさん》とやらを、手《て》に入《い》れたらどうじゃ？」

「焦《あせ》らずとも、向《む》こうからやって来《き》ますよ」

そう言《い》った首《くび》だけの新助《しんすけ》は、ヒュ～ヒュ～と、甲高《かんだか》い音《おと》を鳴《な》らした。

歯《は》に開《あ》けた穴《あな》を、笛《ふえ》にしているようだった。

椿姫《つばきひめ》は、大木《たいぼく》の影《かげ》に身《み》を潜《ひそ》めて雨《あめ》をやり過《す》ごしている。

……水《みず》が苦手《にがて》なのか？

やがて、森《もり》の奥《おく》から重《おも》い足音《あしおと》が聞《きこ》え、修行時代《しゅぎょうじだい》に『隠《かく》し家《が》』で会《あ》った鎧武者《よろいむしゃ》が現《あらわ》れた。

火事《かじ》の影響《えいきょう》で鎧《よろい》は焦《こ》げていたが、川上《かわかみ》の遺産《いさん》である大《おお》きな葛籠《つづら》を軽々《かるがる》と担《かつ》いで、新助《しんすけ》の目《め》の前《まえ》に、ゆっくりと置《お》いた。

……親父《おやじ》ソックリの幽霊《ゆうれい》は、やられちまったのか？

かつて継《つ》いだ遺産《いさん》を守《まも》っていたのは、もへぇの父親《ちちおや》が創《つく》りだした思念体《しねんたい》だったが、新助《しんすけ》の笛《ふえ》の音《おと》で今操《いまあやつ》られている鎧武者《よろいむしゃ》には、何《なん》の気配《けはい》も感《かん》じないのが、解《げ》せなかった。

「ご苦労《くろう》でしたね。では、ここまで手間《てま》をかけさせた、お礼《れい》をしましょうか――」

新助《しんすけ》の首《くび》がギロッと此方《こちら》を睨《にら》んで、もへぇは新助《しんすけ》の体《からだ》に持《も》ち上《あ》げられ、二人《ふたり》の前《まえ》に投《な》げ落《お》とされたが、続《つづ》け様《ざま》に隣《となり》へ倒《たお》れ込《こ》んできたのは――、オジサンだった。

「予想以上《よそういじょう》の力《ちから》だ。七之助《しちのすけ》の体《からだ》では、これが限界《げんかい》のようだな」

――偉《えら》そうなこと言《い》って、そのザマかよッ
もはや声《こえ》を出《だ》す気力《きりょく》もなく、山犬顔《やまいぬがお》の怪人《かいじん》も現《あらわ》れて、正《まさ》に絶体絶命《ぜったいぜつめい》だった。

「役者《やくしゃ》も揃《そろ》いましたね。さらなる絶望《ぜつぼう》を与《あた》えましょう」

川上新助《かわかみしんすけ》が一際大《ひときわおお》きく笛《ふえ》を吹《ふ》くと、鎧武者《よろいむしゃ》は新助《しんすけ》の胴体《どうたい》に引《ひ》き寄《よ》せられ融合《ゆうごう》し、新助《しんすけ》は鎧武者《よろいむしゃ》の太刀《たち》を引《ひ》き抜《ぬ》いて、大《おお》きく上段《じょうだん》に構《かま》えた。

銃弾《じゅうだん》のせいかは分《わか》らなかったが、もへぇは恐怖《きょうふ》を感《かん》じなかった。

自分《じぶん》はここまでだと、悲観論《ひかんろん》を冷静《れいせい》に弾《はじ》き出《だ》そうとさえしていた。

「……フン、時《とき》を稼《かせ》いでやった甲斐《かい》はあったな」

オジサンの負《ま》け惜《お》しみかと思《おも》われた台詞《せりふ》の直後《ちょくご》、降《ふ》りしきる雨粒《あまつぶ》が、ピタッと止《や》んだ。

正確《せいかく》には時間《じかん》が静止《せいし》したようで、雨粒《あまつぶ》は空中《くうちゅう》に留《とど》まり、微動《びどう》だにしなかった。

川上新助《かわかみしんすけ》や山犬顔《やまいぬがお》の怪人《かいじん》、椿姫《つばきひめ》は困惑《こんわく》しているようだったが、もへぇには覚《おぼ》えがあった。

かつて想《おも》い人《びと》を助《たす》けようとした時《とき》、師匠《ししょう》である日下《くさか》の天狗《てんぐ》が見《み》せた現象《げんしょう》と同《おな》じだった。

視線《しせん》を空《そら》に向《む》けると、分厚《ぶあつ》い雲《くも》の下《した》に、翼《つばさ》を生《は》やした人影《ひとかげ》が見《み》えた。

……天狗様《てんぐさま》？

思《おも》わず心《こころ》の中《なか》でつぶやくと、人影《ひとかげ》の後《うし》ろから、日《ひ》の光《ひかり》が後光《ごこう》のように照《て》りつけて、次《つぎ》の瞬間《しゅんかん》には、雨《あめ》を降《ふ》らせていた雲《くも》が一瞬《いっしゅん》で蒸散《じょうさん》して、雲一《くもひと》つない青空《あおぞら》に変《か》わっていた。

人影《ひとかげ》が遠《とお》くの地面《じめん》に下《お》り立《た》つと、強《つよ》い旋風《つむじかぜ》が吹《ふ》きつけて、もへぇは思《おも》わず目《め》を閉《と》じた。

「ややや二人《ふたり》とも。随分《ずいぶん》とやられちゃってるね」

男《おとこ》の穏《おだ》やかな声《こえ》と共《とも》に、止《と》まっていた時《とき》が再《ふたた》び動《うご》きだして、雨露《あめつゆ》に濡《ぬ》れた木々《きぎ》の葉《は》や、枝《えだ》からの滴《しずく》が地面《じめん》に落《お》ちる音《おと》が、微《かす》かだが、はっきりと聞《き》こえた。

もへぇは不思議《ふしぎ》な安堵感《あんどかん》に襲《おそ》われて仰向《あおむ》けになったが、視線《しせん》の先《さき》には男《おとこ》が立《た》っていた。

武士《ぶし》の身分《みぶん》が着用《ちゃくよう》する『裁付袴《たっつけばかま》』の出《い》で立《た》ちだったが、ツギハギでボロボロだった。

顔《かお》は男前《おとこまえ》なのに、服装《ふくそう》は壊滅的《かいめつてき》にダサく、人《ひと》が『役不足《やくぶそく》』の状態《じょうたい》だった。

さらに月代《つきしろ》を剃《そ》らず、長髪《ちょうはつ》を束《たば》ねただけの総髪姿《そうはつすがた》は、異端者《いたんしゃ》と言《い》わんばかりである。

男《おとこ》は背中《せなか》の翼《つばさ》をしまうと、手《て》にした鉄扇《てっせん》をパチンと手元《てもと》で畳《たた》んだ。

それは椿姫《つばきひめ》が所持《しょじ》をして、日菜乃《ひなの》が射抜《いぬ》いた物《もの》で、これで旋風《つむじかぜ》を起《お》こしたようだった。

「初《はじ》めまして、もへぇちゃん」

男《おとこ》は馴《な》れなれしく名前《なまえ》を呼《よ》ぶと、腰《こし》を屈《かが》めて躊躇《ちゅうちょ》なく、もへぇの腹《はら》に手《て》を伸《の》ばした。

「弾《たま》を取《と》り出《だ》してあげるよ。その間《あいだ》に、自己紹介《じこしょうかい》をしよう。僕《ぼく》は――」

そう話《はな》しだそうとする男《おとこ》の頭上《ずじょう》に、突如《とつじょ》として影《かげ》が被《かぶ》さった。

川上新助《かわかみしんすけ》が支配《しはい》した鎧武者《よろいむしゃ》が、太刀《たち》を振《ふ》り上《あ》げていたのだ。

だが、強《つよ》く振《ふ》り下《お》ろされた太刀《たち》は、男《おとこ》の体《からだ》に触《ふ》れることすらできなかった。

『笄《こうがい》』と呼《よ》ばれる結髪用《けっぱつよう》の尖《とが》り物《もの》に、軽々《かるがる》と防《ふせ》がれたからだ。

「こらこら、自己紹介《じこしょうかい》の最中《さいちゅう》に、攻撃《こうげき》をするのは無粋《ぶすい》の極《きわ》みだよ」

男《おとこ》は難《なん》なく迫《せ》り合《あ》いを制《せい》して、鎧武者《よろいむしゃ》を弾《はじ》き飛《と》ばすと笄《こうがい》を投《な》げつけた。

武者兜《むしゃかぶと》に笄《こうがい》が突《つ》き刺《さ》さると、青天《せいてん》の上空《じょうくう》から雷光《らいこう》が鎧武者《よろいむしゃ》を直撃《ちょくげき》した。

兜《かぶと》や鎧《よろい》はバラバラに弾《はじ》け飛《と》び、首《くび》なし新助《しんすけ》の体《からだ》は、その場《ば》にドサッと俯《うつぶ》せに倒《たお》れた。

一方的《いっぽうてき》な展開《てんかい》に驚愕《きょうがく》していたもへぇの体《からだ》が、フッと楽《らく》になった。

「もう動《うご》いて構《かま》わないよ」

そう話《はな》す男《おとこ》の掌《てのひら》には、血肉《ちにく》を吸《す》って赤子《あかご》の頭《あたま》ほどにまで膨張《ぼうちょう》をした、銃弾《じゅうだん》の塊《かたまり》がビクビクと、不気味《ぶきみ》に脈《みゃく》を打《う》っていたのである。

「まだ力《ちから》が入《はい》らないようなら、これを一粒《ひとつぶ》、呑《の》むと良《い》いよ」

男《おとこ》は銃弾《じゅうだん》を硝子瓶《がらすびん》に入《い》れながら、絹《きぬ》の袋《ふくろ》をもへぇに投《な》げ渡《わた》し、古庵一派《こあんいっぱ》に向《む》き直《なお》った。

「さてさて、君《きみ》たちには、残念《ざんねん》な御知《おし》らせをしよう」

閉《と》じた鉄扇《てっせん》を再《ふたた》び広《ひろ》げ、パタパタと扇《あお》ぎながら男《おとこ》は続《つづ》けた。

「退場《たいじょう》する頃合《ころあ》いだ。速《すみ》やかに立《た》ち去《さ》りなさい。でないと――」

男《おとこ》が鉄扇《てっせん》を握《にぎ》っていない手《て》を椿姫《つばきひめ》に翳《かざ》すと、椿姫《つばきひめ》の体《からだ》は前触《まえぶれ》れもなく燃《も》え上《あ》がった。

一瞬《いっしゅん》で紅蓮《ぐれん》の炎《ほのお》に包《つつ》まれた彼女《かのじょ》を尻目《しりめ》に、男《おとこ》は涼《すず》しげな顔《かお》で言葉《ことば》を紡《つむ》いだ。

「――とっても強《つよ》い、僕《ぼく》と戦《たたか》うことになるよ」

続《つづ》けて男《おとこ》は、鉄扇《てっせん》を強《つよ》く扇《あお》いで巨大《きょだい》な衝撃波《しょうげきは》を繰《く》り出《だ》し、山犬顔《やまいぬがお》の怪人《かいじん》を吹《ふ》き飛《と》ばした。

怪人《かいじん》は空中《くうちゅう》で素早《すばや》く体勢《たいせい》を立《た》て直《なお》すと、そのまま姿《すがた》を消《け》し、逃《に》げ去《さ》ってしまった。

一方《いっぽう》、炎《ほのお》に包《つつ》まれていた椿姫《つばきひめ》の影《かげ》が、ユラリと動《うご》いた。

「古庵《こあん》から聞《き》いておったが、これほどまでとはのぅ」

焼《や》け落《お》ちた衣服《いふく》を手《て》で払《はら》いながら、立《た》ち上《あ》がった彼女《かのじょ》は、人《ひと》の姿《すがた》をしていなかった。

全身《ぜんしん》が黒《くろ》い化猫《ばけねこ》の姿《すがた》で、黒《くろ》い体《からだ》は全《すべ》て、髪《かみ》で覆《おお》われている。

「言《い》われた通《とお》り、退散《たいさん》するとしよう。川上《かわかみ》の手伝《てつだ》いも済《す》んだことじゃしな」

黒《くろ》い怪猫姿《かいびょうすがた》の椿姫《つばきひめ》は、両手《りょうて》で印《いん》を結《むす》ぶと、山犬《やまいぬ》の怪人《かいじん》と同様《どうよう》、フッと姿《すがた》を消《け》した。

もへぇは体力《たいりょく》を回復《かいふく》させようと、絹袋《きぬぶくろ》を開《あ》けて忍者食《にんじゃしょく》と思《おぼ》しき丸薬《がんやく》を一粒口《ひとつぶくち》にした。

……あまりの不味《まず》さに、思《おも》わず顔《かお》を顰《しか》めた。

名前《なまえ》を呼《よ》ぶ声《こえ》に、もへぇが我《われ》に返《かえ》ると、葛籠《つづら》に手《て》を伸《の》ばす川上新助《かわかみしんすけ》の姿《すがた》が見《み》えた。

「川上新助君《かわかみしんすけくん》――」

まだ首《くび》は繋《つな》がっておらず、胴体《どうたい》の腕《うで》に抱《かか》えられていた。

「葛籠《つづら》の中身《なかみ》だけどね、一足先《ひとあしさき》に、僕《ぼく》が頂戴《ちょうだい》しちゃったよ」

新助《しんすけ》はハッタリを疑《うたが》い、真偽《しんぎ》を確《たし》かめる行動《こうどう》に出《で》た。

煙管《きせる》の吸口《すいくち》を外《はず》し、仕込《しこ》んでいた鍵《かぎ》に二言三言呪詛《ふたことみことじゅそ》を唱《とな》え、葛籠《つづら》に差《さ》して開《あ》け放《はな》った。

――その直後《ちょくご》、葛籠《つづら》は大爆発《だいばくはつ》を起《お》こし、辺《あた》り一面《いちめん》は焼《や》け野原《のはら》となった。

爆発《ばくはつ》に巻《ま》き込《こ》まれたもへぇだったが、何時《いつ》の間《ま》にか、男《おとこ》の背後《はいご》に移動《いどう》させられていた。

男《おとこ》は爆風《ばくふう》に晒《さら》されていたが、涼《すず》しげに鉄扇《てっせん》を扇《あお》いでいた。

爆風《ばくふう》と炎《ほのお》は、遠慮《えんりょ》するかのように男《おとこ》を避《さ》け、もへぇも、熱《あつ》さを感《かん》じることはなかった。

やがて地表《ちひょう》は広範囲《こうはんい》が黒焦《くろこ》げとなり、葛籠《つづら》と川上新助《かわかみしんすけ》がいた所《ところ》には、大穴《おおあな》が深《ふか》く抉《えぐ》れるような形《かたち》で出来上《できあ》がったが、川上新助《かわかみしんすけ》の姿《すがた》は、何処《どこ》にも見当《みあ》たらなかった。

「……今《いま》の爆発《ばくはつ》は？」

「鉱山開発《こうざんかいはつ》に使《つか》う火薬《かやく》だよ。仙術《せんじゅつ》で威力《いりょく》を、何十倍《なんじゅうばい》にも増幅《ぞうふく》させていたけどね」

男はのんびり答えて、こう捕捉《ほそく》した。

「古庵《こあん》ちゃんが助《たす》けたから、隠密君《おんみつくん》は生《い》きている。宿毛《すくも》にいる娘《むすめ》さんも無事《ぶじ》だ。隠密君《おんみつくん》は当分動《とうぶんうご》けないだろうな。だから伝右衛門《でんえもん》さんの遺産《いさん》を探《さが》す邪魔《じゃま》は、暫《しばら》くないと思《おも》うよ」

「あんた一体《いったい》――、それより、この丸薬《がんやく》のマズさ、何《なん》とかしてくれよ」

再発《さいはつ》した苦味《にがみ》に顔《かお》を歪《ゆが》めたもへぇに、男《おとこ》は鉄扇《てっせん》で口元《くちもと》を隠《かく》しながら、ほくそ笑《え》んだ。

「そりゃ試供品《しきょうひん》だからね。不味《まず》いで済《す》んで、良《よ》かったよ」

「！　俺《おれ》を毒見役《どくみやく》にしたのか？」

勢《いきお》いよく立《た》ち上《あ》がり、男《おとこ》の胸倉《むなぐら》を掴《つか》んだもへぇに、男《おとこ》は悪戯《いたずら》っぽく笑《わら》った。

「ほらね。疲労回復《ひろうかいふく》は、本当《ほんとう》だったでしょ？」

そう言《い》われて男《おとこ》から手《て》を離《はな》し、もへぇは気分爽快《きぶんそうかい》になった体《からだ》を実感《じっかん》した。

それを見《み》て男《おとこ》は、自己紹介《じこしょうかい》を再開《さいかい》しようとした。

「改《あらた》めて御挨拶《ごあいさつ》しよう。僕《ぼく》の名前《なまえ》は――」

しかし、またもや自己紹介《じこしょうかい》は、金剛杵《こんごうしょ》の横槍《よこやり》で再《ふたた》び阻《はば》まれた。

七之助《しちのすけ》の中《なか》のオジサンが、男《おとこ》に戦《たたか》いを挑《いど》んで来《き》たのだ。

二人《ふたり》は短《みじか》く小競《こぜ》り合《あ》い、男《おとこ》は間合《まあ》いを詰《つ》めて、オジサンの動《うご》きを封《ふう》じた。

いつの間《ま》にか回収《かいしゅう》された笄《こうがい》の先《さき》が、ピタリとオジサンの喉元《のどもと》に当《あ》てられていたのだ。

「チュウヤちゃん。爆発《ばくはつ》から護《まも》ってあげたのに、その態度《たいど》は感心《かんしん》しないなぁ」

男《おとこ》は、オジサンの名前《なまえ》らしきものを呼《よ》んで笑《わら》ったが、オジサンは激高《げきこう》していた。

「それとこれとは別《べつ》だ勝之進《かつのしん》！　差引《さしひ》きでも、釣《つ》りが出《で》るくらいだぞ！」

どうやらオジサンも、男《おとこ》の名前《なまえ》らしきものを呼《よ》んだようだった。

「チュウヤちゃん、諱《いみな》を呼《よ》ぶのは二人《ふたり》きりの時《とき》だけって、約束《やくそく》したじゃない」

「敢《あ》えて呼《よ》んだのだ！」

怒《いか》り心頭《しんとう》の『チュウヤ』と、冷静《れいせい》な『勝之進《かつのしん》』の対比《たいひ》は、子供《こども》と大人《おとな》の喧嘩《けんか》を見《み》るようだったが、やがて男《おとこ》は、フゥッと一息《ひといき》をついた。

「挑発《ちょうはつ》には乗《の》らないよ。それに、そっちは御眠《おねむ》のようだしね」

「……そのようだな。あの山犬《やまいぬ》に、ムキになり過《す》ぎたようだ」

「じゃあ、カタを付《つ》けるのは、もうちょっと後《あと》でも構《かま》わないよね？」

「いいだろう。今度《こんど》は逃《に》げるなよ、勝之進《かつのしん》――」

そう言《い》うと、オジサンは七之助《しちのすけ》の意識《いしき》の中《なか》に戻《もど》り、七之助《しちのすけ》の体《からだ》は男《おとこ》に抱《かか》えられた。

男《おとこ》はもへぇの方《ほう》を向《む》いて、ようやく自己紹介《じこしょうかい》を果《は》たした。

「僕《ぼく》の名前《なまえ》は、恩田武芸八勝之進《おんだたけひろかつのしん》。勝之進《かつのしん》は諱《いみな》だから、武《たけ》ちゃんって呼《よ》んでね。これから君《きみ》のお義姉《ねえ》さんが居《い》る里《さと》に寄《よ》るけど、武者鎧《むしゃよろい》を回収《かいしゅう》しておいてくれないかな？」

「いや、俺は術を封じられていて――」

もへぇの言動《げんどう》を見透《みす》かすように、武芸八《たけひろ》は指笛《ゆびぶえ》をピーっと吹《ふ》いて、もへぇの鷲《わし》を呼《よ》んだ。

「体《からだ》に鞭打《むちう》って悪《わる》いけどさ、山師《やまし》の人《ひと》たちと一緒《いっしょ》に探《さが》しておいてね。頼《たの》んだよ」

そう言《い》って武芸八《たけひろ》は、七之助《しちのすけ》を抱《かか》えたまま、仙術《せんじゅつ》を唱《とな》えることなく姿《すがた》を消《け》した。

もへぇは戸惑《とまど》いながら、言《い》われた通《とお》りに鎧《よろい》を回収《かいしゅう》して、鎧《よろい》を包《つつ》んだ風呂敷《ふろしき》を背負《せお》うと、鷲《わし》に掴《つか》まって、落人《おちうど》の里《さと》に向《む》かったのだった。

史実を語るミニコーナー

恩田武芸八の解説

恩田武芸八勝之進は、土佐藩家老の1つで、高知県高岡郡佐川町の一帯を治めていた深尾家の家臣だったとされる人物ですが、1651（慶安4）年以前に、軍学者だった由井正雪から妖術を伝授された逸話がある一方で、1817（文化14）年に、深尾家領内の村に追放された逸話もあるなど、年代にとても大きな開きがある、謎の人物です。

また、由井正雪の片腕であった丸橋忠弥とは、彼が存命している時に土佐へ招いて術比べを行った逸話が残されています。

恩田武芸八がどのような理由で深尾家から追放されたのかは不明ですが、追放された村では子供に舞踊を教え、それが人づてに周囲の村々に広まって、今日「花鳥（花取）踊り」として伝わっているそうです。

武芸八

もへぇ、治療《ちりょう》される

「武芸八様《たけひろさま》！　よくぞいらっしゃいました！」

「知《とも》ちゃんこそ、変《か》わりないね。美《み》っちゃんも、元気《げんき》そうで何《なに》よりだよ」

落人《おちうど》の里《さと》にて、武芸八《たけひろ》との再会《さいかい》を喜《よろこ》ぶ日菜乃《ひなの》の祖父《そふ》と、初恋《はつこい》の人《ひと》と再会《さいかい》したかのように照《て》れる日菜乃《ひなの》の母親《ははおや》の光景《こうけい》に、もへぇは、恩田武芸八《おんだたけひろ》という男《おとこ》の底《そこ》しれなさを感《かん》じ取《と》った。

「さて、日菜乃《ひなの》ちゃんの想《おも》い人《びと》の容体《ようだい》だけど、大丈夫《だいじょうぶ》なのかい？」

「はい。幸《さいわ》いなことに、急所《きゅうしょ》を外《はず》れておりました」

日菜乃《ひなの》の母《はは》である美知《みち》の言葉《ことば》に、武芸八《たけひろ》は安堵《あんど》の表情《ひょうじょう》を浮《う》かべた。

「良《よ》かった。でも、一応看《いちおうみ》させてもらうよ。離《はな》れは確《たし》か、あっちだったよね？」

親戚《しんせき》の家《いえ》にいるかの様《よう》に振舞《ふるま》う武芸八《たけひろ》は、廊下《ろうか》に立《た》つもへぇに声《こえ》をかけた。

「一緒《いっしょ》に来《き》てくれるかい。『武《たけ》ちゃん』って呼《よ》び方《かた》が嫌《いや》なら、『武芸八君《たけひろくん》』でも構《かま》わないよ」

「……そういや、まだ名乗《なの》ってなかったたな。俺《おれ》はもへぇ。日下茂平《くさかもへえ》って呼《よ》ばれてる」

「改《あらた》めまして、よろしくね、もへぇちゃん」

武芸八《たけひろ》は言葉《ことば》を交《か》わしつつ、足取《あしど》り軽《かる》く先《さき》を急《いそ》ぎ、もへぇは後《あと》を追《お》いながら話《はな》しかけた。

「義姉《ねえ》さんの祖父《じい》さんや、母《かあ》ちゃんと知《し》り合《あ》いなのか？」

「知《とも》ちゃんが、子供《こども》の頃《ころ》からの付《つ》き合《あ》いだからね」

「子供《こども》？　……あんた一体《いったい》、いくつなんだ？」

「いくつかな？　この姿《すがた》になって、歳《とし》を数《かぞ》えるの止《や》めちゃったからねぇ。他《ほか》に質問《しつもん》は？」

楽《たの》しむかのように、武芸八《たけひろ》は余裕《よゆう》をもって問《と》い返《かえ》し、もへぇは困惑《こんわく》しつつ質問《しつもん》を続《つづ》けた。

「七之助《しちのすけ》のオジサンとは、どういう関係《かんけい》なんだ？」

「忠弥《ちゅうや》ちゃんは、元学友《もとがくゆう》だよ。再会《さいかい》するなんて、思《おも》ってもいなかったけどね――」

「――そもそも、オジサンの正体《しょうたい》は誰《だれ》なんだ？」

「丸橋忠弥《まるばしちゅうや》だよ。宝蔵院流《ほうぞういんりゅう》の槍使《やりつか》い。慶安《けいあん》の大騒動《おおそうどう》で磔《はりつけ》にされた有名人《ゆうめいじん》なんだけど？」

「……土佐《とさ》以外《いがい》のことは、詳《くわ》しくねぇんだ」

もへぇが口籠《くちご》もると、武芸八《たけひろ》は、忠弥《ちゅうや》と出会《であ》った経緯《けいい》を語《かた》り始《はじ》めた。

「昔《むかし》、勉強《べんきょう》のために江戸《えど》に出向《でむ》いて、とある塾《じゅく》に通《かよ》ったんだ。その塾《じゅく》に忠弥《ちゅうや》ちゃんがいて友達《ともだち》になった。仙術《せんじゅつ》はその時《とき》に教《おし》えたけれど、その時《とき》に交《か》わした約束《やくそく》を僕《ぼく》が破《やぶ》ってね。忠《ちゅう》弥《や》ちゃんは、死《し》ぬ寸前《すんぜん》に仙術《せんじゅつ》を使《つか》って、化《ば》けて出《で》て来《き》ちゃったわけなのよ」

「……約束《やくそく》ってなんだ？」

「例《たと》え生《う》まれた日《ひ》が違《ちが》っても、心《こころ》を一《ひと》つにして助《たす》け合《あ》い、困《こま》っている貧《まず》しい人々《ひとびと》を救《すく》おう。そして死《し》ぬ時《とき》は一緒《いっしょ》に死《し》のう――。唐《から》の小説《しょうせつ》に感化《かんか》されて、酒《さけ》の勢《いきお》いで結《むす》んだ約束《やくそく》だよ」

「……それだけか？」

「それだけじゃないよ。だけど、それを話《はな》す前《まえ》に、目的地《もくてきち》に着《つ》いちゃったね」

武芸八《たけひろ》は、市之丞《いちのじょう》が養生《ようじょう》する離《はな》れの前《まえ》に立《た》つと、もへぇに入室《にゅうしつ》するよう促《うなが》した。

部屋《へや》に入《はい》ると、布団《ふとん》に寝《ね》かされた市之丞《いちのじょう》は、至《いた》って元気《げんき》そうだった。

日菜乃《ひなの》によって素早《すばや》く弾《たま》を摘出《てきしゅつ》されたため、体《からだ》を起《お》こし、会話《かいわ》も出来《でき》る状態《じょうたい》だった。

「動《うご》いちゃダメだよ。傷口《きずぐち》が開《ひら》くからね。安静《あんせい》にしていなさい」

市之丞《いちのじょう》を諭《さと》して寝《ね》かしつけると、武芸八《たけひろ》は錠剤《じょうざい》を梱包《こんぽう》した薬包紙《やくほうし》を日菜乃《ひなの》に手渡《てわた》した。

「化膿《かのう》止《ど》めの薬《くすり》だよ。朝晩二回《あさばんにかい》、煎《せん》じて飲《の》ませてあげなさい」

「ありがとうございます」

日菜乃《ひなの》はお礼《れい》を言《い》うと、下準備《したじゅんび》のために、部屋《へや》を出《で》ていった。

「さてと、話《はなし》ができる場《ば》が出来《でき》たね――」

武芸八《たけひろ》が話《はなし》を切《き》り出《だ》そうとする前《まえ》に、市之丞《いちのじょう》が口《くち》を開《ひら》いた。

「武芸八様《たけひろさま》。是非《ぜひ》とも、お訊《たず》ねしたいことがあります」

「何《なに》かな、市之丞君《いちのじょうくん》――」

逸《はや》る市之丞《いちのじょう》に、武芸八《たけひろ》は椿姫《つばきひめ》が落《お》とした鉄扇《てっせん》で顔《かお》を扇《あお》ぎながら、ゆったりと応《おう》じた。

「なぜ継承者《けいしょうしゃ》より先《さき》に遺産《いさん》を？　結界陣《けっかいじん》が張《は》られ、鎧武者《よろいむしゃ》に守《まも》られていたはず――」

「――血縁者若《けつえんしゃも》しくは記憶《きおく》の継承者《けいしょうしゃ》のみが遺産《いさん》を継《つ》ぐ仕組《しく》み――、だったね。先代《せんだい》の川上《かわかみ》新助《しんすけ》と、もへぇちゃんの父君《ちちぎみ》がそう設定《せってい》した。でも僕《ぼく》みたいな仙人《せんにん》になると、そんな理屈《りくつ》は無意味でね。鎧武者と対話《たいわ》して、事《こと》の成《な》り行《ゆ》きを説明《せつめい》したら、簡単《かんたん》に渡《わた》してくれたよ」

一瞬《いっしゅん》、何《なん》のことか分《わ》からなかった市之丞《いちのじょう》だったが、目《め》の前《まえ》の武芸八《たけひろ》がとんでもない存在《そんざい》だと気《き》づき、腹《はら》に溜《た》めた空気《くうき》を吐《は》き出《だ》して、放心《ほうしん》してしまった。

「落胆《らくたん》させて御免《ごめん》。掟破《おきてやぶ》りだけど、古庵《こあん》ちゃんが動《うご》いている以上《いじょう》、緊急事態《きんきゅうじたい》だったしね」

「古庵《こあん》ちゃん？　知合《しりあ》いなのか？」

もへぇが驚《おどろ》いて口《くち》を挟《はさ》むと、武芸八《たけひろ》は鉄扇《てっせん》を畳《たた》んで、首《くび》の項《うなじ》を掻《か》いた。

「まぁね。古庵《こあん》ちゃんがやっていることを僕《ぼく》が穴埋《あなう》めしているんだ。だから立《た》ち位置的《いちてき》に、もへぇちゃんの敵《てき》ではないけど、完全《かんぜん》に味方《みかた》かと言《い》われると、微妙《びみょう》なんだよねぇ」

「……なら、古庵《こあん》の正体《しょうたい》や目的《もくてき》は、教《おし》えてくれねぇってことか？」

もへぇは声《こえ》を低《ひく》くしたが、武芸八《たけひろ》はあっけらかんと返《かえ》した。

「少《すこ》しずつなら教《おし》えられるよ。まず僕《ぼく》の話《はなし》を聞《き》いてくれるかな？　話《はなし》を聞《き》いてくれたら、その分《ぶん》だけ、古庵《こあん》ちゃんについて話《はな》してあげるよ」

そう言《い》って武芸八《たけひろ》は、姿勢《しせい》を正《ただ》して市之丞《いちのじょう》の傍《そば》に座《すわ》り、もへぇも聴《き》く体勢《たいせい》をとった。

「君《きみ》たちは仙術《せんじゅつ》を使《つか》って義賊《ぎぞく》の活動《かつどう》をしているんだってね。他人《たにん》の考《かんが》えや行動《こうどう》に関《かん》しては口《くち》を挟《はさ》まないようにしているから、それに関《かん》しては何《なに》も言《い》わない。ただ仙術《せんじゅつ》の副作用《ふくさよう》で君《きみ》らの体《からだ》が危《あぶ》ない状態《じょうたい》にあることは、自覚《じかく》して欲《ほ》しいんだ。まずは市之丞君《いちのじょうくん》——」

武芸八《たけひろ》は、布団《ふとん》に横《よこ》たわる市之丞《いちのじょう》の傷口周囲《きずぐちしゅうい》を、軽《かる》く触診《しょくしん》した。

「——此処《ここ》は痛《いた》むかい？」

「いいえ……。少《すこ》しも痛《いた》くないのです。日菜乃殿《ひなのどの》にも、そんなはずはないと怒《おこ》られました」

「これはね、仙術《せんじゅつ》が無意識《むいしき》に働《はたら》いて、体《からだ》から『痛《いた》み』を奪《うば》っているんだよ」

「……どういうことだ？」

もへぇの質問《しつもん》に、武芸八《たけひろ》は説明《せつめい》を続《つづ》けた。

「本来《ほんらい》、人間《にんげん》は仙術《せんじゅつ》を身《み》につけないし覚《おぼ》えられない。過《す》ぎたる力《ちから》だからね。その仙術《せんじゅつ》が身《み》に付《つ》くと、仙術《せんじゅつ》の使用《しよう》が常態化《じょうたいか》して、体《からだ》の働《はたら》きや感覚《かんかく》が仙術《せんじゅつ》に代替《だいたい》されていくんだ。覚《おぼ》えがないかな？　食事《しょくじ》をしなくなって、霞《かすみ》を吸《す》いこむだけで満足《まんぞく》とかしなかった？」

「経験《けいけん》はあるけど、ちゃんとメシは食《た》べてるぞ」

「そのご飯《はん》は、味《あじ》がちゃんとあるのかな？」

……そういや米《こめ》の味《あじ》って、どんなだったかな。近頃《ちかごろ》は噛《か》んでも甘《あま》くならねぇからな——

黙《だま》り込《こ》んで考《かんが》えるもへぇと入《い》れ替《か》わるように、市之丞《いちのじょう》が武芸八《たけひろ》に話《はな》しかけた。

「前々《まえまえ》から不思議《ふしぎ》でした。術《じゅつ》を使《つか》った直後《ちょくご》は何《なに》を食《た》べても味《あじ》がせず、義賊《ぎぞく》の活動《かつどう》を始《はじ》めてからはそれが頻繁《ひんぱん》に——。術《じゅつ》の使用《しよう》を止《や》めて数日経《すうじつた》つと、嘘《うそ》のように戻《もど》っていましたが」

「それは今《いま》も、そんな具合《ぐあい》なのかい？」

「はい」

神妙な面持ちで頷《うなず》く市之丞《いちのじょう》に、武芸八《たけひろ》はニコリと微笑《ほほえ》んだ。

「良《よ》かった。それなら、治《なお》せる見込《みこ》みがあるよ。まずは休《やす》みの日《ひ》を設《もう》ける。期間《きかん》は長《なが》い方《ほう》が良《い》いね。『転送術《てんそうじゅつ》』を一回使《いっかいつか》ったら、一週間《いっしゅうかん》は休《やす》む。これなら、味覚《みかく》は失《うしな》われないよ」

「そうなのですか？　ありがとうございます！」

市之丞《いちのじょう》の安堵《あんど》した表情《ひょうじょう》に、武芸八《たけひろ》も笑顔《えがお》で応《おう》じた。

そこに薬《くすり》と水《みず》を携《たずさ》えた日菜乃《ひなの》が部屋《へや》に入《はい》って来《き》たので、武芸八《たけひろ》はもへぇに目配《めくば》せした。

「あとは日菜乃《ひなの》ちゃんに任《まか》せて、武者鎧《むしゃよろい》の修理《しゅうり》にかかろうかな。手伝《てつだ》ってくれる？」

もへぇは、空気《くうき》を読《よ》んで武芸八《たけひろ》と一緒《いっしょ》に退出《たいしゅつ》したが、仙術《せんじゅつ》の副作用《ふくさよう》に関《かん》して自分《じぶん》が何《なに》も言《い》われないことが、気《き》になって仕方《しかた》なかった。


「やっぱり、もへぇちゃんのお父君《ちちぎみ》は、一豊公《かずとよこう》の鎧《よろい》を盗《ぬす》んでいたんだね。大《たい》したものだよ」

白州《しらす》に置《お》かれた武者鎧《むしゃよろい》を調《しら》べる武芸八《たけひろ》の後《うし》ろ姿《すがた》を、もへぇは無言《むごん》で見《み》つめていた。

「薄々察《うすうすさっ》していたけれど、これはひどい。欠損《けっそん》も多《おお》いし、修理費用《しゅうりひよう》はお城《しろ》に請求《せいきゅう》しよう」

武芸八《たけひろ》は、独《ひと》り言《ごと》ともボヤきとも取《と》れる台詞《せりふ》を口走《くちばし》ってから、突然《とつぜん》もへぇに話《はな》しかけた。

「もへぇちゃん――、桑名古庵《くわなこあん》は紀伊国《きいのくに》で生《う》まれた、元《もと》キリシタンの町医者《まちいしゃ》だよ」

それは、唐突《とうとつ》な情報提供《じょうほうていきょう》だった。

「名《な》は瀬兵衛《せべえ》。両親《りょうしん》は長宗我部《ちょうそかべ》氏改易《しかいえき》の年《とし》に土佐《とさ》を出国《しゅっこく》。父親《ちちおや》は大坂《おおさか》の陣《じん》で戦死《せんし》。古庵《こあん》は兄弟《きょうだい》と紀伊《きい》から姫路《ひめじ》を経《へ》て高松《たかまつ》に移住《いじゅう》。高松《たかまつ》で洗礼《せんれい》を受《う》けて桑名姓《くわなせい》を名乗《なの》る。霊名《れいめい》は確《たし》かダミアンだったかな」

「武芸八《たけひろ》さん、それだけ分《わ》かってるなら――」

もへぇの言葉《ことば》をスルーして、武芸八《たけひろ》は古庵《こあん》の略歴《りゃくれき》を続《つづ》けた。

「――高松《たかまつ》から大阪《おおさか》の堺《さかい》へ移住《いじゅう》して、堺在住時《さかいざいじゅうじ》に伯父《おじ》によってキリシタンから改宗《かいしゅう》、備前《びぜん》を経《へ》て土佐《とさ》に再入国《さいにゅうこく》して町医者《まちいしゃ》になるんだけど、ちょうど島原《しまばら》の一件《いっけん》で締《し》め付《つ》けが強《つよ》くなってて、運悪《うんわる》く密告《みっこく》されて投獄《とうごく》されちゃったんだ。今《いま》は獄中生活《ごくちゅうせいかつ》を送《おく》っているよ」

「……桑名古庵《くわなこあん》は、獄中《ごくちゅう》から仙術《せんじゅつ》で抜《ぬ》け出《だ》していたのか？」

「違《ちが》うよ。桑名古庵《くわなこあん》は普通《ふつう》の人間《にんげん》さ。この経歴《けいれき》は、本人《ほんにん》から直《じか》に聞《き》き取《と》ったものだからね」

武芸八《たけひろ》のこの言葉《ことば》で、もへぇは全《すべ》てを理解《りかい》した。

「俺《おれ》の知《し》ってる古庵《こあん》は、偽物《にせもの》ってことか？」

「そういうことだね。一体誰《いったいだれ》だろうね？」

武芸八《たけひろ》はニッコリ微笑《ほほえ》んだが、どうやら正体《しょうたい》を教《おし》える気《き》はないようだ。

偽名《ぎめい》を使《つか》うのは、本当《ほんとう》の名前《なまえ》を知《し》られないためである。

偽《にせ》の桑名古庵《くわなこあん》の正体《しょうたい》は、同《おな》じ土佐《とさ》の、近《ちか》い距離《きょり》にいる人間《にんげん》である……。

不意に古庵と思しき存在が、山犬怪人を通して告げた『未来のおまえ』が引っかかった。

……そんな馬鹿《ばか》な——、と武芸八《たけひろ》を見《み》ると、鎧《よろい》を風呂敷《ふろしき》に纏《まと》めている所《ところ》だった。

「知《とも》ちゃんや美《み》っちゃんへの挨拶《あいさつ》も済《す》んだ事《こと》だし、鎧《よろい》の修理《しゅうり》や七之助君《しちのすけくん》の状態《じょうたい》も診《み》なきゃ。これから帰《かえ》るけど、もへぇちゃんは僕《ぼく》の家《いえ》に来《く》るのかな？」

「……その前《まえ》に、行《い》きたいところがある」

「お婉《えん》ちゃんのところかな？」

父親《ちちおや》が伝右衛門《でんえもん》を殺《ころ》し、遺《のこ》された家族《かぞく》は宿毛《すくも》に流《なが》された。

知《し》らなかったとは言《い》え、何食《なにく》わぬ顔《かお》で、伝右衛門《でんえもん》の娘《むすめ》と接《せっ》していたことになる。

川上新助《かわかみしんすけ》の言《い》うことが、正《ただ》しいかは分《わ》からないが、彼女《かのじょ》も古庵《こあん》から情報《じょうほう》を知《し》らされた可能性《かのうせい》は高《たか》く、それを確《たし》かめたかった——のだが、実《じつ》はもう一《ひと》つ確《たし》かめたいことがあった。

「その前《まえ》に、本物《ほんもの》の桑名古庵《くわなこあん》に会《あ》わせてもらえねぇか？」

「お安《やす》い御用《ごよう》だよ。後《あと》で、お世話《せわ》になるかもしれないからね」

武芸八《たけひろ》は指笛《ゆびぶえ》を吹《ふ》くと、もへぇの鷲《わし》を呼《よ》び寄《よ》せた。

そして地面《じめん》を軽《かる》く足踏《あしぶ》みをして、『転送術《てんそうじゅつ》』の円陣《えんじん》を、詠唱《えいしょう》なしで作《つく》りだして見《み》せた。

「……恩《おん》に着《き》るぜ」

もへぇは礼《れい》を言《い》ってから、ゆっくりと円陣《えんじん》の中《なか》に足《あし》を踏《ふ》み入《い》れた。

かつて、城下周辺《じょうかしゅうへん》には。牢屋《ろうや》が二《ふた》つ存在《そんざい》していた。

東《ひがし》の下町《しもまち》にある山田町《やまだちょう》の牢屋《ろうや》と、郭中内《かくちゅうない》にある帯屋町《おびやまち》の牢屋《ろうや》だった。

桑名古庵《くわなこあん》は、山田町《やまだちょう》の牢屋《ろうや》に収容《しゅうよう》されていた。

帯屋町《おびやまち》の牢屋《ろうや》は上士《じょうし》、山田町《やまだちょう》の牢屋《ろうや》は、下士以下《かしいか》の人間《にんげん》を収容《しゅうよう》していたからだ。

武芸八《たけひろ》は、役人《やくにん》たちと顔《かお》なじみで、金《かね》を渡《わた》すと簡単《かんたん》に、本物《ほんもの》の桑名古庵《くわなこあん》に面会《めんかい》できた。

「御加減《おかげん》は、いかがです？」

武芸八《たけひろ》に声《こえ》をかけられた白《しろ》い総髪《そうはつ》の老人《ろうじん》は、牢越《ろうご》しに穏《おだ》やかな表情《ひょうじょう》で出迎《でむか》えた。

「おかげさまで。まだあの世《よ》には、旅立《たびだ》っておりませんよ」

そう言《い》った古庵《こあん》は、もへぇの存在《そんざい》に気《き》がついて、武芸八《たけひろ》に訊《たず》ねた。

「お弟子《でし》さんですかな？」

「友達《ともだち》ですよ。訊《き》きたいことがあるそうなので、連《つ》れてきました」

「ほう、なんでしょう？」

快活《かいかつ》よく笑《わら》う古庵《こあん》を見《み》て、もへぇは違和感《いわかん》を感《かん》じた。

キリシタン疑惑《ぎわく》の獄中生活《ごくちゅうせいかつ》ならば、拷問等抑圧《ごうもんなどよくあつ》された生活《せいかつ》を送《おく》っても良《よ》さそうだが、
古庵《こあん》は服装《ふくそう》も、汚《よご》れや解《ほつ》れが見当《みあ》たらず、とても健康《けんこう》そうだったからだ。

「あんた本当《ほんとう》に罪人《ざいにん》か？　不幸《ふこう》さが、これっぽっちも見当《みあ》たらねぇんだが？」

もへぇに指摘《してき》されると、古庵《こあん》は軽《かる》く笑《わら》って、こう返《かえ》した。

「冤罪《えんざい》が証明《しょうめい》されておりますからな。仏門《ぶつもん》に帰依《きえ》していた証明書《しょうめいしょ》が残《のこ》っておりました。しかし、どういうわけか、城《しろ》の連中《れんちゅう》は死《し》ぬまで、わしをここに閉《と》じ込《こ》める気《き》のようですが」

「そんな呑気《のんき》さで良《い》いのか？　家族《かぞく》と離《はな》れて暮《くら》してんだろ？　何《なに》より窮屈《きゅうくつ》だろ？」

「その辺《あた》りは武芸八《たけひろ》さんのお力《ちから》ですな。実《じつ》は頻繁《ひんぱん》に外出《がいしゅつ》して、家族《かぞく》にも会《あ》っています。食事《しょくじ》も配慮《はいりょ》されておりますし、本《ほん》も読《よ》めます。ていよく牢屋内《ろうやない》の健康診断《けんこうしんだん》もやらせてもらっていまして、これが中々評判《なかなかひょうばん》なのです。まぁ太守《たいしゅ》の事情《じじょう》もあるとは聞《き》きましたがね」

もへぇは狐《きつね》に摘《つ》まれた気《き》がしたが、同時《どうじ》に、この古庵《こあん》は暗躍《あんやく》などしないと確信《かくしん》した。

「武芸八《たけひろ》さん。何《なん》だって、ここまでしてやってるんだ？」

「価値《かち》があるからだよ。諸国《しょこく》を巡《めぐ》って得《え》た見聞《けんぶん》の数々《かずかず》が、素晴《すば》らしいからね」

「だったら、解《と》き放《はな》ってやれよ」

「それは難《むずか》しいね。もへぇちゃんや僕《ぼく》と違《ちが》って、古庵《こあん》さんは堅気《かたぎ》の人間《にんげん》だ。ここから出《だ》すなら御上《おかみ》の許《ゆる》しを得《え》ないと。仙術《せんじゅつ》では、世《よ》の中《なか》の仕組《しく》みや意識《いしき》までは変《か》えられないからね」

「……土佐守《とさのかみ》に直談判《じかだんぱん》すれば良《い》いってのか――」

「――お若《わか》いの。気持《きも》ちはありがたいが……」

口《くち》を挟《はさ》んだ古庵《こあん》に対《たい》し、武芸八《たけひろ》は古庵《こあん》に目配《めくば》せをして、もへぇの提案《ていあん》を肯定《こうてい》した。

「近《ちか》いうちに会《あ》わせてあげるよ。その時《とき》にでも話《はな》したら？」

そう言《い》って武芸八《たけひろ》は、にこやかに古庵《こあん》と別《わか》れの挨拶《あいさつ》をした。

「では先生《せんせい》、娘《むすめ》さんから便《たよ》りなどありましたら、また渡《わた》しに来《き》ますね」

「ありがとうございます。ではお若《わか》いの、また顔《かお》を見《み》せにいらっしゃい。歓迎《かんげい》しますぞ」

本物《ほんもの》の桑名古庵《くわなこあん》は終始《しゅうし》、好々爺《こうこうや》のままだった。


宿毛《すくも》の土居周辺《どいしゅうへん》は穏《おだ》やかに晴《は》れ、あの祭《まつ》りの賑《にぎ》やかさが嘘《うそ》のように静《しず》まり返《かえ》っていた。

時折《ときおり》、浜辺《はまべ》の波音《なみおと》が微《かす》かに聞《き》こえてくる——、そんな静《しず》けさだった。

「俺《おれ》の時《とき》は、色々工作《いろいろこうさく》したけど、どうすんだ？」

「古庵《こあん》さんの時《とき》と同様《どうよう》、正々堂々《せいせいどうどう》と正面《しょうめん》から取《と》り次《つ》いでもらうさ。賄賂《わいろ》は使《つか》わないけどね」

武芸八《たけひろ》は鉄扇《てっせん》を扇《あお》ぎながら、土居《どい》の出入《でい》り口《ぐち》の門番《もんばん》に、恭《うやうや》しく話《はな》しかけた。

最初《さいしょ》、門番《もんばん》は胡散臭《うさんくさ》そうに応対《おうたい》し、やがて渋々《しぶしぶ》、中《なか》へ取《と》り次《つ》ぎに行《い》った。

そして入《い》れ替《か》わりに出《で》て来《き》たのは、宿毛《すくも》の土居家老《どいかろう》、直属《ちょくぞく》の家来《けらい》だった。

「どうも失礼《しつれい》を致《いた》しました。供《とも》の方《かた》を連《つ》れて、お入《はい》り下《くだ》さい」

恐縮《きょうしゅく》して頭《あたま》を下《さ》げる家来《けらい》を見《み》て、武芸八《たけひろ》は苦笑《にがわら》いをした。

「もへぇちゃん、僕《ぼく》の従者扱《じゅうしゃあつか》いにさせちゃって、ごめんね」

「いいさ。それっぽい格好だしな」

もへぇは軽《かる》く受《う》け流《なが》し、武芸八《たけひろ》の後《あと》に続《つづ》いて土居《どい》の中《なか》に入《はい》った。

「深尾《ふかお》の恩田《おんだ》か。おぬしが来《き》たということは、また無理難題《むりなんだい》が、持《も》ち上《あ》がったようだな」

中庭《なかにわ》で盆栽《ぼんさい》の手入《てい》れをしながら、宿毛《すくも》の土居家老《どいかろう》は背《せ》を向《む》けたまま武芸八《たけひろ》に語《かた》りかけた。

もへぇは武芸八《たけひろ》の後《うし》ろに座《すわ》って、事《こと》の成《な》り行《ゆ》きを黙《だま》って見守《みまも》っていた。

通《とお》された屋敷《やしき》の縁側《えんがわ》には、青《あお》く澄《す》んだ空《そら》と明《あか》るい日差《ひざ》しが、解放感《かいほうかん》のある室内《しつない》に暖《あたた》かく入《はい》り込《こ》んでいたが、宿毛《すくも》の領主《りょうしゅ》である家老《かろう》は終始背《しゅうしせ》を向《む》けて、しゃがんだままである。

失礼《しつれい》と思《おも》うかもしれないが、本来《ほんらい》なら家老身分《かろうみぶん》の人間《にんげん》に、もへぇや追放扱《ついほうあつか》いの武芸八《たけひろ》が面会《めんかい》することなどは、あり得《え》ないことで、土居家老《どいかろう》は盆栽弄《ぼんさいいじ》りをしながら『独《ひと》り言《ごと》』を言《い》う小芝居《こしばい》で、二人《ふたり》と接《せっ》しているのである。

「恐《おそ》れながら人外《じんがい》の範疇《はんちゅう》でございますので、人外《じんがい》の私《わたくし》めが、直参《じきさん》した次第《しだい》であります」

そう言《い》って深々《ふかぶか》と頭《あたま》を下《さ》げた武芸八《たけひろ》に、土居家老《どいかろう》はパチンと剪定《せんてい》バサミの音《おと》を立《た》てた。

そうして、フウっと前置《まえお》きの一息《ひといき》をついてから、また独《ひと》り言《ごと》を言《い》った。

「そう堅苦《かたくる》しく挨拶《あいさつ》をされると気《き》が重《おも》くなるな。腹《はら》でも切《き》らねば、収《おさ》まらぬ事案《じあん》かと……」

「い～え、内密《ないみつ》にして頂《いただ》けるなら、腹《はら》を切《き》らずとも、大丈夫《だいじょうぶ》ですよ～」

武芸八《たけひろ》は、急《きゅう》に砕《くだ》けた言《い》い回《まわ》しで話《はなし》を切《き》り出《だ》して、本題《ほんだい》に入《はい》った。

「野中伝右衛門《のなかでんえもん》の娘《むすめ》さんの婉殿《えんどの》を、しばらくこちらでお預《あず》かりしたいのです」

「武芸八《たけひろ》さん、そんなに単刀直入《たんとうちょくにゅう》でいいのか？」

「良《い》いんだよ。御家老様《ごかろうさま》とは幼馴染《おさななじみ》だしね。気心《きごころ》は知《し》れているんだ」

少《すこ》し狼狽《ろうばい》するもへぇに、土居家老《どいかろう》は背《せ》を向《む》けたまま、三度《みたび》独《ひと》り言《ごと》を言《い》った。

「預《あず》ける分《ぶん》には構《かま》わぬ。断《ことわ》る理由《りゆう》はないからな。だがくれぐれも、内密《ないみつ》にしてくれよ」

「もちろんですよ。僕《ぼく》が今《いま》まで、迷惑《めいわく》をかけたことありますか？」

自身《じしん》に満《み》ちた武芸八《たけひろ》の言葉《ことば》に、宿毛領主《すくもりょうしゅ》である土居家老《どいかろう》は、屈《かが》めていた腰《こし》を上《あ》げて軽《かる》く伸《の》びをすると、肩《かた》を落《お》として、弱々《よわよわ》しい独《ひと》り言《ごと》を吐《は》いた。

「時々羨《ときどきうらや》ましくなるな。歳《とし》を取《と》らず、掟《おきて》に縛《しば》られず、建前《たてまえ》に囚《とら》われない生《い》き方《かた》が」

「いやいや、これはこれで不幸《ふしあわ》せですよ。いつも誰《だれ》かを見送《みおく》ってばかりですからね」

「……そうだったな。見送《みおく》られる方《ほう》が、ある意味幸《いみしあわ》せかもしれぬな」

家老《かろう》はそうつぶやくと、口調《くちょう》を威厳《いげん》のあるものに変《か》えて、控《ひか》えていた家来《けらい》にこう告《つ》げた。

「伝右衛門《でんえもん》の妻子眷属《さいしけんぞく》の元《もと》へ案内《あんない》させよ。他言無用《たごんむよう》だぞ」

正式《せいしき》な許可《きょか》が出《で》て、もへぇは安堵《あんど》して、何気《なにげ》なく中庭《なかにわ》の池《いけ》に視線《しせん》を移《うつ》した。

——忍《しの》び込《こ》んだ時《とき》にくすねた、あの色鮮《いろあざ》やかな金魚《きんぎょ》が、何事《なにごと》もなく泳《およ》いでいたのだ。

……確か、川鵜にやったはずだよな？

身《み》を乗《の》り出《だ》した時《とき》、武芸八《たけひろ》に声《こえ》を掛《か》けられて、もへぇは確《たし》かめることができなかった。

再会《さいかい》したのは良《い》いが、どう話《はな》しかけて良《よ》いかわからず、もへぇは空元気《からげんき》に話《はな》しかけた。

「……久《ひさ》しぶりだな」

一席設《いっせきもう》けてくれた武芸八《たけひろ》は、別室《べっしつ》で彼女《かのじょ》の家族《かぞく》と面会《めんかい》しているようだった。

婉《えん》は書見台《しょけんだい》の上《うえ》に置《お》いた本《ほん》を閉《と》じて箱《はこ》の中《なか》に納《おさ》め、眼鏡《めがね》を外《はず》して手拭《てぬぐ》いで軽《かる》く拭《ふ》いた。

「なにを読《よ》んでたんだ？」

「日下《くさか》の天狗様《てんぐさま》が医学書《いがくしょ》を数冊送《すうさつおく》って下《くだ》さってな。御家老様《ごかろうさま》も黙認《もくにん》されておられる。日々《ひび》の見識《けんしき》を広《ひろ》めている最中《さいちゅう》だ。薬《くすり》の作《つく》り方《かた》が特《とく》に面白《おもしろ》い。我《われ》にもできそうだ」

「……何《なに》か変《か》わったことは、なかったか？」

「昼頃《ひるごろ》、体《からだ》が痛《いた》んだ。焼《や》けるような痛《いた》みだ。命《いのち》を繋《つな》げた何某《なにがし》も、命《いのち》を長《なが》らえたようだな」

「やっぱり、古庵《こあん》が術《じゅつ》をかけたんだな？」

「断《ことわ》る力《ちから》など、持《も》ち合《あ》わせておらぬからな。幸《さいわ》い大事《だいじ》には至《いた》っていないが」

状況的《じょうきょうてき》には正《ただ》しい判断《はんだん》だが、もへぇは不安《ふあん》だった。

彼女《かのじょ》が拒《こば》まなかったのは、あるいは——。

「我《われ》は、父《ちち》は病死《びょうし》したと思《おも》うておる。余計《よけい》な疑念《ぎねん》は、無用《むよう》だぞ」

「……すまねぇな。俺《おれ》のせいで色々《いろいろ》と迷惑《めいわく》かけて」

責《せ》められるのを覚悟《かくご》したが、婉《えん》の返答《へんとう》は違《ちが》った。

「誰《だれ》かを責《せ》めるは容易《たやす》いが、それではいかんと説教《せっきょう》されてな——」

「——？　誰《だれ》にだよ？」

「拙者《せっしゃ》でござる！」

大《おお》きく障子《しょうじ》を開《あ》けて入《はい》ってきたのは、七之助《しちのすけ》の一番弟子《いちばんでし》を自任《じにん》する久万弥五兵衛《くまやごべえ》だった。

「叔母上《おばうえ》、そろそろ武芸八様《たけひろさま》が出立《しゅったつ》なさいますぞ」

「そうか。支度《したく》はできておるから、参《まい》ろうか」

婉《えん》が顔《かお》を頭巾《ずきん》で覆《おお》う間《あいだ》、もへぇは弥五兵衛《やごべえ》に訊《たず》ねた。

「叔母上《おばうえ》だと？」

「拙者《せっしゃ》は叔母上《おばうえ》の亡《な》き兄君《あにぎみ》、野中清七様《のなかせいしちさま》の忘《わす》れ形見《がたみ》でな」

「マジか⁉　よく宿毛《すくも》に流《なが》されなかったな」

「母《はは》は仕《つか》えてすぐ拙者《せっしゃ》を孕《はら》み、程《ほど》なく実家《じっか》に戻《もど》った故《ゆえ》、罪《つみ》には問《と》われなんだ。七之助様《しちのすけさま》や小伝次様《こでんじさま》から野中家《のなかけ》の境遇《きょうぐう》は聞《き》かされていたが、訪《おとず》れることなど叶《かな》わぬと思《おも》うておった。武芸八様《たけひろさま》の粋《いき》な計《はか》らいではあるが、人生何《じんせいなに》が起《お》こるか分《わ》からぬものだ」

そう言《い》って弥五兵衛《やごべえ》は、婉《えん》の元《もと》に歩《あゆ》み寄《よ》って傅《かしず》いた。

「ご安心《あんしん》くだされ。叔母上《おばうえ》の御命《おいのち》、この久万弥五兵衛《くまやごべえ》が、しかとお守《まも》りいたしますぞ」

「心強《こころづよ》いことだ。我《われ》も父《ちち》の足跡《そくせき》をこの目《め》に、しかと焼《や》き付《つ》けようぞ」

意気投合《いきとうごう》する婉《えん》と弥五兵衛《やごべえ》に、もへぇは蚊帳《かや》の外《そと》だったが、不思議《ふしぎ》な安心感《あんしんかん》を抱《いだ》いた。

「仲直《なかなお》り、できたのかい？」

部屋《へや》を出《で》た廊下《ろうか》で話《はな》しかけて来《き》た武芸八《たけひろ》に、もへぇは苦笑《くしょう》しながら首《くび》を横《よこ》に振《ふ》った。

「弥五兵衛《やごべえ》に、全部《ぜんぶ》もってかれたよ」

「あっ、そう」

もへぇの肩《かた》をポンと叩《たた》いた武芸八《たけひろ》は、先《さき》に円陣《えんじん》に立《た》つ婉《えん》の前《まえ》に歩《あゆ》み出《で》ると、片膝《かたひざ》を付《つ》き、婉《えん》の手《て》を取《と》って遠慮《えんりょ》なく手《て》の甲《こう》に口《くち》づけをして、呆気《あっけ》にとられる弥五兵衛《やごべえ》を気《き》にも留《と》めず、さらに婉《えん》の頬《ほお》にも口《くち》づけをしてから、ようやく自己紹介《じこしょうかい》をした。

「深尾家《ふかおけ》の家臣《かしん》、恩田武芸八《おんだたけひろ》です。先程《さきほど》の挨拶《あいさつ》は阿蘭陀流《おらんだりゅう》でして、お気《き》に召《め》さないようでしたら、この手拭《てぬぐ》いで、ホッペを拭《ふ》いてくださいませ」

婉《えん》は目《め》をパチクリさせて固《かた》まっていたが、手拭《てぬぐ》いを拒否《きょひ》して満更《まんざら》でもない表情《ひょうじょう》をした。

もへぇは武芸八《たけひろ》に食《く》ってかかった。

「なんで普通《ふつう》の挨拶《あいさつ》をしねぇんだよ？」

「こうしないと。女《おんな》の人《ひと》にお触《さわ》りできないじゃない」

「……七之助《しちのすけ》と同《おな》じニオイがするぜ」

呆《あき》れ気味《ぎみ》のもへぇは、横目《よこめ》に婉《えん》を見《み》て、彼女《かのじょ》も弥五兵衛《やごべえ》に心配《しんぱい》をされていた。

──そう言《い》えば……と、もへぇは七之助《しちのすけ》の行方《ゆくえ》が気《き》になった。

「七之助《しちのすけ》は？」

「俺《うち》に寝《ね》かせているよ」

そう言《い》って武芸八《たけひろ》は、再《ふたた》び婉《えん》の手《て》を取《と》った。

「さぁ、参《まい》りましょうか」

「うむ。参《まい》ろうか」

「……ちょっと待《ま》て。俺《おれ》と隠《かく》れ里《ざと》に行《い》った時《とき》と、エライ違《ちが》いじゃねえか！」

「……はて、なんのことかな？」

あからさまな態度《たいど》をして、婉《えん》は武芸八《たけひろ》と共《とも》に跳《と》び去《さ》って行《い》った。

「全《まった》く、色男《いろおとこ》でござるな」

弥五兵衛《やごべえ》もボヤいて後《あと》を追《お》い、残《のこ》されたもへぇの頭上《ずじょう》で、鷲《わし》がクェーと鳴《な》いた。

やって来《き》たのは、深尾家《ふかおけ》の領境《りょうざかい》にある、小《ち》さな村《むら》だった。

笛太鼓の音色が聞《きこ》え、人々《ひとびと》の掛《か》け声《ごえ》が盛《さか》んに響《ひび》いて、祭《まつ》りの準備《じゅんび》をしているようで、少《すこ》し歩《ある》くと、山村《さんそん》にしては大掛《おおが》かりな『花台《はなだい》』も見《み》えた。

明治初期《めいじしょき》まで、土佐《とさ》の祭《まつ》りで見《み》られた神輿《みこし》より大《おお》きな山車《だし》で、長崎《ながさき》の花鉾《はなぼこ》が起源《きげん》だが、伝右衛門《でんえもん》が失脚《しっきゃく》した後《のち》の規制緩和《きせいかんわ》の中《なか》、花台《はなだい》だけは華美《かび》という理由《りゆう》で禁止《きんし》されていた。

その花台近《はなだいちか》くでは、花取《はなとり》の一《ひと》つである太刀踊《たちおど》りを練習《れんしゅう》する男衆《おとこしゅう》の姿《すがた》が見《み》えた。

「武芸八《たけひろ》さん、花取《はなとり》を広《ひろ》めてたのは、あんたなのか？」

「そういうことになるかな。広《ひろ》めようと思《おも》って、やっている訳《わけ》じゃないけど」

「反骨心《はんこつしん》ではないと？　小伝次様《こでんじさま》は、深尾《ふかお》の家《いえ》から追放《ついほう》された――、と仰《おっしゃ》っていたが？」

弥五兵衛《やごべえ》の問《と》いかけに、武芸八《たけひろ》は自分《じぶん》の周辺事情《しゅうへんじじょう》も含《ふく》め、説明《せつめい》をした。

「表向《おもてむ》き普通《ふつう》の人間《にんげん》として深尾家《ふかおけ》に仕《つか》えているけど、歳《とし》を取《と》らない弊害《へいがい》を避《さ》けるために追放扱《ついほうあつか》いで辺境《へんきょう》の村《むら》に隠遁《いんとん》するか土佐《とさ》を出《で》て見聞《けんぶん》を広《ひろ》めるかの二者択一《にしゃたくいつ》を繰《く》り返《かえ》してる。熱《ほとぼ》りが冷《さ》めたら子孫扱《しそんあつか》いで再仕官《さいしかん》するのさ。直近《ちょっきん》で受《う》け入《い》れたのが深尾《ふかお》だったたって話《はなし》」

そう説明《せつめい》する武芸八《たけひろ》に、村人《むらびと》の一人《ひとり》が天狗様《てんぐさま》――、と声《こえ》をかけて、頭《あたま》を深《ふか》く下《さ》げた。

挨拶《あいさつ》をされた武芸八《たけひろ》も、にこやかに会釈《えしゃく》を返《かえ》して、説明《せつめい》を続《つづ》けた。

「隠遁先《いんとんさき》では天狗《てんぐ》になって技術《ぎじゅつ》や知識《ちしき》を伝授《でんじゅ》して回《まわ》っている。何《なに》かと都合《つごう》が良《よ》くてね。花取《はなとり》の場合《ばあい》、踊《おど》りを気《き》に入《い》った村人達《むらびとたち》が、各々勝手《おのおのかって》に我流《がりゅう》を生《う》み出《だ》しているに過《す》ぎないんだよ」

「じゃあ、伝右衛門《でんえもん》の丹石流《たんせきりゅう》を花取《はなとり》に組《く》み込《こ》んだことに、深《ふか》い意味《いみ》はないんだな？」

「そうだね。丹石流《たんせきりゅう》は修得流派《しゅうとくりゅうは》の一《ひと》つだ。今《いま》の殿様《とのさま》の私念《しねん》で廃《すた》れるのが惜《お》しかったのさ」

謎《なぞ》が一《ひと》つ解《と》けたところで、婉《えん》が自分《じぶん》の父親《ちちおや》のことについて、武芸八《たけひろ》に訊《たず》ねた。

「父《ちち》は強《つよ》かったのだろうか？　兄上《あにうえ》は生前《せいぜん》、良《よ》く鍛《きた》えられたと言《い》っていたが――」

婉《えん》は袖頭巾《そでずきん》で、包帯状態《ほうたいじょうたい》の時《とき》と同《おな》じように、目元以外《めもといがい》の顔《かお》を隠《かく》していた。

立場上《たちばじょう》、顔出《かおだ》しは不味《まず》いと判断《はんだん》したからである。

「それは拙者《せっしゃ》も是非《ぜひ》、知《し》りとうございますな！」

弥五兵衛《やごべえ》の援護射撃《えんごしゃげき》もあったが、武芸八《たけひろ》は有耶無耶《うやむや》に、はぐらかした。

「免許皆伝者《めんきょかいでんしゃ》だから強《つよ》かったとは思《おも》うよ。でも僕《ぼく》は、敵対《てきたい》していた深尾《ふかお》の人間《にんげん》だからね」

「……そうでしたな」

落胆《らくたん》さを交《まじ》えて、婉《えん》はポツリとつぶやいたが、そこに武芸八《たけひろ》を見《み》つけた村《むら》の子供《こども》たちが、天狗《てんぐ》しゃま天狗《てんぐ》しゃま――と舌足《したた》らずに叫《さけ》びながらワッと集《あつ》まってきて、婉《えん》は子供《こども》たちに囲《かこ》まれ、弥五兵衛《やごべえ》が思《おも》わず、間《あいだ》に割《わ》って入《はい》ろうとした。

「好《す》きにさせておけ」

婉《えん》の一声《ひとこえ》で、四人《よにん》は武芸八《たけひろ》の家《いえ》に辿《たど》り着《つ》くまで、子供《こども》たちにモミクチャにされた。

「勘之丞、戻ったよ」

庵《いおり》の庭《にわ》に入《はい》った武芸八《たけひろ》が声《こえ》をかけた先《さき》には、大人《おとな》の倍《ばい》ほどの大男《おおおとこ》が座《すわ》っていた。

祭《まつ》り用《よう》のしめ縄《なわ》を器用《きよう》に編《あ》みこみ、武芸八《たけひろ》の姿《すがた》を見《み》ると無言《むごん》で立《た》ち上《あ》がり、三人《さんにん》に深々《ふかぶか》と頭《あたま》を下《さ》げてから、また背《せ》を向《む》けて座《すわ》り直《なお》し、黙々《もくもく》と作業《さぎょう》を再開《さいかい》した。

「勘之丞《かんのじょう》は僕《ぼく》のお世話係《せわがかり》だよ。……どうかしたのかい？」

「……いや、あんなにでかい人間《にんげん》は、初《はじ》めて見《み》るもんで——」

もへぇが率直《そっちょく》な感想《かんそう》を述《の》べると、武芸八《たけひろ》は勘之丞《かんのじょう》の正体《しょうたい》をあっさり明《あ》かした。

「勘之丞《かんのじょう》は人間《にんげん》じゃないよ。土《つち》で出来《でき》た人形《にんぎょう》さ」

「——人《ひと》ではないのか!?」

驚《おどろ》きの声《こえ》を上《あ》げる弥五兵衛《やごべえ》に、武芸八《たけひろ》は笑《わら》いながら紹介《しょうかい》を続《つづ》けた。

「唐《から》の王朝《おうちょう》では墓《はか》の番人《ばんにん》もしてたから、珍《めずら》しくはないよ。勘之丞《かんのじょう》は僕《ぼく》が引《ひ》き取《と》ったんだ。大《おお》きさ以外《いがい》は人間《にんげん》と変《か》わらないし、村人《むらびと》たちも今《いま》は慣《な》れっこさ。……さぁ中《なか》へどうぞ」

三人《さんにん》は客間《きゃくま》へ案内《あんない》されたが、部屋《へや》は騒《さわ》がしかった。

目隠《めかく》し鬼《おに》が行《おこな》われ、村《むら》の娘《むすめ》たちが、一人《ひとり》の少年《しょうねん》を鬼《おに》にして逃《に》げ回《まわ》っていたのだ。

周囲《しゅうい》に散《ち》らばった腰蓑《こしみの》から察《さっ》して、花取《はなとり》の練習《れんしゅう》から目隠《めかく》し鬼《おに》に替《か》わってしまったらしい。

鬼《おに》になっていたのは、七之助《しちのすけ》だった。

相変《あいか》わらずの戯《たわむ》れっぷりで、娘《むすめ》たちを追《お》いかける様《さま》は、御座敷遊《おざしきあそ》びにソックリである。

村娘《むらむすめ》たちは武芸八《たけひろ》の姿《すがた》を見《み》るなりサボりがバレて固《かた》まったが、武芸八《たけひろ》は叱《しか》らず手招《てまね》きで娘《むすめ》たちを退出《たいしゅつ》させ、何《なに》も知《し》らない七之助《しちのすけ》は鬼《おに》のまま部屋《へや》を一人歩《ひとりある》き回《まわ》り、やがて一人《ひとり》の体《からだ》に触《ふ》れたので、ピョンと相手《あいて》に抱《だ》きついた。

「捕《つか》まえた！　約束通《やくそくどお》り、お口《くら》を味見《あじみ》しちゃうぞぅ～」

七之助《しちのすけ》は、この時代《じだい》のキスである『口吸《くちす》い』で、唇《くちびる》をチュ～と奪《うば》った――。

「……あれ？　変《へん》だなぁ。こんなに苦《にが》い味《あじ》だっけ？」

そう言《い》って目隠《めかく》しを外《はず》した先《さき》には、もへぇの怖《こわ》い顔《かお》があった。

「味見《あじみ》した気分《きぶん》は？」

「意外《いがい》と柔《やわ》らかくて、キモチイイ」

「未使用《みしよう》だからな。話《はなし》があるから、顔《かお》を貸《か》せ」

もへぇは七之助《しちのすけ》の襟首《えりくび》を掴《つか》んで外《そと》に連《つ》れ出《だ》し、家《いえ》の裏手《うらて》の井戸端《いどばた》にて問《と》い質《ただ》した。

「婉《えん》さんが術《じゅつ》をかけられてたこと、黙《だま》ってたよな？　知《し》らなかったのか？」

「訊《き》かれなかったから――は言《い》いわけだね。古庵《こあん》さんは婉《えん》ちゃんを守《まも》るためって言《い》ってたけど、実際《じっさい》、川上新助《かわかみしんすけ》は手《て》を出《だ》さなかったし、妙案《みょうあん》だったんじゃない？」

軽《かる》い答《こた》えだが、丸橋忠弥《まるばしちゅうや》に言動《げんどう》させたとは言《い》え、啖呵《たんか》を切《き》った以上《いじょう》、敵《てき》でないのだろう。

「古庵に捨《す》てられそうになったから、寝返《ねがえ》ったんじゃねぇのか？」

「だったら何《なに》？　二股《ふたまた》しちゃいけないの？」

カマかけで返《かえ》ってきたのは、明《あき》らかな挑発《ちょうはつ》だった。

「どっちつかずは、両方《りょうほう》から愛想《あいそう》尽《つ》かされるぜ」

「古庵《こあん》さんはやりそうだけど、もへ兄《にい》はオイラを見捨《みす》てられる？」

「……寝返《ねがえ》りたきゃ、寝返《ねがえ》りゃ良《い》いさ。見《み》る目《め》がなかったと、諦《あきら》めるまでよ」

七之助《しちのすけ》は少《すこ》し申《もう》しわけなさそうな顔《かお》をしてから、気遣《きづか》うような表情《ひょうじょう》をした。

「……ムカついてるなら、オイラを殴《なぐ》ればぁ？　イライラが解消《かいしょう》されるかもよ？」

「殴《なぐ》っても物事《ものごと》は解決《かいけつ》しねぇ。婉《えん》さんに何《なに》かあったら、そん時《とき》は覚悟《かくご》してもらうぜ」

「……それって脅《おど》し？」

「事前通告《じぜんつうこく》だ」

そこへ、武芸八《たけひろ》の声《こえ》が割《わ》って入《はい》った。

「痴話喧嘩《ちわげんか》を楽《たの》しみに聴《き》いていたけど、あっさり和解《わかい》しちゃったね――」

鉄扇《てっせん》をパタパタ扇《あお》ぐ武芸八《たけひろ》は、いつの間《ま》にか普段着《ふだんぎ》である着流《きなが》しに着替《きが》えていた。

「――何事《なにごと》も平穏《へいおん》と安寧《あんねい》が一番《いちばん》だよ。よかった、よかった」

わざとらしい感想《かんそう》を述《の》べてから、武芸八《たけひろ》は話《はなし》を続《つづ》けた。

「蟠《わだかま》りは水《みず》ならぬ汗《あせ》に流《なが》そうよ。蒸《む》し風《ぶ》呂《ろ》を勘之丞《かんのじょう》が用意《ようい》してくれたから一風呂浴《ひとっぷろあ》びておいで。それから夕餉《ゆうげ》を食《た》べて、元気《げんき》いっぱい明日《あす》に備《そな》えよう」

武芸八《たけひろ》はそう言《い》いながら七之助《しちのすけ》に歩《あゆ》み寄《よ》り、鉄扇《てっせん》で口元《くちもと》を隠《かく》して何《なに》やら耳打《みみう》ちをした。

すると七之助《しちのすけ》はパッと目《め》を輝《かがや》かせ、クルリと、もへぇを向《む》いて、わざとらしく畏《かしこ》まった。

「七之助《しちのすけ》、只今《ただいま》から汗《あせ》を流《なが》しに行《い》って参《まい》りま〜す！　じゃあね」

一目散《いちもくさん》に駆《か》け出《だ》した七之助《しちのすけ》を見《み》て、もへぇは胡散臭《うさんくさ》さを感《かん》じた。

「……想像《そうぞう》はつくが、なにを話《はな》したんだ？」

「今丁度《いまちょうど》、お風《ふ》呂《ろ》場《ば》に婉《えん》ちゃんが入《はい》っているって、教《おし》えてあげたのさ」

「……ったく、どいつもこいつも煩悩《ぼんのう》塗《まみ》れで呆《あき》れるぜ」

七之助《しちのすけ》の後《あと》を追《お》いかける素《そ》振《ぶ》りを見《み》せつつ、もへぇは武芸八《たけひろ》に探《さぐ》りを入《い》れた。

「あんたが偽《にせ》の桑名古庵《くわなこあん》だった——、なんて言《い》うオチじゃねぇよな？」

「……もしそうだったら、どうするつもりだい？」

「そうさな。七之助《しちのすけ》のオジサンみたいに、化《ば》けて出《で》てやるよ」

両手《りょうて》を前《まえ》に幽霊《ゆうれい》の仕草《しぐさ》をしてから風《ふ》呂《ろ》場《ば》に歩《ある》き去《さ》ったもへぇに、武芸八《たけひろ》は目《め》を細《ほそ》めた。

「……当《あ》たらずとも遠《とお》からずだね」

囲炉裏《いろり》にて、武芸八《たけひろ》は先代《せんだい》の川上新助《かわかみしんすけ》が遺《のこ》した報告書《ほうこくしょ》の整理《せいり》をしていた。

「面白《おもしろ》いね。よくぞ調《しら》べて、よくぞ遺《のこ》したって感《かん》じだ。ところで二人《ふたり》は美味《おい》しく食《た》べてる？」

囲炉裏《いろり》を挟《はさ》んで主《あるじ》である武芸八《たけひろ》、その正面《しょうめん》にもへぇ、両脇《りょうわき》を七之助《しちのすけ》と婉《えん》が座《すわ》っている。

弥五兵衛《やごべえ》は炉端《ろばた》の土間《どま》にゴザを敷《し》いて、一人神妙《ひとりしんみょう》な顔《かお》をしていた。

もへぇと七之助《しちのすけ》、婉《えん》の三人《さんにん》は風呂上《ふろあ》がりで肌《はだ》がツヤツヤだが、表情《ひょうじょう》は三者三様《さんしゃさんよう》だった。

七之助《しちのすけ》は度々恨《たびたびうら》めしそうにもへぇへ視線《しせん》を送《おく》り、もへぇは一切目《いっさいめ》を合《あ》わせず黙々《もくもく》と箸《はし》を動《うご》かし、二人《ふたり》のやり取《と》りを気《き》にすることなく、婉《えん》は片眼鏡《かためがね》をかけて医学書《いがくしょ》を捲《めく》っていた。

この光景《こうけい》がおかしかったのか、武芸八《たけひろ》は忍《しの》び笑《わら》いをしながら、もへぇに訊《たず》ねた。

「風呂場《ふろば》で何《なに》があったの？」

「ちょっかい出《だ》すといけねぇから、起《お》きる度《たび》に気絶《きぜつ》させたのさ。それでムクれてやがる」

「ああ、なるほどね」

納得《なっとく》をした武芸八《たけひろ》に、七之助《しちのすけ》は捲《まく》し立《た》てた。

「よくない！　裸《はだか》の付《つ》き合《あ》いが台無《だいな》し！　もへ兄《にい》だけ婉《えん》ちゃんの裸《はだか》を拝《おが》めてズルイ！」

「衝立《ついたて》で仕切《しき》ったから俺《おれ》は見《み》てねぇ。風呂《ふろ》は禊《みそぎ》の場《ば》だ。如何《いかが》わしいことする場《ば》じゃねぇ」

二人《ふたり》の言葉《ことば》の応酬《おうしゅう》を聴《き》いていた婉《えん》は、表情《ひょうじょう》を変《か》えずに言《い》い放《はな》った。

「覗《のぞ》かれたなら、焼石《やけいし》を顔《かお》に投《な》げていたであろう。良《よ》い風呂《ふろ》を堪能《たんのう》できて、何《なに》よりだ」

婉《えん》の言葉《ことば》を聞《き》いた七之助《しちのすけ》は、思《おも》わず首《くび》を竦《すく》めた。

「申《もう》し訳《わけ》ありませぬ！　叔母上《おばうえ》にも七之助様《しちのすけさま》にも、不義理《ふぎり》が立《た》ってしまいました！」

座《すわ》りながら頭《こうべ》を垂《た》れる弥五兵衛《やごべえ》に、婉《えん》は静《しず》かに諭《さと》した。

「板挟《いたばさ》みはこれからも起《お》こる。己《おの》が立場《たちば》と役割《やくわり》を見定《みさだ》めよ。さすれば後悔《こうかい》することはない」

「……今《いま》の拙者《せっしゃ》の役割《やくわり》は叔母上《おばうえ》をお守《まも》りすることでしたな。それに徹《てっ》しまする！」

「うむ。それでよい」

「弥五兵衛《やごべえ》の裏切《うらぎ》り者《もの》ぉ……」

恨《うら》めしそうに言葉《ことば》を放《はな》った七之助《しちのすけ》は、もへぇの傍《そば》に寄《よ》って耳打《みみう》ちをした。

「二人《ふたり》よろしくヤってたんじゃないの？」

「……勘繰《かんぐ》りも大概《たいがい》にしろよ」

「七之助君《しちのすけくん》。……程々《ほどほど》にね」

「……は〜い」

武芸八《たけひろ》の加勢《かせい》は分《ぶ》が悪《わる》いと察《さっ》したのか、ようやく七之助《しちのすけ》は素直《すなお》な態度《たいど》を取《と》った。

食事《しょくじ》が終《お》わると武芸八《たけひろ》は後片《あとかた》づけを勘之丞《かんのじょう》に任《まか》せ、もへぇと婉《えん》、そして弥五兵衛《やごべえ》の三人《さんにん》を書斎《しょさい》に案内《あんない》して、伝右衛門《でんえもん》が生前《せいぜん》に成《な》し遂《と》げた業績《ぎょうせき》の一覧《いちらん》を記《しる》した巻物《まきもの》を広《ひろ》げて見《み》せた。

土木事業《どぼくじぎょう》に築港《ちくこう》、町《まち》の創設《そうせつ》に地場産業《じばさんぎょう》の創立《そうりつ》、さらには法改正《ほうかいせい》に税制《ぜいせい》の改正《かいせい》、学問《がくもん》の奨励、風俗の是正《ぜせい》、領土問題《りょうどもんだい》の解決《かいけつ》——と、詳細《しょうさい》に挙《あ》げればキリがなかった。

「これほどまでとは……」

父親《ちちおや》の業績《ぎょうせき》が書《か》かれた目録《もくろく》と、詳細《しょうさい》を記《しる》した巻物《まきもの》の山《やま》に、婉《えん》は言葉《ことば》を失《うしな》っていた。

「伝右衛門《でんえもん》さんは偉大《いだい》な御人《おひと》だったけど、急《いそ》ぎ過《す》ぎた面《めん》もあったね。今《いま》は評価《ひょうか》が難《むずか》しい。百年以上《ひゃくねんいじょう》は経《た》たないと、冷静《れいせい》な批評《ひひょう》は出来《でき》ないと思《おも》っているよ」

「政《まつりごと》は、生《い》きる間《あいだ》は恨《うら》まれても感謝《かんしゃ》はされぬ。故《ゆえ》に恨《うら》みを恐《おそ》れる者《もの》は政《まつりごと》に向《む》かぬ。……亡《な》き兄《あに》が遺《のこ》した心構《こころがま》えだが、今《いま》なら少《すこ》し解《わか》る気《き》がする」

婉《えん》はそう言《い》うと巻物《まきもの》の目録《もくろく》を両手《りょうて》に広《ひろ》げたまま、武芸八《たけひろ》に頼《たの》みごとをした。

「目録《もくろく》を、一晩《ひとばん》お借《か》り出来《でき》ませぬか？　どこを巡《めぐ》るべきか参考《さんこう》にしとうございます」

「あげるよ。写本《しゃほん》だからね。でも夜更《よふ》かしは体《からだ》に毒《どく》だ。もう休《やす》みなさい」

「では、先《さき》に床《とこ》へ就《つ》かせて頂《いただ》きます」

婉《えん》は挨拶《あいさつ》を済《す》ませて書斎《しょさい》を後《あと》にし、弥五兵衛《やごべえ》も退出《たいしゅつ》して書斎《しょさい》には二人《ふたり》だけが残《のこ》された。

目録《もくろく》を見《み》ながら、もへぇは湧《わ》いた疑問《ぎもん》をぶつけてみた。

「なんで伝右衛門《でんえもん》は、急《いそ》ぎ過《す》ぎたんだ？」

「せっかちさに加《くわ》えて、信条《しんじょう》としていた南学《なんがく》というのが実践主義《じっせんしゅぎ》でね。常《つね》に結果《けっか》を求《もと》めた。信念《しんねん》が成《な》した罪《つみ》、と言《い》えるのかもね。国《くに》を豊《ゆた》かにしようとする信念《しんねん》と、それを実現《じつげん》できる立場《たちば》と力《ちから》の三拍子《さんびょうし》が揃《そろ》っていた。けど強引過《ごういんす》ぎたね。理想《りそう》のために犠牲《ぎせい》を厭《いと》わない。その姿勢《しせい》が、破滅《はめつ》を招《まね》いてしまった」

「……あんたはその時《とき》、見《み》てただけか？」

もへぇは語気《ごき》を強《つよ》めたが、武芸八《たけひろ》は表情《ひょうじょう》を変《か》えず、はぐらかした。

「仙人《せんにん》だから、人《ひと》の世《よ》に関知《かんち》はしないよ。まぁ言《い》い訳《わけ》さ。昔《むかし》は積極的《せっきょくてき》に関《かか》わっていたよ。でも失敗《しっぱい》した。今《いま》はお世話《せわ》になった所《ところ》に、差障《さしさわ》りのない範囲《はんい》で関《かか》わっているくらいさ」

武芸八《たけひろ》はそう神妙《しんみょう》に語《かた》ったが、急《きゅう》に明《あか》るい口調《くちょう》に豹変《ひょうへん》した。

「さ〜て、難《むずか》しい話《はなし》はここまで。もへぇちゃんの治療《ちりょう》をすることにしようかな――」

そこに障子《しょうじ》が開《ひら》いて、七之助《しちのすけ》が顔《かお》を覗《のぞ》かせた。

「武芸八《たけひろ》さん、準備《じゅんび》できたよ〜」

「よ〜し、もへぇちゃんを連《つ》れて行《い》くから、お部屋《へや》で待《ま》っててね」

武芸八《たけひろ》はノリノリで返《かえ》すと、もへぇの肩《かた》をむんずと掴《つか》んで囁《ささや》いた。

「拒否《きょひ》はできないよ。来《き》てもらおうかな」

……もへぇは観念《かんねん》して無言《むごん》で頷《うなず》いたが、離《はな》れの別室《べっしつ》に通《とお》されるなり仰天《ぎょうてん》した。

部屋《へや》には布団《ふとん》が一枚《いちまい》敷かれ、四方八方《しほうはっぽう》に釣《つ》り糸《いと》が張《は》り巡《めぐ》らされて、異様《いよう》な雰囲気《ふんいき》だった。

「さぁ、さぁ。まずは気前《きまえ》よく、裸《はだか》になってもらいましょ〜か」

そう言われて武芸八に肩《かた》をポンと叩《たた》かれたが、もへぇは状況《じょうきょう》が理解《りかい》できなかった。

「……何《なに》する気《き》だよ」

「だから治療《ちりょう》だよ。市之丞君《いちのじょうくん》と違《ちが》って、君《きみ》の場合《ばあい》は深刻《しんこく》なんだからね」

武芸八《たけひろ》の押《お》し殺《ころ》した声《こえ》に、もへぇは何《なに》も言《い》えなくなった。

「もへ兄《にい》。さぁ、さぁ、脱《ぬ》いで脱《ぬ》いで」

「……イキイキしてるよなぁ。こういう時《とき》おめぇは」

七之助《しちのすけ》の手《て》であっという間《ま》に裸《はだか》にされ、もへぇは布団《ふとん》に寝《ね》かされた。

「まず糯米《もちごめ》を溶《と》かした糊《のり》を体《からだ》に塗《ぬ》るからね。気持《きも》ち悪《わる》いだろうけど、我慢《がまん》してね」

武芸八《たけひろ》は、温《あたた》めた糯米《もちごめ》の糊《のり》を刷毛《はけ》に付《つ》けて、ペタペタと、もへぇの体《からだ》に塗《ぬ》り始《はじ》めた。

「市之丞君《いちのじょうくん》と話《はな》した時《とき》、もへぇちゃんに振《ふ》らなかったのは、症状《しょうじょう》が悪化《あっか》していたからさ。市之丞君《いちのじょうくん》や、日菜乃《ひなの》ちゃんを心配《しんぱい》させたくなかったからね」

「そりゃどうも、有難《ありがた》い御配慮《ごはいりょ》で――」

不意《ふい》に、体《からだ》に痛《いた》みが走《はし》って、もへぇは思《おも》わず口《くち》を噤《つぐ》んだ。

「痛《いた》みを感《かん》じるって、ひさしぶりでしょ？」

武芸八《たけひろ》の言葉《ことば》に、もへぇは顔《かお》を顰《しか》めながら無言《むごん》でうなずいた。

もへぇは冒頭《ぼうとう》からここまで、一切《いっさい》、痛《いた》みを感《かん》じていなかったのだ。

やがて糊を塗られた場所から黒《くろ》い墨文字《すみもじ》が次々《つぎつぎ》と浮《う》き上《あ》がり、まるで生《い》き物《もの》のように皮膚《ひふ》をのた打《う》って糊《のり》の海《うみ》を泳《およ》ぎ始《はじ》めた。

「仙術《せんじゅつ》を封《ふう》じている呪詛《じゅそ》を今《いま》から一《ひと》つずつ、取《と》り除《のぞ》いていくよ」

武芸八《たけひろ》はそう言《い》うと脇《わき》に置《お》かれた筆《ふで》を握《にぎ》って、泳《およ》ぐ呪詛文字《じゅそもじ》を素早《すばや》く掬《すく》い上《あ》げた。

「はい、お札《ふだ》！」

七之助《しちのすけ》が白紙《はくし》の呪符《じゅふ》を渡《わた》すと武芸八《たけひろ》は呪詛文字《じゅそもじ》を素早《すばや》く転写《てんしゃ》して、張《は》り巡《めぐ》らした釣《つ》り糸《いと》に投《な》げつけて、釣《つ》り糸《いと》に罹《かか》った瞬間《しゅんかん》パッと呪符《じゅふ》は燃《も》え上《あ》がり、断末魔《だんまつま》が短《みじか》く聞《き》こえた。

「これを繰《く》り返《かえ》して呪詛《じゅそ》を消《け》していくよ。でも、もへぇちゃんの場合《ばあい》、『仙人化《せんにんか》』が進《すす》んで、消《き》える状態《じょうたい》に陥《おちい》り易《やす》くなっているからね」

「昔《むかし》、天狗様《てんぐさま》が言《い》ってたな。己《おのれ》を捨《す》て去《さ》るって奴《やつ》だ」

「ああ、教《おし》えてくれていたの？　なら話《はなし》は早《はや》いね」

武芸八《たけひろ》は作業《さぎょう》を続《つづ》けながら説明《せつめい》を始《はじ》めた。

「市之丞君《いちのじょうくん》にも言《い》った通《とお》り、仙術《せんじゅつ》に頼《たよ》り過《す》ぎると体《からだ》のあらゆる臓物《ぞうもつ》が働《はたら》きを止《や》めて行《い》く。すると慢性的《まんせいてき》な仙術依存《せんじゅついぞん》に陥《おちい》って高等仙術《こうとうせんじゅつ》が使《つか》えたりするんだけれど、これは体《からだ》が歯止《はど》め役《やく》を放棄《ほうき》している兆候《ちょうこう》で、極《きわ》まると体《からだ》がこの世《よ》の物《もの》でなくなり、意識《いしき》だけになる」

武芸八《たけひろ》の説明《せつめい》を聴《き》いていたもへぇだったが、その顔《かお》は放心《ほうしん》して、上《うわ》の空《そら》だった。

「……治療法《ちりょうほう》は、ないんだろ？」

「ないよ。便利《べんり》さを知《し》ると人間《にんげん》は後戻《あともど》りできなくなる。僕《ぼく》だって仙術《せんじゅつ》を選《えら》んではいるし、使《つか》わない日《ひ》を設《もう》けて休《やす》みも入《い》れている。それでも少《すこ》しずつ、症状《しょうじょう》は進《すす》んで行《い》くんだよ」

「……あんたも、何時《いつ》か消《き》えるのか？」

「人間《にんげん》の寿命《じゅみょう》よりずっと長《なが》い猶予《ゆうよ》はあるけどね。もへぇちゃんの場合《ばあい》は、それがすぐ其処《そこ》まで来《き》ているってことが、事《こと》の深刻《しんこく》さを物語《ものがた》っているんだよ」

武芸八《たけひろ》が呪詛文字《じゅそもじ》を掬《すく》い上げる度《たび》に痛《いた》みが復活《ふっかつ》して、少《すこ》しだけ、人間《にんげん》に戻《もど》れた気《き》がした。

もへぇは思《おも》わず、涙目《なみだめ》になった顔《かお》を見《み》せまいと、指《ゆび》で目脂《めやに》を取《と》るフリをして誤魔化《ごまか》した。

「このまま何《なに》もしなければ伝右衛門《でんえもん》の娘《むすめ》さんを連《つ》れての遺産探《いさんさが》しが最後《さいご》の仕事《しごと》になるよ。身辺整理《しんぺんせいり》をするなら、今《いま》から考《かんが》えておいた方《ほう》が良《い》いね」

「……そうだな」

力《ちから》なく答《こた》えたもへぇに、七之助《しちのすけ》が陽気《ようき》に話《はな》しかけた。

「大丈夫《だいじょうぶ》だよ。もへ兄《にい》ならきっと、良《い》い解決方法《かいけつほうほう》を見《み》つけるよ」

「そうだね。己《おのれ》という器《うつわ》に拘《こだわ》らなければ、あるいはね――」

武芸八《たけひろ》は意味深《いみしん》なことを言《い》って、手慣《てな》れた手《て》つきで呪詛文字《じゅそもじ》を次々《つぎつぎ》と摘出《てきしゅつ》して行《い》った。

もへぇは何時《いつ》でも自在《じざい》に術《じゅつ》が使《つか》え、元《もと》の姿《すがた》に戻《もど》ると知《し》らされても気分《きぶん》が晴《は》れなかった。

何か術を一《ひと》つ唱《とな》えたら、自分《じぶん》が消《き》えてしまうかもしれないのだ。

だが桑名古庵《くわなこあん》の名《な》を騙《かた》る者《もの》や川上新助《かわかみしんすけ》との戦《たたか》いのためにも、仙術《せんじゅつ》は必要不可欠《ひつようふかけつ》である。

軽《かる》い絶望感《ぜつぼうかん》に苛《さいな》まれ、もへぇは部屋《へや》に一人寝《ひとりね》かされてからも、寝付《ねつ》けないでいた。

そして、もう一《ひと》つの眠《ねむ》れない事情《じじょう》は、七之助《しちのすけ》が傍《かたわ》らで布団《ふとん》を敷《し》いて寛《くつろ》いでいた事《こと》だ。

例《れい》の金剛杵《こんごうしょ》を枕元《まくらもと》に転《ころ》がし、それを無邪気《むじゃき》に弄《いじ》っているのが、憂鬱《ゆううつ》で仕方《しかた》なかった。

「――そろそろ寝《ね》てぇんだけどな」

「寝《ね》れば？　寝込《ねこ》みを襲《おそ》うつもりはないよ」

七之助《しちのすけ》にそう言《い》われ、もへぇは顔《かお》を顰《しか》めて布団《ふとん》を被《かぶ》った。

「……もへ兄《にい》に色々《いろいろ》と甘《あま》えていたみたいで、ごめんね」

「ヘンなもんでも食《く》ったのか？」

唐突《とうとつ》な謝罪《しゃざい》に、もへぇは布団《ふとん》から顔《かお》を出《だ》して問《と》い返《かえ》したが、七之助《しちのすけ》は珍《めずら》しく真顔《まがお》だった。

「いずれ忠弥《ちゅうや》のオジサンが武芸八《たけひろ》さんと決着《けっちゃく》をつけるからね。死《し》ぬかもしれない――」

「――縁起《えんぎ》でもねぇこと口走《くちばし》んなよ。本当《ほんとう》にそうなっちまうぞ」

もへぇは寝返《ねがえ》りをうって、背《せ》を向《む》けた。

「もへ兄《にい》は怖《こわ》くないの？　消《き》えちゃうのがさ」

「怖《こわ》がっても、何《なに》も変《か》わらねぇ。どうせ消《き》えるなら、カッコ良《よ》く消《き》えてやるぜ」

「……強《つよ》がりだね」

「評価《ひょうか》ってのは他人《たにん》が決《き》めんだ。良《よ》く思《おも》われたきゃ、虚勢《きょせい》も大事《だいじ》ってことさ」

……少《すこ》しの沈黙《ちんもく》の後《のち》、また七之助《しちのすけ》が質問《しつもん》をしてきた。

「仲良《なかよ》かった天狗《てんぐ》の人《ひと》――、忍《しのぶ》さんだっけ？　どうして仲違《なかたが》いしたの？」

もへぇは、死《し》ぬかもしれない者同士《ものどうし》、思《おも》い出《で》を共有《きょうゆう》する意味《いみ》で、真相《しんそう》を打《う》ち明《あ》けた。

「世直《よなお》しみてぇな事《こと》をするのが、忍《しのぶ》さんの役回《やくまわ》りでな。長《なが》らく相棒《あいぼう》を探《さが》してたらしい」

「それで御眼鏡《おめがね》に適《かな》ったんだ。良《い》い流《なが》れじゃない」

七之助《しちのすけ》は褒《ほ》めたが、もへぇは表情《ひょうじょう》を変《か》えず、話《はなし》を続《つづ》けた。

「見聞《けんぶん》も広《ひろ》まって、知《し》り合《あ》いも出来《でき》た。火蜂《ひばち》を知《し》ったのもこの時《とき》だ。すごく楽《たの》しかったよ。忍《しのぶ》さんの下《した》で働《はたら》こうと、本気《ほんき》で思《おも》ったこともあった――」

「でも、そうならなかったんだよね？」

「ああ。各地《かくち》に棲《す》みつく大蛇《おろち》を退治《たいじ》する仕事《しごと》をした時《とき》、その大蛇《おろち》の正体《しょうたい》が忍《しのぶ》さんの妹《いもうと》達《たち》と解《わか》ってな。愛宕山忍《あたごやましのぶ》は大蛇《おろち》の化身《けしん》だった。妹全員《いもうとぜんいん》を殺《ころ》して力《ちから》を奪《うば》い、姿《すがた》を消《け》した。……わざと痕跡《こんせき》を残《のこ》してな。そうして俺《おれ》は見《み》たんだ。追《お》いかけた場所《ばしょ》に大《おお》きな狐《きつね》がいて、忍《しのぶ》さんの亭主《ていしゅ》だったんだが、その狐《きつね》の力《ちから》を手《て》に入《い》れることが忍《しのぶ》さんの真《しん》の目的《もくてき》だった」

「……妹《いもうと》たちの力《ちから》で、狐《きつね》に勝《か》ったんだよね？」

七之助《しちのすけ》の問《と》いかけに、もへぇは興味《きょうみ》がなさそうに答《こた》えた。

「みてぇだな。場所《ばしょ》は封印《ふういん》され、俺《おれ》は遠《とお》くに跳《と》ばされた。土佐《とさ》に戻《もど》って、暫《しば》く泣《な》いたさ。

響《ひびき》さんには連絡《れんらく》があったらしいが、俺《おれ》にはねぇってことは、……そういう事《こと》なんだろな」

そこまで聞《き》いていた七之助《しちのすけ》は、急《きゅう》に声《こえ》を大《だい》にした。

「ひょっとしてさぁ、桑名古庵《くわなこあん》の正体《しょうたい》って忍《しのぶ》さん!?」

「いいや違《ちが》う。未来《みらい》の俺《おれ》だ」

「え？　どういうこと？」

絶句《ぜっく》する七之助《しちのすけ》に、もへぇは重《おも》くなる瞼《まぶた》と共《とも》に、微睡《まどろみ》ながら独《ひと》り言《ごと》を発《はっ》した。

「あの時《とき》の俺《おれ》が、もっと寛容《かんよう》だったら古庵《こあん》なんて必要《ひつよう》なかったんだ。……後《あと》の祭《まつ》りさ。

問題《もんだい》は未来《みらい》の俺《おれ》が、常《つね》に異形《いぎょう》の姿《すがた》をしてることだ。少《すく》なくとも、この姿《すがた》は長《なが》くなさそうだ」

そこまで言《い》って、もへぇは七之助《しちのすけ》に就寝《しゅうしん》を告《つ》げた。

「――さぁ、これ以上《いじょう》は夜更《よふ》かしになるぜ。良《い》い夢見《ゆめみ》ろよ」

「……もへ兄《にい》、さっきの答《こた》えは聞《き》かなったことにするから、忍《しのぶ》さんに会《あ》った方《ほう》が良《い》いよ」

そう言《い》って暫《しばら》く経《た》つと七之助《しちのすけ》の寝息《ねいき》が聞《き》こえ、もへぇも眠《ねむ》りの世界《せかい》へ落《お》ちて行《い》った。

もへぇ、再会《さいかい》する

潮騒奏《しおさいかな》でる波音《なみおと》を聞《き》き流《なが》しながら、もへぇは書面《しょめん》と睨《にら》めっこをしていた。

先代《せんだい》の川上新助《かわかみしんすけ》が書《か》き遺《のこ》した伝右衛門《でんえもん》の遺産《いさん》に関《かん》する報告書《ほうこくしょ》――、『川上文書《かわかみぶんしょ》』である。

古今東西《ここんとうざい》の様々《さまざま》な字体《じたい》で構成《こうせい》され、学《がく》のないもへぇには解読《かいどく》できなかった。

文字《もじ》が解《わか》らなくても、法則《ほうそく》を見出《みいだ》せば良《よ》いのだが、そういうのは不得意《ふとくい》だった。

書類《しょるい》を木箱《きばこ》にしまい、一息《ひといき》ついたもへぇの姿《すがた》は、青年《せいねん》に戻《もど》っていた。

武芸八《たけひろ》に治療《ちりょう》され、一晩寝《ひとばんね》て目覚《めざ》めたら、いつの間《ま》にか戻《もど》っていたのだ。

ここは土佐東南《とさとうなん》の室戸岬《むろとみさき》に近《ちか》い『室津《むろつ》』に存在《そんざい》する『浦《うら》』の一《ひと》つである。

江戸時代《えどじだい》、城下《じょうか》は『町《まち》』、郷村《ごうそん》は『郡《ぐん》』、沿岸地域《えんがんちいき》の一部《いちぶ》は『浦《うら》』に区分《くわ》けされていた。

室津《むろつ》には村《むら》と浦《うら》が存在《そんざい》するが、浦《うら》は唯《ただ》の漁村《ぎょそん》ではない。

漁業以外《ぎょぎょういがい》にも、農業《のうぎょう》や林業《りんぎょう》、商業《しょうぎょう》や海運業《かいうんぎょう》などを行《おこな》う多目的《たもくてき》な側面《そくめん》があった。

江戸時代《えどじだい》の地方集落《ちほうしゅうらく》は原則《げんそく》、余裕《よゆう》がないので余所者《よそもの》を受《う》け入《い》れないが、例外《れいがい》があった。

『技能者《ぎのうしゃ》』たちの訪問《ほうもん》は、率先《そっせん》して受《う》け入《い》れていたのだ。

武芸八《たけひろ》は、この浦《うら》を訪《おとず》れる際《さい》、管轄《かんかつ》する『浦奉行《うらぶぎょう》』に掛《か》け合《あ》って根回《ねまわ》しを行《おこな》った。

そして浦《うら》の人々《ひとびと》へは、技能者《ぎのうしゃ》として振《ふ》る舞《ま》うよう、もへぇたちに厳命《げんめい》した。

武芸八《たけひろ》は鍛冶屋《かじや》と鋳掛屋《いかけや》、もへぇは農業技術者《のうぎょうぎじゅつしゃ》、婉《えん》は医者《いしゃ》と言《い》った具合《ぐあい》にである。

技能者《ぎのうしゃ》の滞在《たいざい》は、新《あたら》しい技術《ぎじゅつ》や知識《ちしき》、芸能《げいのう》、種籾《たねもみ》などを齎《もたら》す。

よって集落総出《しゅうらくそうで》で手厚《てあつ》く持《も》て成《な》され、食事《しょくじ》と寝床《ねどこ》が毎日用意《まいにちようい》される充実《じゅうじつ》ぶりだった。

この浦《うら》に来《き》た理由《りゆう》は二《ふた》つ——。

一《ひと》つ目《め》は川上文書《かわかみぶんしょ》にこの浦《うら》の記述《きじゅつ》があったこと。

二《ふた》つ目《め》は伝右衛門《でんえもん》の築《きず》いた二《ふた》つの港《みなと》が近《ちか》くにあり、一目見《ひとめみ》たいと婉《えん》が熱望《ねつぼう》したからだ。

川上文書《かわかみぶんしょ》にはすぐ近《ちか》くの『津呂《つろ》』と呼《よ》ばれる浦《うら》の沖合《おきあい》も遺産候補《いさんこうほ》と書《か》かれていた。

しかし滞在《たいざい》の利便性《りべんせい》を考《かんが》え、もへぇたちは室津浦《むろつうら》に滞在《たいざい》していた。

もへぇは室津《むろつ》と津呂《つろ》を行《い》き来《き》して情報《じょうほう》を集《あつ》めたが、手《て》がかりが少《すく》なく困《こま》っていた。

だから川上文書《かわかみぶんしょ》を読《よ》み直《なお》して、手《て》がかりがないか知《し》ろうとしていたのである。

「七之助様《しちのすけさま》が呼《よ》んでおられるぞ」

浜《はま》の砂利《じゃり》を踏《ふ》みしめる足音《あしおと》に続《つづ》いて、波音《なみおと》に負《ま》けない力強《ちからづよ》い声《こえ》——。

振《ふ》り返《かえ》った先《さき》には、練習用《れんしゅうよう》の槍《やり》を手《て》にした弥五兵衛《やごべえ》が立《た》っていた。

槍《やり》は『タンポ』と呼《よ》ばれる木製《もくせい》の鞘《さや》に納《おさ》められ、安全面《あんぜんめん》に配慮《はいりょ》されている。

小《ちい》さいもへぇしか知《し》らない弥五兵衛《やごべえ》だったが、もへぇの変化《へんか》には興味《きょうみ》ないようであった。

「叔母君様《おばぎみさま》の御守《おもり》は、しなくていいのか？」

「叔母上《おばうえ》には武芸八様《たけひろさま》がついておられる。今《いま》の拙者《せっしゃ》は、七之助様《しちのすけさま》の付《つ》き人《びと》だ」

真顔《まがお》で返《かえ》され、もへぇは一息《ひといき》ついて立《た》ち上《あ》がると、大人《おとな》しく従《したが》った。

浜辺《はまべ》の松林《まつばやし》では、浦《うら》の男《おとこ》の子《こ》たちが集《あつ》まって相撲《すもう》をとっていて、弥五兵衛《やごべえ》が現《あらわ》れると男《おとこ》の子《こ》たちはワッと集《あつ》まり、誰々《だれだれ》が勝《か》って誰々《だれだれ》が負《ま》けたと、笑顔《えがお》で弥五兵衛《やごべえ》に報告《ほうこく》して、弥五兵衛《やごべえ》はそれらを聴《き》くと、勝《か》つコツを負《ま》けた者《もの》に伝授《でんじゅ》していた。

一方《いっぽう》、少《すこ》し離《はな》れた松林《まつばやし》では、七之助《しちのすけ》が浦《うら》の童女《どうじょ》たちに、化粧《けしょう》の魅《み》せ方《かた》を教《おし》えていた。

伝右衛門《でんえもん》の時代《じだい》、相撲《すもう》は禁止《きんし》され、化粧《けしょう》をする余裕《よゆう》もなかった。

断絶《だんぜつ》してしまった子供遊《こどもあそ》びを教《おし》えることも、立派《りっぱ》な文化《ぶんか》の継承《けいしょう》である。

もへえは、七之助《しちのすけ》に歩《あゆ》み寄《よ》って声《こえ》をかけた。

「収穫《しゅうかく》があったのか？」

「また地引網《じびきあみ》に大勢《おおぜい》かかったみたいだよ。浜辺《はまべ》に、これも流《なが》れ着《つ》いていた」

そう言《い》って七之助《しちのすけ》は、白《しろ》い石《いし》――、大《おお》きな鮫《さめ》の歯《は》の化石《かせき》を投《な》げ渡《わた》した。

もへえは化石《かせき》を手《て》に取《と》ると、網《あみ》を引《ひ》く場所《ばしょ》へと向《む》かった。

地引網《じびきあみ》の現場《げんば》では人《ひと》だかりが出来《でき》ていて、老若男女《ろうにゃくなんにょ》が集《あつ》まっていた。

引《ひ》き揚《あ》げられた網《あみ》に魚群《ぎょぐん》はなく、かわりに十数人《じゅうすうにん》もの海女《あま》たちの姿《すがた》があった。

奇妙《きみょう》なことに顔色《かおいろ》が良《よ》く、まるで眠《ねむ》っているようだった。

「やっぱり同《おな》じ面《つら》だな」

「浜《はま》に揚《あ》がった数《かず》を足《た》して、ざっと百人《ひゃくにん》だ」

「月夜《つきよ》の晩《ばん》に毎回《まいかい》、沖《おき》で何《なに》をしているんだ？　気味《きみ》が悪《わる》くて仕方《しかた》がない」

浦人《うらびと》たちの口《くち》ぶりから、海女《あま》たちが網《あみ》にかかるのは初《はじ》めてでないようで、手慣《てな》れた様子《ようす》で引《ひ》き揚《あ》げられ、担《かつ》がれたり背負《せお》われたり、二人《ふたり》がかりで手足《てあし》を持《も》たれたりして、最寄《もよ》りの網元《あみもと》の家《いえ》まで、次々《つぎつぎ》と運《はこ》ばれていた。

「おお〜い！　『エベス』が出《で》たぞー！」

浦人《うらびと》の叫《さけ》び声《ごえ》に、もへぇが視線《しせん》を海《うみ》へ向《む》けると、洋上《ようじょう》に巨大《きょだい》な背《せ》びれと尾《お》びれが見《み》えた。

エベスは土佐《とさ》の捕鯨用語《ほげいようご》で、鮫《さめ》を表《あらわ》す言葉《ことば》である。

沖《おき》を泳《およ》ぐ鮫《さめ》は鯨《くじら》ほどの大《おお》きさで、沖合《おきあい》の海《うみ》をゆっくり泳《およ》いでいた。

もへぇや浦人《うらびと》たちは見慣《みな》れた光景《こうけい》なのか、驚《おどろ》きもせず、鮫《さめ》の遊泳《ゆうえい》を見守《みまも》っていた。

「海人《あま》が打《う》ち揚《あ》げられると、決《き》まってあの、お化《ば》け鱶《ぶか》が出《で》てきやがる」

もへぇは小声《こごえ》でつぶやくと、その場《ば》を離《はな》れた。

網元《あみもと》の蔵《くら》に海女《あま》たちが収容《しゅうよう》され、浦人《うらびと》たちは頭《あたま》を抱《かか》えていた。

「こりゃ、また船小屋《ふなごや》の方《ほう》も開《あ》けないと、作業《さぎょう》が追《お》い付《つ》かなくなるな——」

「あのエベスがいる限《かぎ》り、漁《りょう》は無理《むり》だ。鯨《くじら》が沖《おき》を通《とお》る前《まえ》に何《なん》とかしないと——」

ボヤきながら退出《たいしゅつ》する浦人二人《うらびとふたり》と入《い》れ替《か》わるように、もへぇは蔵《くら》に入《はい》って来《き》た。

蔵《くら》の中《なか》では、婉《えん》が一人《ひとり》の海女《あま》の腕《うで》に釣《つ》り糸《いと》を巻《ま》き付《つ》けて脈《みゃく》を測《はか》り、その横《よこ》では武芸八《たけひろ》が鉄扇《てっせん》を扇《あお》ぎながら立《た》ち合《あ》っていた。

「川上文書《かわかみぶんしょ》は、解読《かいどく》できたかな？」

「無理《むり》だ。武芸八《たけひろ》さんに任《まか》せるぜ。それより、あの鱶《ふか》を何《なん》とかしねぇとな」

もへぇから箱《はこ》を受《う》け取《と》った武芸八《たけひろ》は、鉄扇《てっせん》を懐《ふところ》に仕舞《しま》いつつ、こう返《かえ》した。

「今夜《こんや》、浦長《うらおさ》を交《まじ》えた寄合《よりあい》がある。何《なに》かしら決定《けってい》があると思《おも》うよ。海女《あま》さんの容体《ようだい》はどう？」

武芸八《たけひろ》に声《こえ》をかけられた婉《えん》は、釣《つ》り糸《いと》を巻《ま》きながら、自信《じしん》を持《も》って診断結果《しんだんけっか》を述《の》べた。

「やはり生《い》きておる。脈《みゃく》も正常《せいじょう》。魂《たましい》のみ此処《ここ》に在《あ》らず――、とはこのことかもしれぬ」

フムフムとうなずく武芸八《たけひろ》に対《たい》し、もへぇは婉《えん》が釣《つ》り糸《いと》を使《つか》うことに煩《わずら》わしさを感《かん》じた。

「別《べつ》に糸《いと》を使《つか》わなくても、普通《ふつう》に触《さわ》れば、脈《みゃく》は測《はか》れんじゃねぇのか？」

「確《たし》かに、測《はか》ることも出来《でき》るが――」

婉《えん》が律儀《りちぎ》に説明《せつめい》をしようとしたので、武芸八《たけひろ》が遮《さえぎ》るように補足《ほそく》した。

「――大人《おとな》の男女関係《だんじょかんけい》は厳《きび》しいからね。お肌《はだ》の触《ふ》れ合《あ》いでさえマズいんだ。将来《しょうらい》お医者《いしゃ》になって身《み》を立《た》てるかもしれないから、常識《じょうしき》を弁《わきま》えた診察方法《しんさつほうほう》を模索《もさく》している最中《さいちゅう》なのさ」

「そっかぁ――、って武芸八《たけひろ》さん。あんた前《まえ》に、婉《えん》さんにベタベタ触《さわ》ってたじゃねぇか」

「僕《ぼく》は二枚目《にまいめ》だからね。いつの時代《じだい》もイイ男《おとこ》は、得《とく》するもんだよ」

「……真顔《まがお》で、それ言《い》うか？」

もへぇは武芸八《たけひろ》を白《しろ》い目《め》で見《み》たが、婉《えん》は満更《まんざら》でもないのか、何《なに》も言《い》わず黙《だま》っていた。

日《ひ》も暮《く》れた浦外《うらはず》れの離《はな》れ小屋《ごや》にて、もへぇは米《こめ》の育《そだ》て方《かた》を書《か》いた指南書《しなんしょ》を作《つく》っていた。この浦《うら》のように、余《あま》り豊《ゆた》かでない土地《とち》では『太米《たいまい》』と呼ばれる赤《あか》い古代米《こだいまい》が常食《じょうしょく》され、少《すこ》しでも多《おお》くの収穫《しゅうかく》を見込《みこ》めるよう、栽培方法《さいばいほうほう》の改善点《かいぜんてん》をまとめていたのである。

当時《とうじ》の年貢米《ねんぐまい》は赤《あか》い米《こめ》の太米《たいまい》が主流《しゅりゅう》で、収穫《しゅうかく》が増《ふ》えれば、浦《うら》の暮《く》らしが向上《こうじょう》する。

もへぇは、小魚《こざかな》の加工法《かこうほう》を記《しる》した指南書《しなんしょ》も、もう一《ひと》つ書《か》き上《あ》げていた。

浦《うら》や農村《のうそん》にも貨幣経済《かへいけいざい》が浸透《しんとう》しつつあり、農業《のうぎょう》が主要産業《しゅようさんぎょう》でない地域《ちいき》は、金《かね》で納《おさ》める方針《ほうしん》が出来《でき》はじめ、農業《のうぎょう》をしない人々《ひとびと》は、換金手段《かんきんしゅだん》を持《も》つ必要《ひつよう》に迫《せま》られていた。

もへぇは小魚《こざかな》を乾物《かんぶつ》や肥料《ひりょう》にすることで収入《しゅうにゅう》を上《あ》げられる趣旨《しゅし》の指南書《しなんしょ》を書《か》いたのだ。

七之助《しちのすけ》と武芸八《たけひろ》は、網元《あみもと》の家《いえ》で寄合《よりあい》と言《い》う名《な》の宴会《えんかい》をしているが、もへぇは武芸八《たけひろ》が帰《かえ》るまで暇《ひま》を潰《つぶ》すことができず、技術者《ぎじゅつしゃ》としての仕事《しごと》を全《まっと》うしていたのである。

やがて戸口《とぐち》の戸《と》がガラッと開《ひら》いて、武芸八《たけひろ》がホロ酔《よ》い顔《がお》で帰《かえ》ってきた。

「やぁ、お待《ま》たせ。随分《ずいぶん》と御馳走《ごちそう》になっちゃってね」

「付《つ》き合《あ》いだから仕方《しかた》ねぇさ。七之助《しちのすけ》は？」

「お手伝《てつだ》いをしていた浦《うら》の娘《むすめ》さんたちを、家《いえ》まで送《おく》っているよ。夜《よる》は何《なに》かと物騒《ぶっそう》だからね。弥五兵衛《やごべえ》ちゃんは、そのお供《とも》さ」

「……彼奴《あいつ》そのものが、物騒《ぶっそう》な気《き》もするけどな」

もへぇがそう毒《どく》づいていると、七之助《しちのすけ》が弥五兵衛《やごべえ》を伴《ともな》って帰《かえ》ってきた。

「七之助《しちのすけ》、只今参上《ただいまさんじょう》！　疲《つか》れたから、もう寝《ね》るね～」

「……おめぇ、ここに何《なに》しに来《き》たか、分《わ》かってんのか？」

呆《あき》れるもへぇを尻目《しりめ》に七之助《しちのすけ》は板《いた》の間《ま》にゴロゴロ転《ころ》がって筵《むしろ》の上《うえ》に横《よこ》になると、掛布団《かけぶとん》である『掻巻《かいまき》』を被《かぶ》って、グウグウ眠《ねむ》ってしまった。

「恩田様《おんださま》、七之助様《しちのすけさま》を宜《よろ》しくお願《ねが》いします。拙者《せっしゃ》は叔母上《おばうえ》の元《もと》に戻《もど》りますので、御免《ごめん》――」

頭《あたま》を下《さ》げて一礼《いちれい》をした弥五兵衛《やごべえ》は、静《しず》かに小屋《こや》の戸《と》を閉《し》めて立《た》ち去《さ》って行《い》った。

もへぇは資料《しりょう》を片《かた》づけながら、武芸八《たけひろ》の前《まえ》に鮫《さめ》の歯《は》の化石《かせき》をゴロリと転《ころ》がして見《み》せた。

「大昔《おおむかし》にはドでかい鱶《ふか》がいたらしいが、アレは生《い》き残《のこ》りじゃねぇ。仙術《せんじゅつ》で創《つく》った付喪神《つくもがみ》だ」

「凄《すご》いじゃないか。どうやって答《こた》えに、辿《たど》り着《つ》いたんだい？」

もへぇは答《こた》える代《か》わりに、化石《かせき》を宙《ちゅう》に放《ほう》り投《な》げ、苦無《くない》で斬《き》った。

切断面《せつだんめん》は石《いし》ではなく、白《しろ》く輝《かがや》きを放《はな》つ象牙質《ぞうげしつ》だった。

しかし白《しろ》い切断面《せつだんめん》は、姿《すがた》を見《み》せると忽《たちま》ち、元《もと》の石《いし》に戻《もど》ってしまった。

「今《いま》の時代《じだい》に触《ふ》れて石《いし》に戻《もど》った。生《い》きてる鱶《ふか》なら、こんなことは起《お》こらねぇ」

「お見事。じゃあ、付喪神の根拠《こんきょ》は？」

「武芸八《たけひろ》さん。俺《おれ》の血《ち》をたっぷり吸《す》った、あの鉄砲弾《てっぽうだま》を貸《か》してくれねぇか？」

もへぇが唐突《とうとつ》に切《き》り出《だ》すと、武芸八《たけひろ》は渋《しぶ》い顔《かお》をした。

「あれは貴重《きちょう》な資料《しりょう》だからね。手元《てもと》に残《のこ》しておきたいんだけどなぁ……」

「市之丞《いちのじょう》の分《ぶん》があるだろ？　義姉《ねえ》さんが、お祓《はら》いをしてあんたに渡《わた》したの聞《き》いたぜ」

「あらあら、勘《かん》づいてた？　抜《ぬ》け目《め》ないなぁ」

武芸八《たけひろ》は苦笑《にがわら》いを浮《う》かべると、油紙《あぶらがみ》に包《つつ》んだ銃弾《じゅうだん》の塊《かたまり》を、掌《てのひら》に出現《しゅつげん》させた。

もへぇは無言《むごん》で塊《かたまり》を受《う》け取《と》って手《て》に取《と》ると、苦無《くない》で傷《きず》をつけた。

化石《かせき》の断面《だんめん》に血《ち》が垂《た》らされると、呪詛文字《じゅそもじ》が断面部分《だんめんぶぶん》にクッキリと浮《う》かび上《あ》がった。

「海女《あま》たちを操《あやつ》ってるのは、川上新助《かわかみしんすけ》だ。次代《じだい》の方《ほう》のな」

もへぇはそう言《い》って立《た》ち上《あ》がると、小屋《こや》の端《はし》に歩《あゆ》み寄《よ》って端《はし》に置《お》かれた筵《むしろ》をはぐった。

そこには、打《う》ち揚《あ》げられた海女《あま》の一人《ひとり》が寝《ね》かされていた。

もへぇは自前《じまえ》の御札《おふだ》を取《と》り出《だ》すと、海女《あま》の額《ひたい》に貼《は》りつけて仙術《せんじゅつ》を唱《とな》えた。

そして文字《もじ》が御札《おふだ》に浮《う》かび上《あ》がると、それぞれの文字《もじ》を比較《ひかく》した。

「海女《あま》さんの文字《もじ》と鱶《ふか》の歯《は》の文字《もじ》は筆跡《ひっせき》が違《ちが》う。川上新助《かわかみしんすけ》という証拠《しょうこ》は此奴《こいつ》さ――」

もへぇは瓢箪《ひょうたん》から、小《ちい》さな木箱《きばこ》を取《と》り出《だ》した。

箱《はこ》には、新助《しんすけ》の体《からだ》から削《けず》り取《と》った蟲《むし》を閉《と》じこめた小瓶《こびん》が入《はい》っていた。

もへぇは中《なか》の蟲《むし》を一匹《いっぴき》取《と》り出《だ》して、御札《おふだ》の上《うえ》に置《お》いて苦無《くない》の先《さき》で蟲《むし》を潰《つぶ》した。

潰《つぶ》された蟲《むし》から一筋《ひとすじ》の血《ち》が流《なが》れ、呪詛文字《じゅそもじ》が薄《うっす》らと白紙《はくし》に浮《う》かび上《あ》がった。

「文字《もじ》の筆跡《ひっせき》は海女《あま》さんの文字《もじ》と同《おな》じだ。ついでに武芸八《たけひろ》さんの筆跡《ひっせき》も比較《ひかく》させて貰《もら》った。鱶《ふか》を甦《よみがえ》らせたのは恐《おそ》らく古庵《こあん》だろうが、あんたの筆跡《ひっせき》は違《ちが》う。あんたは古庵《こあん》じゃない」

もへぇの言葉《ことば》に、武芸八《たけひろ》は満足《まんぞく》そうにうなずいた。

「疑《うたが》いが晴《は》れたようで何《なに》よりだよ。そこまで調《しら》べたなら、こんな疑問《ぎもん》が浮《う》かんだはずだ。なぜこんな回《まわ》りくどいことを、古庵《こあん》ちゃんはしているのか——。これは推測《すいそく》できるの？」

「古庵《こあん》には何《なに》か制約《せいやく》があって思《おも》うように動《うご》けねぇのさ。だから椿姫《つばきひめ》や山犬野郎《やまいぬやろう》、川上新助《かわかみしんすけ》を使《つか》ってるんだ。制約《せいやく》が何《なに》かは、未《ま》だわからねぇがな」

もへぇはそう言《い》ってから、身《み》を乗《の》り出《だ》して武芸八《たけひろ》に顔《かお》を近《ちか》づけた。

「俺《おれ》はここまで踏《ふ》み込《こ》んだ。そっちも教《おし》えてくれ。川上文書《かわかみぶんしょ》のことだ」

武芸八《たけひろ》は言《い》われた通《とお》り、川上文書《かわかみぶんしょ》の解読部分《かいどくぶぶん》を一部《いちぶ》、もへぇに明《あ》かした。

「もへぇちゃんのお父君《ちちぎみ》が世直《よなお》しに励《はげ》んでる頃《ころ》、先代《せんだい》の川上新助《かわかみしんすけ》は伝右衛門《でんえもん》が納《おさ》めた金《きん》の出処《でどころ》を捜《さが》していた。でも本命《ほんめい》だった本山《もとやま》では、金《きん》の鉱脈《こうみゃく》が見《み》つからず、捜索範囲《そうさくはんい》を広《ひろ》げることになった時《とき》、遙《はる》か離《はな》れたこの辺《あた》りで、大型船《おおがたせん》が沈《しず》んだ噂《うわさ》を聞《き》いたのさ」

初めて聞く情報だったが、もへぇは表情《ひょうじょう》を変《か》えず、聴《き》き入《い》った。

「川上新助《かわかみしんすけ》は探《さぐ》りを入《い》れて、やがて痕跡《こんせき》を見《み》つけた。ところが調査《ちょうさ》をしようという所《ところ》で、あの鱶《ふか》に何度《なんど》も妨害《ぼうがい》され、調査《ちょうさ》は頓挫《とんざ》して最終的《さいしゅうてき》に記録《きろく》だけが遺《のこ》った。川上文書《かわかみぶんしょ》にはこう書《か》かれているよ。鱶《ふか》は遺産《いさん》を守《まも》るモノノ怪《け》だと。古庵《こあん》ちゃんがエベスの創造主《そうぞうしゅ》なら、大昔《おおむかし》から使役《しえき》をしていたことになるけど――」

武芸八《たけひろ》の言葉《ことば》に、もへぇは強《つよ》い調子《ちょうし》で口《くち》を挟《はさ》んだ。

「――嘘《うそ》に誘導《ゆうどう》するのは止《や》めてくれ。俺《おれ》はこいつを見《み》つけてんだからな」

もへぇは、海女《あま》が身《み》に着《つ》けていた小物《こもの》を取《と》り出《だ》して、武芸八《たけひろ》に見《み》せた。

魔除《まよ》けに使《つか》っていた当時《とうじ》のストラップ――、『根付《ねつけ》』だった。

「小銭《こぜに》が結《ゆ》わえてあった。金運《きんうん》の願《がん》かけだろうが、気《き》になったのは年号《ねんごう》だ。彫《ほ》られてたのは『寶永《ほうえい》』だった。贋金《にせがね》で金運向上《きんうんこうじょう》は聞《き》いた事《こと》がねぇ。贋金所持《にせがねしょじ》は重罪《じゅうざい》だ。だから小銭《こぜに》は本物《ほんもの》だが、今《いま》の年号《ねんごう》は『貞享《じょうきょう》』だ。……『寶永《ほうえい》』は未来《みらい》の年号《ねんごう》なんだろ？」

もへぇはそう言《い》い切《き》って凄《すご》んだが、武芸八《たけひろ》が黙《だま》ったままなので、核心《かくしん》を突《つ》くことにした。

「初《はじ》めて現《あらわ》れた時《とき》、古庵《こあん》のやってることの穴埋《あなう》めをしてる――、と言《い》ったよな？　古庵《こあん》を騙《かた》る奴《やつ》は俺《おれ》を良《よ》く知《し》ってる。椿姫《つばきひめ》は伝右衛門《でんえもん》の遺産《いさん》を捜《さが》すことを、俺《おれ》が行動《こうどう》を起《お》こす前《まえ》に知《し》っていた。偽《にせ》の古庵《こあん》は時《とき》を超越《ちょうえつ》できる仙術使《せんじゅつつか》いだろ？　武芸八《たけひろ》さんは偽《にせ》の古庵《こあん》の行動《こうどう》で、物事《ものごと》の辻褄《つじつま》が合《あ》わなくなるのを、未然《みぜん》に防《ふせ》いでるんじゃねぇのか？」

もへぇの断言《だんげん》に、それでも武芸八《たけひろ》は鉄扇《てっせん》を扇《あお》ぎながら、涼《すず》しい顔《かお》をしていた。

そうして扇子《せんす》を手元《てもと》に畳《たた》み、ワザとらしく視線《しせん》を泳《およ》がせた。

「……勘《かん》の良《よ》さに恐《おそ》れ入《い》るね。ちょっとばかり、お喋《しゃべ》りが過《す》ぎたかな」

声《こえ》に若干《じゃっかん》の凄《すご》みが入《はい》っていたので、もへぇは譲歩《じょうほ》の意味《いみ》で、半歩《はんぽ》引《ひ》き下《さ》がった。

「あんたに配慮《はいりょ》する意味《いみ》で、偽古庵《にせこあん》の正体《しょうたい》は訊《き》かないことにするぜ」

「……ちなみに、誰《だれ》だと思《おも》っているんだい？」

「……愛宕山《あたごやま》忍《しのぶ》っていう名前《なまえ》に、心当《こころあ》たりあるか？」

「おやおや、それは当《あ》たらずとも、遠《とお》からずな名前《なまえ》だね」

質問《しつもん》に質問《しつもん》で返《かえ》したもへぇの言葉《ことば》に、武芸八《たけひろ》は意味深《いみしん》につぶやいて目《め》を伏《ふ》せた。

その時《とき》――、小屋《こや》の端《はし》で寝《ね》かされていた海女《あま》がムクリと起《お》き上《あ》がって、そして導《みちび》かれるように外《そと》に向《む》かって歩《ある》き出《だ》したので、もへぇは話《はなし》を打《う》ち切《き》った。

「ちょっと確《たし》かめて来《く》る。俺《おれ》が見聞《みき》きした分《ぶん》、武芸八《たけひろ》さんも吐《は》き出《だ》してくれよ」

「……ちょっと訊《き》きたいのだけれど、いつの間《ま》に、この段取《だんど》りをしたんだい？」

「あんたや七之助《しちのすけ》が、浦《うら》の娘《むすめ》さんたちのケツを追《お》いかけてた間《あいだ》だよ」

もへぇは捨《す》て台詞《ぜりふ》を言《い》ってから、海女《あま》の後《あと》を追《お》いかけた。

海の中は、月夜《つきよ》でも真《ま》っ暗《くら》だったが、海女《あま》は海底《かいてい》に向《む》かって真《ま》っすぐ泳《およ》いだ。

もへぇは、以前《いぜん》に婉《えん》を驚《おどろ》かせた水《みず》と同化《どうか》する仙術《せんじゅつ》を使《つか》って、液状化《えきじょうか》した体《からだ》で追跡《ついせき》した。

泳《およ》ぐ速《はや》さを上《あ》げて、発見《はっけん》される危険性《きけんせい》を減《へ》らせるからだ。

見失《みうしな》わないよう追《お》いかけたが、急《きゅう》に深《ふか》くなった所《ところ》で、海女《あま》の気配《けはい》が忽然《こつぜん》と消《き》えた。

室津《むろつ》の浦《うら》から南東《なんとう》に一里《いちり》――、約《やく》四kmほど下《くだ》った、津呂《つろ》という浦《うら》の沖合《おきあい》だった。

海底《かいてい》の岩影《いわかげ》から覗《のぞ》くと、百人《ひゃくにん》ほどの海女《あま》が、海底《かいてい》で作業《さぎょう》をしていた。

よく見《み》ようと身《み》を乗《の》り出《だ》した時《とき》、頭上《ずじょう》を重《おも》い気配《けはい》が通過《つうか》した。

あの巨大《きょだい》な鮫《さめ》だと気《き》づいて、もへぇは鮫《さめ》に注意《ちゅうい》しながら、岩《いわ》の隙間《すきま》から再度《さいど》覗《のぞ》いた。

海女《あま》たちは何《なに》かを回収《かいしゅう》しており、それを鮫《さめ》が次々《つぎつぎ》と呑《の》み込《こ》んでいた。

やがて夜明《よあ》け近《ちか》くになると、海女《あま》たちは作業《さぎょう》を止《や》め、自分《じぶん》たちから進《すす》んで鮫《さめ》に呑《の》まれた。

海女《あま》たちを呑《の》み込《こ》んだ鮫《さめ》が、ゆっくりとその場《ば》を離《はな》れたので、もへぇは現場《げんば》に近《ちか》づいた。

大《おお》きな木材《もくざい》が点々《てんてん》と散乱《さんらん》して、船《ふね》の残骸《ざんがい》を匂《にお》わせていた。

場所《ばしょ》を把握《はあく》するため、持参《じさん》した当時《とうじ》の浮《う》き輪《わ》である『浮腹巻《うきはらまき》』を、結《むす》んだ縄《なわ》と一緒《いっしょ》に海底《かいてい》に設置《せっち》してから、鮫《さめ》と鉢合《はちあ》わせしないよう、もへぇは慎重《しんちょう》に岸《きし》へと戻《もど》った。

早朝《そうちょう》の陸《おか》に戻《もど》ったもへぇは、室津《むろつ》の浦《うら》を見下《みおろ》す高台《たかだい》に立《た》って、浦《うら》の浜《はま》を見《み》つめた。

浜《はま》では、白褌《しろふんどし》と鉢巻姿《はちまきすがた》の海女《あま》たちが、また揚《あ》がり始《はじ》めていたが、それも見納《みおさ》めである。

今日中《きょうじゅう》にでも、あの巨大鮫《きょだいざめ》を退治《たいじ》する方法《ほうほう》が、決定《けってい》されるからだ。

「相手《あいて》にとって、不足《ふそく》はねぇぜ」

見栄《みえ》を切《き》ってから、もへぇは陸《おか》に待《ま》たせていた鷲《わし》を呼《よ》んで移動《いどう》した。

港近《みなとちか》くの寺《てら》へ降《お》り立《た》つと、境内《けいだい》に建《た》つ石塔《せきとう》の掃除《そうじ》をする婉《えん》と弥五兵衛《やごべえ》に声《こえ》をかけた。

「朝早《あさはや》くから、御精《ごせい》が出《で》るな」

婉《えん》は箒《ほうき》で石塔周辺《せきとうしゅうへん》を掃《は》き、弥五兵衛《やごべえ》は石塔《せきとう》を磨《みが》いたり不要《ふよう》な石《いし》をどかしたりしていた。

「幸《さいわ》いなことに、この辺《あた》りは治安《ちあん》が良《よ》い。拙者《せっしゃ》には、このような力仕事《ちからしごと》は打《う》ってつけだ」

「我《われ》は、こういう形《かたち》でしか役《やく》に立《た》てぬからな。人目《ひとめ》を忍《しの》ぶは口惜《くちお》しいが、致《いた》し方《かた》あるまい」

婉《えん》は、相変《あいか》わらず頭巾《ずきん》で顔《かお》を隠《かく》していた。

この地域一帯《ちいきいったい》の浦人《うらびと》にとって、彼女《かのじょ》の父親《ちちおや》は生活《せいかつ》を苦《くる》しめた張本人《ちょうほんにん》である。

関係者《かんけいしゃ》と知《し》られぬよう、武芸八《たけひろ》の配慮《はいりょ》で彼女《かのじょ》は室津港《むろつこう》から程近《ほどちか》い寺院《じいん》に身《み》を寄《よ》せていた。

「念入《ねんい》りな掃除《そうじ》だな。誰《だれ》を祀《まつ》ってんだ?」

大人《おとな》の高《たか》さほどの石塔《せきとう》を見上《みあ》げながら訊《たず》ねるもへぇに、弥五兵衛《やごべえ》が答《こた》えた。

「港《みなと》の普請《ふしん》に関《かか》わった一木《いちき》という御方《おかた》だ。港《みなと》が完成《かんせい》すると、腹《はら》を切《き》ったらしい」

元々《もともと》、室津《むろつ》や津呂《つろ》の港《みなと》は、伝右衛門《でんえもん》の執政前《しっせいまえ》から建設《けんせつ》が始《はじ》まっていた。

伝右衛門《でんえもん》は計画《けいかく》を引《ひ》き継《つ》いだに過《す》ぎないが、結果《けっか》として台風《たいふう》にビクともしない強固《きょうこ》な港《みなと》が室戸周辺に次々《つぎつぎ》と完成《かんせい》し、漁船《ぎょせん》や運搬船《うんぱんせん》の避難港《ひなんこう》として立派《りっぱ》に機能《きのう》していた。

しかしそれを考慮《こうりょ》しても過酷《かこく》な労役《ろうえき》や税徴収《ぜいちょうしゅう》を強《し》いた伝右衛門《でんえもん》の評判《ひょうばん》は散々《さんざん》だった。

もへぇは婉《えん》に訊《たず》ねた。

「港《みなと》を見《み》た感想《かんそう》は？」

「鉄槌《てっつい》と鏨《たがね》で掘削《くっさく》し、削《けず》れぬ岩《いわ》は炙《あぶ》って砕《くだ》く。波《なみ》の穏《おだ》やかな大潮《おおしお》の日《ひ》でないと出来《でき》ぬ作業《さぎょう》。この港《みなと》だけでも想像以上《そうぞういじょう》の難工事《なんこうじ》であったろう。改《あらた》めて、父《ちち》の偉大《いだい》さが身《み》に沁《し》み渡《わた》った」

浦人《うらびと》への労役《ろうえき》や税《ぜい》の話《はなし》は一切出《いっさいで》てこなかったが、もへぇはそれを話題《わだい》にしなかった。

伝右衛門《でんえもん》を批判《ひはん》して、娘《むすめ》である彼女《かのじょ》を責《せ》めても、何《なん》の意味《いみ》もないからだ。

「一木《いちき》って男《おとこ》は仏《ほとけ》になって拝《おが》まれてるが、親父《おやじ》さんが拝《おが》まれる日《ひ》は、果《は》たして来《く》るかな？」

挑発紛《ちょうはつまが》いの問《と》いに、弥五兵衛《やごべえ》は顔《かお》を顰《しか》めたが、婉《えん》は声色《こわいろ》を変《か》えず言《い》い切《き》った。

「年月経《としつきた》てば評価《ひょうか》も変《か》わる。父《ちち》を『デンネ様《さま》』と呼《よ》ぶ者《もの》もある。国《くに》を想《おも》うて働《はたら》いたのだ。何《いず》れ、その想《おも》いに多《おお》くの民《たみ》は気《き》づく。父《ちち》を祀《まつ》った神社《じんじゃ》を土佐守《とさのかみ》が詣《もう》でる日《ひ》が必《かなら》ず来《こ》よう。その社《やしろ》は何《いず》れ、我《われ》が建《た》てるつもりだ」

「おおっ、良《よ》い目標《もくひょう》ができましたな。叔母上《おばうえ》、その時《とき》は、この弥五兵衛《やごべえ》も手伝《てつだ》いますぞ！」

叔母《おば》の言葉《ことば》に賛同《さんどう》する弥五兵衛《やごべえ》を見《み》て、もへぇは少《すこ》し微笑《ほほえ》ましくなった。

「その時《とき》には、この石塔《せきとう》も神社《じんじゃ》に格上《かくあ》げされてるかもな。一足先《ひとあしさき》に拝《おが》んでやるか」

もへぇは両手《りょうて》を軽《かる》く叩《たた》いて頭《あたま》を下《さ》げると、再《ふたた》び婉《えん》の方《ほう》を向《む》いた。

「じゃあ毎度《まいど》のように、俺《おれ》の脈《みゃく》を測《はか》ってくれよ」

「掃除《そうじ》を終《お》えたら、離《はな》れで見《み》てやろう」

婉《えん》はそう言《い》うと掃《は》き掃除《そうじ》に戻《もど》り、甥《おい》の弥五兵衛《やごべえ》にテキパキと指示《しじ》を出《だ》していた。

自分自身《じぶんじしん》の体調《たいちょう》というものは、自覚症状《じかくしょうじょう》がない限《かぎ》り、気《き》がつきにくい。

もへぇの体《からだ》は、仙術《せんじゅつ》の暴走《ぼうそう》に耐《た》えられるか、微妙《びみょう》な状態《じょうたい》だった。

そこで武芸八《たけひろ》の発案《はつあん》で、婉《えん》が毎朝《まいあさ》、脈《みゃく》を測《はか》って健康診断《けんこうしんだん》をすることになっていた。

障子一枚《しょうじいちまい》を隔《へだ》て、腕《うで》に巻《ま》きつけた糸《いと》から伝《つた》わる脈拍《みゃくはく》を、健常者《けんじょうしゃ》のそれと比較《ひかく》するのだ。

測定《そくてい》が終《お》わると、婉《えん》は怪訝《けげん》な顔《かお》つきで、障子《しょうじ》から顔《かお》を覗《のぞ》かせた。

「明《あき》らかに不整脈《ふせいみゃく》だ。人《ひと》の倍《ばい》ほど脈《みゃく》が速《はや》くなっておる」

「ああ、だろうな」

もへぇは躊躇《ちゅうちょ》なく、体《からだ》に糸《いと》が巻《ま》きついた黒《くろ》い野良猫《のらねこ》を、彼女《かのじょ》に見《み》せた。

「……我《われ》を謀《たばか》ったのか？　随分《ずいぶん》と余裕《よゆう》だな」

婉《えん》が腹《はら》に怒《いか》りを溜《た》めたので、もへぇは黒猫《くろねこ》から糸《いと》を外《はず》して自分《じぶん》の腕《うで》に巻《ま》きつけた。

「どうよ？」

「……至《いた》って正常《せいじょう》だ。最初《さいしょ》から、そうすれば良《よ》かろう」

憮然とする婉《えん》に、もへぇは臆《おく》せずこう言《い》った。

「騙《だま》したのは謝《あやま》るが、医者《いしゃ》として生計《せいけい》をたてるなら愛想《あいそう》がねぇとな。一々怒《いちいちおこ》ってたら、評判《ひょうばん》落《お》ちるぜ。こんな悪戯《いたずら》も、程《ほど》よく返《かえ》さなきゃいけねぇよ」

「無愛想《ぶあいそう》で悪《わる》かったな。カツオ節《ぶし》を薬《くすり》にして、処方《しょほう》でもしてやれば良《よ》いのか？」

「それ良《い》いな。医者《いしゃ》になった時《とき》に実践《じっせん》してみろよ。バカウケだぜ」

そう言《い》ってもへぇは、黒猫《くろねこ》を婉《えん》に押《お》しつけた。

「鱶《ふか》狩《が》りで忙《いそが》しくなるから、しばらく預《あず》かってくれよ。頼《たの》んだぜ――」

もへぇが鷲《わし》に掴《つか》まって飛《と》び去《さ》ってしまい、婉《えん》は擦《す》り寄《よ》る黒猫《くろねこ》を抱《かか》えて、ため息《いき》をついた。

「話《はな》すと疲《つか》れる奴《やつ》だ。……しかし、いつまで預《あず》かれば良《よ》いのだ？」

黒猫《くろねこ》は婉《えん》の気持《きも》ちなどお構《かま》いなしに、あくびをして、喉《のど》をゴロゴロと鳴《な》らした。


武芸八《たけひろ》と浦人《うらびと》たちの協議《きょうぎ》の結果《けっか》、鮫《さめ》は鯨獲《くじらと》りの手法《しゅほう》で捕獲《ほかく》することになった。

当時《とうじ》の捕鯨《ほげい》は高台《たかだい》から鯨《くじら》を見《み》つけて十数隻《じゅうすうせき》の舟《ふね》で追《お》い立《た》て、定置網《ていちあみ》に追《お》い込《こ》み銛《もり》で仕留《しと》めるものだったが、妖《あやか》しには通用《つうよう》しないので、呪符《じゅふ》を編《あ》みこんだ網《あみ》と貼《は》りつけた銛《もり》を用《もち》い、追《お》い込《こ》む掛《か》け声《ごえ》や、トドメに近《ちか》づく行為《こうい》は慎《つつし》むなど、例外《れいがい》が幾《いく》つも設《もう》けられた。

妖《あやか》しの鮫退治《さめたいじ》に捕鯨組《ほげいぐみ》を参加《さんか》させることが出来《でき》たのは、武芸八《たけひろ》の根回《ねまわ》しのお陰《かげ》だった。

浦奉行《うらぶぎょう》に加《くわ》えて『船奉行《ふなぶぎょう》』を動《うご》かし、藩《はん》の組織《そしき》を巻《ま》き込《こ》んだのである。

土佐藩《とさはん》は海事《かいじ》を二《ふた》つの奉行《ぶぎょう》が管轄《かんかつ》する組織編制《そしきへんせい》で戦国時代《せんごくじだい》の水軍《すいぐん》の名残《なご》りがあったが、江戸時代《えどじだい》になると、土佐《とさ》の海防《かいぼう》は捕鯨組《ほげいぐみ》が担《にな》うようになった。

土佐《とさ》の捕鯨自体《ほげいじたい》、かつては鯨《くじら》を敵船《てきせん》に見立《みた》てる水軍演習《すいぐんえんしゅう》の一《ひと》つだった。

演習《えんしゅう》は三代目《さんだいめ》の土佐守《とさのかみ》が廃止《はいし》させたが、不漁《ふりょう》による捕鯨組《ほげいぐみ》の解散《かいさん》で、二十年程《にじゅうねんほど》ばかり途絶《とだ》えていた捕鯨《ほげい》を、紀伊国《きいのくに》――、今《いま》の和歌山県《わかやまけん》から技術者《ぎじゅつしゃ》を招《まね》いて復興《ふっこう》させたのは、何《なに》を隠《かく》そう伝右衛門《でんえもん》で、外国船《がいこくせん》を警戒《けいかい》する監視要員《かんしよういん》として、捕鯨組《ほげいぐみ》を必要《ひつよう》としたからだった。

そうして捕鯨《ほげい》が復活《ふっかつ》した際《さい》、捕鯨組《ほげいぐみ》は『津呂《つろ》』と『浮津《うきつ》』の二《ふた》つに分《わ》かれた。

浮津《うきつ》は完全《かんぜん》な民営組織《みんえいそしき》で、津呂《つろ》は公金《こうきん》が投入《とうにゅう》された官民一体組織《かんみんいったいそしき》だった。

捕鯨《ほげい》を守《まも》るための方策《ほうさく》だったのだが、武芸八《たけひろ》が動《うご》かしたのは、この津呂《つろ》の捕鯨組《ほげいぐみ》だった。

奉行《ぶぎょう》たちは当然乗《とうぜんの》り気《き》でなかったが、鮫退治《さめたいじ》が異国船対策《いこくせんたいさく》の演習《えんしゅう》になるとか、民間《みんかん》に委託《いたく》すれば技術《ぎじゅつ》が流出《りゅうしゅつ》するとか――、武芸八《たけひろ》は色々吹聴《いろいろふいちょう》して無理《むり》やり巻《ま》き込《こ》んだ。

公金投入《こうきんとうにゅう》で民間《みんかん》に負担《ふたん》は生《しょう》じず、藩《はん》も演習《えんしゅう》ができる、両得《りょうとく》な手落《てお》ちだった。

「お役所《やくしょ》は巻《ま》きこむに限《かぎ》るよ。お奉行様《ぶぎょうさま》の困《こま》った顔《かお》が、愉快《ゆかい》ったらありゃしない」

饒舌《じょうぜつ》に語《かた》る武芸八《たけひろ》を、もへぇは呆《あき》れ顔《がお》でツッコんだ。

「……あんた、ものすごく悪《わる》い顔《かお》になってるぜ」

「あらそう？　フフフ、気《き》をつけないとねぇ」

二人《ふたり》が高台《たかだい》で話《はな》す間《あいだ》、室津沖《むろつおき》では『網船《あみぶね》』が定置網《ていちあみ》を張《は》り、銛《もり》を投《な》げる『勢子船《せこぶね》』や、指揮《しき》をする『白船《しろぶね》』、仕留《しと》めた時《とき》の運《はこ》び役《やく》の『持双船《もっそうぶね》』が、それぞれ配置《はいち》に着《つ》きつつあった。

もへぇは褌姿《ふんどしすがた》になって、鮫《さめ》を発見《はっけん》する役《やく》の『山見《やまみ》』からの知《し》らせを空中《くうちゅう》で待《ま》った。

鷲《わし》に掴《つか》まって待機《たいき》し、合図《あいず》と共《とも》に海中《かいちゅう》へ跳《と》び込《こ》むのである。

通常《つうじょう》、山見《やまみ》は鯨《くじら》の種類《しゅるい》を表《あらわ》した旗《はた》を掲《かか》げるのだが、今回《こんかい》は狼煙《のろし》が用《もち》いられた。

もへぇは、水《みず》と同化《どうか》する仙術《せんじゅつ》を使《つか》って囮役《おとりやく》を務《つと》めるのだ。

間《ま》もなく山《やま》から白《しろ》い狼煙《のろし》が上《のぼ》るのが見《み》えると、もへぇは精神《せいしん》を統一《とういつ》して海《うみ》へ跳《と》びこんだ。

水《みず》と同化《どうか》する術《じゅつ》を使《つか》い、大海原《おおうなばら》に身《み》を委《ゆだ》ねると感覚《かんかく》がなくなり、意識《いしき》だけになった。

陽光《ようこう》が海面《かいめん》から差《さ》しこむ光景《こうけい》は、学《がく》のないもへぇでも、幻想的《げんそうてき》と思《おも》える世界《せかい》だった。

室津沖《むろつおき》も含《ふく》めた室戸《むろと》の海底《かいてい》は、室戸岬《むろとみさき》から東《ひがし》はすぐに水深《すいしん》が深《ふか》まる断崖絶壁《だんがいぜっぺき》の地形《ちけい》だが、今《いま》もへぇが泳《およ》いでいる西《にし》は海底《かいてい》が段々畑《だんだんばたけ》のように深《ふか》まっており、双方《そうほう》の共通点《きょうつうてん》は砂地《すなじ》が全《まった》くない、岩《いわ》だらけの場所《ばしょ》が多《おお》いことだった。

もへぇは一段一段《いちだんいちだん》、石段《いしだん》を下《お》りる様《よう》に潜《もぐ》り、気配《けはい》を仙術《せんじゅつ》で増幅《ぞうふく》させ、撒《ま》き餌《え》に用《もち》いた。

最初《さいしょ》の邂逅《かいこう》で鮫《さめ》が反応《はんのう》する様子《ようす》を見《み》ての行動《こうどう》だが、兆候《ちょうこう》はすぐに現《あら》われた。

胸騒《むなさわ》ぎが強《つよ》くなり、もへぇは確信《かくしん》を持《も》って泳《およ》いだ。

胸騒《むなさわ》ぎは更《さら》に強《つよ》くなり、地震《じしん》で出来《でき》た深《ふか》い亀裂《きれつ》を越《こ》えた時《とき》、ピタッと止《や》んだ。

周囲《しゅうい》を見渡《みわた》し、何気《なにげ》なく真下《ました》の亀裂《きれつ》に視線《しせん》を移《うつ》した瞬間《しゅんかん》――、そこに鮫《さめ》はいた。

畏怖《いふ》するほどの大《おお》きな背中《せなか》が、そこに在《あ》ったのだ。

慌《あわ》てて気配《けはい》を消《け》したが、時《とき》すでに遅《おそ》く、鮫《さめ》はゆっくりと姿勢《しせい》を上《あ》げて向《む》かってきた。

ゆったりとした動《うご》きに見《み》えて速《はや》く、巨大感《きょだいかん》と合《あ》わさった威圧感《いあつかん》が迫《せま》ってきた。

何《なん》とか岩場《いわば》に辿《たど》り着《つ》くと、鮫《さめ》は火山《かざん》が噴火《ふんか》した時《とき》の衝撃波《しょうげきは》のように水《みず》を震《ふる》わせて、海上《かいじょう》近《ちか》くまで泳《およ》ぎ去《さ》ったかと思《おも》うと急降下《きゅうこうか》し、巨大《きょだい》な顎《あご》で岩場《いわば》を海底《かいてい》ごと捥《も》ぎ取《と》った。

間一髪《かんいっぱつ》逃《のが》れ、もへぇは一目散《いちもくさん》に岸《きし》へ向《む》かって、誘導《ゆうどう》という名《な》の逃走劇《とうそうげき》を始《はじ》めた。

しばらく泳《およ》いで後《うし》ろを振《ふ》り返《かえ》ると、大鮫《おおざめ》は加速《かそく》して迫《せま》り、大口《おおぐち》を開《あ》けていた。

ビッシリと生《は》えた歯《は》は全《すべ》て人《ひと》の腕《うで》の形《かたち》をしており、もへぇを手招《てまね》く様《よう》に蠢《うごめ》いていた。

そんな絶体絶命《ぜったいぜつめい》の窮地《きゅうち》を救《すく》ったのは、武芸八特製《たけひろとくせい》の捕鯨網《ほげいあみ》だった。

鮫《さめ》の歯《は》に捕《と》らわれる寸前《すんぜん》、もへぇは網《あみ》をすりぬけ、縫《ぬ》い込《こ》まれた御札《おふだ》から電撃《でんげき》が走《はし》った。

鮫《さめ》が怯《ひる》んだ隙《すき》に勢子船《せこぶね》の一団《いちだん》が取《と》り囲《かこ》んで、銛《もり》が次々《つぎつぎ》と鮫《さめ》に向《む》かって投《な》げつけられた。

勢子船《せこぶね》には、一艘《いっそう》につき十七本《じゅうななほん》の銛《もり》が収納《しゅうのう》されている。

もへぇが逃《に》げ切《き》るには、十分《じゅうぶん》だった。

岩礁《がんしょう》に這《は》いあがって体《からだ》を預《あず》けると、重《おも》みが体《からだ》に圧《の》しかかり、眩暈《めまい》がした。

鮫《さめ》の様子《ようす》を確認《かくにん》する前《まえ》に気《き》を失《うし》うと、はっきり分《わ》かった。

「——俺《おれ》、消《き》えるかな？」

軽《かる》くボヤきながら、もへぇの視界《しかい》は真《ま》っ暗《くら》になった。


「気分《きぶん》はどうだい？」

武芸八《たけひろ》の声《こえ》で目覚《めざ》めた時《とき》、もへぇは即席《そくせき》の風呂《ふろ》に浸《つ》けられていた。

辺《あた》りは真《ま》っ暗《くら》で、とっぷり夜《よる》も更《ふ》けている。

風呂桶《ふろおけ》の脇《わき》では紙《かみ》で出来《でき》た数体《すうたい》の人形《ひとかた》が、鍛冶道具《かじどうぐ》の鞴《ふいご》を動《うご》かしたり、真《ま》っ赤《か》に焼《や》けた鉄《てつ》を金床《かなとこ》に置《お》いて金槌《かなづち》でカンカン叩《たた》いたりしていて、それを武芸八《たけひろ》が眺《なが》めて監督《かんとく》していた。

離《はな》れた場所《ばしょ》には銑鉄《せんてつ》を創《つく》る大《おお》きな炉《ろ》が、少《すこ》し離《はな》れた場所《ばしょ》に鋳鉄《ちゅうてつ》を創《つく》る小《ちい》さな炉《ろ》が見《み》えた。

もへぇの浸《つ》かっている風呂《ふろ》は、製鉄過程《せいてつかてい》の余熱《よねつ》で温《あたた》められたものらしい。

「まだ頭《あたま》がクラクラするぜ。仙術《せんじゅつ》の副作用《ふくさよう》か？」

「ただの貧血《ひんけつ》だよ」

武芸八《たけひろ》は一笑《いっしょう》すると、鍛冶仕事《かじしごと》を見守《みまも》りながら話《はなし》をつづけた。

「人間《にんげん》の体《からだ》はしぶといよ。仙人化《せんにんか》が進《すす》んでも、最後《さいご》の最後《さいご》まで人《ひと》であろうとするものさ。

意思を強く持つことだね。それが消滅《しょうめつ》を遅《おく》らせる唯一《ゆいいつ》の鍵《かぎ》だよ」

「……その言葉《ことば》から察《さっ》すると、古庵《こあん》は今《いま》のところ、俺《おれ》の消滅《しょうめつ》を望《のぞ》んでねぇようだな」

「まぁね」

ある意味《いみ》で勇気《ゆうき》づけられたもへぇは、鮫退治《さめたいじ》の顛末《てんまつ》を訊《たず》ねた。

「お化《ば》け鱶《ぶか》は、どうなった？」

「逃《に》げられたよ。でも収穫《しゅうかく》はあったね。習性《しゅうせい》がよく解《わか》ったよ」

そう言《い》って、武芸八《たけひろ》は傍《かたわ》らに置《お》いていた金属《きんぞく》で飾《かざ》られた木材《もくざい》の破片《はへん》を投《な》げ渡《わた》した。

よく見《み》ると、金属《きんぞく》のついたその木材《もくざい》は湾曲《わんきょく》して、加工《かこう》がなされていた。

「船《ふね》の『水押《みよし》』の部分《ぶぶん》だよ」

「水押《みよし》？　船首《せんしゅ》の曲《ま》がってるところか？」

「暴《あば》れた時《とき》に吐《は》き出《だ》してね。呑《の》みこんでいたのさ」

話《はなし》をしながら武芸八《たけひろ》は、人形《ひとかた》に指示《しじ》して焼《や》けた鎖《くさり》の輪《わ》をジュウウッと水《みず》に漬《つ》けさせた。

もへぇが水押《みよし》の金属部分《きんぞくぶぶん》である『化粧金《けわいがね》』に目《め》を凝《こ》らすと、装飾品《そうしょくひん》が形作《かたちづく》られていて、その形《かたち》は『葵紋《あおいもん》』――、幕府《ばくふ》を表《あらわ》す紋章《もんしょう》だった。

「船《ふね》は公儀専用《こうぎせんよう》の『御用船《ごようせん》』なのか？」

「違《ちが》うよ偽物《にせもの》だ。葵紋《あおいもん》は四十一種類《よんじゅういっしゅるい》あるけど、それはどれにも該当《がいとう》しないからね」

説明《せつめい》をしながら武芸八《たけひろ》は、再《ふたた》び焼《や》けた鎖《くさり》の輪《わ》を水《みず》に漬《つ》けさせ、作業《さぎょう》を繰《く》り返《かえ》させて、やがて大蛇《だいじゃ》のような、太《ふと》くて長《なが》い鎖《くさり》を四本造《よんほんつく》り上《あ》げ、その出来《でき》あがった鎖《くさり》を外《そと》に並《なら》べて、冷《ひ》やしながら、その出来《でき》を満足《まんぞく》そうに眺《なが》めた。

服《ふく》を着《き》たもへぇは、鍛冶仕事《かじしごと》で出来《でき》た鉄屑《てつくず》の一《ひと》つを、自分《じぶん》の手《て》に取《と》った。

「これは陸奥国《むつのくに》の鉄鉱石《てっこうせき》か？」

「阿蘭陀商人《おらんだしょうにん》を通《とお》して出島《でじま》から仕入《しい》れた普魯西《ぷろいせん》という国《くに》の鉄《てつ》だよ。質《しつ》がとても良《い》いんだ」

伝右衛門《でんえもん》は御用商人《ごようしょうにん》を通《つう》じ、長崎《ながさき》の出島《でじま》から直接買付《ちょくせつかいつけ》が可能《かのう》な手段《しゅだん》を構築《こうちく》していた。

それを利用《りよう》したらしい。

「明日《あす》の夜《よる》に仕掛《しか》けるよ。僕《ぼく》ともへぇちゃん、それに七之助君《しちのすけくん》でね」

「たった三人《さんにん》でか？」

「三人《さんにん》いれば十分《じゅうぶん》だよ。もう一人《ひとり》、協力者《きょうりょくしゃ》はいるけどさ」

武芸八《たけひろ》が嬉《うれ》しそうな顔《かお》をした時《とき》、七之助《しちのすけ》が弥五兵衛《やごべえ》を伴《ともな》って現《あらわ》れた。

「武芸八《たけひろ》さん。もへ兄《にい》、目《め》が覚《さ》めた？」

「うん。軽《かる》い運動《うんどう》くらいは出来《でき》ると思《おも》うよ」

「じゃあ軽《かる》く手合《てあわ》せして貰《もら》おうかな。まずはオイラからね」

七之助《しちのすけ》は弥五兵衛《やごべえ》に金剛杵《こんごうしょ》の槍《やり》を預《あず》けて、その場《ば》で準備運動《じゅんびうんどう》を始《はじ》めた。

もへぇはその前にと、武芸八から今後《こんご》の段取《だんど》りを手短《てみじか》に訊《き》き出《だ》した。

「そうねぇ。先《ま》ずは、もへぇちゃんが誘《おび》き出《だ》して、作《つく》った鎖《くさり》で動《うご》きを封《ふう》じる――」

「――力《ちから》と動《うご》きは普通《ふつう》の鱶《ふか》の倍以上《ばいいじょう》だぞ。捕縛《ほばく》できんのか？」

「できるとも。空《そら》に浮《う》かべるのさ。捕縛地点《ほばくちてん》まで誘導《ゆうどう》したら鯨浜《くじらはま》の数カ所《すうかしょ》から錨《いかり》つきの鎖《くさり》を一斉《いっせい》に飛《と》ばして捕縛《ほばく》する。七之助君《しちのすけくん》と共《とも》に魂《たましい》を獲《と》られた海女《あま》さん達《たち》を助《たす》け出《だ》すんだ」

「……そういや海女《あま》さんいるんだったな。すっかり忘《わす》れてた」

そう言《い》った直後《ちょくご》、いつの間《ま》に握《にぎ》ったか、七之助《しちのすけ》が弥五兵衛《やごべえ》の槍《やり》を手《て》に襲《おそ》いかかってきた。

もへぇは槍《やり》の刃《やいば》の根元部分《ねもとぶぶん》――、『太刀打《たちうち》』を掴《つか》んで寸止《すんど》めした。

「もう！　油断《ゆだん》していると思《おも》ったのにぃ～」

「卑怯《ひきょう》なことすんな。もうちょっと待《ま》ってろ」

もへぇに叱《しか》られ、七之助《しちのすけ》はむくれてソッポを向《む》いた。

「やけに好戦的《こうせんてき》だな」

もへぇの言葉《ことば》に弥五兵衛《やごべえ》が口《くち》を開《ひら》いた。

「七之助様《しちのすけさま》は丸橋様《まるばしさま》のために必死《ひっし》なのだ。恩田様《おんださま》との差《さ》は、歴然《れきぜん》であるからな」

武芸八《たけひろ》と七之助《しちのすけ》は、いずれ刃《やいば》を交《まじ》えなければならない――。

もへぇは少《すこ》し気《き》が重《おも》かったが、武芸八《たけひろ》は気《き》にせず説明《せつめい》を続《つづ》けた。

「腹《はら》の中《なか》に船《ふね》の残骸《ざんがい》があること以外《いがい》、どうなっているか見当《けんとう》もつかないから、海女《あま》さんの魂《たましい》を見《み》つけたら無理《むり》をせず、回収《かいしゅう》に専念《せんねん》してほしいね」

「救出《きゅうしゅつ》には、どれくらい暇《ひま》をかけられるんだ？」

「翌日《よくじつ》の昼《ひる》までだね。飲《の》まず食《く》わずで術《じゅつ》を使《つか》うから、その辺《あた》りが限界《げんかい》かな――」

武芸八《たけひろ》はそう言《い》うと、ポンと手《て》を叩《たた》いて話題《わだい》を変《か》えた。

「――ここからちょっと計算《けいさん》が重要《じゅうよう》だ。仙術《せんじゅつ》には手際《てぎわ》の良《よ》し悪《あ》しがあるの解《わか》るかな？」

「……道具《どうぐ》を使《つか》うと、力《ちから》の節約《せつやく》ができたりするとか？」

もへぇの相槌《あいづち》に、武芸八《たけひろ》は嬉《うれ》しそうに頷《うなず》いた。

「そうそう。自然《しぜん》と算術《さんじゅつ》に強《つよ》くなるんだよね。この作戦《さくせん》も鱶《ふか》をできるだけ長《なが》く封《ふう》じられるように、効率《こうりつ》の良《い》い拘束形態《こうそくけいたい》を色々考《いろいろかんが》えてみたんだ。固定《こてい》する高《たか》さと鎖《くさり》の角度《かくど》とかをね。もへぇちゃんは算術《さんじゅつ》、得意《とくい》かな？」

「……得意《とくい》な面《つら》に見《み》えるか？」

もへぇの顰《しか》めっ面《つら》に、武芸八《たけひろ》は苦笑《にがわら》いをした。

「――だよね。そこで、もう一人《ひとり》の助《すけ》っ人《と》の登場《とうじょう》というわけだよ」

武芸八《たけひろ》が鉄扇《てっせん》をパッと開《ひら》いて一煽《ひとあお》ぎすると、土間《どま》に一人《ひとり》の青年《せいねん》が姿《すがた》を現《あらわ》した。

猿田洞で、野中婉《のなかえん》が転送《てんそう》されてきた光景《こうけい》と、瓜二《うりふた》つだった。

「丹三郎《たんざぶろう》ちゃん、夜分遅《やぶんおそ》くにいらっしゃ～い！」

丹三郎《たんざぶろう》と呼《よ》ばれた青年《せいねん》は、薬売《くすりう》りの格好《かっこう》をしていた。

大風呂敷《おおぶろしき》に包《つつ》まれた行李《こうり》には、高値《たかね》の和紙《わし》があしらわれ、小袖《こそで》や合羽《かっぱ》は目新《めあたら》しい。

そして眼鏡《めがね》を掛《か》けた丹三郎《たんざぶろう》の歳格好《としかっこう》は、もへぇや弥五兵衛《やごべえ》と同《おな》じほどに見《み》えた。

いきなり連《つ》れて来《こ》られ、戸惑《とまど》ってはいたが、武芸八《たけひろ》を見《み》るとパッと顔《かお》を綻《ほころ》ばせた。

「あ、恩田先生《おんだせんせい》。どうもご無沙汰《ぶさた》しております」

知《し》り合《あ》いらしくペコリとお辞儀《じぎ》すると、躊躇《ためら》いもなく土間《どま》から板《いた》の間《ま》に上《あ》がりこんだ。

「計算《けいさん》すると、鎖《くさり》はこの角度《かくど》が、一番力《いちばんちから》を分散《ぶんさん》できますね――」

「――なるほど。じゃあ鎖《くさり》を繋《つな》ぎ止《と》める浜《はま》の位置《いち》は、この四カ所《よんかしょ》で良《い》いのかな？」

「いいえ、力《ちから》を分散《ぶんさん》させるには角度《かくど》を広《ひろ》くして、方向《ほうこう》を四方《しほう》にバラさないといけません」

「さすが！　丹三郎《たんざぶろう》ちゃんは賢《かしこ》いね」

武芸八《たけひろ》が褒《ほ》めると丹三郎《たんざぶろう》は恐縮《きょうしゅく》して、懐《ふところ》からボロボロになった算術書《さんじゅつしょ》を取《と》り出《だ》した。

「この頂《いただ》いた蘭学《らんがく》の翻訳書《ほんやくしょ》を参考《さんこう》にしただけです。『力学《りきがく》』の概念《がいねん》はさっぱりですが」

「応用《おうよう》が利《き》くのは賢《かしこ》い証拠《しょうこ》だよ。じゃあ、次《つぎ》は鱶《ふか》を持《も》ちあげる高《たか》さなんだけど――」

武芸八《たけひろ》と丹三郎《たんざぶろう》が、算盤《そろばん》を弾《はじ》きながら仲良《なかよ》く計算談義《けいさんだんぎ》をしている小屋《こや》の外《そと》の砂浜《すなはま》では、もへぇと弥五兵衛《やごべえ》が鎖鎌《くさりがま》と槍《やり》をカチ合《あ》わせ、それを七之助《しちのすけ》が見守《みまも》っていた。

「京帰《きょうがえ》りの学者《がくしゃ》さんだって。本業《ほんぎょう》は朱子学《しゅしがく》と天文暦学《てんもんれきがく》らしいけどね」

七之助《しちのすけ》の言葉《ことば》に、もへぇは弥五兵衛《やごべえ》の槍《やり》に応《おう》じながら、話《はなし》に応《おう》じた。

「武芸八《たけひろ》さんは、有能者《ゆうのうしゃ》の育成《いくせい》も手広《てびろ》くやってんだな――」

「教材支援《きょうざいしえん》だけみたいよ。お金《かね》に苦労《くろう》して薬売《くすりう》りの旅《たび》やってる最中《さいちゅう》に来《き》たって聞《き》いたよ」

「苦労《くろう》したって割《わり》には、世間知《せけんし》らず感《かん》が満載《まんさい》だな。ありゃ元良家《もとりょうけ》の御坊《おぼっ》ちゃんだぜ」

もへぇは七之助《しちのすけ》と話《はな》しながら、弥五兵衛《やごべえ》の攻撃《こうげき》をしっかり受《う》け流《なが》していた。

弥五兵衛《やごべえ》は決《けっ》して手《て》を抜《ぬ》いているわけではなく、必死《ひっし》に槍《やり》を振《ふ》るっていた。

二人《ふたり》の間《あいだ》には、それだけの力《ちから》の差《さ》があったのである。

やがて計算《けいさん》を終《お》えた武芸八《たけひろ》は、丹三郎《たんざぶろう》に何《なに》やら贈呈《ぞうてい》をした。

「え？　いいんですか？　最新式《さいしんしき》の遠眼鏡《とおめがね》ですよね？」

「協力《きょうりょく》してくれたご褒美《ほうび》だよ。さぁ、星《ほし》を見《み》に行《い》っておいで」

「はい、ありがとうございます！」

丹三郎《たんざぶろう》は武芸八《たけひろ》に礼《れい》を言《い》うと、喜《よろこ》び勇《いさ》んで裸足《はだし》のまま外《そと》に駈《か》け出《だ》した。

そして、もへぇたちの側《そば》を通《とお》り、山《やま》の方《ほう》に走《はし》り去《さ》って行《い》ってしまった。

もへぇが様子を眺めていると、隙《すき》と見《み》たか七之助《しちのすけ》が弥五兵衛《やごべえ》に替《か》わって槍《やり》を繰《く》り出《だ》した。

槍先《やりさき》は鎖鎌《くさりがま》を絡《から》め取《と》ったが、もへぇは慌《あわ》てず鎖《くさり》の部分《ぶぶん》を握《にぎ》って分銅《ぶんどう》に苦無《くない》を取《と》りつけ、地面《じめん》すれすれに移動《いどう》して、七之助《しちのすけ》の両腕《りょううで》の間《あいだ》に素早《すばや》く頭《あたま》を入《い》れると、鼻先《はなさき》が触《ふ》れるほど接近《せっきん》して、首元《くびもと》にピタッと鞘《さや》を被《かぶ》せた苦無《くない》の先《さき》を当《あ》てた。

「そう来《く》ると思《おも》ったぜ」

「う～ん、残念《ざんねん》」

そこに武芸八《たけひろ》が手招《てまね》きをしたので、もへぇは槍《やり》を握《にぎ》った七之助《しちのすけ》を宙《ちゅう》ぶらりんにしたまま、息《いき》を切《き》らせてその場《ば》に立《た》ちつくす弥五兵衛《やごべえ》を残《のこ》し、武芸八《たけひろ》に歩《あゆ》み寄《よ》った。

武芸八《たけひろ》は、履《は》き忘《わす》れた丹三郎《たんざぶろう》の草鞋《わらじ》を見《み》せた。

「これを渡《わた》してくれないかい？　夢中《むちゅう》になると周《まわ》りが見《み》えなくなるんだよ」

「わかった。任《まか》せてくれ」

二《ふた》つ返事《へんじ》で引《ひ》き受《う》けたもへぇは、その視線《しせん》を七之助《しちのすけ》に向《む》けた。

「いい加減《かげん》に槍《やり》を放《はな》せよ」

相手《あいて》にされて嬉《うれ》しかったのか七之助《しちのすけ》が満面《まんめん》の笑《え》みを浮《う》かべたので、もへぇは首《くび》の筋肉《きんにく》で七之助《しちのすけ》を投《な》げ飛《と》ばし、投《な》げ出《だ》された七之助《しちのすけ》は、弥五兵衛《やごべえ》にあたふたと抱《かか》えられた。

山《やま》の高台《たかだい》にて、丹三郎《たんざぶろう》は当時遠眼鏡《とうじとおめがね》と呼《よ》ばれた望遠鏡《ぼうえんきょう》を一心不乱《いっしんふらん》に覗《のぞ》きこんでいた。

満天《まんてん》の星空《ほしぞら》だが、月《つき》は見《み》えていない。

海女《あま》たちが海《うみ》に向《む》かうことを防《ふせ》ぐため、武芸八《たけひろ》が仙術《せんじゅつ》で月《つき》を隠《かく》してしまったのだ。

目《め》の前《まえ》の青年《せいねん》はそんな事情《じじょう》など知《し》る由《よし》もなく、星々《ほしぼし》の観察《かんさつ》に夢中《むちゅう》になっていた。

俺《おれ》にとっちゃ普通《ふつう》の星空《ほしぞら》でも、あいつにとっちゃ夢中《むちゅう》になるほど嬉《うれ》しいんだろな――

もへぇはそう思《おも》って、邪魔《じゃま》をしないよう、黙《だま》って見守《みまも》っていた。

やがて存分《ぞんぶん》に堪能《たんのう》したのか、丹三郎《たんざぶろう》は満足《まんぞく》げな笑《え》みを浮《う》かべて感慨《かんがい》の溜《た》め息《いき》をついた。

「……満足《まんぞく》したか？」

もへぇの言葉《ことば》が不意打《ふいう》ちだったらしく、丹三郎《たんざぶろう》は、ワッと驚《おどろ》きの声《こえ》を上《あ》げた。

「武芸八《たけひろ》さんから様子《ようす》を見《み》てこいと頼《たの》まれてな。驚《おどろ》かしたなら済《す》まねぇ」

「……いえいえ、これは失礼《しつれい》しました」

丹三郎《たんざぶろう》はペコリと頭《あたま》を下《さ》げ、忘《わす》れ物《もの》の草鞋《わらじ》を差《さ》し出《だ》されると恥《は》ずかしそうに受《う》け取《と》った。

丹三郎《たんざぶろう》が草鞋《わらじ》を履《は》く間《あいだ》、もへぇは星空《ほしぞら》を見上《みあ》げながら、何気《なにげ》なく質問《しつもん》をした。

「学《がく》がねぇから解《わか》らねぇが、星《ほし》を見《み》て何《なに》か分《わ》かるのか？」

「天文暦学《てんもんれきがく》はとても奥深《おくぶか》い学問《がくもん》ですよ。暦《こよみ》を知《し》るだけではなく宇宙《うちゅう》の理《ことわり》を知《し》るために、星々《ほしぼし》の正確《せいかく》な位置《いち》と形《かたち》を把握《はあく》して記録《きろく》をすることで、神道《しんとう》における神々《かみがみ》の意思《いし》の――」

「――ちょっと待《ま》ってくれ。学《がく》がねぇから、そう熱弁《ねつべん》されても理解《りかい》できねぇよ」

この時代《じだい》の天文学《てんもんがく》は科学《かがく》ではなく、宗教的《しゅうきょうてき》な側面《そくめん》から探究《たんきゅう》されていた。

もへぇの戸惑《とまど》いも、ある意味《いみ》で仕方《しかた》のないことである。

しかし吉凶《きっきょう》を占《うらな》うために夜《よる》の社《やしろ》へ籠《こも》る義姉《あね》の姿《すがた》を思《おも》い返《かえ》し、天文暦学《てんもんれきがく》とは占星術《せんせいじゅつ》のようなものかもしれないと思《おも》うことにして、場《ば》を繕《つくろ》うため丹三郎《たんざぶろう》に相談事《そうだんごと》を持《も》ちかけた。

「あんたは思想的《しそうてき》な学問《がくもん》が本業《ほんぎょう》らしいが、一《ひと》つ悩《なや》みを聴《き》いてくれねぇかな？」

「私《わたくし》のような者《もの》でよろしければ、何《なん》なりと」

丹三郎《たんざぶろう》に促《うなが》されて、もへぇは話《はなし》を続《つづ》けた。

「死《し》んだ親父《おやじ》が人《ひと》を殺《あや》めたみてぇでな。殺《あや》めた奴《やつ》には娘《むすめ》がいて、今《いま》は顔馴染《かおなじ》みなんだよ。向《む》こうは気《き》にしてねぇようだが、俺《おれ》はどうにも気《き》マズくてな。だけど殺《ころ》しが本当《ほんとう》かどうか、分《わ》からねぇんだ。それでその娘《むすめ》さんと、どう向《む》き合《あ》うべきか正直悶々《しょうじきもんもん》としてんだよ」

もへぇの悩《なや》みに、丹三郎《たんざぶろう》は真剣《しんけん》に考《かんが》えていたが、やがてこう答《こた》えた。

「唐《から》の国《くに》の思想家《しそうか》が言《い》っていましたよ。『仁《じん》に志《こころざ》さば悪《にく》む無《な》きなり』、『利《り》に放《よ》りて行《おこ》えば怨《うら》み多《おお》し』、『躬自《みみずか》ら厚《あつ》くして薄《うす》く人《ひと》を責《せき》むれば、則《すなわ》ち怨《うら》みに遠《とお》ざかる』と――」

学《がく》はないが頭《あたま》の回転《かいてん》が速《はや》いもへぇは、意味《いみ》をすぐに捉《とら》えて問《と》い質《ただ》した。

「……損得勘定抜《そんとくかんじょうぬ》きで、当前《とうぜん》の事《こと》を自然体《しぜんたい》で接《せっ》しろってか？　その『仁《じん》』ってのは何《なに》だ？」

「想《おも》うことですよ」

「……別《べつ》に惚《ほ》れてるわけじゃねぇぞ」

「思《おも》いやるという意味《いみ》です。好意《こうい》も高《こう》じると思《おも》いやりに変《か》わったりするでしょ？」

もへぇは成程《なるほど》と頷《うなず》いた。

かつて庄屋《しょうや》の娘《むすめ》に恋心《こいごころ》を抱《いだ》いたが、最後《さいご》は娘《むすめ》の将来《しょうらい》を考《かんが》えて身《み》を引《ひ》いた。

その娘《むすめ》に自分《じぶん》の気持《きも》ちを伝《つた》える時《とき》は、惚《ほ》れる以上《いじょう》の感情《かんじょう》だった気《き》がする。

「けど、それは綺麗事《きれいごと》じゃねぇのか？」

「そうですよ。だからこそ、それを出来《でき》る人間《にんげん》にならなくては」

「……そう言《い》うことか。思《おも》いやりと自然体《しぜんたい》ね。参考《さんこう》にするよ」

もへぇは感謝《かんしゃ》の言葉《ことば》を述《の》べて、武芸八《たけひろ》が丹三郎《たんざぶろう》を送《おく》り帰《かえ》す時《とき》も、一緒《いっしょ》に見送《みおく》った。

翌朝《よくあさ》、武芸八《たけひろ》は鎖《くさり》の設置《せっち》に出《で》かけて行《ゆ》き、もへぇは七之助《しちのすけ》や弥五兵衛《やごべえ》と共《とも》に御札《おふだ》の製作《せいさく》に専念《せんねん》し、夜更《よふ》けを待《ま》ってエベス退治《たいじ》は決行《けっこう》された。

海女《あま》たちが起《お》きないよう、今夜《こんや》も武芸八《たけひろ》の仙術《せんじゅつ》で月《つき》の周囲《しゅうい》に雲《くも》を発生《はっせい》させ、忍術《にんじゅつ》の『明暗地道《めいあんちどう》の術《じゅつ》』による巨大暗幕《きょだいあんまく》で、浦《うら》に月明《つきあ》かりを遮断《しゃだん》する折衷方式《せっちゅうほうしき》を採《と》っている。

武芸八《たけひろ》の力《ちから》を、少《すこ》しでも節約《せつやく》する配慮《はいりょ》だった。

海中《かいちゅう》に同化《どうか》すると感覚《かんかく》が大海原《おおうなばら》に広《ひろ》がって、エベスと呼《よ》ばれる巨大鮫《きょだいざめ》の気配《けはい》に触《ふ》れた。

こちらが感じたなら、向《む》こうも感《かん》じたことになる。

案《あん》の定《じょう》、鮫《さめ》は行動《こうどう》を開始《かいし》して、砲弾《ほうだん》のような速《はや》さで向《む》かってきた。

もへぇは身動《みうご》き一《ひと》つしないまま、その場《ば》でじっと待《ま》ち続《つづ》けた。

現《あらわ》れた鮫《さめ》が、顎《あご》を広《ひろ》げて呑《の》みこもうとした瞬間《しゅんかん》、もへぇは無数《むすう》の蛍烏賊《ほたるいか》に変化《へんげ》した。

対象《たいしょう》を見失《みうしな》い、その場《ば》に一瞬固《いっしゅんかた》まった隙《すき》に、目《め》にも止《と》まらぬ速《はや》さで錨《いかり》つきの鎖《くさり》が巻《ま》きついて、仙術《せんじゅつ》である『浮遊術《ふゆうじゅつ》』によって、鮫《さめ》の巨体《きょたい》は高々《たかだか》と、宙《ちゅう》に浮《う》かび上《あ》がった。

人《ひと》の姿《すがた》に戻《もど》ったもへぇは、海面《かいめん》に出《で》ると、軽《かる》く自分《じぶん》の体《からだ》を確《たし》かめた。

所々《ところどころ》、体《からだ》が青白《あおじろ》く光《ひか》る以外《いがい》に異常《いじょう》はなく、これなら仙術《せんじゅつ》にも耐《た》えられそうである。

見上《みあ》げると、天《てん》に向《む》かって口《くち》を開《あ》けた鮫《さめ》が浮《う》くという、摩訶不思議《まかふしぎ》な光景《こうけい》があった。

まるで凧上《たこあ》げをしているようだったが、のんびり見物《けんぶつ》している暇《ひま》はない。

指笛《ゆびぶえ》を海岸《かいがん》に向《む》かって吹《ふ》き、呼《よ》び寄《よ》せた鷲《わし》に掴《つか》まって、鮫《さめ》の口元《くちもと》に移動《いどう》した。

「もへ兄《にい》、もへ兄《にい》、ここから入《はい》れそうだよ」

口元《くちもと》では、先《さき》に跳《と》ばされた七之助《しちのすけ》が待《ま》ち構《かま》えており、もへぇは七之助《しちのすけ》の隣《となり》に降《お》りると、鷲《わし》を帰《かえ》らせて腰《こし》に提《さ》げた瓢箪《ひょうたん》から、何《なに》かを取《と》り出《だ》した。

それは、日下《くさか》で椿姫《つばきひめ》が使《つか》った火蜂《ひばち》であり、七之助《しちのすけ》は思《おも》わず顔《かお》を顰《しか》めた。

「天狗様《てんぐさま》に一匹譲《いっぴきゆず》ってもらって、調教《ちょうきょう》したのさ。元々《もともと》、こいつは照明用《しょうめいよう》だからな」

もへぇは火蜂《ひばち》を指《ゆび》で弾《はじ》いて起《お》こすと、七之助《しちのすけ》と一緒《いっしょ》に鮫《さめ》の体内《たいない》へ跳《と》びこんだ。

――下《お》り立《た》った場所《ばしょ》は、船《ふね》の舳先付近《へさきふきん》の甲板《かんぱん》で、船内《せんない》に向《む》かう梯子《はしご》が見《み》えた。

大《おお》きな船《ふね》が、鮫《さめ》の腹《はら》の中《なか》で、そっくりそのままの状態《じょうたい》で浮《う》かんでいたのだ。

見渡《みわた》しても内蔵《ないぞう》のような生物器官《せいぶつきかん》は見当《みあ》たらず、真《ま》っ暗闇《くらやみ》が広《ひろ》がっているだけだった。

鮫《さめ》が上《うえ》を向《む》いているのに、船自体《ふねじたい》が水平《すいへい》でいるのが不思議《ふしぎ》だったが、どうやら海水《かいすい》の上《うえ》に浮《う》かんでいるようで、今《いま》で言《い》うならボトルシップのような状態《じょうたい》だった。

「商売船《しょうばいぶね》のようだな」

そう呟《つぶや》いて、もへぇが火蜂《ひばち》を帆柱《ほばしら》に飛《と》ばすと、帆柱《ほばしら》は半分折《はんぶんお》れた状態《じょうたい》で立《た》っていて、見回《みまわ》すと、残《のこ》りの半分《はんぶん》は甲板上《かんぱんじょう》に寝《ね》かされていた。

「帆《ほ》は腐《くさ》って回収《かいしゅう》できなかったらしい。御用船《ごようせん》モドキだけあって、立派《りっぱ》なもんだぜ」

「御用船《ごようせん》モドキ？」

七之助《しちのすけ》の問《と》いかけに、もへぇは火蜂《ひばち》を呼《よ》び戻《もど》し、鮫《さめ》が吐《は》き出《だ》した偽《にせ》の葵紋《あおいもん》が飾《かざ》られた化粧金《けわいがね》を七之助《しちのすけ》に見《み》せてから、武芸八《たけひろ》からの情報《じょうほう》を斯斯然然《かくがくしかじか》と伝《つた》えた。

「確《たし》かに土佐沖《とさおき》は、よく船《ふね》が難破《なんぱ》するけどさぁ。ちょっとおかしくない？」

「確《たし》かにな。船《ふね》の難所《なんしょ》は室戸《むろと》の東側《ひがしがわ》が相場《そうば》だ。相場《そうば》じゃない場所《ばしょ》に沈《しず》んでたのは、怪《あや》しさ満点《まんてん》だ。……にしても揺《ゆ》れるなぁ」

グラつく船内《せんない》を進《すす》みながら、もへぇと七之助《しちのすけ》は明《あか》るく早口《はやくち》に会話《かいわ》をしていた。

こうでもしないといけないほど、不気味《ぶきみ》な静《しず》けさだったからである。

「もへ兄《にい》、この道《みち》で大丈夫《だいじょうぶ》なの？」

「さぁな。この先《さき》にいる奴《やつ》に訊《き》けば良《い》いさ」

「……どういうこと？」

「火蜂《ひばち》の奴《やつ》が勝手《かって》に動《うご》いてんだ。誰《だれ》かに導《みちび》かれてる」

「……川上新助《かわかみしんすけ》？」

「いいや。気配《けはい》が違《ちが》う」

そんな会話《かいわ》をしていると、にわかに正面《しょうめん》が明《あか》るくなった。

そこは船《ふね》の船倉《せんそう》で、とても広《ひろ》い空間《くうかん》だった。

そして松明《たいまつ》が焚《た》かれる中央部《ちゅうおうぶ》に、侍《さむらい》らしき男《おとこ》が背《せ》を向《む》けて座《すわ》っていた。

黙《だま》って様子《ようす》を伺《うかが》っていると、火蜂《ひばち》はまるで吸《す》い寄《よ》せられるように男《おとこ》の方《ほう》に飛《と》んでいき、やがて羽音《はおと》がピタっと止《と》まって、捕獲《ほかく》されてしまった。

「……さて、遅《おそ》かれ早《はや》かれこっちを向《む》くと思《おも》うが、幽霊《ゆうれい》とお化《ば》け、どっちだと思《おも》う？」

「う〜ん。足《あし》もあるし、お化《ば》けと言《い》いたいけれど、十中八九《じっちゅうはっく》、人間《にんげん》じゃないの？」

その時《とき》、背《せ》を向《む》けていた男《おとこ》が、クルッとこちらを振《ふ》り向《む》いた。

男《おとこ》は奇妙《きみよう》な眼鏡《めがね》をかけて、顔《かお》の上半分《うえはんぶん》を隠《かく》していた。
それは古庵《こあん》の配下《はいか》である、あの山犬顔《やまいぬがお》の怪人《かいじん》がつけている物《もの》と、ソックリであった。
男《おとこ》は振《ふ》り返《かえ》るや否《いな》や、得物《えもの》を抜《ぬ》いて挨拶代《あいさつがわ》りに攻撃《こうげき》を仕掛《しか》けてきた。
「下《さ》がってろ!」
七之助《しちのすけ》を後《うし》ろに押《お》して出来《でき》た間合《まあ》いに、男《おとこ》の放《はな》った得物《えもの》が飛《と》び、すぐに戻《もど》った。
伸縮性《しんしゅくせい》のある剣《けん》——、『蛇腹剣《じゃばらけん》』だった。
もへぇは、この侍姿《さむらいすがた》の男《おとこ》と対峙《たいじ》したが、得物《えもの》は出《だ》さなかった。
男《おとこ》に殺気《さっき》がなく、敵意《てきい》がないと判断《はんだん》したからである。
男《おとこ》もそれ以上踏《いじょうふ》みこまず、剣《けん》をしまうと仮面《かめん》を外《はず》し、呆気《あっけ》なく素顔《すがお》を曝《さら》け出《だ》した。
パッと見《み》、もへぇより年上《としうえ》、武芸八《たけひろ》より年下《としした》の若侍《わかざむらい》だが、意外《いがい》な言葉《ことば》を口《くち》にしてきた。
「お久《ひさ》しぶりです。もへぇさんに七之助《しちのすけ》さん」
「お久《ひさ》しぶり?」
もへぇはオウム返《がえ》しに訊《き》き返《かえ》し、若侍《わかざむらい》の顔《かお》をマジマジと凝視《ぎょうし》した。
確《たし》かに、前《まえ》にどこかで会《あ》ったような気《き》がするが、どうにも絞《しぼ》り込《こ》めない。
モヤモヤしつつ記憶《きおく》の糸《いと》を手繰《たぐ》るもへぇを見兼《みか》ねたか、若侍《わかざむらい》は片手《かたて》を前《まえ》に差《さ》し出《だ》すと、
掌《てのひら》を広《ひろ》げ、大人《おとな》しくしているもへぇの火蜂《ひばち》を見《み》せた。

「荒ぶれば禍、和ぎれば幸《さち》。火蜂《ひばち》の鎮《しず》め方《かた》を教《おし》えられたのが、昨日《きのう》のことのようです」

「……おめぇ、ひょっとして太郎《たろう》か!?」

「え！ うそ？ 太郎《たろう》ちゃんなの!?」

もへぇと七之助《しちのすけ》の驚嘆《きょうたん》ぶりに、若侍《わかざむらい》は嬉《うれ》しそうに微笑《ほほえ》んだ。

「はい。この時代《じだい》の太郎《たろう》は、新陰流《しんかげりゅう》の道場《どうじょう》で、今頃《いまごろ》みっちり扱《しご》かれていますがね」

一瞬《いっしゅん》、意味《いみ》が解《わか》らなかったが、鮫《さめ》が未来《みらい》から海女《あま》たちを連《つ》れてきたのを思《おも》い出《だ》した。

「そうか。おめぇは未来《みらい》の太郎《たろう》だな。立派《りっぱ》になったもんだ」

「まだ精進《しょうじん》の身《み》ですよ。七之助《しちのすけ》さんもしばらくですね。まさかお会《あ》い出来《でき》るなんて――」

太郎《たろう》は喜《よろこ》びを表現《ひょうげん》してから、こう注釈《ちゅうしゃく》した。

「――太郎《たろう》は諱《いみな》にしています。未来《みらい》では前田六郎《まえだろくろう》と名乗《なの》っていますので、どうぞ宜《よろ》しく」

もへぇは、椿姫《つばきひめ》が初対面時《はつたいめんじ》、太郎《たろう》を前田六郎《まえだろくろう》と呼《よ》んだのを思《おも》い出《だ》した。

椿姫《つばきひめ》が古庵経由《こあんけいゆ》で知《し》ったのなら、辻褄《つじつま》は合《あ》う。

「どうして未来《みらい》の太郎《たろう》ちゃん――、六郎《ろくろう》さんが此処《ここ》にいるの？」

七之助《しちのすけ》の質問《しつもん》に、六郎《ろくろう》は、よく訊《き》いてくれました――、と前置《まえお》きしてから話《はなし》を始《はじ》めた。

「幡多周辺《はたしゅうへん》を訪《おとず》れていた時《とき》、『窪川《くぼかわ》』の『志和浦《しわうら》』という所《ところ》で大鱶《おおぶか》が海女達《あまたち》を襲《おそ》う話《はなし》を聞《き》いて調査《ちょうさ》に向《む》かったのですが、逆《ぎゃく》に呑《の》まれてしまって。まさか過去《かこ》に遡《さかのぼ》り、船《ふね》を組《く》み立《た》てていたのには、驚《おどろ》きましたがね」

六郎《ろくろう》の言葉《ことば》を自分《じぶん》の情報《じょうほう》と照合《しょうごう》させて、もへぇは海女《あま》の魂《たましい》の行方《ゆくえ》を六郎《ろくろう》に訊《たず》ねた。

「魂《たましい》ですか？　それなら既《すで》に回収《かいしゅう》しましたよ」

六郎《ろくろう》は懐《ふところ》から、少《すこ》し大《おお》きめの巻物《まきもの》を取《と》り出《だ》して、一部《いちぶ》を広《ひろ》げて見《み》せた。

そこには海女《あま》たちの人名《じんめい》が書《か》かれ、生《い》きているかのようにウネウネ蠢《うごめ》いている。

「すご〜い。じゃあ、ここに用《よう》はないよね。早《はや》く脱出《だっしゅつ》しようよ」

「そうだな。長居《ながい》は無用《むよう》だ」

「待《ま》ってください。できればこの船《ふね》を回収《かいしゅう》して、鱶《ふか》の命《いのち》も救《すく》って頂《いただ》けませんか？」

もへぇと七之助《しちのすけ》は顔《かお》を見合《みあ》わせ、六郎《ろくろう》は理由《りゆう》を滔々《とうとう》と述《の》べた。

「船《ふね》に関《かん》して調《しら》べたいことがありますし、鱶《ふか》は人《ひと》を呑《の》んだけで殺《あや》めてはおりません。無理《むり》を承知《しょうち》ですが、何《なん》とか御願《おねが》いできませんでしょうか——」

「——と言《い》ってもこのエベス——、鱶《ふか》は生物《いきもの》じゃねぇぜ。飼《か》えねぇよ」

「飼《か》えますとも。もへぇさんが眷属《けんぞく》として取《と》りこんで、体《からだ》の中《なか》で飼《か》えば良《よ》いのです」

トンデモないことを言《い》った六郎《ろくろう》だったが、本人《ほんにん》は意《い》に介《かい》さずニコニコ顔《がお》だった。

「……それ本気《マジ》で言《い》ってんのか？」

「はい。私《わたし》は取《と》りこめませんので」

「……おめぇ随分と変《か》わったな」

「御釈迦様《おしゃかさま》にでも目覚《めざ》めちゃったの？」

もへぇと七之助《しちのすけ》から突《つ》っこまれ、六郎《ろくろう》は笑顔《えがお》のままで話《はなし》をつづけた。

「公儀《こうぎ》が『慈悲《じひ》の心《こころ》を持《も》って生物《いきもの》を大切《たいせつ》にせよ――』、と説《と》くようになるのです。それに感化《かんか》されて殺生《せっしょう》は避《さ》けたいのです。確《たし》か今年《ことし》の正月《しょうがつ》に最初《さいしょ》の御触《おふ》れが出《で》たはずですが？」

「……飼《か》ってる牛馬《ぎゅうば》が死《し》んだら、所定《しょてい》の場所《ばしょ》で処分《しょぶん》しろ――、って言《い》うあれか？」

「そう、それですよ。後百三十四回《あとひゃくさんじゅうよんかい》出《だ》されますから、覚悟《かくご》しておいてください」

「……そんな時代《じだい》が来《く》るの？　ちょっと信《しん》じられないな」

七之助《しちのすけ》は訝《いぶか》しんでいたが、もへぇは六郎《ろくろう》の要望《ようぼう》に応《こた》えてやることにした。

「価値観《かちかん》の押《お》し売《う》りは好《す》かねぇが、協力《きょうりょく》してやらねぇこともないぜ」

「ありがとうございます」

礼《れい》を言《い》う六郎《ろくろう》を前《まえ》に、もへぇは脳裏《のうり》で丹三郎《たんざぶろう》が言《い》った言葉《ことば》を思《おも》い返《かえ》した。

確《たし》かに損得勘定《そんとくかんじょう》抜《ぬ》きの行《おこな》いは好《この》まれるようだが、善人面《ぜんにんづら》をする義理《ぎり》はない。

「鱶《ふか》は取《と》りこんでやる。代《か》わりに俺《おれ》たちが今《いま》やってる、遺産探《いさんさが》しを手伝《てつだ》ってくれ」

この提案《ていあん》に、七之助《しちのすけ》がすぐさま飛《と》びついた。

「それいいね。六郎《ろくろう》さんは未来人《みらいじん》だから、遺産《いさん》がどこにあるか知《し》ってるよね!?」

「……ええ、まぁ」

誰《だれ》の遺産《いさん》か話《はな》さないのに、六郎《ろくろう》が知《し》っている素振《そぶ》りをしたのをもへぇは見逃《みのが》さなかった。

「六郎《ろくろう》さんに未来《みらい》のことを訊《き》くのは野暮《やぼ》ってもんだ。力添《ちからぞ》え位《くらい》で構《かまえ》わねぇと思《おも》ってるよ」

その言葉《ことば》を聞《き》いて、六郎《ろくろう》は安堵《あんど》の表情《ひょうじょう》を浮《う》かべて膝《ひざ》をついた。

「微力《びりょく》ながら、この前田六郎《まえだろくろう》、精一杯《せいいっぱい》お手伝《てつだ》いをさせて頂《いただ》きます」

畏《かしこ》まる六郎《ろくろう》を尻目《しりめ》に、七之助《しちのすけ》はもへぇに耳打《みみう》ちをした。

「いいの？　そんな安《やす》っぽい条件《じょうけん》でさ」

「掛合事《かけあいごと》は最初《さいしょ》に吹《ふ》っかけて、後《あと》で妥協《だきょう》させるもんだ。六郎《ろくろう》の奴《やつ》は、何《なに》かを知《し》ってるぞ。

この出会《であ》いは、偶然《ぐうぜん》じゃねぇ」

「……敢《あ》えて下手《したて》に出《で》て泳《およ》がせるんだね。もへ兄《にい》やるぅ～」

二人《ふたり》の密談《みつだん》に気《き》づく様子《ようす》もなく、六郎《ろくろう》は嬉々《きき》として話《はなし》を進《すす》めた。

「さぁさぁ、では始《はじ》めましょう。既《すで》に鱶《ふか》とは対話《たいわ》してあるんですよ」

もへぇは腹《はら》に一物抱《いちもつかか》えたまま、眷属《けんぞく》に必要《ひつよう》な術《じゅつ》を唱《とな》え始《はじ》めた。

顛末《てんまつ》を見《み》ていた武芸八《たけひろ》と弥五兵衛《やごべえ》、そして婉《えん》によれば、朝焼《あさや》けに浮《う》かぶ鮫《さめ》の体《からだ》が突如《とつじょ》として激《はげ》しく光《ひか》り、次《つぎ》の瞬間《しゅんかん》姿《すがた》が消《き》えて代《か》わりに大《おお》きな船《ふね》が浮《う》かんでいて、もへぇと未来《みらい》の太郎《たろう》である前田六郎《まえだろくろう》、そして七之助《しちのすけ》が帆柱《ほばしら》の辺《あた》りで軽快《けいかい》に手《て》を振《ふ》っていたそうである。

六郎は海女《あま》たちの魂《たましい》を肉体《にくたい》に戻《もど》して事情《じじょう》を説明《せつめい》し、体《からだ》ごと全員《ぜんいん》を巻物《まきもの》に封《ふう》じて未来《みらい》に戻《もど》るまで辛抱《しんぼう》してもらうことになった。

こうして室津沖《むろつおき》での、エベス事件《じけん》は終《お》わりを告《つ》げたのである。

史実を語るミニコーナー

前田六郎太郎の解説

本作の前田六郎太郎は架空の人物ですが、モデルは２人います。日下茂平のいた日下村に伝わる山姥の息子・金太郎と、高知県高岡郡四万十町志和に伝わる前田六郎太郎という侍のお話を合体させたものです。

金太郎のお話は本作の流れとほぼ同じですが、前田六郎太郎は実在した人物だったようで、日下村出身の侍だったとされています。志和の近海を荒らす怪魚と戦って相打ちになったと伝えられ、後に浦人たちによって元禄年間（1688 ～ 1704 年）に建てられた墓が、今も現存しているそうです。

六郎太郎

もへぇ、処刑《しょけい》される

もへぇは水《みず》の中《なか》に沈《しず》んでいたが、息苦《いきぐる》しさはなく、快適《かいてき》そのものだった。長《なが》く潜《もぐ》っても溺死《できし》する心配《しんぱい》がないのは、室津沖《むろつおき》で取《と》りこんだ鮫《さめ》と同化《どうか》しているからだ。首《くび》には、魚特有《さかなとくゆう》のエラが出来《でき》ていて、水中《すいちゅう》でも楽《らく》に呼吸《こきゅう》ができた。

欠伸《あくび》を一《ひと》つしてから水面《すいめん》に揚《あ》がると、そこは武芸八《たけひろ》の家《いえ》の裏庭《うらにわ》に造《つく》られた池《いけ》であった。

鮫《さめ》を取《と》りこんで数日間《すうじつかん》、四六時中《しろくじちゅう》、誰《だれ》とも会《あ》わず、池《いけ》の中《なか》で過《す》ごした。鮫《さめ》の力《ちから》を慣《な》らす必要《ひつよう》があったからだ。

鮫肌《さめはだ》になったり脚《あし》が尾鰭《おびれ》になったり、歯《は》が幾重《いくえ》にも鋭《するど》くなったりと、鮫《さめ》の特徴《とくちょう》が次々《つぎつぎ》と現《あらわ》れては消《き》えていったが、数日経《すうじつた》てば、自然《しぜん》と調和《ちょうわ》して馴染《なじ》むと解《わか》っていた。

鷲《わし》を取《と》りこんだ経験《けいけん》で学《まな》んだことだったが、予想通《よそうどお》り、体《からだ》は鮫《さめ》の力《ちから》を把握《はあく》して行《い》った。

問題《もんだい》は、鷲《わし》との相性《あいしょう》で、絶対《ぜったい》に喧嘩《けんか》になると覚悟《かくご》していた。

一夫多妻《いっぷたさい》で羨《うらや》ましいと、武芸八《たけひろ》にからかわれたが、実際《じっさい》やりくりには苦労《くろう》した。

結局《けっきょく》、鷲《わし》の力《ちから》を借《か》りる時《とき》は鮫《さめ》が出《で》て、逆《ぎゃく》の時《とき》は鷲《わし》が出《で》るという、妥協案《だきょうあん》に落《お》ち着《つ》いた。

「調子《ちょうし》はどうだい？」

ふり返《かえ》ると、池《いけ》の畔《ほとり》で武芸八《たけひろ》が鉄扇《てっせん》を扇《あお》ぎながら、もへぇを眺《なが》めていた。

「鱶《ふか》は抑《おさ》えこんだ。今日《きょう》あたりから動《うご》けると思《おも》うぜ」

もへぇは池《いけ》からあがると庵《いおり》の縁側《えんがわ》で体《からだ》を慣《な》らした。

そしてこの数日間、何があったかを武芸八《たけひろ》から教《おそ》わった。

六郎《ろくろう》は偽《にせ》の御用船《ごようせん》の調査《ちょうさ》を行《おこな》い、武芸八《たけひろ》は祭《まつ》り関係《かんけい》を含《ふく》めて村《むら》のことに専念《せんねん》している。

婉《えん》は宿毛《すくも》に戻《もど》り、家族《かぞく》に父《ちち》の業績《ぎょうせき》の報告《ほうこく》を行《おこな》ってから、医者《いしゃ》としての腕《うで》を養《やしな》うため、医学書《いがくしょ》や教養書《きょうようしょ》を読《よ》み漁《あさ》っているらしい。

そして七之助《しちのすけ》は、来《き》たるべき武芸八《たけひろ》と忠弥《ちゅうや》の戦《たたか》いに備《そな》えて城下《じょうか》に戻《もど》り、他流試合《たりゅうじあい》に精《せい》を出《だ》しているようで、弥五兵衛《やごべえ》はそれに付《つ》き添《そ》っているという。

「本山《もとやま》の方《ほう》は、どうなったんだ？」

「孕石家《はらみいしけ》が愈々《いよいよ》、土地《とち》を掘《ほ》り返《かえ》すみたいだ。六郎《ろくろう》ちゃんの話《はなし》だと伝右衛門《でんえもん》さんの義母君《ははぎみ》の墓《はか》が壊《こわ》される可能性《かのうせい》があるみたいだね」

「墓《はか》だって？」

思《おも》わず訊《き》き返《かえ》したもへぇに、武芸八《たけひろ》は補足《ほそく》の説明《せつめい》をした。

「伝右衛門《でんえもん》さんが健在《けんざい》だった頃《ころ》、育《そだ》ての親《おや》が亡《な》くなってね。朱子学《しゅしがく》――、儒教《じゅきょう》に傾倒《けいとう》していた彼《かれ》は、亡骸《なきがら》を自分《じぶん》の領地《りょうち》だった本山《もとやま》に埋葬《まいそう》しようとしたんだ。早世《そうせい》した長女《ちょうじょ》のお墓《はか》もあったからね。場所《ばしょ》は『雁山《かりやま》』――、吉野川沿《よしのがわぞ》いの小高《こだか》い山《やま》だよ」

武芸八《たけひろ》は、本山周辺《もとやましゅうへん》を描《えが》いた地図《ちず》を取り出して、墓《はか》のある場所《ばしょ》を指《さ》し示《しめ》した。

「今《いま》は雁山《かりやま》じゃなく『帰全山《きぜんざん》』と呼《よ》ばれているけど、その造《つく》られたお墓《はか》がね、千人規模《せんにんきぼ》の人足《じんそく》を長期間動員《ちょうきかんどういん》して造《つく》られた代物《しろもの》で、お城《しろ》を築《きず》いていると疑《うたが》われるほどだったらしいよ」

「……何《なん》だって、そんな仰々《ぎょうぎょう》しい物《もん》を？　義母《かあ》ちゃん大好《だいす》きっ子《こ》だったのか？」

もへぇの疑問《ぎもん》に、武芸八《たけひろ》は苦笑《にがわら》いをして、儒教《じゅきょう》の解説本《かいせつぼん》を本棚《ほんだな》から取《と》り出《だ》し捲《めく》った。

「強《あなが》ち間違《まちが》っちゃいないね。けれど一番《いちばん》の理由《りゆう》は儒教《じゅきょう》の教《おし》えに忠実《ちゅうじつ》だったからだよ。儒教《じゅきょう》の葬儀《そうぎ》は、棺《ひつぎ》を地面《じめん》と接《せっ》してはいけないとか、大量《たいりょう》の副葬品《ふくそうひん》を周囲《しゅうい》に埋《う》めなければならないとか、大掛《おおが》かりな決《き》まりごとが幾《いく》つかあるんだ」

「……古墳《こふん》みてぇに墓《はか》の副葬品《ふくそうひん》に遺産《いさん》の金《きん》があると、本山領主《もとやまりょうしゅ》は睨《にら》んでやがるのか？　川上文書《かわかみぶんしょ》には遺産《いさん》は津呂《つろ》、もしくは室津《むろつ》の沖合《おきあい》と推定《すいてい》されてんだろ？　実際《じっさい》は津呂《つろ》の沖合《おきあい》に船《ふね》は沈《しず》んでた。金目《かねめ》の物《もの》は一切無《いっさいな》かったがな。そもそも、なんで六郎《ろくろう》さんは他人《たにん》の墓《はか》の心配《しんぱい》なんかしてんだ？」

矢継《やつ》ぎ早《ばや》な質問《しつもん》に、武芸八《たけひろ》は笑《わら》ってはぐらかした。

「それは六郎《ろくろう》ちゃんに訊《き》いてよ。今《いま》、船《ふね》を調《しら》べているからさ」

「……やっぱり遺産《いさん》に絡《から》んでたか。鱶《ふか》に呑《の》まれたのも、わざとかな？」

もへぇは六郎《ろくろう》を問《と》い質《ただ》すため、村《むら》の広場《ひろば》に安置《あんち》されている偽《にせ》の御用船《ごようせん》に向《む》かった。

船《ふね》はそっくりそのままの姿《すがた》で置《お》かれ、村《むら》の子供《こども》たちが興味深《きょうみぶか》そうに外《そと》から眺《なが》めていたが、大人《おとな》たちは武芸八《たけひろ》が説明《せつめい》でもしたのか、気《き》にも留《と》めず、日常《にちじょう》の作業《さぎょう》に邁進《まいしん》していた。

船全体を目の当たりして、もへぇは全体的《ぜんたいてき》に、船自体《ふねじたい》が老朽化《ろうきゅうか》している印象《いんしょう》を受《う》けた。

船《ふね》の近《ちか》くでは武芸八《たけひろ》の従者《じゅうしゃ》である、勘之丞《かんのじょう》が指尺《ゆびしゃく》を交《まじ》えて船《ふね》の記録《きろく》を採《と》っていた。

訊《き》けば、何《いず》れ処分《しょぶん》するから、目録用《もくろくよう》に採《と》っているらしい。

もへぇは御用船《ごようせん》の中《なか》に入《はい》ろうとしたが、勘之丞《かんのじょう》に裏《うら》から回《まわ》るよう指示《しじ》された。

裏手《うらて》に回《まわ》ると、大穴《おおあな》が船底部分《せんていぶぶん》に開《ひら》いて、そこから船内《せんない》に入《はい》れるようだった。

穴《あな》の断面《だんめん》は真横《まよこ》にささくれて、強《つよ》い力《ちから》で捥《も》ぎ取《と》られたと一目《ひとめ》で把握《はあく》できた。

その時《とき》、もへぇは穴《あな》の断面《だんめん》に光《ひか》る物《もの》を見《み》つけ、近寄《ちかよ》ると、それは鮫《さめ》の歯《は》の化石《かせき》だった。

どうやら、もへぇが取《と》りこんだ、あの巨大鮫《きょだいざめ》の物《もの》とみて間違《まちが》いなかった。

入《はい》った先《さき》は積《つ》み荷《に》を詰《つ》め込《こ》む船倉《せんそう》で、六郎《ろくろう》が脇目《わきめ》もふらず、調査《ちょうさ》をしていた。

海女《あま》たちを封印《ふういん》したのとよく似《に》た巻物《まきもの》を手《て》に、それを見《み》ながら船倉《せんそう》を見渡《みわた》して、巻物《まきもの》の内容《ないよう》と、この船《ふね》とを見比《みくら》べているようだった。

「六郎《ろくろう》さんの知《し》ってる船《ふね》じゃ、なさそうだな――」

もへぇの言葉《ことば》に、六郎《ろくろう》は一瞬《いっしゅん》気《き》まずい表情《ひょうじょう》をして、観念《かんねん》したかように口《くち》を開《ひら》いた。

「過去《かこ》に影響《えいきょう》が出《で》ぬよう、内密《ないみつ》にしたかったのですが、隠《かく》し通《とお》すのは無理《むり》のようですね」

「別《べつ》に悪巧《わるだく》みじゃねぇんだろ？　もっと信頼《しんらい》して欲《ほ》しいぜ。同《おな》じ弟子同士《でしどうし》なんだからさ」

「……そうですね。実《じつ》はこういうことなのです」

六郎《ろくろう》は手《て》にした巻物《まきもの》の中身《なかみ》を見《み》せた。

そこには同《おな》じような船《ふね》の絵《え》が描《えが》かれていたが、詳細《しょうさい》な部分《ぶぶん》で異《こと》なっていた。

「六郎《ろくろう》さんの時代《じだい》にある、御用船《ごようせん》モドキか？」

「大型《おおがた》の商売船《しょうばいぶね》ですよ。葵紋《あおいもん》はありません」

「……ひょっとして、これが伝右衛門《でんえもん》の義母《かあ》ちゃんの墓《はか》の中《なか》にあったのか？」

「形《かたち》を変《か》えてですがね。きっかけは本山《もとやま》の宿場《しゅくば》に泊《と》まっていた時《とき》でした――」

六郎《ろくろう》によれば豪雨《ごうう》で吉野川《よしのがわ》が増水《ぞうすい》して数日足止《すうじつあしど》めを食《く》らった際《さい》、雨《あめ》が止《や》み水嵩《みずかさ》が戻《もど》った頃《ころ》に村人《むらびと》の一人《ひとり》が、帰全山《きぜんざん》の川沿《かわぞ》いが侵食《しんしょく》で大《おお》きな横穴《よこあな》が開《あ》いているのを見《み》つけたという。

祟《たた》りを恐《おそ》れて村人《むらびと》たちは誰《だれ》も近《ちか》づかなかったが、六郎《ろくろう》は率先《そっせん》して中《なか》に入《はい》って調査《ちょうさ》をした。

穴《あな》の先《さき》には巨大《きょだい》な空間《くうかん》があり、夥《おびただ》しい数《かず》の副葬品《ふくそうひん》と夜具《やぐ》が安置《あんち》されて、その中《なか》に亡骸《なきがら》を納《おさ》めた棺《ひつぎ》が二重《にじゅう》にされて祀《まつ》られ、別《べつ》の小部屋《こべや》には小《ちい》さな棺《ひつぎ》が一《ひと》つ置《お》かれていた。

副葬品《ふくそうひん》や棺《ひつぎ》は外気《がいき》に触《ふ》れて腐食《ふしょく》や色落《いろお》ちの懸念《けねん》があったので、六郎《ろくろう》は仙術《せんじゅつ》を唱《とな》えて、それら全《すべ》てを巻物《まきもの》に回収《かいしゅう》した上《うえ》で横穴《よこあな》を塞《ふさ》ぎ、持《も》ち帰《かえ》って調査《ちょうさ》を続《つづ》けると、副葬品《ふくそうひん》や棺《ひつぎ》に用《もち》いられた木材《もくざい》は、大型船《おおがたせん》から解体《かいたい》された物《もの》の再利用品《さいりようひん》と判明《はんめい》したが、その時《とき》はそれ以上《いじょう》のことは分《わ》からず、別件《べっけん》で日下《くさか》の天狗夫妻《てんぐふさい》と面会《めんかい》をした際《さい》、もへぇが真実《しんじつ》を突《つ》き止《と》めていたという話《はなし》を聴《き》いて、調査《ちょうさ》を再開《さいかい》したのだという。

「天狗様は過去に遡《さかのぼ》れとおっしゃいました。そうして、窪川《くぼかわ》の志和浦《しわうら》に出没《しゅつぼつ》する大鱶《おおぶか》が、過去《かこ》への入口《いりぐち》だと教《おし》えてくれたのです」

六郎《ろくろう》は少《すこ》し饒舌気味《じょうぜつぎみ》に話《はな》したが、もへぇは表情《ひょうじょう》を硬《かた》くした。

「……どうやら、その時代《じだい》に俺《おれ》はいねぇようだな」

「いえ、実《じつ》は、もへぇさんは――」

「――いいんだ。予感《よかん》はしてるからな。気《き》にしてねぇよ」

もへぇは六郎《ろくろう》を気遣《きづか》うと、単刀直入《たんとうちょくにゅう》に金《きん》の有無《うむ》を訊《たず》ねた。

「墓《はか》の副葬品《ふくそうひん》に、金目《かねめ》の物《もの》はなかったのか？」

「ありません。生前《せいぜん》の日用品《にちようひん》や木材《もくざい》を加工《かこう》した身代《みが》わりの人形《にんぎょう》ばかりでした」

六郎《ろくろう》は巻物《まきもの》を広《ひろ》げて副葬品《ふくそうひん》を見《み》せ、確《たし》かに、そこに貴金属《ききんぞく》の類《たぐい》は見当《みあ》たらなかった。

「儒教《じゅきょう》に則《のっと》った埋葬《まいそう》では、盗掘《とうくつ》を防《ふせ》ぐため貴金属《ききんぞく》を副葬品《ふくそうひん》にしないと戒《いまし》めてますからね」

「……当《あ》てが外《はず》れたな。墓《はか》に金《きん》があれば、一発《いっぱつ》で解決《かいけつ》だったのに」

もへぇは軽《かる》く悔《くや》しがると、二隻《にせき》の大型船《おおがたせん》の謎《なぞ》から解《と》こうと考《かんが》えた。

「この時点《じてん》で船《ふね》は三《みっ》つあるわけだ。本山《もとやま》に一《ひと》つ。六郎《ろくろう》さんの手元《てもと》に一《ひと》つ。そして此奴《こいつ》だ」

「……そうなりますね」

「本山《もとやま》と六郎《ろくろう》さんのは同《おな》じ船《ふね》だがこれは違《ちが》う。本山《もとやま》の船《ふね》はどこから来《き》たんだ？　そもそも、この二《ふた》つは関連《かんれん》があるのかな？」

「一緒《いっしょ》に調《しら》べて頂《いただ》けますか？　遺産探《いさんさが》しから逸《そ》れるかもしれませんが」

六郎《ろくろう》の言葉《ことば》に、もへぇは気《き》さくに応《おう》じた。

「構《かま》わねぇよ。人助《ひとだす》けだしな」

意気投合《いきとうごう》した二人《ふたり》は船外《せんがい》へ出《で》ると、武芸八《たけひろ》に助言《じょげん》を乞《こ》うことにした。

「現場《げんば》に戻《もど》ることだね。手掛《てが》かりが見《み》つかるかもしれないよ？」

祭《まつ》りの準備《じゅんび》に追《お》われる武芸八《たけひろ》は、勘之丞《かんのじょう》にあれこれ指図《さしず》しながら、こう提案《ていあん》した。

「現場《げんば》ですか？　すると本山《もとやま》の帰全山《きぜんざん》でしょうか――」

「――いやいや。御用船《ごようせん》が沈《しず》んでいた、津呂《つろ》に行《い》ってごらんよ」

六郎《ろくろう》への的確《てきかく》な指摘《してき》に、もへぇは皮肉《ひにく》っぽくツッコミを入《い》れた。

「その言《い》い回《まわ》しだと、本山《もとやま》の船《ふね》もそこにあるってか？　ひょっとして、遺産《いさん》の正体《しょうたい》にも、アタリをつけてるんじゃねぇのか？」

「僕《ぼく》は謎解《なぞと》きが好《す》きなだけだよ。検証《けんしょう》と確認《かくにん》は、そっちでやってね」

相変《あいか》わらず食《く》えないな――と、苦笑《にがわら》いをして、もへぇはその場《ば》を離《はな》れようとした。

「言《い》い忘《わす》れていたけどね、村《むら》に置《お》いてある偽《にせ》の御用船《ごようせん》、祭《まつ》りの晩《ばん》に燃《も》やしちゃうからね。村長《むらおさ》が祟《たた》りを恐《おそ》れていて、お焚《た》き上《あ》げを強《つよ》く主張《しゅちょう》しているんだ」

「……それまでに謎《なぞ》を解《と》けば良《い》い話《はなし》だ。六郎《ろくろう》さん、行《い》こうぜ」

「ああ、ついでにこれも渡《わた》しておくよ。役《やく》に立《た》つかは分《わ》からないけど」

そう言《い》って武芸八《たけひろ》は、完成《かんせい》した川上文書《かわかみぶんしょ》の翻訳版《ほんやくばん》を、もへぇに手渡《てわた》した。


もへぇは六郎《ろくろう》と一緒《いっしょ》に、鷲《わし》に掴《つか》まって人気《ひとけ》のない津呂《つろ》の海岸《かいがん》に降《お》り立《た》った。

しかし正直《しょうじき》、何《なに》をどう捜《さが》せば良《よ》いのか、さっぱりだった。

武芸八《たけひろ》にもらった川上文書《かわかみぶんしょ》の翻訳版《ほんやくばん》を見《み》ても、直接《ちょくせつ》の手《て》がかりは得《え》られそうにない。

「強《し》いて言《い》えば、沈没船《ちんぼつせん》の噂《うわさ》は室津《むろつ》も津呂《つろ》も一切広《いっさいひろ》まってねぇらしいな。実際《じっさい》に沈《しず》んでたのは津呂沖《つろおき》だってのに、こいつは少《すこ》し解《げ》せねぇな」

無論《むろん》、憶測《おくそく》だけでは真実《しんじつ》に辿《たど》りつくことはできず、事実《じじつ》と証拠《しょうこ》を積《つ》み重《かさ》ねる必要《ひつよう》がある。

「本山《もとやま》の船《ふね》もそうだったのですが、どちらも錨《いかり》は未《ま》だ見《み》つかっていませんよね？」

六郎《ろくろう》の言葉《ことば》を聞《き》いて、もへぇは鮫《さめ》の中《なか》での船《ふね》の揺《ゆ》れが激《はげ》しかったことを思《おも》い出《だ》した。

あれは錨《いかり》がない状態《じょうたい》だったのかもしれない。

そういえば甲板《かんぱん》に備《そな》えつけられているはずの予備《よび》の錨《いかり》も、見《み》た記憶《きおく》がない。

「錨《いかり》は鉄《てつ》で出来《でき》てる。鉄《てつ》には魔《ま》を祓《はら》う力《ちから》がある。かけた術《じゅつ》が解《と》ける危険性《きけんせい》を考慮《こうりょ》して、川《かわ》上新助《かみしんすけ》が敢《あ》えて回収《かいしゅう》させなかったかもしれねぇな」

「では本山《もとやま》の船《ふね》に錨《いかり》がないのも、運《はこ》んだ者《もの》が桑名古庵《くわなこあん》だったからだと？」

六郎《ろくろう》の推察《すいさつ》に、もへぇは首《くび》を横《よこ》に振《ふ》った。

「古庵《こあん》ならあの大鱶《おおぶか》を使《つか》って回収《かいしゅう》したはずだ。普通《ふつう》に考《かんが》えて伝右衛門《でんえもん》だろうな。大型船《おおがたせん》の錨《いかり》は大《おお》きくて数《かず》がある。再利用《さいりよう》に手間《てま》もかかるから捨《す》てたかもしれない。なら何《なん》で態々《わざわざ》船《ふね》の材木《ざいもく》を墓《はか》に再利用《さいりよう》したかだが……」

「……何《いず》れにせよ錨《いかり》を捜《さが》しましょう。手掛《てが》かりですから」

「そうだな。論《ろん》より証拠《しょうこ》だ」

もへぇはそう言《い》うと二言三言《ふたことみこと》唱《とな》えて、再《ふたた》び六郎《ろくろう》に声《こえ》をかけた。

「遠眼鏡《とおめがね》か何《なに》か持《も》ってるか？」

「鍛錬用《たんれんよう》の目鬘《めかつら》に同《おな》じ機能《きのう》がありますが、何《なに》を見《み》つけるのです？」

そう言《い》って、あの遮光器《しゃこうき》のような被《かぶ》り物《もの》を取《と》り出《だ》した六郎《ろくろう》に、もへぇは徐《おもむろ》に訊《たず》ねた。

「その被《かぶ》り物《もの》、未来《みらい》じゃ流行《はや》ってんのか？」

「これですか？　さぁ、どうでしょう。どうかしたのですか？」

「……いや、忘《わす》れてくれ」

古庵《こあん》の配下《はいか》である山犬顔《やまいぬがお》の怪人《かいじん》と似《に》た物《もの》を六郎《ろくろう》が持《も》っているのは、ただの偶然《ぐうぜん》だろうか？

もへぇはこの疑問《ぎもん》を頭《あたま》の片隅《かたすみ》に留《とど》めながら、掌《てのひら》で顔前《がんぜん》に影《かげ》を作《つく》り、目《め》を細《ほそ》めた。

「御用船モドキが沈《しず》んだ場所《ばしょ》を見《み》つけた時《とき》にな、目印《めじるし》に浮腹巻《うきはらまき》を置《お》いてきたんだ。さっき仙術《せんじゅつ》で仕込《しこ》んだ石灰《いしばい》と強酸《きょうさん》の鉱毒水《こうどくすい》を混《ま》ぜ合《あ》わせたから、浮《う》き上《あ》がってるはずだ。黄色《きいろ》い色《いろ》だが、ここからじゃ見《み》えねぇ。俺《おれ》の鷲《わし》に掴《つか》まって空《そら》から捜《さが》してくれ」

六郎《ろくろう》が浮腹巻《うきはらまき》の捜索《そうさく》を行《おこな》って、間《ま》もなく発見《はっけん》したので、もへぇは錨《いかり》の捜索《そうさく》に移《うつ》った。

潜《もぐ》る前《まえ》に自分《じぶん》の歯《は》を抜《ぬ》いて海中《かいちゅう》に投《な》げ、歯《は》は一瞬《いっしゅん》で、無数《むすう》の蛍烏賊《ほたるいか》に変化《へんげ》した。

蛍烏賊《ほたるいか》には鉄《てつ》を引《ひ》きつける磁力《じりょく》を与《あた》えており、それで錨《いかり》を見《み》つけ出《だ》すのである。

もへぇは続《つづ》けて、鮫《さめ》の力《ちから》を試《ため》してみることにした。

全身《ぜんしん》が鮫肌《さめはだ》になり、海水《かいすい》に浸《つ》けた脚《あし》は人魚《にんぎょ》のように尾鰭《おびれ》となり、歯《は》は全《すべ》て生《は》え揃《そろ》った。

六郎《ろくろう》と鷲《わし》を陸《おか》へ待機《たいき》させて、もへぇは鮫《さめ》の姿《すがた》で海《うみ》の中《なか》を泳《およ》いだ。

鰓《えら》で呼吸《こきゅう》が出来《でき》、数分《すうふん》で津呂沖《つろおき》に沈《しず》んだ偽《にせ》の御用船《ごようせん》の場所《ばしょ》に辿《たど》りついた。

しかし、錨《いかり》は海底《かいてい》のどこを見渡《みわた》しても、一向《いっこう》に見当《みあ》たらない。

先行《せんこう》させた蛍烏賊《ほたるいか》の報告《ほうこく》を待《ま》って、錨《いかり》を見《み》つけた場所《ばしょ》に案内《あんない》させた。

海底《かいてい》は地震《じしん》や地殻変動《ちかくへんどう》で常《つね》に動《うご》いており、ヒビ割《わ》れの様《よう》な亀裂《きれつ》が深《ふか》く出来《でき》ることがある。

錨《いかり》は、その亀裂《きれつ》の奥底《おくそこ》に沈《しず》んでいた。

底《そこ》に下《お》り立《た》ったもへぇの眼前《がんぜん》には、錨《いかり》が墓標《ぼひょう》のように屹立《きつりつ》して、蛍烏賊《ほたるいか》が一《ひと》つ一《ひと》つに付着《ふちゃく》して、位置《いち》を知《し》らせるために点滅《てんめつ》をしていた。

錨《いかり》を数《かぞ》え始《はじ》めて直《す》ぐ、もへぇの元《もと》に一匹《いっぴき》の蛍烏賊《ほたるいか》がやって来《き》て、意外《いがい》な報告《ほうこく》をしてきた。

室津方面《むろつほうめん》に戻《もど》ったところの海底《かいてい》にも亀裂《きれつ》があって、錨《いかり》が複数沈《ふくすうしず》んでいるというのだ。

確認《かくにん》しに行《い》くと確《たし》かに、錨《いかり》の墓場《はかば》がもう一《ひと》つ存在《そんざい》していた。

フジツボや二枚貝《にまいがい》の付着《ふちゃく》が多《おお》く、しかも津呂沖《つろおき》の錨《いかり》と違《ちが》って、乱雑《らんざつ》に沈《しず》んでいた。

とりあえず手頃《てごろ》な錨《いかり》を回収《かいしゅう》して六郎《ろくろう》の元《もと》に戻《もど》り、六郎《ろくろう》は予測《よそく》が当《あ》たったのを喜《よろ》んだ。

「発見《はっけん》した物《もの》は、全《すべ》て回収《かいしゅう》しましょう」

「回収《かいしゅう》するのは良《い》いが、どこに置《お》くんだ？」

「大丈夫《だいじょうぶ》。良《よ》い場所《ばしょ》を知《し》っていますよ」

六郎《ろくろう》の言《い》う良《よ》い場所《ばしょ》とは、土佐《とさ》の海岸線《かいがんせん》に多数存在《たすうそんざい》する、波《なみ》で造《つく》られた海蝕洞《かいしょくどう》だった。

中《なか》でも『安芸《あき》』の海蝕洞《かいしょくどう》は、高《たか》さ三間《さんげん》——約《やく》五m、長《なが》さ二十二間《にじゅうにけん》——約《やく》四十mの巨大《きょだい》な物《もの》で、回収《かいしゅう》した錨《いかり》はすべて此処《ここ》に運《はこ》ばれた。

この洞窟《どうくつ》の上《うえ》には、南北朝時代《なんぼくちょうじだい》に出城《でじろ》が造《つく》られた事《こと》があったものの、その後忘《ごわす》れ去《さ》られ、今《いま》では知《し》る人《ひと》ぞ知《し》る場所《ばしょ》となっていた。

内部《ないぶ》は広《ひろ》さも然《さ》る事《こと》ながら、上流《じょうりゅう》から運《はこ》ばれて来《き》た石英《せきえい》が多数散《たすうち》らばっていて、洞窟内《どうくつない》は僅《わず》かな光《ひかり》でも、昼間《ひるま》のように明《あか》るく、作業《さぎょう》や調《しら》べものをするのには、とても都合《つごう》の良《よ》い場所《ばしょ》となっていた。

錨《いかり》の調査《ちょうさ》を一頻《ひとしき》り終《お》えたもへぇは、六郎《ろくろう》に結果《けっか》を報告《ほうこく》した。

「錨《いかり》は大《おお》きさと形《かたち》が全部同《ぜんぶおな》じだ。つまり同型《どうがた》の大型船《おおがたせん》が、数十年《すうじゅうねん》の間隔《かんかく》でやって来《き》た。最初《さいしょ》に室津《むろつ》に現《あらわ》れ、次《つぎ》は津呂《つろ》に現《あらわ》れた」

「具体的《ぐたいてき》に、いつ頃《ごろ》でしょうね？」

六郎《ろくろう》の問《と》いかけに、もへぇは市之丞《いちのじょう》からもらった伝右衛門《でんえもん》の書付《かきつけ》を見《み》せた。

「正保元年《しょうほうがんねん》と寛文元年《かんぶんがんねん》に金《きん》を御前《ごぜん》に差《さ》し出《だ》したとある。もし積荷《つみに》の一《ひと》つが金《きん》だとしたら、それぞれの年《とし》の直前《ちょくぜん》ってことだな」

「遺産《いさん》は御用金《ごようきん》かもしれない、ということですね。でも、おかしくありませんか？」

六郎《ろくろう》の言葉《ことば》に、もへぇは大《おお》きく頷《うなず》いた。

「ああ。積荷《つみに》が金《きん》なら、残《のこ》りは何処《どこ》へって話《はなし》だよな。数十人《すうじゅうにん》は運搬《うんぱん》に関《かか》わっただろうし、噂《うわさ》が広《ひろ》まってもおかしくねぇ。けど沈没《ちんぼつ》の噂《うわさ》も金《きん》が揚《あ》げられた噂《うわさ》もねぇ。川上文書《かわかみぶんしょ》にもそう書《か》かれてるようだ。こいつは参《まい》ったな」

軽《かる》くボヤいて、もへぇは川上文書《かわかみぶんしょ》の冊子《さっし》をパタパタ扇《あお》いだが、不意《ふい》にあることを閃《ひらめ》いた。

「御用船《ごようせん》の遭難《そうなん》は当然《とうぜん》として、普通《ふつう》の船《ふね》でも遭難《そうなん》した場合《ばあい》、報告《ほうこく》は公儀《こうぎ》に行《い》くのか？」

「勿論《もちろん》。海事《かいじ》や海防《かいぼう》は、最重要事項《さいじゅうようじこう》の一《ひと》つですからね。逐一報告《ちくいちほうこく》されるはずですよ」

「じゃあ、この二件《にけん》の沈没《ちんぼつ》も報告《ほうこく》されてなきゃ、おかしいよな」

もへぇは『言霊合《ことたまあ》わせの貝殻《かいがら》』を取《と》り出《だ》して、相手《あいて》を呼《よ》び出《だ》した。

「――あ、義姉《ねえ》さんか？　悪《わる》いんだが、市之丞《いちのじょう》と替《か》わってくれねぇか？」

少《すこ》しの間《ま》があり、市之丞《いちのじょう》が殻口《からぐち》に出《で》たようだった。

「市之丞《いちのじょう》か？　買取《かいと》った伝右衛門《でんえもん》の書付《かきつけ》の中《なか》に、正保元年《しょうほうがんねん》と寛文元年以前《かんぶんがんねんいぜん》、室津《むろつ》や津呂《つろ》の沖合《おきあい》で遭難船《そうなんせん》が出《で》たっていう報告書類《ほうこくしょるい》はなかったか？――　うん、――うん。分《わ》かった。無理《むり》させてすまねぇ。じゃあな」

通話《つうわ》を切《き》ったもへぇに、六郎《ろくろう》が口《くち》を開《ひら》いた。

「ありませんでしたか？」

「ああ。可能性《かのうせい》は三《みっ》つだな。報告《ほうこく》しなかった。報告《ほうこく》したが書付《かきつけ》が処分《しょぶん》された。報告《ほうこく》もして書付《かきつけ》も現存《げんぞん》してる――。それを今《いま》から確《たし》かめに行《い》くぜ。錨《いかり》は六郎《ろくろう》さんに任《まか》せる」

そう言《い》い残《のこ》し、もへぇは『転送術《てんそうじゅつ》』を使《つか》って洞窟《どうくつ》を離《はな》れた。

そして現《あらわ》れたのは、『大高坂山《おおたかさかやま》』に建《た》てられ、当時《とうじ》『高智城《こうちじょう》』と呼《よ》ばれた城《しろ》だった。

あろうことか土佐守《とさのかみ》の本拠地《ほんきょち》に現《あらわ》れたのである。

もへぇは城《しろ》の北側《きたがわ》にある、『北ノ廓《きたのくるわ》』と呼《よ》ばれる平地《へいち》の一画《いっかく》にある茂《しげ》みに潜《ひそ》んだ。

ここには武器庫《ぶきこ》や弾薬庫《だんやくこ》、米蔵《こめぐら》などが建《た》ち並《なら》び、石垣《いしがき》や土塁《どるい》で厳重《げんじゅう》に警備《けいび》されていた。

祭礼行事《さいれいぎょうじ》のために、九月十日《くがつとおか》から二十七日《にじゅうななにち》までは開放《かいほう》されるが、今《いま》はその時期《じき》ではない。

もへぇは武器《ぶき》や弾薬《だんやく》、米《こめ》に興味《きょうみ》はなかった。

北ノ廓《きたのくるわ》と城《しろ》の間《あいだ》に建《た》つ、『証文倉《しょうもんぐら》』と呼《よ》ばれる建物《たてもの》を狙《ねら》っていたのだ。

ここには城《しろ》の機密書類《きみつしょるい》や軍資金《ぐんしきん》が収《おさ》められている。

沈没事件《ちんぼつじけん》の報告書《ほうこくしょ》が現存《げんぞん》するのか、確認《かくにん》しに来《き》たのだ。

城《しろ》の重要拠点《じゅうようきょてん》だけあって、小高《こだか》い土塁《どるい》の上《うえ》に建《た》つ証文倉《しょうもんぐら》の周辺《しゅうへん》には絶《た》えず、見張《みはり》が通過《つうか》しており、どう忍《しの》び込《こ》もうかと思案《しあん》していると、そこに六郎《ろくろう》が現《あらわ》れた。

「早《はや》かったな。よく俺《おれ》が、ここにいると分《わ》かったな」

「これが教《おし》えてくれました。たしかに、どこまでも追《お》いかけますね」

六郎《ろくろう》の掌《てのひら》には、船《ふね》で預《あず》けたままだった火蜂《ひばち》が握《にぎ》られていた。

「この火蜂《ひばち》、お返《かえ》しします」

「いいよ。取《と》っときな。餞別《せんべつ》にもなるし――」

「――いけません！　持《も》っていてください。役《やく》にたちますから」

予想外《よそうがい》に強《つよ》い剣幕《けんまく》だったので、もへぇは仕方《しかた》なく、火蜂《ひばち》を受《う》け取《と》った。

「もへぇさんは、此処《ここ》に来《き》たことがあるのですか？」

「ああ。市之丞《いちのじょう》と二人《ふたり》で米蔵《こめぐら》を狙《ねら》ったことがあってな。――おめぇは？」

「御前試合《ごぜんじあい》で一度《いちど》呼《よ》ばれまして。ここはこの時代《じだい》も、あまり変《か》わりませんね」

六郎が呑気《のんき》に城内《じょうない》を見渡《みわた》す横《よこ》で、もへぇは懐《ふところ》から数枚呪符《すうまいじゅふ》を取《と》り出《だ》して丁寧《ていねい》に折《お》り、鳥《とり》の形《かたち》を作《つく》りあげると証文倉《しょうもんぐら》の付近《ふきん》に素早《すばや》く飛《と》ばした。

「今《いま》、結界《けっかい》を構築《こうちく》して人払《ひとばら》いをさせたからな。念《ねん》のために、これ羽織《はお》っとけ」

そう言《い》って手渡《てわた》したのは、『天狗《てんぐ》の隠《かく》れ蓑《みの》』だった。

周囲《しゅうい》に溶《と》けこんだ二人《ふたり》は証文倉《しょうもんぐら》に辿《たど》りつき、もへぇは建物《たてもの》の周囲《しゅうい》をすばやく調《しら》べ始《はじ》めた。

「……何《なに》をしているのです？」

「鼠《ねずみ》が開《あ》けた穴《あな》を探《さが》してるのさ。工作《こうさく》しやすいんでな」

間《ま》もなく穴《あな》を見《み》つけたもへぇは、御札《おふだ》を二枚《にまい》取《と》り出《だ》して、一枚《いちまい》を六郎《ろくろう》に渡《わた》した。

「人形《ひとかた》を作《つく》れるか？　一枚《いちまい》を千切《ちぎ》って複数作《ふくすうつく》ってほしいんだ」

二人《ふたり》は短時間《たんじかん》で小《ち》さな人形《ひとかた》を大量《たいりょう》に作《つく》ると、もへぇは両手《りょうて》に集《あつ》めて息《いき》を軽《かる》く吹《ふ》きかけた。

人形《ひとかた》は命《いのち》を与《あた》えられてワラワラ動《うご》きだし、鼠《ねずみ》の開《あ》けた穴《あな》から倉《くら》の中《なか》に入《はい》って鍵《かぎ》を開《あ》け、二人《ふたり》は証文倉《しょうもんぐら》に忍《しの》びこんだ。

倉《くら》の中《なか》にて、人形《ひとかた》たちはもへぇの指示《しじ》によって伝右衛門《でんえもん》の書付《かきつけ》を探《さが》した。

人形《ひとかた》は室内《しつない》を紙吹雪《かみふぶき》のように舞《ま》って、書付《かきつけ》を宙《ちゅう》に浮《う》かせながら、一枚一枚《いちまいいちまい》もへぇが指定《してい》した文言《もんごん》に沿《そ》って、該当《がいとう》する物《もの》がないかを探《さが》していった。

もへぇはその光景《こうけい》を見守《みまも》りつつ、六郎《ろくろう》に話《はな》しかけた。

「暇《ひま》がかかりそうだ。何《なに》か摘《つ》まむ物《もの》でも買《か》ってこいよ」

そう言《い》って小判《こばん》を一枚渡《いちまいわた》したが、六郎《ろくろう》は訝《いぶか》しげに、もへぇを見返《みかえ》した。

「もへぇさん、見張《みはり》から盗《ぬす》みましたね？　泥棒《どろぼう》のような真似《まね》は止《や》めてください」

「……いや、俺《おれ》は泥棒《どろぼう》なんだが」

「小判《こばん》は返《かえ》して来《き》ますから、お金《かね》を出《だ》してください」

渋々《しぶしぶ》、もへぇは財布《さいふ》から小銭《こぜに》を出《だ》した。

「奢《おご》っては、くれねぇんだよな？」

「この時代《じだい》のお金《かね》、持《も》っていませんからね。未来《みらい》の小銭《こぜに》だけですよ」

「……あ、そう」

もへぇは損《そん》をした気分《きぶん》になった。

六郎《ろくろう》は乾物《かんぶつ》であるスルメを齧《かじ》り、もへぇは人形《ひとかた》の作業《さぎょう》を見守《みまも》り続《つづ》けた。

水気《みずけ》のある食《た》べ物《もの》で収蔵物《しゅうぞうぶつ》や紙製《かみせい》の人形《ひとかた》が傷《いた》んではいけないとの、六郎《ろくろう》の配慮《はいりょ》だった。

やがて作業《さぎょう》が終了《しゅうりょう》して、人形《ひとかた》が報告《ほうこく》してきた。

書付《かきつけ》は現存《げんぞん》していなかった。

報告《ほうこく》そのものがされなかったか、処分《しょぶん》された可能性《かのうせい》が高《たか》いようだ。

人形《ひとかた》に原状回復《げんじょうかいふく》をさせながら、もへぇは六郎《ろくろう》と一緒《いっしょ》に倉《くら》の中《なか》で考《かんが》えてみた。

「船の遭難が二つとも無かったことにされてるのは、遭難《そうなん》そのものが疾《やま》しいことだったのかもな。それにしても、偽物《にせもの》の御用船《ごようせん》を造《つく》る意図《いと》はなんだ？」

「葵紋《あおいもん》をあまり知《し》らない者《もの》への威圧《いあつ》になりますね。露見《ろけん》しても公儀《こうぎ》へは責《せ》めが及《およ》びません」

もへぇは六郎《ろくろう》から巻物《まきもの》を借《か》り、本山《もとやま》にあった船《ふね》を詳《くわ》しく調《しら》べてみた。

大型船《おおがたせん》は解体《かいたい》されて墓《はか》の副葬品《ふくそうひん》や夜具《やぐ》になり、六郎《ろくろう》によってまた船《ふね》に戻《もど》された。

もへぇが着目《ちゃくもく》したのは、船《ふね》の状態《じょうたい》だった。

巻物《まきもの》の中《なか》の船《ふね》は、立体映像《りったいえいぞう》のように指《ゆび》で動《うご》かしたり、拡大《かくだい》することができた。

操作《そうさ》を六郎《ろくろう》から教《おそ》わりながら調《しら》べた結果《けっか》、船《ふね》にはフジツボや貝類《かいるい》、藻類《そうるい》が付着《ふちゃく》した形跡《けいせき》が一切《いっさい》なく、一度目《いちどめ》に遭難《そうなん》した船《ふね》は沈没《ちんぼつ》せず、早々《そうそう》に打《う》ち揚《あ》げられたようだった。

一方《いっぽう》、二度目《にどめ》に遭難《そうなん》した偽《にせ》の御用船《ごようせん》は、あの大鮫《おおざめ》によって沈没《ちんぼつ》したと思《おも》われる。

外観《がいかん》は船底以外《ふなぞこいがい》、目立《めだ》った外傷《がいしょう》はなかったので、恐《おそ》らく発見《はっけん》される前《まえ》に沈《しず》んだのだろう。

「一隻目《いっせきめ》は事故《じこ》かもな。二隻目《にせきめ》は明《あき》らかに、古庵《こあん》に都合《つごう》が悪《わる》かった。何《なに》しに来《き》たんだ？」

もへぇは巻物《まきもの》を巻《ま》き戻《もど》しながら、心当《こころあ》たりはないかと六郎《ろくろう》に訊《たず》ねた。

六郎《ろくろう》は、もへぇから巻物《まきもの》を返《かえ》してもらうと、意外《いがい》な情報《じょうほう》を口《くち》にした。

「あの年代《ねんだい》だと、土佐《とさ》の西《にし》で起《お》こった、他国《たこく》との領有争《りょうゆうあらそ》いがありましたね」

「なんだそりゃ？」

六郎《ろくろう》は、かつて宿毛《すくも》で発生《はっせい》した藩同士《はんどうし》の領土帰属問題《りょうどきぞくもんだい》の顛末《てんまつ》を話《はな》して聞《き》かせた。

国境《くにざかい》にある『沖ノ島《おきのしま》』と『篠山《ささやま》』の領有《りょうゆう》を巡《めぐ》って、土佐国《とさのくに》と隣国《りんごく》が争《あらそ》い、沖ノ島《おきのしま》を土佐《とさ》、篠山《ささやま》の一部《いちぶ》を相手《あいて》の国《くに》が領有《りょうゆう》することになったというが、時期的《じきてき》に、二《ふた》つの諍《いさか》いは二度《にど》の遭難事件《そうなんじけん》と重《かさ》なっているのだと言《い》う。

「争《あらそ》ってた国《くに》の何某《なにがし》が、宿毛《すくも》と真逆《まぎゃく》の場所《ばしょ》で事《こと》を起《お》こして、攪乱《かくらん》しようとしたってか？」

「そうです。伝右衛門《でんえもん》が御前《ごぜん》に差《さ》し出《だ》した金《きん》は、その工作員《こうさくいん》たちの資金《しきん》だったのかも」

六郎《ろくろう》の推理《すいり》に、もへぇは成程《なるほど》――と思《おも》った。

差《さ》し出《だ》したのが全《すべ》てだったとしたら、金《きん》の痕跡《こんせき》が一切《いっさい》ないことも説明《せつめい》がつく。

もへぇたちや城《しろ》の連中《れんちゅう》、古庵《こあん》たちは、ありもしない遺産《いさん》に踊《おど》らされていたことになる。

ただ、謎《なぞ》もいくつかあった。

最初《さいしょ》の船《ふね》は伝右衛門《でんえもん》によって本山《もとやま》まで運《はこ》ばれて、二度目《にどめ》の偽御用船《にせごようせん》は古庵《こあん》の鮫《さめ》に回収《かいしゅう》をされるまで、津呂《つろ》の沖合《おきあい》に沈《しず》んだままだった。

疑問《ぎもん》となるのは、古庵《こあん》と伝右衛門《でんえもん》との関係性《かんけいせい》である。

共犯関係《きょうはんかんけい》だったのか？　それとも伝右衛門《でんえもん》の知《し》らぬ処《ところ》で古庵《こあん》が暗躍《あんやく》をしていたのか？

そして伝右衛門《でんえもん》は、どうやって本山《もとやま》まで船《ふね》を運《はこ》んだのか？

最初《さいしょ》の沈没《ちんぼつ》から帰全山《きぜんざん》に秘匿《ひとく》するまでは、数年《すうねん》の開《ひら》きがあるのである。

もへぇは、最後の謎《なぞ》だけは推測《すいそく》できた。

「花台《はなだい》じゃねぇか？　祭《まつ》りに出《だ》す山車《だし》だよ。伝右衛門《でんえもん》が追《お》い出《だ》された後《あと》、規制緩和《きせいかんわ》の中《なか》でなぜか花台《はなだい》だけは禁止《きんし》されてるんだ」

もへぇの言葉《ことば》に、六郎《ろくろう》はポンと掌《てのひら》を叩《たた》いた。

「副葬品《ふくそうひん》が不自然《ふしぜん》に手《て》を加《くわ》えた跡《あと》が多《おお》いように感《かん》じたのは、そういうことですか」

「最初《さいしょ》は花台《はなだい》の部品《ぶひん》にして隠《かく》すつもりだったが、親《おや》が亡《な》くなって墓《はか》を造《つく》る事《こと》になった。で、花台《はなだい》を今度《こんど》は副葬品《ふくそうひん》にして墓《はか》の中《なか》に隠《かく》した。ただなぁ、やり方《かた》がまどろっこしいよな。伝右衛門《でんえもん》らしくねぇっていうか……」

今一《いまひと》つ、煮《に》え切《き》らないもへぇだったが、六郎《ろくろう》はもへぇの説《せつ》に賛同《さんどう》しているようだった。

「伝右衛門《でんえもん》は義母《ぎぼ》の亡骸《なきがら》を本山《もとやま》に運《はこ》ぶ際《さい》、裸足《はだし》で歩《ある》いたと聞《き》きます。贖罪《しょくざい》のつもりだったのでしょうか？」

「どの道《みち》、婉《えん》さんに話《はな》す時《とき》は慎重《しんちょう》に説明《せつめい》した方《ほう》が良《い》い。古庵《こあん》との関係《かんけい》が不明瞭《ふめいりょう》なままだ」

もへぇと六郎《ろくろう》は互《たが》いに頷《うなず》くと、武芸八《たけひろ》のいる村《むら》に戻《もど》った。

武芸八《たけひろ》の邸宅《ていたく》にて、呼《よ》び寄《よ》せた婉《えん》も含《ふく》め、もへぇと六郎《ろくろう》は自《みずか》らの推理《すいり》を話《はな》した。

「……つまり、父《ちち》の遺《のこ》した遺産《いさん》は、負《ふ》の遺産《いさん》だったと、言《い》いたいわけか？」

婉《えん》の言葉《ことば》に、六郎《ろくろう》はつけ加《くわ》えた。

「確定《かくてい》したわけではありません。川上文書《かわかみぶんしょ》には金《きん》の在処《ありか》や証拠《しょうこ》を示《しめ》す記述《きじゅつ》はないのです。領土争《りょうどあらそ》いで対立《たいりつ》した何某《なにがし》の国《くに》が主犯《しゅはん》という説《せつ》にも、若干《じゃっかん》の検証《けんしょう》余地《よち》があります――」

「――話《はなし》の辻褄《つじつま》なぞ、どうでもよい」

婉《えん》はピシャリと言《い》うと、話《はなし》を続《つづ》けた。

「父《ちち》の業績《ぎょうせき》は是《ぜ》が非《ひ》でも残《のこ》さねばならぬ。下《くだ》らぬ与太話《よたばなし》で失《うしな》われるは、愚《ぐ》の骨頂《こっちょう》だ」

「墓《はか》を守《まも》ることには俺《おれ》も賛同《さんどう》するぜ。墓荒《はかあ》らしは罰当《ばちあ》たりと決《き》まってるからな」

もへぇがそう言《い》った時《とき》、『オジサン』である丸橋忠弥《まるばしちゅうや》の声《こえ》が飛《と》んできた。

「過去《かこ》はきっかけに過《す》ぎんぞ。これからどうするか、如何《いか》にケリをつけるか。それが肝心《かんじん》だ」

縁側《えんがわ》の庭《にわ》で槍《やり》を一振《ひとふ》りした忠弥《ちゅうや》は、七之助《しちのすけ》の体《からだ》を我《わ》が物《もの》としていた。

弥五兵衛《やごべえ》によれば、七之助《しちのすけ》が気《き》を利《き》かして体《からだ》を貸《か》したのだという。

その弥五兵衛《やごべえ》は忠弥《ちゅうや》の脇《わき》に控《ひか》え、忠弥《ちゅうや》の槍捌《やりさば》きを感心《かんしん》した様子《ようす》で眺《なが》めていた。

「ざっくり言《い》うけどよ。あんたが一番《いちばん》、過去《かこ》に執着《しゅうちゃく》してんじゃねぇのか？」

言《い》い返《かえ》すもへぇに忠弥《ちゅうや》はフンと鼻《はな》で笑《わら》い、武芸八《たけひろ》がやんわりと双方《そうほう》を宥《なだ》めた。

「忠弥《ちゅうや》ちゃんの気持《きも》ちも解《わか》るよ。幽界《ゆうかい》の者《もの》にとって現世《げんせ》のことは煩《わずら》わしいだろうからね。

とにかく本山《もとやま》の人《ひと》たちが遺産《いさん》の影響《えいきょう》を被《こうむ》っているのは事実《じじつ》だ。伝右衛門《でんえもん》さんの義母君《ははぎみ》の墓《はか》を守るためにも、本山《もとやま》には行《い》かなくちゃね」

——反対意見《はんたいいけん》は出《で》なかった。

「……なんか僕《ぼく》が音頭《おんど》を取《と》ってるけど、じゃあ早速《さっそく》行《い》くかい？」

早々《そうそう》に立《た》ちあがった武芸八《たけひろ》に、もへぇは驚《おどろ》いて口《くち》を挟《はさ》んだ。

「本山《もとやま》は川上新助《かわかみしんすけ》と現領主《げんりょうしゅ》の所為《せい》で魔境《まきょう》になってんだぜ？　正面《しょうめん》から行《い》くつもりかよ？」

もへぇに続《つづ》いて、六郎《ろくろう》も武芸八《たけひろ》に意見《いけん》した。

「結界《けっかい》を破《やぶ》るだけなら容易《たやす》いでしょうが、影響《えいきょう》は計《はか》り知《し》れません。多《おお》くのモノノ怪《け》たちが犠牲《ぎせい》となるかも。唯《ただ》でさえ本山《もとやま》は、人《ひと》とモノノ怪《け》の諍《いさか》いが絶《た》えない場所《ばしょ》ですからね」

武芸八《たけひろ》は想定済《そうていず》みとばかりに、鉄扇《てっせん》で口元《くちもと》を覆《おお》って目元《めもと》を笑《わら》ってみせた。

「いやいや直接《ちょくせつ》は乗《の》りこまないよ。まずは、あの辺一帯《へんいったい》を仕切《しき》る元締《もとじ》めに会《あ》わなきゃね」

「元締《もとじ》め？　……『豊永領《とよながりょう》』の領主様《りょうしゅさま》か？」

もへぇの察《さっ》しの良《よ》さに、武芸八《たけひろ》は鉄扇《てっせん》をパチンと畳《たた》んだ。

「その通《とお》り。市之丞君《いちのじょうくん》たちも集《あつ》まっている頃《ころ》だよ」

「何《なに》、市之丞《いちのじょう》もか？」

もへぇは驚《おどろ》きの声《こえ》をあげた。

土佐《とさ》の武士《ぶし》は山内家《やまうちけ》が遠州《えんしゅう》——、今《いま》の静岡県西部《しずおかけんせいぶ》の掛川《かけがわ》から連《つ》れてきた者《もの》を上士《じょうし》、戦国《せんごく》時代《じだい》から土佐《とさ》にいた者《もの》を下士《かし》と区別《くべつ》されていたが、唯一《ゆいいつ》、豊永郷《とよながごう》――、今《いま》の大豊町付近《おおとよちょうふきん》を治《おさ》めた『豊永氏《とよながし》』だけは戦国時代《せんごくじだい》から領地《りょうち》を得《え》ていたにも関《かか》わらず、上士《じょうし》としての地位《ちい》を山内家《やまうちけ》から与《あた》えられていた。

土佐《とさ》の山間部《さんかんぶ》は藩《はん》の支配《しはい》が地理的《ちりてき》に及《およ》びにくく、反骨心《はんこつしん》も強《つよ》かった。

豊永郷《とよながごう》と隣接《りんせつ》する本山郷《もとやまごう》では、かつて領民《りょうみん》が武装蜂起《ぶそうほうき》を行《おこな》い、入国《にゅうこく》したばかりの山内家《やまうちけ》は鎮圧《ちんあつ》に手《て》を焼《や》いたばかりか、首謀者《しゅぼうしゃ》を取《と》り逃《にが》がすという大失態《だいしったい》を犯《おか》した。

武力《ぶりょく》では解決《かいけつ》できないと打《う》ち出《だ》した懐柔策《かいじゅうさく》が、鎮圧《ちんあつ》に功績《こうせき》のあった豊永氏《とよながし》を例外的《れいがいてき》に上士《じょうし》として扱《あつか》い、山間部《さんかんぶ》の領民《りょうみん》たちの不満《ふまん》が募《つの》らないよう調整役《ちょうせいやく》に当《あ》たらせる事《こと》だった。

「隣郷《りんごう》はそのようなことになっておるのか。天狗《てんぐ》のおぬしが来《き》たということは、いよいよ、捨《す》て置《お》けぬ事態《じたい》となったようだな――」

土居《どい》の客間《きゃくま》にて、豊永領主《とよながりょうしゅ》は囲碁《いご》を打《う》ちながら武芸八《たけひろ》に話《はな》しかけていた。

宿毛領主《すくもりょうしゅ》と同《おな》じく、豊永領主《とよながりょうしゅ》も独《ひと》り言《ごと》を話《はな》す設定《せってい》で接《せっ》していた。

立場《たちば》の違《ちが》う者同士《ものどうし》の独《ひと》り言《ごと》はとても有効《ゆうこう》で、大名《だいみょう》が風呂《ふろ》に入《はい》る際《さい》に風呂焚《ふろた》きとは直接話《ちょくせつはな》せないので、独《ひと》り言《ごと》を一々伝《いちいちつた》えて温度《おんど》を調節《ちょうせつ》させる笑《わら》い話《ばなし》のような史実《しじつ》も存在《そんざい》している。

もへぇは屋敷《やしき》の入側《いりがわ》に座《すわ》り、やり取《と》りを垣間見《かいまみ》ながら、笑《わら》いを堪《こら》えていた。

「恐《おそ》れながら伝右衛門《でんえもん》の遺産等《いさんなど》と言《い》う妄言《もうげん》に振《ふ》り回《まわ》されている御様子《ごようす》。木々《きぎ》を薙《な》ぎ倒《たお》し、田畑を掘り返す様《さま》は領主《りょうしゅ》の乱心《らんしん》を邪推《じゃすい》するも致《いた》し方《かた》なしかと。加《くわ》えて本山《もとやま》の周囲《しゅうい》には、古《いにしえ》の呪詛札《じゅそふだ》が多数《たすう》張《は》り巡《めぐ》らされております。松平土佐守様《まつだいらとさのかみさま》の本山巡検《もとやまじゅんけん》も間近故《まぢかゆえ》に――」

「――それで、わしは何《なに》をどうすれば良《よ》いのだ？　忌憚《きたん》なく言《い》ってくれ」

豊永《とよなが》の領主《りょうしゅ》は砕《くだ》けた言《い》い回《まわ》しになり、武芸八《たけひろ》もざっくばらんに答《こた》えた。

「まずは本山領内《もとやまりょうない》に踏《ふ》みこむのを、黙認《もくにん》して頂《いただ》きたいですね――」

「――気《き》にしておるのは、その後《あと》だ。手《て》に余《あま》る事態《じたい》は困《こま》る。戦《いくさ》になれば公儀《こうぎ》がうるさい」

「其《そ》の辺《あた》りは、ちゃんと考《かんが》えてありますよ。御心配《ごしんぱい》なく、戦《いくさ》にはなりません」

「……何故《なぜ》、そう言《い》い切《き》れる？」

「土佐守様本人《とさのかみさまほんにん》も巻《ま》きこみますからね。本山以外《もとやまいがい》の領主《りょうしゅ》と連携《れんたい》して、周辺《しゅうへん》に騒動《そうどう》が飛《と》び火《ひ》しないよう、できる範囲《はんい》で配慮《はいりょ》してもらえば、十分《じゅうぶん》ですよ。後《あと》は――」

武芸八《たけひろ》と豊永領主《とよながりょうしゅ》が打《う》ち合《あ》わせを進《すす》める中《なか》、もへぇの元《もと》に市之丞《いちのじょう》が現《あらわ》れた。

「よう、具合《ぐあい》は良《よ》さそうだな」

「頂《いただ》いた薬《くすり》のおかげだ。……少《すこ》し外《はず》せるか？」

「ああ、いいぜ」

もへぇは素直《すなお》に、市之丞《いちのじょう》の誘《さそ》いに応《おう》じた。

「日菜乃殿《ひなのどの》と母君《ははぎみ》、祖父君《そふぎみ》はこの領内《りょうない》に避難《ひなん》させた。日菜乃殿《ひなのどの》の一族《いちぞく》と親《した》しい者《もの》がいてな。快く協力《こころよきょうりょく》してくれたのだ。場所《ばしょ》は後《あと》で教《おし》える」

日菜乃《ひなの》たちの無事《ぶじ》を先《ま》ず知《し》らせて、市之丞《いちのじょう》は本題《ほんだい》に入《はい》った。

「川上新助《かわかみしんすけ》が傷《きず》を癒《いや》して、いよいよ落人《おちうど》の里《さと》を焼《や》きに来《く》るそうだ」

「加勢《かせい》は一向《いっこう》に構《かま》わねぇが、その話《はなし》の出所《でどころ》はどこだ？」

市之丞《いちのじょう》は一瞬口《いっしゅんくち》を噤《つぐ》んで、問《と》いに答《こた》えた。

「桑名古庵《くわなこあん》だ」

「信《しん》じるのか？」

「だからこそ助力《じょりょく》を頼《たの》みたい。古庵《こあん》の配下《はいか》も、同行《どうこう》するだろうしな」

もへぇは確認《かくにん》のために質《ただ》した。

「伝右衛門《でんえもん》の娘《むすめ》の命《いのち》と、川上新助《かわかみしんすけ》の命《いのち》が繋《つな》がってるのは、知《し》ってるな？」

「先日《せんじつ》、武芸八様《たけひろさま》とお会《あ》いした時《とき》、聞《き》かされた」

「新助《しんすけ》は、それを切《き》り札《ふだ》にして来《く》るぜ」

「深追《ふかお》いはしない。里《さと》を守《まも》るのが最優先《さいゆうせん》だ」

「なら、良《い》いんだ」

もへぇはそう言《い》って、市之丞《いちのじょう》の肩《かた》をポンと叩《たた》いた。

「おめぇも変《か》わったな。よっぽど義姉《ねえ》さんと一緒《いっしょ》が良《い》いのか？」

冷やかし半分にそう言ったが、市之丞《いちのじょう》は表情《ひょうじょう》を変《か》えずに答《こた》えた。

「日菜乃殿《ひなのどの》から乞《こ》われた。夫婦《めおと》になって欲《ほ》しいとな――」

「……本気《まじ》か？」

「おまえの父親《ちちおや》と日菜乃殿《ひなのどの》の母親《ははおや》との一件《いっけん》が、頭《あたま》の隅《すみ》にあったらしいぞ」

「……なら、尚更《なおさら》死《し》ぬようなことは慎《つつし》めよ。義兄《にい》さんと呼《よ》ぶ日《ひ》が来《く》るんだからな」

「心得《こころえ》た。その時《とき》は普通《ふつう》に、市之丞《いちのじょう》で構《かま》わないさ」

二人《ふたり》は軽《かる》く笑《わら》い合《あ》い、やがて、『天狗岳《てんぐだけ》』と呼《よ》ばれる、普段《ふだん》は人《ひと》が立《た》ち入《い》らない場所《ばしょ》へと、もへぇは案内《あんない》されたが、市之丞《いちのじょう》によれば、会《あ》わせたい者《もの》たちがいるという。

巨岩《きょがん》の影《かげ》に覆《おお》われるように、岩屋《いわや》の御堂《おどう》がひっそり建《た》って、近《ちか》づくと物陰《ものかげ》から山師達《やましたち》が数人現《すうにんあらわ》れて、目《め》の前《まえ》に立《た》ち塞《ふさ》がったが、もへぇは彼《かれ》らへ唐突《とうとつ》に話《はな》しかけた。

「久《ひさ》しぶりだな、おめぇら。ウリ太郎《たろう》にウリ次郎《じろう》、それにウリ三郎《さぶろう》。……食《た》べるか？」

懐《ふところ》から干芋《ほしいも》の袋《ふくろ》を取《と》り出《だ》して、地面《じめん》に投《な》げると、山師《やまし》たちはワッと駆《か》け寄《よ》った。

ガツガツ食《しょく》するその姿《すがた》は人間《にんげん》でなく、大《おお》きな猪《いのしし》たちだった。

「昔《むかし》に手懐《てなず》けた、此奴《こいつ》らが御守《おもり》ってことは、中《なか》にいるのは、人間《にんげん》じゃねぇな？」

もへぇの推察《すいさつ》に、市之丞《いちのじょう》は無言《むごん》で頷《うなず》き、御堂《おどう》の扉《とびら》を開《あ》けて中《なか》に入《はい》った。

御堂《おどう》の床下《ゆかした》から地下《ちか》に続《つづ》く隠《かく》し階段《かいだん》を通《とお》ると、その先《さき》には小《ちい》さな護摩堂《ごまどう》があった。

「遅かったな。待《ま》ちかねたぞ」

「どうぞ、中《なか》にお入《はい》りください」

中《なか》から、勝気《かちき》な声《こえ》と穏《おだ》やかな声《こえ》を、それぞれ発《はっ》する二人《ふたり》の女《おんな》の声《こえ》が聞《き》こえた。

何《なん》でも、本山《もとやま》から落《お》ち延《の》びた、二人《ふたり》の土地神様《とちがみさま》だという。

護摩堂《ごまどう》に入《はい》ると、薄暗《うすぐら》い部屋《へや》に鬼火《おにび》が燃《も》えて、草臥《くたび》れて薄汚《うすよご》れた修験服《しゅげんふく》を纏《まと》った娘《むすめ》が半安座《はんあんざ》の姿勢《しせい》で座《すわ》り、その隣《となり》には座布団《ざぶとん》を敷《し》いて、横座《よこずわ》りをしながら糸車《いとぐるま》をカラカラ回《まわ》す古風《こふう》な桃山小袖《ももやまこそで》を纏《まと》った女《おんな》が、右膝《みぎひざ》を立《た》てて座《すわ》っていた。

修験服《しゅげんふく》の娘《むすめ》の髪形《かみがた》は、童《わらべ》の『お芥子《けし》の前茶筅髷《まえちゃせんまげ》』で、小柄《こがら》だが勝気《かちき》な顔《かお》つきだった。

小袖《こそで》の女《おんな》は、桃山時代《ももやまじだい》に流行《はや》った『ういなはべり』の髪型《かみがた》で、優《やさ》しく物静《ものしず》かな雰囲気《ふんいき》を漂《ただよ》わせていたが、放《はな》たれる気配《けはい》は、彼女《かのじょ》たちが人外《じんがい》であることを物語《ものがた》っていた。

「このような身《み》ですが、私《わたくし》たちは土地神《とちがみ》としての役目《やくめ》を果《は》たして来《き》た者《もの》でございます」

小袖《こそで》の女《おんな》はそう言《い》って、落《お》ち延《の》びたことを恥《は》じるように、そっと目《め》を伏《ふ》せた。

「それもこれも、あたいがヘマをしたからだ。おかげでこのザマさ」

修験服《しゅげんふく》の娘《むすめ》は自嘲気味《じちょうぎみ》に笑《わら》うと、自分《じぶん》の片膝《かたひざ》を軽《かる》く叩《たた》いた。

片膝《かたひざ》には足首《あしくび》が無《な》く、木製《もくせい》の棒《ぼう》を義足代《ぎそくが》わりにしていた。

「何《なに》があったか知《し》らねぇが、話《はなし》は手短《てみじか》に頼《たの》むぜ。別件《べっけん》が入《はい》ってるからな」

「お手間《てま》は取《と》らせません。どうか御辛抱《ごしんぼう》ください」

小袖《こそで》の女《おんな》が頭《あたま》を低《ひく》くして断《ことわ》りを入《い》れてから、修験服《しゅげんふく》の娘《むすめ》が話《はなし》を始《はじ》めた。

「あたいの奪《うば》われた、この脚《あし》を取《と》り返《かえ》して欲《ほ》しいのさ」

もへぇは顔《かお》を顰《しか》めて、訊《たず》ねた。

「……川上新助《かわかみしんすけ》に、やられたんじゃねぇのか？」

「其奴《そやつ》が本山《もとやま》に来《く》る前《まえ》の話《はなし》だ」

「じゃあ、誰《だれ》にやられたんだ？」

もへぇの問《と》いに、修験服《しゅげんふく》の娘《むすめ》は不機嫌《ふきげん》そうにそっぽを向《む》いて、口《くち》をへの字《じ》に曲《ま》げた。

「松平土佐守《まつだいらとさのかみ》だ」

「土佐守《とさのかみ》ィ？」

思《おも》わず訊《き》き返《かえ》したもへぇに、市之丞《いちのじょう》が口《くち》を挟《はさ》んだ。

「おまえが知《し》らないのは意外《いがい》だな。わたしも最初《さいしょ》は信《しん》じられなかったが」

「大守様《たいしゅさま》だぞ？　なんで本山《もとやま》で、モノノ怪《け》と戦《たたか》ってんだよ？」

「忍《しの》ぶ大名《だいみょう》は意外《いがい》と少《すく》なくはないぞ。それに――」

目線《めせん》で市之丞《いちのじょう》に促《うなが》され、もへぇは小袖《こそで》の女《おんな》の話《はなし》を聴《き》いた。

「あれは間違《まちが》いなく松平土佐守様《まつだいらとさのかみさま》でしたよ。真《ま》っ直《す》ぐに澄《す》み切《き》った、それでいて私共《わたくしども》が思《おも》わず惹きこまれるような、力強《ちからづよ》い気《き》の持《も》ち主《ぬし》でした」

ウットリと話《はな》す小袖《こそで》の女《おんな》に、修験服《しゅげんふく》の娘《むすめ》も満更《まんざら》でない表情《ひょうじょう》をした。

「百数十年《ひゃくすうじゅうねん》生《い》きておるが、眷属《けんぞく》に成《な》りたいと思《おも》うたのは、あの男《おとこ》が最初《さいしょ》じゃのぅ」

「……惚気話《のろけばなし》を聞《き》きに来《き》たわけじゃねぇぞ。あんたら強《つよ》い癖《くせ》に、なんで脚《あし》を奪《うば》われた？」

「うむ。相手《あいて》が只《ただ》の人間《にんげん》なら、ここまで惨《みじ》めな姿《すがた》は晒《さら》してはおらぬが……」

そう切《き》り出《だ》して、修験服《しゅげんふく》の娘《むすめ》は、片脚《かたあし》を失《うしな》った経緯《けいい》を語《かた》り始《はじ》めた。

二人《ふたり》は本山一帯《もとやまいったい》のモノノ怪《け》の元締《もとじ》めで、人間が不必要に山に入って木々等を乱伐しないよう、睨みを利かせる役目を担い、伝右衛門《でんえもん》に代《か》わって領主《りょうしゅ》となった孕石家《はらみいしけ》が土地《とち》を私的《してき》に買《か》い漁《あさ》る動《うご》きを見《み》せたので、脅《おど》しをかけるべく機会《きかい》を伺《うかが》っていた。

その矢先《やさき》、修験服《しゅげんふく》の娘《むすめ》が棲《す》む山《やま》に『毛利藤九郎《もうりとうくろう》』と名乗《なの》る男《おとこ》が現《あらわ》れ、勝手《かって》に炭焼《すみや》き小屋《ごや》を建《た》てると、娘《むすめ》のお気《き》に入《い》りである松《まつ》の木《き》を切《き》ろうとしたので、娘《むすめ》は小袖《こそで》の女《おんな》と協力《きょうりょく》して男《おとこ》を排除《はいじょ》しようとしたが、この毛利何某《もうりなにがし》こそ、松平土佐守《まつだいらとさのかみ》だったのだ。

「二人《ふたり》で追《お》い払《はら》おうとしたが、これが大間違《おおまちが》いでな」

「土佐守様《とさのかみさま》は腕《うで》が立《た》つ御人《おひと》で、私《わたくし》たちは歯《は》が立《た》ちませんでした――」

新陰流《しんかげりゅう》の達人《たつじん》である土佐守《とさのかみ》に、不利《ふり》と察《さっ》した二人《ふたり》が距離《きょり》を取《と》ろうとした直後《ちょくご》だった。

赤鬼《あかおに》が襲《おそ》いかかり、修験服《しゅげんふく》の娘《むすめ》は片脚《かたあし》を失《うしな》う破目《はめ》になったという。

あ〜〜ん
グシャッ

「鬼《おに》が協力《きょうりょく》してる？　初耳《はつみみ》だぞ」

『梶ヶ仁保《かじがにほ》』の赤鬼《あかおに》を知《し》らんか？　阿波《あわ》の『栗《くり》の仁保《にほ》』に棲《す》む兄弟《きょうだい》の片割《かたわ》れらしいが」

市之丞《いちのじょう》にそう言《い》われて、もへぇはピンと思《おも》い当《あ》たった。

「梶ヶ仁保《かじがにほ》は大守様《たいしゅさま》の領地《りょうち》だったな。そこに鬼《おに》がいたなら、知《し》らねぇわけだ――」

栗《くり》の仁保《にほ》は阿波《あわ》、現在《げんざい》の徳島県《とくしまけん》にある『国見山《くにみやま》』のことで、梶ヶ仁保《かじがにほ》は今《いま》いる豊永《とよなが》領内《りょうない》にある『梶ヶ森《かじがもり》』と呼《よ》ばれる山《やま》の別名《べつめい》である。

「――面倒事《めんどうごと》は起《お》こしたくねぇからな。けどあんたらが負《ま》けるなんてよっぽどだぞ？」

質問《しつもん》が確信《かくしん》を突《つ》いたのか、本山《もとやま》のモノノ怪《け》たちは、土佐守《とさのかみ》の恐《おそ》ろしさを語《かた》り始《はじ》めた。

「剣術《けんじゅつ》や鬼《おに》の強《つよ》さはどうでも良《よ》い。力《ちから》を封《ふう》じられたことが重要《じゅうよう》なのだ――」

「――土佐守様《とさのかみさま》は、見渡《みわた》せる範囲《はんい》の仙術《せんじゅつ》を、封《ふう》じてしまう力《ちから》をお持《も》ちなのです」

そんな馬鹿《ばか》な――と、もへぇは口《くち》に出《だ》しそうになったが、二人《ふたり》は真顔《まがお》のままだった。

「彼《かれ》に自覚《じかく》はありません。例《たと》えるなら信仰心《しんこうしん》です。モノノ怪《け》は人間《にんげん》の信仰心《しんこうしん》に強《つよ》く依存《いぞん》をしています。敬《うやま》われると穏《おだ》やかに、侮《あなど》られると荒《あら》ぶる、とても繊細《せんさい》なのです」

「あたいらはそこまで軟《やわ》じゃないけど、土佐守《とさのかみ》は仙術《せんじゅつ》やモノノ怪《け》を全《まった》く信《しん》じていない。その強《つよ》い意志《いし》が、仙術《せんじゅつ》の類《たぐい》を一切使《いっさいつか》えないようにしてるのさ」

土佐守《とさのかみ》の意外《いがい》な能力《のうりょく》を知《し》ったもへぇだったが、依然《いぜん》として疑問《ぎもん》が残《のこ》った。

モノノ怪を信じていないのに、なぜ鬼《おに》を従《したが》えているのか？

「鬼《おに》が生物《いきもの》として振《ふ》る舞《ま》っているらしい。邪《よこしま》なモノノ怪《け》は悪知恵《わるぢえ》が回《まわ》るからな」

「……なるほど。ところで脚《あし》を取《と》り返《かえ》したら、そっちは何《なに》をしてくれるんだ？」

市之丞《いちのじょう》の補足説明《ほそくせつめい》に納得《なっとく》したもへぇの問《と》いかけに、二人《ふたり》のモノノ怪《け》は顔《かお》を見合《みあ》わせ、事前《じぜん》に示《しめ》し合《あ》わせていたのか、修験服《しゅげんふく》の娘《むすめ》が答《こた》えた。

「おまえが直面《ちょくめん》しておる、消失《しょうしつ》という難題《なんだい》についての助言《じょげん》をしてやろう」

「……最後《さいご》の質問《しつもん》だ。モノノ怪《け》が住処《すみか》を離《はな》れるのは不名誉《ふめいよ》なことらしいな。屈辱《くつじょく》に耐《た》えて、逃《に》げて来《き》た理由《りゆう》は何《なん》だ？」

「それは、僕《ぼく》に会《あ》えるという、希望《きぼう》があったからだよ」

振《ふ》り返《かえ》ると、豊永領主《とよながりょうしゅ》と話《はなし》を終《お》えた武芸八《たけひろ》が市之丞《いちのじょう》の隣《となり》にニコニコ顔《がお》で立《た》っていた。

「……またあんたか。あちこちに首《くび》ツッコんでるんだな」

そう言《い》って視線《しせん》を戻《もど》したもへぇは、失《うしな》われた脚《あし》を恥《は》ずかしそうに隠《かく》したり、頰《ほお》をポッと赤《あか》くしたりする二人《ふたり》のモノノ怪《け》を見《み》て、彼女《かのじょ》たちと武芸八《たけひろ》がどういう関係《かんけい》なのか悟《さと》った。

「……失礼《しつれい》するぜ」

もへぇは足早《あしばや》に天狗岳《てんぐだけ》から立《た》ち去《さ》り、その日《ひ》の内《うち》に市之丞《いちのじょう》と共《とも》に落人《おちうど》の里《さと》へ向《む》かった。

襲撃予告《しゅうげきよこく》の日《ひ》より前《まえ》に到着《とうちゃく》した二人《ふたり》は、先行《せんこう》していたウリ坊《ぼう》の山師《やまし》たちと協力《きょうりょく》して、貴重品類《きちょうひんるい》を避難《ひなん》させ、壊《こわ》れやすい建物《たてもの》を事前《じぜん》に壊《こわ》すなど準備《じゅんび》を整《ととの》えてから山師《やまし》らを本山《もとやま》のモノノ怪《け》たちの元《もと》に避難《ひなん》させて、市之丞《いちのじょう》と共《とも》に、建物群《たてものぐん》が見下《みお》ろせる位置《いち》で息《いき》を潜《ひそ》めた。

予告《よこく》の夜《よる》、里《さと》は不気味《ぶきみ》なほど静《しず》かだった。

「予告前《よこくまえ》にやって来《き》て、里《さと》が焼《や》けるのを見《み》せつけるかと思《おも》ったが、間違《まちが》いだったかな？」

「分《わ》からんぞ。日《ひ》をずらして、油断《ゆだん》した隙《すき》を狙《ねら》う手筈《てはず》かもしれん」

「椿姫《つばきひめ》と、山犬野郎《やまいぬやろう》がいるのにか？」

「彼《かれ》らは味方《みかた》ではないようだ。それが分《わ》かっている以上《いじょう》、慎重《しんちょう》にもなろう」

——その時《とき》だった。

もへぇの鼻《はな》が甘《あま》い香《かお》りを嗅《か》ぎつけ、上空《じょうくう》に無数《むすう》の椿《つばき》の花《はな》が咲《さ》いた。

花《はな》は一瞬《いっしゅん》で燃《も》えあがって火蜂《ひばち》の姿《すがた》に変《か》わり、建物《たてもの》に次々《つぎつぎ》と取《と》りついて柱《はしら》が朽《く》ちて軋《きし》む音《おと》が、あちらこちらから聴《き》こえ始《はじ》めた。

火蜂《ひばち》が木材《もくざい》の生気《せいき》を喰《く》らい、枯《か》らしているのである。

「化物《ばけもの》たちの相手《あいて》は俺《おれ》がする。おめぇは川上新助《かわかみしんすけ》を捜《さが》せ」

「分《わ》かった。お互《たが》い、生《い》きて戻《もど》ろう」

互《たが》いの言葉《ことば》に頷《うなず》き合《あ》い、もへぇは傍《かたわ》らの鷲《わし》を促《うなが》して、脚《あし》に掴《つか》まって飛《と》び上《あ》がった。

里《さと》で一番大《いちばんおお》きな建物《たてもの》である神殿《しんでん》の境内《けいだい》に降《お》り立《た》つと、腕《うで》を組《く》んで仁王立《におうだ》ちする山犬顔《やまいぬがお》の怪人と、庭石《にわいし》の上《うえ》で爪《つめ》を舐《な》め研《と》ぐ、黒猫姿《くろねこすがた》の椿姫《つばきひめ》がいた。

「火蜂《ひばち》に地味《じみ》なことさせてんな。遊《あそ》びのつもりか？」

「二対一《にたいいち》じゃからなぁ。それなりに歓迎《かんげい》をせねばなぁ」

「残念《ざんねん》だったな。こっちには助《すけ》っ人《と》がいるんだぜ」

もへぇの言葉《ことば》に椿姫《つばきひめ》は爪研《つめと》ぎを止《や》め、山犬顔《やまいぬがお》の怪人《かいじん》は、もへぇの方《ほう》を向《む》いた。

「……前田六郎太郎《まえだろくろうたろう》か」

椿姫《つばきひめ》の言葉通《ことばどお》り、もへぇの隣《となり》に六郎《ろくろう》の姿《すがた》がフッと現《あらわ》れた。

「これで数《かず》は互角《ごかく》だ。後《あと》は実力勝負《じつりょくしょうぶ》――」

そう凄《すご》んでみたものの、もへぇは不安《ふあん》になって六郎《ろくろう》に話《はな》しかけた。

「助《すけ》っ人《と》はありがてぇが、どういう風《かぜ》の吹《ふ》き回《まわ》しだ？」

「あの山犬《やまいぬ》の君《きみ》とは、兄弟弟子《きょうだいでし》の間柄《あいだがら》でしてね」

「なんだって？」

驚《おどろ》くもへぇを尻目《しりめ》に、六郎《ろくろう》は山犬《やまいぬ》の君《きみ》に歩《あゆ》み寄《よ》り、蛇腹剣《じゃばらけん》をゆっくりと引《ひ》き抜《ぬ》いた。

「お久《ひさ》しぶりですね。あなたと入《い》れ替《か》わるように、師匠《ししょう》の弟子《でし》になりましたよ――」

六郎《ろくろう》の言葉《ことば》に、山犬《やまいぬ》の君《きみ》は無言《むごん》で、被《かぶ》っていた土偶《どぐう》の面《めん》を外《はず》した。

そうして素顔《すがお》を露《あら》わにすると、得物《えもの》である長巻《ながまき》を構《かま》えた。

六郎《ろくろう》と山犬《やまいぬ》の君《きみ》の師匠《ししょう》は、古庵《こあん》に弟子《でし》を貸《か》し与《あた》える間柄《あいだがら》のようだ。

「初《はじ》めての手合《てあ》わせでは、加減《かげん》をしてくれて有難《ありがと》うございます。今思《いまおも》えば恥《は》ずかしい限《かぎ》り。恩返《おんがえ》しをする意味《いみ》でも、今宵《こよい》は真剣勝負《しんけんしょうぶ》を、お願《ねが》いしますよ」

六郎《ろくろう》の蛇腹剣《じゃばらけん》が鞭《むち》のように撓《しな》って山犬《やまいぬ》の君《きみ》のいる場所《ばしょ》を地表《ちひょう》ごと抉《えぐ》ったが、山犬《やまいぬ》の君《きみ》は簡単《かんたん》に攻撃《こうげき》を躱《かわ》し、六郎《ろくろう》も落《お》ちつき払《はら》って蛇腹剣《じゃばらけん》で植樹《しょくじゅ》をされた二《に》、三本《さんぼん》の木々《きぎ》を瞬時《しゅんじ》に伐採《ばっさい》すると、もう片方《かたほう》の開《あ》いた手《て》を翳《かざ》して木々《きぎ》を宙《ちゅう》に浮《う》かせ、手首《てくび》と人差《ひとさ》し指《ゆび》をクイッと返《かえ》して、何《なに》もない後方《こうほう》の白洲《しらす》に杭《くい》を打《う》ち込《こ》むように木々《きぎ》を突《つ》っ込《こ》ませた。

白洲《しらす》に打《う》ち込《こ》まれる寸前《すんぜん》、幾重《いくえ》にも斬撃《ざんげき》が走《はし》り、伐採《ばっさい》された木々《きぎ》はバラバラと崩《くず》れ落《お》ち、一瞬《いっしゅん》の状態硬直《じょうたいこうちょく》を狙《ねら》って六郎《ろくろう》の蛇腹剣《じゃばらけん》が伸《の》び、長巻《ながまき》の持《も》ち手部分《てぶぶん》に絡《から》まった。

六郎《ろくろう》は剣《けん》を手繰《たぐ》って間合《まあ》いをとろうとしたが、山犬《やまいぬ》の君《きみ》は意表《いひょう》を突《つ》いて跳《と》び、宙返《ちゅうがえ》りをして六郎《ろくろう》の間合《まあ》いに入《はい》ったので、両者《りょうしゃ》は得物《えもの》を持《も》ちつつ組《く》み手《て》の争《あらそ》いを始《はじ》め、その動《うご》きも止《と》まって力《ちから》と力《ちから》が拮抗《きっこう》し、それぞれの足元《あしもと》から無数《むすう》の地割《じわ》れが周囲《しゅうい》にビビッと走《はし》った。

二人《ふたり》が場所《ばしょ》を変《か》え、素早《すばや》く移動《いどう》したので、社殿《しゃでん》の脇《わき》にある森《もり》の木々《きぎ》が次々《つぎつぎ》と倒《たお》れたが、もへぇと椿姫《つばきひめ》は一度《いちど》も視線《しせん》を譲《ゆず》らず、互《たが》いに睨《にら》み合《あ》っていた。

「こちらも始《はじ》めるか？　どれほど腕《うで》を上《あ》げたか、楽《たの》しみじゃのぅ」

両手《りょうて》の爪《つめ》を伸《の》ばし、ゆるやかに迫《せま》ってきたが、もへぇは微動《びどう》だにせず、立《た》ちつくした。

椿姫が一気に走り寄り、鋭い爪《つめ》を腹《はら》に突《つ》き入《い》れた瞬間《しゅんかん》――、鮫《さめ》の力《ちから》が発動《はつどう》した。

もへぇの腹《はら》が鋭《するど》い歯《は》の並《なら》ぶ顎《あご》となり、椿姫《つばきひめ》の手首《てくび》にガップリと噛《か》みついた。

「お戯《たわむ》れは無《な》しだ」

もへぇはそう呟《つぶや》くと、詠唱《えいしょう》をとばして、いきなり『転送術《てんそうじゅつ》』を発動《はつどう》させた。

二人《ふたり》の姿《すがた》は一瞬《いっしゅん》で里《さと》から消《き》え失《う》せ、次《つぎ》の瞬間《しゅんかん》、泥《どろ》と礫《れき》の混《ま》じった濁流《だくりゅう》の中《なか》にいた。

鮫《さめ》の力《ちから》で水中《すいちゅう》を自在《じざい》に動《うご》くもへぇに翻弄《ほんろう》されて、椿姫《つばきひめ》は川岸《かわぎし》に叩《たた》きつけられた。

既《すで》に片方《かたほう》の手首《てくび》を失《うしな》い、体《からだ》のあちこちを切《き》り刻《きざ》まれて立《た》ち上《あ》がるのがやっとだった。

そこへ、川岸《かわぎし》の地面《じめん》を切裂《きりさ》きながら、鮫《さめ》の背《せ》ビレが迫《せま》ってきた。

椿姫《つばきひめ》は跳躍力《ちょうやくりょく》で躱《かわ》して、背《せ》ビレは岸《きし》の大岩《おおいわ》に激突《げきとつ》して、ガラガラと崩《くず》れた。

土煙《つちけむり》の中《なか》から現《あらわ》れたのは、鮫《さめ》の力《ちから》で異形《いぎょう》の姿《すがた》となった、もへぇだった。

鮫《さめ》の姿《すがた》を模《かたど》った鎧《よろい》を、被《かぶ》っていると言《い》い表《あらわ》すべきだろう。

腹《はら》の顎《あご》に片腕《かたうで》を突《つ》っ込《こ》み、食《く》い千切《ちぎ》った椿姫《つばきひめ》の片腕《かたうで》を投《な》げ捨《す》てると、続《つづ》け様《ざま》に骨《ほね》と軟骨《なんこつ》、そして歯《は》の混《ま》じった塊《かたまり》を取《と》り出《だ》し、宙《ちゅう》で二《に》、三度《さんど》振《ふ》り回《まわ》すと塊《かたまり》は禍々《まがまが》しい武器《ぶき》となった。

握《にぎ》り手《て》以外《いがい》のあらゆる所《ところ》に鮫《さめ》の歯《は》が鋸《のこぎり》のようにビッシリ生《は》え、肘《ひじ》に生《は》えた鮫《さめ》の歯《は》と、鍔《つば》の握《にぎ》り手《て》近《ちか》くに出来《でき》た歯車状《はぐるまじょう》の突起《とっき》に噛《か》み合《あわ》せ、独楽《こま》のように引《ひ》くことで歯車《はぐるま》を高速《こうそく》で回転《かいてん》させて動《うご》かしながら、ゆっくり椿姫《つばきひめ》に向《む》かって歩《ある》き出《だ》した。

濁流《だくりゅう》の音《おと》と豪雨《ごうう》の雨音《あまおと》、そして鮫歯《さめば》の回転音《かいてんおん》だけが響《ひび》いていた。

間合《まあ》いに入《はい》るや否《いな》や、もへぇは得物《えもの》を振《ふ》るい、椿姫《つばきひめ》の両腕《りょううで》と胴体《どうたい》を斬《き》り落《お》とした。

横一文字《よこいちもんじ》に両断《りょうだん》された下半身《かはんしん》に得物《えもの》を突《つ》き刺《さ》してから、上半身《じょうはんしん》に歩《あゆ》み寄《よ》ると頭《あたま》を掴《つか》み、背骨《せぼね》ごと首《くび》をブチブチと引《ひ》きちぎった。

椿姫《つばきひめ》は最後《さいご》の抵抗《ていこう》を試《こころ》みて、背骨《せぼね》をムカデのように動《うご》かして骨《ほね》の端々《はしばし》から毒液《どくえき》を出《だ》し、鮫肌《さめはだ》の鎧《よろい》を溶《と》かしにかかったが、もへぇは上空《じょうくう》に待機《たいき》させた雷雲《らいうん》から稲妻《いなづま》を召還《しょうかん》して自分《じぶん》もろ共直撃《ともちょくげき》させ、怯《ひる》んだ椿姫《つばきひめ》を投《な》げ捨《す》て、自身《じしん》も鎧《よろい》を脱《ぬ》いで身軽《みがる》になると手拭《てぬぐ》いに地面《じめん》の土砂《どしゃ》を詰《つ》めて殴打用《おうだよう》の武器《ぶき》を作《つく》り、椿姫《つばきひめ》の頭《あたま》を何度《なんど》も殴《なぐ》りつけた。

もへぇは油断《ゆだん》していなかった。

背後《はいご》の殺気《さっき》に向《む》けて一枚《いちまい》の御札《おふだ》を潜行《せんこう》させており、ふり返《かえ》って回収《かいしゅう》した御札《おふだ》にはかつて苦《くる》しめられた、あの動《うご》く妖花《あやかしばな》が封印《ふういん》されていた。

椿姫《つばきひめ》の顔《かお》はグシャグシャに潰《つぶ》れて、土色《つちいろ》の中身《なかみ》が剥《む》き出《だ》しになっていた。

「……土《つち》で出来《でき》てやがったか」

もへぇがつぶやくと椿姫《つばきひめ》の声《こえ》が、か細《ぼそ》く聞《き》こえてきた。

「……大水《おおみず》を引《ひ》き起《お》こすとは、恐《おそ》ろしい奴《やつ》よ」

「ここは数年前《すうねんまえ》の仁淀川《によどがわ》だ。長雨《ながし》で洪水寸前《こうずいすんぜん》までいった時《とき》の、仁淀川《によどがわ》さ」

「……大水《おおみず》の起《お》こった年《とし》に跳《と》んだというのかぇ？」

「仙人化《せんにんか》が進《すす》むと転送術《てんそうじゅつ》は時《とき》を超《こ》える。てめぇと同《おな》じ時代《じだい》の空気《くうき》は吸《す》いたくねぇからな」

もへぇは勝利《しょうり》を確信《かくしん》して、この言葉《ことば》を吐《は》き出《だ》したが、椿姫《つばきひめ》は唐突《とうとつ》に笑《わら》い出《だ》した。

「ククク――。妾《わらわ》が見込《みこ》んだだけのことはあるわ。これで心《こころ》は決《き》まったぞ――」

「……何《なん》の話《はなし》だ？」

もへぇの問《と》いかけに、椿姫《つばきひめ》の口《くち》は開《ひら》かなかった。

雨粒《あまつぶ》が地面《じめん》を叩《たた》き、濁流《だくりゅう》の音《おと》の中《なか》、土《つち》の塊《かたまり》となった骸《むくろ》は無言《むごん》で横《よこ》たわっていた。

もへぇは忍《しの》ばせていた御札《おふだ》を一枚《いちまい》、懐《ふところ》から出《だ》して椿姫《つばきひめ》の首《くび》を封印《ふういん》した。

勝利《しょうり》の達成感《たっせいかん》はなく、疲労感《ひろうかん》が全身《ぜんしん》を覆《おお》っていた。

それが仙術《せんじゅつ》の副作用《ふくさよう》と気《き》づきつつ、見上《みあ》げた視線《しせん》の先《さき》に何《なに》かが見《み》えた。

翼《つばさ》を生《は》やし、両手《りょうて》に娘《むすめ》を抱《かか》えた一人《ひとり》の少年《しょうねん》の姿《すがた》――。

過去《かこ》のもへぇだった。

――あの時《とき》はトキちゃん以外《いがい》に関心《かんしん》はなかったな。何事《なにごと》もなけりゃ、蜂合《はちあ》わせはねぇか
疲労困憊《ひろうこんぱい》の表情《ひょうじょう》を浮《う》かべつつ、視線《しせん》を横《よこ》に向《む》けると、大岩《おおいわ》の上《うえ》に今《いま》まで見《み》た事《こと》もない怪人《かいじん》が立《た》っているのが、はっきりと見《み》えた。

姿恰好《すがたかっこう》は神官《しんかん》に似《に》ているが、意匠《いしょう》はキリシタン風《ふう》で山犬《やまいぬ》の君《きみ》と同《おな》じ山犬顔《やまいぬがお》をしている。

名前だけの存在《そんざい》だった、偽《にせ》の桑名古庵《くわなこあん》だと、本能的《ほんのうてき》に気《き》づいた。

「……あんたは最初《さいしょ》にこう言《い》った。覚《おぼ》えてるか？　未来《みらい》の俺《おれ》だと。証拠《しょうこ》はあるのか？」

もへぇの言葉《ことば》に、偽《にせ》の古庵《こあん》は言葉《ことば》で答《こた》える代《か》わりに、二枚《にまい》の御札《おふだ》を取《と》り出《だ》して見《み》せた。

先程封印《さきほどふういん》したはずの椿姫《つばきひめ》の首《くび》と妖花《あやかしばな》が、やや草臥《くたび》れて封印《ふういん》されていた。

古庵《こあん》が口《くち》を開《ひら》いた。

「同《おな》じ時《とき》の流《なが》れの中《なか》で同《おな》じ者同士《ものどうし》が出会《であ》うと、力《ちから》が反発《はんぱつ》して良《よ》くないことが起《お》こり易《やす》い。だから俺《おれ》は過去《かこ》の自分《じぶん》と接触《せっしょく》を避《さ》け、おまえの意識《いしき》がない時《とき》にだけ動《うご》いた。しかしだ――」

桑名古庵《くわなこあん》を名乗《なの》る未来《みらい》のもへぇは、上空《じょうくう》にいる、過去《かこ》のもへぇを指差《ゆびさ》して話《はなし》を続《つづ》けた。

「三人《さんにん》いれば何《なん》とやらだ。力《ちから》は調和《ちょうわ》される。過去《かこ》のおまえに、感謝《かんしゃ》するんだな」

「何故《なぜ》あの土人形《つちにんぎょう》を助《たす》けるんだ？　今更《いまさら》、何《なん》の価値《かち》があるんだ？」

「何《いず》れ、おまえも勘《かん》づくさ。……そろそろお別《わか》れだ。次《つぎ》は俺《おれ》の立場《たちば》で、過去《かこ》の俺《おれ》と話《はな》せ」

古庵《もへぇ》の言葉通《ことばどお》り、疲労《ひろう》が限界《げんかい》を超《こ》えて、もへぇは気《き》を失《うしな》った。


「もへぇ殿《どの》、もへぇ殿《どの》！」

六郎《ろくろう》の声《こえ》で目覚《めざ》めた時《とき》、もへぇは落人《おちうど》の里《さと》にいて、神殿内《しんでんない》の白州《しらす》の上《うえ》に倒《たお》れていた。

どう戻《もど》ったのか見当《けんとう》もつかないが、目《め》の前《まえ》には安堵《あんど》する六郎《ろくろう》と、市之丞《いちのじょう》の姿《すがた》があった。

二人《ふたり》とも服《ふく》は破《やぶ》れ、傷《きず》だらけだったが、何《なん》とか無事《ぶじ》のようだ。

背後《はいご》で何《なに》かが崩《くず》れる音《おと》がして、ふり返《かえ》ると火蜂《ひばち》によって神殿《しんでん》の屋根《やね》が次々《つぎつぎ》と落《お》ちていた。

「……宿主《やどぬし》が死《し》ぬと、眷属《けんぞく》も消《き》えるんじゃねぇのか？」

戸惑《とまど》いの声《こえ》を上《あ》げたもへぇだったが、疲労《ひろう》のせいで立《た》ち上《あ》がれず、市之丞《いちのじょう》に支《ささ》えられた。

「命《いのち》あってこそだ。やむ負《お》えないが、一先《ひとま》ず戻《もど》ろう――」

その直後《ちょくご》、物凄《ものすご》い速《はや》さで何《なに》かが上空《じょうくう》を通過《つうか》し、火蜂《ひばち》が凍《こお》りついて動《うご》かなくなった。

そして続《つづ》け様《ざま》に別《べつ》の何《なに》かが通《とお》り過《す》ぎて、衝撃波《しょうげきは》で、凍《こお》った火蜂《ひばち》が次々《つぎつぎ》と砕《くだ》け散《ち》った。

「始《はじ》まったのだ。武芸八様《たけひろさま》と忠弥様《ちゅうやさま》との勝負《しょうぶ》が」

市之丞《いちのじょう》の言葉《ことば》を聞《き》いて、六郎《ろくろう》の声《こえ》が飛《と》んだ。

「戻《もど》りましょう。結末《けつまつ》を見届《みとど》けなくては」

もへえは、六郎《ろくろう》や市之丞《いちのじょう》と一緒《いっしょ》に、豊永領内《とよながりょうない》の寺院《じいん》に跳《と》んだ。

市之丞《いちのじょう》によれば、境内《けいだい》の居住区《きょじゅうく》＝『庫裏《くり》』に、日菜乃《ひなの》と彼女《かのじょ》の母《はは》、祖父《そふ》がいるらしい。

境内《けいだい》には、大《おお》きな蓮池《はすいけ》が造《つく》られていて、池《いけ》の畔《ほとり》には、弥五兵衛《やごべえ》と岩屋《いわや》の御堂《おどう》で出会《であ》った
あの修験服《しゅげんふく》の娘《むすめ》が、片足《かたあし》立《だ》ちで立《た》っていた。

武芸八《たけひろ》に仕立《した》てて貰《もら》ったのか、娘《むすめ》のボロボロだった修験服《しゅげんふく》は新調《しんちょう》され、娘《むすめ》は腕組《うでく》みをして池《いけ》の水面《みなも》を眺《なが》め、傍《かたわ》らの弥五兵衛《やごへえ》も腰《こし》を屈《かが》めて、食《く》い入《い》るように見《み》つめていた。

もへぇたちに気がつくと、娘《むすめ》は視線《しせん》を移《うつ》さず、六郎《ろくろう》に声《こえ》をかけた。

「兄弟子《あにでし》には、勝《か》てたのか？」

「いえ、あしらわれました。月《つき》と鼈《すっぽん》でしたよ」

「……そうであろうな」

何《なに》かを知《し》っていそうな口振《くちぶり》だったが、もへぇがそれを質《ただ》す前《まえ》に、娘《むすめ》が口《くち》を開《ひら》いた。

「忠弥《ちゅうや》には、あたいの翼《つばさ》を貸《か》してやった。その甲斐《かい》あって、勝負《しょうぶ》は出来《でき》ておるようだ」

「……あんた天狗《てんぐ》だったのか？」

「なり損《そこ》ないの『芝天狗《しばてんぐ》』じゃがな。勝負《しょうぶ》はこの池《いけ》に映《うつ》しておる。覗《のぞ》いて見《み》るがよい」

芝天狗《しばてんぐ》の娘《むすめ》に促《うなが》されて、もへぇは池《いけ》の方《ほう》を見《み》た。


まるで巻物絵《まきものえ》を見《み》るような戦《たたか》いだった。

あの時《とき》は目《め》で追《お》えなかった戦《たたか》いが、まるで舞《まい》を踊《おど》るかのように、ゆっくりとした速《はや》さで、磨《みが》かれた鏡《かがみ》のように水面《みなも》へ映《うつ》し出《だ》されていた。

二人《ふたり》は、得物《えもの》を携《たずさ》えて対峙《たいじ》していた。

しかし、その力《ちから》の差《さ》は歴然《れきぜん》としていた。

島大明神
取大明神

金剛杵《こんごうしょ》の槍《やり》は武芸八《たけひろ》に一突《ひとつ》きも与《あた》えられず、鉄扇《てっせん》と笄《こうがい》に弾《はじ》かれ、躱《かわ》され、捌《さば》かれた。

隙《すき》あらば武芸八《たけひろ》の丹石流脛払《たんせきりゅうすねはら》いで牽制《けんせい》され、忠弥《ちゅうや》は距離《きょり》をとっては後退《こうたい》を繰《く》り返《かえ》した。

決闘《けっとう》は豊永郷《とよながごう》を流《なが》れる吉野川《よしのがわ》で一番流《いちばんなが》れが緩《ゆる》やかな『長瀞《ながとろ》』と呼《よ》ばれる場所《ばしょ》で行《おこな》われ、堰止湖《せきとめこ》のように穏《おだ》やかな川面《かわも》に武芸八《たけひろ》が下《お》り立《た》つと、川面《かわも》は瞬時《しゅんじ》に、氷結《ひょうけつ》をした。

武芸八《たけひろ》の髪《かみ》は銀色《ぎんいろ》に染《そ》まり、瞳《ひとみ》は金色《こんじき》だった。

これが忠弥《ちゅうや》の知《し》る武芸八《たけひろ》らしく、追《お》って川面《かわも》に立《た》った際《さい》も、顔色一《かおいろひと》つ変《か》えなかった。

やがて、二人《ふたり》は何《なに》やら話《はなし》を始《はじ》めたが、声《こえ》まではこちらに届《とど》いてこない。

もへぇは目《め》を閉《と》じて、二人《ふたり》の間《あいだ》に何《なに》があったか、会話《かいわ》の断片《だんぺん》から聴《き》き取《と》ろうとした。

武芸八《たけひろ》は見聞《けんぶん》を広《ひろ》めるため、江戸《えど》の軍学者《ぐんがくしゃ》が開《ひら》いた塾《じゅく》に参加《さんか》した。

忠弥《ちゅうや》は軍学者《ぐんがくしゃ》の側近《そっきん》で、友人《ゆうじん》となった後《のち》は仙術《せんじゅつ》で土佐《とさ》に連《つ》れて行《い》くほどの仲《なか》になった。

互《たが》いに命《いのち》を預《あず》け合《あ》おうと誓《ちか》いまで立《た》てた二人《ふたり》だったが、塾《じゅく》は幕府転覆《ばくふてんぷく》を計画《けいかく》するなど、過激《かげき》な集団《しゅうだん》に転向《てんこう》したため、武芸八《たけひろ》は自分《じぶん》の力《ちから》が利用《りよう》されることを恐《おそ》れ、塾《じゅく》を去《さ》った。

それは忠弥《ちゅうや》を裏切《うらぎ》ることであり、忠弥自身《ちゅうやじしん》は師匠《ししょう》と運命《うんめい》を共《とも》にしたが、裏切《うらぎ》った武芸八《たけひろ》への愛憎《あいぞう》の混《ま》じった想《おも》いが残存《ざんぞん》して、巡《めぐ》り巡《めぐ》って七之助《しちのすけ》の体《からだ》に転生《てんせい》したのである。

しかし、武芸八《たけひろ》の心情《しんじょう》に忠弥《ちゅうや》は内心気《ないしんき》づいているのでは――と、もへぇは勘《かん》づいた。

忠弥《ちゅうや》の槍捌《やりさば》きは鈍《にぶ》く、迷《まよ》いと力量差《りきりょうさ》、そして武芸八《たけひろ》の動《うご》きに、何《なに》かを感《かん》じていた。

もへぇは再び意識を向けて、彼《かれ》らの声《こえ》を聴《き》いた。

忠弥《ちゅうや》は、武芸八《たけひろ》を『人《ひと》』として信頼《しんらい》し、その信頼《しんらい》を損《そこ》なわれ立腹《りっぷく》し、追《お》いかけて来《き》た。

それが今《いま》、概念《がいねん》そのものが違《ちが》う『仙人《せんにん》』なのだと、理解《りかい》したようなのだ。

武芸八《たけひろ》は忠弥《ちゅうや》の様子《ようす》を察《さっ》して、笄《こうがい》を懐《ふところ》にしまい、鉄扇《てっせん》を畳《たた》んで宙《ちゅう》に放《ほう》り投《な》げた。

そして両手《りょうて》を前《まえ》に差《さ》し出《だ》して、無防備《むぼうび》な姿勢《しせい》を晒《さら》した。

忠弥《ちゅうや》は意《い》を決《けっ》して槍《やり》を構《かま》えると、一思《ひとおも》いに武芸八《たけひろ》を突《つ》いたが、槍《やり》は貫通《かんつう》しなかった。

武芸八《たけひろ》の腹《はら》に黒《くろ》い影《かげ》が浮《う》き上《あ》がって、そこに吸《す》いこまれたのだ。

正体《しょうたい》を探《さぐ》ろうと意識《いしき》を向《む》けると、見《み》えたのは無数《むすう》に瞬《また》く銀河《ぎんが》の星々《ほしぼし》だった。

引《ひ》きずり込《こ》まれそうな気《き》がして、もへぇは思《おも》わず二三歩《にさんぽ》下《さ》がった。


「――どうした？」

芝天狗《しばてんぐ》の娘《むすめ》に声《こえ》をかけられ、もへぇは我《われ》に返《かえ》った。

じっとり滲《にじ》み出《で》た汗《あせ》を拭《ぬぐ》っていると、芝天狗《しばてんぐ》の声《こえ》が、再《ふたた》び聞《き》こえてきた。

「ケリがつくようじゃな」

再《ふたた》び池《いけ》を覗《のぞ》くと、忠弥《ちゅうや》は槍《やり》を金剛杵《こんごうしょ》に戻《もど》して、顔《かお》は悟《さと》ったように落《お》ち着《つ》いていた。

そして二言三言《ふたことみこと》、口《くち》を動《うご》かし何《なに》かを伝《つた》えて、武芸八《たけひろ》は軽《かる》くうなずいて微笑《ほほえ》み返《かえ》した。

「――それでも貴様《きさま》は人間《にんげん》だ。それを忘《わす》れるな」

それが、もへぇが聴き取《と》った、忠弥《ちゅうや》の最後《さいご》の言葉《ことば》だった。

七之助《しちのすけ》の体《からだ》から幽気《ゆうき》が蒸気《じょうき》のように沸《わ》き上《あ》がり、顔《かお》も元《もと》の七之助《しちのすけ》に戻《もど》った。

幽気《ゆうき》は武芸八《たけひろ》の周《まわ》りを飛《と》び、武芸八《たけひろ》も落《お》ちてきた鉄扇《てっせん》を手《て》に花取《はなとり》を踊《おど》り始《はじ》め、その踊《おど》りに導《みちび》かれて忠弥《ちゅうや》の魂《たましい》は消《き》え、残《のこ》されたのは、氷上《ひょうじょう》に倒《たお》れる七之助《しちのすけ》の姿《すがた》だった。

「ようやく、成仏《じょうぶつ》されたのですな」

ジッと様子《ようす》を見守《みまも》っていた弥五兵衛《やごべえ》は、そう言《い》って静《しず》かに手《て》を合《あ》わせた。

武芸八《たけひろ》は七之助《しちのすけ》を抱《だ》きかかえると、もへぇのいる寺《てら》に一瞬《いっしゅん》で戻《もど》ってきた。

「御清聴《ごせいちょう》ありがとう。忠弥《ちゅうや》ちゃんは最後《さいご》まで僕《ぼく》を人間《にんげん》として見《み》てくれたよ。嬉《うれ》しかった」

七之助《しちのすけ》を寺小姓《てらこしょう》に預《あず》け、武芸八《たけひろ》は六郎《ろくろう》に声《こえ》をかけた。

「ひょっとして、忠弥《ちゅうや》ちゃんに、あれこれ吹《ふ》きこんでくれていたのかい？」

「未来《みらい》は太平《たいへい》の世《よ》、忠弥《ちゅうや》さんの死《し》も無駄《むだ》ではなかったと伝《つた》えました。……余計《よけい》でしたか？」

少《すこ》し申《もう》し訳《わけ》なさそうな顔《かお》をする六郎《ろくろう》に、武芸八《たけひろ》は首《くび》を横《よこ》に振《ふ》って労《ねぎら》った。

「むしろ礼《れい》を言《い》わなきゃいけないよ。あれだけ恨《うら》みを引《ひ》っ張《は》っていたのに、拍子抜《ひょうしぬ》けしたようにさっぱりしていたからね。……ありがとう」

六郎《ろくろう》に深々《ふかぶか》と頭《あたま》を下《さ》げてから、武芸八《たけひろ》は芝天狗《しばてんぐ》の娘《むすめ》に向《む》き直《なお》った。

「これで気兼《きが》ねなく、本山《もとやま》に専念《せんねん》できるよ」

「あんたとあたいらの仲《なか》だ。どうってことないさ」

芝天狗《しばてんぐ》の娘《むすめ》が気前《きまえ》よくそう言《い》った時《とき》、寺《てら》の庫裏《くり》から日菜乃《ひなの》を伴《ともな》った婉《えん》がやって来《き》た。

「天狗様《てんぐさま》、日菜乃殿《ひなのどの》をお連《つ》れしましたぞ」

「うむ。伝右衛門《でんえもん》の娘《むすめ》、ご苦労《くろう》であったな」

芝天狗《しばてんぐ》の娘《むすめ》は合図《あいず》を送《おく》るように頷《うなず》き、婉《えん》も無言《むごん》で頷《うなず》き返《かえ》した。

「日菜乃殿《ひなのどの》――」

嬉《うれ》しそうに駆《か》け寄《よ》った直後《ちょくご》、市之丞《いちのじょう》は小太刀《こだち》を抜《ぬ》いて、躊躇《ちゅうちょ》なく日菜乃《ひなの》を刺《さ》した。

「何《なに》をするんだ、市之丞《いちのじょう》！」

もへぇが叫《さけ》んだ瞬間《しゅんかん》、刺《さ》された日菜乃《ひなの》は無数《むすう》の呪符《じゅふ》となって四散《しさん》し、小太刀《こだち》の刃先《はさき》には紙《かみ》で作《つく》られた人形《ひとかた》――、かつて婉《えん》に見《み》せた紙人形《かみにんぎょう》が留《と》まっていた。

「確《たし》かに便利《べんり》だな」

婉《えん》がつぶやいた瞬間《しゅんかん》、破魔矢《はまや》が青白《あおじろ》い光陰《こういん》を描《えが》いて市之丞《いちのじょう》を射抜《いぬ》いた。

少《すこ》し離《はな》れた木陰《こかげ》に本物《ほんもの》の日菜乃《ひなの》は立《た》っていて、事《こと》を最小限《さいしょうげん》に抑《おさ》えたことに安堵《あんど》したのか、ホッと一息《ひといき》、肩《かた》で呼吸《こきゅう》をして、額《ひたい》の汗《あせ》を手《て》の甲《こう》で拭《ぬぐ》う仕草《しぐさ》が見《み》えた。

「皆々《みなみな》さま、御苦労《ごくろう》でした――」

そう言《い》って上空《じょうくう》から下《お》り立《た》ったのは、もう一人《ひとり》のモノノ怪《け》である小袖《こそで》の女《おんな》だった。

女《おんな》が動《うご》きを封《ふう》じた市之丞《いちのじょう》に歩《あゆ》み寄《よ》り、自分《じぶん》の指爪《ゆびづめ》を一噛《ひとか》みして引《ひ》っ張《ぱ》ると、爪《つめ》から糸《いと》が伸《の》びて市之丞《いちのじょう》の体《からだ》に食《く》いこみ、女《おんな》の掛《か》け声《ごえ》と共《とも》に半透明《はんとうめい》に光《ひか》る何《なに》かが引《ひ》きずり出《だ》された。

それは人《ひと》の姿《すがた》をして奇声《きせい》をあげ、激《はげ》しくもがいていた。

「川上新助殿《かわかみしんすけどの》。式神《しきがみ》は丁重《ていちょう》にお返《かえ》し致《いた》します。お受《う》け取《と》りくださいませ」

小袖《こそで》の女《おんな》は引《ひ》きずり出《だ》した式神《しきがみ》に呪詛《じゅそ》を唱《とな》え、式神《しきがみ》は破魔矢《はまや》に吸《す》い込《こ》まれて矢《や》を赤《あか》く輝《かがや》かせ、天空《てんくう》に向《む》かって一目散《いちもくさん》に飛《と》んで返《かえ》った。

状況《じょうきょう》が分《わ》からず軽《かる》く混乱《こんらん》しているもへぇに、弥五兵衛《やごべえ》が口《くち》を挟《はさ》んだ。

「鈍《にぶ》い奴《やつ》だ。憑《と》りついた式神《しきがみ》を騙《だま》す芝居《しばい》をしていたのだ。おまえ以外《いがい》は気《き》づいていたぞ」

一方《いっぽう》、市之丞《いちのじょう》は婉《えん》の診察《しんさつ》を受《う》けてから、七之助《しちのすけ》と同《おな》じく寺小姓《てらこしょう》たちに運《はこ》ばれて行《ゆ》き、日菜乃《ひなの》は市之丞《いちのじょう》を見送《みおく》ると、小袖《こそで》の女《おんな》に歩《あゆ》み寄《よ》り、何《なに》かを手渡《てわた》した。

「お納《おさ》めくださいませ。この通《とお》り、魔《ま》は祓《はら》っております」

「ありがとう日菜乃《ひなの》さん。あなたも早《はや》く休《やす》んでください。体《からだ》に障《さわ》ります」

「はい。お休《やす》みなさいませ」

日菜乃《ひなの》は一礼《いちれい》すると、もへぇに声《こえ》をかけた。

「もう少《すこ》し付《つ》き合《お》うてやれ。勉強《べんきょう》になるであろうからな」

そう告《つ》げて日菜乃《ひなの》は婉《えん》と一緒《いっしょ》に庫裏《くり》へ戻《もど》り、小袖《こそで》の女《おんな》は受《う》け取《と》った何《なに》かを持《も》ったまま、修験服の芝天狗と二人で話し合っていた。

もへぇが近寄《ちかよ》ってよく見《み》ると、それは小《ちい》さな銀色《ぎんいろ》の塊《かたまり》で、見覚《みおぼ》えがあった。

「市之丞《いちのじょう》の体《からだ》から取《と》り出《だ》した、川上新助《かわかみしんすけ》の鉄砲弾《てっぽうだま》か？」

その直後《ちょくご》、塊《かたまり》は急激《きゅうげき》に膨《ふく》らみ、紙風船《かみふうせん》ほどの大《おお》きさになった。

「式返《しきがえ》しのついでに血《ち》を頂《いただ》くのでな。これしきの痛《いた》みなら婉殿《えんどの》も耐《た》えられよう」

芝天狗《しばてんぐ》の娘《むすめ》がそう説明《せつめい》すると、武芸八《たけひろ》が横《よこ》でやんわりボヤいた。

「研究価値《けんきゅうかち》の高《たか》い物《もの》なのにねぇ。押《お》しの強《つよ》さには恐《おそ》れ入《い》りますよ」

「物《もの》は使《つか》ってこそ価値《かち》あるもの。短筒《たんづつ》の方《ほう》は回収《かいしゅう》しているのでしょ？　我慢《がまん》してください」

小袖《こそで》の女《おんな》に言《い》い返《かえ》されて、武芸八《たけひろ》は困《こま》り顔《がお》で髪《かみ》を掻《か》いた。

「本山《もとやま》を一望《いちぼう》する場所《ばしょ》に跳《と》ぶのじゃぞ。戻《もど》ったらあたいの翼《つばさ》を返納《へんのう》する儀《ぎ》を忘《わす》れずにな」

「はいはい。お安《やす》いご用《よう》ですよ」

武芸八《たけひろ》は芝天狗《しばてんぐ》の娘《むすめ》に軽《かる》く応《おう》じながら、一瞬《いっしゅん》で護法円陣《ごほうえんじん》を創《つく》り出《だ》した。

「もへぇ、あたいの代《か》わりに行《い》ってこい」

「強《つよ》い結界《けっかい》を解《と》く術《すべ》をお見《み》せしましょう。後学《こうがく》になると思《おも》いますよ」

二人《ふたり》にそう言《い》われ、もへぇは大人《おとな》しく円陣《えんじん》の中《なか》に入《はい》った。

本山の土居上空にて、小袖《こそで》の女《おんな》は肥大化《ひだいか》した銃弾《じゅうだん》を自分《じぶん》の糸《いと》で切《き》り裂《さ》いた。

川上新助《かわかみしんすけ》の血《ち》がドロドロと流《なが》れ落《お》ちて、女《おんな》が両手《りょうて》で印《いん》を結《むす》ぶと血《ち》は宙《ちゅう》で五芒星《ごぼうせい》の形《かたち》を描《えが》いて青白《あおじろ》い炎《ほのお》を上《あ》げ、瞬時《しゅんじ》にパッと弾《はじ》けて消《き》えうせた。

これで、本山一帯《もとやまいったい》に構築《こうちく》されていた結界《けっかい》が解《と》かれたようである。

三人《さんにん》はいつの間《ま》にか、巨大《きょだい》な糸《いと》の円陣上《えんじんじょう》に立《た》って宙《ちゅう》に浮《う》かんでいた。

どうやら小袖《こそで》の女《おんな》が張《は》ったものらしい。

「あんたは蜘蛛《くも》のモノノ怪《け》なのか？」

「蜘蛛《くも》の糸《いと》は操《あやつ》るだけ。人間《にんげん》は私《わたくし》を『川姫《かわひめ》』と呼《よ》びます。義姉《あね》と同《おな》じ成《な》り損《そこ》ないですよ」

川姫《かわひめ》を名乗《なの》る女《おんな》は、もへぇの質問《しつもん》に軽《かる》く答《こた》えると、仙術《せんじゅつ》を解除《かいじょ》するコツを伝授《でんじゅ》した。

「術《じゅつ》を解《と》く際《さい》は、作《つく》った者《もの》にやらせるのが一番《いちばん》です。裏《うら》の裏《うら》をかくことも重要《じゅうよう》ですね。術者《じゅつしゃ》の体《からだ》は血《ち》の一滴《いってき》でも力《ちから》を持《も》ちます。あなたも十二分《じゅうにぶん》、御気《おき》を付《つ》け下《くだ》さいませ」

「ああ。覚《おぼ》えとくぜ」

素直《すなお》にうなずいたもへぇを見《み》て、川姫《かわひめ》は武芸八《たけひろ》に話《はな》しかけた。

「結界《けっかい》は片《かた》づけました。後《あと》は、よろしくお願《ねが》いします」

「承知《しょうち》しました。これ以降《いこう》は、僕《ぼく》が引《ひ》き継《つ》ぎますので御安心《ごあんしん》ください」

武芸八《たけひろ》の言葉《ことば》に、川姫《かわひめ》は肩《かた》の荷《に》が下《お》りたようで、ふぅと息《いき》を吐《は》きだした。

武芸八《たけひろ》を残《のこ》して、もへぇは川姫《かわひめ》と共《とも》に豊永郷《とよながごう》に戻《もど》り、翌朝《よくあさ》には市之丞《いちのじょう》を見舞《みま》った。

市之丞《いちのじょう》は、予想《よそう》に反《はん》して元気《げんき》そうだった。

「新助《しんすけ》の野郎《やろう》に鉄砲《てっぽう》を当《あ》てられ、未来《みらい》の嫁《よめ》さんには射抜《いぬ》かれる——。散々《さんざん》だな」

軽口《かるくち》を叩《たた》くもへぇに、傍《そば》で診察《しんさつ》を終《お》えて糸《いと》を巻《ま》く婉《えん》が口《くち》を開《ひら》いた。

「市之丞殿《いちのじょうどの》は気丈《きじょう》に振《ふ》る舞《ま》っておるだけだ。動悸《どうき》もまだ不規則《ふきそく》、暫《しばら》くは安静《あんせい》だな」

そう言《い》い残《のこ》し、婉《えん》は薬《くすり》を枕元《まくらもと》に置《お》くと部屋《へや》を去《さ》り、替《か》わりに芝天狗《しばてんぐ》の娘《むすめ》がやって来《き》た。

娘《むすめ》が畳《たたみ》の上《うえ》に腰《こし》を下《お》ろすと、市之丞《いちのじょう》は彼女《かのじょ》に対《たい》して深々《ふかぶか》と頭《あたま》を下《さ》げた。

「式神《しきがみ》を見抜《みぬ》けず、お手間《てま》を取《と》らせて申《もう》し訳《わけ》ありませんでした」

「川上新助《かわかみしんすけ》が本物《ほんもの》ではなく、式神《しきがみ》だといつ気《き》づいた？」

「……恥《は》ずかしながら、術中《じゅっちゅう》に嵌《は》まった後《あと》でした。不甲斐《ふがい》なく思《おも》っています」

市之丞《いちのじょう》が不覚《ふかく》を悔《く》やむ一方《いっぽう》、もへぇは芝天狗《しばてんぐ》に訊《たず》ねた。

「川上新助《かわかみしんすけ》は蟲《むし》で出来《でき》てたはずだぞ。なんで血《ち》が採《と》れたんだ？」

「古庵《こあん》が話《はなし》を寄《よ》こしてな。川上新助《かわかみしんすけ》を人間《にんげん》に戻《もど》したと言《ゆ》うて来《き》たのじゃ」

「……市之丞《いちのじょう》に続《つづ》いて、あんたのところにか」

——未来《みらい》の俺《おれ》は顔《かお》が広《ひろ》いんだな
もへぇがこんな思案《しあん》をしている間《あいだ》、芝天狗《しばてんぐ》は市之丞《いちのじょう》の今後《こんご》について質《ただ》した。

「己の限界《げんかい》が見《み》えたようだが、これからどうする？」

「里《さと》に居《きょ》を構《かま》え、川上《かわかみ》の名《な》は捨《す》てます。人《ひと》として生《い》きる事《こと》が、残《のこ》された役目《やくめ》ではと……」

「簡単《かんたん》ではないぞ。おまえは仙人《せんにん》に成《な》りかけの身《み》だ。自覚《じかく》を強《つよ》く持《も》て。そして日菜乃《ひなの》と一緒《いっしょ》に、しっかり生《い》き抜《ぬ》くのじゃ」

「はい。そのお言葉《ことば》、しかと心《こころ》に刻《きざ》みつけたいと思《おも》います」

再度頭《さいどあたま》を下《さ》げた市之丞《いちのじょう》に、芝天狗《しばてんぐ》の娘《むすめ》は立《た》ち上《あ》がり、もへぇを促《うなが》した。

もへぇは腰《こし》を上《あ》げ、市之丞《いちのじょう》に軽《かる》く肩《かた》に手《て》をかけてから、境内《けいだい》の中庭《なかにわ》に移動《いどう》した。


「武芸八《たけひろ》さんとは、いつから知《し》り合《あ》いなんだ？」

もへぇに訊《たず》ねられた芝天狗《しばてんぐ》の娘《むすめ》は、表情《ひょうじょう》を緩《ゆる》め、遠《とお》い目《め》をしながら答《こた》えた。

「あやつが土佐《とさ》に居《い》ついた頃《ころ》じゃ。あたいも義妹《いもうと》も、一目惚《ひとめぼ》れじゃったわ」

「あの女誑《おんなたら》しのどこが良《い》いんだ？　あちこちに色目《いろめ》を使《つか》っててんだぜ？」

恨《うら》めしそうにボヤくもへぇを一瞥《いちべつ》して、芝天狗《しばてんぐ》は溜息《ためいき》をついた。

「その考《かんが》え、一度改《いちどあらた》めた方《ほう》が良《よ》いぞ」

「そうですよ。殿方《とのがた》の嫉妬《しっと》は、とても見苦《みぐる》しく見《み》えますよ」

突如現《とつじょあらわ》れた川姫《かわひめ》にも注意《ちゅうい》され、もへぇは憮然《ぶぜん》と話《はなし》を先読《さきよ》みして進《すす》めた。

「片脚《かたあし》の礼《れい》は転生術《てんせいいじゅつ》の伝授《でんじゅ》だろ？　悪《わる》いが会得済《えとくず》みだ。知《し》りたいと思《おも》ったことはな、頭《あたま》で知《し》れるようになっちまったんだ。俺《おれ》の場合《ばあい》、もう仙人化《せんにんか》は、収《おさ》まりそうにねぇな――」

「――ならば代《か》わりの助言《じょげん》をしてやろう。気安《きやす》く女子《おなご》の腕《うで》は掴《つか》むな。最低限《さいていげん》の礼節《れいせつ》じゃぞ」

「……解《わか》ったよ。ところで、あんたらが此処《ここ》にいるのは門前《もんぜん》の奴《やつ》の顔《かお》を拝《おが》むためか」

もへぇの指摘《してき》に、二人《ふたり》のモノノ怪娘《けむすめ》は、ニコッと微笑《ほほえ》んだ。

「はい。その通《とお》りですよ」

「あたいらは惚《ほ》れっぽいのでな。いい男《おとこ》だと尚更《なおさら》じゃ」

芝天狗《しばてんぐ》の娘《むすめ》が片足立《かたあしだ》ちで歩《ある》き出《だ》そうとしたので、もへぇは手《て》を親切心《しんせつしん》で引《ひ》こうとしたが、その瞬間《しゅんかん》、芝天狗《しばてんぐ》が眉間《みけん》に皺《しわ》を寄《よ》せたので、慌《あわ》てて両手《りょうて》を上《あ》げて万歳《ばんざい》の格好《かっこう》をした。

「……女子《おなご》から愛想《あいそう》を尽《つ》かされる前《まえ》に、礼儀作法《れいぎさほう》を一《いち》から学《まな》び直《なお》せ」

「……御気《おき》を悪《わる》くさせまして、どうも」

バツが悪《わる》そうなもへぇに、川姫《かわひめ》が、忍《しの》び笑《わら》いをしながら、意地悪《いじわる》く言葉《ことば》を添《そ》えた。

「巷《ちまた》の飼《か》い犬《いぬ》より、物覚《ものおぼ》えが、御悪《おわる》いですのねぇ。お婉《えん》さんに、躾《しつ》けて貰《もら》っては如何《いかが》です？」

「……目《め》の前《まえ》の奴《やつ》に、集中《しゅうちゅう》させてくれねぇかな？」

片手《かたて》を上《あ》げて、会話《かいわ》をピシャリと遮《さえぎ》り、もへぇは門《もん》の方《ほう》を見据《みす》えて表情《ひょうじょう》を引《ひ》き締《し》めた。

寺《てら》の正門《せいもん》まで来《く》ると、開《あ》け放《はな》たれた門《もん》の外《そと》には菅笠《すげがさ》を被《かぶ》った男《おとこ》が一人立《ひとりた》っていた。

顔《かお》は判別《はんべつ》できないが、浪人者《ろうにんもの》にしては衣服《いふく》や履物《はきもの》、腰《こし》に提《さ》げた二本刀《にほんがたな》の鞘《さや》や鍔《つば》、柄《つか》が上質《じょうしつ》な物《もの》で、身分《みぶん》の高《たか》い人物《じんぶつ》に見受《みう》けられた。

男《おとこ》はゆっくりと笠《かさ》を外《はず》したが、現《あらわ》れた顔《かお》は、兎《うさぎ》の能面《のうめん》で隠《かく》されていた。

もへぇは男《おとこ》が土佐守《とさのかみ》だと察《さっ》していたが、敢《あ》えて偽名《ぎめい》で呼《よ》んだ。

「毛利藤九郎《もうりとうくろう》さんか？」

「ほう、既《すで》に聴《き》き及《およ》んでおるのか。日下茂平《くさかもへえ》と話《はなし》がしたくてな」

どうやらモノノ怪姉妹《けしまい》ではなく、もへぇに用《よう》があるようだ。

城主自《じょうしゅみずか》ら足《あし》を運《はこ》び、武士未満《ぶしみまん》の存在《そんざい》と話《はなし》をしようとは、どういう了見《りょうけん》か？

考《かんが》えていると、知《し》らされていた術封《じゅつふう》じというものを、もへぇは早《はや》くも感《かん》じ取《と》った。

蛇《へび》に睨《にら》まれた蛙《かえる》のように暗示《あんじ》がかかり、心《こころ》を読《よ》む処《どころ》か、鮫《さめ》の力《ちから》も引《ひ》き出《だ》せない。

「……俺《おれ》の場所《ばしょ》、よく分《わ》かったな」

「まぁ、腐《くさ》っても城主《じょうしゅ》だからな。この寺《てら》の領地《りょうち》を一回《ひとまわ》りせぬか？　歩《ある》きながら話《はな》そう」

提案《ていあん》に、もへぇが無言《むごん》で頷《うなず》くと、毛利藤九郎《まつだいらとさのかみ》が先《さき》に歩《ある》き出《だ》したので、追《お》いかける間際《まぎわ》に
もへぇは、芝天狗《しばてんぐ》に耳打《みみう》ちをした。

「武芸八《たけひろ》さんと六郎《ろくろう》さんを呼《よ》んでくれ。あいつ一人《ひとり》で来《き》たとは思《おも》えねぇんだ」

「影《かげ》に気《き》をつけるのじゃぞ」

「影？　ああ、鬼《おに》が潜《ひそ》んでやがるのか」

芝天狗《しばてんぐ》の肩《かた》を礼代《れいが》わりにポンと叩《たた》いて、もへぇは後《あと》を追《お》った。

歩《ある》きながら距離《きょり》を取《と》りつつ、武芸八《たけひろ》や六郎《ろくろう》が合流《ごうりゅう》するまで時間《じかん》を稼《かせ》ごうと考《かんが》えた。

芝天狗《しばてんぐ》の指摘通《してきどお》り、もへぇは影《かげ》に気《き》を配《くば》りながら、相手《あいて》の力《ちから》を分析《ぶんせき》した。

無自覚《むじかく》に視界内《しかいない》の仙術《せんじゅつ》を封《ふう》じられるのは、精神力《せいしんりょく》が干渉《かんしょう》しているからだ。

ならば、視界外《しかいがい》では力《ちから》が弱《よわ》まっているかもしれない。

仙術《せんじゅつ》で耳飾《みみかざ》りにしている鎖鎌《くさりがま》を外《はず》して懐《ふところ》に忍《しの》ばせると、徐々《じょじょ》にだが大《おお》きくなった。

微《かす》かな勝機《しょうき》を見出《みいだ》し、時間稼《じかんかせ》ぎを是《ぜ》が非《ひ》でも、行《おこ》う必要《ひつよう》があった。

「どうして、兎《うさぎ》の面《めん》なんか被《かぶ》ってんだ？」

とるに足《た》らない質問《しつもん》だったが、藤九郎《とさのかみ》は話《はなし》に食《く》いついてきた。

「面《めん》でなく能面《のうめん》だ。『被《かぶ》る』でなく『つける』物《もの》だ。語《かた》ると長《なが》くなるが、構《かま》わぬか？」

「……どうぞ御自由《ごじゆう》に」

もへぇは興味無《きょうみな》さそうに返《かえ》したが、時間《じかん》が稼《かせ》げると内心《ないしん》は喜《よろこ》んだ。

藤九郎《とさのかみ》はそんなことなど知《し》る由《よし》もなく、饒舌《じょうぜつ》に能面《のうめん》について語《かた》り始《はじ》めた。

「能《のう》の世界《せかい》では面《めん》を『オモテ』と呼《よ》ぶ。人間《にんげん》の面《おもて》、即《すなわ》ち顔《かお》のことだ。己《おのれ》の顔《かお》にもう一《ひと》つ顔《かお》を『つける』ことで、己《おのれ》を保《たも》ちながら何《なに》かを演《えん》じる。能《のう》における面《おもて》の役割《やくわり》だな――」

その後《あと》も能《のう》について長々《ながなが》と語《かた》られたが、もへぇは聞《き》き流《なが》した。

専門性《せんもんせい》と芸術性《げいじゅつせい》、それに宗教性《しゅうきょうせい》を帯《お》びていて、理解《りかい》できないと察《さっ》したからだ。

――星《ほし》が好《す》きな奴《やつ》と良《い》い、俺《おれ》はこの手《て》の人間《にんげん》に好《す》かれる性質《たち》なのかね？

丹三郎《たんざぶろう》を引《ひ》き合《あ》いに内心《ないしん》ボヤいていると、表情《ひょうじょう》を読《よ》みとったのか怒号《どごう》が飛《と》んできた。

「問質《といただ》したのはおぬしであろう？　身《み》を入《い》れて聴《き》かぬか！　ここからが肝心《かんじん》なのだッ」

「……すみませんねぇ」

棒気味《ぼうぎみ》に返《かえ》したもへぇに、藤九郎《とさのかみ》はふり返《かえ》って金色《きんいろ》に配色《はいしょく》された眼《め》の縁取《ふちど》りを指示《さししめ》した。

「金《きん》の部位《ぶい》を持《も》つ面《おもて》は、この世《よ》の者《もの》ではないことを意味《いみ》しておる。今《いま》のわしは、この世《よ》の者《もの》ではない化物《ばけもの》に成《な》りきっておるのだ。この意味《いみ》が解《わ》かるか？」

「……要《よう》は身元《みもと》を明《あ》かすと面倒《めんどう》だから、何某《なにがし》の者《もの》を演《えん》じてんだろ？　くっだらねぇや」

この回答《かいとう》が不満《ふまん》だったらしく、藤九郎《とさのかみ》は肩《かた》を落《お》として正面《しょうめん》を向《む》き、大《おお》きな溜息《ためいき》をついた。

「風情《ふぜい》や情緒《じょうちょ》と言《い》うものを感《かん》じぬのか？　学《がく》が足《た》りぬ奴《やつ》よのう」

「うるせぇな。風情《ふぜい》や情緒《じょうちょ》で飯《めし》が食《く》えるかよ。金持《かねも》ちの道楽《どうらく》に付《つ》き合《あ》ってられっかッ」

比良山庚《ひらやまかのえ》が語《かた》っていた事《こと》もあり、風情《ふぜい》や情緒《じょうちょ》が上《うえ》に立《た》つ者《もの》に必要《ひつよう》だとは理解《りかい》していた。

ただ時間稼《じかんかせ》ぎのために話《はなし》の応酬《おうしゅう》をする必要《ひつよう》があったのだが、藤九郎《とさのかみ》は乗《の》らなかった。

「見解《けんかい》の相違《そうい》であったか。愚問《ぐもん》であった。忘《わす》れてくれ」

それっきり、両者は黙《だま》って、山道《さんどう》の落《お》ち葉《ば》を踏《ふ》む音《おと》だけが聞《き》こえてくるのみである。

話《はなし》の腰《こし》を折《お》ったのは失敗《しっぱい》だったが、毛利藤九郎《まつだいらとさのかみ》は、意外《いがい》と人間臭《にんげんくさ》い性格《せいかく》のようだ。

「……会《あ》ったら訊《き》こうと思《おも》ってたんだがな。牢屋《ろうや》に居《い》る桑名古庵《くわなこあん》の処遇《しょぐう》のことだよ」

話題《わだい》を変《か》えた途端《とたん》、藤九郎《とさのかみ》は一瞬間《いっしゅんま》を置《お》いて、用心深《ようじんぶか》く返《かえ》してきた。

「古庵《こあん》？　……ああ、元《もと》キリシタンの古庵《こあん》か。古庵《こあん》がどうした？」

「解《と》き放《はな》ってやれよ。無実《むじつ》が証明《しょうめい》されてんだろ？」

「……そうしてやりたいのは山々《やまやま》だが、機《き》を逸《いっ》したと言《い》うべきかな。古庵《こあん》は大猷院様《だいゆういんさま》の七回忌《ななかいき》の年《とし》に赦免《しゃめん》される筈《はず》だったのだ。竹厳院様《ちくがんいんさま》が直々《じきじき》に、筑後守様《ちくごのかみさま》へ問《と》わしめなされて、内意《ないい》を得《え》たにも関《かか》わらず、赦免《しゃめん》されなかった。当時《とうじ》の家中《かちゅう》を仕切《しき》っていたのは伝右衛門《でんえもん》だ」

「……伝右衛門《でんえもん》が赦免《しゃめん》を認《みと》めなかった――、と言《い》いてぇのか？」

「有《あ》り得《え》ぬ話《はなし》ではない。伝右衛門《でんえもん》はキリシタン疑惑《ぎわく》をかけられたことがある。良《よ》い印象《いんしょう》はもっていなかったであろう。今《いま》やキリシタンは、公《おおやけ》には存在《そんざい》しないことになっておる。これは公儀《こうぎ》の方針《ほうしん》で、我々外様一国《われわれとざまいっこく》が、どうこうできるものではない」

毛利藤九郎《もうりとうくろう》は、松平土佐守《まつだいらとさのかみ》としてこう言《い》い切《き》ると、やや声《こえ》を和《やわ》らげた。

「土佐国《とさのくに》は踏絵《ふみえ》をやっておらぬし、正直何《しょうじきなに》を信《しん》じようと勝手《かって》な気《き》もするがな。国《くに》を治《おさ》める以上《いじょう》は江戸表《えどおもて》に睨《にら》まれる事態《じたい》は避《さ》けねばならぬ。気《き》の毒《どく》だが古庵《こあん》にはこのまま天寿《てんじゅ》を全《まっと》うしてもらい、かわりに火葬《かそう》でなく土葬扱《どそうあつか》いにする。これが最善策《さいぜんさく》と思《おも》うておるのだ」

「……なんだよ、それ」

もへぇの不満《ふまん》さを背中《せなか》で感《かん》じ取《と》ったのか、藤九郎《とさのかみ》はこう言《い》い返《かえ》した。

「義憤《ぎふん》に駆《か》られたか？　遠慮《えんりょ》などせず罵《ののし》るが良《よ》い。許《ゆる》せぬと思《おも》うなら斬《き》りかかって来《こ》い。正《ただ》し此方《こちら》も少々抵抗《しょうしょうていこう》するぞ。返《かえ》り討《う》ちをされぬ程度《ていど》の技量《ぎりょう》は持《も》っておるのだろうな？」

明《あき》らかな挑発《ちょうはつ》だ、気《き》を引《ひ》き締《し》めねば――と、もへぇが自分《じぶん》を鼓舞《こぶ》した時《とき》だった。

藤九郎《とさのかみ》が歩《あゆ》みを止《と》めた。

辺《あた》りは木々《きぎ》が疎《まば》らで、広《ひろ》く開《ひら》けた笹原《ささはら》である。

刃《やいば》を交《まじ》えるなら絶好《ぜっこう》の場所《ばしょ》だと、もへぇは忍《しの》ばせた鎖鎌《くさりがま》を握《にぎ》った。

噂《うわさ》に聞《き》く、柳生仕込《やぎゅうじこ》みの剣術《けんじゅつ》を――と期待《きたい》したが、中々仕掛《なかなかしか》けてはこない。

「道楽《どうらく》は無理《むり》でも、茶番《ちゃばん》には、付《つ》き合《お》うてもらうぞ」

藤九郎《とさのかみ》は背《せ》を向《む》けたまま、もへぇの方《ほう》に巻物《まきもの》を二《ふた》つ投《な》げ渡《わた》した。

「まず、その二《ふた》つに目《め》を通《とお》してもらおう」

巻物《まきもの》の一《ひと》つを広《ひろ》げると、そこには人《ひと》の名前《なまえ》と数字《すうじ》がビッシリと書《か》きこまれていた。

名前《なまえ》のいくつかは朱線《しゅせん》で上書《うわが》きされていて、もへぇはそれらに見覚《みおぼ》えがあった。

数年《すうねん》に亘《わた》る義賊稼業《ぎぞくかぎょう》の中《なか》で、蔵破《くらやぶ》りをした者《もの》たちの名前《なまえ》だったからだ。

付随して書かれている数字《すうじ》は恐《おそ》らく、破《やぶ》られた蔵《くら》の被害額《ひがいがく》だろう。

「十両盗《じゅうりょうぬす》めば死罪《しざい》だ。おぬしは十両《じゅうりょう》どころではないが、自白《じはく》なしでは罪《つみ》には問《と》えぬ。そこで、もう一《ひと》つの巻物《まきもの》を見《み》てもらおう」

目《め》を通《とお》すと、こちらには市之丞《いちのじょう》や日菜乃《ひなの》、そして伝右衛門《でんえもん》の家族《かぞく》、さらには修行時代《しゅぎょうじだい》に恋心《こいごころ》を抱《だ》いていた娘《むすめ》の名前《なまえ》が、もへぇを中心《ちゅうしん》とした相関図《そうかんず》として詳細《しょうさい》に描《えが》かれていた。

「……茶番《ちゃばん》の前《まえ》に、訊《き》きたいことはあるか？」

挑発紛《ちょうはつまが》いな問《と》いかけに、もへぇは反発《はんぱつ》を抱《いだ》きつつも、巻物《まきもの》に関《かん》して訊《たず》ねた。

「蔵破《くらやぶ》りの、名前《なまえ》を朱線《しゅせん》で上書《うわが》きしているのは何《なん》だ？」

「それは密《ひそ》かに『仕物《しもの》』を行《おこな》った者《もの》たちだ――」

もへぇは耳《みみ》を疑《うたが》った。

仕物《しもの》は『上意討《じょういう》ち』の土佐《とさ》での別名《べつめい》だが、二代藩主《にだいはんしゅ》の時代《じだい》を境《さかい》に廃《すた》れていたからだ。

「蔵破《くらやぶ》りに耐《た》えかねた長者《ちょうじゃ》や豪商《ごうしょう》が訴《うった》える前《まえ》から奉行所《ぶぎょうしょ》を通《つう》じて蔵破《くらやぶ》りに遭《あ》うた者共《ものども》を洗《あら》いだし、不正《ふせい》の数々《かずかず》は把握《はあく》していた。表沙汰《おもてざた》になった際《さい》に白状《はくじょう》した者《もの》は生《い》かし、嘘《うそ》を吐《は》いた者《もの》は残《のこ》らず仕物《しもの》を命《めい》じて九反田《くたんだ》の刑場《けいじょう》に晒《さら》してある。一族郎党《いちぞくろうとう》根絶《ねだ》やしにしてな。それを見届《みとど》けて此処《ここ》へやって来《き》た。夜通《よどお》し歩《ある》いて膝《ひざ》が小気味《こきみ》よく笑《わろ》うておるわ」

感情《かんじょう》を一切変《いっさいか》えることなく淡々《たんたん》と話《はな》す藤九郎《とさのかみ》に、もへぇは背筋《せすじ》が少《すこ》し寒《さむ》くなった。

「……なんで、そこまで？」

「見《み》せしめは、掟《おきて》に従《したが》わせる一番良《いちばんよ》い方法《ほうほう》だからな」

死罪中心《しざいちゅうしん》から更正《こうせい》に則《のっと》った懲罰《ちょうばつ》へ――。

江戸時代《えどじだい》の刑罰《けいばつ》はこの辺《あた》りから大《おお》きく転換《てんかん》しており、仕物《しもの》の廃止《はいし》も流《なが》れの一《ひと》つだった。

しかし恐怖《きょうふ》による懲罰《ちょうばつ》も有効《ゆうこう》で、睨《にら》みを利《き》かす意味《いみ》で土佐守《とさのかみ》は見《み》せしめを行《おこな》ったのだ。

「世《よ》の中《なか》には使《つか》える悪《わる》と使《つか》えぬ悪《わる》がおる。此度《こたび》の一件《いっけん》で使《つか》えぬ悪《わる》を一掃《いっそう》できた。礼《れい》を言《い》う」

一昔前《ひとむかしまえ》なら、もへぇは土佐守《とさのかみ》の所業《しょぎょう》を責《せ》めただろう。

しかし引《ひ》き金《がね》を作《つく》った負《お》い目《め》から、黙《だま》って出方《でかた》を予測《よそく》することに終始《しゅうし》した。

この流《なが》れだと次《つぎ》は間違《まちが》いなく、もへぇを使《つか》えぬ悪《わる》だと断《だん》じてくる。

そして自分《じぶん》の首《くび》が刎《は》ねられて、ようやくこの件《けん》は片付《かたづ》くのだ。

拒否《きょひ》をすれば巻物《まきもの》に描《か》かれた相関図《そうかんず》に沿《そ》って、罪《つみ》に問《と》う対象《たいしょう》が広《ひろ》げられるだろう。

蔵破《くらやぶ》りで得《え》た金《かね》の流《なが》れも、既《すで》に調《しら》べられているのかもしれない。

自分一人《じぶんひとり》が人柱《ひとばしら》になるか、関係者全員《かんけいしゃぜんいん》を巻《ま》きこむかという、二者択一《にしゃたくいつ》を迫《せま》られていた。

「いつの間《ま》に調《しら》べたんだ？」

「伝右衛門《でんえもん》の遺産《いさん》とやらに、おぬしらが現《うつつ》を抜《ぬ》かしている間《あいだ》だ」

「……あんたは、遺産《いさん》を狙《ねら》ってねぇのか？」

「狙っておるのは孕石《はらみいし》の倅《せがれ》くらいだ。わしはそういう類《たぐい》は信《しん》じぬ」

城《しろ》の動《うご》きを掴《つか》めなかったことが悔《く》やまれたが、もへぇは素早《すばや》く切《き》り替《か》えた。

自分以外《じぶんいがい》の人《ひと》たちに手《て》が及《およ》ぶのは、何《なん》としても避《さ》けねばならない。

強硬手段《きょうこうしゅだん》に訴《うった》える方法《ほうほう》もあるが、相手《あいて》は本山《もとやま》のモノノ怪《け》たちを負《ま》かす強者《つわもの》である。

しかも鬼《おに》を従《したが》え、仙術《せんじゅつ》が通用《つうよう》しない今《いま》の状況《じょうきょう》で、形勢《けいせい》は不利《ふり》だった。

「……もう質問《しつもん》はねぇや。早《はや》いとこ本題《ほんだい》に入《はい》ろうぜ」

半《なか》ば自棄《やけ》でこう言《い》ったもへぇだったが、藤九郎《とさのかみ》は意外《いがい》なことを口《くち》にした。

「一勝負《ひとしょうぶ》せぬか？　強《つよ》い奴《やつ》は好《す》きでな。これも何《なに》かの縁《えん》だ」

「……気分《きぶん》が乗《の》らねぇ。茶番《ちゃばん》の内容《ないよう》が知《し》りてぇ」

「まぁそう焦《あせ》るな。わしが良《よ》くても、そう思《おも》わぬ者《もの》がおるのだ」

その直後《ちょくご》、もへぇの影《かげ》から二本《にほん》の赤《あか》い腕《うで》が伸《の》びて、もへぇの動《うご》きを封《ふう》じた。

本山《もとやま》のモノノ怪《け》の動《うご》きを封《ふう》じた梶ヶ仁保《かじがにほ》の鬼《おに》だった。

現《あらわ》れた姿《すがた》は絵本《えほん》や巻物《まきもの》で見慣《みな》れた姿《すがた》ではなく、赤《あか》い紙《かみ》で作《つく》られた大《おお》きな人形《ひとかた》のようで、
頭《あたま》には小《ちい》さな角《つの》すらなかったが、影《かげ》からは何《なん》ともう一匹《いっぴき》、別《べつ》の赤鬼《あかおに》が現《あらわ》れたのだ。

鬼《おに》は二匹《にひき》で、どうやらもう一匹《いっぴき》は、阿波《あわ》にいる兄弟《きょうだい》の、栗《くり》の仁保《にほ》の鬼《おに》のようだった。

どうやって影《かげ》に入《はい》りこんだかと考《かんが》えたもへぇの懐《ふところ》で、巻物《まきもの》が鎖鎌《くさりがま》と一緒《いっしょ》に揺《ゆ》れた。

それぞれの巻物《まきもの》に潜《ひそ》んでいたのだ。

卑怯《ひきょう》な奴《やつ》——、と藤九郎《とさのかみ》を睨《にら》みつけたが、当人《とうにん》は呑気《のんき》に能面《のうめん》をつけた顔《かお》を掻《か》いていた。

「動《うご》きを察知《さっち》できぬとは、情《なさ》けないぞ」

「影《かげ》から出《で》てくる奴《やつ》を、どう予測《よそく》しろってんだ——」

「——分別《ふんべつ》を働《はたら》かせろ。影《かげ》に出入《でい》りなど出来《でき》るものか」

一瞬理解《いっしゅんりかい》できなかったが、土佐守《とさのかみ》が仙術《せんじゅつ》やモノノ怪《け》を一切信《いっさいしん》じないことを思《おも》い出《だ》した。

「鬼《おに》とかモノノ怪《け》とか、あんた実際《じっさい》にこの目《め》で見《み》てるだろ？　それを信《しん》じねぇのか？」

「鬼《おに》やモノノ怪《け》とは、山《やま》に追《お》われた民《たみ》の末裔《まつえい》、あるいは人間《にんげん》に近《ちか》い獣《けもの》のことであろう？

同《おな》じ生《い》きとし生《い》ける者同士《ものどうし》、忌《い》み嫌《き》うのはよくないぞ」

どうやら本心《ほんしん》から信《しん》じていないようで、二匹《にひき》の鬼《おに》も、人《ひと》として振《ふ》る舞《ま》っているようだ。

しかも、もへぇの影《かげ》は藤九郎《とさのかみ》の死角《しかく》にあったため、隙《すき》に乗《じょう》じて動《うご》かれた。

信《しん》じない者《もの》に何《なに》を言《い》っても無駄《むだ》であるが、幸《さいわ》いなことに、時間稼《じかんかせ》ぎが功《こう》を奏《そう》した。

六郎《ろくろう》の蛇腹剣《じゃばらけん》が窮地《きゅうち》を救《すく》い、鞭《むち》のように撓《しな》った剣先《けんさき》が二匹目《にひきめ》の赤鬼《あかおに》を地面《じめん》に転《ころ》がした。

注意《ちゅうい》が散漫《さんまん》になった隙《すき》に爪先《つまさき》を踏《ふ》み、腹《はら》に肘鉄《ひじてつ》を食《く》らわせ、もへぇは鬼《おに》から逃《のが》れた。

「お怪我《けが》は？」

「大丈夫《だいじょうぶ》だ。あんな薄《うす》っぺらな奴《やつ》に、力負《ちからま》けしたのが悔《くや》しいがな」

一方《いっぽう》、蛇腹剣《じゃばらけん》に転《ころ》がされた二匹目《にひきめ》の赤鬼《あかおに》は、起《お》き上《あ》がると猛然《もうぜん》と向《む》かって来《き》た。

だがその前《まえ》に武芸八《たけひろ》が立《た》ち塞《ふさ》がり、鬼《おに》の一撃《いちげき》を鉄扇《てっせん》でいなすと、振《ふ》り向《む》き様《ざま》に何《なに》かを鬼《おに》の口《くち》にポイっと投《な》げ入《い》れ、赤鬼《あかおに》は忽《たちま》ち顔《かお》から血《ち》の気《け》が失《う》せて、その場《ば》に座《すわ》りこんでしまった。

「……なに食《た》べさせたんだ？」

もへぇの質問《しつもん》に、武芸八《たけひろ》は無言《むごん》で筍《たけのこ》の皮《かわ》に包《つつ》んだ餅《もち》を見《み》せた。

その一《ひと》つを口《くち》にすると、唐辛子《とうがらし》の味《あじ》が一斉《いっせい》に広《ひろ》がった。

唐辛子《とうがらし》には魔除《まよ》けの効果《こうか》があるとされ、大陸《たいりく》では魔除《まよ》けの食材《しょくざい》として広《ひろ》く知《し》られている。

唐辛子《とうがらし》の餅《もち》を食《た》べた赤鬼《あかおに》は、肘鉄《ひじてつ》を食《く》らった赤鬼《あかおに》と共《とも》に藤九郎《とさのかみ》の後《うし》ろに隠《かく》れてしまった。

「その悪食《あくじき》、何《なん》とかせぬと今《いま》に命《いのち》を失《うしな》うぞ」

諭《さと》すように呟《つぶや》いて、藤九郎《とさのかみ》は武芸八《たけひろ》に話《はな》しかけた。

「やはり貴様《きさま》か。相変《あいか》わらず邪魔《じゃま》をするのが好《す》きだな」

藤九郎《とさのかみ》はうれしそうに目《め》を細《ほそ》めつつ、腰《こし》の刀《かたな》にゆっくり手《て》をかけた。

「正雪流《しょうせつりゅう》の投擲術《とうてきじゅつ》、久《ひさ》しぶりに見《み》とうなったぞ」

「構《かま》いませんよ。無礼講《ぶれいこう》ということにしてくださいね――」

武芸八《たけひろ》も珍《めずら》しく応《おう》じて、鉄扇《てっせん》を広《ひろ》げつつ笄《こうがい》を構《かま》えた。

藤九郎《とさのかみ》は武芸八《たけひろ》の鉄扇《てっせん》が気《き》になるようで、目線《めせん》を見据《みす》えつつ訊《たず》ねてきた。

「腕《うで》の鍛錬《たんれん》になりそうだな。何処《どこ》で手《て》に入《い》れた？」

「御自分《ごじぶん》で御調《おしら》べになっては？」

「では、そうさせてもらおう」

間合《まあ》いを詰《つ》める両者《りょうしゃ》に、もへぇと六郎《ろくろう》が距離《きょり》を取《と》ろうとした、その時《とき》だった。

「待《ま》て待《ま》て、待《ま》てぃぃ！」

藪《やぶ》をかき分《わ》けて、勇《いさ》んで走《はし》りこんで来《き》たのは、槍《やり》を肩《かた》に預《あず》けた弥五兵衛《やごべえ》だった。

弥五兵衛《やごべえ》は武芸八《たけひろ》の前《まえ》に割《わ》りこむと、藤九郎《とさのかみ》に槍《やり》を突《つ》きつけた。

「毛利藤九郎《もうりとうくろう》と名乗《なの》る不届《ふとど》き者《もの》めが！　土佐守様《とさかみさま》の御名《おんな》を騙《かた》るとは言語道断《ごんごどうだん》！」

……藤九郎《とさのかみ》は興《きょう》が削《そ》がれたのか、腰《こし》の刀《かたな》にかけた手《て》を放《はな》してしまった。

「小童《こわっぱ》、その方《ほう》は土佐守《とさのかみ》の顔《かお》を見《み》たことがあるのか？」

「あるとも！　年《とし》の初《はじ》めの『乗初《のりぞ》めの儀《ぎ》』で、拝顔済《はいがんず》みじゃ！」

「……そうか。ならば手早《てばや》く、確《たし》かめるが良《よ》い――」

藤九郎《とうくろう》＝土佐守《とさのかみ》は、躊躇《ちゅうちょ》なく兎《うさぎ》の面《おもて》を外《はず》した。

素顔《すがお》は素朴《そぼく》な顔《かお》つきで、顔《かお》だけ見《み》れば農家《のうか》の人間《にんげん》と言《い》っても差《さ》し支《つか》えない。

不届《ふとど》き者《もの》と思《おも》っていた相手《あいて》が土佐守《とさのかみ》と判明《はんめい》して、弥五兵衛《やごべえ》は無言《むごん》でその場《ば》に膝《ひざ》をついた。

「申《もう》し訳《わけ》ありませぬ！　土佐守様《とさのかみさま》へのあるまじき御無礼《ごぶれい》、斯《か》くなる上《うえ》は――」

襟をかきわけ、腰《こし》の脇差《わきざし》で躊躇《ちゅうちょ》なく腹《はら》を切《き》ろうとした弥五兵衛《やごべえ》を、武芸八《たけひろ》が止《と》めた。

「この場《ば》は、僕《ぼく》に任《まか》せてくれないかな？」

そう言《い》って武芸八《たけひろ》は、弥五兵衛《やごべえ》に代《か》わって謝罪《しゃざい》をしようと片膝《かたひざ》をつこうとした。

しかし面《おもて》をつけ直《なお》した藤九郎《とさのかみ》が、それを制止《せいし》させた。

「今《いま》は毛利藤九郎《もうりとうくろう》の身《み》だ。謝罪《しゃざい》も切腹《せっぷく》も不要《ふよう》だ」

藤九郎《とさのかみ》は水筒《すいとう》の水《みず》を咽《むせ》る鬼《おに》に飲《の》ませ、武芸八《たけひろ》は六郎《ろくろう》に目配《めくば》せして弥五兵衛《やごべえ》を下《さ》がらせた。

話《はなし》を続《つづ》ける環境《かんきょう》を整《とと》えてから、藤九郎《とさのかみ》は武芸八《たけひろ》に訊《たず》ねた。

「大通院様《だいつういんさま》の鎧兜《よろいかぶと》を見《み》つけたと聞《き》いて褒《ほ》めてやろうと思《おも》うたが、南学再興《なんがくさいこう》を目論《もくろ》むとも聞《き》いたぞ？　花取《はなとり》だけでは飽《あ》き足《た》らぬのか？」

「貴方様《あなたさま》の死後《しご》に復活《ふっかつ》させますから御心配《ごしんぱい》なく。お世継《よつ》ぎの方《ほう》を心配《しんぱい》するべきでは？」

武芸八《たけひろ》の言葉《ことば》に藤九郎《とさのかみ》は苦笑《にがわら》いをして、水筒《すいとう》を懐《ふところ》に戻《もど》した。

「そこの日下茂平《くさかもへえ》が、伝右衛門《でんえもん》の娘《むすめ》をかどわかしたのも、貴様《きさま》の差《さ》し金《がね》か？」

「さぁ、どうでしょうかね？　酒《さけ》の肴《さかな》の代《か》わりに、お寝間《ねま》で教《おし》えて差《さ》しあげましょうか？」

嫌味《いやみ》を交《まじ》えてはぐらかす武芸八《たけひろ》に、藤九郎《とさのかみ》は閉口《へいこう》して自《みずか》ら歩《あゆ》み寄《よ》り、話題《わだい》を変《か》えた。

「わしにも、その餅《もち》を一《ひと》つくれ」

兎面《うさぎめん》は口元《くちもと》が取《と》り外《はず》しができるようで、藤九郎《とさのかみ》は餅《もち》を咀嚼《そしゃく》して難《なん》なく呑《の》みこんだ。

「……餡子《あんこ》に唐辛子《とうがらし》は合《あ》わぬな。砂糖醤油《さとうじょうゆ》の薬味《やくみ》にした方《ほう》がマシだ」

「相変《あいか》わらず食事《しょくじ》にはうるさいですね。僕《ぼく》が自《みずか》ら腕《うで》を振《ふ》るって正解《せいかい》でしたよ」

「寺《てら》の食事《しょくじ》が貴様《きさま》の腕《うで》なら期待《きたい》できそうだな。……唐辛子《とうがらし》は豆腐《とうふ》の薬味《やくみ》か？」

「……御明察《ごめいさつ》」

武芸八《たけひろ》の言葉《ことば》に、藤九郎《とさのかみ》は満面《まんめん》の笑《え》みを口元《くちもと》に浮《う》かべて豪快《ごうかい》に笑《わら》った。

「食前《しょくぜん》の運動《うんどう》は終《お》わりだ。おぬしらもついて来《こ》い。腹《はら》が減《へ》っては戦《いくさ》はできぬ！」

促《うなが》された鬼《おに》たちは大人《おとな》しく従《したが》い、藤九郎《とさのかみ》は鬼《おに》たちを待《ま》つ間《あいだ》、もへぇに言《い》い加《くわ》えた。

「茶番《ちゃばん》の詳細《しょうさい》は食後《しょくご》に話《はな》す。心《こころ》しておけ」

二匹《にひき》の鬼《おに》たちと一緒《いっしょ》に立《た》ち去《さ》るその姿《すがた》に、六郎《ろくろう》はすっかり感心《かんしん》したようだった。

「鬼《おに》を手懐《てなず》ける武士《もののふ》だったとは。後世《こうせい》の評判《ひょうばん》というのは当《あ》てになりませんね」

「……未来《みらい》じゃ彼奴《あいつ》の評価《ひょうか》は、散々《さんざん》なのか？」

もへぇの問《と》いかけに、六郎《ろくろう》は軽《かる》くうなずいた。

「政治《せいじ》を疎《おろそ》かにし、放蕩《ほうとう》の限《かぎ》りを尽《つ》くした悪人扱《あくにんあつか》いですよ。質素倹約令《しっそけんやくれい》が蔓延《まんえん》する時代《じだい》に、領民《りょうみん》の不満《ふまん》を逸《そ》らすために広《ひろ》められたものですがね。それが定着《ていちゃく》してしまって」

「先人《せんじん》の評価《ひょうか》というものは時代《じだい》によって変《か》わるものさ。過去《かこ》は文句《もんく》を言《い》ってこないからね」

武芸八《たけひろ》は補足《ほそく》をしてから、もへぇに耳打《みみう》ちをした。

「街道の要所に土佐守《とさのかみ》の御供達《おともだち》の軍勢《ぐんぜい》が潜伏《せんぷく》して様子《ようす》を伺《うかが》っているよ。読《よ》みが当《あ》たったね」

武芸八《たけひろ》の言葉《ことば》に、六郎《ろくろう》も続《つづ》いた。

「豊永《とよなが》の領内《りょうない》は囲《かこ》まれています。返答次第《へんとうしだい》では火《ひ》の海《うみ》にすることも選択肢《せんたくし》なのでしょう」

「……やっぱり、そう来《く》るよな」

もへぇはそうつぶやいて、藤九郎《とさのかみ》の後《あと》を追《お》おうとしたが、武芸八《たけひろ》に訊《たず》ねられた。

「茶番《ちゃばん》に応《おう》じる覚悟《かくご》は、もう出来《でき》ているのかい？」

「……覚悟《かくご》も何《なに》も、ここまで仕向《しむ》けることが、武芸八《たけひろ》さんや六郎《ろくろう》さんの目的《もくてき》なんだろ？」

もへぇの言葉《ことば》に、武芸八《たけひろ》と六郎《ろくろう》は顔《かお》を見合《みあ》わせ、武芸八《たけひろ》は肩《かた》を竦《すく》めた。

「気《き》づいていたのかい？」

「武芸八《たけひろ》さんは仙人《せんにん》、六郎《ろくろう》さんは未来人《みらいじん》。間違《まちが》った選択《せんたく》をしてたら、意思表示《いしひょうじ》したはずだ。それがねぇってことは、茶番《ちゃばん》に応《おう》じるのが正《ただ》しいってことだろ？」

「じゃあ、これからの流《なが》れも大方《おおかた》、予想《よそう》はついているんだね？」

「何《なん》となくな。思《おも》えば勘《かん》が確信《かくしん》に近《ちか》かったのも仙人化《せんにんか》で予知《よち》に目覚《めざ》める兆候《ちょうこう》だったかな」

そう言《い》ってから、もへぇは鷲《わし》を呼《よ》び寄《よ》せ、同化《どうか》していた鮫《さめ》を口《くち》の中《なか》から取《と》り出《だ》した。

そして鷲《わし》と鮫《さめ》を六郎《ろくろう》に預《あず》け、腰《こし》に提《さ》げていた瓢箪《ひょうたん》は武芸八《たけひろ》に手渡《てわた》した。

「結末《けつまつ》は、この目《め》で確《たし》かめるぜ。その間《あいだ》、こいつらの面倒《めんどう》を看《み》といてくれよ」

「構《かま》いませんが、どこで合流《ごうりゅう》させれば良《よ》いのです？」

「この首《くび》が刎《は》ねられた直後《ちょくご》さ。詳細《しょうさい》は武芸八《たけひろ》さんに訊《き》いてくれ。刑場《けいじょう》で会《あ》おうぜ」

軽《かる》く、自分《じぶん》の首《くび》に手首《てくび》を当《あ》てて、六郎《ろくろう》に告《つ》げてから、もへぇは寺《てら》に走《はし》って戻《もど》った。


寺《てら》の庫裏《くり》にある食堂《しょくどう》を備《そな》えた厨房《ちゅうぼう》で、藤九郎《とさのかみ》を迎《むか》えての食事会《しょくじかい》が催《もよお》された。

山間《やまあい》では焼畑《やきはた》による玉蜀黍《とうもろこし》が米《こめ》と並《なら》ぶ主食《しゅしょく》で、汁物《しるもの》に玉蜀黍《とうもろこし》の粉《こな》が加《くわ》えられる程《ほど》だった。城《しろ》の主《あるじ》が市之丞《いちのじょう》や日菜乃《ひなの》、そして伝右衛門《でんえもん》の娘《むすめ》と同《おな》じ釜《かま》の飯《めし》を食《た》べる光景《こうけい》は、何《なん》とも不思議《ふしぎ》なものだったが、山間《やまあい》の部族《ぶぞく》である日菜乃一族《ひなのいちぞく》と、麓《ふもと》の長《おさ》である土佐守《とさのかみ》が豊永《とよなが》領主《りょうしゅ》の仲介《ちゅうかい》で非公式《ひこうしき》な会合《かいごう》を行《おこな》うという名目《めいもく》もあったので、皆《みな》、抵抗《ていこう》はないようだった。

日菜乃《ひなの》の母《はは》や祖父《そふ》は一足先《ひとあしさき》に里《さと》へ戻《もど》り、日菜乃《ひなの》も会合《かいごう》が済《す》み次第《しだい》、里《さと》に戻《もど》る予定《よてい》である。二匹《にひき》の赤鬼《あかおに》は寺《てら》に入《はい》るのを嫌《きら》って何処《どこ》かに去《さ》り、武芸八《たけひろ》と六郎《ろくろう》、それに本山《もとやま》のモノノ怪《け》姉妹《しまい》も別件《べっけん》で出《で》かけたようだったが、土佐守《とさのかみ》が用件《ようけん》を話《はな》す分《ぶん》には、全《まった》く影響《えいきょう》はなかった。

事前《じぜん》に献立《こんだて》の要望《ようぼう》まで伝《つた》えていたらしく、豆腐《とうふ》を主体《しゅたい》とした品揃《しなぞろ》えの前《まえ》で毛利藤九郎《もうりとうくろう》と名乗《なの》る土佐守《とさのかみ》は、豆腐《とうふ》の素晴《すば》らしさに熱弁《ねつべん》を振《ふ》るって、中々本題《なかなかほんだい》に入《はい》ろうとはしなかった。

「土佐《とさ》の豆腐《とうふ》は堅《かた》い。主菜《しゅさい》としては申《もう》し分《ぶん》ないが、柔《やわ》らかい豆腐《とうふ》ならより多《おお》くの献立《こんだて》を作《つく》ることができる。だからその良《よ》さを広《ひろ》めようと京《きょう》から職人《しょくにん》を呼《よ》び寄《よ》せたが、上手《うま》く行《ゆ》かぬ」

「玲瓏豆腐は殿様の肝入りだったのね。美味《おい》しいのにな～」

藤九郎《とさのかみ》の隣《となり》で口《くち》を開《ひら》くのは、丸橋忠弥《まるばしちゅうや》と分離《ぶんり》した桂七之助《かつらしちのすけ》だった。

七之助《しちのすけ》は明《あか》るく振《ふ》る舞《ま》い、話《はなし》に興《きょう》じたり酌《しゃく》をしたりしていた。

それは空元気《からげんき》から来《く》るのだと、もへぇは何《なん》となく察《さっ》して黙《だま》っていた。

そんなことを知《し》る由《よし》もない藤九郎《とさのかみ》は、七之助《しちのすけ》と忌憚《きたん》なく話《はなし》をしていた。

「土佐《とさ》の人間《にんげん》は『堅干《けんぴ》』のような固《かた》めが好《この》みのようだ。そう言《い》えば父《ちち》の夢覚《むかく》は達者《たっしゃ》か？」

「元気過《げんきす》ぎて困《こま》っちゃう。殿様《とのさま》が高碌《こうろく》で召《め》し抱《かか》えてくれたから暮《く》らしは良《い》いけど、杉山流《すぎやまりゅう》の槍術《そうじゅつ》を継《つ》げって、毎日小言《まいにちこごと》でうんざり――」

「――夢覚《むかく》を召《め》し抱《かか》えたのは蕎麦《そば》の腕前《うでまえ》が良《よ》かったからだ。店《みせ》を開《ひら》いた利益《りえき》で家《いえ》は繁盛《はんじょう》をしておるのだぞ。武芸《ぶげい》だけでは食《く》えぬ世《よ》の中《なか》、もっと親《おや》には感謝《かんしゃ》するべきだな」

表向《おもてむ》き、武士《ぶし》の副業《ふくぎょう》は禁止《きんし》されていたが、副業《ふくぎょう》や内職《ないしょく》なしでは生活《せいかつ》できず黙認《もくにん》された結果《けっか》、不動産業《ふどうさんぎょう》や消費者金融《しょうひしゃきんゆう》に手《て》を染《そ》めて、高収入《こうしゅうにゅう》を得《え》る者《もの》も出始《ではじ》めていた。

もへぇが桂家《かつらけ》の使用人《しようにん》となって、蕎麦三昧《そばざんまい》の日々《ひび》を送《おく》ったのは副業《ふくぎょう》のせいだったのだ。

やがて食事会《しょくじかい》は滞《とどこお》りなく進《すす》み、漬物《つけもの》と白湯《さゆ》で〆《しめ》た後《あと》、藤九郎《とさのかみ》は話《はなし》を切《き》り出《だ》した。

「確認《かくにん》の意味《いみ》で、わしの立場《たちば》を、今一度《いまいちど》この場《ば》で申《もう》し述《の》べておく」

藤九郎《とさのかみ》は顔《かお》に『つけた』兎《うさぎ》の面《おもて》を、コンコンと笄《こうがい》で軽《かる》く叩《たた》いてから話《はなし》を続《つづ》けた。

「この面《おもて》をつける限《かぎ》り、わしは毛利藤九郎《もうりとうくろう》だ。畏《かしこ》まることはないぞ――」

前置《まえお》きをしてから、藤九郎《とさのかみ》は本題《ほんだい》に入《はい》った。

「まずは、日下茂平《くさかもへえ》と川上市之丞《かわかみいちのじょう》の処遇《しょぐう》だ――」

もへぇに渡《わた》した蔵破《くらやぶ》りの被害者《ひがいしゃ》たちと被害額《ひがいがく》、そして相関図《そうかんず》を描《えが》いた巻物二本《まきものにほん》を、日菜乃《ひなの》や市之丞《いちのじょう》にも閲覧《えつらん》させながら、藤九郎《とさのかみ》は提案《ていあん》を出《だ》してきた。

「――蔵破《くらやぶ》りの罪《つみ》は見過《みす》ごせぬが、拷問《ごうもん》にかけても口《くち》は割《わ》らぬであろう。山間《やまあい》の民《たみ》との対立《たいりつ》も避《さ》けたい。そこでだ。日下茂平《くさかもへえ》の首一《くびひと》つと引《ひ》き換《か》えに、他《ほか》は不問《ふもん》にしようと考《かんが》えておる」

市之丞《いちのじょう》や日菜乃《ひなの》はもへぇを見《み》たが、もへぇは表情《ひょうじょう》を変《か》えなかった。

自分《じぶん》の首《くび》で済《す》むなら、御《おん》の字《じ》である。

「日下茂平《くさかもへえ》は、凄腕《すごうで》の仙術使《せんじゅつつか》いらしいな？」

「……あんたは、信《しん》じてねぇようだが？」

もへぇの指摘《してき》に、藤九郎《とさのかみ》は軽《かる》くうなずいた。

「仙術《せんじゅつ》とは種《たね》も仕掛《しか》けもある奇術《きじゅつ》であろう？　蘇《よみがえ》りの術《じゅつ》はどちらが使《つか》えるのだ？」

「……俺《おれ》だ」

そう呟《つぶや》いて、もへぇは湯呑《ゆのみ》を口《くち》にして、藤九郎《とさのかみ》は満足《まんぞく》そうに笑《え》みを浮《う》かべた。

「日下茂平《くさかもへえ》を選《えら》んだ理由《りゆう》はそれだ。蔵破《くらやぶ》り処罰《しょばつ》の実績《じっせき》は欲《ほ》しいが、猶予《ゆうよ》を与《あた》えようと思《おも》う」

「俺の術の話は、どこで知《し》ったんだ？　武芸八《たけひろ》さんか？」

「桑名古庵《くわなこあん》という名を出《だ》せば、大凡《おおよそ》の察《さっ》しはつくのではないか？」

「……何故《なぜ》あんたと組《く》んでるかは敢《あ》えて訊《き》かねぇが、そういうことか」

「組《く》むほど親《した》しくはないぞ。古庵《こあん》が勝手《かって》に話《はな》すことを、わしが利用《りよう》しておるのだ」

もへぇの中《なか》で、一《ひと》つの推論《すいろん》が出《で》た。

桑名古庵《くわなこあん》を騙《かた》る未来《みらい》の自分《じぶん》は、仙術《せんじゅつ》で転生《てんせい》したのだ。

だから今《いま》、八方《はっぽう》から自分《じぶん》の体《からだ》を捨《す》てさせようとしているのだろう。

そんなことを考《かんが》えるもへぇから目線《めせん》を逸《そ》らし、藤九郎《とさのかみ》は山間《やまあい》の民《たみ》である日菜乃《ひなの》に質《ただ》した。

「川上市之丞《かわかみいちのじょう》の処遇《しょぐう》も、訊《き》いておこうか――」

日菜乃《ひなの》は、至極冷静《しごくれいせい》に答《こた》えた。

「――市之丞《いちのじょう》は既《すで》に川上《かわかみ》の名《な》を捨《す》て、私《わたし》と夫婦《めおと》となる約束《やくそく》をした。一族《いちぞく》の仲間《なかま》入りをすると申《もう》している。麓《ふもと》に下《くだ》りることは、今後一切《こんごいっさい》ない。この場《ば》で約束《やくそく》できることだ」

「……市之丞《いちのじょう》、今《いま》の言葉《ことば》に、偽《いつわ》りはないか？」

市之丞《いちのじょう》は言葉《ことば》の代《か》わりに、深々《ふかぶか》と頭《あたま》を下《さ》げた。

日菜乃《ひなの》が、市之丞《いちのじょう》と夫婦《めおと》になることにしたのは、こういう理由《りゆう》だったのだ。

「一《ひと》つ目《め》の用件《ようけん》は、片《かた》づいたようだな――」

区切《くぎ》りの言葉《ことば》を挟《はさ》んでから、藤九郎《とさのかみ》は伝右衛門《でんえもん》の娘《むすめ》である婉《えん》に声《こえ》をかけた。

「――元《もと》より顔《かお》を合《あ》わすこと等《など》ない者同士《ものどうし》だが、良《よ》い機会《きかい》だ。その方《ほう》に渡《わた》す物《もの》がある」

ある程度《ていど》は想定《そうてい》していたのか、婉《えん》は無言《むごん》だった。

藤九郎《とさのかみ》は懐《ふところ》から小刀《こがたな》を取《と》り出《だ》すと膳《ぜん》の上《うえ》に置《お》き、七之助《しちのすけ》を促《うなが》して婉《えん》の前《まえ》に運《はこ》ばせた。

「意味《いみ》が分《わ》かるか？」

「我《われ》に死《し》ねと？」

「左様《さよう》。そして此処《ここ》へ来《く》る前《まえ》だが、宿毛《すくも》の親族《しんぞく》を仕物《しもの》するよう、密《ひそ》かに命《めい》じておいた」

場《ば》の空気《くうき》が凍《こお》りついたが、婉《えん》は表情《ひょうじょう》を変《か》えなかった。

湯呑《ゆのみ》のお茶《ちゃ》を啜《すす》る藤九郎《とさのかみ》は、酒《さけ》を飲《の》まず、土佐国《とさのくに》の城主《じょうしゅ》では珍《めずら》しい、嫌酒家《けんしゅか》だった。

「伝右衛門《でんえもん》の政治《せいじ》に恨《うら》みはない。真似《まね》をして月《つき》と鼈《すっぽん》だと気《き》づいたのでな。だが丹石流《たんせきりゅう》は潰《つぶ》す。公儀《こうぎ》に恭順《きょうじゅん》の意《い》を示《しめ》すため、新陰流《しんかげりゅう》を据《す》えるためだ」

そう話《はな》してから、藤九郎《とさのかみ》は語気《ごき》を少《すこ》し強《つよ》めた。

「不満《ふまん》なのは伝右衛門《でんえもん》の処遇《しょぐう》だ。土葬《どそう》にされ、潮江山《うしおえやま》に葬《ほうむ》られたのは知《し》っておるか？」

『土葬《どそう》』という文言《もんごん》に、一番驚《いちばんおどろ》いたのは婉《えん》だった。

父親《ちちおや》が、どのように埋葬《まいそう》されたのか、把握《はあく》していなかったからだ。

一瞬《いっしゅん》だけ泳《およ》いだ視線《しせん》に、動揺《どうよう》が伺《うかが》えた。

「儒学では罪人は火葬が相場《そうば》だ。しかし伝右衛門《でんえもん》は土葬《どそう》された。罪《つみ》に問《と》われなかったのだ。事情《じじょう》を知《し》る者《もの》は口《くち》を閉《と》ざし、伝右衛門《でんえもん》の一族《いちぞく》も、国外《こくがい》に追放《ついほう》でなく宿毛《すくも》に流罪《るざい》となった。伝右衛門《でんえもん》は罪人《ざいにん》だ。親《おや》が罪《つみ》に問《と》えぬなら、子《こ》が背負《せお》うのが筋《すじ》であろう？」

「……ちょっと待《ま》て。そりゃ唯《ただ》の私怨《しえん》じゃねぇか」

思《おも》わず口《くち》を挟《はさ》んだもへぇに、藤九郎《とさのかみ》は少《すこ》し声《こえ》の調子《ちょうし》を柔《やわ》らかくした。

「武士《ぶし》でない者《もの》にはそう映《うつ》るのか。まぁ良《よ》い。これは情《なさけ》だ。城主《じょうしゅ》としての命《めい》ではない」

婉《えん》は長《なが》らく無言《むごん》を貫《つらぬ》いていたが、やがて小刀《こがたな》を手《て》に取《と》った。

「父《ちち》は罪人《ざいにん》ではない。我《われ》も死《し》ぬつもりはない。生《い》き死《し》には自《みずか》らで選《えら》ぶ。指図《さしず》は受《う》けぬ」

そうして小刀《こがたな》を、懐《ふところ》に仕舞《しま》って自分《じぶん》の物《もの》にした婉《えん》を見《み》て、藤九郎《とさのかみ》は苦笑《にがわら》いをした。

「大通院様《だいつういんさま》の姫君《ひめぎみ》が御健在《ごけんざい》であったなら、伝右衛門《でんえもん》の御父君《おちちぎみ》は野中《のなか》の家《いえ》でなく、山内《やまうち》の家《いえ》を継《つ》いだ事《こと》であろう。国《くに》や民《たみ》を想《おも》えば、お互《たが》い生《う》まれてこなければ良《よ》かったのかもしれぬな」

そう言《い》って、藤九郎《とさのかみ》は残《のこ》ったお茶《ちゃ》を、一気《いっき》に飲《の》み干《ほ》した。

食事会《しょくじかい》が終《お》わると、もへぇは境内《けいだい》の蓮池《はすいけ》の前《まえ》で藤九郎《とさのかみ》と対峙《たいじ》した。

藤九郎《とさのかみ》は、携帯用《けいたいよう》の筆《ふで》で短冊《たんざく》に文字《もじ》を認《したた》めていた。

「——宿毛《すくも》の仕物《しもの》は、失敗《しっぱい》に終《お》わりそうだな」

「仙術《せんじゅつ》は信《しん》じないんじゃねぇのか？」

「無論信《むろんしん》じぬ。武芸八《たけひろ》が上手《うま》く立《た》ち回《まわ》っておるのだろう？」

……もへぇは閉口《へいこう》して、話題《わだい》を変《か》えた。

「本山《もとやま》に行《い》くのは伝右衛門《でんえもん》絡《がら》みか？」

「うむ。伝右衛門《でんえもん》が無罪《むざい》になった真相《しんそう》を訊《き》きたくてな」

繋《つな》がって来《き》たな――と、もへぇは心中《しんちゅう》つぶやいた。

「ビビってんじゃねぇのか？　伝右衛門《でんえもん》の幽霊《ゆうれい》とかによ――」

「――幽霊《ゆうれい》か否《いな》かは知《し》らぬが、引《ひ》き籠《こも》ったのは事実《じじつ》だ。何《なに》を恐《おそ》れるのか直《じか》に訊《き》き出《だ》す」

「……俺《おれ》は首《くび》を斬《き》られに御城下《おじょうか》へ。あんたは謎《なぞ》を解《と》きに本山《もとやま》へか……」

「精々上手《せいぜいうま》くやることだな。わしの方《ほう》は、今《いま》から発《た》てば夜《よる》には武芸八《たけひろ》と合流《ごうりゅう》できよう」

そう言《い》うと、藤九郎《とさのかみ》は認《したた》めた短冊《たんざく》をもへぇに手渡《てわた》した。

「街道《かいどう》に控《ひか》えておる林平太夫《はやしへいだゆう》という者《もの》に渡《わた》せ。城下《じょうか》まで丁重《ていちょう》にもてなしてくれるぞ」

「そりゃ言葉通《ことばどお》りの意味《いみ》か？　それとも皮肉《ひにく》か？」

「渡《わた》せば分《わ》かる――」

話《はな》しながら藤九郎《とさのかみ》は笠《かさ》を被《かぶ》り、二《ふた》つばかり言《い》い加《くわ》えた。

「――娘《むすめ》の脚《あし》の件《けん》だが、真剣勝負《しんけんしょうぶ》の後《あと》で保管場所《ほかんばしょ》を教《おし》えてやる。……それと川上新助《かわかみしんすけ》が命《いのち》を狙《ねら》うておるぞ。気《き》をつけることだな」

久しぶりに名前を聞いて、もへぇの眉間《みけん》に皺《しわ》が寄《よ》った。

「首《くび》を刎《は》ねられるまでは、生《い》きて貰《もら》わぬとな。忠告《ちゅうこく》はしたぞ。また会《あ》おう」

藤九郎《とさのかみ》が立《た》ち去《さ》るのを呼《よ》び止《と》めて、もへぇは解読《かいどく》された川上文書《かわかみぶんしょ》の翻訳版《ほんやくばん》を投《な》げ渡《わた》した。

「……遺産《いさん》には、興味《きょうみ》がないと言《い》ったはずだが？」

「いいから持《も》ってろよ。川上新助《かわかみしんすけ》や、公儀《こうぎ》と交渉《こうしょう》できる手札《てふだ》にはなるさ」

「……ならば頂戴《ちょうだい》しよう」

毛利藤九郎《まつだいらとさのかみ》の後《うし》ろ姿《すがた》を見届《みとど》けてから、もへぇは後《うし》ろを振《ふ》り返《かえ》った。

市之丞《いちのじょう》と日菜乃《ひなの》、そして伝右衛門《でんえもん》の娘《むすめ》である野中婉《のなかえん》の姿《すがた》があった。

「この姿《すがた》で話《はな》すのはこれっきりだ。遺言《ゆいごん》だと思《おも》って聞《き》いてくれ――」

もへぇは愛想良《あいそうよ》く、まず婉《えん》に声《こえ》をかけた。

「――仕物《しもの》は俺《おれ》が防《ふせ》ぐ。心配《しんぱい》することはねぇよ」

「心配《しんぱい》などしておらぬ。いつ何《なに》が起《お》きようと、我《われ》の一族《いちぞく》は、覚悟《かくご》だけは出来《でき》ておるからな」

婉《えん》は冷静《れいせい》に返《かえ》すと、こう続《つづ》けた。

「頼《たの》まれてくれ。父《ちち》の墓《はか》のことだ――」

「――在処《ありか》かと現状《げんじょう》の確認《かくにん》だろ？　任《まか》せとけ」

婉《えん》は小《ちい》さくうなずいて納得《なっとく》したようだったので、もへぇは次《つぎ》に日菜乃《ひなの》に話《はな》しかけた。

「首《くび》を斬《き》られたら転生《てんせい》して、時《とき》を越《こ》える術《じゅつ》で戻《もど》って来《く》る。でも次《つぎ》に会《あ》う時《とき》は赤《あか》の他人《たにん》だ」

「……私《わたし》にできることは？」

「転生《てんせい》した後《あと》も、今《いま》まで通《どお》り接《せっ》してくれると有難《ありがて》ぇな」

「わかった。占《うらな》いは吉《きち》と出《で》た。おまえの決断《けつだん》は正《ただ》しいのだろう。里《さと》で祈《いの》ることにしよう」

日菜乃《ひなの》は婉《えん》と一緒《いっしょ》に場《ば》を離《はな》れ、市之丞《いちのじょう》は暫《しば》し無言《むごん》だったので、もへぇから話《はな》しかけた。

「俺《おれ》が死《し》んでも悲《かな》しむ奴《やつ》はいねぇ。だから転生術《てんせいじゅつ》や仙人化《せんにんか》が怖《こわ》くねぇ。……適材適所《てきざいてきしょ》だな」

「……すまん。日菜乃殿《ひなのどの》を想《おも》うと、苦楽《くらく》を共《とも》にできぬのが、何《なに》より辛《つら》く怖《おそ》ろしいのだ」

「……誰《だれ》かのために生《い》きられる奴《やつ》と、自分《じぶん》のためにしか生《い》きられない奴《やつ》の差《さ》だ。謝《あやま》るなよ」

もへぇの言葉《ことば》に、市之丞《いちのじょう》は無言《むごん》で項垂《うなだ》れ、そして話題《わだい》を逸《そ》らすかのように問《と》い返《かえ》した。

「片《かた》がついた後《あと》は、どうするつもりだ？」

「その時《とき》に考《かんが》えるさ。気《き》にするな。……長《なが》いようで短《みじけ》ぇ付《つ》き合《あ》いだったな、川上市之丞《かわかみいちのじょう》」

「……ああ。さらばだ、日下茂平《くさかもへえ》」

市之丞《いちのじょう》は別《わか》れを告《つ》げると、日菜乃《ひなの》たちの後《あと》を追《お》い、去《さ》って行《い》った。

寂《さび》しさよりも、一仕事《ひとしごと》を終《お》えた気分《きぶん》だった。

もへぇは寺《てら》を出《で》ると、豊永領《とよながりょう》の街道《かいどう》を南《みなみ》に歩《ある》いた。

「こんな形《かたち》で、人生《じんせい》に区切《くぎ》りがつくとはな――」

義賊を始めた当初《とうしょ》には想像《そうぞう》すらしていなかったオチである。

だが感慨《かんがい》に浸《ひた》っている暇《ひま》はなく、これからの出来事《できごと》を一《ひと》つずつ処理《しょり》していこうと段取《だんど》りを考《かんが》えていたもへぇは、人《ひと》の気配《けはい》を感《かん》じて立《た》ち止《ど》まった。

土佐守《とさのかみ》の配下《はいか》にしては、気配《けはい》は二《ふた》つしかない。

「見送《みおく》りか？　それとも冷《ひ》やかしか？」

声《こえ》をかけると、近《ちか》くに建《た》つ地蔵堂《じぞうどう》の影《かげ》から、袴姿《はかますがた》の七之助《しちのすけ》と弥五兵衛《やごべえ》が姿《すがた》を現《あらわ》した。

丸橋忠弥《まるばしちゅうや》に気遣《きづか》う必要《ひつよう》もないので、七之助《しちのすけ》の服《ふく》や袴《はかま》の大《おお》きさはピッタリである。

「拙者《せっしゃ》は、先《さき》を急《いそ》ぐよう進言《しんげん》したのだが、七之助様《しちのすけさま》は頑固《がんこ》でな――」

「――ちょっとくらい良《い》いじゃない。家《うち》に帰《かえ》るから、途中《とちゅう》まで一緒《いっしょ》に歩《ある》いてあげるんだよ」

そう言《い》うと七之助《しちのすけ》はもへぇの前《まえ》に、弥五兵衛《やごべえ》は後《うし》ろに陣取《じんど》って、三人《さんにん》は歩《ある》き出《だ》した。

七之助《しちのすけ》は、懐《ふところ》から金剛杵《こんごうしょ》の槍《やり》を取《と》り出《だ》すと、もへぇに投《な》げ渡《わた》した。

「餞別《せんべつ》にあげる。もういらないから」

「槍使《やりつか》いは卒業《そつぎょう》か？　侍《さむらい》やめて、蕎麦屋《そばや》でもやんのか？」

「鍛錬《たんれん》は続《つづ》ける。傾奇者《かぶきもの》をやめるの。近江《おうみ》の庚《かのえ》さんの処《ところ》に行《い》って鍛《きた》え直《なお》してもらうんだ。今度《こんど》はオイラの足《あし》で歩《ある》いてさ。その準備《じゅんび》のために、家《いえ》に帰《かえ》るってわけ」

「目標《もくひょう》が決《き》まったのは良《よ》かったな。……じゃあ、ここでお別《わか》れだな」

もへぇは歩《あゆ》みを止《と》め、七之助《しちのすけ》と弥五兵衛《やごべえ》も立《た》ち止《ど》まって、視線《しせん》を動《うご》かした。

視線《しせん》の先《さき》には一人《ひとり》の侍《さむらい》が立《た》っていて、佇《たたず》まいから相当《そうとう》の手練《てだ》れと見受《みう》けられた。

「……そのようだな。日下茂平《くさかもへえ》、色々《いろいろ》あったが達者《たっしゃ》でな」

そう言《い》った弥五兵衛《やごべえ》と共《とも》に立《た》ち去《さ》ろうとした七之助《しちのすけ》に、もへぇは声《こえ》をかけた。

「近江《おうみ》に行《い》く時《とき》は見守《みまも》ってやるよ。こっそり分《わ》からねぇようにな。それくらい良《い》いだろ？」

「……心配《しんぱい》してくれるの？」

「友達《ともだち》だからな――」

「――その気配《きくば》りは、口説《くど》く女《おんな》の人《ひと》に向《む》けるべきじゃない？」

捨《す》て台詞《ぜりふ》を残《のこ》して七之助《しちのすけ》は駆《か》け出《だ》し、弥五兵衛《やごべえ》はもへぇに一礼《いちれい》をしてから後《あと》を追《お》った。

もへぇは二人《ふたり》を見送《みおく》って、侍《さむらい》の方《ほう》に向《む》き直《なお》った。

「林平太夫《はやしへいだゆう》さんか？」

「はい。普段《ふだん》は太守様《たいしゅさま》――、土佐守様《とさのかみさま》を護衛《ごえい》する役《やく》の、長《おさ》を務《つと》めております」

「……護衛《ごえい》が、こんなところで油《あぶら》売《う》ってて良《い》いのか？」

「城下《じょうか》までお連《つ》れするよう、直々《じきじき》に命《めい》を賜《たまわ》りましたもので――」

言葉《ことば》が終《お》わらない内《うち》に、周囲《しゅうい》から十数人《じゅうすうにん》の覆面姿《ふくめんすがた》の侍《さむらい》たちが取《と》り囲《かこ》んだ。

戦《たたか》えば切《き》り抜《ぬ》けられる数《かず》だが、もへぇにその意思《いし》はなかった。

「用意《ようい》が良《い》いな。その土佐守様《とさのかみさま》から、俺《おれ》は直々《じきじき》に、こういう物《もの》を頂《いただ》いたんだが？」

短冊《たんざく》を見《み》せると平太夫《へいだゆう》はそれを一読《いちどく》し、周囲《しゅうい》の侍《さむらい》たちを下《さ》がらせた。

「気《き》に入《い》られたようで、何《なに》よりです。では、あちらに御乗《おの》りください――」

平太夫《へいだゆう》が指《さ》し示《しめ》す場所《ばしょ》には、人《ひと》を運《はこ》ぶ駕籠《かご》が控《ひか》えられていた。

それはただの駕籠《かご》ではなく、大名《だいみょう》が旅行中《りょこうちゅう》に用《もち》いる『御忍駕籠《おしのびかご》』だった。

名前《なまえ》に反《はん》して黒漆《くろうるし》が随所《ずいしょ》に光《ひか》る、なんとも目立《めだ》つ代物《しろもの》である。

「あれに乗《の》れと？」

「丁重《ていちょう》にもてなせと、そう短冊《たんざく》には認《したた》められておりますので」

――嫌味《いやみ》以外《いがい》の何物《なにもの》でもなかった。

「あの駕籠《かご》は本山《もとやま》に行《い》った殿様《とのさま》のところに、持《も》って行《い》ってくれよ」

「……お気《き》に召《め》さない、ということでしょうか？」

少々殺気《しょうしょうさっき》が込《こ》められた声色《こわいろ》だったので、もへぇは負《ま》けじと言《い》い返《かえ》した。

「殿様気分《とのさまきぶん》はいらねぇ。牢屋町《ろうやまち》まで歩《ある》きてぇから、あんた以外《いがい》、外《はず》してくれねぇか？」

「私《わたくし》と歩《ある》いて牢屋町《ろうやまち》ですか。死地《しち》に赴《おもむ》くと言《い》うのに、余裕《よゆう》ですね」

答《こた》える代《か》わりに、もへぇは七之助《しちのすけ》の金剛杵《こんごうしょ》を、蛇《へび》が卵《たまご》を呑《の》むように一気《いっき》に呑《の》んでみせた。

「俺《おれ》は半分《はんぶん》、人間《にんげん》を辞《や》めてる。横柄《おうへい》なのは御愛嬌《ごあいきょう》さ。何《なん》なら、ここでヤルか？」

「いえいえ。時《とき》は無駄《むだ》にしたくありません。少々《しょうしょう》お待《ま》ちを」

平太夫《へいだゆう》は、直近《ちょっきん》の侍《さむらい》に耳打《みみう》ちをして何事《なにごと》か囁《ささや》き、覆面姿《ふくめんすがた》の侍《さむらい》たちは同伴《どうはん》していた人足《にんそく》らを促《うなが》して、御忍駕籠《おしのびかご》を本山領《もとやまりょう》に向《む》かって運《はこ》ばせ、この場《ば》を去《さ》った。

少《すく》なくとも、周囲《しゅうい》に人《ひと》の気配《けはい》はなくなった。

豊永領《とよながりょう》を包囲《ほうい》していた軍勢《ぐんぜい》も、土佐守《とさのかみ》を追《お》って本山《もとやま》へ移動《いどう》したようである。

もへぇは、平太夫《へいだゆう》を促《うなが》して歩《ある》き出《だ》した。

「首《くび》を刎《は》ねられる前《まえ》に口利《くちき》きして貰《もら》えねぇか。あんたは牢屋町《ろうやまち》を管轄《かんかつ》する奴《やつ》と親《した》しい筈《はず》だ」

「……どこで、そのような事《こと》を？」

「仙術使《せんじゅつつか》いに、知《し》らないものは、ねぇのさ」

もへぇは不敵《ふてき》に微笑《ほほえ》んでみせた。

日《ひ》も沈《しず》んだ頃《ころ》、もへぇは山田町《やまだちょう》の牢屋《ろうや》に到着《とうちゃく》して捕縛《ほばく》された。

本物《ほんもの》の桑名古庵《くわなこあん》に挨拶《あいさつ》でもしておこうと思《おも》っていたがそれは叶《かな》わず、一番離《いちばんはな》れの牢屋《ろうや》に収容《しゅうよう》され、他《ほか》の囚人達《しゅうじんたち》は古庵《こあん》も含《ふく》めて、帯屋町《おびやまち》の町会所内《ちょうかいしょない》の牢屋《ろうや》に移《うつ》された。

管轄《かんかつ》する奉行《ぶぎょう》が平太夫《へいだゆう》の報告《ほうこく》を聴《き》き、牢破《ろうやぶ》りを懸念《けねん》して保身《ほしん》に走《はし》った結果《けっか》だった。

牢《ろう》を爆破《ばくは》してやると吹聴《ふいちょう》していたので、見回《みまわ》り役《やく》の目付《めつけ》たちも近寄《ちかよ》ろうとしなかった。

そんなもへぇだったが、牢内《ろうない》では大人《おとな》しく、その時《とき》を待《ま》っていた。

真夜中《まよなか》を少《すこ》し過《す》ぎた頃《ころ》、甘《あま》い匂《にお》いを嗅《か》ぎつけて目《め》を覚《さ》ました。

格子《こうし》の先《さき》には、真新《まあたら》しい旅装束《たびしょうぞく》をした川上新助《かわかみしんすけ》が立《た》っていた。

以前《いぜん》のような木地師《きじし》の服装《ふくそう》で、今度《こんど》は遠慮《えんりょ》なく煙管《きせる》を蒸《ふか》していた。

襟《えり》から覗《のぞ》く胸元《むなもと》には、わずかだが包帯《ほうたい》が見《み》えた。

川姫《かわひめ》によって式《しき》を返《かえ》され、血《ち》を盗《と》られた傷《きず》が癒《い》えていないのだろう。

「タバコの臭《にお》いで、役人《やくにん》がすっ飛《と》んでくるぞ」

「全員《ぜんいん》、眠《ねむ》らせていますよ」

「ああ、甘《あま》い匂《にお》いの元《もと》は、それか――」

腐《くさ》れ縁《えん》ゆえの、息《いき》の合《あ》った会話《かいわ》をした後《あと》、もへぇは軽《かる》く笑《わら》った。

新助《しんすけ》はそれを見《み》て、煙《けむり》を吐《は》き出《だ》しながら訊《たず》ねてきた。

「何《なに》がおかしいのです？」

「目的《もくてき》は果《は》たしたんだろう？　なぜ俺《おれ》に固執《こしつ》する」

「……御礼参《おれいまい》りをしておかないと、気《き》が済《す》まないのですよ」

新助《しんすけ》は煙管《きせる》の煙草《たばこ》を追加《ついか》しながら、話《はなし》を続《つづ》けた。

「やられましたよ。目的《もくてき》は達成《たっせい》したのに、計画《けいかく》そのものは潰《つぶ》された。お見事《みごと》です」

「……やり方《かた》が気《き》に入《い》らなかったからな。だから潰《つぶ》したまでだ」

もへぇはそう返《かえ》したが、言葉《ことば》の調子《ちょうし》は誰《だれ》かが口《くち》を借《か》りて話《はな》しているようだった。

新助《しんすけ》は、その変化《へんか》に気《き》づいていないようだ。

「……怯《おび》えていないのですね。死《し》ぬということも、勘定《かんじょう》の内《うち》ですか？」

「そうだ。悪《わる》いことは言《い》わん。己《おのれ》の首《くび》を絞《し》めるだけだぞ」

もへぇの挑発《ちょうはつ》めいた台詞《せりふ》に、新助《しんすけ》はきっぱり言《い》い放《はな》った。

「その言葉《ことば》が正《ただ》しいか、試《ため》してみますよ」

吐《は》き出《だ》される煙《けむり》が充満《じゅうまん》して牢屋内《ろうやない》は煙《けむ》たかったが、もへぇは相変《あいか》わらず笑《わら》っていた。

「勝《か》ち負《ま》けに拘《こだわ》るその性分《しょうぶん》、命取《いのちと》りになるぞ。また会《あ》おう――」

「――いいえ。二度《にど》と会《あ》うことはありませんよ！」

新助《しんすけ》は煙管《きせる》を口《くち》から外《はず》して、牢屋《ろうや》の床《ゆか》に敷《し》かれた石畳《いしだたみ》に勢《いきよ》いよく突《つ》き刺《さ》した。

刺《さ》さった瞬間《しゅんかん》、散《ち》った火花《ひばな》が煙《けむり》に引火《いんか》して、牢屋《ろうや》は木端微塵《こっぱみじん》に吹《ふ》き飛《と》んだ。

目《め》を覚《さ》ました役人《やくにん》たちが慌《あわ》ててやってきた時《とき》、川上新助《かわかみしんすけ》の姿《すがた》は既《すで》になく、爆心部《ばくしんぶ》には大穴《おおあな》が開《あ》いていて、牢屋《ろうや》は壊滅《かいめつ》の状態《じょうたい》だった。

しかし役人《やくにん》たちの目《め》に映《うつ》ったのは、穴《あな》の底《そこ》で座《すわ》っている無傷《むきず》のもへぇだった。

もへぇは、その後《ご》も一切抵抗《いっさいていこう》をしなかった。

『吟味筋《ぎんみすじ》』と呼《よ》ばれる裁判《さいばん》の手続《てつづ》きや取調《とりしら》べに淡々《たんたん》と応《おう》じ、蔵破《くらやぶ》りの罪《つみ》を認《みと》めた証文《しょうもん》に

『爪印』が押されて、証文は勘定奉行に回《まわ》された。

判決《はんけつ》は役人《やくにん》の読《よ》み聞《き》かせによって下《くだ》り、即日《そくじつ》、刑《けい》は執行《しっこう》されることになった。

死罪《しざい》の執行《しっこう》は、夜《よる》に行《おこな》うのが通例《つうれい》である。

当時《とうじ》、土佐《とさ》の城下《じょうか》には三《みっ》つの『切場《きりば》』と呼《よ》ばれる刑場《けいじょう》が存在《そんざい》した。

『雁切川原《がんきりかわら》の切場《きりば》』、『九反田《くたんだ》の切場《きりば》』、そして『円行寺《えんぎょうじ》の切場《きりば》』である。

円行寺《えんぎょうじ》の切場《きりば》は殺人放火《さつじんほうか》などの重犯罪《じゅうはんざい》を扱《あつか》い、窃盗加算《せっとうかさん》の死罪《しざい》は対象外《たいしょうがい》だった。

一方《いっぽう》、九反田《くたんだ》の切場《きりば》は、土佐守《とさのかみ》の仕物《しもの》によって見《み》せしめの山《やま》ができて、手狭《てぜま》だった。

よって、鏡川《かがみがわ》にある雁切川原《がんきりかわら》の切場《きりば》にて、刑《けい》は執行《しっこう》されることになった。

この場《ば》に及《およ》んでも、もへぇは無抵抗《むていこう》で、切場《きりば》にて松明《たいまつ》に囲《かこ》まれ、執行《しっこう》を行《おこな》う同心《どうしん》の前《まえ》に引《ひ》き出《だ》されて『面紙《つらがみ》』で顔《かお》を隠《かく》されても、平然《へいぜん》としていた。

抑《おさ》え役《やく》が数人《すうにん》がかりでもへぇの体《からだ》を掴《つか》み、同心《どうしん》が一太刀《ひとたち》の元《もと》、その首《くび》を刎《は》ねた。

――堅《かた》い金属音《きんぞくおん》がして、もへぇは一瞬《いっしゅん》で灰《はい》になり、消滅《しょうめつ》した。

抑《おさ》え役《やく》たちや首切《くびき》り役《やく》は灰《はい》を被《かぶ》り、見守《みまも》り役《やく》の見回《みまわ》りや与力《よりき》、介添人《かいぞえにん》は息《いき》を呑《の》んだ。

灰《はい》の中心《ちゅうしん》には、七之助《しちのすけ》の金剛杵《こんごうしょ》が身代《みが》わりとして真《ま》っ二《ぷた》つにされていた。

いつの間《ま》にか、もへぇは金剛杵《こんごうしょ》を依代《よりしろ》にしたニセモノと、すり替《か》わっていたのだ。

史実を語るミニコーナー

松平土佐守の解説

本作の土佐守は四代目藩主の山内豊昌で、実在の人物ですが、性格や設定はフィクションで史実と異なります。

彼は歴代藩主と異なり、嫌酒家で、鷹狩もせず（禁止されていた事もありましたが）、豆腐と能楽が大好きでした。また愛妻家（父親と違い、側室はいましたが）で、新婚の頃、江戸に残る妻と一日でも長く過ごすために仮病を使おうとして、家臣から諌められた事もあったそうです。

藩主となる前は大名火消しの一員で、1657年（明暦3年）に発生した明暦の大火では先頭に立って活躍したそうです。

彼には男子がおらず、養子を迎えましたが、養子となった五代目の豊房が土佐へ藩主として入国する際、数合わせに江戸のヤクザ者を大名行列に参加させた結果、荒々しい言葉遣いの土佐弁が生まれたとする、嘘か本当か分からない話もあります。

土佐守

もへぇ、蘇《よみがえ》る

もへぇの意識《いしき》は、まっくら闇《やみ》の中《なか》にあった。

『転生術《てんせいじゅつ》』によって、どこかの母体《ぼたい》に跳《と》んだ。

直《じき》に再《ふたた》びこの世《よ》に生《せい》を受《う》けるが、問題《もんだい》は時《とき》と場所《ばしょ》だった。

どれほど時《とき》が流《なが》れ、どこに転生《てんせい》するのか、まったく分《わ》からなかった。

江戸《えど》で処刑《しょけい》された丸橋忠弥《まるばしちゅうや》が、遠《とお》く離《はな》れた土佐《とさ》に転生《てんせい》したように、転生前《てんせいまえ》に心残《こころのこ》りのある場所《ばしょ》に転《てん》じる可能性《かのうせい》が高《たか》いと、もへぇはそう睨《にら》んでいた……。

やがて、生《なま》ぬるい液体《えきたい》を漂《ただよ》う感覚《かんかく》がやってきて、胎児《たいじ》の体《からだ》に転《てん》じたようだった。

七之助《しちのすけ》のように他《ほか》の意識《いしき》の存在《そんざい》は見当《みあ》たらず、一定《いってい》の時間《じかん》を経《へ》て、この世《よ》に蘇《よみがえ》った。

産声《うぶごえ》が上《あ》がらなかったので、立《た》ち会《あ》った産婆《さんば》は、ひどく狼狽《ろうばい》したようだった。

端々《はしばし》を叩《たた》かれ、抓《つね》られたりしたので、もへぇは堪《たま》らず仙術《せんじゅつ》で時《とき》を止《と》め、一息《ひといき》ついてから七之助《しちのすけ》が丸橋忠弥《まるばしちゅうや》に変化《へんげ》するように、体《からだ》を急成長《きゅうせいちょう》させた。

視力《しりょく》は十分《じゅうぶん》ではなかったが、産湯《うぶゆ》を満《み》たした盥《たらい》が見《み》えたので、体《からだ》を洗《あら》いながら周囲《しゅうい》を見回《みまわ》すと離《はな》れ小屋《ごや》の産屋《うぶや》のようで、すぐに底冷《そこび》えのする寒《さむ》さが襲《おそ》ってきた。

おそらく、今《いま》は真冬《まふゆ》の時期《じき》なのだろう。

江戸時代《えどじだい》の中頃《なかごろ》までは、離《はな》れに小屋《こや》を建《た》てて出産《しゅっさん》をしていたが、裕福《ゆうふく》な家《いえ》では母屋《おもや》を改築《かいちく》して出産場所《しゅっさんばしょ》を設《もう》ける等《など》、変化《へんか》が起《お》こった時期《じき》でもあり、家《いえ》の豊《ゆた》かさを推測《すいそく》できた。

「……飛びぬけて、金持《かねも》ちの家《いえ》ではないようだな」

そうつぶやいて、もへぇは自分《じぶん》の言葉遣《ことばづか》いが変《か》わっていることに気《き》がついた。

言葉遣《ことばづか》いは、早々《そうそう》に変《か》わったりはしない。

転生《てんせい》の影響《えいきょう》なのかは不明《ふめい》だが、他《ほか》に変《か》わった所《ところ》はないかと、自分《じぶん》の体《からだ》を観察《かんさつ》した。

盥《たらい》に映《うつ》った顔《かお》は転生前《てんせいまえ》と瓜二《うりふた》つで、髪《かみ》と目《め》が銀色《ぎんいろ》になったくらいである。

とりあえず成功《せいこう》だ――、と思《おも》った直後《ちょくご》、暗《くら》がりから白《しろ》い手拭《てぬぐ》いが投《な》げつけられた。

不思議《ふしぎ》と怖《おそ》れは感《かん》じず、その手拭《てぬぐ》いで体《からだ》を拭《ふ》き、慣《な》れてきた眼《まなこ》で相手《あいて》を凝視《ぎょうし》した。

顔《かお》は判別《はんべつ》できないが、自分《じぶん》を産《う》んだ者《もの》に間違《まちが》いない。

時《とき》を止《と》めているのに動《うご》いていることから、それなりの術者《じゅつしゃ》と見受《みう》けられた。

そこに黒猫《くろねこ》が一匹《いっぴき》、鈴《すず》を鳴《な》らしながらトコトコやってきて、目《め》の前《まえ》でニャアと鳴《な》いた。

どうやら、もへぇを知《し》っているらしい。

『鳥獣鳴解《ちょうじゅうめいかい》の術《じゅつ》』で言葉《ことば》を交《か》わすより、産《う》み親《おや》を先《さき》に知《し》りたかったので、黒猫《くろねこ》を脇《わき》に退《ど》かして産《う》み親《おや》の元《もと》にゆっくり歩《あゆ》み寄《よ》ると、『産椅《さんき》』と呼《よ》ばれる安静用《あんせいよう》の椅子《いす》に腰《こし》をかけ、暖《だん》を取《と》りながら女《おんな》は、傍《かたわ》らに置《お》かれた盆《ぼん》の椿《つばき》の花弁《はなびら》を摘《つ》まんで口《くち》に運《はこ》び、咀嚼《そしゃく》していた。

もへぇは正体《しょうたい》を把握《はあく》した。

「……今《いま》でも、椿姫《つばきひめ》を名乗《なの》っているのか？」

問《と》いかけに女《おんな》はニヤリと笑《わら》い、咀嚼《そしゃく》した椿《つばき》の花《はな》を呑《の》みこんでから口《くち》を開《ひら》いた。

「名前《なまえ》はあるが、どうでも良《よ》いことじゃろう。着替《きが》えは、そこにあるぞ」

女《おんな》が指《さ》し示《しめ》す場所《ばしょ》には、竹《たけ》で編《あ》まれた葛籠《つづらかご》があり、もへぇは中《なか》の服《ふく》を手《て》に取《と》った。

「――ずいぶんと派手《はで》だな」

「密貿易《みつぼうえき》を手引《てび》きした時《とき》の御下《おさ》がりじゃ。この家《いえ》は色々物騒《いろいろぶっそう》なことで儲《もう》けておるでな」

もへぇは袖《そで》に手《て》を通《とお》しながら、元椿姫《もとつばきひめ》と話《はなし》を続《つづ》けた。

「『土偶転生《どぐうてんせい》の術《じゅつ》』は、一度土《いちどつち》に還《かえ》さないと人《ひと》の体《からだ》にならなかったな。因果《いんが》なものだ」

「感心《かんしん》しておる暇《ひま》はない。今度《こんど》はそっちが働《はたら》く番《ばん》じゃ。妾《わらわ》の出生《しゅっせい》にも関《かか》わるのでな」

女《おんな》の言葉《ことば》に、もへぇは嫌々《いやいや》うなずきながら、静止《せいし》している産婆《さんば》の耳元《みみもと》で囁《ささや》いた。

「子供《こども》は死産《しざん》だ。おまえは何《なに》も見《み》なかったのさ」

偽《いつわ》りの記憶《きおく》を吹《ふ》きこんでから、もへぇは立《た》ち上《あ》がった。

「さて、種親《たねおや》に会《あ》うとするか」

術《じゅつ》を唱《とな》えることなく産屋《うぶや》から跳《と》び去《さ》ると、産屋《うぶや》から離《はな》れた母屋《おもや》の書斎《しょさい》にて種親《たねおや》の男《おとこ》は書《か》きものをしており、もへぇは男《おとこ》の背後《はいご》に跳《と》ぶと制止《せいし》させていた時間《じかん》を戻《もど》すや否《いな》や、男《おとこ》の首根《くびね》っこをグイッと掴《つか》み上《あ》げた。

「また会《あ》うと言《い》っただろう？　今《いま》の名前《なまえ》は知《し》りたくもないからこう呼《よ》ぼう。川上新助《かわかみしんすけ》――」

男が驚いて声を出す前に、もへぇの指《ゆび》が男《おとこ》の額《ひたい》にトンと軽《かる》く当《あ》てられ、男《おとこ》は忽《たちま》ち白目《しろめ》を剥《む》いて泡《あわ》を吐《は》き出《だ》して気絶《きぜつ》すると、男《おとこ》の額《ひたい》から指《ゆび》を伝《つた》って黒《くろ》い呪詛文字《じゅそもじ》がもへぇの腕《うで》を通《とお》して頭《あたま》の中《なか》に流《なが》れ込《こ》んできたので、一頻《ひとしき》り文字《もじ》を取《と》りこんでから、今度《こんど》は自分《じぶん》の呪詛文字《じゅそもじ》を体《からだ》に浮《う》き上《あ》がらせて、男《おとこ》の体《からだ》に逆流《ぎゃくりゅう》させて送《おく》りこんだ。

「感動《かんどう》の対面《たいめん》じゃろうに、手荒《てあら》な扱《あつか》いじゃのぅ」

黒猫《くろねこ》を抱《かか》えて元椿姫《もとつばきひめ》が産椅《さんき》に座《すわ》ったまま、音《おと》もなく部屋《へや》に現《あらわ》れたが、もへぇは表情《ひょうじょう》と視《し》線《せん》を全《まった》く変《か》えず、自分《じぶん》に言《い》い聞《き》かせるように口《くち》を開《ひら》いた。

「今《いま》の俺《おれ》にとってこの男《おとこ》は転生《てんせい》の道具《どうぐ》でしかない。命《いのち》は奪《うば》わないが、人生《じんせい》と知識《ちしき》は奪《うば》う」

「……で？　それからどうなる？」

「この家《いえ》で生《い》き続《つづ》けるさ。そして享保十年《きょうほうじゅうねん》、十二月三十日《じゅうにがつさんじゅうにち》に死《し》ぬ」

「……伝右衛門《でんえもん》の娘《むすめ》が死《し》ぬ日《ひ》か。命《いのち》を繋《つな》げたのが、仇《あだ》となるとはのぅ」

呪詛《じゅそ》の仕込《しこ》みが終《お》わって指《ゆび》を放《はな》すと、男《おとこ》は何事《なにごと》もなかったように立《た》ち上《あ》がり、無言《むごん》で部《へ》屋《や》から出《で》て行《い》ったので、もへぇは男《おとこ》が書《か》いていた書類《しょるい》を手《て》に取《と》り、広《ひろ》げてそれを眺《なが》めた。

それは何《なに》かの契約書《けいやくしょ》で、内容《ないよう》を知《し》ったもへぇは、書類《しょるい》を破《やぶ》り捨《す》てると女《おんな》に訊《たず》ねた。

「今《いま》は何年《なんねん》の何月《なんがつ》だ？」

「元禄十六年《げんろくじゅうろくねん》の二月《にがつ》じゃ。世間《せけん》は江戸《えど》の討《う》ち入《い》り騒動《そうどう》で持《も》ちきりじゃぞ」

「……土佐守《とさのかみ》が、次《つぎ》の代《だい》になった時代《じだい》か」

どうやら丸橋忠弥《まるばしちゅうや》と同《おな》じく未来《みらい》に転生《てんせい》したようだが、問題《もんだい》は場所《ばしょ》である。

庭《にわ》が見《み》える正面《しょうめん》の障子《しょうじ》を開《あ》け放《はな》つと、縁側《えんがわ》からは大《おお》きく富士山《ふじさん》が見《み》えた。

ここは富士《ふじ》の裾野《すその》に建《た》てられた屋敷《やしき》だった。

「……行《ゆ》くのか？」

「ああ。あの男《おとこ》が死《し》ぬまでは、ここでの暮《く》らしを満喫《まんきつ》してくれ」

「では行《ゆ》く前《まえ》に、こやつを預《あず》かってくれ」

元椿姫《もとつばきひめ》の傍《かたわ》らに、あの山犬顔《やまいぬがお》の怪人《かいじん》――、山犬《やまいぬ》の君《きみ》が、フゥっと姿《すがた》を現《あらわ》した。

既《すで》に得物《えもの》の長巻《ながまき》を携《たずさ》え、臨戦態勢《りんせんたいせい》をとっている。

「妾《わらわ》が粗相《そそう》をせぬよう、律儀《りちぎ》に目付《めつけ》を務《つと》めておったが、もう要《い》らぬであろう。里帰《さとがえ》りも兼《か》ね、眷属《けんぞく》として迎《むか》え入《い》れてやれ。手合《てあ》せの後《のち》にな」

「……いいだろう」

もへぇは衿《えり》を正《ただ》して庭《にわ》に出《で》たが、かつて川上新助《かわかみしんすけ》と名乗《なの》った男《おとこ》の庭《にわ》は広《ひろ》くなかった。

「暴《あば》れて、この家《いえ》を壊《こわ》すでないぞ」

「壊《こわ》しはしない。すぐ終《お》わる」

もへぇは山犬《やまいぬ》と対峙《たいじ》したが、挨拶代《あいさつがわ》りに長巻《ながまき》を突《つ》きつけられても微動《びどう》だにしなかった。

殺気《さっき》のない攻撃《こうげき》には一切動《いっさいどう》じず、鎌《かま》かけの攻撃《こうげき》は首《くび》の皮一枚躱《かわいちまいかわ》し、これを繰《く》り返《かえ》した。

――ならばと山犬《やまいぬ》の君《きみ》が本気《ほんき》で踏《ふ》みこもうとした直前《ちょくぜん》、もへぇの眼《め》が金色に変《か》わった。

瞬時《しゅんじ》に懐《ふところ》へ跳《と》びこみ、片手《かたて》で得物《えもの》、もう片方《かたほう》の手《て》で山犬《やまいぬ》の鼻先《はなさき》を掴《つか》んだ。

少《すこ》しでも動《うご》けば、躊躇《ちゅうちょ》なく息《いき》の根《ね》が止《と》まる。

もへぇは時間《じかん》を止《と》め、普通《ふつう》に移動《いどう》して勝負《しょうぶ》を決《き》めたが、戦《たたか》うことの虚《むな》しさも感《かん》じた。

そんなもへぇの前《まえ》で、山犬《やまいぬ》の君《きみ》は得物《えもの》を捨《す》て、数歩後《すうほあと》ずさって畏《かしこ》まった。

もへぇが掌《てのひら》を山犬《やまいぬ》に翳《かざ》すと、修行時代《しゅぎょうじだい》に鷲《わし》を取《と》りこんだ『吸』の文字《もじ》が掌《てのひら》に浮《う》かび、山犬《やまいぬ》の君《きみ》は素早《すばや》く手《て》の中《なか》に跳《と》びこんだ。

同化《どうか》の影響《えいきょう》で変異《へんい》したその姿《すがた》は、もへぇが一度《いちど》だけ会《あ》い、桑名古庵《くわなこあん》と名乗《なの》った、未来《みらい》の自分《じぶん》そのもので、古庵《こあん》とは、もへぇが転生《てんせい》をして、山犬《やまいぬ》の力《ちから》を発動《はつどう》した姿《すがた》だったのだ。

だが山犬顔《やまいぬがお》から元《もと》に戻《もど》ろうとしても山犬《やまいぬ》の力《ちから》が強《つよ》くて戻《もど》れず、時間《じかん》が惜《お》しいと考《かんが》えた古庵《もへぇ》は、そのまま別《べつ》の場所《ばしょ》に跳《と》び、古庵《もへぇ》が去《さ》った後《あと》、縁側《えんがわ》の女《おんな》の前《まえ》に一人《ひとり》の男《おとこ》が現《あらわ》れた。

「……炎《ほのお》に焼《や》かれた頃《ころ》が、昨日《きのう》のことのようじゃなぁ」

そう切《き》り出《だ》して微笑《ほほえ》んだ女《おんな》に、男《おとこ》も微笑《ほほえ》み返《かえ》して、借《か》りパクしていた鉄扇《てっせん》を返《かえ》した。

女《おんな》は鉄扇《てっせん》を広《ひろ》げて軽《かる》く扇《あお》ぎ、黒猫《くろねこ》をあやしながら寛《くつろ》いだ。

山犬顔《やまいぬかお》のもへぇ＝桑名古庵《くわなこあん》を騙《かた》る者《もの》、が向《む》かった先《さき》は、富士《ふじ》の奥底《おくそこ》にある洞窟《どうくつ》だった。

熱《ねっ》せられた蒸気《じょうき》が複数《ふくすう》の岩穴《いわあな》から噴《ふ》き出《だ》していて、古庵《もへぇ》はそれらを避《さ》けて歩《ある》いた。

やがて、目《め》の前《まえ》に洞窟《どうくつ》の天井《てんじょう》まで届《とど》く、巨大《きょだい》な岩戸《いわと》が現《あらわ》れた。

岩戸《いわと》には何十枚《なんじゅうまい》もの呪札《じゅふだ》が貼《は》られ、その手前《てまえ》には大《おお》きな注連縄《しめなわ》が垂《た》れ下《さ》がっていた。

岩戸《いわと》に近《ちか》づくと、何処《どこ》からともなく風《かぜ》が吹《ふ》いて、注連縄《しめなわ》の前《まえ》に、先程同化《さきほどどうか》した山犬《やまいぬ》の君《きみ》が立《た》ち塞《ふさ》がっており、どうやら、この岩戸《いわと》の中《なか》から来《き》たのは、過去《かこ》の山犬《やまいぬ》の君《きみ》のようだった。

山犬《やまいぬ》は長巻《ながまき》を構《かま》え、間合《まあ》いを詰《つ》めると古庵《もへぇ》の額《ひたい》に得物《えもの》を振《ふ》り下《お》ろしたが、長巻《ながまき》の刃《やいば》が直前《ちょくぜん》でピタリ止《と》められたのは、古庵《もへぇ》の額《ひたい》に山犬《やまいぬ》と契約《けいやく》した証《あかし》の紋章《もんしょう》が浮《う》かんだからだ。

古庵《もへぇ》の体《からだ》に未来《みらい》の自分《じぶん》が宿《やど》ることを察《さっ》した山犬《やまいぬ》は、背《せ》を向《む》けて注連縄《しめなわ》を一刀両断《いっとうりょうだん》した。

封印《ふういん》が解《と》かれて貼《は》られた無数《むすう》の呪札《じゅふだ》は一瞬《いっしゅん》で燃《も》え落《お》ち、岩戸《いわと》は音《おと》を立《た》てて開《ひら》いた。

岩戸《いわと》の中《なか》に足《あし》を踏《ふ》み入《い》れると、そこは奇妙《きみょう》な世界《せかい》だった。

奇怪《きかい》な建物《たてもの》や、見《み》たこともない風景《ふうけい》が広《ひろ》がっていたわけではない。

地下《ちか》にあるはずのない、地上《ちじょう》の風景《ふうけい》が広《ひろ》がっていたのだ。

澄《す》んだ空《そら》が広《ひろ》がり、色《いろ》とりどりの花《はな》が咲《さ》き、遠《とお》くに小奇麗《こぎれい》な日本家屋《にほんかおく》が建《た》っている。

幻《まぼろし》で造《つく》られた風景《ふうけい》だと一目《ひとめ》で判別《はんべつ》できたのは、箱庭感《はこにわかん》があって農村生活《のうそんせいかつ》の経験《けいけん》がない者《もの》が抱《いだ》きがちな風景《ふうけい》だったからで、古庵《もへぇ》は模造《もぞう》された世界《せかい》を歩《ある》いて、目的地《もくてきち》に辿《たど》り着《つ》いた。

反

巨大な狐が天を仰ぎ、体を大蛇《だいじゃ》が絞《し》め上《あ》げて丸呑《まるの》みしようとしている石像《せきぞう》があった。

古庵《もへぇ》は臆《おく》することなく、石像《せきぞう》の前《まえ》に歩《あゆ》み出《で》て、こう話《はな》しかけた。

「やっと会《あ》えたな、忍《しのぶ》さん」

その瞬間《しゅんかん》、大蛇《だいじゃ》の目玉《めだま》がカッと見開《みひら》いて、無数《むすう》の罅《ひび》が入《はい》った石像《せきぞう》は粉々《こなごな》に砕《くだ》け散《ち》った。

川姫《かわひめ》から教《おし》えられた通《とお》り、結界《けっかい》を解《と》くのは本人《ほんにん》にやらせるのが一番《いちばん》いいようだ。

小鳥《ことり》の囀《さえず》りは地熱《ちねつ》の蒸気《じょうき》に、長閑《のどか》な風景《ふうけい》はヒカリゴケの淡《あわ》く暗《くら》いものに変《か》わって、石像《せきぞう》があった場所《ばしょ》には一人《ひとり》の人影《ひとかげ》が立《た》って、人影《ひとかげ》の後《うし》ろでは巨大《きょだい》な蛇《へび》の影《かげ》が蠢《うごめ》いていた。

やがてその影《かげ》は湯気《ゆげ》を纏《まと》いながら近《ちか》づいて来《く》ると、古庵《もへぇ》の周《まわ》りを揶揄《からか》うように蛇《へび》の体《からだ》で囲《かこ》み、人《ひと》の部位《ぶい》のある頭《あたま》を、ズイッと古庵《もへぇ》の目《め》と鼻《はな》の先《さき》に押《お》しつけ、威圧《いあつ》してきた。

長《なが》く艶《つや》やかな黒髪《くろかみ》、大《おお》きな瞳《ひとみ》と整《とと》った顔立《かおだ》ち……。

懐《なつ》かしさと腹立《はらだ》たしさの感情《かんじょう》が同時《どうじ》に湧《わ》き上《あ》がる美貌《びぼう》の持《も》ち主《ぬし》が、そこに存在《そんざい》していた。

「生《う》まれ変《か》わった気分《きぶん》は、いかがです？」

「俺《おれ》が誰《だれ》なのか忘《わす》れそうになる。愛宕山忍《あたごやましのぶ》の時《とき》も、こんな感《かん》じだったのか？」

古庵《もへぇ》の問《と》いかけに、かつて愛宕山忍《あたごやましのぶ》と呼《よ》ばれた者《もの》は答《こた》える代《か》わりにニコっと微笑《ほほえ》んだ。

復活《ふっかつ》した忍《しのぶ》は、洞窟内《どうくつない》に造《つく》った温泉《おんせん》で沐浴《もくよく》を始《はじ》めた。

傍《かたわ》らには山犬《やまいぬ》の君《きみ》が控《ひか》えており、着替《きが》えと着物《きもの》かけを兼《か》ねる『衣桁《いこう》』と呼《よ》ばれる家具《かぐ》と、入浴後《にゅうよくご》に身《み》につける服《ふく》の入《はい》った『衣装箱《いしょうばこ》』が、すぐ横《よこ》に置《お》かれている。

古庵《もへえ》は手近《てぢか》な岩《いわ》に腰《こし》をかけ、忍《しのぶ》に背《せ》を向《む》ける形《かたち》で座《すわ》って、沐浴《もくよく》が終《お》わるのを待《ま》った。

もへえにとって、女《おんな》の裸《はだか》には良《よ》い印象《いんしょう》がない。

修行時代《しゅぎょうじだい》に女天狗《おんなてんぐ》や山女《やまおんな》から風呂《ふろ》の世話《せわ》を命《めい》じられ、修行《しゅぎょう》を終《お》えた後《あと》は忍《しのぶ》に風呂《ふろ》の世話《せわ》を押《お》しつけられた結果《けっか》、裸《はだか》を見《み》ると、湯殿《ゆどの》と洗髪《せんぱつ》、洗身《せんしん》の心配《しんぱい》をしてしまうからだ。

「――もっと怒《おこ》っているのかと思《おも》っていましたよ。落《お》ち着《つ》いているのですね」

湯滴《ゆてき》の音《おと》に混《ま》じって忍《しのぶ》の声《こえ》が飛《と》んできたので、古庵《もへえ》は顔《かお》を顰《しか》めて舌打《したう》ちをした。

「……もう一人《ひとり》の役者《やくしゃ》を、待《ま》っているのさ」

その直後《ちょくご》、近《ちか》くの岩場《いわば》が歪《ゆが》んで、お待《ま》ちかねの役者《やくしゃ》――、恩田武芸八《おんだたけひろ》が姿《すがた》を現《あらわ》した。

「……どの辺《あた》りから来《き》た武芸八《たけひろ》さんかな？　土佐守《とさのかみ》が俺《おれ》と決着《けっちゃく》をつける辺《あた》りか？」

古庵《もへえ》の鎌《かま》かけに、武芸八《たけひろ》は笄《こうがい》で頭《あたま》を掻《か》きながら、軽《かる》くダメ出《だ》しをしてきた。

「先走《さきばし》りは良《よ》くないよ。己《おのれ》の時《とき》を見失《みうしな》ってしまう。時《とき》は正確《せいかく》に把握《はあく》しなくちゃ」

白々《しらじら》しい物言《ものい》いだったが、古庵《もへえ》は淡泊《たんぱく》だった。

「忍《しのぶ》さんとの繋《つな》がりは最後《さいご》まで認《みと》めたくなかった。実《じつ》の妹達《いもうとたち》を手《て》にかけた奴《やつ》だぞ？」

これを聞《き》いた武芸八《たけひろ》は、目元《めもと》を細《ほそ》めて訊《き》き返《かえ》した。

「もへぇちゃんは、忍《しのぶ》ちゃんの真意《しんい》を、ずっと知《し》らないままだったようだね」

「……？　どういう意味《いみ》だ？」

「――それについては、此方《こちら》でお答《こた》えしましょう」

突如《とつじょ》割《わ》って入《はい》った忍《しのぶ》は、既《すで》に湯《ゆ》から上《あ》がって、落《お》ち着《つ》いた色合《いろあ》いの着物《きもの》を羽織《はお》っていた。

「お久《ひさ》しぶりです武芸八《たけひろ》さん。『果心居士《かしんこじ》』さまと御呼《およ》びしましょうか？　それとも土佐《とさ》国《のくに》で幅《はば》を利《き》かせていた『上之坊《うえのぼう》』さまと御呼《およ》びするべきでしょうか？」

「昔《むかし》の名前《なまえ》は捨《す》てました。どうか武芸八《たけひろ》と呼《よ》んでください」

武芸八《たけひろ》がそう言《い》って苦笑《くしょう》すると、忍《しのぶ》も忍《しの》び笑《わら》いをしてから、こう続《つづ》けた。

「もへぇさん。それでは愛《いと》しい妹《いもうと》たちを、今《いま》からお見《み》せしますね」

忍《しのぶ》が指《ゆび》をパチンと鳴《な》らすと、旋風《つむじかぜ》がいくつも舞《ま》い上《あ》がり、忍《しのぶ》とよく似《に》た顔《かお》の女《おんな》が八人《はちにん》、各々《おのおのこと》異なる柄《がら》の服《ふく》を羽織《はお》って姿《すがた》を現《あらわ》したので、古庵《もへぇ》は言葉《ことば》を失《うしな》った。

彼女《かのじょ》たちは紛《まぎ》れもなく、殺《ころ》されたはずの忍《しのぶ》の妹達《いもうとたち》だったからだ。

「……そうか。武芸八《たけひろ》さんが匿《かくま》っていたのか？」

「そうだよ。忍《しのぶ》ちゃんとは頻繁《ひんぱん》に密会《みっかい》していてね。例《たと》えば忍《しのぶ》ちゃんが日下《くさか》に来《き》た時《とき》は、妹達《いもうとたち》を救出《きゅうしゅつ》する段取《だんど》りの詰《つ》めの協議《きょうぎ》をしたし、ついでに使《つか》える人材《じんざい》がいないか相談《そうだん》もされたから、もへぇちゃんの噂《うわさ》を話《はな》してあげた。君《きみ》はその日《ひ》の晩《ばん》に会《あ》ったはずだよ」

忍《しのぶ》と初対面《はつたいめん》した時《とき》、彼女《かのじょ》が親《した》しく声《こえ》をかけたのは、手駒《てごま》を探《さが》していたからだった。

御目《おめ》に適《かな》ったもへぇは、修行《しゅぎょう》を終《お》えると忍《しのぶ》から誘《さそ》いを受《う》け、各地《かくち》を巡《めぐ》った。

忍《しのぶ》と血《ち》を分《わ》けた妹《いもうと》たちが倒《たお》れ、忍《しのぶ》は富士《ふじ》の地下《ちか》に跳《と》んで自分《じぶん》の正体《しょうたい》を明《あきら》かにした。

夫《おっと》に反旗《はんき》を翻《ひるがえ》して相打《あいう》ちとなった衝撃《しょうげき》でこの地《ち》は固《かた》く封印《ふういん》されて、もへぇが仙人《せんにん》の力《ちから》を持《も》つまで此処《ここ》に来《く》ることはできなかった――。

古庵《もへえ》は、離《はな》れた岩場《いわば》に腰《こし》をかける忍《しのぶ》に、今一度目《いまいちどめ》を向《む》けた。

彼女《かのじょ》は八人《はちにん》の妹《いもうと》たちに囲《かこ》まれて、和気藹々《わきあいあい》と再会《さいかい》を喜《よろこ》んでいる。

――なぜ真実《しんじつ》を、もへぇには話《はな》してくれなかったのか？

仙術《せんじゅつ》の力《ちから》を使《つか》わなくても、疑問《ぎもん》の答《こた》えは、大凡察《おおよそさっ》しがついた。

夫《おっと》を騙《だま》すには道化《どうけ》が必要《ひつよう》で、それがもへぇだったのだ。

もへぇの仙人化《せんにんか》による消失《しょうしつ》と、親《おや》の代《だい》から続《つづ》く因縁《いんねん》も、その時《とき》に予見《よけん》できた。

だから、役目《やくめ》を終《お》えたら、さっさと土佐《とさ》へ帰《かえ》って欲《ほ》しかったのだ。

再《ふた》び利用価値《りようかち》が出来《でき》るまで……。

――その価値《かち》とは何《なに》か？

古庵《もへえ》は、そこで詮索《せんさく》を止《や》めて、再会《さいかい》を一通《ひととお》り終《お》えた忍《しのぶ》が声《こえ》をかけて来《く》るのを待《ま》った。

「前田六郎《まえだろくろう》さんをお連《つ》れするので、同行《どうこう》していただけますか？」

「……どの時代《じだい》に跳《と》べば良《い》いんだ？」

「上意討《じょういう》ちを実行《じっこう》する前《まえ》ですよ。その時代《じだい》は、太郎《たろう》さんとお呼《よ》びするのでしたね？」

土佐守《とさのかみ》が命《めい》じた、仕物《しもの》の実行者《じっこうしゃ》は、太郎《たろう》だったようだ。

山犬《やまいぬ》の君《きみ》と、前田六郎《まえだろくろう》は、兄弟弟子《きょうだいでし》だと、未来《みらい》の太郎《たろう》は言《い》っていた。

つまり、後《のち》に六郎《ろくろう》と名乗《なの》る太郎《たろう》の師匠《ししょう》は、この忍《しのぶ》なのだ。

忍《しのぶ》の脇《わき》に控《ひか》える山犬《やまいぬ》の君《きみ》を一瞥《いちべつ》したもへぇに、武芸八《たけひろ》が軽口《かるくち》を叩《たた》いた。

「色々《いろいろ》と、謎《なぞ》が解《と》けて来《き》たって感《かん》じでしょ？」

「……時系列《じけいれつ》がややこしいがな。頭《あたま》が痛《いた》い」

「だから、自分《じぶん》の時《とき》を把握《はあく》するのは大事《だいじ》なんだよ。言《い》ったでしょ？」

二人《ふたり》が言葉《ことば》を交《か》わした直後《ちょくご》、忍《しのぶ》が武芸八《たけひろ》に言葉《ことば》をかけてきた。

「近々《ちかぢか》、妹達《いもうとたち》の世話《せわ》をお願《ねが》いできますか？　嫁《とつ》ぎ先《さき》も決《き》めねばなりませんので」

「お安《やす》い御用《ごよう》ですよ。大船《おおぶね》に乗《の》ったつもりでいてください」

武芸八《たけひろ》が自信満々《じしんまんまん》に返《かえ》すと、忍《しのぶ》は仙術《せんじゅつ》も唱《とな》えずフッと姿《すがた》を消《け》した。

時間《じかん》を遡《さかのぼ》ったと解《わか》って、古庵《もへぇ》も過去《かこ》の土佐《とさ》に跳《と》んだ。

新月《しんげつ》の晩《ばん》だった。

後《のち》に前田六郎《まえだろくろう》となる太郎《たろう》は、伝右衛門《でんえもん》の家族《かぞく》が住《す》む宿毛《すくも》の土居《どい》に潜入《せんにゅう》するため、城跡《しろあと》で巨大《きょだい》な凧《たこ》を組《く》み立《た》てている最中《さいちゅう》だったが、突如現《とつじょあらわ》れた山犬顔《やまいぬがお》のもへぇに驚《おどろ》いていた。

「……もへぇ殿《どの》のようだが、器《うつわ》が違《ちが》う――」

「――察《さっ》しが良《よ》いな。俺《おれ》は未来《みらい》のもへぇ。新《あたら》しい力《ちから》を取《と》りこんで慣《な》らしている最中《さいちゅう》だ。この時間《じかん》のもへぇは今《いま》、本山《もとやま》にいて眠《ねむ》っている頃《ころ》だろう」

「……随分《ずいぶん》と言葉《ことば》が丁寧《ていねい》ですね。なぜ未来《みらい》のもへぇ殿《どの》が、ここへ？」

話《はなし》を合《あ》わせる太郎《たろう》に、古庵《もへぇ》は宿毛《すくも》の土居《どい》を一度見下《いちどみお》ろしてから訊《たず》ねた。

「仕物《しもの》を止《と》めに来《き》た。本気《ほんき》で仕掛《しか》けるつもりか？」

「本意《ほんい》ではありませんよ。仕方《しかた》なくです」

「人間《にんげん》の世界《せかい》に、嫌気《いやけ》が差《さ》しているだろ？」

「……ええ、まぁ」

「仕物《しもの》は土佐守《とさのかみ》の私情《しじょう》だ。捨《す》てて置《お》いてくれ。仕物《しもの》が成功《せいこう》すると、俺《おれ》も困《こま》る」

古庵《もへぇ》の言葉《ことば》に、太郎《たろう》は怪訝《けげん》な顔《かお》をした。

「……詳《くわ》しくは訊《き》きませんが、中止《ちゅうし》となると道場《どうじょう》は破門《はもん》です。他《ほか》に伝手《つて》でも？」

「モノノ怪《け》の弟子《でし》に、なる気《き》はないか？」

古庵《もへぇ》が遠《とお》く指差《ゆびさ》す先《さき》には、忍《しのぶ》がゆっくりとした動《うご》きで地上《ちじょう》に下《お》りる様子《ようす》が見《み》えた。

「初めまして太郎さん。愛宕山忍《あたごやましのぶ》と申《もう》します」

笑《え》みを浮《う》かべて頭《あたま》を下《さ》げ、太郎《たろう》が一瞬《いっしゅん》気《き》を緩《ゆる》めた隙《すき》に、忍《しのぶ》の影《かげ》が太郎《たろう》の足元《あしもと》に伸《の》びた。

一瞬《いっしゅん》で、底《そこ》なし沼《ぬま》のように太郎《たろう》の体《からだ》が呑《の》みこまれそうになったので、古庵《もへえ》は山犬《やまいぬ》の爪《つめ》を生《は》やして忍《しのぶ》の影《かげ》をガリッと地面《じめん》ごと削《けず》り、影《かげ》は元《もと》に戻《もど》って、忍《しのぶ》の眼《まなこ》から笑《わら》いが消《き》えた。

「……もへえ殿《どの》、あの御方《おかた》の住処《すみか》へ、案内《あんない》して頂《いただ》けませんか？」

予想外《よそうがい》な太郎《たろう》の返事《へんじ》に、古庵《もへえ》の方《ほう》が少《すこ》し戸惑《とまど》った。

「良《い》いのか？」

「機嫌《きげん》を損《そこ》ねたようですし、断《ことわ》れる立場《たちば》ではないですからね。従《したが》いますよ」

二人《ふたり》の話《はなし》を聞《き》いた忍《しのぶ》は、満足《まんぞく》そうな顔《かお》をして姿《すがた》を消《け》し、古庵《もへえ》は太郎《たろう》を連《つ》れて戻《もど》った。

古庵《もへえ》の目《め》の前《まえ》で、太郎《たろう》が山犬《やまいぬ》の君《きみ》と手合《てあわ》せを行《おこな》い、忍《しのぶ》の妹《いもうと》たちが歓声《かんせい》を送《おく》っている。

太郎《たろう》は驚《おどろ》くほど早《はや》く事情《じじょう》を理解《りかい》して、進《すす》んで忍《しのぶ》の弟子《でし》入《い》りを志願《しがん》した。

事《こと》は丸《まる》く収《おさ》まったように見《み》えたが、古庵《もへえ》には、違和感《いわかん》が残《のこ》る出来事《できごと》だった。

「驚《おどろ》くことではありません。川《かわ》の流《なが》れのように、過去《かこ》から未来《みらい》へ時《とき》は流《なが》れているのです。人《ひと》の一生《いっしょう》は、漕《こ》ぎ手《て》のない舟《ふね》のようなもの。近道《ちかみち》を作《つく》れば、逆《さか》らえず通《とお》ってしまう――」

「――忍《しのぶ》さんは、俺《おれ》が太郎《たろう》の人生《じんせい》を誘導《ゆうどう》したと、言《い》いたいのか？」

「それが仙人《せんにん》の醍醐味《だいごみ》ですよ。私《わたくし》があなたを誘導《ゆうどう》して、転生《てんせい》させたようにね」

出会《であ》いから全《すべ》てが仕込《しこ》まれていて、これからする事《こと》も、全《すべ》て忍《しのぶ》の想定内《そうていない》なのだろう。

腹立《はらだ》たしさを心《こころ》に抱《いだ》きつつ、古庵《もへぇ》は忍《しのぶ》の視点《してん》から己《おのれ》を客観視《きゃっかんし》して打開策《だかいさく》を探《さぐ》った。

「……縒《よ》りを戻《もど》した意味《いみ》が解《わか》らないな。俺《おれ》みたいな奴《やつ》は真先《まっさき》に潰《つぶ》す性質《たち》と思《おも》ってたが――」

「――全《すべ》ては子供《こども》たちのためですよ。夫《おっと》の忘《わす》れ形見《がたみ》が二《ふた》つ、この腹《はら》に宿《やど》っていましてね」

そう言《い》って忍《しのぶ》は自分《じぶん》の腹《はら》を軽《かる》く擦《さす》り、古庵《もへぇ》はそれを見《み》て、全《すべ》てを悟《さと》った。

「……ガキどもの面倒《めんどう》をみる代《か》わりに、太郎《たろう》を弟子《でし》にしてやるというわけか」

「はい。貴方《あなた》は托卵《たくらん》に最適《さいてき》ですからね。だからこそ、助《たす》け舟《ぶね》を出《だ》したのですよ」

煽《あお》り言葉《ことば》に刺激《しげき》される腹立《はらだ》たしさを、懸命《けんめい》に腹《はら》の底《そこ》へ押《お》さえつけて、古庵《もへぇ》は言《い》い返《かえ》した。

「……正直言《しょうじきい》って、今《いま》すぐ忍《しのぶ》さんと刺《さ》し違《ちが》えて、何《なに》もかも、終《お》わりにしたい気分《きぶん》だな」

そう呟《つぶや》きつつ、古庵《もへぇ》は眼前《がんぜん》に両手《りょうて》で輪《わ》を作《つく》って、輪《わ》の中《なか》へ息《いき》を大《おお》きくフッと吹《ふ》き込《こ》んだ。

衝撃波《しょうげきは》が、目《め》の前《まえ》の岩場《いわば》に激突《げきとつ》した。

だが舞《ま》い散《ち》ったのは土煙《つちけむり》でなく無数《むすう》の花弁《はなびら》で、そこから、嘗《かつ》て椿姫《つばきひめ》と呼《よ》ばれ、もへぇを
この世《よ》に蘇《よみがえ》らせた、あの女《おんな》が、黒猫《くろねこ》を抱《いだ》いて鉄扇《てっせん》を扇《あお》ぎながら、その姿《すがた》を現《あらわ》した。

「ようやく、気配《けはい》が予測《よそく》できるようになったか。母《はは》と呼《よ》ぶのは照《て》れくさいか？」

「……つくづく世話焼《せわや》きだな。武芸八《たけひろ》さん、どの時代《じだい》から連《つ》れて来《き》たんだ？」

女を無視した問い返しに答《こた》えたのは、続《つづ》け様《ざま》に姿《すがた》を現《あらわ》した武芸八《たけひろ》だった。

「新助《しんすけ》ちゃんが亡《な》くなった後《あと》だよ。もへぇちゃんがこっちに来た時《とき》、入《い》れ替《か》わる形《かたち》で僕《ぼく》がお世話《せわ》をしてね。経験者《けいけんしゃ》として、忍《しのぶ》ちゃんの産婆《さんば》さんに相応《ふさわ》しいと思《おも》ってお連《つ》れしたのさ」

そう言《い》って武芸八《たけひろ》は、預《あず》かっていた用具入《ようぐい》れの瓢箪《ひょうたん》を、古庵《もへぇ》に手渡《てわた》しで返却《へんきゃく》した。

それを受《う》け取《と》った古庵《もへぇ》は、元椿姫《もとつばきひめ》から視線《しせん》を逸《そ》らしながら、武芸八《たけひろ》に告《つ》げた。

「椿姫《つばきひめ》を生《う》み出《だ》しに行《ゆ》くが、二度《にど》と今《いま》のそいつを目《め》の前《まえ》に出《だ》さないで欲《ほ》しい。頼《たの》めるか？」

語《かた》り口《くち》は穏《おだ》やかだったが、その内《うち》は殺気《さっき》に満《み》ちていて、直《す》ぐにも手《て》が出《だ》せる体勢《たいせい》だった。

元椿姫《もとつばきひめ》は無表情《むひょうじょう》で、忍《しのぶ》はニヤニヤ顔《がお》で成行《なりゆ》きを見守《みまも》り、武芸八《たけひろ》だけが笑顔《えがお》で応《おう》じた。

「解《わか》ったよ。約束《やくそく》しよう」

「……じゃあ、気《き》は進《すす》まないが、古庵《こあん》の役目《やくめ》を果《は》たしに行《い》くとするか」

古庵《もへぇ》は、瓢箪《ひょうたん》を懐《ふところ》にしまってから、自分《じぶん》に言《い》い聞《き》かせるように、そう呟《つぶや》いた。


古庵《もへぇ》と武芸八《たけひろ》が跳《と》んだ場所《ばしょ》は、何《なに》もない真暗闇《まっくらやみ》だった。

『時《とき》の流《なが》れが淀《よど》む場所《ばしょ》』であり、見《み》たい場所《ばしょ》や行《い》きたい時間《じかん》を選《えら》べるのだという。

「時《とき》が静止《せいし》しているんだ。僕《ぼく》があちこちへお邪魔《じゃま》できるのも、こういう場所《ばしょ》から、色々《いろいろ》な時《とき》の流《なが》れへ跳《と》んでいるからさ。気《き》をつけなきゃいけないのは、過去《かこ》に跳《と》ぶと、そこにいる僕自身《ぼくじしん》と意識《いしき》が繋《つな》がってしまう。だから意識《いしき》がある時間《じかん》には跳《と》ぶことができない」

忍《しのぶ》と一緒《いっしょ》に太郎《たろう》を迎《むか》えに行《い》く事《こと》ができたのは、過去《かこ》のもへぇが椿姫《つばきひめ》と決着《けっちゃく》をつけた直後《ちょくご》で、意識《いしき》を失《うしな》っていたからである。

「……武芸八《たけひろ》さん。過去《かこ》と現在《げんざい》と未来《みらい》の自分《じぶん》が同《おな》じ時《とき》の流《なが》れにいたら、どうなるんだ？」

「三人揃《さんにんそろ》うと意識《いしき》の混濁《こんだく》は相殺《そうさい》される。力《ちから》の影響《えいきょう》が程《ほど》よく分散《ぶんさん》して、安定《あんてい》するんだ」

未来《みらい》の自分《じぶん》が言《い》った事《こと》と、大体合致《たいたいがっち》する内容《ないよう》だった。

「……さて、どうする？　すぐに過去《かこ》の自分《じぶん》へ、干渉《かんしょう》しに行《い》くかい？」

「干渉《かんしょう》しないと、どうなるんだ？」

「君《きみ》の消滅《しょうめつ》が早《はや》まる。僕《ぼく》との出会《であ》いや七之助君《しちのすけくん》との再会《さいかい》はなかったことになる――」

「――加《くわ》えて俺《おれ》は、未来《みらい》の自分《じぶん》を信《しん》じなかったしな。……回《まわ》りくどくなるわけか」

工作船沈没《こうさくせんちんぼつ》や伝右衛門殺害等《でんえもんさつがいなど》、色々《いろいろ》あるが、先《ま》ずは椿姫《つばきひめ》の正体《しょうたい》が知《し》りたかった。

手掛《てが》かりは『椿姫《つばきひめ》』という言葉《ことば》だけで、古庵《もへえ》は瓢箪《ひょうたん》から、椿姫《つばきひめ》の絵本《えほん》を取《と》り出《だ》した。

元《もと》ネタを突《つ》き止めたかったのだ。

椿姫《つばきひめ》の首《くび》を封印《ふういん》した御札《おふだ》を取《と》りだし、『映《うつ》し油《あぶら》』を垂《た》らした硯《すずり》に浸《ひた》すと、記憶《きおく》は映像《えいぞう》となって周囲《しゅうい》の空間《くうかん》にいくつも現《あらわ》れ、それらを時系列《じけいれつ》に並《なら》べて余計《よけい》なものを省《はぶ》いていくと、椿姫《つばきひめ》の正体《しょうたい》は呆気《あっけ》なく判明《はんめい》した。

人柱にされた生贄《いけにえ》だったのだ。

彼女《かのじょ》は加賀国《かがのくに》――、今《いま》の石川県南部出身《いしかわけんなんぶしゅっしん》で、京《きょう》に上《あ》がり有名《ゆうめい》な貴族《きぞく》の元《もと》に仕《つか》えたが、その貴族《きぞく》が荘園《しょうえん》を再興《さいこう》するために土佐《とさ》の幡多《はた》へ移《うつ》ったことで運命《うんめい》が変《か》わった。

幡多《はた》へ移《うつ》ってすぐ、三原郷《みはらごう》の領主《りょうしゅ》から人柱《ひとばしら》に選《えら》ばれたのだ。

椿《つばき》の花《はな》を好《この》んで食《た》べる特異《とくい》な体質《たいしつ》がその決《き》め手《て》で、彼女《かのじょ》は普段《ふだん》から『花喰《はなぐ》い』と呼《よ》ばれ、結局本当《けっきょくほんとう》の名前《なまえ》は、本人《ほんにん》も知《し》らなかったようだ。

三原郷《みはらごう》が人柱《ひとばしら》を欲《ほっ》したのは多発《たはつ》する水害《すいがい》を鎮《しず》めるためだったが、彼女《かのじょ》は祀《まつ》られることなく、間《ま》もなく三原郷《みはらごう》を含《ふく》めた幡多地域《はたちいき》は戦火《せんか》に巻《ま》きこまれ、忘《わす》れ去《さ》られた。

人柱《ひとばしら》は、祀《まつ》られて人々《ひとびと》の記憶《きおく》に残《のこ》らなければ、効果《こうか》を発揮《はっき》しない。

椿姫《つばきひめ》が人柱《ひとばしら》として埋《う》められた場所《ばしょ》には小《ちい》さな社《やしろ》が建《た》てられたが、今《いま》は朽《く》ち果《は》てて見《み》る影《かげ》も形《かたち》もなく、細長《ほそなが》い椿《つばき》が一本生《いっぽんは》えているだけで、浮《う》かばれない存在《そんざい》となっていた。

化物《ばけもの》の椿姫《つばきひめ》の正体《しょうたい》は判明《はんめい》したが、では本当《ほんとう》の椿姫《つばきひめ》は誰《だれ》なのか？

「……椿姫《つばきひめ》の正体《しょうたい》は、あんたが良《よ》く知《し》っている奴《やつ》じゃないのか？」

古庵《もへぇ》に視線《しせん》を注《そそ》がれた武芸八《たけひろ》は、首《くび》の後《うし》ろを掻《か》きながら答《こた》えた。

「結論《けつろん》から言《い》うとね、椿姫《つばきひめ》は二人《ふたり》いたんだ」

武芸八《たけひろ》が片手《かたて》で宙《ちゅう》を撫《な》でると、二人《ふたり》の椿姫《つばきひめ》の映像《えいぞう》が映《うつ》し出《だ》された。

一人目《ひとりめ》の椿姫《つばきひめ》は人柱《ひとばしら》にされた女《おんな》が仕《つか》えていた貴族《きぞく》の娘《むすめ》であった。

二人目《ふたりめ》の椿姫《つばきひめ》は最初《さいしょ》の椿姫《つばきひめ》から百年後《ひゃくねんご》に生《う》まれ、幡多《はた》を拠点《きょてん》とした豪族《ごうぞく》の娘《むすめ》だった。

「二人《ふたり》の椿姫《つばきひめ》が異《こと》なる末路《まつろ》を辿《たど》り、後《のち》の語《かた》り部達《べたち》が混同《こんどう》して、一人《ひとり》の椿姫《つばきひめ》にした。絵本《えほん》の椿姫《つばきひめ》は、最後《さいご》に必《かなら》ず行方不明《ゆくえふめい》になって死《し》にはしない。神隠《かみかく》しに巻《ま》きこまれるんだ」

「……まさか、武芸八《たけひろ》さんが二人《ふたり》を拐《かどわ》かしたってのか？」

「違《ちが》う違《ちが》う。答《こた》えは絵本《えほん》の中《なか》に書《か》かれているよ。もう一度《いちど》、読《よ》み直《なお》してごらん」

指摘《してき》を受《う》けて、古庵《もへえ》は、絵本《えほん》の該当部分《がいとうぶぶん》を音読《おんどく》した。

この時代《じだい》は音読《おんどく》が普通《ふつう》で、黙読《もくどく》の習慣《しゅうかん》は存在《そんざい》しなかった。

「――小袖《こそで》を残《のこ》し、姫《ひめ》の行方《ゆくえ》は杳《よう》として知《し》れなかった。天狗《てんぐ》の仕業《しわざ》だ、天狗《てんぐ》に攫《さら》われたと、皆《みな》は口々《くちぐち》に噂《うわさ》をし――。……天狗《てんぐ》なのか？」

「攫《さら》ったのはね、もへえちゃんも、よ〜く知《し》っているあの方《かた》だよ」

武芸八《たけひろ》が再《ふたた》び宙《ちゅう》を軽《かる》く撫《な》でると、椿姫失踪《つばきひめしっそう》に関《かん》する真相《しんそう》は、場面《ばめん》となって現《あらわ》れた。

一人目《ひとりめ》の椿姫《つばきひめ》は、幡多《はた》の戦乱《せんらん》を逃《のが》れて三原郷《みはらごう》の山奥《やまおく》で、乳母《うば》と一緒《いっしょ》に暮《く》らしていた。

やがて彼女《かのじょ》は、諸国《しょこく》を旅《たび》していた一人《ひとり》の女天狗《おんなてんぐ》と出会《であ》い、親《した》しくなった。

その天狗《てんぐ》から誘《さそ》いを受《う》け、椿姫《つばきひめ》は頻繁《ひんぱん》に幡多《はた》の外《そと》へ出《で》かけるようになった。

彼女《かのじょ》は女天狗《おんなてんぐ》との関係《かんけい》を心配性《しんぱいしょう》の乳母《うば》に打《う》ち明《あ》けず、死《し》んだ飼《か》い猫《ねこ》の墓参《はかまい》りにいくと嘘《うそ》をついていたのだが、その代償《だいしょう》は大《おお》きかった。

ある日《ひ》、遠出《とおで》をした椿姫《つばきひめ》が神隠《かみかく》しに遭《あ》ったと勘違《かんちが》いをした乳母《うば》は、悲《かな》しみのあまり滝《たき》に身《み》を投《な》げ、さらにこれを知《し》った人々《ひとびと》の手《て》で、椿姫《つばきひめ》と乳母《うば》の墓《はか》まで作《つく》られてしまった。

天涯孤独《てんがいこどく》となり、居場所《いばしょ》も失《うしな》った椿姫《つばきひめ》に、女天狗《おんなてんぐ》は話《はなし》を持《も》ちかけた。

天狗《てんぐ》にならないかと――。

椿姫《つばきひめ》は求《もと》めに応《おう》じ、女天狗《おんなてんぐ》の住《す》む山《やま》に赴《おもむ》いて天狗《てんぐ》となる儀式《ぎしき》を受《う》けたが、彼女《かのじょ》は力《ちから》が及《およ》ばず、天狗《てんぐ》になることはできなかった。

体《からだ》は人外《じんがい》となり、しかも三原《みはら》を含《ふく》めた幡多《はた》の土地《とち》は肌《はだ》に合《あ》わず、離《はな》れるしかなかった。

それでも乳母《うば》の墓参《はかまい》りに行《い》ける場所《ばしょ》が良《い》いと、方々《ほうぼう》を探《さが》し回《まわ》って本山《もとやま》に移《うつ》り住《す》んだ。

女天狗《おんなてんぐ》の住《す》まう山《やま》と、霊的《れいてき》な雰囲気《ふんいき》が似《に》ていたのだ。

彼女《かのじょ》は本山《もとやま》の主《ぬし》として時折来《ときおりく》る女天狗《おんなてんぐ》を接待《せったい》しつつ、乳母《うば》の墓参《はかまい》りをする日々《ひび》を送《おく》った。

そうして百年《ひゃくねん》ほど経《た》った頃《ころ》、幡多《はた》でお家騒動《いえそうどう》が発生《はっせい》して、椿姫《つばきひめ》と言《い》う同性同名《どうせいどうめい》の女性《じょせい》が三原郷《みはらごう》で同《おな》じような境遇《きょうぐう》に陥《おちい》っている――、ということを知《し》る。

やがてそのお家騒動《いえそうどう》は、もう一人《ひとり》の椿姫《つばきひめ》の一族《いちぞく》、『敷地家《しきじけ》』を壊滅《かいめつ》に追《お》いやった。

一人目《ひとりめ》の椿姫《つばきひめ》はこれを見捨《みす》てることができず、もう一人《ひとり》の椿姫《つばきひめ》を助《たす》け、敷地《しきじ》の一族《いちぞく》が本山《もとやま》に移《うつ》り住《す》んだ事《こと》もあって、二人《ふたり》は本山《もとやま》の地《ち》で土地神《とちがみ》として生《い》きる事《こと》になったのである。

二人《ふたり》の椿姫《つばきひめ》と女天狗《おんなてんぐ》の動《うご》く姿《すがた》を見《み》て、古庵《もへえ》はようやく納得《なっとく》をした。

愛宕山忍《あたごやましのぶ》と、本山《もとやま》のモノノ怪姉妹《けしまい》――、芝天狗《しばてんぐ》と川姫《かわひめ》だったのだ。

修行時代《しゅぎょうじだい》、もへぇは忍《しのぶ》から天狗《てんぐ》にならないかと誘《さそ》いを受《う》けたことがある。

「……そうか。忍《しのぶ》さんは、旦那《だんな》に対抗《たいこう》するための、手駒《てごま》を探《さが》していたんだっけな」

「そうだよ。結局《けっきょく》は、もへぇちゃんが、その役割《やくわり》を担《にな》ったけどね」

「……土佐守《とさのかみ》との会食時《かいしょくじ》に不在《ふざい》だったのは、三原郷《みはらごう》へ墓参《はかまい》りに行《い》っていたからか」

椿姫《つばきひめ》の謎《なぞ》は解《と》かれた。

人柱《ひとばしら》にされた方《ほう》の椿姫《つばきひめ》を復活《ふっかつ》させようと、三原郷《みはらごう》に跳《と》ぼうとした古庵《もへえ》は、ふと考《かんが》えた。

――人柱《ひとばしら》にされる前《まえ》に跳《と》んで、彼女《かのじょ》を救出《きゅうしゅつ》することはできないものか？

だが、『時渡《ときわた》りの術《じゅつ》』は発動《はつどう》しなかった。

遡《さかのぼ》ることができる時間《じかん》には、限界《げんかい》があるようだ。

「少《すく》なくとも、この世《よ》に生《せい》を受《う》けた時《とき》までだね。遡《さかのぼ》ることができるのは」

……ならば武芸八《たけひろ》の手《て》を借《か》りれば、人柱《ひとばしら》にされる前《まえ》に跳《と》ぶことは、不可能《ふかのう》ではない。

だが、そうすると話《はなし》がややこしくなり、もへぇの転生《てんせい》も不可能《ふかのう》になるかもしれない。

古庵《もへえ》は自分《じぶん》が遡《さかのぼ》れる、一番古《いちばんふる》い時間《じかん》の三原郷《みはらごう》に跳《と》んだ。

おそらく、この時代《じだい》のもへぇは産《う》まれたばかりで、家《いえ》の中《なか》で熟睡中《じゅくすいちゅう》なのだろう。

人柱にされてから相当数の年月《ねんげつ》が経《た》っているため、椿《つばき》の樹《き》に宿《やど》る魂《たましい》は弱々《よわよわ》しかった。

転生《てんせい》させる者《もの》の魂《たましい》が弱《よわ》い場合《ばあい》は、強《つよ》い命《いのち》を宿《やど》す者《もの》と、同化《どうか》させる必要《ひつよう》がある。

とりわけ生《い》きることに執着《しゅうちゃく》する、動物《どうぶつ》のような存在《そんざい》が相応《ふさわ》しい。

古庵《もへぇ》は椿姫《つばきひめ》が、なぜ化《ば》け猫《ねこ》の姿《すがた》をしていたのか、ようやく理解《りかい》した。

ふり返《かえ》ると、追《お》いかけてきた武芸八《たけひろ》の腕《うで》には、婉《えん》に預《あず》けた黒猫《くろねこ》が抱《かか》えられていた。

「お婉《えん》ちゃんからの託《ことづけ》だよ。拾《ひろ》った命《いのち》は、己《おのれ》で始末《しまつ》しろ――、だってさ」

そう言《い》って武芸八《たけひろ》は去《さ》り、古庵《もへぇ》は黒猫《くろねこ》を依《よ》り代《しろ》に『土偶転生《どぐうてんせい》の術《じゅつ》』で女《おんな》を蘇《よみがえ》らせた。

やはり、名前《なまえ》や過去《かこ》のことは、覚《おぼ》えていないようだった。

「……誰《だれ》じゃ？」

貴族《きぞく》の家《いえ》に仕《つか》えていたこともあって、あの貴族《きぞく》っぽい訛《なま》りも納得《なっとく》ができた。

「あんたと同《おな》じく、生《う》まれ変《か》わった者《もの》だよ」

「……何《なん》のために、妾《わらわ》は蘇《よみがえ》ったのじゃ？」

「俺《おれ》を蘇《よみがえ》らせるためだ。ややこしい話《はなし》だがな」

「……ようわからぬが、生《う》みの親《おや》ならば名前《なまえ》の一《ひと》つでも授《さず》けてくれぬか？」

女《おんな》はそう言《い》いながら気怠《けだる》く目《め》を擦《こす》ろうとして、自身《じしん》の猫顔《ねこがお》に気《き》がついた。

「……なぜに、こんなにも毛深《けぶか》いのじゃ？」

若干動揺《じゃっかんどうよう》している女《おんな》に、古庵《もへえ》は椿姫《つばきひめ》の絵本《えほん》を彼女《かのじょ》に差《さ》し出《だ》した。

「この話《はなし》に出《で》てくる椿姫《つばきひめ》を名乗《なの》ったらどうだ？　相応《ふさわ》しいと思《おも》うぞ――」

「椿姫《つばきひめ》？　はて、どこぞで聞《き》いたような名前《なまえ》じゃなぁ」

女《おんな》は興味深《きょうみぶか》そうに、絵本《えほん》の頁《ぺーじ》をパラパラと捲《めく》った。


土佐《とさ》の城下《じょうか》にある山田町《やまだまち》の牢屋敷《ろうやしき》は、月明《つきあ》かりに照《て》らされていた。

「桑名古庵《くわなこあん》さん、こんばんは」

声《こえ》と共《とも》に現《あらわ》れた武芸八《たけひろ》と山犬顔《やまいぬがお》のもへぇを、本物《ほんもの》の桑名古庵《くわなこあん》が牢越《ろうご》しに出迎《でむか》えた。

時系列《じけいれつ》は転生前《てんせいまえ》のもへぇが義賊中《ぎぞくちゅう》で、二代目《にだいめ》の川上新助《かわかみしんすけ》が土佐《とさ》に来《く》る前《まえ》である。

「武芸八《たけひろ》さん、よう来《き》なさった。何《なに》やら、会《あ》わせたい者《もの》がおるそうじゃが？」

古庵《こあん》の言葉《ことば》を受《う》けて、山犬顔《やまいぬがお》のもへぇは、異形《いぎょう》の顔《かお》を晒《さら》した。

「うむ。随分《ずいぶん》と変《か》わった顔《かお》じゃのぅ。して何用《なによう》かな？」

「あんたの名前《なまえ》を、借《か》りに来《き》たんだ」

「わしの名《な》を？　一応訊《いちおうき》くが、何《なん》のためかな？」

「土佐守《とさのかみ》や公儀隠密《こうぎおんみつ》と張《は》り合《あ》うためだ。あんたの名《な》は、畏怖《いふ》の象徴《しょうちょう》として使《つか》えるからな」

山犬顔《やまいぬがお》のもへぇが懐《ふところ》から小判《こばん》の包《つつ》みを出《だ》して見《み》せると、本物《ほんもの》の古庵《こあん》は腕組《うでぐ》みをした。

「名義貸しというわけじゃな。人殺《ひとごろ》しや悪事《あくじ》はせぬと、約束《やくそく》できるかな？」

「できるさ。ここにいる、武芸八《たけひろ》さんが保証人《ほしょうにん》だ」

この言葉《ことば》に、本物《ほんもの》の桑名古庵《くわなこあん》は腕組《うでぐ》みをしたまま少《すこ》しだけ考《かんが》え、そして大《おお》きく頷《うなず》いた。

「その金《かね》は、身内《みうち》の生活費《せいかつひ》に回《まわ》しておくれ。何《なに》かと苦労《くろう》をかけさせておるでな」

「では月一《つきいち》に、これと同額《どうがく》の金《かね》を届《とど》けさせましょう」

どうやら事前《じぜん》に話《はな》し合《あ》っていたらしく、武芸八《たけひろ》の言葉《ことば》に古庵《こあん》はうんうんと軽《かる》く頷《うなず》いた。

「結構《けっこう》、結構《けっこう》。わしは知《し》らぬ存《ぞん》ぜぬを貫《つらぬ》くから、安心《あんしん》なされ」

承諾《しょうだく》を取《と》りつけた古庵《もへえ》は、深々《ふかぶか》と古庵《こあん》に頭《あたま》を下《さ》げた。


古庵《もへえ》は次《つぎ》に、過去《かこ》の七之助《しちのすけ》に会《あ》うことにした。

転生前《てんせいまえ》に抜《ぬ》かっていた、土佐守《とさのかみ》を含《ふく》めた城《しろ》の関係者《かんけいしゃ》たちの情報《じょうほう》を収集《しゅうしゅう》するためだった。

仙人《せんにん》の力《ちから》を使《つか》えば把握《はあく》は簡単《かんたん》だが、意識《いしき》を向《む》ける必要《ひつよう》がある。

聖徳太子《しょうとくたいし》の真似《まね》ごとは無理《むり》と判断《はんだん》して、協力者《きょうりょくしゃ》に選《えら》んだのだ。

七之助《しちのすけ》が古庵《こあん》の間者《かんじゃ》だったのは、こういうことだった。

調《しら》べると、七之助《しちのすけ》は寺《てら》で如何《いかが》わしい小遣《こづか》い稼《かせ》ぎをしており、情報《じょうほう》を豊富《ほうふ》に仕入《しい》れていた。

古庵《もへえ》は寺《てら》に客《きゃく》として出向《でむ》き、七之助《しちのすけ》を指名《しめい》した。

時系列《じけいれつ》で見《み》れば、七之助《しちのすけ》はここで初《はじ》めて、もへぇと会《あ》ったことになる。

七之助《しちのすけ》は最初《さいしょ》、古庵《もへえ》の山犬顔《やまいぬがお》に驚《おどろ》いたが、やがて興味《きょうみ》をもって話《はな》しかけてきた。

「肌触《はだざわ》り良《よ》さそうね。その顔《かお》って本物《ほんもの》？」

「確《たし》かめてみるか？」

軽《かる》い挑発《ちょうはつ》に、七之助《しちのすけ》はニヤニヤ笑《わら》った。

「お名前《なまえ》は？」

「桑名古庵《くわなこあん》だ。もちろん偽名《ぎめい》だがな」

回答《かいとう》に興味《きょうみ》がないのか、七之助《しちのすけ》は古庵《もへえ》の言葉《ことば》に背《せ》を向《む》けて、部屋《へや》にある火鉢《ひばち》で煮出《にだ》した
お茶《ちゃ》を土瓶《どびん》から湯呑《ゆのみ》へ注《そそ》いで、茶菓子《ちゃがし》と一緒《いっしょ》にお盆《ぼん》に載《の》せて、無造作《むぞうさ》に差《さ》し出《だ》してきた。

「オイラに何用《なによう》？　いつも抱《だ》き合《あ》わせだから、指名《しめい》されると疑《うたが》っちゃうのよね」

「頼《たの》みごとだ。城《しろ》のお偉方《えらがた》の相手《あいて》もしているのだろ？　教《おし》えてほしいことがある」

七之助《しちのすけ》は焦《じ》らすように着物《きもの》をはだけ、布団《ふとん》にゴロッと寝転《ねころ》がった。

いつもの商売仕草《しょうばいしぐさ》らしいが、その気《け》がない古庵《もへえ》にとっては、だらしなく見《み》えた。

「……見返《みかえ》りは？　オイラ、タダ働《ばたら》きはしないよ」

「おまえの中《なか》のオジサンが捜《さが》している仙術使《せんじゅつつか》い、教《おし》えてくれた分《ぶん》だけ話《はな》してやろう」

七之助《しちのすけ》は急《きゅう》に真顔《まがお》になり、今度《こんど》は古庵《もへえ》が笑《え》みを浮《う》かべた。

時系列は、転生前《てんせいまえ》のもへぇが、首《くび》を刎《は》ねられた直後《ちょくご》に進《すす》む。

首《くび》が刎《は》ねられた時《とき》、もへぇは既《すで》に転生済《てんせいず》みで、灰化《かいか》した肉体《にくたい》を繋《つな》げていただけだった。

首《くび》が刎《は》ねられて術《じゅつ》が解《と》け、灰《はい》は周囲《しゅうい》に飛《と》び散《ち》った。

動揺《どうよう》して困惑《こんわく》する役人達《やくにんたち》の前《まえ》で、風《かぜ》もないのに灰《はい》がサラサラと舞《ま》い上《あ》がり、グルグルと宙《ちゅう》で渦《うず》を巻《ま》くと、パッと四方《しほう》に散《ち》り、山犬顔《やまいぬがお》のもへぇ――、桑名古庵《くわなこあん》の姿《すがた》が現《あらわ》れた。

その瞬間《しゅんかん》、時間《じかん》は静止《せいし》して、役人《やくにん》たちは産屋《うぶや》の産婆《さんば》のように、動《うご》けなくなってしまった。

「お帰《かえ》りなさい、もへぇさん」

ふり返《かえ》ると眷属《けんぞく》である鷲《わし》を肩《かた》に、鮫《さめ》を陶器《とうき》の水鉢《みずばち》に入《い》れた前田六郎《まえだろくろう》が立《た》っていて、時間《じかん》の静止《せいし》や変貌《へんぼう》したもへぇの容姿《ようし》に驚《おどろ》く様子《ようす》もなく、悠々《ゆうゆう》と此方《こちら》に歩《ある》いて来《く》るところだった。

「流石《さすが》だな。助《たす》かるぜ」

古庵《もへぇ》は手始《てはじ》めにと、鷲《わし》と鮫《さめ》を再《ふたた》び体《からだ》に取《と》りこんだ。

案《あん》の定《じょう》、山犬《やまいぬ》との喧嘩《けんか》が起《お》こり、体《からだ》がよろけた。

「だいじょうぶですか？」

六郎《ろくろう》に支《ささ》えられて眷属同士《けんぞくどうし》の調和《ちょうわ》が整《ととの》う間《あいだ》、古庵《もへぇ》は本山《もとやま》に行《い》った土佐守《とさのかみ》の事《こと》を訊《たず》ねた。

「それが、凄《すご》いことになりましてね――」

六郎《ろくろう》は、妙《みょう》にうれしそうな顔《かお》で、事《こと》の顛末《てんまつ》を話《はな》した。

土佐守《とさのかみ》は、赤鬼二匹《あかおにひき》を引《ひ》き連《つ》れて武芸八《たけひろ》と六郎《ろくろう》に合流《ごうりゅう》すると、大胆《だいたん》にも領主《りょうしゅ》のいる土居《どい》に直接乗《ちょくせつの》りこみ、まさか城主自《じょうしゅみずか》らとは思《おも》いも寄《よ》らず、土佐守《とさのかみ》は偽物《にせもの》と思《おも》われて領主《りょうしゅ》の配下《はいか》と本川郷《ほんがわごう》の金堀者《かなほりもの》たちも巻《ま》きこんでの、大乱闘《だいらんとう》が繰《く》り広《ひろ》げられた。

武芸八《たけひろ》の助言《じょげん》もあって土佐守《とさのかみ》は、全《すべ》てを赤鬼《あかおに》たちに任《まか》せて土佐守《とさのかみ》の籠《かご》が到着《とうちゃく》するまで武芸八《たけひろ》や六郎《ろくろう》と一緒《いっしょ》に、金《かね》を払《はら》って買《か》った蜂蜜《はちみつ》を舐《な》めつつ談笑《だんしょう》をしていたそうだが、明日《あした》にでも金堀者《かなほりもの》たちによって帰全山《きぜんざん》に穴《あな》が開《あ》けられる寸前《すんぜん》で、危機一髪《ききいっぱつ》の状況《じょうきょう》だった。

「もへぇさんは不在《ふざい》で正解《せいかい》でした。お株《かぶ》が奪《うば》われるところでしたからね」

「……伝右衛門《でんえもん》が、無罪《むざい》になった真相《しんそう》は、分《わ》かったのか？」

「ええ。土佐守様《とさのかみさま》は何《なに》やら、不満《ふまん》そうでしたが。もへぇさんは御承知《ごしょうち》で？」

「いいや。いずれ過去《かこ》に跳《と》んで、この目《め》で確《たし》かめるさ」

古庵《もへぇ》の答《こた》えに、六郎《ろくろう》は了解《りょうかい》の意味《いみ》で頷《うなず》くと、巻物《まきもの》を一本取《いっぽんと》り出《だ》した。

「鬼《おに》たちの活躍《かつやく》は一応《いちおう》、この絵《え》に写《うつ》し撮《と》りましたが、ご覧《らん》になりますか？」

「遠慮《えんりょ》する。六郎《ろくろう》さんは、先《さき》に本山《もとやま》に戻《もど》っていてくれ」

眷属達《けんぞくたち》の調和《ちょうわ》が整《とと》のった体《からだ》を起《お》こして古庵《もへぇ》は元《もと》の姿《すがた》となり、銀色《ぎんいろ》の眼《め》と髪《かみ》が黒《くろ》になった。

「戻《もど》る前《まえ》に、下町見物《したまちけんぶつ》でもして行《い》きます。では、本山《もとやま》でお待《ま》ちしていますよ」

六郎《ろくろう》は軽《かる》く頭《あたま》を下《さ》げ、体《からだ》をみるみる小《ちい》さくして、一匹《いっぴき》の鼠《ねずみ》になって走《はし》り去《さ》った。

それを見送ったもへぇも大鷲《おおわし》の姿《すがた》となって飛《と》び去《さ》り、静止《せいし》していた時《とき》が動《うご》きだして、一連《いちれん》の光景《こうけい》を目撃《もくげき》していた役人《やくにん》たちは、動《うご》けるようになった。

もへぇが鷲《わし》になって消《き》えたと報告《ほうこく》するわけにも行《ゆ》かず、箝口令《かんこうれい》が強《し》かれたが、事《こと》は噂《うわさ》となって巷《ちまた》に広《ひろ》まり、何時《いつ》しか、日下茂平《くさかもへぇ》と川上市之丞《かわかみいちのじょう》が鳶《とび》と鼠《ねずみ》に姿《すがた》を変《か》えて、役人《やくにん》たちから逃《に》げたという話《はなし》に、時代《じだい》を経《へ》るに従《したが》って、変《か》わって行《い》った。

「やるべきことは山《やま》のようにあるから、順序立《じゅんじょだ》ては大切《たいせつ》だよ」

武芸八《たけひろ》の指摘《してき》を受《う》けて、もへぇは『時《とき》の淀《よど》み』で次《つぎ》の行動《こうどう》を組《く》み立《た》てた。

「本物《ほんもの》の古庵《こあん》に名前《なまえ》の許可《きょか》をもらい、過去《かこ》の七之助《しちのすけ》に会《あ》って協力《きょうりょく》を取《と》りつけた。お次《つぎ》は、転生前《てんせいまえ》の俺《おれ》の仙人化《せんにんか》を遅《おく》らせて、川上新助《かわかみしんすけ》への足止《あしど》めだな――」

「――椿姫《つばきひめ》ちゃんが、もへぇちゃんと太郎《たろう》ちゃんと接触《せっしょく》をして、お戯《たわむ》れする件《けん》は？」

「……それがあったな。日下《くさか》の天狗様《てんぐさま》にも会《あ》って、話《はなし》を入《い》れておくか――」

頭《あたま》が少《すこ》し混乱《こんらん》して、疲《つか》れ気味《ぎみ》のもへぇを、武芸八《たけひろ》は気遣《きづか》いの言葉《ことば》をかけた。

「大丈夫《だいじょうぶ》かい？　少《すこ》しだけ、一息《ひといき》入れると良《い》いよ」

もへぇは言《い》われた通《とお》り、思考《しこう》を止《と》めて小休止《しょうきゅうし》した。

「……武芸八《たけひろ》さんは、今《いま》の俺《おれ》みたいに、混乱《こんらん》はしないのか？」

「時《とき》を進《すす》めていないからね。そのうち慣《な》れるよ」

「そういうものかな。……行《い》ってくるか」

もへぇは、軽《かる》く深呼吸《しんこきゅう》をしてから、椿姫《つばきひめ》の元《もと》に跳《と》んだ。


「過去《かこ》のおぬしと、前田六郎太郎《まえだろくろうたろう》という者《もの》が、日下《くさか》という村《むら》の山中《さんちゅう》におるのじゃな？」

三原郷《みはらごう》で一番大《いちばんおお》きな寺院《じいん》の屋根《やね》にて、古庵《もへぇ》の説明《せつめい》を聞《き》きつつ椿姫《つばきひめ》は椿《つばき》の花《はな》を咀嚼《そしゃく》した。

モノノ怪《け》の椿姫《つばきひめ》として復活《ふっかつ》し、周囲《しゅうい》に迷惑《めいわく》をかけず、自重《じちょう》しつつ三原郷《みはらごう》で過《す》ごしていた。

この時間《じかん》のもへぇは、伝右衛門《でんえもん》の娘《むすめ》を宿毛《すくも》から連《つ》れ出《だ》し、落人《おちうど》の里《さと》で仮眠中《かみんちゅう》である。

「太郎《たろう》は、まだ六郎《ろくろう》とは名乗《なの》っていない。それを忘《わす》れるなよ」

「わかっておる。退屈《たいくつ》しておったから良《よ》い遊《あそ》び相手《あいて》じゃ。力《ちから》を封《ふう》じるのは、どちらじゃ？」

「昔《むかし》の俺《おれ》だ。日下茂平《くさかもへぇ》の方《ほう》だぞ。それと、加減《かげん》はしろよ」

念《ねん》を押《お》した古庵《もへぇ》に、椿姫《つばきひめ》は面倒《めんどう》くさそうに首《くび》を傾《かし》げた。

「何故《なにゆえ》に力《ちから》を封《ふう》じるのじゃ？」

「過去《かこ》の俺《おれ》は想定外《そうていがい》に仙人化《せんにんか》が進行《しんこう》している。力《ちから》を封《ふう》じないと期日前《きじつまえ》に消失《しょうしつ》する。おまえも、人間《にんげん》に戻《もど》れなくなるぞ」

「それは一大事《いちだいじ》じゃのぅ。おぬしではやれぬのか？」

「俺は、此処に長くはいられない。だから頼《たの》んでいる」

「そうは言《い》われても、やる気が起《お》きぬの〜」

「転生前《てんせいまえ》の俺《おれ》は、おまえ好《ごの》みの加虐心《かぎゃくしん》をそそられる奴《やつ》だぞ」

「それは本当《ほんとう》かぇ？　なら、会《あ》ってみるとするかのぅ」

椿姫《つばきひめ》が話《はなし》に食《く》いついたので、古庵《もへぇ》は彼女《かのじょ》が無茶《むちゃ》をしないよう、監視役《かんしやく》をつけた。

指《ゆび》を鳴《な》らすと、忍《しのぶ》の元《もと》にいた過去《かこ》の山犬《やまいぬ》の君《きみ》が現《あらわ》れ、その場《ば》に控《ひか》えた。

自分《じぶん》の山犬《やまいぬ》を貸《か》し与《あた》えると、自称《じしょう》する桑名古庵《くわなこあん》の姿《すがた》になれず、活動《かつどう》に支障《ししょう》が出《で》る。

そこで忍《しのぶ》と交渉《こうしょう》をして、寄越《よこ》してもらったのだ。

「こやつも、中々《なかなか》に楽《たの》しめそうじゃのぅ。妾《わらわ》への助《すけ》っ人《と》か？」

「目付役《めつけやく》だ。おまえは移《うつ》り気《ぎ》な性質《たち》だからな――」

「――それはそうと、未来《みらい》の旦那《だんな》には、いつ紹介《しょうかい》してくれるのじゃ？」

「そのうちな。次《つぎ》に行《い》くところがある。手早《てばや》く終《お》わらせろよ」

命令口調《めいれいくちょう》になった古庵《もへぇ》の言葉《ことば》に苛立《いらだ》ちを感《かん》じたのか、椿姫《つばきひめ》はククと笑《わら》った。

「そうせっつくでないわ。では、出《で》かけてくるぞよ」

そう言《い》って日下村《くさかむら》の山中《さんちゅう》に飛《と》んだ椿姫《つばきひめ》を尻目《しりめ》に、古庵《もへぇ》は日下《くさか》の天狗夫妻《てんぐふさい》の元《もと》に跳《と》んだ。

「また会《あ》ったね。あたしらは久々《ひさびさ》だけど、あんたは二度目《にどめ》の訪問《ほうもん》ってことかね？」

話《はなし》を素早《すばや》く理解《りかい》した女天狗《おんなてんぐ》に、元《もと》の姿《すがた》に戻《もど》ったもへぇは、心底感服《しんそこかんぷく》した。

「さすが師匠《ししょう》だ。恐《おそ》れ入《い》りますよ」

「おやおや、言葉遣《ことばづか》いも落《お》ち着《つ》いちゃってまぁ。転生《てんせい》の影響《えいきょう》って奴《やつ》かね？」

お見通《みとお》しの女天狗《おんなてんぐ》と笑《わら》い合《あ》うもへぇに、男天狗《おとこてんぐ》が要件《ようけん》を訊《き》いて来《き》た。

「それで、今《いま》のわしらは一体《いったい》、何《なに》をやっておけば良《よ》いのかな？」

「桂七之助《かつらしちのすけ》という小童《こわっぱ》が今日《きょう》の昼前頃《ひるまえごろ》に此処《ここ》を訪《たず》ねて来《き》ます。生意気《なまいき》な奴《やつ》ですが温《あたた》かく出迎《でむか》えて下《くだ》さい。その後《あと》、この時代《じだい》の俺《おれ》と太郎《たろう》が俺《おれ》の蘇《よみがえ》らせた椿姫《つばきひめ》と小競《こぜ》り合《あ》いします。その隙《すき》に七之助《しちのすけ》が、お二人《ふたり》に協力《きょうりょく》を求《もと》めてくるので、これを使《つか》ってください――」

そう言《い》って、もへぇは掌《てのひら》に、照明用《しょうめいよう》として使《つか》っていた火蜂《ひばち》を、二人《ふたり》に見《み》せた。

「――毒《どく》は弱《よわ》めています。七之助《しちのすけ》に噛《か》ませて火蜂《ひばち》の特性《とくせい》を持《も》たせ、椿姫《つばきひめ》の火蜂《ひばち》を誘導《ゆうどう》する力《ちから》を持《も》たせて下《くだ》さい。この火蜂《ひばち》は薬研《やげん》に入《い》れず解《と》き放《はな》ってください。そして椿姫《つばきひめ》の火蜂《ひばち》は必《かなら》ず一匹残《いっぴきのこ》して、この時代《じだい》の俺《おれ》に渡《わた》してください。追々《おいおい》、今渡《いまわた》したら火蜂《ひばち》になりますからね」

中々《なかなか》に複雑《ふくざつ》な説明《せつめい》だったが、男天狗《おとこてんぐ》は一発《いっぱつ》で理解《りかい》したようだった。

「ふむふむ、承《うけたまわ》ったぞ。後《あと》は、わしらに任《まか》せるが良《よ》い」

「ありがとうございます。次《つぎ》の仕込《しこ》みもありますので、それでは――」

そう言《い》い残《のこ》して『時《とき》の淀《よど》み』に戻《もど》ろうとしたが、女天狗《おんなてんぐ》に声《こえ》をかけられた。

「今《いま》のうちに土佐守《とさのかみ》に会《あ》った方《ほう》が良《い》いよ。城関連《しろかんれん》は七之助《しちのすけ》の話《はなし》だけじゃ頼《たよ》りないだろ。利用《りよう》できる者《もの》は、何《なん》でも利用《りよう》するべきだよ」

的確《てきかく》な助言《じょげん》に、もへぇは軽《かる》くうなずいた。

「やはり師匠《ししょう》たちには敵《かな》いませんね。ご指摘《してき》ありがとうございます」

深《ふか》くお辞儀《じぎ》をしてもへぇは『時《とき》の淀《よど》み』に戻《もど》って行《い》き、残《のこ》された天狗達《てんぐたち》は無言《むごん》だったが、やがて、女天狗《おんなてんぐ》が残念《ざんねん》そうな顔《かお》をして口《くち》を開《ひら》いた。

「やっぱりこうなっちまうかね……。生意気《なまいき》で危《あぶ》なっかしいところが良《よ》かったのにさ――」

「――あやつが選《えら》んだ道《みち》じゃ。去《さ》る者《もの》追《お》わず、来《く》る者《もの》拒《こば》まず――。桂七之助《かつらしちのすけ》や人間《にんげん》だった頃《ころ》のもへぇを、温《あたた》かく出迎《でむか》えてやろうじゃないか。それが、わしらの役目《やくめ》だ」

男天狗《おとこてんぐ》が女天狗《おんなてんぐ》の肩《かた》に手《て》をかけて慰《なぐさ》めると、女天狗《おんなてんぐ》も無言《むごん》でうなずいた。

「天狗様《てんぐさま》に助言《じょげん》を受《う》けた。川上新助《かわかみしんすけ》が土佐守《とさのかみ》と接触《せっしょく》する前《まえ》に土佐守本人《とさかみほんにん》と接触《せっしょく》したい。

……武芸八《たけひろ》さん、どうしたものかな？」

「豊昌《とよまさ》ちゃんとの出会《であ》いは、周到《しゅうとう》に準備《じゅんび》しないとね。術封《じゅつふう》じの力《ちから》を持《も》っているから」

「抜《ぬ》け穴《あな》はあるさ。ごくありふれた現象《げんしょう》なら、例《たと》え仙術《せんじゅつ》でも、発動《はつどう》できるからな」

「へぇ～、そこに気《き》づいてたんだ。やるねぇ」

もへぇは既《すで》に、七之助《しちのすけ》からの情報《じょうほう》を元《もと》に、土佐守《とさのかみ》と接触《せっしょく》できる機会《きかい》を見《み》つけていた。

江戸時代《えどじだい》、土佐《とさ》では正月明《しょうがつあ》けに城主主催《じょうしゅしゅさい》の『乗《の》り初《ぞ》めの儀《ぎ》』が海《うみ》と陸《りく》で行《おこな》われる。

海《うみ》の儀式《ぎしき》は『賀舟《がしゅう》の儀《ぎ》』と呼《よ》ばれ、『関船《せきぶね》』と呼《よ》ばれる戦艦《せんかん》が二十隻近《にじゅっせきちか》く船団《せんだん》を組《く》んで、城《しろ》の南東《なんとう》にある『浦戸湾《うらどわん》』を進《すす》んで、湾口付近《わんこうふきん》にある城主《じょうしゅ》の別邸《べってい》で祝賀式《しゅくがしき》を催《もよお》すのだ。

船団《せんだん》は前日《ぜんじつ》から湾内《わんない》に集結《しゅうけつ》し、当日《とうじつ》は朝八時《あさはちじ》から儀式《ぎしき》が始《はじ》まり、十時《じゅうじ》に城主《じょうしゅ》が乗船《じょうせん》をしてホラ貝《がい》の合図《あいず》で船団《せんだん》が進行《しんこう》、湾口《わんこう》に向《む》かって南進《なんしん》を始《はじ》めて湾口《わんこう》に到達《とうたつ》をすると、再《ふたた》びホラ貝《がい》が吹《ふ》かれて碇《いかり》を下《お》ろし、下船《げせん》をして城主《じょうしゅ》の別邸《べってい》に移動《いどう》するのだ。

『賀舟《がしゅう》の儀《ぎ》』を調《しら》べる内《うち》に、もへぇは、土佐守《とさのかみ》の意外《いがい》な弱点《じゃくてん》を知《し》った。

船酔《ふなよ》い体質《たいしつ》で、乗船《じょうせん》する『御座船《ござぶね》』の帆《ほ》が安定《あんてい》のために一回《ひとまわ》り大《おお》きくなったほどであり、これを利用《りよう》すれば、仙術《せんじゅつ》なしで土佐守《とさのかみ》の前《まえ》に登場《とうじょう》できそうだった。

頭《あたま》の回転《かいてん》の速《はや》いもへぇは、すぐに計画《けいかく》を立《た》てると、下準備《したじゅんび》に入《はい》った。

そして『賀舟《がしゅう》の儀《ぎ》』当日《とうじつ》の巳《み》の刻《こく》――、午前十時《ごぜんじゅうじ》すぎ頃《ごろ》。

滞《とどこお》りなく進《すす》むかに見《み》えた船団《せんだん》の南進《なんしん》は、進《すす》みだした瞬間《しゅんかん》に中断《ちゅうだん》された。

突如湾内《とつじょわんない》に現《あらわ》れた鯨《くじら》の群《む》れによって、進行《しんこう》を阻害《そがい》されたのだ。

混乱の中、鯨《くじら》はさらに協力《きょうりょく》して大波《おおなみ》を起《お》こし、やがて一列《いちれつ》に並《なら》んだ。

そして因幡《いなば》の白兎《しろうさぎ》のように鯨《くじら》の背中《せなか》を渡《わた》って、土佐守《とさのかみ》の『御座船《ござぶね》』に乗《の》りこんだのが、南蛮衣装《なんばんいしょう》が目立《めだ》つ山犬顔《やまいぬがお》の怪人《かいじん》――、桑名古庵《くさかもへえ》だった。

御付《おつき》の護衛《ごえい》たちは、一斉《いっせい》に腰《こし》の得物《えもの》を抜《ぬ》こうとしたが、抜《ぬ》けなくなっていた。

土佐守《とさのかみ》の得物《えもの》も同《おな》じだったが、船酔《ふなよ》いをしているにも関《かか》わらず、毅然《きぜん》としていた。

古庵《もへえ》は一言《ひとこと》も喋《しゃべ》らなかった代《か》わりに、手紙《てがみ》を一通《いっつう》、土佐守《とさのかみ》に手渡《てわた》すと、旋回《せんかい》していた大鷲《おおわし》に掴《つか》まって御座船《ござぶね》から飛《と》び去《さ》り、やがて鯨《くじら》たちも沖合《おきあい》に出《で》た。

配下《はいか》の者《もの》たちは手紙《てがみ》を捨《す》てるように進言《しんげん》したが、土佐守《とさのかみ》は持《も》ち帰《かえ》り、もへぇはその様子《ようす》を全《すべ》て『時《とき》の淀《よど》み』から把握《はあく》した。

仙術《せんじゅつ》の『鳥獣明解《ちょうじゅうめいかい》の術《じゅつ》』を使《つか》い、土佐沖《とさおき》に定住《ていじゅう》するカツオクジラの群《む》れに呼《よ》びかけ、有志《ゆうし》を募《つの》った上《うえ》で船団《せんだん》の停船《ていせん》と牽制《けんせい》、そして『鯨橋《くじらばし》』を演出《えんしゅつ》させた。

護衛《ごえい》たちの得物《えもの》が無効化《むこうか》されていたのは、鞘《さや》に漆《うるし》と卵《たまご》の白身《しろみ》、豆腐《とうふ》を混《ま》ぜた接着剤《せっちゃくざい》を事前《じぜん》に注《そそ》ぎこんでいたからである。

無言《むごん》だったのは、その時間《じかん》のもへぇが起《お》きていて、山犬《やまいぬ》の君《きみ》が代役《だいやく》したからだ。

その日《ひ》の夜《よる》、もへぇは山犬顔《やまいぬがお》の古庵《こあん》となって、土佐守《とさのかみ》の寝所《しんじょ》に姿《すがた》を現《あらわ》した。

土佐《とさ》の城主《じょうしゅ》が普段居住《ふだんきょじゅう》していたのは、天守閣《てんしゅかく》のある本丸《ほんまる》ではなく、二《に》の丸《まる》であった。

「……面妖《めんよう》な面《つら》だな。名《な》は？」

渡《わた》した手紙《てがみ》に事前通知《じぜんつうち》していたので、土佐守《とさのかみ》は人払《ひとばら》いをさせるという配慮《はいりょ》を見《み》せた。

「桑名古庵《くわなこあん》だ」

「古庵《こあん》？　……。キリシタン疑惑《ぎわく》で入牢《にゅうろう》しておる町医者《まちいしゃ》の名《な》を、何故騙《なにゆえかた》るのだ？」

「……島原《しまばら》の乱以後《らんいご》、抑圧《よくあつ》されしキリシタンの恨《うら》み辛《つら》み。無実《むじつ》で投獄《とうごく》されし古庵《こあん》を依代《よりしろ》に、今《いま》この地《ち》に甦《よみがえ》りて恨《うら》み晴《は》らさんと――」

古庵《もへえ》は今《いま》し方考《がたかんが》えた口上《こうじょう》を続《つづ》けようとしたが、土佐守《とさのかみ》は鉄扇《てっせん》を広《ひろ》げて一笑《いっしょう》した。

「臭《くさ》い芝居《しばい》はやめろ。故《ゆえ》は知《し》らぬが何某《なにがし》の者《もの》として、わしと会《あ》うのだな。用件《ようけん》は何《なん》だ？」

胡坐《あぐら》をかき、聴《き》く姿勢《しせい》をとったので伝右衛門無罪《えんえもんむざい》の真相《しんそう》を話《はな》す用意《ようい》があると切《き》り出《だ》した。

「確《たし》かにわしは、伝右衛門《でんえもん》が無罪《むざい》となった経緯《けいい》を追《お》い求《もと》めておるが、家臣共《かしんども》は須《すべか》らく口《くち》を閉《と》ざしておる。……そう言《い》えば、近々《ちかぢか》、恩田武芸八《おんだたけひろ》と会《あ》うが、関係《かんけい》があるのか？」

土佐守《とさのかみ》はわざとらしく、古庵《もへえ》に視線《しせん》を向《む》けたが、古庵《もへえ》は無言《むごん》を貫《つらぬ》いた。

「……触《ふ》れたくないようだな。昼間《ひるま》の見世物《みせもの》は面白《おもしろ》かった。褒美《ほうび》にやろう。鍛錬《たんれん》になるぞ」

持《も》っていた鉄扇《てっせん》を投《な》げ渡《わた》すと、土佐守《とさのかみ》は目《め》の前《まえ》で横《よこ》になり、寝入《ねい》ってしまった。

豪胆《ごうたん》さを見《み》せつけられた古庵《もへえ》は、鉄扇《てっせん》に既視感《きしかん》を感《かん》じた。

それは、椿姫《つばきひめ》が使《つか》っていた鉄扇《てっせん》と同《おな》じ物《もの》だった。

蘇った時、椿姫が鉄扇を持っていなかったのは、こういう事情《じじょう》だったのだ。

古庵《もへぇ》は寝所《しんじょ》から退出《たいしゅつ》して、城下町《じょうかまち》に飛《と》んだ。

城下町《じょうかまち》にある家老《かろう》たちの屋敷庭《やしきにわ》の多《おお》くには、当時流行《とうじはや》った庭池《にわいけ》が造《つく》られていた。

無作為《むさくい》に選《えら》んだ池《いけ》の畔《ほとり》に立《た》つと、仙術道具《せんじゅつどうぐ》の『映《うつ》し油《あぶら》』を垂《た》らし、その後《ご》を追《お》った。

――土佐守《とさのかみ》は武芸八《たけひろ》と面会《めんかい》して桑名古庵《くわなこあん》のことを質《ただ》したが、武芸八《たけひろ》は当然《とうぜん》はぐらかして、逆《ぎゃく》にあることを要請《ようせい》した。

本物《ほんもの》の椿姫《つばきひめ》である、モノノ怪《け》姉妹《しまい》に関《かん》することだった。

彼女《かのじょ》たちが土佐守《とさのかみ》に敗《やぶ》れ、豊永郷《とよながごう》に落《お》ち延《の》びたのは武芸八《たけひろ》の根回《ねまわ》しだったのだ――。

古庵《もへぇ》が目線《めせん》を横《よこ》に移《うつ》すと、その武芸八《たけひろ》の姿《すがた》があって、照《て》れくさそうな顔《かお》をしていた。

「土地神《とちがみ》を移動《いどう》させる作法《さほう》だよ。神様《かみさま》は安易《あんい》にその場《ば》から動《うご》かせない。権威《けんい》ある者《もの》の名《な》を借《か》りて、ようやく動《うご》かせるのさ。毛利藤九郎《もうりとうくろう》は毛利元就《もうりもとなり》の孫《まご》だから結構《けっこう》な権威《けんい》でしょ？」

「……ずいぶんと、あの姉妹《しまい》にゾッコンなんだな。両手《りょうて》に花《はな》が嬉《うれ》しいのか？」

「そんなに冷《さ》めた言《い》い方《かた》しなくても良《い》いじゃない。僕《ぼく》はね、皆《みんな》を幸《しあわ》せにしたいんだよ」

申《もう》し訳《わけ》なさそうに口籠《くちごも》る武芸八《たけひろ》に、古庵《もへぇ》は目線《めせん》を動《うご》かさず、言《い》い返《かえ》した。

「幸《しあわ》せを、言《い》い訳《わけ》には、使《つか》いたくないね」

「……もっと気楽《きらく》に、仙人《せんにん》を楽《たの》しみなよ」

「楽《たの》しむ？　他人《たにん》の人生《じんせい》には関《かか》わりたくない。良《い》い奴《やつ》なら、尚更《なおさら》だ」

吐《は》き捨《す》てるように捲《ま》くし立《た》てた古庵《もへぇ》に、武芸八《たけひろ》は肩《かた》を竦《すく》め、ため息《いき》をついたのだった。


「すまぬ。うっかり話《はな》してしもうた。それに気《き》になることがあってな」

古庵《もへぇ》と椿姫《つばきひめ》は、日下《くさか》から少《すこ》し離《はな》れた山《やま》の中《なか》で話《はな》し合《あ》った。

この時間《じかん》のもへぇは、婉《えん》を宿毛《すくも》に送《おく》り返《かえ》す前《まえ》で、やはり仮眠中《かみんちゅう》である。

古庵《もへぇ》と椿姫《つばきひめ》の近《ちか》くには、過去《かこ》の山犬《やまいぬ》の君《きみ》が、木陰《こかげ》から二人《ふたり》を窺《うかが》っていた。

「七之助《しちのすけ》とか申《もう》す小童《こわっぱ》が、妾《わらわ》を知《し》っておったぞ。知《し》り合《あ》いか？」

「別件《べっけん》で噂話《うわさばなし》を仕入《しい》れてもらっている。いずれ過去《かこ》の俺《おれ》に味方《みかた》するが、今《いま》はこちら側《がわ》だ」

「ふ～む。今度《こんど》からは、事前《じぜん》に知《し》らせて欲《ほ》しいものじゃな」

そう言《い》いつつ、椿姫《つばきひめ》は譲渡《じょうと》された土佐守《とさのかみ》の鉄扇《てっせん》を、開《ひら》いたり閉《と》じたりして遊《あそ》んでいた。

「過去《かこ》の俺《おれ》は伝右衛門《でんえもん》の娘《むすめ》を宿毛《すくも》に送《おく》り届《とど》ける。先回《さきまわ》りして、土居近《どいちか》くの山城跡《やまじろあと》で待《ま》て。誘《おび》き出《だ》すのは、あそこにいる山犬《やまいぬ》がやってくれる。今度《こんど》は抜《ぬ》かるなよ」

念《ねん》を押《お》した古庵《もへぇ》に、椿姫《つばきひめ》は少《すこ》し間《ま》をおいてから、再《ふたた》び訊《たず》ねた。

「娘《むすめ》とは恋仲《こいなか》か？」

「そこまでの仲《なか》ではない。過去《か こ》の俺《おれ》の力《ちから》を封《ふう》じたら会《あ》ってみるが良《い》いさ。伝右衛門《でんえもん》の家《いえ》の家紋は椿だったからな。何《なに》かの縁《えん》だ。茶飲《ちゃの》み友達《ともだち》にでもなってみるか？」

古庵《もへぇ》は皮肉《ひにく》っぽく言《い》い返《かえ》した。


川上新助《かわかみしんすけ》は闇《やみ》に紛《まぎ》れ、土佐《とさ》の国境《くにざかい》に潜入《せんにゅう》しようとしていた。

この時間《じかん》のもへぇは丸橋忠弥《まるばしちゅうや》と戦《たたか》い、宿毛《すくも》の山中《さんちゅう》で気絶《きぜつ》している頃《ころ》である。

国境《くにざかい》には関所《せきしょ》が存在《そんざい》するが、土佐《とさ》の関所《せきしょ》は『道番所《みちばんしょ》』と呼《よ》ばれ、農民《のうみん》の逃亡《とうぼう》を阻止《そし》するために他国《たこく》と比《くら》べて多《おお》く設置《せっち》されていて、土佐《とさ》は薩摩《さつま》と並《なら》んで潜入《せんにゅう》が難《むずか》しい藩《はん》だった。

だが、この男《おとこ》は簡単《かんたん》に潜入《せんにゅう》してみせた。

道番所《みちばんしょ》の役人《やくにん》たちは、川上新助《かわかみしんすけ》の見《み》せた許可証《きょかしょう》を見《み》せられ、何《なに》も言《い》わず通《とお》したのだ。

「仙術《せんじゅつ》を使《つこ》うておらぬのに、どんなカラクリじゃ？」

「木地師《きじし》に化《ば》けている。『ミカド』の御威光《ごいこう》が、仙術代《せんじゅつが》わりだ」

『木地師《きじし》』とは、ミカドの認可《にんか》を受《う》けて日本各地《にほんかくち》を行《ゆ》き来《き》する、木材加工集団《もくざいかこうしゅうだん》である。

ミカド関係者《かんけいしゃ》の末裔《まつえい》と称《しょう》して全国《ぜんこく》の関所《せきしょ》を無力化《むりょくか》でき、土佐《とさ》の山間部《さんかんぶ》にも数多《かずおお》くの木地師《きじし》たちが訪《おとず》れて、定住《ていじゅう》する者《もの》もいたらしい。

古庵《もへぇ》と椿姫《つばきひめ》、そして山犬《やまいぬ》の君《きみ》は姿《すがた》を隠《かく》しつつ、川上新助《かわかみしんすけ》の動《うご》きを見守《みまも》っていた。

街道《かいどう》を抜《ぬ》けると新助《しんすけ》は、立《た》ち入《い》り禁止《きんし》である横道《よこみち》に入《はい》り、走《はし》りを変《か》えた。

「おや、動《うご》きが変《か》わったな」

「落人《おちうど》の里《さと》に通《つう》じる道《みち》を見《み》つけたのさ。まずは先代《せんだい》の遺産《いさん》から、手《て》をつける気《き》だろう」

藪《やぶ》を分《わ》け入《い》った先《さき》で新《あら》たな道《みち》を見《み》つけた川上新助《かわかみしんすけ》は、そこで初《はじ》めて感情《かんじょう》を出《だ》した。

確信《かくしん》とも言《い》うべきか、自信《じしん》に満《み》ちた笑《え》みだった。

「木地師《きじし》は二人以上《ふたりいじょう》で行動《こうどう》するものだ。公儀隠密《こうぎおんみつ》も天下泰平《てんかたいへい》で調《しら》べが足《た》りないようだな」

声《こえ》に反応《はんのう》して川上新助《かわかみしんすけ》は、すばやく後《うし》ろをふりむいた。

桑名古庵《くさかもへえ》は、地蔵堂《じぞうどう》の脇《わき》に置《お》かれた大《おお》きな石《いし》に腰《こし》を下《お》ろしていた。

キリシタン風《ふう》な意匠《いしょう》に山犬《やまいぬ》の顔《かお》、そしてシンプルで飾《かざ》り気《け》のない素朴《そぼく》な長杖《ながづえ》――。

奇抜《きばつ》で派手《はで》な服装《ふくそう》に、川上新助《かわかみしんすけ》は警戒《けいかい》の色《いろ》を浮《う》かべて、身構《みがま》えた。

「ミカドの御紋《ごもん》を偽《いつわ》るのは、何者《なにもの》か白状《はくじょう》しているようなものだぞ」

古庵《もへえ》は明後日《あさって》の方角《ほうがく》を向《む》いて語《かた》りかけ、そして新助《しんすけ》に向《む》かって恭《うやうや》しく挨拶《あいさつ》をした。

「川上新助殿《かわかみしんすけどの》。一応《いちおう》、初《はじ》めまして、と言《い》っておこう。名《な》を桑名古庵《くわなこあん》と言《い》う者《もの》だ」

新助《しんすけ》は目《め》を細《ほそ》めて懐《ふところ》の短筒《たんづつ》に手《て》を伸《の》ばしたが、背後《はいご》から殺気《さっき》を感《かん》じて身《み》を強張《こわば》らせた。

死角《しかく》で新助《しんすけ》は確認《かくにん》できないのだが、山犬《やまいぬ》の君《きみ》が長巻《ながまき》を構《かま》えていたのである。

新助《しんすけ》は気《き》を落《お》ち着《つ》かせるため、筒《つつ》から煙管《きせる》を取《と》り出《だ》して火打《ひう》ちなしで火《ひ》をつけた。

「便利《べんり》だが、頼《たよ》りない術《じゅつ》だな。落人《おちうど》の里《さと》よりは、まず土佐守《とさのかみ》に会《あ》うべきだ」

「……何が言いたいのです？」

川上新助《かわかみしんすけ》は煙管《きせる》の煙《けむり》をフゥッと吐《は》き出《だ》して、ねっとりした口調《くちょう》で訊《き》き返《かえ》した。

目《め》の前《まえ》に現《あら》われた、怪人《かいじん》の真意《しんい》を測《はか》りかねていたのだ。

「土佐守《とさのかみ》は動《うご》いた。伝右衛門《でんえもん》の遺産《いさん》に気《き》づいてな。先《さき》を越《こ》されるぞ」

これは嘘《うそ》で、土佐守《とさのかみ》はまだ伝右衛門《でんえもん》の遺産《いさん》を知《し》らないし、興味《きょうみ》もない。

だが、川上新助《かわかみしんすけ》は両目《りょうめ》を細《ほそ》め、眉間《みけん》に皺《しわ》を寄《よ》せて話《はなし》に食《く》いついた。

そこで古庵《もへぇ》は、続《つづ》けて本当《ほんとう》の情報《じょうほう》を与《あた》えた。

「川上《かわかみ》の遺産《いさん》に気《き》づいた者《もの》がいる。名《な》は川上市之丞《かわかみいちのじょう》。これから行《い》く落人《おちうど》の里《さと》にいる」

「……どうせ、遺産《いさん》に手《て》は出《だ》せませんよ」

川上新助《かわかみしんすけ》は、また煙《けむり》をフゥッと吐《は》き出《だ》して言《い》い切《き》った。

「そうだな。継承《けいしょう》のカギを持《も》つおまえ以外《いがい》、遺産《いさん》は開《あ》けることができないからな」

この発言《はつげん》に川上新助《かわかみしんすけ》の顔《かお》は険《けわ》しいものとなり、反応《はんのう》を確《たし》かめつつ古庵《もへぇ》は話《はなし》を続《つづ》けた。

「川上市之丞《かわかみいちのじょう》には、仲間《なかま》がいる」

「……茂兵衛《もへえ》の倅《せがれ》ですかね？」

「手駒《てごま》とする前《まえ》に、先《さき》を越《こ》されたな」

古庵《もへぇ》の見越《みこ》した会話《かいわ》に、新助《しんすけ》は鼻《はな》で笑《わら》って煙管《きせる》を勢《いきお》いよく蒸《ふか》した。

「茂兵衛《もへえ》の倅《せがれ》と市之丞《いちのじょう》という偽物《にせもの》も、伝右衛門《でんえもん》の遺産《いさん》のことなど知《し》る由《よし》もないでしょうに」

「その茂兵衛《もへえ》の倅《せがれ》は今《いま》、宿毛《すくも》にいるのだぞ――」

今度《こんど》は、煙管《きせる》の煙《けむり》は吐《は》き出《だ》されなかった。

「……それは本当《ほんとう》でしょうね？」

「嘘《うそ》だと思《おも》うなら、宿毛《すくも》に出向《でむ》いて確《たし》かめるといい。おまえ次第《しだい》だ」

長距離《ちょうきょり》を、短時間《たんじかん》で移動《いどう》できない川上新助《かわかみしんすけ》を見越《みこ》しての発言《はつげん》だった。

川上新助《かわかみしんすけ》は煙管《きせる》の火《ひ》を消《け》すと、やるべきことを算段《さんだん》してから、古庵《もへえ》に訊《たず》ねた。

「なぜ、わたしに？」

「利用《りよう》したいからだ」

「……正直《しょうじき》ですね。助言《じょげん》には従《したが》いますが、それだけですよ。それと――」

川上新助《かわかみしんすけ》は、地蔵堂《じぞうどう》の脇《わき》にそびえる大木《たいぼく》に、軽《かる》く目線《めせん》を向《む》けた。

「――わたしは安《やす》くありませんよ！」

煙管《きせる》を地面《じめん》に突《つ》き刺《さ》すと吸《す》い口《くち》が火花《ひばな》を散《ち》らし、火《ひ》の手《て》がパッと走《はし》って煙《けむり》に引火《いんか》して爆発《ばくはつ》を起《お》こすと、次《つぎ》の瞬間《しゅんかん》には、その大木《たいぼく》が赤々《あかあか》と燃《も》えていた。

新助《しんすけ》はこの光景《こうけい》を満足《まんぞく》そうに見届《みとど》けると元来《もとき》た道《みち》を引《ひ》き返《かえ》して行《い》ったが、古庵《もへえ》は燃《も》える大木《たいぼく》には目《め》もくれず、静《しず》かにこう言《い》った。

「……未来の旦那《だんな》を、見《み》た感想《かんそう》を聞《き》こうか」

言葉《ことば》の直後《ちょくご》、燃《も》え上《あ》がる炎《ほのお》は一瞬《いっしゅん》で真紅《しんく》の椿《つばき》に変《か》わり、ボトボトっと地面《じめん》に落《お》ちた。

そして裸《はだか》の大木《たいぼく》には、椿姫《つばきひめ》が気怠《けだる》そうに腰《こし》をかけていたのだ。

「小者《こもの》じゃな。妾《わらわ》を狙《ねら》う辺《あた》り、殊更《ことさら》そう思《おも》える」

「味方《みかた》にすると頼《たよ》りない奴《やつ》は、利用《りよう》して使《つか》い捨《す》てるには打《う》ってつけだ――」

「――じゃが、程好《ほどよ》い逞《たくま》しさは欲《ほ》しい。イザという時《とき》、責《せ》めを押《お》しつけられぬ」

椿姫《つばきひめ》は鉄扇《てっせん》で口元《くちもと》を隠《かく》しつつ、欠伸《あくび》を一《ひと》つしてから話《はなし》を続《つづ》けた。

「あの男《おとこ》の扱《あつか》いは任《まか》せる。妾《わらわ》は伝右衛門《でんえもん》の娘《むすめ》と茶飲《ちゃの》み話《ばなし》がしたくなった。手頃《てごろ》な時代《じだい》に跳《と》ばしてくれぬか？　この時代《じだい》ではマズかろう？」

「……ようやく、おまえも時《とき》の流《なが》れを把握《はあく》してきたようだな」

言葉《ことば》を交《か》わしつつ、古庵《もへえ》は手近《てぢか》な小石《こいし》を拾《ひろ》い、平《たい》らな場所《ばしょ》に投《な》げると『時渡《ときわた》りの術《じゅつ》』を加《くわ》えた『転送術《てんそうじゅつ》』の円陣《えんじん》を作《つく》って、椿姫《つばきひめ》はその中《なか》に立《た》った。

「単《たん》なる慣《な》れじゃ。未《いま》だに、時《とき》の概念《がいねん》というものは、よく解《わか》らぬ」

古庵《もへえ》は椿姫《つばきひめ》を跳《と》ばすと、山犬《やまいぬ》の君《きみ》を連《つ》れて次《つぎ》へ取《と》りかかるため『時《とき》の淀《よど》み』に戻《もど》った。

土佐《とさ》の大高坂山《おおたかさかやま》に建《た》てられ、当時《とうじ》『高智城《こうちじょう》』と呼《よ》ばれた城《しろ》に、土佐守《とさのかみ》が戻《もど》った。

『参勤交代《さんきんこうたい》』という各地《かくち》の藩主《はんしゅ》が約一年《やくいちねん》を江戸《えど》で過《す》ごして将軍《しょうぐん》の家来《けらい》を務《つと》める決《き》まりが江戸時代《えどじだい》に存在《そんざい》し、土佐藩主《とさはんしゅ》も海上交通《かいじょうこうつう》を利用《りよう》して片道四十日《かたみちよんじゅうにち》をかけて江戸《えど》を往復《おうふく》した。

その長旅《ながたび》を終《お》えた土佐守《とさのかみ》だったが、居住区《きょじゅうく》のある二《に》の丸《まる》へはすぐには向《む》かわず、三《さん》の丸《まる》にて駕籠《かご》を止《と》めて、駕籠《かご》から降《お》りるとすぐ、人払《ひとばら》いを命《めい》じた。

三《さん》の丸《まる》は、二代藩主《にだいはんしゅ》の側室《そくしつ》が暮《く》らす居住区《きょじゅうく》だったが、死後《しご》は『謁見《えっけん》の場《ば》』となっていた。

土佐守《とさのかみ》は、一人《ひとり》で三《さん》の丸《まる》に足《あし》を踏《ふ》み入《い》れたが、中《なか》には入《はい》らず、強《つよ》い口調《くちょう》でこう言《い》った。

「いくら公儀《こうぎ》の輩《やから》とは言《い》え、気配《けはい》を消《け》さぬのは、少々《しょうしょう》あからさまではないか？」

これに姿《すがた》を現《あらわ》したのは、木地師《きじし》に化《ば》けて土佐《とさ》に入国《にゅうこく》した川上新助《かわかみしんすけ》で、新助《しんすけ》はその場《ば》に片《かた》膝《ひざ》をついて頭《こうべ》を垂《た》れたが、土佐守《とのさかみ》は、目線《めせん》すら合《あ》わせようとはしなかった。

「敵意《てきい》はないという、誠意《せいい》を、お見《み》せしたかったのです」

「誠意《せいい》だと？　某《それがし》のような輩《やから》には、相応《ふさわ》しくない言葉《ことば》だな」

土佐守《とさのかみ》は一度《いちど》毒《どく》づいてから、本題《ほんだい》に入《はい》った。

「では訊《き》こう。公儀《こうぎ》は、伝右衛門《でんえもん》の遺産《いさん》を、どこまで把握《はあく》しておるのだ？」

土佐守《とさのかみ》の問《と》いかけに、川上新助《かわかみしんすけ》は頭《あたま》を地面《じめん》に伏《ふ》せたまま、言葉《ことば》だけは対等《たいとう》に渡《わた》り合《あ》った。

「触《さわ》りだけでございます。　嘘《うそ》か誠《まこと》か分《わ》からぬ故《ゆえ》に、このような輩《やから》が出張《でば》ることに――」

「――公儀《こうぎ》は、重箱《じゅうばこ》の隅《すみ》をつつくのが好《す》きなようだな。元《もと》を辿《たど》れば、伝右衛門《でんえもん》のせいだ。

この国の家老にも、噂を信じて金《きん》を探《さが》そうとする輩《やから》がいる。まったく嘆《なげ》かわしいことだ」

わざとらしくため息《いき》をついた土佐守《とさのかみ》に、川上新助《かわかみしんすけ》はすかさず踏《ふ》みこんだ。

「恐《おそ》れながら土佐守様《とさのかみさま》も、巡検《じゅんけん》と称《しょう》し近々《ちかぢか》お調《しら》べなさるとか。大方《おおかた》の目星《めぼし》はついているのではありませぬか？」

土佐守《とさのかみ》はここで、初《はじ》めて視線《しせん》を新助《しんすけ》に向《む》けた。

「……抜《ぬ》け目《め》がないな。どこで知《し》った？」

「……ご想像《そうぞう》に、お任《まか》せ致《いた》します」

川上新助《かわかみしんすけ》は自信《じしん》たっぷりに牽制《けんせい》したが、土佐守《とさのかみ》は視線《しせん》を戻《もど》してこう続《つづ》けた。

「そこにおる、何某《なにがし》にでも教《おそ》わったかと思《おも》うたがな――」

土佐守《とさのかみ》の言葉《ことば》に川上新助《かわかみしんすけ》がふり返《かえ》ると、遮光器土偶《しゃこうきどぐう》のような仮面《かめん》を被《かぶ》った山犬《やまいぬ》の君《きみ》が、腕組《うでぐ》みをして石垣《いしがき》に体《からだ》を預《あず》けていた。

何者《なにもの》――と言《い》いかけて新助《しんすけ》は、桑名古庵《くわなこあん》と出会《であ》った時《とき》、死角《しかく》にいた者《もの》と気《き》がついた。

「――古庵《こあん》の手《て》の者《もの》か？」

「……ほう、某《それがし》がそこまで分《わ》かっておるなら、話《はなし》は早《はや》い」

川上新助《かわかみしんすけ》は耳《みみ》を疑《うたが》い、勢《いきお》いよく土佐守《とさのかみ》に向《む》き直《なお》った。

「と、土佐守様《とさのかみさま》ともあろう御方《おかた》が、あのような異形《いぎょう》の者《もの》と組《く》むなど――」

「――某《それがし》も同《おな》じであろう」

土佐守《とさのかみ》の、この一言《ひとこと》で、川上新助《かわかみしんすけ》は口《くち》を閉《と》ざした。

「どこで何《なに》をしようと勝手《かって》だが、己《おの》がふるまいには気《き》をつけることだ。そろそろ休《やす》みたい。船酔《ふなよ》いも、少《すこ》しばかり残《のこ》っておるからな」

「はっ――」

川上新助《かわかみしんすけ》は闇《やみ》に紛《まぎ》れて姿《すがた》を消《け》し、山犬《やまいぬ》の君《きみ》も後《あと》を追《お》うようにしていなくなったのだが、入《い》れ替《か》わるように、男《おとこ》の声《こえ》が土佐守《とさのかみ》にかけられた。

「わしより土佐守《とさのかみ》らしいな。見事《みごと》なものだ」

声《こえ》の主《ぬし》は背後《はいご》の石垣《いしがき》の脇《わき》から現《あらわ》れて、菅笠《すげがさ》を被《かぶ》り、腰《こし》に刀《かたな》を提《さ》げた侍《さむらい》だった。

「おかげで、本山《もとやま》の様子《ようす》を直《じか》に見《み》ることができた。礼《れい》を言《い》うぞ」

笠《かさ》を外《はず》して晒《さら》した顔《かお》は土佐守《とさのかみ》で、二人《ふたり》の土佐守《とさのかみ》が互《たが》いに向《む》かい合《あ》っていた。

川上新助《かわかみしんすけ》と面会《めんかい》した方《ほう》の土佐守《とさのかみ》は、後《あと》から現《あらわ》れた土佐守《とさのかみ》の前《まえ》で自分《じぶん》の顔《かお》を不意《ふい》に捲《めく》り、現《あらわ》れた顔《かお》は、桑名古庵《くわなこあん》を名乗《なの》る、山犬顔《やまいぬがお》のもへぇだった。

「江戸《えど》で、殿様気分《とのさまきぶん》を味《あじ》わった感想《かんそう》はどうだ？」

「窮屈《きゅうくつ》でうんざりだった。公方《くぼう》のいる御城《おしろ》では、食事《しょくじ》の場所《ばしょ》さえ限《かぎ》られてな」

「所詮《しょせん》は家来《けらい》だからな。茶坊主《ちゃぼうず》の機嫌《きげん》をとれば、茶《ちゃ》の一杯《いっぱい》くらいは受《う》けられるが」

妙に気の合った会話《かいわ》が交《か》わされている所《ところ》に、土佐守《とさのかみ》の連《つ》れである二匹《にひき》の赤鬼《あかおに》が大《おお》きな重箱《じゅうばこ》を、えっちらおっちらと一緒《いっしょ》に抱《かか》えて、姿《すがた》を現《あらわ》した。

「御苦労《ごくろう》だったな。さぁ褒美《ほうび》だ」

土佐守《とさのかみ》が筍《たけのこ》の皮《かわ》に包《つつ》んだ餅《もち》を与《あた》えると、赤鬼《あかおに》たちは嬉《うれ》しそうに跳《は》ねて帰《かえ》っていった。

「……あやつらが、どうやって帰《かえ》るのか、分《わ》かっているのか？」

「教《おし》えてやった抜《ぬ》け穴《あな》からだろう。この城《しろ》には抜《ぬ》け穴《あな》が至《いた》る所《ところ》にある」

卒《そつ》なく答《こた》えた土佐守《とさのかみ》が箱《はこ》を開《あ》けると、箱《はこ》は二重《にじゅう》で外側《そとがわ》の箱《はこ》には氷《こおり》が隙間《すきま》なく詰《つ》められ、内側《うちがわ》の箱《はこ》には透明《とうめい》な液体《えきたい》に浸《ひた》された娘《むすめ》の華奢《きゃしゃ》な足首《あしくび》――、芝天狗《しばてんぐ》の娘《むすめ》の脚《あし》があった。

「言《い》われた通《とお》り、薄《うす》い塩水《しおみず》に浸《ひた》して、氷詰《こおりづ》めにしておいたぞ」

「では、暗《くら》く寒《さむ》い場所《ばしょ》に保管《ほかん》するのだな。日下茂平《くさかもへえ》が取《と》り返《かえ》しに来《く》る」

古庵《もへえ》の言葉《ことば》に土佐守《とさのかみ》は目《め》を細《ほそ》め、明《あき》らかに疑念《ぎねん》を抱《いだ》いているようだった。

「武芸八《たけひろ》と共謀《きょうぼう》しておるようだが、何《なに》を企《たくら》む？　返答次第《へんとうしだい》では一太刀《ひとたち》浴《あ》びせるぞ」

凄《すご》みのある脅《おど》し文句《もんく》にも、古庵《もへえ》は無言《むごん》を貫《つらぬ》いた。

「……食《く》えん奴《やつ》だ。明後日《みょうごにち》は遠乗《とおの》りで釣《つ》りだ。話《はなし》はそこで、色々《いろいろ》と訊《き》こう」

籠《かご》へ戻《もど》った土佐守《とさのかみ》を見送《みおく》り、古庵《もへえ》は過去《かこ》の自分《じぶん》が『吾南平野《ごなんへいや》』の米蔵《こめぐら》を襲《おそ》う日《ひ》に跳《と》んだ。

「伝右衛門《でんえもん》の遺産《いさん》？　……なにそれ？」

キョトンとする七之助《しちのすけ》に、古庵《もへえ》は戸惑《とまど》いを覚《おぼ》えた。

「……知《し》らないのか？」

「伝右衛門《でんえもん》さんが再評価《さいひょうか》されてるのは聞《き》くけど。遺産《いさん》なんて大抵《たいてい》ウソっぱちだし――」

本山《もとやま》の金鉱説《きんこうせつ》を話《はな》しても、七之助《しちのすけ》の反応《はんのう》は芳《かんば》しくない。

本山《もとやま》では稀《まれ》に砂金《さきん》が採《と》れるが、遺産《いさん》と呼《よ》べるほどの量《りょう》ではないらしい。

「残念《ざんねん》だったね。はい、仙術使《せんじゅつつか》いのことを教《おし》えてよ」

「……日下茂平《くさかもへえ》と川上市之丞《かわかみいちのじょう》に会《あ》ってみるか？　連《つ》れて行《い》ってやろう――」

こう切《き》り出《だ》して、古庵《もへえ》は過去《かこ》の自分《じぶん》と七之助《しちのすけ》との出会《であ》いを演出《えんしゅつ》してみせた。


「――それで、川上新助《かわかみしんすけ》という輩《やから》が、この土佐《とさ》へ入国《にゅうこく》した目的《もくてき》は？」

「一言《ひとこと》でいえば、人並《ひとな》みの地位《ちい》を手《て》に入《い》れるためだ」

薄曇《うすぐも》りの中《なか》、釣《つ》り糸《いと》を池《いけ》に垂《た》らしながら、舟《ふね》の上《うえ》の土佐守《とさのかみ》は古庵《もへえ》に訊《たず》ねた。

古庵《もへえ》は舟《ふね》の舳《へさき》に座《すわ》り、互《たが》いに背《せ》を向《む》けているが、周囲《しゅうい》は人気《ひとけ》がなく、時折《ときおり》、野鳥《やちょう》の声《こえ》が心地《ここち》よく聞《き》こえてくるのみで、この昼間《ひるま》の時間帯《じかんたい》、この時間《じかん》のもへえは昼寝《ひるね》をしている。

「どうやって、その人並《ひとな》みというものを勝《か》ち取《と》る気《き》だ？」

「伝右衛門の遺産《いさん》と、先代《せんだい》の川上新助《かわかみしんすけ》が遺《のこ》した遺産《いさん》を利用《りよう》するのだ」

「遺産《いさん》どもに頼《たよ》りきりか。その川上《かわかみ》の遺産《いさん》だが、中身《なかみ》は何《なん》だ？」

「伝右衛門《でんえもん》の遺産《いさん》の在処《ありか》を探《さぐ》った、先代《せんだい》の報告書《ほうこくしょ》だ」

古庵《もへぇ》の言葉《ことば》を聞《き》きつつ、土佐守《とさのかみ》は釣《つ》り餌《えさ》を替《か》えて、勢《いきお》いよく竿《さお》を振《ふ》った。

「伝右衛門《でんえもん》の遺産《いさん》は何《なん》だ？　遺産《いさん》を遺《のこ》すような男《おとこ》では、なかったと聞《き》くぞ？」

土佐守《とさのかみ》の疑問《ぎもん》は自然《しぜん》なもので、本当《ほんとう》に何《なに》も知《し》らないのだと、古庵《もへぇ》は確信《かくしん》した。

「伝右衛門《でんえもん》の資料《しりょう》は悉《ことごと》く処分《しょぶん》されてな。土葬《どそう》の理由《りゆう》や、墓《はか》の場所《ばしょ》さえ分《わ》からぬ始末《しまつ》だ」

「墓《はか》ならば、潮江山《うしおえやま》に葬《ほうむ》られたそうだ」

古庵《もへぇ》の情報提供《じょうほうていきょう》に、土佐守《とさかみ》は暫《しば》し無言《むごん》で、餌《えさ》を再《ふたた》び取《と》り替《か》えてから漸《ようや》く口《くち》を開《ひら》いた。

「仮《かり》に伝右衛門《でんえもん》が遺産《いさん》を遺《のこ》したとして、川上新助《かわかみしんすけ》は、それをどう利用《りよう》するのだ？」

「遺産《いさん》を使《つか》い、伝右衛門《でんえもん》と関《かか》わりのあった者《もの》たちを強請《ゆす》るつもりだ」

古庵《もへぇ》の答《こた》えに、土佐守《とさのかみ》は少《すこ》し納得《なっとく》したようだった。

「目的《もくてき》は金《かね》か。遺産《いさん》を元手《もとで》にという訳《わけ》だな。……仕物《しもの》で始末《しまつ》させるべきか？」

土佐守《とさのかみ》なら、それも可能《かのう》だろうが、もへぇの転生《てんせい》が不可能《ふかのう》になる。

「都合《つごう》が悪《わる》くなるから止《や》めてくれ。目的《もくてき》を達成《たっせい》して土佐《とさ》を出《で》て行《い》かせればいい」

「捨《す》て置《お》くことは容易《たやす》いがな、面倒事《めんどうごと》を起《お》こさぬという、確証《かくしょう》はあるのだろうな？」

「動《うご》きは掴《つか》んでいる。任《まか》せてもらおう」

自信《じしん》の一端《いったん》を見《み》せつけて、古庵《もへえ》は伝右衛門《でんえもん》の遺産《いさん》の正体《しょうたい》を話《はな》した。

「金銀財宝《きんぎんざいほう》のような、めでたい物《もの》ではない。強《し》いて言《い》えば、負《ふ》の遺産《いさん》だ」

転生前《てんせいまえ》に、六郎《ろくろう》と一緒《いっしょ》に調《しら》べたことを一通《ひととお》り伝《つた》えたが、土佐守《とさのかみ》は興味《きょうみ》がない様子《ようす》だった。

「船《ふね》が二隻《にせき》沈《しず》んで、一隻《いっせき》は伝右衛門《でんえもん》の親《おや》の墓《はか》の中《なか》だと？　何故《なにゆえ》そのような場所《ばしょ》に？」

「いずれ調《しら》べるつもりだが、不可解《ふかかい》なのは同意見《どういけん》だ」

正直《しょうじき》な感想《かんそう》に、土佐守《とさのかみ》はしばらく無言《むごん》だったが、やがて自身《じしん》の役割《やくわり》を確認《かくにん》してきた。

「その話《はなし》、わし一人《ひとり》の胸《むね》に留《とど》め置《お》くべきか？」

「いや噂《うわさ》にして広《ひろ》めてくれ。伝右衛門《でんえもん》に関《かか》わった者達《ものたち》が動《うご》く。川上新助《かわかみしんすけ》も釣《つ》られるだろう」

「……遺産《いさん》を餌《えさ》に、このように釣《つ》るわけだな――」

土佐守《とさのかみ》は、そう言《い》って竿《さお》を動《うご》かし、小鮒《こぶな》を一匹《いっぴき》釣《つ》りあげた。

「その魚《さかな》、売《う》ってくれないか？」

古庵《もへえ》の言葉《ことば》に、土佐守《とさのかみ》は得意《とくい》げに言《い》い返《かえ》した。

「一両《いちりょう》で売《う》ろう。城主自《じょうしゅみずか》ら釣《つ》ったという、価値《かち》がつくからな」

殿様商売《とのさましょうばい》に閉口《へいこう》しながら、古庵《もへえ》は一両《いちりょう》で小鮒《こぶな》を買《か》って土佐守《とさのかみ》と別《わか》れた。

体《からだ》の中《なか》の山犬《やまいぬ》の君《きみ》を分離《ぶんり》させて小鮒《こぶな》を託《たく》すと、先《さき》に『時《とき》の淀《よど》み』へと戻《もど》った。

そろそろ、この時間《じかん》のもへぇが起《お》きるからだ。

この時間《じかん》のもへぇは宿毛《すくも》にて、探索用《たんさくよう》に調達《ちょうたつ》した川鵜《かわう》に土居《どい》から盗《ぬす》んだ金魚《きんぎょ》を与《あた》えた。

川鵜《かわう》は飛《と》び上《あ》がったが、山犬《やまいぬ》の君《きみ》に捕《つか》まえられて金魚《きんぎょ》を没収《ぼっしゅう》され、小鮒《こぶな》を与《あた》えられた。

もへぇが宿毛《すくも》の土居《どい》を再訪《さいほう》した際《さい》、金魚《きんぎょ》が復活《ふっかつ》していたのは、こういうことだったのだ。

伝右衛門《でんえもん》の遺産《いさん》の噂《うわさ》は、城《しろ》の中《なか》で瞬《また》く間《ま》に広《ひろ》まった。

ある者《もの》は祟《たた》りを恐《おそ》れて引《ひ》き籠《こも》り、ある者《もの》は宿毛《すくも》の遺族《いぞく》たちに問《と》い合《あ》わせを始《はじ》めた。

噂《うわさ》の流布《るふ》は城主《じょうしゅ》に任《まか》せ、古庵《もへぇ》は川上新助《かわかみしんすけ》の妨害《ぼうがい》に専念《せんねん》することにした。

川上新助《かわかみしんすけ》は一番《いちばん》つけ込《こ》み易《やす》いと睨《にら》んだ本山領主《もとやまりょうしゅ》に取入《とりい》って、本山《もとやま》を拠点《きょてん》にして活動《かつどう》を開始《かいし》して、程《ほど》なく本川郷《ほんがわごう》から金掘者《かなほりもの》が大量《たいりょう》に呼《よ》び寄《よ》せられて、掘削《くっさく》の準備《じゅんび》が始《はじ》まった。

土佐守《とさのかみ》が本山《もとやま》に眠《ねむ》る御用船《ごようせん》のことを、そこはかとなく新助《しんすけ》に教《おし》えたのだ。

間《ま》もなく噂《うわさ》に耐《た》えられなくなった領主《りょうしゅ》の孕石小右衛門《はらみいしこうえもん》が、城下《じょうか》を離《はな》れて本山《もとやま》に逃《のが》れた。

もへぇは古庵《こあん》として新助《しんすけ》の前《まえ》に現《あらわ》れては、妨害《ぼうがい》という名《な》の助言《じょげん》や協力《きょうりょく》を次々《つぎつぎ》行《おこな》った。

「本山《もとやま》の孕石殿《はらみいしどの》は呪術的《じゅじゅつてき》な安堵《あんど》を求《もと》めている。土地神《とちがみ》の追《お》われた本山《もとやま》は霊的《れいてき》に不安定《ふあんてい》だ。新助殿《しんすけどの》のお力《ちから》でモノノ怪《け》どもを煽《あお》り、助《たす》けを求《もと》めてきたところで本山領《もとやまりょう》を結界《けっかい》で覆《おお》えば、守《まも》りは鉄壁《てっぺき》となって信頼《しんらい》も得《え》られるだろう」

助言《じょげん》に川上新助《かわかみしんすけ》は従《したが》ったが、転生直後《てんせいちょくご》に未来《みらい》の新助《しんすけ》の知識《ちしき》や思考《しこう》を奪《うば》い獲《と》っていたので、仙術《せんじゅつ》の力《ちから》なしでも、古庵《もへぇ》には川上新助《かわかみしんすけ》が何《なに》を考《かんが》え、何《なに》を欲《ほっ》しているのか良《よ》く解《わか》った。

やがてこの結界《けっかい》が出来上《できあ》がる頃《ころ》、この時代《じだい》のもへぇが本山《もとやま》に現《あらわ》れ、新助《しんすけ》と衝突《しょうとつ》したが、
その日《ひ》の晩《ばん》に、古庵《もへぇ》は新助《しんすけ》に提案《ていあん》をもちかけた。

「もへぇは伝右衛門《でんえもん》の娘《むすめ》の一人《ひとり》と親《した》しくなって、連《つ》れまわしていると聞《き》くぞ」

「……では、人質《ひとじち》に？」

「それも良《い》いが、新助殿《しんすけどの》の命《いのち》と娘《むすめ》の命《いのち》を、繋《つな》げてはどうだ？」

「……相変《あいか》わらず、こちらの望《のぞ》む手《て》を次々《つぎつぎ》と打《う》ってくれますね、あなたは」

川上新助《かわかみしんすけ》が形《かたち》ばかりの疑《うたが》いを向《む》ける時《とき》は、自尊心《じそんしん》が満《み》たされている証拠《しょうこ》だ。

古庵《もへぇ》は心《こころ》の中《なか》でほくそ笑《え》み、気《き》を良《よ》くした新助《しんすけ》は中々落人《なかなかおちうど》の里《さと》に近《ちか》づこうとしなかった。


古庵《もへぇ》は、川上新助《かわかみしんすけ》と野中婉《のなかえん》の命《いのち》を繋《つな》げるために宿毛《すくも》へ跳《と》んだ。

時系列《じけいれつ》は、もへぇが七之助《しちのすけ》と天狗道場《てんぐどうじょう》に赴《おもむ》いたその日《ひ》の夜《よる》、婉《えん》と会話《かいわ》した直後《ちょくご》である。

あの後《あと》、この時間《じかん》のもへぇは熟睡《じゅくすい》してしまうので、古庵《もへぇ》は気楽《きらく》に行動《こうどう》できた。

ところで、突然《とつぜん》の登場《とうじょう》ながら、婉《えん》は驚《おどろ》かなかった。

椿姫《つばきひめ》が彼女《かのじょ》と茶飲《ちゃの》み友達《ともだち》となり、古庵《もへぇ》のことも話《はな》していたのだ。

「……二人《ふたり》は兄妹《きょうだい》か？」

少々ずれた質問に相変わらずだと思《おも》いながら、古庵《もへぇ》は術《じゅつ》をかける許可《きょか》を求《もと》めた。

婉《えん》は交換条件《こうかんじょうけん》を出《だ》してきた。

「訊《き》きたいことがある。父《ちち》の死《し》に関《かん》してだ」

かつて父親《ちちおや》の死《し》を病死《びょうし》と頑《かたく》なに主張《しゅちょう》していた彼女《かのじょ》だったが、内心《ないしん》は疑《うたが》っていたようだ。

「椿姫殿《つばきひめどの》は、そなたが時《とき》を自在《じざい》に行《ゆ》ける者《もの》だと自慢《じまん》していた。父《ちち》の死《し》も、あるいは――」

余計《よけい》なことを――、と内心《ないしん》ぼやきつつ、古庵《もへぇ》は正直《しょうじき》に打《う》ち明《あ》けた。

「――その時代《じだい》に跳《と》ぶ力《ちから》はもっていない。術《すべ》は知《し》っているが、行《い》くかどうかは未定《みてい》だ」

「……そうか。今知《いまし》らぬのであれば致《いた》し方《かた》なしだな」

「今夜《こんや》を最後《さいご》に椿姫共々《つばきひめともども》、二度《にど》と会《あ》うことはないだろう。邪魔《じゃま》をしたな」

手早《てばや》く命《いのち》を繋《つな》げる仙術《せんじゅつ》をかけ、椿姫《つばきひめ》を促《うなが》して、古庵《もへぇ》は萩原《はぎはら》の離《はな》れから立《た》ち去《さ》った。


その後《ご》も地道《じみち》な工作《こうさく》を続《つづ》け、お膳立《ぜんだ》てが整《ととの》った所《ところ》で、横倉山《よこくらやま》にある川上《かわかみ》の遺産《いさん》の場所《ばしょ》をもへぇはようやく川上新助《かわかみしんすけ》に教《おし》えた。

「先代《せんだい》の遺産《いさん》は『隠《かく》し家《が》』にある。さて、どうするかな？」

古庵《もへぇ》に質《ただ》され、新助《しんすけ》は目元《めもと》をピクリと、不満《ふまん》そうに動《うご》かした。

ここは、何処《どこ》とも知《し》れない洞穴《ほらあな》の中《なか》、闇《やみ》に鬼火《おにび》が舞《まい》う幽鬼《ゆうき》の世界《せかい》――。

と見《み》せかけて、鬼火《おにび》は可燃物《かねんぶつ》に火《ひ》をつけて、仙術《せんじゅつ》で飛《と》ばしているだけである。

「……土佐守《とさのかみ》と通《つう》じ、山犬《やまいぬ》や椿《つばき》の妖女《ようじょ》を従《したが》える。あなたは得体《えたい》が知《し》れませんね――」

新助《しんすけ》は毒《どく》づきながら、煙草《たばこ》の入《はい》った煙管《きせる》をフゥっと燻《くゆ》らして、話《はなし》を続《つづ》けた。

「――茂兵衛《もへえ》の倅《せがれ》や川上《かわかみ》の紛《まが》い者《もの》は、里《さと》の守《まも》りを固《かた》めてしまいましたよ。こちらの仕込《しこ》みが捗《はかど》ったことには感謝《かんしゃ》はしていますがね。捗《はかど》りすぎて気味《きみ》が悪《わる》いですよ」

新助《しんすけ》の疑念《ぎねん》に対《たい》し、古庵《もへえ》の隣《となり》で寛《くつろ》ぐ椿姫《つばきひめ》が口《くち》を挟《はさ》んだ。

「全《すべ》てが終《お》わればそちらの手柄《てがら》。川上《かわかみ》を名乗《なの》るまでの苦労《くろう》に比《くら》べれば容易《たやす》い範疇《はんちゅう》じゃろ?」

明《あき》らかな嫌味《いやみ》に新助《しんすけ》は不快《ふかい》な顔《かお》をしたが、椿姫《つばきひめ》は気《き》にも留《と》めず椿《つばき》の花《はな》を頬張《ほおば》り、鉄扇《てっせん》で咀嚼《そしゃく》する口元《くちもと》を隠《かく》しながら小気味《こきみ》よく忍《しの》び笑《わら》いをしたので、新助《しんすけ》は小《ち》さく舌打《したう》ちをすると、古庵《もへえ》に話《はなし》を切《き》り出《だ》した。

「遺産継承《いさんけいしょう》のための御助力《ごじょりょく》を賜《たまわ》りたい。まず川上市之丞《かわかみいちのじょう》――。次《つぎ》は落人《おちうど》の里《さと》――。最後《さいご》が日下茂兵衛《くさかもへえ》の倅《せがれ》――。あまり手《て》は汚《よご》したくないですからね。堅実《けんじつ》に遺産《いさん》を継《つ》ぎたいのです。椿姫《つばきひめ》と山犬《やまいぬ》を供《とも》につけて下《くだ》さいませんか?」

嫌味《いやみ》を含《ふく》めた横柄《おうへい》な態度《たいど》だったが、古庵《もへえ》は無言《むごん》でうなずいた。

「他《ほか》に要《い》るものは?」

新助《しんすけ》にとっては予想外《よそうがい》の言葉《ことば》だったようで、目《め》を細《ほそ》めて言葉《ことば》を濁《にご》した。

「……なぜ古庵殿は影に隠れて、表舞台《おもてぶたい》に出《で》ないのですか？」

「興味《きょうみ》があるなら調《しら》べると良《い》い。詮索《せんさく》されるのは大歓迎《だいかんげい》だ」

新助《しんすけ》は、古庵《こあん》の言葉《ことば》を聞《き》いて何《なに》やら算段《さんだん》を始《はじ》めたので、古庵《もへえ》はこう切《き》り出《だ》した。

「山《やま》の調《しら》べは進《すす》んだが、海《うみ》はまだ手薄《てうす》であろう？　手助《てだす》けをしよう」

「……先代《せんだい》が調《しら》べていた物《もの》に、心当《こころあた》たりがあるかのような口《くち》ぶりですね」

「影《かげ》に隠《かく》れている間《あいだ》に色々《いろいろ》調《しら》べた。魔《ま》を操《あやつ》る力《ちから》を込《こ》めた札《ふだ》を一枚《いちまい》、頂《いただ》けないだろうか？」

「……何故《なにゆえ》に？」

疑《うたが》ってかかる新助《しんすけ》に、古庵《もへえ》は臆《おく》することなく言《い》い返《かえ》した。

「手間《てま》を省《はぶ》いてやろうというのだ。公儀《こうぎ》に報告《ほうこく》する時《とき》には全《すべ》て自分《じぶん》の手柄《てがら》にして結構《けっこう》」

川上新助《かわかみしんすけ》はまた目《め》を細《ほそ》め、少《すこ》しの間《あいだ》、古庵《もへえ》を睨《にら》みつけていたが、やがて無言《むごん》で懐《ふところ》から呪《じゅ》符《ふ》を取《と》りだすと、二言三言《ふたことみこと》つぶやいて指先《ゆびさき》に出《だ》した種火《たねび》にサッと呪符《じゅふ》を燻《くゆ》らせ、呪詛《じゅそ》が文字《もじ》に炙《あぶ》り出《だ》されると、新助《しんすけ》は呪符《じゅふ》を素早《すばや》く振《ふ》って折鶴《おりづる》として、古庵《もへえ》に目《め》がけて勢《いきお》いよく投《な》げつけたが、古庵《もへえ》は難《なん》なく片手《かたて》で掴《つか》んで、皺一《しわひと》つない呪符《じゅふ》を掌《てのひら》に広《ひろ》げた。

「……では、近々《ちかぢか》、山犬《やまいぬ》と椿姫《つばきひめ》には、手伝《てつだ》って頂《いただ》きますよ」

そう言《い》い残《のこ》して、新助《しんすけ》は古庵《もへえ》たちの元《もと》から去《さ》って行《い》った。

「……あの表情《ひょうじょう》からして、動《うご》けぬ理由《りゆう》を急所《きゅうしょ》と睨《にら》んで、探《さぐ》ってくるぞ？」

そう言《い》いながら椿姫《つばきひめ》はゴクリと椿《つばき》の花《はな》を呑《の》みこみ、古庵《もへえ》は不愛想《ぶあいそう》に返《かえ》した。

「その急所《きゅうしょ》を突《つ》かれた処《ところ》で、何《なん》の影響《えいきょう》もない――」

古庵《もへえ》の興味《きょうみ》は受《う》け取《と》った呪符《じゅふ》に向《む》けられ、呪符《じゅふ》は古庵《もへえ》の掌《てのひら》で二枚四枚《にまいよんまい》と倍々《ばいばい》に増《ふ》えた。

「――じゃが、好《この》ましい事態《じたい》とは、ならぬのであろう？」

「ならぬな。一先《ひとま》ず、それなりに協力《きょうりょく》してやれ。川上新助《かわかみしんすけ》の操《あやつ》り方《かた》は理解《りかい》できたか？」

「望《のぞ》んだ通《とお》りに、事《こと》を進《すす》めてやれば、良《よ》いのじゃろ？　単純《たんじゅん》な奴《やつ》じゃ」

椿姫《つばきひめ》は、承知《しょうち》とばかりに、クククと笑《わら》った。

この後《あと》、川上新助《かわかみしんすけ》は横倉《よこくら》の社《やしろ》を襲撃《しゅうげき》し、武芸八《たけひろ》の策略《さくりゃく》で深手《ふかで》を負《お》う。

古庵《もへえ》は、新助《しんすけ》を回収《かいしゅう》する前《まえ》に、用事《ようじ》を二《ふた》つばかり済《す》ませることにした。

まず、本山《もとやま》の領内《りょうない》で毛利藤九郎《もうりとうくろう》を名乗《なの》る土佐守《とさのかみ》が、本山《もとやま》へ殴《なぐ》りこんだ時間帯《じかんたい》に跳《と》んだ。

この時間《じかん》のもへえは、山田町《やまだちょう》の牢屋内《ろうやない》で川上新助《かわかみしんすけ》と出会《であ》う直前《ちょくぜん》で、意識《いしき》は既《すで》にない。

武芸八《たけひろ》と交錯《こうさく》しないよう、彼《かれ》が場《ば》を離《はな》れた頃《ころ》を見計《みはか》らって、古庵《もへえ》は姿《すがた》を現《あらわ》した。

兎《うさぎ》の面《めん》をつけた藤九郎《とさのかみ》は縁側《えんがわ》に腰《こし》を掛《か》け、蜂蜜《はちみつ》を竹《たけ》べらで舐《な》めながら寛《くつろ》いでいた。

「あやつは元気《げんき》だな」

指《ゆび》を差《さ》された裏庭《うらにわ》の松林《まつばやし》を見《み》ると、赤鬼《あかおに》の一匹《いっぴき》が暴《あば》れており、金堀者《かなほりもの》や浪人者《ろうにんもの》、それに役人《やくにん》の侍《さむらい》たちを次々《つぎつぎ》と、軽々《かるがる》投《な》げ飛《と》ばしていた。

正門のある屋敷の反対側《はんたいがわ》も騒《さわ》がしく、赤鬼《あかおに》のもう一匹《いっぴき》が暴《あば》れているようである。

「日下茂平《くさかもへえ》にもらった、遺産報告書《いさんほうこくしょ》の写《うつ》し、譲《ゆず》ってくれないか？」

「……タダで譲《ゆず》れと？」

藤九郎《とさのかみ》は声色《こわいろ》を変《か》えず、蜂蜜《はちみつ》を舐《な》めているが、もう片方《かたほう》の手《て》は刀《かたな》に添《そ》えられている。

返答次第《へんとうしだい》では、問答無用《もんどうむよう》で斬《き》りかかるつもりらしい。

「茂平《もへえ》からタダでもらっただろう？　銭《ぜに》を払《はら》えとは言《い》わせないぞ――」

「――銭々《ぜにぜに》うるさい奴《やつ》だ。生《う》まれは、余《あま》り恵《めぐ》まれておらぬようだな」

金銭感覚《きんせんかんかく》が露呈《ろてい》したところで、正体《しょうたい》がバレるわけがない。

憮然《ぶぜん》としていると、藤九郎《とさのかみ》は報告書《ほうこくしょ》を無言《むごん》で縁側《えんがわ》に置《お》き、古庵《もへえ》は無言《むごん》でそれを手《て》にした。

「川上新助《かわかみしんすけ》は、土佐《とさ》に居《きょ》は構《かま》えぬのか？」

「公儀《こうぎ》に報告書《ほうこくしょ》を出《だ》して、富士《ふじ》の裾野《すその》に移《うつ》り住《す》む」

「霊力《れいりょく》にでも肖《あやか》るつもりか？」

藤九郎《とさのかみ》は笑《わら》い飛《と》ばしたが、古庵《もへえ》は笑《わら》わなかった。

転生《てんせい》して顔《かお》を合《あ》わせた時《とき》、川上新助《かわかみしんすけ》は書《か》き物《もの》をしていたが、どこで知《し》ったか内容《ないよう》は忍《しのぶ》の夫《おっと》だった、あの化《ば》け狐《ぎつね》と接触《せっしょく》する予定《よてい》の計画書《けいかくしょ》だったからだ。

「……そんなところだ」

古庵《もへぇ》は小《ちい》さく答《こた》えたが、藤九郎《とさのかみ》は気《き》にも留《と》めなかった。

「手《て》を回《まわ》した甲斐《かい》あって川上新助《かわかみしんすけ》は誰《だれ》からも金《かね》を強請《ゆす》れなかった。其方《そちら》が用立《ようだ》てたのか？」

……古庵《もへぇ》が黙《だま》っていると、藤九郎《とさのかみ》は軽《かる》くうなずいて言葉《ことば》を継《つ》いだ。

「感謝《かんしゃ》する。財政《ざいせい》は逼迫《ひっぱく》しておるからな。伝右衛門《でんえもん》の貯《たくわ》えも底《そこ》をついた——」

「——能道具一式《のうどうぐいっしき》を売《う》っても、足《た》しにできないのか？」

「実《じつ》は京《きょう》の骨董屋《こっとうや》で掴《つか》まされた贋作《がんさく》でな。二束三文《にそくさんもん》だ。半分田舎者《はんぶんいなかもの》をしておると勘《かん》が鈍《にぶ》る」

これが正《ただ》しいかは調《しら》べればわかるが、無駄《むだ》と感《かん》じた古庵《もへぇ》は、それ以上《いじょう》の詮索《せんさく》を止《や》めた。

「邪魔《じゃま》をしたな。では、例《れい》の場所《ばしょ》で落《お》ち合《あ》おう」

「うむ。待《ま》っておるぞ」

互《たが》いに言葉《ことば》を交《か》わして、古庵《もへぇ》は本山《もとやま》から立《た》ち去《さ》った。

そしてもう一《ひと》つの仕込《しこ》みをするため、今度《こんど》は未来《みらい》に跳《と》んだ。

やってきた時代《じだい》は享保年間《きょうほねんかん》——、遙《はる》か先《さき》、徳川吉宗《とくがわよしむね》が将軍《しょうぐん》の頃《ころ》である。

古庵《もへぇ》は土佐湾《とさわん》にいた。

海面近《かいめんちか》くに浮《う》かんで立《た》つと、人差《ひとさ》し指《ゆび》を山犬《やまいぬ》の牙《きば》で噛《か》み、血《ち》を一滴《いってき》、海中《かいちゅう》に落《お》とした。

すぐに大《おお》きな黒《くろ》い影《かげ》が、血《ち》に誘《さそ》われて浮《う》かび上《あ》がってきた。

波《なみ》しぶきをあげて巨体《きょたい》を現《あらわ》したのは、過去《かこ》のもへぇが取《と》りこむ古代《こだい》の巨大鮫《きょだいざめ》を模《かたど》った付《つく》喪神で、この付喪神は、いずれ古庵《もへえ》が創《つく》り出《だ》す存在《そんざい》である。

「過去《かこ》の俺《おれ》が取《と》りこんだのに未来《みらい》で健在《けんざい》ということは、創《つく》ってすぐ未来《みらい》に跳《と》ばす段取《だんど》りか」

軽《かる》く手順《てじゅん》を口《くち》にして整理《せいり》すると、古庵《もへえ》は血《ち》をもう一滴《いってき》、鮫《さめ》に向《む》けて投《な》げ散《ち》らした。

臭《にお》いに釣《つ》られた鮫《さめ》が口《くち》を開《あ》けた瞬間《しゅんかん》、時間《じかん》を止《と》めた古庵《もへえ》は鮫《さめ》の口《くち》の前《まえ》に歩《あゆ》み寄《よ》った。

川上新助《かわかみしんすけ》からもらって大量生産《たいりょうせいさん》した呪符《じゅふ》を、仙術《せんじゅつ》の力《ちから》で蝶《ちょう》の姿《すがた》に変《か》えて、鮫《さめ》の口《くち》の中《なか》に飛《と》び込《こ》ませつつ、鮫《さめ》に語《かた》りかけた。

「呪符《じゅふ》の数《かず》だけ海女《あま》さんを確保《かくほ》しろ。誰《だれ》でもという訳《わけ》じゃない。確保《かくほ》する基準《きじゅん》は未来《みらい》の俺《おれ》が伝《つた》えている筈《はず》だ。忠実《ちゅうじつ》に実行《じっこう》しろ。確保《かくほ》が済《す》んだら元禄《げんろく》の時代《じだい》に跳《と》んで前田六郎太郎《まえだろくろうたろう》を回収《かいしゅう》して来《こ》い。それから貞享《じょうきょう》の時代《じだい》に行《い》くんだ。分《わ》かったな？」

付喪神《つくもがみ》である鮫《さめ》に厳命《げんめい》してから、古庵《もへえ》は止《と》めた時間《じかん》を元《もと》に戻《もど》した。

鮫《さめ》は返事《へんじ》の代《か》わりに両顎《りょうあご》に生《は》えた人間《にんげん》の腕《うで》を動《うご》かし、再《ふたた》び海中《かいちゅう》に潜《もぐ》って消《き》えて行《い》った。

「では、種親《たねおや》を助《たす》けに行《い》くか」

古庵《もへえ》は、自分《じぶん》に言《い》い聞《き》かせて過去《かこ》に戻《もど》った。

武芸八《たけひろ》の策《さく》に嵌《は》まり、爆発《ばくはつ》に巻《ま》きこまれた川上新助《かわかみしんすけ》を救《すく》った時《とき》、新助《しんすけ》は重症《じゅうしょう》だった。

古庵《もへえ》は新助《しんすけ》を、大木《たいぼく》の切《き》り株《かぶ》にできた洞《うろ》の中《なか》に安置《あんち》した。

暗《くら》く、ひんやりした場所《ばしょ》で、天井《てんじょう》は仄《ほの》かに明《あか》るく、周囲《しゅうい》から水音《みずおと》が絶《た》え間《ま》なく聞《き》こえた。

ここは土佐《とさ》の山中《さんちゅう》で、辺《あた》り一帯《いったい》は藩《はん》の所有林《しょゆうりん》であるが、嘗《かつ》て伝右衛門《でんえもん》の養父《ようふ》が藩《はん》の財政《ざいせい》を立《た》て直《なお》すために古木《こぼく》を大量《たいりょう》に伐採《ばっさい》し、数十年《すうじゅうねん》を経《へ》た今《いま》でも、樹勢《じゅせい》が回復《かいふく》していない。

昏睡状態《こんすいじょうたい》の川上新助《かわかみしんすけ》に古庵《もへぇ》は術《じゅつ》をかけ、蟲《むし》の集合体《しゅうごうたい》から人《ひと》の体《からだ》に変化《へんげ》させた。

仙人《せんにん》は仙術《せんじゅつ》の習得《しゅうとく》が必要《ひつよう》なく、使《つか》いたい術《じゅつ》を頭《あたま》に想像《そうぞう》するだけで、その術《じゅつ》が使《つか》える。

数日経《すうじつた》って、川上新助《かわかみしんすけ》は意識《いしき》を取《と》り戻《もど》した。

「気分《きぶん》はどうだ？」

覗《のぞ》きこんだ古庵《もへぇ》に、新助《しんすけ》は怒《いか》りに任《まか》せて掴《つか》みにかかったが、腕《うで》は虚《むな》しく空《くう》を切《き》った。

「動《うご》いては駄目《だめ》だ。体《からだ》が人《ひと》の肉《にく》になる途中《とちゅう》だからな」

言葉《ことば》を裏付《うらづ》けるようにふりまわした新助《しんすけ》の指《ゆび》はボロボロ崩《くず》れて蟲《むし》に変《か》わったが、新助《しんすけ》は自身《じしん》の指《ゆび》のことより、体《からだ》の秘密《ひみつ》を知《し》られたことに動揺《どうよう》しているようだった。

「蟲《むし》から人《ひと》に転《てん》じる術《じゅつ》を施《ほどこ》した。……望《のぞ》みが叶《かな》うまで、後少《あとすこ》しだな」

「……頼《たの》んでいませんよ――」

「――川上市之丞《かわかみいちのじょう》の体《からだ》を乗《の》っ取《と》られると、困《こま》るのでな」

「……あなたは一体誰《いったいだれ》です？」

新助《しんすけ》の問《と》いかけに、古庵《もへぇ》はわざと山犬《やまいぬ》の力《ちから》を解《と》いて、もへぇの素顔《すがお》をさらした。

ご丁寧《ていねい》に髪《かみ》の色《いろ》も、当時《とうじ》のものに戻《もど》した。

「――まさか、そんな⁉」

もへぇは笑《え》みを浮《う》かべて、言葉《ことば》を吐《は》き出《だ》した。

「葛籠《つづら》に爆破《ばくは》の仕掛《しか》けを施《ほどこ》したのは、おまえの先代《せんだい》だ。川上《かわかみ》の名《な》は相伝《そうでん》らしいな？」

一族《いちぞく》でしか知《し》りえない情報《じょうほう》に驚《おどろ》く新助《しんすけ》を面白《おもしろ》がるように、もへぇは話《はなし》を続《つづ》けた。

「やり方《かた》は先代《せんだい》と当代候補《とうだいこうほ》が飢《う》えたまま互《たが》いを貪《むさぼ》り、最後《さいご》は身一《みひと》つとなって意識《いしき》を保《たも》った方《ほう》が支配《しはい》する。記憶《きおく》も引《ひ》き継《つ》がれるというわけだ」

「……どこでそれを？」

「調《しら》べた。先代《せんだい》は死《し》ぬと解《わか》ったから、仕掛《しか》けを施《ほどこ》し、一矢報《いっしむく》いたのさ」

蟲《むし》の一匹《いっぴき》を摘《つ》まみ、目《め》の前《まえ》で潰《つぶ》して見《み》せると新助《しんすけ》は顔《かお》を歪《ゆが》め、苦痛《くつう》の音《ね》を上《あ》げた。

「やはり、まだ完全《かんぜん》ではないな。もっと休《やす》まねば――」

脂汗《あぶらあせ》を流《なが》し、荒《あら》く息《いき》をする新助《しんすけ》の傍《かたわ》らで、もへぇは先代《せんだい》の報告書《ほうこくしょ》の翻訳版《ほんやくばん》を置《お》いた。

「川上《かわかみ》の遺産《いさん》を、馬鹿《ばか》のおまえでも解《わか》るようにした物《もの》だ。記念《きねん》にやろう――」

「――一体《いったい》なんのつもりです？」

「利害《りがい》の一致《いっち》だよ。人《ひと》の体《からだ》を手《て》に入《い》れて伝右衛門《でんえもん》の遺産《いさん》を突《つ》き止《と》める。遺産《いさん》をネタに城《しろ》を強請《ゆす》り、今《いま》の仕事《しごと》を辞《や》めて人《ひと》の地位《ちい》を築《きず》く。中々《なかなか》、良《よ》い人生設計《じんせいせっけい》だと思《おも》ってな。疑《うたが》うなら、仙術《せんじゅつ》を使《つか》って、翻訳版《ほんやくばん》が譲《ゆず》られた経緯《けいい》を辿《たど》ってみれば良《い》い。ほら、金《かね》も用意《ようい》したぞ」

もへぇは御用船《ごようせん》の所在《しょざい》など都合《つごう》の悪《わる》い情報《じょうほう》は伏《ふ》せ、目《め》の前《まえ》に自腹《じばら》の千両箱《せんりょうばこ》を置《お》いた。

義賊活動《ぎぞくかつどう》でコツコツ貯《た》めた、全財産《ぜんざいさん》である。

「もう伝右衛門《でんえもん》の遺産《いさん》も要《い》らないだろう。後《あと》は土佐《とさ》を出《で》るだけだ」

もへぇの言葉《ことば》に新助《しんすけ》は恐《おそ》れを抱《いだ》きつつ、正体《しょうたい》を測《はか》りかねているようだった。

「……日下茂平《くさかもへえ》と桑名古庵《くわなこあん》、どちらが本当《ほんとう》の、あなたなのです？」

「どちらも本物《ほんもの》さ。茂平《もへえ》が役者《やくしゃ》で古庵《こあん》が裏方《うらかた》だ。裏方《うらかた》は表舞台《おもてぶたい》には立《た》たない」

前《まえ》に訊《き》かれた質問《しつもん》に答《こた》えてから、もへぇは爆発《ばくはつ》で回収《かいしゅう》されていた煙管《きせる》を傍《かたわ》らに置《お》いた。

保管《ほかん》していた武芸八《たけひろ》から譲《ゆず》りうけたのだ。

山犬《やまいぬ》の力《ちから》を再《ふたた》び発動《はつどう》して古庵《もへえ》になると、新助《しんすけ》を挑発《ちょうはつ》した。

「近々《ちかぢか》、日下茂平《くさかもへえ》という男《おとこ》は消《け》すことにする。わざと捕縛《ほばく》され、首《くび》を刎《は》ねられる予定《よてい》だ。

気《き》が向《む》いたら山田町《やまだちょう》の牢屋《ろうや》にでも見送《みおく》りに来《く》てくれ――」

そう告《つ》げて立《た》ち去《さ》ろうとした古庵《もへえ》に、川上新助《かわかみしんすけ》は追《お》いすがった。

「――待《ま》ちなさい！　話《はなし》はまだ――」

その時《とき》、口《くち》から蚕《かいこ》のような糸《いと》が吹《ふ》き出《だ》し、瞬《また》く間《ま》に新助《しんすけ》の体《からだ》は繭《まゆ》に包《つつ》まれてしまった。

古庵《もへえ》は軽《かる》く繭《まゆ》を足《あし》で叩《たた》くと、宙《ちゅう》に浮《う》かんで消《き》え去《さ》った。

後《のち》に山田町《やまだちょう》の牢屋《ろうや》にて、土佐《とさ》を出《で》る新助《しんすけ》ともへぇが出会《であ》った時《とき》、新助《しんすけ》と話《はなし》をしたのは転生後の古庵の言葉だったというのは、言《い》うまでもないことである。

古庵《もへえ》は椿姫《つばきひめ》のいるところに向《む》かい、足元《あしもと》の水《みず》たまりに仙術道具《せんじゅつどうぐ》の『映《うつ》し油《あぶら》』を垂《た》らし、川上新助《かわかみしんすけ》の復活《ふっかつ》と、これからの手順《てじゅん》を説明《せつめい》した。

「復活《ふっかつ》すると復讐《ふくしゅう》を始《はじ》める。まず落人《おちうど》の里《さと》を襲《おそ》う。おまえを利用《りよう》してくるだろう。山犬《やまいぬ》共々《ともども》、形《かたち》ばかりの協力《きょうりょく》をしてやってくれ。次《つぎ》に過去《かこ》の俺《おれ》との決着《けっちゃく》だが――」

もへぇは、椿姫《つばきひめ》を転生《てんせい》させた、『土偶転生《どぐうてんせい》の術《じゅつ》』の説明《せつめい》を始《はじ》めた。

「――この術《じゅつ》は人《ひと》の生気《せいき》を吸《す》って土《つち》を人《ひと》の体《からだ》に変《か》える。過去《かこ》の俺《おれ》との戯《たわむ》れで人《ひと》の体《からだ》を大方《おおかた》取《と》り戻《もど》したことだろう。過去《かこ》の俺《おれ》は豊永郷《とよながごう》にいるが、落人《おちうど》の里《さと》へ移動《いどう》するから決着《けっちゃく》はそこでつけるといい」

椿姫《つばきひめ》は知恵熱《ちえねつ》を出《だ》しながらも、フムフムとうなずき、最後《さいご》に訊《たず》ねてきた。

「では妾《わらわ》は手始《てはじ》めに、生《う》まれ変《か》わった新助《しんすけ》のおる森《もり》の洞《うろ》に行《ゆ》けばよいのじゃな？」

「そうだ。場所《ばしょ》には後《あと》で跳《と》ばす。川上新助《かわかみしんすけ》は警戒《けいかい》して、人形《ひとかた》を身代《みがわ》わりに別行動《べっこうどう》を取《と》るが、騙《だま》されたふりをしろ。過去《かこ》の俺《おれ》との決着《けっちゃく》は本気《ほんき》でやれ。想像以上《そうぞういじょう》に強《つよ》くなっているぞ」

説明《せつめい》を終《お》えると古庵《もへえ》は椿姫《つばきひめ》を川上新助《かわかみしんすけ》が復活《ふっかつ》する時間《じかん》に跳《と》ばし、自身《じしん》は豊永郷《とよながごう》に跳《と》んだ。

豊永郷《とよながごう》の天狗岳《てんぐだけ》には川姫《かわひめ》と芝天狗《しばてんぐ》の義姉妹《ぎきょうだい》がいて、古庵《もへえ》の姿《すがた》にも驚《おどろ》かず、すぐに市之丞《いちのじょう》を呼《よ》ぶという、機転《きてん》の良《よ》さを見《み》せてくれた。

「……あなたが桑名古庵《くわなこあん》か」

市之丞《いちのじょう》は警戒《けいかい》しつつも、二人《ふたり》のモノノ怪《け》に倣《なら》い、大人《おとな》しくその場《ば》に座《すわ》った。

古庵《もへえ》は市之丞《いちのじょう》に川上新助《かわかみしんすけ》が落人《おちうど》の里《さと》を襲撃《しゅうげき》することを伝《つた》え、姉妹《しまい》に対《たい》しては川上新助《かわかみしんすけ》が人間《にんげん》の体《からだ》になりつつあることを伝《つた》えた。

「……他《ほか》に、何《なに》か訊《き》きたいことはあるか？」

市之丞《いちのじょう》にそう振《ふ》ってみたが、首《くび》を横《よこ》に振《ふ》って拒否《きょひ》された。

「訊《たず》ねても、はぐらかすだけでしょう。これで失礼《しつれい》しますよ」

市之丞《いちのじょう》が足早《あしばや》に去《さ》り、少《すこ》しばかりの沈黙《ちんもく》の後《あと》で、小袖姿《こそですがた》の川姫《かわひめ》が口《くち》を開《ひら》いた。

「忍様《しのぶさま》が、御目覚《おめざ》めになったのですね？」

続《つづ》けて修験服《しゅげんふく》の芝天狗《しばてんぐ》が、悔《くや》しそうな顔《かお》をした。

「羨《うらや》ましいのぅ。子育《こそだ》てまで任《まか》されるとは――」

「――こっちはうんざりだがな。取引《とりひき》だから仕方《しかた》ないが」

「おまえという奴《やつ》は、何《なん》と無礼《ぶれい》な――」

芝天狗《しばてんぐ》が反発《はんぱつ》するのを、川姫《かわひめ》が小声《こごえ》で諌《いさ》めた。

「――だからこそ、この方《かた》を選《えら》んだのでしょうね。そういう方《かた》ですから、忍様《しのぶさま》は」

「これだけは所望《しょもう》するぞ。忍様《しのぶさま》の御子《おこ》らを、一度《いちど》はここに連《つ》れて来《こ》い。よいな？」

「心得たから、過去《かこ》の俺《おれ》に、八《や》つ当《あ》たりだけはしないでくれよ」

約束《やくそく》を交《か》わして、古庵《もへえ》は椿姫《つばきひめ》が過去《かこ》の自分《じぶん》と決着《けっちゃく》を終《お》えた直後《ちょくご》の仁淀川《によどがわ》に跳《と》んだ。

跳《と》んだ瞬間《しゅんかん》、古庵《もへえ》は違和感《いわかん》に襲《おそ》われた。

視線《しせん》や意識《いしき》が分散《ぶんさん》して、いくつもの場所《ばしょ》から見《み》られているような気分《きぶん》になったのだ。

上空《じょうくう》を見《み》ると、かつて想《おも》い人《びと》を救《すく》った在《あ》りし日《ひ》の姿《すがた》があり、視線《しせん》を戻《もど》して振《ふ》り返《かえ》ると、椿姫《つばきひめ》と決着《けっちゃく》をつけた転生前《てんせいまえ》の姿《すがた》があり、古庵《もへえ》と目《め》が合《あ》うと察《さっ》していたような顔《かお》をした。

「……あんたは最初《さいしょ》にこう言《い》った。覚《おぼ》えてるか？　未来《みらい》の俺《おれ》だと」

過去《かこ》の自分《じぶん》の言葉《ことば》に、古庵《もへえ》は言葉《ことば》で答《こた》える代《か》わりに二枚《にまい》の御札《おふだ》を取《と》り出《だ》して見《み》せた。

椿姫《つばきひめ》の首《くび》と妖花《あやかしばな》を封印《ふういん》した御札《おふだ》は、やや草臥《くたび》れていた。

「同《おな》じ時《とき》の流《なが》れの中《なか》で同《おな》じ者同士《ものどうし》が出会《であ》うと、力《ちから》が反発《はんぱつ》して良《よ》くないことが起《お》こり易《やす》い。俺《おれ》は過去《かこ》の自分《じぶん》と接触《せっしょく》を避《さ》け、おまえの意識《いしき》がない時《とき》だけ動《うご》いた。しかしだ――」

古庵《もへえ》は上空《じょうくう》にいる、さらに過去《かこ》のもへぇを指差《ゆびさ》した。

「三人《さんにん》いれば何《なん》とやらだ。過去《かこ》のおまえに感謝《かんしゃ》するんだな」

「あの土人形《つちにんぎょう》を助《たす》けるのか？　今更何《いまさらなん》の価値《かち》があるんだ？」

……古庵《もへえ》が何《なに》も答《こた》えずにいると、過去《かこ》の自分《じぶん》が疲労《ひろう》で気《き》を失《うしな》ったので、古庵《もへえ》は気絶《きぜつ》した自分《じぶん》を『転送術《てんそうじゅつ》』で元《もと》の時代《じだい》に送《おく》り返《かえ》した。

そして椿姫《つばきひめ》の躯《むくろ》に御札二枚《おふだにまい》を投入《とうにゅう》して『転生術《てんせいじゅつ》』を唱《とな》えて、躯《むくろ》の真下《ました》の地面《じめん》から転生《てんせい》した椿姫《つばきひめ》の身体《からだ》を、黒猫《くろねこ》と共《とも》に引《ひ》き摺《ず》り出《だ》した。

「寒《さむ》くて敵《かな》わぬのぅ」

「元気《げんき》そうで何《なに》よりだ」

軽口《かるくち》を叩《たた》きあった後《あと》、古庵《こあん》は椿姫《つばきひめ》と黒猫《くろねこ》を連《つ》れて、別《べつ》の場所《ばしょ》と時代《じだい》に跳《と》んだ。

跳《と》んだ場所《ばしょ》は、後《のち》に川上新助《かわかみしんすけ》が住《す》みつく場所《ばしょ》の近《ちか》くにある、大《おお》きな神社《じんじゃ》だった。

椿姫《つばきひめ》は普通《ふつう》の女性《じょせい》に見《み》え、着物《きもの》を羽織《はお》って黒猫《くろねこ》を抱《かか》えた。

「話《はなし》はつけてある。ここの神官《しんかん》の養女《ようじょ》におまえはなる。名前《なまえ》は親《おや》になる奴《やつ》につけてもらえ」

「……川上新助《かわかみしんすけ》は、本当《ほんとう》にここへ来《く》るのか？」

「来《く》る。金《かね》を得《え》ると次《つぎ》は力《ちから》と地位《ちい》を求《もと》める。富士《ふじ》の地下《ちか》にいる化《ば》け狐《ぎつね》と、地元《じもと》で有力《ゆうりょく》なこの神官《しんかん》の家《いえ》は格好《かっこう》の餌《えさ》だ。新助《しんすけ》は名《な》を変《か》えてくるだろうが、あの顔《かお》は忘《わす》れようがないさ。向《む》こうはおまえの顔《かお》を知《し》らない。如来像《にょらいぞう》のように澄《す》ましていれば良《い》い。それと――」

古庵《もへぇ》は指《ゆび》を鳴《な》らして山犬《やまいぬ》の君《きみ》を呼《よ》び出《だ》した。

「――お目付《めつ》け役《やく》だ。過去《かこ》の俺《おれ》が転生《てんせい》して来《く》るまでのな」

「しかし妾《わらわ》と新助《しんすけ》が交《まじ》わると、おぬしが生《う》まれてくるというのは不思議《ふしぎ》な話《はなし》じゃな」

「おまえたちには其々《それぞれ》、俺《おれ》を形《かたち》づくる素《もと》を仕込《しこ》んである。川上新助《かわかみしんすけ》の運命《うんめい》も固定《こてい》させた。

どう転んでも、俺専用《おれせんよう》の体《からだ》が生《う》まれてくるのさ。じゃあな」

そう言《い》って、古庵《もへえ》は椿姫《つばきひめ》と山犬《やまいぬ》の君《きみ》に別《わか》れを告《つ》げた。

『時《とき》の淀《よど》み』にて、もへぇに戻《もど》ると、いよいよ自分《じぶん》の時間《じかん》を進《すす》めることにした。

御用船沈没《ごようせんちんぼつ》と、父親《ちちおや》が伝右衛門《でんえもん》を殺害《さつがい》したのか否《いな》か、確《たし》かめるためだ。

まるで頃合《ころあ》いを見計《みはか》らったかのように、武芸八《たけひろ》も姿《すがた》を現《あらわ》した。

恐《おそ》らくこれから、もへぇが見《み》る事《こと》も、することも、全《すべ》て分《わ》かっているのだろう。

「お疲《つか》れさま。僕《ぼく》も一通《ひととお》り、穴埋《あなう》めはしたつもりだよ」

「そうか。……伝右衛門《でんえもん》や親父《おやじ》が生《い》きていた時代《じだい》に、俺《おれ》を跳《と》ばしてくれないか？」

「……心構《こころがま》えは、できているのかい？」

「悩《なや》んでも仕方《しかた》ない。まだ鱶《ふか》の仕込《しこ》みも残《のこ》っているんだ。避《さ》けては通《とお》れないさ」

もへぇの言葉《ことば》に深《ふか》く頷《うなず》いた武芸八《たけひろ》は、伝右衛門《でんえもん》の時代《じだい》に、もへぇを跳《と》ばした。

史実を語るミニコーナー

椿姫の解説

椿姫は高知県幡多郡三原村に伝わる伝説上の人物ですが、本作では３人の椿姫が登場します。

もへぇと敵対する椿姫は江戸時代の土佐藩の文献に登場する加賀国（石川県南部）出身の『花喰い女』のお話が基で、椿姫でも化物でもなく、人間の女性として登場します。

一方、中盤で登場する２人の椿姫は、三原村の椿姫伝説に基づいていて、芝天狗と呼ばれる椿姫は、室町時代に高知県西部を支配した公家大名の一条房家の娘で、母親が椿の実を食べた夢を見た後に生まれ椿姫と名付けられましたが、早世したので三原村の皆尾（みなお）という場所に埋葬されました。

椿姫

川姫と呼ばれる椿姫は、戦国時代に高知県四万十市敷地一帯を治めた民部藤康（みんぶふじやす）の娘で、一族が戦乱に巻き込まれて三原村へ避難するも、一族の滅亡を知って自害し、三原村の狼内（おおかみうち）集落に神社が建てられました。しかし当初、彼女は椿姫とは呼ばれてはいなかったそうです。

もへぇ、向《む》き合《あ》う

室津沖《おき》で船《ふね》の遭難《そうなん》が起《お》こってから、まだ一刻《いっとき》——、三十分《さんじゅっぷん》も経《た》っていなかった。

時《とき》は、年末《ねんまつ》に正保《しょうほう》へ元号《げんごう》が変《か》わる寛永最後《かんえいさいご》の秋《あき》、真夜中《まよなか》、子《ね》の正刻《じょうこく》——、午前《ごぜん》0時《じ》。

爆弾低気圧《ばくだんていきあつ》で、海《うみ》は時化《しけ》となり、船《ふね》は沈《しず》んで浜《はま》に座礁《ざしょう》していた。

風雨《ふうう》の中《なか》、浦人《うらびと》らは松明《たいまつ》を片手《かたて》に、打《う》ち揚《あ》げられた遺体《いたい》を、懸命《けんめい》に収容《しゅうよう》していた。

もへぇは、その光景《こうけい》を空《そら》から見守《みまも》りながら、生存者《せいぞんしゃ》を鷲《わし》の眼力《がんりき》で探《さが》していた。

捕《とら》えて記憶《きおく》を遡《さかのぼ》れば、誰《だれ》が工作《こうさく》を命《めい》じたか、判明《はんめい》するからだ。

やがて浦人《うらびと》たちの目《め》を掻《か》いくぐり、任務《にんむ》を全《まっと》うしようとする、一人《ひとり》の男《おとこ》の姿《すがた》を捉《とら》えた。

服装《ふくそう》は漁民《ぎょみん》や農民《のうみん》のそれだが、動作《どうさ》が機敏《きびん》で土佐《とさ》に潜入《せんにゅう》した川上新助《かわかみしんすけ》によく似《に》ていた。

集落《しゅうらく》の狭《せま》い路地《ろじ》を抜《ぬ》けようとする男《おとこ》の前《まえ》に、もへぇは突如姿《とつじょすがた》を現《あらわ》して立《た》ち塞《ふさ》がった。

この時代《じだい》、過去《かこ》のもへぇは存在《そんざい》しないので、姿《すがた》を変《か》える必要《ひつよう》はない。

もへぇは金縛《かなしば》りで、あっと言《い》う間《ま》に男《おとこ》の動《うご》きを封《ふう》じて近《ちか》づこうとしたが、視線《しせん》を感《かん》じて後《うし》ろを振《ふ》り返《かえ》ると、笠《かさ》を被《かぶ》って油紙《あぶらがみ》を包《つつ》んだ刀《かたな》を担《かつ》ぐ合羽姿《かっぱすがた》の男《おとこ》が此方《こちら》を睨《にら》んでいた。

視線《しせん》が逸《そ》れて金縛《かなしば》りが緩《ゆる》んだ隙《すき》に、生存者《せいぞんしゃ》の男《おとこ》は高《たか》く跳《と》んで屋根伝《やねづた》いに逃《のが》れようとした。

もへぇが再度動《さいどうご》きを封《ふう》じようと視線《しせん》を戻《もど》した時《とき》、その男《おとこ》は地面《じめん》へ落下《らっか》する直前《ちょくぜん》であり、倒《たお》れた首後《くびうし》ろには、刀《かたな》に常備《じょうび》された『小柄《こづか》』と呼《よ》ばれる小刀《こがたな》が刺《さ》さり、絶命《ぜつめい》していた。

もへぇは再《ふた》び後《うし》ろを振《ふ》り返《かえ》ったが、合羽姿《かっぱすがた》の男《おとこ》は、既《すで》に消《き》えていた。

翌朝、合羽姿の男《おとこ》は、何食《なにく》わぬ顔《かお》で改修中《かいしゅうちゅう》の室津港《むろつこう》にいた。

陣頭指揮《じんとうしき》を執《と》りつつ、座礁船《ざしょうせん》を縄《なわ》で固定《こてい》させて流《なが》されないよう対策《たいさく》を施《ほどこ》し、遺体《いたい》の目録《もくろく》を作《つく》った上《うえ》で墓《はか》の用地《ようち》を早急《さっきゅう》に確保《かくほ》させるなど、浦人《うらびと》たちに指示《しじ》を次々《つぎつぎ》と出《だ》していた。

会話《かいわ》の流《なが》れを鷲《わし》の聴力《ちょうりょく》で聴《き》きながら、もへぇは男《おとこ》が伝右衛門《でんえもん》なのだと把握《はあく》した。

野中伝右衛門《のなかでんえもん》は、室津港《むろつこう》の改修状況《かいしゅうじょうきょう》の視察《しさつ》をするために、此処《ここ》へ来《き》ていたのだ。

……さて、どう対面《たいめん》してやろうか
もへぇは考《かんが》えながら、昨晩絶命《さくばんぜつめい》した男《おとこ》の首《くび》を抱《かか》えて、指《ゆび》を頭《あたま》の中《なか》に突《つ》き入《い》れていた。

師匠《ししょう》である天狗夫妻《てんぐふさい》から、人間《にんげん》の頭《あたま》は微弱《びじゃく》な雷《かみなり》で動《うご》いていると教《おし》えられていたので、雷《かみなり》を送《おく》りこんで、男《おとこ》の記憶《きおく》を読《よ》み取《と》ろうとしたのだ。

死亡直後《しぼうちょくご》に首《くび》を刈《か》り、雷《かみなり》を送《おく》り続《つづ》けたこともあって、記憶《きおく》を取《と》りだすことはできた。

前田六郎《まえだろくろう》が推測《すいそく》した通《とお》り、船《ふね》を用立《ようだ》て隠密《おんみつ》たちを派遣《はけん》したのは領土問題《りょうどもんだい》で土佐国《とさのくに》と対立《たいりつ》していた隣国《りんごく》の藩《はん》で、船《ふね》は参勤交代《さんきんこうたい》に用《もち》いた物《もの》を払《はら》い下《さ》げた、片道切符《かたみちきっぷ》だったようだ。

潜入《せんにゅう》した土佐《とさ》で情報収集《じょうほうしゅうしゅう》と破壊活動《はかいかつどう》を行《おこな》い、混乱《こんらん》を起《お》こした上《うえ》で領土問題《りょうどもんだい》を有利《ゆうり》に進《すす》める腹《はら》だったようで、西《にし》の足摺岬《あしずりみさき》でなく東《ひがし》の室戸岬側《むろとみさきがわ》からわざわざ遠回《とおまわ》りしたのは、かつて伝右衛門《でんえもん》の養父《ようふ》が仕出《しで》かした吉野川《よしのがわ》への木材大量流出事件《もくざいたいりょうりゅうしゅつじけん》で険悪《けんあく》となっていた諸藩《しょはん》の協力《きょうりょく》を得《え》て補給《ほきゅう》を受《う》けるためで、土佐《とさ》は四国《しこく》の三方《さんぽう》を敵《てき》に回《まわ》していたらしい。

結局《けっきょく》、上陸《じょうりく》をするとなった時《とき》に神風《かみかぜ》ならぬ爆弾低気圧《ばくだんていきあつ》に遭遇《そうぐう》したのだが、その前《まえ》から工作《こうさく》する藩内《はんない》で利害対立《りがいたいりつ》が起《お》こって、情報収集《じょうほうしゅうしゅう》するか破壊工作《はかいこうさく》をするかで折合《おりあい》がつかず、両案採用《りょうあんさいよう》で目的《もくてき》を増《ふ》やしたため、大型船《おおがたせん》を用意《ようい》する羽目《はめ》になったという工作側《こうさくがわ》のお粗末《そまつ》さも影響《えいきょう》した形《かたち》となったようである。

太平《たいへい》の世《よ》を実感《じっかん》して、もへぇは男《おとこ》の頭《あたま》に挿入《そうにゅう》していた指《ゆび》を、ポンと引《ひ》き抜《ぬ》いた。

港《みなと》からほど近《ちか》く、土佐守《とさのかみ》が江戸《えど》へ参勤《さんきん》する時《とき》に、宿泊《しゅくはく》することもある陣屋《じんや》があった。

伝右衛門《でんえもん》はそこに滞在《たいざい》して、室津港《むろつこう》の工事《こうじ》に関《かん》する事柄《ことがら》を、日記《にっき》に書《か》いていた。

陣屋近《じんやちか》くの小高《こだか》い場所《ばしょ》には、将来《しょうらい》、娘《むすめ》の婉《えん》が御忍《おしの》びで宿泊《しゅくはく》する寺《てら》がある。

だが伝右衛門《でんえもん》は、儒教《じゅきょう》に傾倒《けいとう》して仏教《ぶっきょう》である寺院《じいん》を避《さ》け、この寺《てら》には泊《と》まらなかった。

どれくらい時《とき》が流《なが》れたか、机脇《つくえわき》に置《お》かれた燭台《しょくだい》の、火《ひ》の揺《ゆ》らめきがピタリと止《と》まった。

異変《いへん》は察《さっ》しただろうが、伝右衛門《でんえもん》は筆《ふで》を休《やす》めず、日記《にっき》を書《か》く作業《さぎょう》を続《つづ》けていた。

部屋《へや》の片隅《かたすみ》では、もへぇが片膝《かたひざ》を立《た》てて座《すわ》っていた。

視界内《しかいない》にいるのだから、気《き》がついているはずだが、伝右衛門《でんえもん》はわざと無視《むし》している。

理由《りゆう》を知《し》るべく、もへぇは伝右衛門《でんえもん》の過去《かこ》を探《さぐ》ってみた。

指《ゆび》で作《つく》った二匹《にひき》の狐耳《きつねみみ》を組《く》み合《あ》わせた『狐《きつね》の窓《まど》』から、伝右衛門《でんえもん》の姿《すがた》を覗《のぞ》いた。

土佐守《とさのかみ》と違《ちが》って伝右衛門《でんえもん》には仙術《せんじゅつ》が使《つか》えたので、仙術《せんじゅつ》の存在《そんざい》を信《しん》じているようである。

伝右衛門は若かりし頃、領地だった本山《もとやま》の土居《どい》に滞在中《たいざいちゅう》、とあるモノノ怪《け》と邂逅《かいこう》した。

武芸八《たけひろ》が家来《けらい》にしている勘之丞《かんのじょう》のような大男《おおおとこ》だったが、土佐守《とさのかみ》とつるんでいる赤鬼《あかおに》とは違《ちが》い、まっ白《しろ》な体《からだ》の色《いろ》をしていたらしい。

遭遇《そうぐう》した農民《のうみん》が伝右衛門《でんえもん》のところに連《つ》れて来《き》たが、モノノ怪《け》は終始無言《しゅうしむごん》で、伝右衛門《でんえもん》がいくら問《と》い質《ただ》しても無反応《むはんのう》だったが、暴《あば》れる素振《そぶ》りもなかったので伝右衛門《でんえもん》はモノノ怪《け》を解放《かいほう》し、以後《いご》、モノノ怪《け》は姿《すがた》を見《み》せなかった。

未知《みち》の存在《そんざい》には関《かか》わらない――、というのが伝右衛門《でんえもん》の信条《しんじょう》となったらしい。

これを踏《ふ》まえて、もへぇはどう自己紹介《じこしょうかい》するか、考《かんが》えた。

武芸八《たけひろ》によれば、本物《ほんもの》の古庵《こあん》はこの頃入牢《ころにゅうろう》したばかりらしい。

余計《よけい》な誤解《ごかい》を与《あた》えてはマズイと、潔《いさぎよ》く、本名《ほんみょう》を名乗《なの》ることにした。

「俺《おれ》は、もへぇという者《もの》だ。あんたと話《はなし》をしに来《き》たが、あんたにその気《き》はないようだな」

相変《あいか》わらず、伝右衛門《でんえもん》は無言《むごん》だった。

「……昨夜《ゆうべ》の投擲術《とうてきじゅつ》、あれは正雪流《しょうせつりゅう》だろ？　武芸八《たけひろ》さんに教《おそ》わったのか？」

今度《こんど》は何《なに》か言《い》う素振《そぶ》りを見《み》せたが、結局《けっきょく》は黙《だま》ってしまった。

しかしこの動揺《どうよう》は大《おお》きな収穫《しゅうかく》で、野中伝右衛門《のなかでんえもん》は恩田武芸八《おんだたけひろ》と会《あ》ったことがあるらしい。

――武芸八《たけひろ》さんは隠《かく》し事《ごと》が多《おお》いなと、心《こころ》の中《なか》で毒《どく》づいて、再《ふたた》び伝右衛門《でんえもん》に話《はな》しかけた。

「話《はな》す気《き》がないなら、そのままで良《い》いさ――」

もへぇは、パチンと指《ゆび》を一回鳴《いっかいな》らした。

「――これで今夜《こんや》の船《ふね》の遭難《そうなん》はなかったことになる。船《ふね》は木片《もくへん》の塊《かたまり》になって浦《うら》の広場《ひろば》に置《お》かれている。死《し》んだ奴《やつ》らは浦外《うらはず》れの草地《くさち》に無縁仏《むえんぼとけ》で埋《う》められている。浦人《うらびと》は船《ふね》の遭難《そうなん》があったことさえ覚《おぼ》えていない。あんたが公儀《こうぎ》に報告《ほうこく》する理由《りゆう》もなくなった。後《あと》は浦《うら》の広場《ひろば》に残《のこ》された、木材《もくざい》の心配《しんぱい》だけすれば良《い》い」

無論《むろん》、指鳴《ゆびな》り一《ひと》つで物事《ものごと》が一瞬《いっしゅん》で片《かた》づくわけがない。指《ゆび》を鳴《な》らして伝右衛門《でんえもん》の時間《じかん》も止《と》め、その間《あいだ》に船《ふね》をバラしたり遺体《いたい》を埋《う》めたりしたのだ。

指鳴《ゆびな》らしは、編集点《へんしゅうてん》のようなものである。

伝右衛門《でんえもん》は相変《あいか》わらず背《せ》を向《む》けたまま、もへぇの正体《しょうたい》や目的《もくてき》を推察《すいさつ》しているようだった。

「邪魔《じゃま》したな。仕事《しごと》を頑張《がんば》ってくれ」

もへぇは、全《すべ》ての時《とき》の流《なが》れを戻《もど》して、伝右衛門《でんえもん》の前《まえ》から姿《すがた》を消《け》した。

次《つぎ》の朝《あさ》、伝右衛門《でんえもん》は何事《なにごと》もなく、改修工事《かいしゅうこうじ》の陣頭指揮《じんとうしき》を執《と》った。

この室津以外《むろついがい》でも甲浦《かんのうら》、津呂《つろ》、手結《てい》、浦戸《うらど》、種崎《たねざき》、宿毛《すくも》の柏島《かしわじま》などの港《みなと》が同時進行《どうじしんこう》で整備《せいび》されているのだが、実際《じっさい》に、伝右衛門《でんえもん》の手際《てぎわ》は凄《すさ》まじかった。

鬼《おに》のような迫力《はくりょく》で、相手《あいて》に反論《はんろん》の機会《きかい》を一切与《いっさいあた》えず、矢継《やつ》ぎ早《ばや》に指示《しじ》を出《だ》した。

指示の内容は、精神論や根性論《こんじょうろん》に基《もと》づくものでなく、極《きわ》めて論理的《ろんりてき》で具体的《ぐたいてき》だった。

○○という手法《しゅほう》を、○○の人数《にんずう》、○○の配分《はいぶん》でやれば、○○という日数《にっすう》で完成《かんせい》する。

不測《ふそく》の事態《じたい》が起《お》きないのに完成《かんせい》しなければ、それは担当者《たんとうしゃ》の責任《せきにん》である。

その時《とき》は、潔《いさぎよ》く腹《はら》を斬《き》れ——。

こんな感《かん》じで計画《けいかく》の工程《こうてい》は伝《つた》えられ、現場担当《げんばたんとう》や技師《ぎし》たちは、グゥの音《ね》も出《で》なかった。

その光景《こうけい》を、もへぇは港近《みなとちか》くに生《は》えた一本松《いっぽんまつ》の頂《いただき》から、姿《すがた》を隠《かく》して見聞《みき》きした。

『岩石破砕法《がんせきはさいほう》』や『捨石築港《すていしちっこう》』等《など》、専門用語《せんもんようご》が次々耳《つぎつぎみみ》に飛《と》びこんできたが全《すべ》て無視《むし》した。

意識《いしき》を向《む》ければ、これらの言葉《ことば》は情報《じょうほう》としてすぐに判明《はんめい》するだろうが、興味《きょうみ》はない。

余計《よけい》な情報《じょうほう》が頭《あたま》に入《はい》ると、処理《しょり》に時間《じかん》を取《と》られて、煩《わずら》わしさを覚《おぼ》えるのだ。

やがて一定《いってい》の規制《きせい》をかけるようになり、興味《きょうみ》のない情報《じょうほう》を遮断《しゃだん》するようになる。

——大方《おおかた》、仙人《せんにん》になった奴《やつ》らは、これに嫌気《いやけ》がさして、世捨《よす》て人《びと》になるんだろうな

もへぇは、そう推察《すいさつ》した。

港《みなと》の工事《こうじ》は干潮《かんちょう》の時期《じき》でないと捗《はかど》らないが、伝右衛門《でんえもん》は干潮《かんちょう》の時間《じかん》を待《ま》たず、午前中《ごぜんちゅう》の早《はや》い段階《だんかい》で作業《さぎょう》の現場《げんば》を離《はな》れて、座礁《ざしょう》した船《ふね》の後始末《あとしまつ》に向《む》かった。

高《たか》く積《つ》み上《あ》げられた船《ふね》の残骸《ざんがい》の周囲《しゅうい》で、記憶《きおく》を消《け》された老若男女《ろうにゃくなんにょ》の浦人《うらびと》らが、困惑《こんわく》した表情《ひょうじょう》で残骸《ざんがい》と自分《じぶん》たちとを見比《みくら》べ、馬《うま》で来《き》た伝右衛門《でんえもん》も、少《すこ》しの間《あいだ》、閉口《へいこう》していた。

やがて一人《ひとり》の網元《あみもと》が伝右衛門《でんえもん》に、残骸《ざんがい》の処置《しょち》を訊《たず》ねてきた。

下手《へた》なことをして、怒《いか》りを買《か》うことを恐《おそ》れている――、といった感《かん》じだった。

伝右衛門《でんえもん》は一呼吸《ひとこきゅう》を置《お》いてから、午九《うまここの》つ――、昼《ひる》すぎに処置《しょち》を伝《つた》えると、網元《あみもと》に告《つ》げた。

そして、それまで残骸《ざんがい》には、何人《なんぴと》たりとも近《ちか》づけるな――と、しっかり釘《くぎ》を刺《さ》した。

伝右衛門《でんえもん》の迫力《はくりょく》のある声《こえ》と剣幕《けんまく》にかかっては、厳命《げんめい》そのものである。

網元《あみもと》は終始《しゅうし》、恐縮《きょうしゅく》していたが、伝右衛門《でんえもん》が立《た》ち去《さ》ろうとするのを見《み》て、慌《あわ》てて何《なに》やら麻袋《あさぶくろ》を一《ひと》つ、恭《うやうや》しく目《め》の前《まえ》に差《さ》し出《だ》した。

伝右衛門《でんえもん》は鯨《くじら》の髭《ひげ》で作《つく》った馬《うま》の鞭《むち》に袋《ふくろ》の紐《ひも》をかけて受《う》け取《と》ると、中身《なかみ》についての情報《じょうほう》を聞《き》き取《と》った上《うえ》で、袋《ふくろ》を懐《ふところ》に入《い》れて馬《うま》を走《はし》らせ、その場《ば》を立《た》ち去《さ》った。

陣屋《じんや》に戻《もど》った伝右衛門《でんえもん》は、食事《しょくじ》を慌《あわ》ただしく済《す》ませると、部屋《へや》に籠《こも》った。

衝立《ついたて》で仕切《しき》られた部屋《へや》の端《はし》にある机《つくえ》の前《まえ》に座《すわ》り、麻袋《あさぶくろ》に入《はい》った物《もの》を、今一度《いまいちど》確《たし》かめた。

それは、鈍《にぶ》い色《いろ》を放《はな》つ、砂金《さきん》だった。

伝右衛門《でんえもん》は鞄《かばん》ほどの大《おお》きさの薬箱《くすりばこ》を整理《せいり》して隙間《すきま》を作《つく》り、そこに麻袋《あさぶくろ》を詰《つ》めて置《お》いた。

次《つぎ》に一尺《いっしゃく》――、三十㎝ほどの筒《つつ》と掌《てのひら》ほどの小箱《こばこ》を取《と》りだして、机《つくえ》の上《うえ》に置《お》いた。

筒《つつ》の中《なか》には箸《はし》のような木《き》の棒《ぼう》が数十本《すうじゅっぽん》、小箱《こばこ》には六《むっ》つに等分《とうぶん》された角材《かくざい》が入《はい》っていた。

易占《えきうらな》いに用《もち》いる、『筮竹《ぜいちく》』と『算木《さんぎ》』と呼《よ》ばれる占《うらな》い道具《どうぐ》で、伝右衛門《でんえもん》は筮竹《ぜいちく》を一斉《いっせい》に取り出《だ》して選《よ》り分《わ》け、算木《さんぎ》を動《うご》かすという行為《こうい》を繰《く》り返《かえ》した。

十数度目《じゅうすうどめ》に、ようやく結論《けつろん》が出《で》たようで、フゥっと溜息《ためいき》がつかれた。

もへぇは、部屋《へや》の壁《かべ》に背《せ》を預《あず》け、片膝《かたひざ》をつきながら様子《ようす》を眺《なが》めていた。

姿《すがた》や気配《けはい》を隠《かく》してはいたが、伝右衛門《でんえもん》の行動《こうどう》は理解《りかい》していた。

自信《じしん》がないから占《うらな》いに頼《たよ》っているのでなく、自制《じせい》のために利用《りよう》しているのだ。

せっかちさを危惧《きぐ》した義母《ぎぼ》に急《いそ》ぎ過《す》ぎるなと忠告《ちゅうこく》され、歯止《はど》め役《やく》に用《もち》いているのだ。

占《うらな》いの結果《けっか》、砂金《さきん》と残骸《ざんがい》は、クドいやり方《かた》で処置《しょち》すれば、吉《きち》となると出《で》たようだ。

これで砂金《さきん》は公儀《こうぎ》の御前《ごぜん》に差《さ》し出《だ》され、船《ふね》の残骸《ざんがい》は花台《はなだい》に加工《かこう》される。

伝右衛門《でんえもん》が船《ふね》の残骸《ざんがい》を花台《はなだい》にしようと思《おも》ったのは、長崎《ながさき》への強《つよ》い憧《あこ》れがあったからだ。

出島《でじま》を通《つう》じてやってくる、新技術《しんぎじゅつ》や情報《じょうほう》は、国《くに》の発展《はってん》に、大《おお》きく役《やく》に立《た》つ。

そんな長崎《ながさき》の彩《いろどり》を、土佐《とさ》に採《と》り入《い》れたかった伝右衛門《でんえもん》は、長崎《ながさき》の花鉾《はなぼこ》を真似《まね》たのだ。

ところで、死亡《しぼう》した船《ふね》の乗員《じょういん》たちは、工作資金《こうさくしきん》として砂金《さきん》を所持《しょじ》していた。

大部分《だいぶぶん》は海《うみ》に沈《しず》んだが、一部《いちぶ》は打《う》ち揚《あ》げられ、もへぇは遺体諸共《いたいもろとも》、砂金《さきん》を埋《う》めた。

大量《たいりょう》の無縁仏《むえんぼとけ》に気《き》づいた浦人《うらびと》たちは掘《ほ》り返《かえ》して砂金《さきん》を次々発見《つぎつぎはっけん》したのだが、伝右衛門《でんえもん》を恐《おそ》れてネコババはせず、網元《あみもと》へ一任《いちにん》して、網元《あみもと》も面倒《めんどう》は御免《ごめん》と伝右衛門《でんえもん》に砂金《さきん》を手渡《てわた》した。

このまま行《い》けば、花台《はなだい》となった残骸《ざんがい》は秘匿《ひとく》されて帰全山《きぜんざん》に運《はこ》ばれるが、砂金《さきん》は幕府《ばくふ》の関心《かんしん》を呼《よ》んで、もへぇの父親《ちちおや》と先代《せんだい》の川上新助《かわかみしんすけ》が、この土佐《とさ》にやって来《く》る原因《げんいん》となる。

なお、もへぇがこの件《けん》に介入《かいにゅう》しなかった場合《ばあい》、隠密《おんみつ》の男《おとこ》が生《い》き残《のこ》って、土佐《とさ》のことをあれこれ調《しら》べて上役《うわやく》に報告《ほうこく》して、やはり父親《ちちおや》と先代《せんだい》の新助《しんすけ》が派遣《はけん》されてくるのである。

——桑名古庵《くわなこあん》を釈放《しゃくほう》しなかったのも、占《うらな》いの気紛《きまぐ》れだったようだな
もへぇは、伝右衛門《でんえもん》の運命《うんめい》に介入《かいにゅう》したくなかった。

伝右衛門《でんえもん》という人間《にんげん》は、もへぇが嫌《きら》う人間《にんげん》で、しかもこの時代《じだい》の伝右衛門《でんえもん》はまだ二十代《にじゅうだい》、先輩的《せんぱいてき》な年齢差《ねんれいさ》である。

反発心《はんぱつしん》だけを胸《むね》に抱《いだ》き、一度目《いちどめ》の金《きん》と花台《はなだい》の謎《なぞ》を解《と》いたもへぇは、次《つぎ》の時代《じだい》へ跳《と》んだ。


十数年後《じゅうすうねんご》、伝右衛門《でんえもん》が幕府《ばくふ》に二度目《にどめ》の金《きん》を納《おさ》める寛文元年《かんぶんがんねん》の前年《ぜんねん》——、万治三年《まんじさんねん》。

もへぇは、とある尼寺《あまでら》にいた。

時間《じかん》を止《と》めた寺《てら》の庫裏《くり》の一室《いっしつ》に腰《こし》を下《お》ろし、正面《しょうめん》を向《む》いたまま、眉間《みけん》に皺《しわ》を寄《よ》せていた。

この時代《じだい》に来《き》てから暫《しば》し時《とき》が経《た》っており、その間《あいだ》の出来事《できごと》を回想《かいそう》していた。

四十代半《よんじゅうだいなか》ばになっていた伝右衛門《でんえもん》は、相変《あいか》わらず執政《しっせい》に奔走《ほんそう》していた。

三月《さんがつ》には隣国《りんごく》と問題《もんだい》になっていた篠山《ささやま》という場所《ばしょ》の国境争《こっきょうあらそ》いを解決《かいけつ》させて、七月《しちがつ》には弘瀬《ひろせ》という浦《うら》を取《と》り締《し》まる法律《ほうりつ》を作《つく》ったが、この頃《ころ》から、病《やまい》に悩《なや》まされていた。

幼少期から患っていた喘息《ぜんそく》が、体《からだ》を蝕《むしば》み始《はじ》めたのだ。

この間《あいだ》の四月《しがつ》まで、領地《りょうち》の本山《もとやま》で鹿狩《しかが》りをするほど元気《げんき》だったが、ここに来《き》てようやく老《お》いを自覚《じかく》せざるを得《え》なくなり、症状《しょうじょう》が酷《ひど》くなると度々《たびたび》政務《せいむ》が中断《ちゅうだん》して、痰《たん》を吐《は》く壺《つぼ》を常《つね》に置《お》いて、煎《せん》じ薬《ぐすり》を何度《なんど》も飲《の》むようになっていた。

もへぇは、伝右衛門《でんえもん》の病《やまい》が目立《めだ》つ頃《ころ》から、夜《よ》な夜《よ》な枕元《まくらもと》に現《あらわ》れては、無言《むごん》で見守《みまも》った。

天狗《てんぐ》の隠《かく》れ蓑《みの》で姿《すがた》は隠《かく》したが、気配《けはい》や動《うご》きは、わざと隠《かく》さなかった。

決《き》まった時間《じかん》に現《あらわ》れては時《とき》を止《と》め、伝右衛門《でんえもん》が無視《むし》すると、何《なに》もせずに立《た》ち去《さ》った。

そんなことを数週間《すうしゅうかん》、繰《く》り返《かえ》した。

武道家《ぶどうか》でもある伝右衛門《でんえもん》は、もへぇのダダ漏《も》れな気配《けはい》に気《き》づいているはずだった。

隠《かく》れ蓑《みの》は光学迷彩《こうがくめいさい》のようなもので、光《ひかり》の屈折具合《くっせつぐあい》によっては、姿《すがた》が見《み》えるからだ。

もへぇが一転《いってん》して伝右衛門《でんえもん》と対話《たいわ》をしようと方針転換《ほうしんてんかん》したのは、土佐《とさ》で暗躍《あんやく》していた日下茂兵衛《くさかもへえ》と先代《せんだい》の川上新助《かわかみしんすけ》に、強《つよ》い反発《はんぱつ》を覚《おぼ》えたからであった。

茂兵衛《もへえ》と新助《しんすけ》は、万治三年《まんじさんねん》より前《まえ》に、土佐《とさ》にやって来《き》ていた。

伝右衛門《でんえもん》が返納《へんのう》した砂金《さきん》の正体《しょうたい》を確《たし》かめるため、幕府《ばくふ》が隠密《おんみつ》として派遣《はけん》したのだ。

帰全山《きぜんざん》の土葬問題《どそうもんだい》や隣国《りんごく》との国境争《こっきょうあらそ》いなど、伝右衛門《でんえもん》の存在《そんざい》と手腕《しゅわん》は幕府《ばくふ》も一目《いちもく》置《お》く存在《そんざい》となっていて、危険《きけん》か否《いな》か見極《みきわ》めようとしたのである。

日下茂兵衛《くさかもへえ》と先代《せんだい》の川上新助《かわかみしんすけ》は、初《はじ》めは任務《にんむ》を全《まっと》うしていたが、茂兵衛《もへえ》は義賊稼業《ぎぞくかぎょう》に、新助《しんすけ》は伝右衛門《でんえもん》の粗探《あらさが》しと、次第《しだい》に其々《それぞれ》、別《べつ》の目的《もくてき》にのめり込《こ》むようになっていた。

特《とく》に茂兵衛《もへえ》の行動《こうどう》は、後《のち》に伝右衛門《でんえもん》を失脚《しっきゃく》させる人間《にんげん》たちに利用《りよう》され、茂兵衛《もへえ》も彼《かれ》らと進《すす》んで協力関係《きょうりょくかんけい》を結《むす》ぶようになり、もへぇは権力争《けんりょくあらそ》いに取《と》りこまれた父親《ちちおや》に落胆《らくたん》して、自分《じぶん》は世直《よなお》しをしていると豪語《ごうご》する父親《ちちおや》を、酷《ひど》く醜《みにく》いと感《かん》じるようになっていた。

何《なに》より驚《おどろ》いたのは茂兵衛《もへえ》の性格《せいかく》が、もへぇの記憶《きおく》と違《ちが》っていたことだった。

記憶《きおく》の中《なか》の父親《ちちおや》は、物静《ものしず》かで多《おお》くを語《かた》らず、温厚《おんこう》だが存在感《そんざいかん》の薄《うす》い人物《じんぶつ》だった。

ところが目《め》の前《まえ》の茂兵衛《もへえ》は、大酒《おおざけ》飲《の》みの女好《おんなず》きで、喧嘩《けんか》っ早《ぱや》い乱暴者《らんぼうもの》だったのだ。

日下茂兵衛《くさかもへえ》は元《もと》は江戸《えど》の人間《にんげん》で、べらんめぇ口調《くちょう》の良《よ》く似合《にあ》う、チンピラだった。

弱《よわ》い者《もの》を虐《いじ》め、強《つよ》い者《もの》に諂《へつら》う——、典型的《てんけいてき》な破落戸《ごろつき》ぶりを見込《みこ》んで、幕府《ばくふ》の隠密《おんみつ》である先代《せんだい》の川上新助《かわかみしんすけ》が、牢屋《ろうや》に入《い》れられた茂兵衛《もへえ》を引《ひ》き抜《ぬ》いたのだ。

盗《ぬす》みの重加算《じゅうかさん》と自白《じはく》で死罪《しざい》が決《き》まっていた茂兵衛《もへえ》は、誘《さそ》いに乗《の》って土佐《とさ》へやって来《き》た。

やがて潜伏場所《せんぷくばしょ》に日下村《くさかむら》を選《えら》び、日下茂兵衛《くさかもへえ》と名乗《なの》るようになった。

反伝右衛門派《はんでんえもんは》から受《う》け取《と》った金《かね》を惜《お》しげもなくバラ撒《ま》き、毎晩豪遊《まいばんごうゆう》する腐敗《ふはい》っぷりと、世直《よなお》しなら何《なに》をしても許《ゆる》されると勘違《かんちが》いして、物《もの》だけでなく人《ひと》の命《いのち》を平気《へいき》で奪《うば》う残虐《ざんぎゃく》さ。

……本当《ほんとう》に此奴《こいつ》は、俺《おれ》の知《し》っている親父《おやじ》なのか——と、もへぇは疑念《ぎねん》を抱《いだ》いた。

先の時代に跳んで確かめることもできたが、現状《げんじょう》を認識《にんしき》するので精《せい》いっぱいだった。

同《おな》じ頃《ころ》、川上新助《かわかみしんすけ》は工作船《こうさくせん》が座礁《ざしょう》した室津浦《むろつうら》を、執拗《しつよう》に嗅《か》ぎまわっていた。

浦外《うらはず》れに埋《う》められた大量《たいりょう》の無縁仏《むえんぼとけ》と、浦《うら》の人間《にんげん》たちの記憶《きおく》の欠損《けっそん》を目《め》ざとく発見《はっけん》した。

伝右衛門《でんえもん》は座礁船《ざしょうせん》の報告《ほうこく》を幕府《ばくふ》に行《おこな》わず、律儀《りちぎ》な伝右衛門《でんえもん》にしては迂闊《うかつ》な選択《せんたく》であり、慢心《まんしん》、あるいは驕《おご》りが招《まね》いた隙《すき》でもあった。

室津浦《むろつうら》の沖合《おきあい》で船《ふね》の手《て》がかりを掴《つか》めば、幕府《ばくふ》への報告違反《ほうこくいはん》が立証《りっしょう》できてしまう。

浦沖《うらおき》の海底《かいてい》の裂《さ》け目《め》には、もへぇが沈《しず》めた工作船《こうさくせん》の錨《いかり》が、大量《たいりょう》に沈《しず》んでいるからだ。

転生前《てんせいまえ》の推測《すいそく》の通《どお》り、鉄《てつ》の錨《いかり》は仙術《せんじゅつ》が効《き》きにくく、海底《かいてい》の裂《さ》け目《め》に沈《しず》めたのだ。

やがて川上新助《かわかみしんすけ》は行動《こうどう》に出《で》て、室津沖《むろつおき》に舟《ふね》を出《だ》したが、海中《かいちゅう》では、もへぇの眷属《けんぞく》である大鮫《おおざめ》の襲撃《しゅうげき》を受《う》け、度重《たびかさ》なる妨害《ぼうがい》に新助《しんすけ》は、幕府《ばくふ》に密書《みっしょ》を送《おく》って応援《おうえん》を求《もと》めた。

これが二度目《にどめ》の工作船《こうさくせん》、あの津呂沖《つろおき》に沈《しず》む御用船《ごようせん》モドキの来訪《らいほう》となるのである。

川上新助《かわかみしんすけ》の妨害《ぼうがい》に成功《せいこう》したのも束《つか》の間《ま》、もへぇが茂兵衛《もへえ》を完全《かんぜん》に見限《みかぎ》る事態《じたい》が発生《はっせい》する。

もへぇの腹違《はらちが》いの姉《あね》である日菜乃《ひなの》が、落人《おちうど》の里《さと》で、この世《よ》に生《せい》を受《う》けたのだ。

日下茂兵衛《くさかもへえ》はこの頃《ころ》、落人《おちうど》の里《さと》に入《い》り浸《びた》り、日菜乃《ひなの》の母親《ははおや》と懇《ねんご》ろになっていた。

だが妊娠《にんしん》が発覚《はっかく》した直後《ちょくご》、茂兵衛《もへえ》は義賊稼業《ぎぞくかぎょう》が忙《いそが》しくなると告《つ》げて、里《さと》を離《はな》れた。

これは大嘘《おおうそ》で、茂兵衛《もへえ》は麓《ふもと》にある尼寺《あまでら》に入《い》り浸《びた》り、日菜乃《ひなの》の母親《ははおや》をヤリ捨《す》てたのだ。

もへぇは怒《いか》りを覚《おぼ》え、時間《じかん》を止《と》めて尼寺《あまでら》に殴《なぐ》りこみ、淫欲《いんよく》に耽《ふけ》る茂兵衛《もへえ》に仙術《せんじゅつ》をかけて種無《たねな》しにすると、目《め》の前《まえ》の邪淫《じゃいん》な光景《こうけい》から目《め》を背《そ》けるように、回想《かいそう》をしていたのだ。

天狗夫妻《てんぐふさい》から一夫一妻《いっぷいっさい》の価値観《かちかん》を教《おそ》わったもへぇにとって、父親《ちちおや》は許《ゆる》せない存在《そんざい》だった。

これなら側室《そくしつ》が何人《なんにん》いても有能《ゆうのう》な政治家《せいじか》である伝右衛門《でんえもん》の方《ほう》がマシだった。

やり方《かた》は過酷《かこく》にしろ政治《せいじ》に真摯《しんし》に取《と》り組《く》み、着実《ちゃくじつ》に結果《けっか》を遺《のこ》す姿勢《しせい》が正《ただ》しいとさえ思《おも》うようになり、もへぇは慎重《しんちょう》ながら接触《せっしょく》を試《こころ》みようと心《こころ》に決《き》めたのだった。

「……手《て》っ取《と》り早《ばや》く、俺《おれ》が種付《たねつ》けされる時間《じかん》に行《い》って、親父《おやじ》を種有《たねあ》りに戻《もど》すか」

自分《じぶん》に言《い》い聞《き》かせるように呟《つぶや》き、もへぇは寺《てら》の外《そと》に出《で》ると縁側《えんがわ》にある五輪塔《ごりんとう》を改造《かいぞう》した手水鉢《ちょうずばち》の水面《みなも》に仙術道具《せんじゅつどうぐ》の『映《うつ》し油《あぶら》』を一滴垂《いってきた》らし、自分《じぶん》の生《う》まれた年代《ねんだい》を表示《ひょうじ》させた。

ところが年号《ねんごう》は、延宝五年《えんぽうごねん》を指《さ》して、もへぇを大《おお》いに困惑《こんわく》させた。

この数字《すうじ》が正《ただ》しければ、もへぇはまだ十代《じゅうだい》の少年《しょうねん》でなければならず、計算《けいさん》が合《あ》わない。

茂兵衛《もへえ》の元《もと》に引《ひ》き返《かえ》し、脂《あぶら》ぎったその額《ひたい》に御札《おふだ》を貼《は》りつけ、これから仕出《しで》かす出来事《できごと》を屏風絵《びょうぶえ》のように視覚化《しかくか》させて、映《うつ》し出《だ》された光景《こうけい》を見《み》てから、誕生年《たんじょうねん》の意味《いみ》を知《し》った。

「……武芸八《たけひろ》さん。悪《わる》いが力《ちから》を貸《か》してくれないか――」

言葉《ことば》を発《はっ》した直後《ちょくご》、隣《となり》には恩田武芸八《おんだたけひろ》の姿《すがた》が、音《おと》もなく存在《そんざい》していた。

「――またこの時代《じだい》に戻《もど》らないといけないいんだ。手間《てま》をかけてすまないいな」

「お安い御用だよ。でも大丈夫かい？　心《こころ》の準備《じゅんび》は――」

「――こうなったら、とことん知《し》り尽《つ》くしてやるさ。気《き》が楽《らく》になるまでな」

空元気《からげんき》に笑《わら》うもへぇに武芸八《たけひろ》は苦笑《くしょう》すると、延宝五年《えんぽうごねん》にもへぇを跳《と》ばしたのだった。


時《とき》は延宝五年《えんぽうごねん》、六月十八日《ろくがつじゅうはちにち》の深夜《しんや》、この時代《じだい》のもへぇは就寝中《しゅうしんちゅう》だった。

城下《じょうか》から北西《ほくせい》の、小高坂山《こたかさかやま》の麓《ふもと》に建《た》つ屋敷《やしき》の屋根《やね》。

『伊達騒動《だてそうどう》』で土佐《とさ》に流《なが》された『伊達宗勝《だてむねかつ》』の住居《じゅうきょ》――、伊達屋敷《だてやしき》だった。

もへぇは屋敷《やしき》の庭《にわ》を見下《みお》ろしつつ、自分《じぶん》の出自《しゅつじ》を知《し》ったことを後悔《こうかい》していた。

この時代《じだい》に跳《と》ばす直前《ちょくぜん》、武芸八《たけひろ》が度《ど》の強《つよ》い地酒《じざけ》を竹筒《たけづつ》に詰《つ》めて渡《わた》してくれた。

その竹筒《たけづつ》に思《おも》わず手《て》を伸《の》ばしかけたが、酒《さけ》に逃《に》げるのは恥《はじ》と思《おも》って、グッと堪《こら》えていた。

その時《とき》、突風《とっぷう》が屋敷《やしき》を吹《ふ》き抜《ぬ》けて、庭先《にわさき》に二人《ふたり》の来訪者《らいほうしゃ》が現《あらわ》れた。

「天狗様《てんぐさま》、ここが男《おとこ》の赤《あか》ん坊《ぼう》が手《て》に入《はい》る場所《ばしょ》なのか？」

「そうじゃ。用《よう》が済《す》んだら、すぐ戻《もど》るからな。うろつくでないぞ」

日下茂兵衛《くさかもへえ》と、猿田洞《さるたどう》の男天狗《おとこてんぐ》だった。

二人《ふたり》は屋敷《やしき》のトイレ――、厠近《かわやちか》くの物影《ものかげ》に潜《ひそ》み、もへぇは大屋根《おおやね》の上《うえ》から二人《ふたり》の様子《ようす》を見守《みまも》ったが、屋敷《やしき》の中《なか》から赤《あか》ん坊《ぼう》の産声《うぶごえ》が聴《き》こえると間《ま》もなく、濡縁《ぬれえん》を産婆《さんば》と思《おぼ》しき女《おんな》が歩《ある》いて来《き》て、その女《おんな》の腕《うで》には、生後間《せいごま》もない赤子《あかご》が抱《だ》きかかえられていた。

厠《かわや》に入《はい》る寸前《すんぜん》、女《おんな》は不意《ふい》に立《た》ち止《ど》まり、フラフラと引《ひ》き寄《よ》せられて、庭《にわ》に出《で》た。

ヤツデ団扇《うちわ》をヒラヒラ扇《あお》ぐ男天狗《おとこてんぐ》が女《おんな》を呼《よ》び寄《よ》せ、赤子《あかご》を取《と》り上《あ》げ茂兵衛《もへえ》に手渡《てわた》した。

「ほれ、待望《たいぼう》の男《おとこ》の子《こ》じゃ」

「感謝《かんしゃ》するぜ天狗様《てんぐさま》。じゃあ後《あと》は身代《みが》わりだな。近《ちか》くの村《むら》から攫《さら》ってくるのか？」

「すでに死産《しざん》の子《こ》をもらってある。心配《しんぱい》には及《およ》ばぬぞ」

男天狗《おとこてんぐ》は赤子《あかご》の骸《むくろ》を産婆《さんば》の両手《りょうて》に戻《もど》し、団扇《うちわ》をゆっくり扇《あお》いで女《おんな》を厠前《かわやまえ》に戻《もど》した。

産婆《さんば》の女《おんな》が我《われ》に返《かえ》った時《とき》、茂兵衛《もへえ》と男天狗《おとこてんぐ》の姿《すがた》はなく、女《おんな》は気《き》を取《と》り直《なお》すと、赤子《あかご》の遺骸《いがい》を抱《かか》えて厠《かわや》に入《はい》って行《い》った。

茂兵衛《もへえ》と男天狗《おとこてんぐ》は屋敷《やしき》の大屋根《おおやね》にいて、茂兵衛《もへえ》は赤子《あかご》を高々《たかだか》と抱《かか》えて笑《え》みを浮《う》かべた。

「今日《きょう》から俺《おれ》が、おまえの親父《おやじ》だ。色々仕込《いろいろしこ》んで立派《りっぱ》な義賊《ぎぞく》にしてやるからな。まずは挨拶代《あいさつが》わりに、俺《おれ》の言葉遣《ことばづか》いを伝授《でんじゅ》してやろう」

茂兵衛《もへえ》がそう言《い》って、赤子《あかご》の首《くび》に指《ゆび》を押《お》し当《あ》て、二言三言呪詛《ふたことみことじゅそ》を唱《とな》えると、指《ゆび》が押《お》し当《あ》てられた跡《あと》には呪詛文字《じゅそもじ》が薄《うっす》ら浮《う》かび上《あ》がり、そしてスゥっと消《き》えた。

転生前《てんせいまえ》の、もへぇの、あのべらんめぇな口調《くちょう》は、茂兵衛《もへえ》の仕業《しわざ》だったのだ。

「天狗様《てんぐさま》、こいつ赤子《あかご》のくせに、ウンともスンとも言《い》わねぇぞ。具合《ぐあい》でも悪《わる》いのか？」

「騒がぬよう仙術で封じておるのじゃ。先《さき》に村《むら》に戻《もど》っておれ。わしもすぐに行《ゆ》く」

「じゃあ俺《おれ》は名前《なまえ》をつけるとするか。俺《おれ》と同《おな》じ読《よ》みが良《い》い。字《じ》は書《か》き易《やす》い方《ほう》が良《い》いな……」

茂兵衛《もへえ》は上機嫌《じょうきげん》に赤子《あかご》を抱《かか》えると、男天狗《おとこてんぐ》に促《うなが》されて元《もと》の時代《じだい》に帰《かえ》っていった。

男天狗《おとこてんぐ》は茂兵衛《もへえ》を送《おく》り帰《かえ》すと、後《うし》ろに立《た》つもへぇに、ゆっくりと視線《しせん》を向《む》けた。

「その者《もの》、もう姿《すがた》を現《あらわ》しても良《よ》いぞ」

男天狗《おとこてんぐ》の言葉《ことば》に、もへぇは素直《すなお》に従《したが》って、隠《かく》れ蓑《みの》を脱《ぬ》いだ。

時系列《じけいれつ》で見《み》れば初対面《はつたいめん》だが、もへぇの姿《すがた》を見《み》ても男天狗《おとこてんぐ》はニコニコと微笑《ほほえ》んでいる。

恩田武芸八《おんだたけひろ》が言《い》ったように、一部《いちぶ》の天狗《てんぐ》や仙人《せんにん》は全《すべ》てを把握《はあく》できる。

未来《みらい》から来《き》たもへぇの気配《けはい》を察知《さっち》した瞬間《しゅんかん》、男天狗《おとこてんぐ》には全《すべ》てが解《わか》ったのだ。

「天狗様《てんぐさま》。本当《ほんとう》の親《おや》を俺《おれ》に話《はな》さなかったのは、話《はな》す価値《かち》がないと思《おも》ったからなのか？」

未来《みらい》の出来事《できごと》を過去形《かこけい》で訊《たず》ねられたのに、男天狗《おとこてんぐ》は混乱《こんらん》することなく答《こた》えた。

「いずれ、こうして知《し》ることになるからのぅ。それに、生《う》まれ変《か》わったおぬしにとっては、半《なか》ば他人事《たにんごと》であろう。それに加《くわ》えて、あの茂兵衛《もへえ》の頼《たの》みもあったしなぁ」

「頼《たの》みだって？」

「引《ひ》き取《と》った子《こ》は茂兵衛《もへえ》の子《こ》として周知《しゅうち》してくれと頼《たの》まれてな。わしは時々《ときどき》ウソをつくが、約束《やくそく》は守《まも》る性質《たち》でな」

「なるほど、天狗様《てんぐさま》も律儀《りちぎ》だな――、と納得《なっとく》すれば良《い》いのか？　面白《おもしろ》がってるだけだろ」

「ハハハ。怠惰《たいだ》と倦怠《けんたい》が何《なに》よりの敵《てき》じゃ。あの男《おとこ》といると退屈《たいくつ》せぬ。それだけじゃよ」

呆《あき》れ果《は》てるもへぇに、男天狗《おとこてんぐ》は隠《かく》す素振《そぶ》りも見《み》せず、快活《かいかつ》に笑《わら》った。

土佐《とさ》に流《なが》された伊達宗勝《だてむねかつ》の暮《く》らしは、茶《ちゃ》の湯《ゆ》を楽《たの》しむほど、それなりに良《よ》かったようだ。

しかし宗勝《むねかつ》は精神《せいしん》を病《や》んでいたようで、躁鬱《そううつ》のような状態《じょうたい》であったらしい。

人間《にんげん》、理性《りせい》が遠《とお》のくと、本能《ほんのう》がむきだしになる。

五十代《ごじゅうだい》の宗勝《むねかつ》は性欲《せいよく》が旺盛《おうせい》で、やがて女中《じょちゅう》の一人《ひとり》に手《て》をつけ、そうして先程《さきほど》産《う》まれた私生児《しせいじ》が、後《のち》の生《う》まれ変《か》わる前《まえ》の、もへぇとなるのだ。

流罪《るざい》にされた人間《にんげん》の種《たね》――、しかも男子《だんし》が生《い》きられるほど時代《じだい》は優《やさ》しくはない。

速《すみ》やかに産婆《さんば》に取《と》り上《あ》げられ、絞《し》め殺《ころ》されるオチだった。

つまりその意味《いみ》で日下茂兵衛《くさかもへえ》は、もへぇの恩人《おんじん》である。

ところで、なぜ宗勝《むねかつ》の私生児《しせいじ》を、茂兵衛《もへえ》は天狗《てんぐ》の力《ちから》を借《か》りてまで欲《ほ》しがったのか？

そこには、身分《みぶん》の低《ひく》い茂兵衛《もへえ》なりの劣等感《れっとうかん》があった。

落人《おちうど》の里《さと》にて産《う》ませた子供《こども》――、後《のち》の日菜乃《ひなの》は女子《じょし》だった。

都《みやこ》から落《お》ち延《の》びた一族《いちぞく》の末裔《まつえい》という付加価値《ふかかち》は申《もう》し分《ぶん》なかったが、男《おとこ》の跡継《あとつ》ぎを望《のぞ》む茂《も》兵衛《へえ》にとって不本意《ふほんい》な結果《けっか》であり、尼寺《あまでら》に入《い》り浸《びた》って複数《ふくすう》の尼僧《にそう》と関係《かんけい》をもって子作《こづく》りに励んだが、今度は未来《みらい》から来《き》たもへぇに邪魔《じゃま》をされて誰《だれ》も孕《はら》ますことができなかった。

ついに痺《しび》れを切《き》らした結果《けっか》、茂兵衛《もへえ》は養子《ようし》を迎《むか》えることにしたのだ。

名《な》が売《う》れてきたのに未《いま》だ川上新助《かわかみしんすけ》の使《つか》い走《ばし》りな身分《みぶん》に茂兵衛《もへえ》は焦《あせ》っており、湧《わ》き上《あ》がる野心《やしん》が味方集《みかたあつ》めに傾倒《けいとう》させたが、人望《じんぼう》のない茂兵衛《もへえ》にとって、身内《みうち》を作《つく》ること以外《いがい》、仲間《なかま》を増《ふ》やす手段《しゅだん》がなく、手《て》に入《い》れるなら、由緒《ゆいしょ》ある血筋《ちすじ》の子供《こども》が欲《ほ》しかったのである。

「天狗様《てんぐさま》。俺《おれ》も戻《もど》るぜ。知《し》り合《あ》いがくれた地酒《じざけ》があるんだ。飲《の》んでおいてくれよ」

酒《さけ》の入《はい》った竹筒《たけづつ》を投《な》げ渡《わた》すと、男天狗《おとこてんぐ》は顔《かお》を綻《ほころ》ばせた。

「これは嬉《うれ》しい土産《みやげ》じゃ。それでは達者《たっしゃ》でな、未来《みらい》の赤子《あかご》よ」

互《たが》いに挨拶《あいさつ》を交《か》わすと男天狗《おとこてんぐ》は過去《かこ》に戻《もど》り、もへぇは入《い》れ替《か》わるように姿《すがた》を現《あらわ》した武芸《たけひ》八《ろ》に、独《ひと》り言《ごと》をつぶやくように話《はな》しかけた。

「昔《むかし》、伊達屋敷《だてやしき》に忍《しの》び込《こ》もうとした。この時代《じだい》から二年後《にねんご》の話《はなし》さ。結局《けっきょく》、伊達《だて》の殿様《とのさま》が死《し》んで忍《しの》び込《こ》めなかったが、……思《おも》えば里帰《さとがえ》りするところだったんだな」

宗勝《むねかつ》が亡《な》くなると屋敷《やしき》は取《と》り壊《こわ》されて寺院《じいん》が建《た》ち並《なら》んだが、伊達屋敷《だてやしき》の名《な》は残《のこ》った。

小高坂《こたかさか》の村民《そんみん》たちが移住《いじゅう》して、現在《げんざい》の『新屋敷《しんやしき》』と呼《よ》ばれるのは数十年先《すうじゅうねんさき》のことである。

武芸八《たけひろ》の力《ちから》を借《か》りて、伝右衛門《でんえもん》が生《い》きる万治三年《まんじさんねん》に戻《もど》ったもへぇは、生《う》まれたばかりの自分《じぶん》がどの時代《じだい》に跳《と》んだか、小鉢《こばち》の水《みず》に仙術道具《せんじゅつどうぐ》の『映《うつ》し油《あぶら》』を垂《た》らして確認《かくにん》をした。

延宝五年《えんぽうごねん》に生《う》まれたもへぇは、十四年前《じゅうよねんまえ》の寛文三年《かんぶんさんねん》に跳《と》んだ。

寛文三年《かんぶんさんねん》は、十二月《じゅうにがつ》に伝右衛門《でんえもん》が亡《な》くなる年《とし》でもある。

「……話《はなし》は、これで終《お》わりじゃなさそうだな」

もへぇのつぶやきに、武芸八《たけひろ》は無言《むごん》でうなずいた。


「もへえ、だったかな」

伝右衛門《でんえもん》の言葉《ことば》に、もへぇは閉《と》じていた目《め》を開《あ》けた。

城《しろ》の追手門脇《おうてもんわき》にある本宅内《ほんたくない》の寝室《しんしつ》にて、伝右衛門《でんえもん》が自分《じぶん》と話《はな》す気《き》になったらしい。

相変《あいか》わらず喘息《ぜんそく》で臥《ふ》せっており、もへぇは枕元《まくらもと》で胡坐《あぐら》をかいて瞑想《めいそう》していた。

「名前《なまえ》、憶《おぼ》えていたんだな」

周囲《しゅうい》の時《とき》は止《と》めてあるので、邪魔《じゃま》は入《はい》らない。

子供《こども》の頃《ころ》に喘息《ぜんそく》を患《わずら》うと再発《さいはつ》しにくいのだが、伝右衛門《でんえもん》は稀《まれ》な部類《ぶるい》のようだ。

その伝右衛門《でんえもん》は咳《せき》に咽《むせ》て体《からだ》を起《お》こし、布団《ふとん》の横《よこ》に置《お》かれた煎《せん》じ薬《ぐすり》を辛《つら》そうに飲《の》んだ。

「衰《おとろ》えを自覚《じかく》しろよ。気《き》が逸《はや》るからいつまでも治《なお》らない。四月《しがつ》に本山《もとやま》で鹿狩《しかが》りをしたな。

あれは気分転換《きぶんてんかん》で休養《きゅうよう》じゃない。本気《ほんき》で治《なお》したいのなら、今《いま》すぐ隠居《いんきょ》することだ」

伝右衛門《でんえもん》は、不機嫌《ふきげん》そうに煎《せん》じ薬《ぐすり》を飲《の》み干《ほ》して、反論《はんろん》した。

「十一月には幡多に出向く。来年《らいねん》には津呂港《つろこう》の改修《かいしゅう》が始《はじ》まる。休《やす》む暇《いとま》など、ない」

こういう人間《にんげん》に休養《きゅうよう》を勧《すす》めても無意味《むいみ》なので、もへぇは話題《わだい》を変《か》えた。

「来年《らいねん》やることはもう一《ひと》つある。本山《もとやま》で出《で》た砂金《さきん》の受取書《うけとりしょ》を交付《こうふ》することだ。正保元年《しょうほうがんねん》にやったことを、あんたは、もう一度《いちど》やることになるぞ」

間接的《かんせつてき》な言《い》い回《まわ》しだったが、伝右衛門《でんえもん》は顔《かお》を曇《くも》らせて、何《なに》が起《お》こるか察《さっ》したようだった。

「船《ふね》はもう一度《いちど》来《く》るのさ。あんたは外《そと》にも内《うち》にも、敵《てき》を作《つく》るのが上手《じょうず》だな」

川上新助《かわかみしんすけ》の嘆願書《たんがんしょ》を受《う》け取《と》り、幕府《ばくふ》が直属《ちょくぞく》の工作船《こうさくせん》を土佐《とさ》に派遣《はけん》したのは、伝右衛門《でんえもん》が喘息《ぜんそく》に臥《ふ》せっている、正《まさ》にその時《とき》だった。

新助《しんすけ》は伝右衛門《でんえもん》が幕府《ばくふ》にとって、いかに危険《きけん》な悪政者《あくせいしゃ》であるかを伝《つた》えていた。

帰全山《きぜんざん》の埋葬問題《まいそうもんだい》が決着《けっちゃく》したので、謀叛《むほん》の側面《そくめん》から争点《そうてん》にできなかったが、訴《うった》える材料《ざいりょう》は幾《いく》らでもあり、新助《しんすけ》は伝右衛門《でんえもん》が厳《きび》しい掟《おきて》や労役《ろうえき》で民《たみ》を虐《しいた》げていると訴《うった》えた。

それは概《おおむ》ね当《あ》たっていて、実際《じっさい》、伝右衛門《でんえもん》が課《か》した労役《ろうえき》や制定《せいてい》した掟《おきて》は厳《きび》しいもので、村《むら》や浦《うら》のいくつかが壊滅状態《かいめつじょうたい》に陥《おちい》り、それら窮状《きゅうじょう》を訴《うった》えた書状《しょじょう》が数多《かずおお》く出《だ》された。

伝右衛門《でんえもん》の政策《せいさく》が土佐国《とさのくに》の国力《こくりょく》を高《たか》めたのは紛《まぎ》れもない事実《じじつ》だが、それに伴《ともな》う痛《いた》みがあったのもまた事実《じじつ》で、川上新助《かわかみしんすけ》は伝右衛門《でんえもん》を悪政者《あくせいしゃ》と断《だん》じて幕府《ばくふ》に報告《ほうこく》したのである。

幕府《ばくふ》は当然《とうぜん》、この報告《ほうこく》が正《ただ》しいか検証《けんしょう》に乗《の》り出《だ》し、現状《げんじょう》を把握《はあく》しようとしたが、薩摩《さつま》と並《なら》んで入国《にゅうこく》の難《むずか》しい土佐《とさ》に、陸路《りくろ》で侵入《しんにゅう》することは難《むずか》しかった。

これは伝右衛門《でんえもん》が逃散《ちょうさん》による農民《のうみん》の流出《りゅうしゅつ》を阻止《そし》するため、国境《くにざかい》に多数《たすう》の番所《ばんしょ》を設置《せっち》したためだったが、このことも伝右衛門《でんえもん》が外圧《がいあつ》を遮断《しゃだん》して、領内《りょうない》で圧政《あっせい》を敷《し》いている――、という疑念《ぎねん》を抱《いだ》かせることになった。

幕府《ばくふ》は四国《しこく》の諸藩《しょはん》に問《と》い合《あ》わせ、伝右衛門《でんえもん》の評判《ひょうばん》を質《ただ》したが、擁護《ようご》する者《もの》は誰《だれ》もおらず、幕府《ばくふ》は紀伊藩《きいはん》を経由《けいゆ》し、海《うみ》から船《ふね》を派遣《はけん》して隠密《おんみつ》を集団潜行《しゅうだんせんこう》させて内情《ないじょう》を探《さぐ》ろうとした。

武芸八《たけひろ》のように詳《くわ》しい者《もの》がいなかったので、工作船《こうさくせん》は道中本物《どうちゅうほんもの》と信《しん》じられ、堂々《どうどう》と補給《ほきゅう》を受《う》けて土佐沖《とさおき》までやって来《き》たが、彼《かれ》らが土佐《とさ》に上陸《じょうりく》することはなかった。

津呂沖《つろおき》まで来《き》た御用船《ごようせん》モドキは、もへぇが未来《みらい》から呼《よ》び寄《よ》せた巨大鮫《きょだいざめ》の襲撃《しゅうげき》で沈没《ちんぼつ》した。

隠密《おんみつ》たちは全《すべ》て鮫《さめ》の腹《はら》の中《なか》に収《おさ》まり、船《ふね》の残骸《ざんがい》は津呂沖《つろおき》に沈《しず》んだ。

室津沖《むろつおき》のように残骸《ざんがい》を処分《しょぶん》する必要《ひつよう》は、もうなかった。

川上新助《かわかみしんすけ》が海中調査《かいちゅうちょうさ》を行《おこな》わなず、速《すみ》やかに伝右衛門失脚《でんえもんしっきゃく》に向《む》けて奔走《ほんそう》するからだが、念《ねん》のため錨《いかり》は室津沖《むろつおき》と同様《どうよう》、海底《かいてい》の裂《さ》け目《め》に投《な》げ込《こ》んで、もへぇは伝右衛門《でんえもん》の元《もと》に戻《もど》った。

「望《のぞ》み通《どお》り、船《ふね》は沈《しず》めたぞ」

言葉《ことば》から想定《そうてい》される通《とお》り、幕府工作船《ばくふこうさくせん》の沈没《ちんぼつ》を要請《ようせい》したのは伝右衛門《でんえもん》だった。

伝右衛門《でんえもん》は、土佐《とさ》の国力《こくりょく》を高《たか》めるため孤軍奮闘《こぐんふんとう》する自分《じぶん》が疑《うたが》われる事《こと》に憤《いきどお》ったのだ。

帰全山の土葬問題や隣国《りんこく》との国境争《こっきょうあらそ》いで、何度《なんど》も幕府《ばくふ》に弁明《べんめい》や説明《せつめい》を行《おこな》ったことも、伝右衛門《でんえもん》が工作船沈没《こうさくせんちんぼつ》を決断《けつだん》させる遠因《えんいん》となったが、もへぇは伝右衛門《でんえもん》に冷《ひ》ややかだった。

必要《ひつよう》だから協力《きょうりょく》はしたが、後《のち》に起《お》こる失脚《しっきゃく》の話《はなし》を教《おし》える気《き》にはならなかった。

伝右衛門《でんえもん》の周囲《しゅうい》に苦言《くげん》を呈《てい》したり諫《いさ》めようとする者《もの》が一人《ひとり》もおらず、逆《ぎゃく》に威《い》を借《か》ろうと群《む》れ集《つど》う取《と》り巻《ま》きばかりがいることに、何《なん》となく察《さっ》しがついたからである。

——志《こころざし》や行動《こうどう》は立派《りっぱ》だが、正論《せいろん》を振《ふ》りかざす、一緒《いっしょ》に仕事《しごと》をしたくない人間《にんげん》だな。

これが、もへぇの出《だ》した伝右衛門《でんえもん》の人物評《じんぶつひょう》だった。

「見返《みかえ》りは何《なん》だ？」

せっかちさ特有《とくゆう》の問《と》いかけに、もへぇは待《ま》ったをかけた。

「追々話《おいおいはな》すさ。頭《あたま》や権力《けんりょく》じゃなく体力《たいりょく》を使《つか》うからな。病気《びょうき》を治《なお》すのが先《さき》だ——」

はぐらかしてから、また話題《わだい》を変《か》えた。

「——もう一《ひと》つ、引《ひ》っかかっていることがあるだろう？　仙術《せんじゅつ》を使《つか》えばわけないことだ。この際《さい》、懸案事項《けんあんじこう》として、それも片《かた》づけてしまったらどうだ？」

わざと苛立《いらだ》つ抑揚《よくよう》で話《はな》したが、伝右衛門《でんえもん》は気《き》にも留《と》めず表情《ひょうじょう》すら変《か》えなかった。

もう頭《あたま》の中《なか》は、その懸案事項《けんあんじこう》のことでいっぱいなのだ。

土佐国《とさのくに》の発展《はってん》につながるなら、誰《だれ》とでも協力《きょうりょく》して手段《しゅだん》を選《えら》ばない。

もへぇは伝右衛門《でんえもん》の、そういう一面《いちめん》だけは評価《ひょうか》していた。


南蛮渡《なんばんわた》りのガラス瓶《びん》の中《なか》に、もへぇと伝右衛門《でんえもん》は収《おさ》まって、大海原《おおうなばら》を漂《ただよ》った。

巨大《きょだい》な瓶《びん》を造《つく》ったわけではなく、仙術《せんじゅつ》で小《ちい》さくなって、小《ちい》さい瓶《びん》に入《はい》っただけである。

昔《むかし》、市之丞《いちのじょう》と術比《じゅつくら》べをした際《さい》、徳利《とっくり》に小《ちい》さくなって入《はい》ったことの応用《おうよう》だった。

いつもは小《ちい》さく見《み》える魚《さかな》が大《おお》きな鯨《くじら》のように見《み》えたが、仙術《せんじゅつ》による結界《けっかい》で魚《さかな》は無関心《むかんしん》で、潮流《ちょうりゅう》や波《なみ》の影響《えいきょう》も、ほとんど受《う》けなかった。

土佐《とさ》の産業育成《さんぎょういくせい》に力《ちから》を入《い》れる伝右衛門《でんえもん》が、密《ひそ》かに目《め》をつけていたのが、珊瑚《さんご》だった。

この時代《じだい》、珊瑚《さんご》は全《すべ》て地中海産《ちちゅうかいさん》で、長崎《ながさき》の出島《でじま》を通《つう》じて手《て》に入《はい》る舶来物《はくらいもの》だったが、海岸《かいがん》に打《う》ち上《あ》げられたり、誤《あやま》って釣《つ》り上《あ》げられるなど、国内《こくない》に珊瑚《さんご》が存在《そんざい》することは都市伝説《としでんせつ》の類《たぐい》ながら、室町時代《むろまちじだい》から人々《ひとびと》に知《し》られていたのである。

自分《じぶん》で見聞《みき》きしなければ気《き》が済《す》まない伝右衛門《でんえもん》は、もへぇの力《ちから》を借《か》りて珊瑚《さんご》を調査《ちょうさ》した。

土佐沖《とさおき》の珊瑚《さんご》の生息分布《せいそくぶんぷ》は、鯨《くじら》の漁場《りょうば》のように、土佐《とさ》の両端《りょうたん》に多《おお》く自生《じせい》している。

伝右衛門《でんえもん》が珊瑚《さんご》に目《め》を付《つ》けたのは、需要《じゅよう》がこれから伸《の》びると睨《にら》んでいたからだった。

少《すこ》し先《さき》の寛文《かんぶん》から元禄年間《げんろくねんかん》は、町人《ちょうにん》の生活《せいかつ》に余裕《よゆう》が生《う》まれて美意識《びいしき》が向上《こうじょう》する時代《じだい》で、直前《ちょくぜん》の万治年間《まんじねんかん》から、その兆候《ちょうこう》は表《あらわ》れており、敏感《びんかん》に察知《さっち》していたのだ。

もっとも、珊瑚《さんご》が実際《じっさい》に本格的《ほんかくてき》な土佐《とさ》の産業《さんぎょう》となるのは、明治《めいじ》になってからである。

伝右衛門《でんえもん》は群生《ぐんせい》する珊瑚《さんご》の種類《しゅるい》や、その色《いろ》や形《かたち》を丹念《たんねん》に記録《きろく》していた。

今《いま》、彼《かれ》が関心《かんしん》を持《も》つのは目《め》の前《まえ》の珊瑚《さんご》のみで、ガラス瓶《びん》に入《はい》っていることには無関心《むかんしん》だ。

集中《しゅうちゅう》している時《とき》は、他《ほか》のことに関心《かんしん》を示《しめ》さない――、伝右衛門《でんえもん》はそういう男《おとこ》だった。

やがて調査《ちょうさ》を終《お》えた伝右衛門《でんえもん》に、心《こころ》を読《よ》み取《と》ったもへぇが先《さき》に話《はな》しかけた。

「珊瑚《さんご》が生《は》えるのは人《ひと》が潜《もぐ》れない深《ふか》さだ。密漁《みつりょう》を考《かんが》えるのは、性急《せいきゅう》じゃないのか？」

「利《り》に繋《つな》がると知《し》れば術《すべ》を考《かんが》える。人《ひと》の行《おこな》いは掟《おきて》で縛《しば》れるが、一番《いちばん》は触《ふ》れさせぬことだ。そのための番人《ばんにん》が欲《ほ》しい。鯨《くじら》の二《に》の舞《ま》いは、もうごめんだ」

九州《きゅうしゅう》や紀州《きしゅう》の漁師《りょうし》たちに鯨《くじら》を乱獲《らんかく》され、土佐《とさ》の捕鯨組合《ほげいくみあい》が解散《かいさん》に追《お》い込《こ》まれた経験《けいけん》を持《も》つ、伝右衛門《でんえもん》ならではの要望《ようぼう》だった。

「天狗《てんぐ》の爪《つめ》は持《も》ってきたか？」

もへぇの問《と》いかけに、伝右衛門《でんえもん》は素直《すなお》に懐《ふところ》から小箱《こばこ》に入《い》れた大《おお》きな三角《さんかく》の石《いし》を見《み》せた。

「わが家《いえ》に伝《つた》わる物《もの》だ。嘘《うそ》か誠《まこと》か知《し》らぬが、先祖《せんぞ》はこの天狗《てんぐ》から剣《けん》の極意《ごくい》を習《なら》ったとか」

「そんな与太話《よたばなし》を信《しん》じているのか。意外《いがい》だな――」

もへぇは素気《そっけ》なく呟《つぶや》くと、磁石《じしゃく》のように天狗《てんぐ》の爪《つめ》を掌《てのひら》に吸《す》い寄《よ》せた。

「――こいつの正体《しょうたい》は、天狗《てんぐ》の爪《つめ》じゃないぞ」

強《つよ》く握《にぎ》りしめて呪詛《じゅそ》を唱《とな》え、天狗《てんぐ》の石《いし》と瓶《びん》を素通《すどお》りさせて海中《かいちゅう》に投《な》げると、天狗《てんぐ》の爪《つめ》は急激《きゅうげき》に膨張《ぼうちょう》して激《はげ》しく蠢《うごめ》き、卵《たまご》を破《やぶ》るように巨大《きょだい》な生物《いきもの》が跳《と》び出《だ》した。

「大昔《おおむかし》に海《うみ》を泳《およ》いでいた、大鱶《おおぶか》の歯《は》さ」

小《ちい》さな瓶《びん》から見《み》ると鮫《さめ》の巨大《きょだい》さは際立《きわだ》っていたが、伝右衛門《でんえもん》は驚《おどろ》かず、頷《うなず》きながら興味深《きょうみぶか》そうに鮫《さめ》を見上《みあ》げ、……これは使《つか》えるな――、とでも言《い》いたそうな表情《ひょうじょう》をした。

……また始《はじ》まった――と、諦《あきら》め境地《きょうち》のもへぇは空虚感《くうきょかん》に苛《さいな》まれ暇《ひま》を潰《つぶ》すしかなかった。

「漁民《ぎょみん》たちが珊瑚《さんご》を採《と》りだすのは、かなり先《さき》の時代《じだい》だ。だから鱶《ふか》は未来《みらい》に跳《と》ばすぞ」

磯場《いそば》で元《もと》に戻《もど》ったもへぇは伝右衛門《でんえもん》の隣《となり》に立《た》ち、入《はい》っていた瓶《びん》を洗《あら》いながらそう告《つ》げた。

目《め》の前《まえ》の洋上《ようじょう》には、この時代《じだい》に甦《よみがえ》った古代《こだい》の鮫《さめ》が元気《げんき》に泳《およ》ぎ回《まわ》っている。

「浦《うら》の者《もの》らが珊瑚《さんご》を採《と》らぬと、言《い》い切《き》れるのか？」

「不安《ふあん》なら珊瑚禁制《さんごきんせい》の掟《おきて》でも作《つく》るんだな。土佐沖《とさおき》に珊瑚《さんご》があると認《みと》めるようなものだが」

皮肉《ひにく》を言《い》ったつもりだったが、伝右衛門《でんえもん》は珊瑚《さんご》の書類《しょるい》をどう扱《あつか》うか思案中《しあんちゅう》だったので、もへぇはうんざりして、さっさと大鮫《おおざめ》を未来《みらい》の時代《じだい》へ跳《と》ばすことにした。

鮫《さめ》は数百年《すうひゃくねん》の時《とき》を断片的《だんぺんてき》に泳《およ》ぎ、珊瑚《さんご》に近《ちか》づく海女《あま》や漁師《りょうし》を追《お》い払《はら》うのである。

そして過去《かこ》の自分《じぶん》が新《あら》たな指令《しれい》を出《だ》し、元禄《げんろく》の時代《じだい》で海女《あま》たちを調達《ちょうたつ》して、貞享《じょうきょう》の時代《じだい》の海で御用船モドキの回収《かいしゅう》を行《おこな》い、やがてさらに過去《かこ》のもへぇの眷属《けんぞく》となるのだ。

「次《つぎ》に会《あ》う時《とき》までに喘息《ぜんそく》を治《なお》せよ。一日《いちにち》だけ働《はたら》いてもらうからな。……聞《き》いているのか？」

もへぇは少《すこ》し怒《おこ》ったが、伝右衛門《でんえもん》は返事《へんじ》をしない。

置《お》いてけぼりにしてやろうかと考《かんが》えていると、伝右衛門《でんえもん》は咳《せき》で返《かえ》してきた。

「城下《じょうか》の本宅《ほんたく》に連《つ》れ帰《かえ》ってくれ。海風《うみかぜ》は体《からだ》に障《さわ》る」

……いまさら病人気取《びょうにんきど》りか——と、もへぇは眉《まゆ》を顰《ひそ》め、心《こころ》の中《なか》で毒《どく》づいた。


伝右衛門《でんえもん》を城《しろ》の追手門脇《おうてもんわき》にある本邸《ほんてい》に送《おく》り届《とど》けると、もへぇは寛文三年《かんぶんさんねん》に跳《と》んだ。

この年《とし》は、七月《しちがつ》に伝右衛門《でんえもん》が弾劾《だんがい》をされて失脚《しっきゃく》し、九月《くがつ》に隠居《いんきょ》、十二月《じゅうにがつ》に死去《しきょ》と非常《ひじょう》に慌《あわ》ただしい年《とし》で、同時《どうじ》に延宝五年《えんぽうごねん》に生《う》まれたもへぇが連《つ》れて来《こ》られた年《とし》でもあった。

そのため、武芸八《たけひろ》の力《ちから》を借《か》りて時間《じかん》を超越《ちょうえつ》しなくても良《よ》い反面《はんめん》、過去《かこ》の自分《じぶん》の意識《いしき》がある時間《じかん》には存在《そんざい》できないという、制約《せいやく》が発生《はっせい》していた。

もへぇは伝右衛門《でんえもん》が隠居《いんきょ》して、終《つい》の棲家《すみか》となる屋敷《やしき》に移《うつ》り住《す》む九月《くがつ》の某日《ぼうじつ》に跳《と》んだ。

屋敷《やしき》は、城下《じょうか》から浦戸湾《うらどわん》を越《こ》え、東《ひがし》の中野村《なかのむら》という所《ところ》に建《た》つ別邸《べってい》で、約五《やくご》、六坪《ろくつぼ》——、十数《じゅうすう》㎡ほどの広《ひろ》さの敷地《しきち》は、城下《じょうか》の本宅《ほんたく》に比《くら》べれば、遙《はる》かに小《ちい》さかった。

もへぇは伝右衛門《でんえもん》の末路《まつろ》を見届《みとど》けに来《き》たわけだが、関心《かんしん》は別《べつ》にあった。

昼過《ひるす》ぎになって近《ちか》くを流《なが》れる『舟入川《ふないれがわ》』に一艘《いっそう》の舟《ふね》が到着《とうちゃく》し、伝右衛門《でんえもん》と従者《じゅうしゃ》の一行《いっこう》が見張《みは》りの役人《やくにん》たちに伴《ともな》われて姿《すがた》を現《あらわ》して、屋敷《やしき》の屋根《やね》から一行《いっこう》を見《み》下ろしたもへぇは、伝右衛門《でんえもん》の姿《すがた》を見《み》つけたが、頬《ほお》は瘦《や》せこけ、肌《はだ》の艶《つや》は消え、目《め》の周《まわ》りの皺《しわ》は多《おお》く、白髪《しらが》も目立《めだ》って、御年四十八歳《おんとしよんじゅうはっさい》とは到底思《とうていおも》えない、老醜《ろうしゅう》を曝《さら》け出《だ》していた。

仕事《しごと》と身分《みぶん》を取《と》り上《あ》げられ、生活様式《せいかつようしき》も変《か》わって睡眠不足《すいみんぶそく》が続《つづ》き、食《しょく》も細《ほそ》ったのだろう。体《からだ》も見《み》るからに弱々《よわよわ》しくなっていた。

体《からだ》を時折《ときおり》揺《ゆ》らし、覚束《おぼつか》ない足取《あしど》りで伝右衛門《でんえもん》は、喘息特有《ぜんそくとくゆう》の咳《せき》を繰《く》り返《かえ》していた。

——人《ひと》の忠告《ちゅうこく》も聴《き》かず、無理《むり》を続《つづ》ければ、ああなるさ

そうぼやいた、もへぇの鷲《わし》の眼力《がんりき》は、従者《じゅうしゃ》の一人《ひとり》に注《そそ》がれた。

脇差《わきざし》を一本腰《いっぽんこし》に提《さ》げた一人《ひとり》の中間《ちゅうげん》に、もへぇは見覚《みおぼ》えがあった。

日下茂兵衛《くさかもへえ》だった。

どう潜《もぐ》りこんだのか、茂兵衛《もへえ》は伝右衛門《でんえもん》の従者《じゅうしゃ》に化《ば》けていた。

もへぇは茂兵衛《もへえ》が何故《なぜ》、伝右衛門《でんえもん》の従者《じゅうしゃ》になっているのか、知《し》っていた。

そして何《なに》が起《お》こるのかも把握《はあく》していて、それを踏《ふ》まえて真実《しんじつ》を見届《みとど》けることにしたのだ。

間《ま》もなく、この時代《じだい》の赤子《あかご》のもへぇが目《め》を覚《さ》ます。

赤子《あかご》のもへぇは、茂兵衛《もへえ》が子作《こづく》りに励《はげ》んでいたあの尼寺《あまでら》に預《あず》けられていた。

伝右衛門が弱々しく終の棲家の門《もん》をくぐるのを見届《みとど》け、もへぇは『時《とき》の淀《よど》み』に戻《もど》った。

伝右衛門《でんえもん》が、どのような最期《さいご》を遂《と》げるのか？

その最後《さいご》に、日下茂兵衛《くさかもへえ》はどのように関《かか》わるのか？

日下茂兵衛《くさかもへえ》は、その後《あと》どうなるのか？

それらが全《すべ》てが分《わ》かっていながら、心《こころ》は激《はげ》しく動揺《どうよう》していた。

しかし、こうしていても時《とき》は進《すす》まず、何《なに》も始《はじ》まらない。

「——気《き》つけにどうだい？　勢《いきお》いをつけることも大事《だいじ》だよ」

そう言《い》い残《のこ》して、武芸八《たけひろ》は杯《さかずき》に注《そそ》いだ甘酒《あまざけ》を渡《わた》して置《お》いていった。

もへぇは杯《さかずき》を取《と》ってグイっと飲《の》み干《ほ》し、伝右衛門《でんえもん》が死《し》ぬ寸前《すんぜん》の時間《じかん》を目《め》の前《まえ》に映《うつ》した。

寛文三年《かんぶんさんねん》、十二月十五日早朝《じゅうにがつじゅうごにちそうちょう》、日《ひ》も昇《のぼ》っていない今暁七《こんぎょうなな》つ——、午前五時頃《ごぜんごじごろ》である。

伝右衛門《でんえもん》は咳《せき》が酷《ひど》くなり、中間《ちゅうげん》の一人《ひとり》だった茂兵衛《もへえ》を呼《よ》んで煎《せん》じ薬《くすり》を持《も》ってこさせた。

この日《ひ》、他《ほか》の者《もの》たちは出払《ではら》っていた。

前日《ぜんじつ》に伝右衛門《でんえもん》が息子三人《むすこさんにん》を呼《よ》び寄《よ》せ、その到着《とうちゃく》の出迎《でむか》えに行《い》っていたからである。

この機《き》を逃《のが》すまいと茂兵衛《もへえ》は、正体《しょうたい》を現《あらわ》して伝右衛門《でんえもん》を尋問《じんもん》した。

狙《ねら》いは伝右衛門《でんえもん》の隠《かく》し財産《ざいさん》だったが、無論《むろん》、そんなものはない。

川上新助《かわかみしんすけ》が幕府《ばくふ》に上申《じょうしん》した報告書《ほうこくしょ》を盗《ぬす》み見《み》て、茂兵衛《もへえ》が誤解《ごかい》したに過《す》ぎなかったのだ。

伝右衛門《でんえもん》を監視《かんし》する名目《めいもく》で尋問《じんもん》の機会《きかい》を窺《うかが》っていたが、覚《おぼ》えのない伝右衛門《でんえもん》は否定《ひてい》した。だが、それで引《ひ》き下《さ》がる茂兵衛《もへえ》ではなかった。

すぐに拷問《ごうもん》で吐《は》かせようとしたが、仙術《せんじゅつ》で呼吸困難《こきゅうこんなん》にさせたのが致命傷《ちめいしょう》だった。伝右衛門《でんえもん》は発作《ほっさ》を起《お》こし、喉《のど》に痰《たん》を詰《つ》まらせて窒息死《ちっそくし》した。

かつて土佐《とさ》の国政《こくせい》を仕切《しき》った男《おとこ》の、呆気《あっけ》ない最後《さいご》だった。

日下茂兵衛《くさかもへえ》に明確《めいかく》な殺意《さつい》があったわけではないが、傷害致死《しょうがいちし》は明白《めいはく》だった。

茂兵衛《もへえ》は伝右衛門《でんえもん》の脆《もろ》さが予想外《よそうがい》だったようで、頻《しき》りに後《うし》ろ髪《がみ》を掻《か》いて困惑《こんわく》したが、罪悪感《ざいあくかん》の類《たぐい》は全《まった》く抱《いだ》かず、すぐさま部屋《へや》の物色《ぶっしょく》を始《はじ》めた。

中間《ちゅうげん》として奉公《ほうこう》する間《あいだ》に目星《めぼし》はつけていたようで、迷《まよ》わず鴨居《かもい》にある戸棚《とだな》から小箱《こばこ》を持《も》ち出《だ》した茂兵衛《もへえ》は、畳《たたみ》の上《うえ》で開《あ》けて中《なか》の書類《しょるい》を閲覧《えつらん》すると、数枚《すうまい》の絵図《えず》を掴《つか》み取《と》った。

それは、万治三年《まんじさんねん》に伝右衛門《でんえもん》が直々《じきじき》に作成《さくせい》をした、珊瑚《さんご》の調査記録書《ちょうさきろくしょ》だった。

結局《けっきょく》、伝右衛門《でんえもん》は活《い》かすことも捨《す》てることもできず、私的《してき》に保管《ほかん》していたのだ。

「こいつが金銀財宝《きんぎんざいほう》の正体《しょうたい》か」

したり顔《がお》を見《み》せた茂兵衛《もへえ》は、背後《はいご》に気配《けはい》を感《かん》じ、険《けわ》しい顔《かお》で振《ふ》り返《かえ》った。

「やってくれたな、茂兵衛《もへえ》――」

伝右衛門《でんえもん》の鼻《はな》と口《くち》に手《て》を当《あ》てて、死亡《しぼう》を確認《かくにん》する先代川上新助《せんだいかわかみしんすけ》の姿《すがた》が、そこにあった。

「――名のある者の死には関《かか》わるなと厳命《げんめい》したであろう。どう始末《しまつ》をつけるつもりだ？」

融通《ゆうずう》の利《き》かない子供《こども》を突放《つきはな》す親《おや》のような表情《ひょうじょう》をする新助《しんすけ》に、茂兵衛《もへえ》は反発《はんぱつ》をした。

そして自分《じぶん》の手柄《てがら》だと言《い》わんばかりに、珊瑚《さんご》の描《か》かれた書付《かきつけ》を見《み》せて叫《さけ》んだ。

「こいつは俺《おれ》が見《み》つけたんだ！　てめぇには、ビタ一文《いちもん》やらねぇからな――」

「――見《み》つけたのは紙切《かみき》れだろう。どこにあるか訊《き》き出《だ》したのか？」

鋭《するど》い指摘《してき》に茂兵衛《もへえ》は一瞬《いっしゅん》怯《ひる》んだが、ほぼ逆《ぎゃく》ギレ紛《まが》いに噛《か》みついた。

「わけねぇや。てめぇが室津浦《むろつうら》を嗅《か》ぎまわってたのは知《し》ってんだ。珊瑚《さんご》はそこだろ!?」

ドサクサ紛《まぎ》れの物言《ものい》いだったが、今度《こんど》は川上新助《かわかみしんすけ》が、目《め》を細《ほそ》めて警戒《けいかい》の色《いろ》を浮《う》かべた。

「……ほう。では鱶《ふか》を放《はな》ち、わしの邪魔《じゃま》をしたのは貴様《きさま》か？」

「はぁ？　何《なん》のこったよ!?」

両者《りょうしゃ》は勘違《かんちが》いから険悪《けんあく》になったが、先《さき》に折《お》れたのは川上新助《かわかみしんすけ》だった。

「話《はなし》は後回《あとまわ》しだ。間《ま》もなく、此奴《こいつ》の倅共《せがれども》がやってくる」

先代《せんだい》の川上新助《かわかみしんすけ》は立《た》ち上《あ》がると、茂兵衛《もへえ》を促《うなが》して部屋《へや》を出《で》ようとした。

「ちょっと待《ま》て。その前《まえ》に、俺《おれ》が茂兵衛《もへえ》に戻《もど》るための手伝《てつだ》いをしてくれよ」

「手伝《てつだ》いだと？」

訝《いぶか》しむ新助《しんすけ》を尻目《しりめ》に、茂兵衛《もへえ》は徐《おもむろ》に畳《たたみ》を剥《は》がして、その下《した》の床板《ゆかいた》を手際《てぎわ》よく外《はず》すと、床《ゆか》の下《した》から男《おとこ》の遺体《いたい》を引《ひ》き上《あ》げて来《き》た。

顔《かお》こそ違《ちが》っていたが、姿形《すがたかたち》は中間《ちゅうげん》の服装《ふくそう》をした茂兵衛《もへえ》そっくりに仕立《した》てられていた。

「俺《おれ》の身代《みが》わりに、こいつを切腹《せっぷく》したように見《み》せかけるのさ」

茂兵衛《もへえ》は不敵《ふてき》に微笑《ほほえ》むと、顔《かお》の皮《かわ》を不自然《ふしぜん》にダブつかせ、まるで蛇《へび》が脱皮《だっぴ》をするようにビリビリと顔《かお》を剥《は》ぎ取《と》り、茂兵衛《もへえ》の顔《かお》を作《つく》り出《だ》して、それを遺体《いたい》の顔《かお》に張《は》りつけた。

「『代《か》わり身《み》の術《じゅつ》』の一《ひと》つ、『顔移《かおうつ》しの術《じゅつ》』だ」

茂兵衛《もへえ》はそう呟《つぶや》くと、裏工作《うらこうさく》を先代《せんだい》の川上新助《かわかみしんすけ》に任《まか》せて、自分《じぶん》は伝右衛門《でんえもん》の遺体《いたい》の前《まえ》に座《すわ》り込《こ》むと、何《なに》やら手尺《てじゃく》や指尺《ゆびじゃく》を使《つか》って遺体《いたい》の寸法《すんぽう》を測《はか》り始《はじ》めた。

「今度《こんど》は何《なに》をしておる？」

「此奴《こいつ》には未《ま》だ使《つか》い道《みち》があるってことよ。遺産《いさん》はゆっくり探《さが》すが、金《かね》は早《はや》く欲《ほ》しいからな」

茂兵衛《もへえ》はニヤつきながら測量《そくりょう》を終《お》えると、川上新助《かわかみしんすけ》に引《ひ》きずられるように立《た》ち去《さ》った。

珊瑚《さんご》の絵図《えず》は奪《うば》われた。

伝右衛門《でんえもん》の息子三人《むすこさんにん》は中野村《なかのむら》に入《はい》って親《おや》の死《し》を知《し》ったが、城《しろ》の許可《きょか》が下《お》りなかったので亡骸《なきがら》を城下《じょうか》の本宅《ほんたく》に戻《もど》すことができず、家臣《かしん》だった与力《よりき》の家《いえ》に仮置《かりお》くしかなかった。

二日後《ふつかご》の十二月十七日《じゅうにがつじゅうななにち》に潮江川《うしおえがわ》――、現在《げんざい》の鏡川《かがみがわ》にて葬儀《そうぎ》が執《と》り行《おこな》われて、亡骸《なきがら》は潮《うしお》江山《えやま》――、現在《げんざい》の筆山《ひつざん》に葬《ほうむ》られた。

埋葬されて間もなく、茂兵衛《もへえ》は伝右衛門《でんえもん》の墓《はか》を暴《あば》いて遺骸《いがい》を掘《ほ》り出《だ》すと鋸《のこぎり》で解体《かいたい》してそれぞれに呪符《じゅふ》を貼《は》りつけ、口《くち》に手《て》を当《あ》て呪詛《じゅそ》を唱《とな》えるとバラバラの遺骸《いがい》は茂兵衛《もへえ》の周《まわ》りで踊《おど》りの輪《わ》を作《つく》り、茂兵衛《もへえ》は愉快《ゆかい》そうにその光景《こうけい》を眺《なが》めつつ、踊《おど》りが最高潮《さいこうちょう》に達《たっ》した瞬間《しゅんかん》に指《ゆび》を弾《はじ》き、遺骸《いがい》は四方八方《しほうはっぽう》に飛《と》び去《さ》った。

「家老共《かろうども》！　恐《おそ》れ戦《おのの》け。この崇《たた》りを祓《はら》いたければ、大判小判《おおばんこばん》を山《やま》ほど持《も》って来《こ》い！」

日下茂兵衛《くさかもへえ》は、人《ひと》の道《みち》を外《はず》れた外道《げどう》であった。

遺骸《いがい》は城下《じょうか》の郭中《かくちゅう》に跳《と》んで、伝右衛門《でんえもん》の失脚《しっきゃく》に絡《から》んだ家老《かろう》たちの屋敷内《やしきない》で暴《あば》れ回《まわ》った。

ある者《もの》の親《おや》は手首《てくび》に喉《のど》を絞《し》められて声《こえ》を失《うしな》い、ある者《もの》の妻《つま》は身重《みおも》の腹《はら》を足首《あしくび》に蹴《け》られて流産《りゅうざん》し、またある者《もの》の子供《こども》は、伝右衛門《でんえもん》の首《くび》に毎晩睨《まいばんにら》まれて発狂《はっきょう》した。

加担《かたん》した本人《ほんにん》でなく身内《みうち》に牙《きば》を剥《む》けるのが茂兵衛《もへえ》らしい陰湿《いんしつ》さだったが、逆効果《ぎゃくこうか》だった。

家老《かろう》たちは恐喝《きょうかつ》に対《たい》し、川上新助《かわかみしんすけ》に茂兵衛《もへえ》の抹殺《まっさつ》を命《めい》じたのだ。

怯《おび》える者《もの》などほとんどおらず、孕石家《はらみいしけ》の当主《とうしゅ》が本山《もとやま》に引《ひ》き籠《こも》ったくらいだった。

曲《ま》がりなりにも伝右衛門《でんえもん》と激《はげ》しい政治抗争《せいじこうそう》を繰《く》り広《ひろ》げた家老《かろう》たちである。

茂兵衛《もへえ》は完全《かんぜん》に相手《あいて》を過小評価《かしょうひょうか》し、油断《ゆだん》していたので、会合場所《かいごうばしょ》にしていた神社《じんじゃ》の境内《けいだい》へ川上新助《かわかみしんすけ》に呼《よ》び出《だ》されて、ノコノコと姿《すがた》を現《あらわ》した。

「俺《おれ》に何《なん》の用《よう》だ？」

「おまえを殺《ころ》せと命《めい》じられたぞ。城《しろ》の家老《かろう》どもにな」

開口一番《かいこういちばん》、直球《ちょっきゅう》を投《な》げつけられても、茂兵衛《もへえ》は不敵《ふてき》にカラカラと笑《わら》った。

「成程《なるほど》、一応《いちおう》ビビッてやがるんだな。で？　俺《おれ》を殺《や》るのか？」

「……おまえの返答次第《へんとうしだい》だ」

再《ふたた》び投《な》げつけられた言葉《ことば》に、茂兵衛《もへえ》は不満《ふまん》そうに顔《かお》を顰《しか》めた。

「俺《おれ》は、金《かね》が欲《ほ》しいだけなんだがな――」

「――何故《なにゆえ》、そこまで金《かね》を欲《ほ》しがる？」

「金《かね》がありゃあ、女《おんな》を抱《だ》けるし博打《ばくち》もできらぁ。酒《さけ》も鱈腹《たらふく》飲《の》めるってもんよ」

「……足《た》るを知《し》る――、という言葉《ことば》を知《し》らんのか？」

「知《し》らねぇな。俺《おれ》は金《かね》を食《く》らって生《い》きる、獣《けだもの》だからよ――」

そう豪語《ごうご》して、茂兵衛《もへえ》は脇差《わきざし》を抜《ぬ》いて新助《しんすけ》の腰《こし》に当《あ》てた。

「……殺《や》られる前《まえ》に、殺《や》るというわけか？」

意外《いがい》なほど落《お》ち着《つ》いた新助《しんすけ》を、ハッタリと思《おも》った茂兵衛《もへえ》は、強気《つよき》のまま続《つづ》けた。

「俺《おれ》はこのままドロンするぜ。室津浦《むろつうら》の珊瑚《さんご》も俺《おれ》が頂《いただ》く――」

「――好《す》きにしろ。だが、わしの口《くち》を封《ふう》じるのだけは、止《や》めた方《ほう》が良《い》いぞ」

明《あき》らかな煽《あお》りに茂兵衛《もへえ》は躊躇《ためら》わず脇差《わきざし》を突《つ》いたが、呻《うめ》き声《ごえ》を上《あ》げたのは茂兵衛《もへえ》だった。

腕が勝手に動いて自分《じぶん》の腹《はら》を刺《さ》し、脂汗《あぶらあせ》を浮《う》かべて地面《じめん》に膝《ひざ》をついて掌《てのひら》を見《み》ると、手首《てくび》から肩《かた》までにかけて、呪詛文字《じゅそもじ》がビッシリと浮《う》かび上《あ》がっていた。

「術《じゅつ》を見抜《みぬ》けなかったおまえの負《ま》けだ。出会《であ》った時《とき》から、仕込《しこ》んでいたのだがな」

神妙《しんみょう》な顔《かお》をした川上新助《かわかみしんすけ》は、腰《こし》を下《お》ろして茂兵衛《もへえ》の開《ひら》いた瞳孔《どうこう》を覗《のぞ》きこんだ。

「義賊《ぎぞく》の日下茂兵衛《くさかもへえ》は時《とき》の権力者《けんりょくしゃ》たちと刺《さ》し違《ちが》えた——。里《さと》にはそう伝《つた》えておこう」

新助《しんすけ》は茂兵衛《もへえ》の両手《りょうて》を握《にぎ》らせて脇差《わきざし》をさらに深《ふか》く刺《さ》したが、茂兵衛《もへえ》は足掻《あが》いた。

これだけは渡《わた》さぬと——、絵図《えず》を含《ふく》めた珊瑚《さんご》の報告書数枚《ほうこくしょすうまい》を口《くち》へ呑《の》みこみ、大声《おおごえ》で吠《ほ》え、腹《はら》からこぼれた臓物《ぞうもつ》を次々《つぎつぎ》投《な》げつけて、白目《しろめ》を剥《む》き出《だ》しにして前《まえ》のめりに倒《たお》れて絶命《ぜつめい》した。

一方《いっぽう》、この脅迫《きょうはく》を祟《たた》りと噂《うわさ》されるのを嫌《きら》った城《しろ》の家老達《かろうたち》は、伝右衛門《でんえもん》の遺体《いたい》を潮江山《うしおえやま》の寺《てら》に預《あず》けて一任《いちにん》し、住職《じゅうしょく》は伝右衛門《でんえもん》を改《あらた》めて土葬《どそう》にして墓《はか》を建《た》てたのだった。

「茂兵衛殿《もへえどの》は最後《さいご》まで志《こころざし》を貫《つらぬ》きました。貴方様方《あなたさまがた》の元《もと》から離《はな》れたのは城《しろ》の手《て》がここに及《およ》ぶことを避《さ》けたからです」

先代《せんだい》の川上新助《かわかみしんすけ》は、落人《おちうど》の里《さと》にて日菜乃《ひなの》の母《はは》である美知《みち》や、祖父《そふ》の知良《ともよし》の前《まえ》で嘘八百《うそはっぴゃく》を顔色一《かおいろひと》つ変《か》えず話《はな》したが、二人《ふたり》とも涙《なみだ》を流《なが》しながら、話《はなし》を信《しん》じて聴《き》いていた。

「……そうそう。茂兵衛殿《もへえどの》は麓《ふもと》にて、男子《だんし》を新《あら》たに設《もう》けたようですな」

川上新助《かわかみしんすけ》が放《はな》った一言《ひとこと》は、悲嘆《ひたん》に暮《く》れていた二人《ふたり》を現実《げんじつ》に引《ひ》き戻《もど》した。

「御子《おこ》が今《いま》どこにいるかは存《ぞん》じませぬが、無事《ぶじ》に育《そだ》つことがあれば此処《ここ》を見《み》つけることもありましょう。その時《とき》は拙者《せっしゃ》と茂兵衛殿《もへえどの》で造《つく》りました隠《かく》し家《が》に導《みちび》き、遺産《いさん》の継承《けいしょう》をお頼《たの》み申《もう》し上《あ》げたい。拙者《せっしゃ》の後釜《あとがま》がこの地《ち》を来訪《らいほう》した時《とき》も、同様《どうよう》の処置《しょち》を宜《よろ》しく願《ねが》い致《いた》します」

丁重《ていちょう》ながら凄《すご》みを効《き》かせた要請《ようせい》に、美知《みち》も友良《ともよし》も黙《だま》って頷《うなず》くしかなかった。

その後川上新助《ごかわかみしんすけ》は落人《おちうど》の里《さと》が管轄《かんかつ》する横倉山《よこくらやま》に赴《おもむ》き、隠《かく》し家《が》に伝右衛門《でんえもん》の遺産《いさん》に関《かん》する報告書《ほうこくしょ》や書類《しょるい》を葛籠《つづら》に納《おさ》めて土佐国《とさのくに》から立《た》ち去《さ》ったが、次代《じだい》の川上新助《かわかみしんすけ》との継承争《けいしょうあらそ》いに敗《やぶ》れて彼自身《かれじしん》は遂《つい》に土佐国《とさのくに》へ帰《かえ》ってはこなかった。

ただ予感《よかん》があったのか、葛籠《つづら》に爆破《ばくは》の細工《さいく》をして、伝右衛門《でんえもん》の遺産関連《いさんかんれん》の記憶《きおく》を仙術《せんじゅつ》で意図的《いとてき》に消去《しょうきょ》し、これにより次代《じだい》の川上新助《かわかみしんすけ》が遺産《いさん》を求《もと》めて土佐国《とさのくに》にやってくるのである。

土佐《とさ》の国境《くにざかい》を出《で》て遠《とお》ざかって行《ゆ》く先代《せんだい》の川上新助《かわかみしんすけ》を、もへぇはその時代《じだい》に跳《と》んで見送《みおく》ることで一《ひと》つの区切《くぎ》りとして、新《あら》たな区切《くぎ》りと向《む》き合《あ》うことにした。

——日下茂兵衛《くさかもへえ》があの死《し》に方《かた》をしたなら、俺《おれ》の知《し》っている親父《おやじ》は一体誰《いったいだれ》なんだ？

疑問《ぎもん》があれば、直《す》ぐに答《こた》えが仙人《せんにん》であるもへぇの頭《あたま》に返《かえ》ってくる。

それが人生《じんせい》に縛《しば》られている気《き》がして憂鬱《ゆううつ》だった。

「……やっぱり俺《おれ》なんだな。人生《じんせい》を前借《まえが》りしたから仕方《しかた》ないか」

もへぇの記憶には、性格《せいかく》は異《こと》なるものの、日下茂兵衛《くさかもへえ》の養育《よういく》を受《う》けた記憶《きおく》があった。

だが日下茂兵衛《くさかもへえ》は、遥《はる》か以前《いぜん》に謀殺《ぼうさつ》されたことが明白《めいはく》になった。

幼少《ようしょう》のもへぇを、一体誰《いったいだれ》が育《そだ》てたのかという疑問《ぎもん》が発生《はっせい》する。

真相《しんそう》は、未来《みらい》のもへぇによる介入《かいにゅう》だった。

時系列《じけいれつ》は、恩田武芸八《おんだたけひろ》が次代《じだい》の川上新助《かわかみしんすけ》より先《さき》に、先代《せんだい》の川上新助《かわかみしんすけ》が遺《のこ》した伝右衛門《でんえもん》の遺産《いさん》の調査書類《ちょうさしょるい》を、横倉山《よこくらやま》の隠《かく》し家《が》から頂戴《ちょうだい》した時間《じかん》まで遡《さかのぼ》る。

この時代《じだい》のもへぇは、桂七之助《かつらしちのすけ》の家《いえ》で使用人《しようにん》をやっている。

少《すく》なくとも夜更《よふ》けまでは寝《ね》ないので、もへぇは『時《とき》の淀《よど》み』から見守《みまも》ることにした。

恩田武芸八《おんだたけひろ》は鼻歌《はなうた》を歌《うた》いながら横倉山《よこくらやま》にやってくると、隠《かく》し家《が》の結界《けっかい》を容易《たやす》く越《こ》えて、近所《きんじょ》の知《し》り合《あ》いの家《いえ》に上《あ》がりこむように、軽々《かるがる》と中《なか》へ入《はい》った。

そうして番人《ばんにん》である、昔《むかし》もへぇが遺産継承《いさんけいしょう》の時《とき》に出会《であ》った日下茂兵衛《くさかもへえ》の姿《すがた》を模《かたど》った霊体《れいたい》の宿《やど》る鎧武者《よろいむしゃ》と対面《たいめん》すると、二言三言話《ふたことみことはな》して川上新助《かわかみしんすけ》の遺産《いさん》を回収《かいしゅう》してしまった。

「……これで役目《やくめ》は終《お》わった。そなたの力《ちから》で成仏《じょうぶつ》させてくれぬか？」

覚悟《かくご》を決《き》めて語《かた》りかける鎧武者《よろいむしゃ》だったが、武芸八《たけひろ》は首《くび》を横《よこ》に振《ふ》った。

「いえいえ。あなたの役目《やくめ》はまだあります。今夜辺《こんやあた》り、それを告《つ》げる者《もの》が現《あらわ》れましょう。

あなたはその役目《やくめ》を全《まっと》うしている最中《さいちゅう》に成仏《じょうぶつ》するはずです。つまり功徳《くどく》を積《つ》む善行《ぜんこう》です。

どうかその役目《やくめ》を果《は》たしてやってくださいな」

もへぇは武芸八《たけひろ》の言葉通《ことばどお》り、この時代《じだい》のもへぇが眠《ねむ》るのを待《ま》ってから姿《すがた》を現《あらわ》した。

「いつぞやの茂兵衛《もへえ》の倅《せがれ》か。……いや違《ちが》うな。姿形《すがたかたち》は同《おな》じだが、気配《けはい》は仙人《せんにん》のそれだ」

「さすがだな。本物《ほんもの》とは雲泥《うんでい》の差《さ》だ」

開口一番《かいこういちばん》褒《ほ》めてから、もへぇは遺産《いさん》を受《う》け継《つ》いだ後《あと》の流《なが》れを、掻《か》い摘《つま》んで伝《つた》えた。

「……成程《なるほど》。茂兵衛《もへえ》の代《か》わりに赤子《あかご》のおまえを育《そだ》てる役目《やくめ》か。だがその育《そだ》て方《かた》を知《し》らぬぞ。元《もと》の茂兵衛《もへえ》に、その知識《ちしき》がなかったからな」

「心配《しんぱい》ない。全部俺《ぜんぶおれ》が指示《しじ》するから、なるべく世間《せけん》から目立《めだ》たないように生《い》きてくれ」

鎧武者《よろいむしゃ》はフムフムと相槌《あいづち》を打《う》ったが、やがて思《おも》い出《だ》したように口《くち》を挟《はさ》んだ。

「肝心《かんじん》の茂兵衛《もへえ》の体《からだ》は、どうするのだ？　わたしはご覧《らん》の通《とお》り、霊体《れいたい》に過《す》ぎないぞ」

「体《からだ》は此処《ここ》にもってきた」

もへぇが指《さ》し示《しめ》す場所《ばしょ》には、茂兵衛《もへえ》の亡骸《なきがら》が筵《むしろ》に寝《ね》かされていた。

壮絶《そうぜつ》な死《し》に方《かた》をした後《あと》だったが、臓物《ぞうもつ》や傷《きず》はきれいに治《なお》されている。

「一応《いちおう》の処置《しょち》はした。憑依《ひょうい》して確《たし》かめてくれ」

「……主《あるじ》の体《からだ》に乗《の》り移《うつ》るのは、何《なん》とも不思議《ふしぎ》な気分《きぶん》だな」

そう言《い》って鎧武者《よろいむしゃ》は鎧《よろい》を抜《ぬ》け出《で》て霊体《れいたい》となり、日下茂兵衛《くさかもへえ》の体《からだ》に憑依《ひょうい》した。

もへぇはそれから暫《しばら》く、自分自身《じぶんじしん》を育《そだ》てることに専念《せんねん》した。

時《とき》の淀《よど》みから、或《ある》いはその時代《じだい》に跳《と》んでから、茂兵衛《もへえ》の霊体《れいたい》に直接教《ちょくせつおし》える形《かたち》で仙術《せんじゅつ》や生《い》きる術《すべ》を伝授《でんじゅ》していった。

赤子《あかご》のもへぇは、茂兵衛《もへえ》が子作《こづく》りに励《はげ》んでいたあの尼寺《あまでら》に預《あず》けられており、茂兵衛《もへえ》が死《し》ぬと養育費《よういくひ》が届《とど》かなくなって邪険《じゃけん》されていたので、もへぇが直接尼寺《ちょくせつあまでら》を訪問《ほうもん》して自分自身《じぶんじしん》を買《か》い取《と》り、茂兵衛《もへえ》が潜伏先《せんぷくさき》としていた日下村《くさかむら》で育《そだ》てることになった。

自分《じぶん》が自分《じぶん》を育《そだ》てることは、過去《かこ》の自分《じぶん》と向《む》き合《あ》うことである。

あの時《とき》の自分《じぶん》は何《なに》を考《かんが》え、どう生《い》きたのか――。

大人《おとな》になって見返《みかえ》すと、懸命《けんめい》に生《い》きていたあの頃《ころ》の自分《じぶん》が酷《ひど》く生意気《なまいき》で我儘《わがまま》に見《み》えた。

そして、誰《だれ》かを育《そだ》てることが思《おも》ったより大変《たいへん》だと、ようやく気《き》がついた。

子育《こそだ》ては、全《まった》くの一人《ひとり》で出来《でき》るものではない。

何《なに》かしらの共同体《きょうどうたい》に所属《しょぞく》して周囲《しゅうい》の社会環境《しゃかいかんきょう》と協調《きょうちょう》しながら行《おこな》う必要《ひつよう》がある。

幼《おさな》い自分《じぶん》が他人《たにん》に迷惑《めいわく》をかければ、茂兵衛《もへえ》の霊体《れいたい》を通《とお》して謝《あやま》りに行《い》き、共同体《きょうどうたい》の役割《やくわり》を担《にな》わなければならない時《とき》は、率先《そっせん》して参加《さんか》した。

人間《にんげん》らしさというものは、人間社会《にんげんしゃかい》で生活《せいかつ》しないと培《つちか》われない。

周囲《しゅうい》に気《き》を配《くば》りつつ、幼《おさな》い自分《じぶん》を堅実《けんじつ》に養育《よういく》するには、個性的《こせいてき》な人格《じんかく》より目立《めだ》たない人格《じんかく》の方《ほう》が適《てき》していることも解《わか》った。

幼心《おさなごころ》に自分《じぶん》の父親《ちちおや》が頼《たよ》りなく感《かん》じたのは、それが一番《いちばん》の理想《りそう》の人格《じんかく》だったからだ。

間《ま》もなく言葉《ことば》を覚《おぼ》えた幼少《ようしょう》のもへぇは、人《ひと》と関《かか》わるより動物《どうぶつ》と関《かか》わることを好《この》んだ。

やがて動物《どうぶつ》と話《はなし》がしたいと言《い》い出《だ》したので、もへぇは村《むら》の人間《にんげん》たちとも付《つ》き合《あ》うという条件《じょうけん》をつけて、『鳥獣鳴解《ちょうじゅうめいかい》の術《じゅつ》』を教《おし》えた。

そのうち村《むら》の子供《こども》たちと競《きそ》うために川《かわ》や沼《ぬま》の魚《さかな》を多《おお》く獲《と》りたいと言《い》って来《き》たので、水《みず》に溺《おぼ》れないよう『浮《う》き袋《ぶくろ》の術《じゅつ》』を教《おし》えたが、どこか浮世離《うきよばな》れしていた幼少期《ようしょうき》のもへぇは、当然《とうぜん》の如《ごと》く虐《いじ》めの対象《たいしょう》になった。

しかし負《ま》けん気《き》の強《つよ》い幼少《ようしょう》のもへぇは、やり返《かえ》せる術《じゅつ》を教《おし》えてほしいと言《い》ってきた。

共同体《きょうどうたい》から弾《はじ》かれる懸念《けねん》があったので、もへぇは茂兵衛《もへえ》の霊体《れいたい》を通《つう》じて戦《たたか》うのでなく、上手《うま》く逃《のが》れる術《すべ》である『代《か》わり身《み》の術《じゅつ》』を教《おし》えた。

ところがある日《ひ》、虐《いじ》めっ子《こ》と喧嘩《けんか》をした際《さい》、幼少《ようしょう》のもへぇは相手《あいて》を川《かわ》に引《ひ》きずり込《こ》んで、『浮《う》き袋《ぶくろ》の術《じゅつ》』で生還《せいかん》して、相手《あいて》を溺死寸前《できしすんぜん》にしてしまった。

もへぇは未然《みぜん》に防《ふせ》ぐことが出来《でき》なかった。

どんな方策《ほうさく》を打《う》っても、必《かなら》ず幼少《ようしょう》のもへぇが村《むら》の子供《こども》の命《いのち》を奪《うば》いかけてしまうのだ。

結局《けっきょく》、相手《あいて》が後遺症《こういしょう》を負《お》わない最善《さいぜん》の事案《じあん》を選《えら》んだが、相手《あいて》は有力者《ゆうりょくしゃ》の息子《むすこ》だった。

親子共々《おやこともども》、村《むら》から追放《ついほう》されそうになったが、それを助《たす》けたのが村《むら》の大庄屋《だいしょうや》だった清兵衛《せいべえ》という人物《じんぶつ》で、霊体《れいたい》の入《はい》った茂兵衛《もへえ》を小作人《こさくにん》に、幼少《ようしょう》のもへぇを使用人《しようにん》として取《と》り立《た》てた。

これで事案《じあん》は一件落着《いっけんらくちゃく》したが、後《のち》に幼少《ようしょう》のもへぇは清兵衛《せいべえ》の一人娘《ひとりむすめ》に恋心《こいごころ》を抱《いだ》く。

そして、茂兵衛《もへえ》の体《からだ》に入《はい》っていた霊体《れいたい》が、成仏《じょうぶつ》の時《とき》を迎《むか》えたのである。

「そろそろ限界《げんかい》のようだな」

そう切《き》り出《だ》されたが、もへぇは悲《かな》しまず、よくここまでもったな――、とさえ思《おも》った。

「準備《じゅんび》をするから、ちょっと待《ま》ってくれ」

もへぇは武芸八《たけひろ》に頼《たの》んで、茂兵衛《もへえ》の霊体《れいたい》を成仏《じょうぶつ》させてやることにした。

最高《さいこう》の見送《みおく》りをしてやりたかったのだ。

修験者《しゅげんじゃ》が修行《しゅぎょう》にも訪《おとず》れる山間《やまあい》の岩場《いわば》にて、霊体《れいたい》の見送《みおく》りは行《おこな》われた。

「伝《つた》えたいことがあるなら、今《いま》、言《い》うべきだよ」

浄衣《じょうえ》を着用《ちゃくよう》しながら助言《じょげん》する武芸八《たけひろ》に促《うなが》され、もへぇは茂兵衛《もへえ》の霊体《れいたい》に向《む》き合《あ》った。

「本当《ほんとう》に世話《せわ》になった。一言《ひとこと》、息子《むすこ》として、さよならを言《い》わせてくれ」

「わたしは茂兵衛《もへえ》によって創《つく》られた霊体《れいたい》だぞ。本当《ほんとう》の父《ちち》ではない」

茂兵衛《もへえ》の霊体《れいたい》は、創造主《そうぞうしゅ》である茂兵衛《もへえ》が植《う》えつけた情報《じょうほう》しかもっていなかった。

茂兵衛《もへえ》は、もへぇを自分《じぶん》の子《こ》として自己申告《じこしんこく》したのだろう。

もへぇも敢《あ》えて、それを指摘《してき》しなかった。

「それを承知《しょうち》で、俺《おれ》は見送《みおく》りたいんだ」

「……分《わ》かった。ではわたしも、おまえを息子《むすこ》と呼《よ》ぶことにしよう」

「ありがとう。親父《おやじ》、今《いま》まで本当《ほんとう》にありがとう。……さようなら」

「息子《むすこ》よ。出会《であ》った時《とき》より強《つよ》くなったな。わたしが二《ふた》つの遺産《いさん》を守《まも》ったように、その強《つよ》さを守《まも》ることに使《つか》ってくれ。守《まも》ることは奪《うば》うことより難《むずか》しいが、おまえなら必《かなら》ずできる」

そう言《い》い遺《のこ》して、茂兵衛《もへえ》の霊体《れいたい》は武芸八《たけひろ》の除霊《じょれい》の舞《まい》に見送《みおく》られて静《しず》かに天《てん》に召《め》された。

その光景《こうけい》を、もへぇはじっと見守《みまも》ったが、成仏《じょうぶつ》された時《とき》には深々《ふかぶか》と頭《あたま》を下《さ》げていた。

ようやく父親《ちちおや》に別《わか》れを告《つ》げられて、もへぇはその場《ば》に跪《ひざまず》き、一人《ひとり》で泣《な》いた。

翌朝《よくあさ》、茂兵衛《もへえ》の遺骸《いがい》は清兵衛《せいべえ》の主催《しゅさい》で土葬《どそう》にされ、小《ち》さな墓《はか》が建《た》てられたのだった。

もへぇ、対決《たいけつ》させる

もへぇは伝右衛門《でんえもん》を連《つ》れて、自分《じぶん》の時間軸《じかんじく》に戻《もど》った。

土佐守《とさのかみ》と決着《けっちゃく》をつけ、芝天狗《しばてんぐ》の脚《あし》を取《と》り返《かえ》すためである。

伝右衛門《でんえもん》は、寛文二年《かんぶんにねん》の時代《じだい》から連《つ》れてきたが、喘息《ぜんそく》は治《なお》らず、寧《むし》ろ悪化《あっか》していた。

翌年《よくとし》の寛文三年《かんぶんさんねん》には、伝右衛門《でんえもん》は失脚《しっきゃく》して喘息《ぜんそく》はさらに悪化《あっか》する。

よって、この年代《ねんだい》しか、連《つ》れて来《く》る機会《きかい》がなかったのだ。

もへぇは、土佐守《とさのかみ》のいる本山《もとやま》の土居《どい》に跳《と》んだ。

「お帰《かえ》りなさい」

笑顔《えがお》で迎《むか》えた前田六郎《まえだろくろう》は、同行《どうこう》してきた伝右衛門《でんえもん》を一目《ひとめ》見《み》ると、恭《うやうや》しく傅《かしず》いた。

「よくぞおいで下《くだ》さいました。私《わたくし》は前田六郎《まえだろくろう》と申《もう》します。今日一日《きょういちにち》、お世話《せわ》を致《いた》します。

何《なん》なりとお申《もう》しつけを。……ところで此処《ここ》での呼《よ》び名《な》ですが、決《き》めておられますか？」

「……高山左八郎《たかやまさはちろう》と名乗《なの》ることにする」

伝右衛門《でんえもん》の答《こた》えに、六郎《ろくろう》は感心《かんしん》した表情《ひょうじょう》を浮《う》かべた。

「貴方《あなた》らしい、良《よ》い按排《あんばい》の名前《なまえ》ですね。では、こちらにどうぞ」

六郎《ろくろう》は丁重《ていちょう》に伝右衛門《でんえもん》を案内《あんない》し、一方《いっぽう》の伝右衛門《でんえもん》は、やや趣《おもむき》の変《か》わった本山《もとやま》の土居《どい》に既《き》
視感《しかん》を感《かん》じつつ、六郎《ろくろう》に導《みちび》かれて中《なか》に入《はい》って行《い》った。

もへぇは土佐守《とさのかみ》を連《つ》れて来《く》るため、土居《どい》の北側《きたがわ》にある竹藪《たけやぶ》に足《あし》を運《はこ》んだ。

竹藪では、毛利藤九郎と名乗っている土佐守《とさのかみ》が、木刀《ぼくとう》を構《かま》えて鍛錬《たんれん》をしていた。

その足《あし》の運《はこ》びは軽《かろ》やかで、とても四十代《よんじゅうだい》とは思《おも》えない、若々《わかわか》しい動《うご》きだった。

土佐守《とさのかみ》の剣術《けんじゅつ》は、柳生新陰流《やぎゅうしんかげりゅう》である。

将軍家指南役《しょうぐんけしなんやく》を務《つと》めるこの流派《りゅうは》を学《まな》ぶことは、幕府《ばくふ》への忠義《ちゅうぎ》に等《ひと》しく、江戸《えど》から遠《とお》い外《と》様大名《ざまだいみょう》たちは挙《こぞ》って、この流派《りゅうは》を学《まな》ぶことで忠誠《ちゅうせい》の証《あかし》としたのである。

もへぇは藤九郎《とさのかみ》の視界外《しかいがい》で山犬《やまいぬ》の力《ちから》を発動《はつどう》させ、桑名古庵《くわなこあん》と名乗《なの》っていた姿《すがた》で現《あらわ》れた。

異形《いぎょう》の者《もの》の出現《しゅつげん》に、藤九郎《とさのかみ》の側《そば》で蜂蜜《はちみつ》を舐《な》めていた赤鬼《あかおに》たちが何奴《なにやつ》だと言《い》わんばかりに、いかり肩《がた》で立《た》ち塞《ふさ》がったが、藤九郎《とさのかみ》は一瞥《いちべつ》すると意外《いがい》な言葉《ことば》を放《はな》った。

「よせよせ。争《あらそ》うな。其奴《そやつ》は日下茂平《くさかもへえ》だから安心《あんしん》しろ」

もへぇは山犬《やまいぬ》の顔《かお》を、被《かぶ》り物《もの》のようにバリバリ剥《は》いで、転生前《てんせいまえ》の顔《かお》と口調《くちょう》に戻《もど》した。

現実的《げんじつてき》な表現《ひょうげん》を使《つか》えば、土佐守《とさのかみ》の仙術無効《せんじゅつむこう》は、ある程度突破《ていどとっぱ》できるのである。

「……武芸八《たけひろ》さんがバラしたのか？」

「豊永郷《とよながごう》で別《わか》れた後《あと》でな。それを聴《き》いて、転生術《てんせいじゅつ》のカラクリも見《み》えたぞ――」

そう言《い》いながら藤九郎《とさのかみ》は、木刀《ぼくとう》を片手《かたて》で握《にぎ》ったまま、顔《かお》に浮《う》かぶ汗《あせ》を手《て》ぬぐいで拭《ふ》いた。

「――顔《かお》の良《よ》く似《に》た、双子《ふたご》の兄弟《きょうだい》がいたのであろう？」

……よくまぁ、考《かんが》えつくよな――と、もへぇは呆《あき》れを通《とお》り越《こ》して感心《かんしん》した。

「あんたに相応《ふさわ》しい相手《あいて》を連《つ》れてきたぜ。取《と》りあえず会《あ》ってくれよ」

「ほう、直《じか》には戦《たたか》わぬのか？」

「達人《たつじん》のあんたに勝《か》てるわけねぇだろ？　俺《おれ》も馬鹿《ばか》じゃないぜ」

軽口《かるくち》を叩《たた》いてから、もへぇは藤九郎《とさのかみ》を土居《どい》の茶室《ちゃしつ》に案内《あんない》した。

茶室《ちゃしつ》では既《すで》に伝右衛門《でんえもん》が座《すわ》り、六郎《ろくろう》が茶《ちゃ》を立《た》てていた。

藤九郎《とさのかみ》が襟《えり》を正《ただ》し、丸腰《まるごし》で伝右衛門《でんえもん》の横《よこ》に座《すわ》ると、六郎《ろくろう》は茶《ちゃ》を伝右衛門《でんえもん》の前《まえ》に差《さ》し出《だ》し、伝右衛門《でんえもん》は中身《なかみ》の入《はい》った湯呑《ゆの》みを一口含《ひとくちふく》んで、横《よこ》に座《すわ》る藤九郎《とさのかみ》に無言《むごん》で差《さ》し出《だ》した。

その湯呑《ゆの》みを口《くち》にした藤九郎《とさのかみ》は、中身《なかみ》が茶《ちゃ》でないことに気《き》づいて、六郎《ろくろう》に訊《たず》ねた。

「これは、複数《ふくすう》の薬草《やくそう》を煎《せん》じたものだな？」

「はい。そちらの御方《おかた》は咳《せき》の病《やまい》を患《わずら》っておりますので、蜂蜜《はちみつ》を混《ま》ぜてお出《だ》ししました。生憎《あいにく》お菓子《かし》はございませんので、その代《か》わりでもあります」

六郎《ろくろう》の言葉《ことば》を受《う》けて、藤九郎《とさのかみ》は頷《うなず》きつつも、伝右衛門《でんえもん》には視線《しせん》を移《うつ》さなかった。

伝右衛門《でんえもん》は懐紙《かいし》で口《くち》を軽《かる》く拭《ぬぐ》ってから、藤九郎《とさのかみ》に体《からだ》を半分《はんぶん》向《む》けて軽《かる》く会釈《えしゃく》をした。

「高山左八郎《たかやまさはちろう》です」

「御丁寧《ごていねい》に。毛利藤九郎《もうりとうくろう》だ」

もへぇと六郎《ろくろう》は、互《たが》いに目線《めせん》を交《か》わさない二人《ふたり》の挨拶《あいさつ》に、思《おも》わず顔《かお》を見合《みあ》わせた。

素性を知る者が見ると、これ以上《いじょう》の滑稽《こっけい》なやり取《と》りはない。

「何《なに》やら企《たく》んでおるようだが何時《いつ》まで此処《ここ》に留《とど》め置《お》く？　まさか利《き》き茶《ちゃ》で勝負《しょうぶ》するのか？」

もへぇは動《どう》じることなく、藤九郎《とさのかみ》に答《こた》え返《かえ》した。

「夜《よる》になるまでさ。勝負《しょうぶ》に一方的《いっぽうてき》な地《ち》の利《り》を与《あた》えたくねぇんだ。日《ひ》の光《ひかり》とかな」

「月夜《つきよ》で篝火《かがりび》を焚《た》いた勝負《しょうぶ》も乙《おつ》なものですよ。それまで忌憚《きたん》なく御歓談《ごかんだん》なさってください」

もへぇと六郎《ろくろう》の見《み》え透《す》いた返《かえ》しに、藤九郎《とさのかみ》と左八郎《でんえもん》はそれっきり、黙《だま》り込《こ》んでしまった。

無言《むごん》の時間《じかん》が流《なが》れ、茶室《ちゃしつ》の障子《しょうじ》に差《さ》す陽光《ようこう》は紅《くれない》に染《そ》まり、そして闇《やみ》に溶《と》け込《こ》んだ。

土佐守《とさのかみ》と伝右衛門《でんえもん》が対峙《たいじ》したのは、それから更《さら》に一時《いっとき》——、二時間程経過《にじかんほどけいか》した後《あと》だった。

月夜《つきよ》の下《もと》に篝火《かがりび》が焚《た》かれ、土居《どい》の庭《にわ》では対峙《たいじ》した二人《ふたり》の影《かげ》がユラユラと揺《ゆ》れ動《うご》いていた。

「それでは、得物《えもの》をどうぞ」

六郎《ろくろう》が声《こえ》をかけると同時《どうじ》に、もへぇは二人《ふたり》の前《まえ》に置《お》いた葛籠《つづら》の中身《なかみ》を開《ひら》いた。

葛籠《つづら》には、共《とも》に真剣《しんけん》が納《おさ》められていた。

藤九郎《とさのかみ》は左八郎《でんえもん》に一瞥《いちべつ》もせず、葛籠《つづら》の刀《かたな》に手《て》を伸《の》ばし、左八郎《でんえもん》も藤九郎《とさのかみ》を一切見《いっさいみ》ずに、葛籠《つづら》の打刀《うちがたな》を手《て》にして構《かま》えた。

通常刀《つうじょうかたな》の長《なが》さは二尺三寸《にしゃくさんずん》——、約《やく》七十cmだが、左八郎《でんえもん》の刀《かたな》は、より短《みじか》い二尺《にしゃく》——、約《やく》六十cmの長《なが》さで、構《かま》え方《かた》は正面《しょうめん》に構《かま》えない、古風《こふう》な具足剣法《ぐそくけんぽう》のそれだった。

具足剣法と素肌剣法《すはだけんぽう》が相対《あいたい》して、両者《りょうしゃ》は全《まった》く異《こと》なる刀《かたな》の構《かま》えを取《と》った。

一見《いっけん》、刀《かたな》の短《みじか》い左八郎《でんえもん》が不利《ふり》に見《み》えるが、顔《かお》や手首《てくび》への反撃《はんげき》を得意《とくい》とする柳生新陰流《やぎゅうしんかげりゅう》にとって、脛《すね》への攻撃《こうげき》を主体《しゅたい》に機動力《きどうりょく》を奪《うば》うことに特化《とっか》した丹石流《たんせきりゅう》は、まさに異端《いたん》の剣法《けんぽう》であり、攻《せ》め手《て》を見出《みいだ》せず、二《に》の足《あし》を踏《ふ》まざるを得《え》ない代物《しろもの》だった。

仕物《しもの》が日常《にちじょう》だった藩政《はんせい》のごく初期《しょき》には、二人《ふたり》がかりで行《おこな》う対丹石流戦法《たいたんせきりゅうせんぽう》が存在《そんざい》したが、その方法《ほうほう》も、時代《じだい》の流《なが》れの中《なか》で失《うしな》われてしまっていた。

両者《りょうしゃ》は、互《たが》いに間合《まあ》いを測《はか》り、互《たが》いに最良《さいりょう》の位置《いち》を見出《みいだ》した。

その過程《かてい》で藤九郎《とさのかみ》は、左八郎《でんえもん》の構《かま》えが根絶《こんぜつ》したはずの丹石流《たんせきりゅう》だと気《き》がついたようで、疑念《ぎねん》から確信《かくしん》、そして戸惑《とまど》いと——、表情《ひょうじょう》の変化《へんか》が顔《かお》に色濃《いろこ》く浮《う》かび上《あ》がるのが見《み》えた。


「……そんな馬鹿《ばか》な」

思《おも》わず口《くち》に出《で》た言葉《ことば》に、もへぇの目論見《もくろみ》は、半《なか》ば達成《たっせい》された。

この時代《じだい》に、いるはずのない人間《にんげん》が、目《め》の前《まえ》にいる——。

その事実《じじつ》に直面《ちょくめん》したことで、土佐守《とさのかみ》の力《ちから》である仙術無効《せんじゅつむこう》の効果《こうか》が崩《くず》れたのだ。

『転送術《てんそうじゅつ》』が使《つか》われた瞬間《しゅんかん》、本山《もとやま》の土居《どい》から、二人《ふたり》の気配《けはい》が消《き》えた。

様子《ようす》を見守《みまも》っていた二匹《にひき》の赤鬼《あかおに》はオロオロ戸惑《とまど》い、後《あと》には月明《つきあ》かりに照《て》らされた土居《どい》屋敷《やしき》と、篝火《かがりび》のパチパチと爆《は》ぜる音《おと》だけが、残《のこ》されるばかりだった。

藤九郎《とさのかみ》と左八郎《でんえもん》は、月夜《つきよ》が照《てら》らす本山《もとやま》の静寂《せいじゃく》さから一転《いってん》して、騒々《そうぞう》しい場所《ばしょ》にいた。

広《ひろ》い神社《じんじゃ》の境内《けいだい》に数十人《すうじゅうにん》の村人《むらびと》たちが取《と》り囲《かこ》んで、やいのやいのと野次《やじ》を飛《と》ばしている。

左八郎《でんえもん》は刀《かたな》の構《かま》えを早々《そうそう》に崩《くず》し、眉間《みけん》に皺《しわ》を寄《よ》せて立《た》ちつくした。

藤九郎《とさのかみ》も内心苛立《ないしんいらだ》ったが、まずは様子見《ようすみ》と、角帯《かくおび》に納《おさ》めた刀《かたな》を提《さ》げてその場《ば》に控《ひか》えた。

人《ひと》だかりの遙《はる》か後方《こうほう》では巨大《きょだい》な炎《ほのお》が上《あ》がり、何《なに》か大《おお》きな物《もの》が燃《も》やされている。

村人《むらびと》たちは酔《よ》いが進《すす》んで、物騒《ぶっそう》な文句《もんく》を二人《ふたり》に次々《つぎつぎ》投《な》げつけている。

藤九郎《とさのかみ》と左八郎《でんえもん》は、自分《じぶん》たちが余興《よきょう》にされていることに、ようやく気《き》がついた。

左八郎《でんえもん》が苛立《いらだ》ちを抑《おさ》える意味《いみ》で、軽《かる》く咳《せき》きこんだ、その直後《ちょくご》だった——。

時《とき》が凍《こお》りつき、周囲《しゅうい》の煩雑《はんざつ》さも劫火《ごうか》の揺《ゆ》らめきも藤九郎《とさのかみ》と左八郎以外《でんえもんいがい》の全《すべ》てが静止《せいし》した。

「ようやく、俺《おれ》の力《ちから》を信《しん》じたようだな」

藤九郎《とさのかみ》が後《うし》ろを振《ふ》り返《かえ》ると、村人達《むらびとたち》の間《あいだ》をすり抜《ぬ》けて、もへぇが姿《すがた》を現《あらわ》した。

転生前《てんせいまえ》の赤髪黒眼《せきはつこくがん》の顔《かお》から、転生後《てんせいご》の銀髪銀眼《ぎんぱつぎんがん》の顔《かお》に、わざと一瞬《いっしゅん》で変化《へんげ》してみせた。

「ここは佐川《さかわ》の深尾家所領《ふかおけしょりょう》の村《むら》だ。武芸八《たけひろ》さんの隠遁先《いんとんさき》と言《い》えば分《わ》かりやすいだろう。

今夜《こんや》は厄払《やくばら》いを兼《か》ねてのお祭《まつ》りでな。今《いま》あそこで燃《も》えてるのが、伝右衛門《でんえもん》の遺産《いさん》の一《ひと》つだ」

藤九郎《とさのかみ》は、左八郎《でんえもん》を一瞥《いちべつ》してから巨大《きょだい》な炎《ほのお》を見上《みあ》げ、そしてもへぇに問《と》いかけた。

「……室津《むろつ》の浜《はま》に揚《あ》がり、本山《もとやま》の帰全山《きぜんざん》に秘匿《ひとく》されたという御用船《ごようせん》か？」

藤九郎の言葉を受けて、左八郎も燃《も》え盛《さか》る残骸《ざんがい》を無言《むごん》で見上《みあ》げた。

「違《ちが》うな。津呂沖《つろおき》に沈《しず》んだ公儀《こうぎ》の工作船《こうさくせん》さ。そっちは今《いま》でも帰全山《きぜんざん》の墓《はか》の中《なか》だ」

もへぇの答《こた》えを受《う》けて、藤九郎《とさのかみ》は渋面《じゅうめん》を浮《う》かべたまま言葉《ことば》を継《つ》いだ。

「前々《まえまえ》から解《げ》せなんだが、何故《なにゆえ》、あのような回《まわ》りくどいことをしたのであろうな？」

独《ひと》り言《ごと》のような言《い》い回《まわ》しとは裏腹《うらはら》に、藤九郎《とさのかみ》の視線《しせん》は左八郎《でんえもん》に向《む》けられ、左八郎《でんえもん》は反論《はんろん》をしようと半《なか》ば開《ひら》きかけた口元《くちもと》をへの字《じ》にキュッと閉《と》じて、腰《こし》に提《さ》げた携帯用《けいたいよう》の易占《えきうらな》い筒《づつ》を取《と》り出《だ》すと二三度筮竹《にさんどぜいちく》を引出《ひきだ》した上《うえ》で、ポツリとつぶやいた。

「……沈黙《ちんもく》は凶《きょう》か」

これを見《み》た藤九郎《とさのかみ》は、長年《ながねん》思《おも》い続《つづ》けた疑問《ぎもん》の答《こた》えを察《さっ》したようだった。

「……らしくない振舞《ふるま》いだが、それが貴殿《きでん》の本質《ほんしつ》なのか――」

「――らしさってのは、あんたの過大評価《かだいひょうか》に因《よ》るんじゃねぇのか？」

間髪入《かんぱつい》れずの突《つ》っ込《こ》みに、藤九郎《とさのかみ》はもへぇを睨《にら》んだが、もへぇは構《かま》わず続《つづ》けた。

「人間《にんげん》、誰《だれ》しも弱《よわ》さを持《も》ってるさ。あんたも高山《たかやま》さんもな」

左八郎《でんえもん》は目《め》を背《そむ》ける意味《いみ》で、今度《こんど》は大《おお》きく咳《せき》きこんだ。

一方《いっぽう》の藤九郎《とさのかみ》は伝右衛門《でんえもん》を見据《みす》え、やがて静《しず》かに語《かた》りかけた。

「野中伝右衛門《のなかでんえもん》という男《おとこ》を知《し》っておるか？」

左八郎《でんえもん》は一瞬《いっしゅん》、質問《しつもん》の意味《いみ》を捉《とら》え損《そこ》ねたが、やがて真意《しんい》を理解《りかい》して、無言《むごん》を貫《つらぬ》いた。

「わしは、松平土佐守《まつだいらとさのかみ》という男《おとこ》を良《よ》く知《し》っておる」

藤九郎《とさのかみ》は第三者的目線《だいさんしゃてきめせん》から、自身《じしん》の心情《しんじょう》を交《まじ》えて左八郎《でんえもん》に語《かた》り始《はじ》めた。

「奴《やつ》が初《はじ》めて伝右衛門《でんえもん》を知《し》ったのは、土佐《とさ》に来《く》る前《まえ》だ。江戸《えど》住《ず》まいの身《み》で此処《ここ》の事《こと》を何一《なにひと》つ知《し》らぬ有様《ありさま》だった。跡目《あとめ》を継《つ》いでからは、その伝右衛門《でんえもん》の影《かげ》に付《つ》き纏《まと》われる事《こと》になった。調《しら》べれば調《しら》べるほど、成《な》した事《こと》の大《おお》きさに、先代《せんだい》と同《おな》じ煩《わずら》わしさを募《つの》らせた――」

独白《どくはく》を左八郎《でんえもん》は黙《だま》って聴《き》き、同時《どうじ》に藤九郎《とうくろう》の正体《しょうたい》を探《さぐ》ろうと、彼《かれ》を凝視《ぎょうし》した。

「――折《おり》しも、伝右衛門《でんえもん》の実績《じっせき》が成果《せいか》を出《だ》し始《はじ》め、下々《しもじも》の者共《ものども》が掌《てのひら》を返《かえ》し始《はじ》めた。土佐守《とさのかみ》は伝右衛門《でんえもん》の粗《あら》を探《さが》そうと考《かんが》えた。だが家中《かちゅう》の者達《ものたち》は腫物《はれもの》を触《さわ》るかのように、皆一斉《みないっせい》に口《くち》を閉《と》ざした。……何《なに》かを隠《かく》しておることは、明白《めいはく》だった」

「……して？　内聞《ないぶん》は突《つ》き止《と》められたのですかな？」

左八郎《でんえもん》の問《と》いかけに、藤九郎《とさのかみ》はやや沈黙《ちんもく》して、そして話題《わだい》を変《か》えた。

「……高山殿《たかやまどの》。伝右衛門《でんえもん》は罪人《ざいにん》に問《と》えるだろうか？」

「何《なに》をもって、罪人《ざいにん》と問《と》うのです？」

訝《いぶか》しがる左八郎《でんえもん》の返《かえ》しに、藤九郎《とさのかみ》はやや早口《はやくち》で返《かえ》した。

「国中《くにじゅう》の百姓《ひゃくせい》に夫役《ぶやく》を課《か》して走《はし》り者《もの》を増《ふ》やした。御用商人共《ごようしょうにんども》を肥《こ》ゆらせて国《くに》の商《あきな》いを細《ほそ》らせた。過剰に軽輩を取り立てて、国《くに》の政情《せいじょう》を乱《みだ》した。挙《あ》げれば幾《いく》らでもある――」

「――全《すべ》ては、国《くに》を想《おも》うてのことです――」

「――その過程《かてい》が問題《もんだい》ではないのか？」

「国《くに》を想《おも》うていたやもしれぬ。なれど民《たみ》を想《おも》うていたとは思《おも》えぬのだ」

藤九郎《とさのかみ》は声《こえ》に力《ちから》を込《こ》め、刀《かたな》の鍔《つば》へ指《ゆび》をかけてから、続《つづ》け様《ざま》に問《と》い質《ただ》した。

藤九郎《とさのかみ》の言葉《ことば》に左八郎《でんえもん》は言葉《ことば》を噤《つぐ》み、これを踏《ふ》まえて藤九郎《とさのかみ》は問《と》いかけた。

「存命《ぞんめい》の内《うち》に問《と》うてみたかった。富国《ふこく》の夢叶《ゆめかな》うなら何処《どこ》まで己《おのれ》が身《み》を犠牲《ぎせい》にできるか――。

丹石流《たんせきりゅう》や南学《なんがく》が潰《つい》え、御家《おいえ》が断絶《だんぜつ》しても、良《よ》しと思《おも》うか？」

「惜《お》しくはないでしょうな。そのために身命《しんめい》を賭《と》しているのですから」

左八郎《でんえもん》は目《め》を背《そむ》けず、啖呵《たんか》を切《き》るように言《い》い切《き》り、藤九郎《とさのかみ》は目《め》を細《ほそ》めた。

そして藤九郎《とさのかみ》は、鍔《つば》から指《ゆび》を離《はな》して刀《かたな》を角帯《かくおび》から外《はず》し、険《けわ》しい表情《ひょうじょう》を緩《ゆる》めた。

「命《いのち》を落《おと》せば結果《けっか》は見届《みとど》けられぬぞ……。見届《みとど》けることも責務《せきむ》だ」

その表情《ひょうじょう》は、何処《どこ》か憐《あわれ》みを帯《お》び、気迫《きはく》はすっかり消《き》え失《う》せていた。

一方《いっぽう》、緊張《きんちょう》が解《と》けたのか、左八郎《でんえもん》は盛《さか》んに咳《せき》を繰《く》り返《かえ》した。

「日下茂平《くさかもへえ》、勝負《しょうぶ》は止《や》めだ。わしの方《ほう》から試合《しあい》を放棄《ほうき》する」

藤九郎《とさのかみ》の言葉《ことば》に、もへぇが無言《むごん》で指《ゆび》を弾《はじ》くと時《とき》が再《ふたた》び流《なが》れ、燃《も》えていた工作船《こうさくせん》が大音響《だいおんきょう》を立《た》てて崩《くず》れ落《お》ち、村人達《むらびとたち》の視線《しせん》はそちらに流《なが》れ、気《き》がつくと二人《ふたり》の姿《すがた》は消《き》えていた。

再《ふたた》び本山《もとやま》に戻《もど》ったもへぇは、左八郎《でんえもん》を六郎《ろくろう》に任《まか》せて、藤九郎《とさのかみ》と対峙《たいじ》した。

藤九郎《とさのかみ》は縁側《えんがわ》に腰《こし》かけて煙草《たばこ》を吸《す》い、吐《は》き出《だ》した煙《けむり》で輪《わ》っかを作《つく》るのに興《きょう》じていた。

「伝右衛門《でんえもん》を斬《き》らなかったのは、土佐守《とさのかみ》として止《と》めたからか？」

藤九郎《とさのかみ》は、もへぇを一瞥《いちべつ》してから視線《しせん》を戻《もど》し、独《ひと》り言《ごと》のように言葉《ことば》を紡《つむ》いだ。

「……武芸者《ぶげいしゃ》として止《と》めた。影《かげ》を作《つく》りしは己《おの》が弱《よわ》さだった。幾《いく》ら武芸《ぶげい》と学問《がくもん》で己《おのれ》を鍛《きた》えあげようとも、内《うち》なる弱《よわ》さに気《き》づかねば意味《いみ》を成《な》さぬ。伝右衛門《でんえもん》で気《き》づかされるとはな」

もへぇは、視線《しせん》を明後日《あさって》の方向《ほうこう》に向《む》けて、もう一《ひと》つ質問《しつもん》をした。

「伝右衛門無罪《でんえもんむざい》の真相《しんそう》は、無事《ぶじ》に訊《き》き出《だ》せたのか？」

問《と》いかけられる間《あいだ》に、藤九郎《とさのかみ》は兎《うさぎ》の『面《おもて》』を再《ふたた》び『つけ』直《なお》して質問《しつもん》に答《こた》えた。

「孕石《はらみいし》の親子《おやこ》からな。伝右衛門《でんえもん》の亡骸《なきがら》が起《お》こした一連《いちれん》の騒動《そうどう》で改葬《かいそう》の機《き》を逸《いっ》したらしい。

……ところで、伝右衛門殺害《でんえもんさつがい》の下手人《げしゅにん》だった茂兵衛《もへえ》という男《おとこ》だが、父親《ちちおや》か？」

「名付《なづ》け親《おや》さ。欲《よく》に生《い》きて欲《よく》に死《し》んだ、哀《あわ》れな男《おとこ》だったよ……」

藤九郎《とさのかみ》が成程《なるほど》と頷《うなず》いて、直後《ちょくご》に気配《けはい》を感《かん》じて視線《しせん》を移《うつ》すと、土居《どい》の庭《にわ》に川姫《かわひめ》と芝天狗《しばてんぐ》の姉妹《しまい》が、取巻《とりま》きである赤鬼二匹《あかおににひき》を地面《じめん》に押《お》さえつけ、揃《そろ》って並《なら》び立《た》っていた。

「……藤九郎様。私奴《わたくしめ》らに狼藉《ろうぜき》を働《はたら》いたこの鬼《おに》たちですが、如何致《いかがいた》しましょう？」

川姫《かわひめ》の声《こえ》は穏《おだ》やかながら殺気《さっき》に満《み》ちていたが、藤九郎《とさのかみ》は臆《おく》することなく答《こた》えた。

「放《はな》してやれ。殺生《せっしょう》は好《この》まぬ」

意外《いがい》な文句《もんく》だったが、二人《ふたり》は素直《すなお》に解放《かいほう》して、鬼達《おにたち》は逃《に》げるように藪《やぶ》へ跳《と》びこんだ。

「それと脚《あし》も返《かえ》そう。場所《ばしょ》は――」

「――それなら、既《すで》に返《かえ》してもろうたぞ」

芝天狗《しばてんぐ》の娘《むすめ》が裾《すそ》を捲《めく》って綺麗《きれい》な足首《あしくび》を晒《さら》し、藤九郎《とさのかみ》は一瞥《いちべつ》して、もへぇに話《はな》しかけた。

「最初《さいしょ》から隠《かく》し場所《ばしょ》を、分《わ》かっていて振舞《ふるま》っておったのか？」

「返《かえ》してもらう、言質《げんち》が欲《ほ》しかったからな」

もへぇはそう言《い》い切《き》って、話題《わだい》を変《か》えた。

「孕石親子《はらみいしおやこ》の処遇《しょぐう》は？」

「御咎《おとが》めなしだ。奉行《ぶぎょう》にも復帰《ふっき》させる。成果《せいか》に応《おう》じて領地《りょうち》も加増《かぞう》させるが、正《ただ》しその加領《かりょう》は分散《ぶんさん》して与《あた》える。事《こと》を騒《さわ》がせた分《ぶん》、親子共々《おやこともども》、隠居《いんきょ》を申《もう》し出《で》るまで働《はたら》かせるつもりだ」

「宿毛《すくも》にいる、伝右衛門《でんえもん》の一族《いちぞく》は？」

「男系《だんけい》が絶《た》えるまで現状維持《げんじょういじ》だ。その後《のち》は即《そく》、赦免《しゃめん》させる」

「……あんたは、これからどうする？」

「城《しろ》に戻《もど》る。戻《もど》って殿様稼業《とのさまかぎょう》に邁進《まいしん》する。過去《かこ》に囚《とら》われる時《とき》は終《お》わったからな」

そう告《つ》げると藤九郎《とさのかみ》は急《きゅう》に目《め》を閉《と》じて黙《だま》りこみ、もへぇは直《す》ぐ違和感《いわかん》を感《かん》じた。

心《こころ》が探《さぐ》れず仙術《せんじゅつ》が発動《はつどう》しない――、土佐守《とさのかみ》の力《ちから》が再《ふたた》び復活《ふっかつ》したのだ。

「……夢《ゆめ》から覚《さ》めることができぬ。……そうか、あの時《とき》の薬湯《やくとう》に眠《ねむ》り薬《ぐすり》か」

「はぁ？」

もへぇは狐《きつね》に摘《つ》まれたようにあんぐりと口《くち》を開《あ》けたが、藤九郎《とさのかみ》は至極真面目《しごくまじめ》だった。

「夢《ゆめ》なら伝右衛門《でんえもん》に会《お》うたのも納得《なっとく》が行《ゆ》くが、これ以上勝手《いじょうかって》はさせぬ。これはわしの夢《ゆめ》だ」

「……もう勘弁《かんべん》してくれ。

見《み》れば芝天狗《しばてんぐ》と川姫《かわひめ》は、藤九郎《とさのかみ》の天然《てんねん》っぷりに、クスクスと忍《しの》び笑《わら》いしている。

もへぇは、ウンザリして助《たす》け舟《ぶね》を出《だ》した。

「武芸八《たけひろ》さんでも呼《よ》んだらどうだ？　夢《ゆめ》ならすぐ呼《よ》べると思《おも》うぜ」

「おお、そうか。どれどれ――」

藤九郎《とさのかみ》が手《て》をポンポンと叩《たた》くと、一瞬《いっしゅん》で恩田武芸八《おんだたけひろ》が姿《すがた》を現《あらわ》した。

「御殿様《おとのさま》、御気分《ごきぶん》は如何《いかが》ですか？」

「ほう現実《げんじつ》の武芸八《たけひろ》より礼儀正《れいぎただ》しいではないか。中々悪《なかなかわる》くなかったぞ。夢《ゆめ》の中《なか》ではあるが伝右衛門《でんえもん》にも会《あ》えた。ところで、この夢《ゆめ》から覚《さ》めるには、どうすれば良《よ》いのだ？」

「恐れながら申《もう》し上《あ》げますと、夢《ゆめ》の中《なか》で、更《さら》に眠《ねむ》るとよろしいかと。では失礼《しつれい》して——」

武芸八《たけひろ》は一礼《いちれい》すると、釣糸《つりいと》で縛《しば》った寛永通宝《かんえいつうほう》を藤九郎《とさのかみ》の眼前《がんぜん》でユラユラ揺《ゆ》らし始《はじ》めた。

「殿《との》はだんだん眠《ねむ》くなる～。殿《との》はだんだん眠《ねむ》くなる～。さぁ二人《ふたり》も御一緒《ごいっしょ》に～」

いつの間《ま》にやら武芸八《たけひろ》と同《おな》じ釣糸《つりいと》の寛永通宝《かんえいつうほう》を携《たずさ》え、芝天狗《しばてんぐ》と川姫《かわひめ》も小芝居《こしばい》に参加《さんか》した。

声《こえ》を合《あ》わせる三人《さんにん》は、笑《わら》いを堪《こら》えているが、藤九郎《とさのかみ》は目《め》を閉《と》じて、真剣《しんけん》そのものである。

肩《かた》を竦《すく》めたもへぇは、六郎《ろくろう》の元《もと》に向《む》かった。

土居《どい》に設《もう》けられた井戸端《いどばた》にて、六郎《ろくろう》は伝右衛門《でんえもん》に痰壺《たんつぼ》や煎《せん》じ薬《ぐすり》を出《だ》して介抱《かいほう》をしていた。

伝右衛門《でんえもん》は咳《せ》き込《こ》みながら、やって来《き》たもへぇを一瞥《いちべつ》して立《た》ち上《あ》がり、よろよろと歩《ある》くその背中《せなか》を、もへぇの目線《めせん》も、また無言《むごん》で追《お》いかけた。

伝右衛門《でんえもん》は月夜《つきよ》と行燈《あんどん》の明《あ》かりの中《なか》で、広《ひろ》げた巻物《まきもの》を熱心《ねっしん》に眺《なが》めた。

「一体《いったい》、何《なに》してるんだ？」

「帰全山《きぜんざん》の遺品《いひん》を写《うつ》し取《と》った巻物《まきもの》を貸《か》したのです。遺品《いひん》が伝右衛門《でんえもん》さんの死後《しご》に海《うみ》の藻屑《もくず》と消《き》えたと伝《つた》えましたら、私《わたくし》が本山《もとやま》で回収《かいしゅう》した物《もの》から見繕《みつくろ》うと言《い》い出《だ》しましてね——」

会話《かいわ》が終《お》わらない内《うち》に伝右衛門《でんえもん》は、丸鏡《まるかがみ》と銀《ぎん》の茶釜《ちゃがま》、そして硯《すずり》を指定《してい》してきた。

「この三《みっ》つを渡《わた》してくれ。手持《ても》ちの出来《でき》る物《もの》が良《よ》いだろう」

六郎《ろくろう》は指摘《してき》された通《とお》り、巻物《まきもの》に呪詛《じゅそ》を唱《とな》えて、その三品《みしな》を具現化《ぐげんか》させて風呂敷《ふろしき》に包《つつ》んだ。

「実《じつ》は娘《むすめ》さんの一人《ひとり》を御呼《およ》びしました。受《う》け渡《わた》しは是非《ぜひ》、親子同士《おやこどうし》でお願《ねが》いします」

六郎《ろくろう》の掌《てのひら》が示《しめ》す先《さき》に、伝右衛門《でんえもん》が視線《しせん》を向《む》けると、そこには野中婉《のなかえん》が立《た》っていた。

目《め》の前《まえ》の人間《にんげん》が本当《ほんとう》に父《ちち》なのか、彼女《かのじょ》は少《すこ》しだけ戸惑《とまど》っているようだったが、六郎《ろくろう》は婉《えん》を促《うなが》して親子対面《おやこたいめん》を成立《せいりつ》させ、もへぇと共《とも》に、離《はな》れた縁側《えんがわ》に腰《こし》を掛《か》けて見守《みまも》った。

「彼女《かのじょ》にせがまれたのです。父親《ちちおや》の郷里《きょうり》だった本山《もとやま》が見《み》たいと。伝右衛門《でんえもん》さんが来《く》ることは武芸八《たけひろ》さんから聞《き》かされていたので、親子対面《おやこたいめん》を実現《じつげん》させようと思《おも》いましてね。親《おや》の顔《かお》を知《し》らない辛《つら》さは、よく解《わか》りますから」

六郎《ろくろう》の両親《りょうしん》は、応仁《おうにん》の乱《らん》で死《し》んでいる。

兄弟子《あにでし》の配慮《はいりょ》を感《かん》じたもへぇは、黙《だま》って視線《しせん》を野中親子《のなかおやこ》に向《む》けた。

父《ちち》と娘《むすめ》は涙《なみだ》を流《なが》すわけでも喜《よろこ》びを分《わ》かち合《あ》うわけでもなく、淡々《たんたん》と話《はなし》をした。

婉《えん》は膝《ひざ》をついて頭《あたま》を下《さ》げ、伝右衛門《でんえもん》に終始俯《しゅうしうつむ》く光景《こうけい》は、とても奇妙《きみょう》だった。

「まるで主人《しゅじん》と召使《めしつかい》だ。あれが武家親子《ぶけおやこ》の作法《さほう》なのか？」

「儒教《じゅきょう》の体現者《たいげんしゃ》ですからね御二人《おふたり》共《とも》。あそこまで堅苦《かたくる》しいのは、稀《まれ》ですよ」

もへぇと六郎《ろくろう》は、配慮《はいりょ》の一環《いっかん》で二人《ふたり》がどんな会話《かいわ》をしているのか、聴《き》かないようにした。

やがて三品《みしな》の遺品《いひん》を前《まえ》に婉《えん》は座《すわ》ったまま返礼《へんれい》して、伝右衛門《でんえもん》は娘《むすめ》に一言声《ひとことこえ》をかけてからもへぇと六郎《ろくろう》の元《もと》に帰《かえ》って来《き》た《い》元の時代に戻そうと、もへぇが立《た》ち上《あ》がろうとした時《とき》、六郎《ろくろう》が割《わ》って入《はい》った。

「──その役目《やくめ》、私《わたくし》が承《うけたまわ》りましょう。お義母様《かあさま》の遺品《いひん》を戻《もど》す作業《さぎょう》もお見《み》せしなければ。もへぇさんは、婉《えん》さんをお願《ねが》いしますよ」

そう告《つ》げて六郎《ろくろう》は、難《なん》なく伝右衛門《でんえもん》と共《とも》に過去《かこ》へ跳《と》び去《さ》った。

「……彼奴《あいつ》、やっぱり自在《じざい》に時《とき》を渡《わた》れたのか」

もへぇは恨《うら》めしそうな顔《かお》をしてから、顔《かお》を伏《ふ》せたままの婉《えん》に声《こえ》をかけた。

「宿毛《すくも》に帰《かえ》るか？」

婉《えん》は遺品《いひん》を包《つつ》んだ風呂敷《ふろしき》を大事《だいじ》そうに抱《かか》え、顔《かお》を上《あ》げると口《くち》を開《ひら》いた。

「帰《かえ》る前《まえ》に潮江山《うしおえやま》近《ちか》くの菩提寺《ぼだいじ》へ寄《よ》りたい。今宵《こよい》はここに泊《と》まる。賜《たまわ》った品々《しなじな》と共《とも》にな」

「使用人《しようにん》も含《ふく》めて、みんな出払《ではら》ってるぜ？　誰《だれ》が世話《せわ》すんだよ？」

「日菜乃殿《ひなのどの》が申《もう》すことには、女子《おなご》の世話《せわ》は、日下茂平《くさかもへぇ》の十八番《おはこ》だそうだな？」

「……余計《よけい》なことを」

もへぇが溜息《ためいき》をついた直後《ちょくご》、土佐守《とさのかみ》の相手《あいて》が済《す》んだのか、芝天狗《しばてんぐ》と川姫《かわひめ》の姉妹《しまい》が現《あらわ》れた。

「殿様《とのさま》は御付《おつき》の籠《かご》で帰《かえ》ったようだな。武芸八《たけひろ》さんは、城《しろ》まで付《つ》き添《そ》いか？」

「うむ。孕石《はらみいし》の親子《おやこ》も同行《どうこう》しておる。お城下《じょうか》に連《つ》れ戻《もど》されるようじゃがな」

姉《あね》の芝天狗《しばてんぐ》が補足《ほそく》を交《まじ》えると、妹《いもうと》の川姫《かわひめ》が続《つづ》いて口《くち》を開《ひら》いた。

「お世話《せわ》は私共《わたくしども》が致《いた》しましょう。人手《ひとで》が足《た》りないなら、鬼《おに》たちを使《つか》ってみては？」

川姫《かわひめ》が片手《かたて》をグイと手繰《たぐ》ると、屋敷《やしき》の中《なか》から赤鬼達《あかおにたち》がズルズルと糸《いと》で引《ひ》き摺《ず》り出《だ》された。

もへぇと鬼《おに》たちが風呂《ふろ》や寝床《ねどこ》を手配《てはい》する間《あいだ》、婉《えん》は芝天狗《しばてんぐ》と川姫《かわひめ》が庭池《にわいけ》に映《うつ》し出《だ》した光景《こうけい》、武芸八《たけひろ》の隠遁先《いんとんさき》である村《むら》で行《おこな》われている祭《まつ》りの様子《ようす》を、興味深《きょうみぶか》く覗《のぞ》き込《こ》んだ。

村娘達《むらむすめたち》の花取踊《はなとりおど》りが御囃子《おはやし》と共《とも》に行《おこな》われ、その輪《わ》の中心《ちゅうしん》に燃《も》え尽《つ》きた御用船《ごようせん》モドキの残骸《ざんがい》があって、踊《おど》りが終《お》わると同時《どうじ》に灰塵《はいじん》の上《うえ》を仮面《かめん》をつけた村男《むらおとこ》たちが次々《つぎつぎ》踏《ふ》み渡《わた》り、厄払《やくばら》いの済《す》んだ灰《はい》は、箒《ほうき》で丁寧《ていねい》に集《あつ》められて、最後《さいご》に土《つち》を被《かぶ》されて封印《ふういん》された。

ようやく騒動《そうどう》は終《お》わりを告《つ》げた。

婉《えん》は目《め》を閉《と》じて、一瞬《いっしゅん》だけ感慨《かんがい》に耽《ふけ》ってから、迷《まよ》わず屋敷《やしき》に入《はい》った。

土居《どい》の周囲《しゅうい》はモノノ怪姉妹《けしまい》によって人払《ひとばら》いの結界《けっかい》が張《は》られ、何人《なんぴと》も近《ちか》づく事《こと》はできない。

鬼《おに》たちに薪《まき》を割《わ》らせ、熱《ねっ》した岩《いわ》を浴槽《よくそう》に潜《くぐ》らせて風呂《ふろ》を焚《た》き終《お》えると、布団《ふとん》や寝間着《ねまき》の用意《ようい》は川姫《かわひめ》が一任《いちにん》して、婉《えん》が就寝《しゅうしん》するまでの間《あいだ》、もへぇは縁側《えんがわ》で芝天狗《しばてんぐ》と話《はなし》をした。

「鬼共《おにども》は使役《しえき》させるのが適任《てきにん》だ。人《ひと》に慣《な》れ過《す》ぎておるからな」

「……俺《おれ》をなんだと思《おも》ってるんだ？　最終処分場《さいしゅうしょぶんじょう》か？」

もへぇはボヤいたが、鬼達《おにたち》は遅《おそ》かれ早《はや》かれ人間《にんげん》と衝突《しょうとつ》する可能性《かのうせい》は避《さ》けられそうにない。

「おめぇら、どうする？　一緒《いっしょ》にやるか？」

もへぇの提案《ていあん》に二匹の鬼は顔《かお》を見合《みあ》わせ、コクコクと首《くび》を縦《たて》に振《ふ》ると体《からだ》を小《ちい》さくさせ、フワァッと、もへぇの懐《ふところ》に飛《と》び込《こ》んだ。

「天性《てんせい》の異界誑《いかいたら》しだな。あっさり手懐《てなず》けよった」

「……嬉《うれ》しくねぇな」

芝天狗《しばてんぐ》の冷《ひ》やかしに、もへぇは軽《かる》く呟《つぶや》いて、明後日《あさって》の方角《ほうがく》を見上《みあ》げた。

風《かぜ》のない空《そら》に月《つき》が輝《かがや》いて、嵐《あらし》の前《まえ》の静《しず》けさと言《い》った感《かん》じである。

懐《ふところ》の鬼《おに》たちを芝天狗《しばてんぐ》に預《あず》け、もへぇは月《つき》を見上《みあ》げたまま訊《たず》ねた。

「……婉《えん》さんの世話《せわ》は、方便《ほうべん》だろ？」

「うむ。あの御姿《おすがた》を障子越《しょうじご》しでしか拝《おが》めぬのは口惜《くちお》しい。面《めん》と向《む》き合《あ》えるのが羨《うらや》ましいぞ」

「俺《おれ》は拝《おが》みたくねぇよ。……婉《えん》さんの御守《おもり》は頼《たの》んだぜ」

意味深《いみしん》な言葉《ことば》を交《か》わした後《のち》、芝天狗《しばてんぐ》は屋敷《やしき》の障子《しょうじ》を全《すべ》て閉《し》めた。

それを見届《みとど》けてから、もへぇは結界呪文《けっかいじゅもん》を囁《ささや》いた。

障子一面《しょうじいちめん》に人《ひと》の眼《め》がビッシリと浮《う》かび、間《ま》もなく象形文字《しょうけいもじ》となってスゥっ消《き》え失《う》せた。

不意《ふい》に月明《つきあ》かりが雲《くも》に隠《かく》されて再《ふたた》び差《さ》し込《こ》んだ瞬間《しゅんかん》、周囲《しゅうい》の気配《けはい》が異常《いじょう》に濃《こ》くなった。

梁《はり》、天井《てんじょう》、襖《ふすま》、屋根瓦《やねがわら》がビリビリ震《ふる》え、消《き》えた障子《しょうじ》の眼文字《めもじ》が炙《あぶ》り出《だ》しのように濃《こ》く浮《う》かび上《あ》がった次《つぎ》の瞬間《しゅんかん》、眼文字《めもじ》は全《すべ》て見《み》えない力《ちから》に勢《いきお》いよく吹《ふ》き飛《と》ばされた。

「使用人姿《しようにんすがた》が、とても良く似合《にあ》っていますよ」

その聞《き》き慣《な》れた声色《こわいろ》は優《やさ》しく丁寧《ていねい》だったが、恐《おそ》ろしく無自覚《むじかく》な殺気《さっき》に満《み》ちていた。

しかし、もへぇは気負《きお》いすることなく、声《こえ》のする方角《ほうがく》に視線《しせん》を向《む》けた。

余所行《よそい》きの煌《きら》びやかな衣装《いしょう》を着《き》た愛宕山忍《あたごやましのぶ》が、笑顔《えがお》を浮《う》かべて縁側《えんがわ》に腰《こし》をかけていた。

身重《みおも》の体《からだ》を意識《いしき》してか、衣装《いしょう》は全体的《ぜんたいてき》に余裕《よゆう》を持《も》たせ、少《すこ》し着膨《きぶく》れして見《み》えた。

「遠路遥々《えんろはるばる》、冷《ひ》やかしか？　それとも面倒《めんどう》ごとを押《お》しつけに来《き》たのか？」

「どちらかと言《い》えば、後者《こうしゃ》でしょうかね」

素直《すなお》な返《かえ》しに、もへぇは小《ちい》さく溜息《ためいき》をついた。

「あんたの顔《かお》を見《み》ると腹《はら》が立《た》つ。顔《かお》を剥《は》ぎ取《と》って持《も》ち主《ぬし》の墓《はか》の前《まえ》に御供《おそな》えしてぇ気分《きぶん》だぜ」

「まぁ、正直《しょうじき》ですこと。でも、暫《しば》しお付《つ》き合《あ》い下《くだ》さいませね」

忍《しのぶ》は面白《おもしろ》がるように笑《え》みを浮《う》かべると、空《そら》に浮《う》かぶ月《つき》を見上《みあ》げた。

「鮮《あざ》やかな月夜《つきよ》に心地《ここち》よい篝火音《かがりびね》。これに肴《さかな》を付《つ》け合《あ》わせに欲《ほ》しいですわね――」

「――夜中《よなか》に溜《た》まるもん食《く》うと、太《ふと》るぞ？」

もへぇの嫌味《いやみ》を無視《むし》して、忍《しのぶ》は料理本《りょうりぼん》と思《おぼ》しき巻物《まきもの》を縁側《えんがわ》に広《ひろ》げた。

「材料《ざいりょう》は持《も》ってきました。今《いま》から作《つく》ってくださいませ」

作《つく》り笑《わら》いを見《み》せられて、もへぇは心底嫌《しんそこいや》そうに巻物《まきもの》へ目《め》を通《とお》した。

『あぶたま』という、江戸時代《えどじだい》から存在《そんざい》する料理《りょうり》の作《つく》り方《かた》だった。

沸《わ》かした湯《ゆ》に鰹節《かつおぶし》の出汁《だし》と味醂《みそ》、醤油《しょうゆ》を入《い》れて、湯通《ゆどお》した油揚《あぶらあ》げを細《こま》かく短冊切《たんざくぎ》りにして加《くわ》え、煮立《にた》ったところで卵《たまご》を溶《と》き落《お》とし、刻《きざ》んだ三《み》つ葉《ば》を散《ち》らして仕上《しあ》げる料理《りょうり》だ。

もへぇは、忍《しのぶ》と縁側《えんがわ》で、この『あぶたま』鍋《なべ》をつつかされた。

目線《めせん》を逸《そ》らさず、睨《にら》み合《あ》ったまま、黙々《もくもく》と食《た》べた。

「食《た》べたいと言《い》い出《だ》したのは御腹《おなか》の子供《こども》たちでしてね。育《そだ》て親《おや》の腕《うで》が知《し》りたいそうで」

「……男《おとこ》か？　女《おんな》か？」

「男《おとこ》の子《こ》と女《おんな》の子《こ》です。しっかり育《そだ》てて下《くだ》さいね」

腹探《はらさぐ》りが続《つづ》く中《なか》、篝火《かがりび》がパチっと爆《は》ぜて時《とき》の歩《あゆ》みを告《つ》げ、やがて真夜中《まよなか》も過《す》ぎた頃《ころ》、経木《きょうぎ》に包《つつ》まれた餅《もち》が一《ひと》つ、もへぇの前《まえ》に差《さ》し出《だ》された。

「御一《おひと》つ如何《いかが》です？　……毒《どく》は入《はい》っていませんよ」

餅《もち》には大小《だいしょう》の豆類《まめるい》や胡麻《ごま》、栗《くり》や柿《かき》といった果実類《かじつるい》が混《ま》ぜられ、砂糖《さとう》も入《はい》って甘《あま》かった。

「日《ひ》を跨《また》いで、餅《もち》を食《く》うことに、何《なん》の意味《いみ》があるんだ？」

「……源氏物語《げんじものがたり》を読《よ》んだことは？」

「軍記物《ぐんきもの》は、琵琶法師《びわほうし》の平家物語《へいけものがたり》しか聞《き》いたことがねぇや」

これを聴《き》いて、忍《しのぶ》は両手《りょうて》で口元《くちもと》を隠《かく》して笑《わら》いを堪《こら》え、もへぇは仏頂面《ぶっちょうづら》を崩《くず》さなかった。

餅《もち》を食《た》べ終《お》えた忍《しのぶ》が帰《かえ》る素振《そぶ》りを見《み》せたので、もへぇはここぞとばかりに口《くち》を開《ひら》いた。

「今生《こんじょう》の別《わか》れに一《ひと》つだけ言《い》わせてくれ。あんたと過《す》ごした数年間《すうねんかん》は色々勉強《いろいろべんきょう》になったよ」

「……それは何《なに》より。芝居《しばい》をした甲斐《かい》がありましたね。言《い》いたいことは、それだけですか？」

「……元椿姫《もとつばきひめ》の、彼奴《あいつ》にも宜《よろ》しくな」

忍《しのぶ》の気配《けはい》が消《き》えるのを待《ま》ってから、もへぇはゆっくりと息《いき》を吐《は》き出《だ》した。

「源氏物語《げんじものがたり》は軍記物《ぐんきもの》ではないわッ。この戯《たわ》けが！」

婉《えん》の怒号《どごう》に耳《みみ》を塞《ふさ》ぎつつ、後《うし》ろを振《ふ》り返《かえ》ると障子《しょうじ》は勢《いきお》い良《よ》く開《あ》け放《はな》たれて、寝間着姿《ねまきすがた》の婉《えん》は忍《しのぶ》の妖気《ようき》が感《かん》じなかったのか平然《へいぜん》としていたが、鬼《おに》たちは互《たが》いに抱《だ》き合《あ》いブルブルと震《ふる》え、芝天狗《しばてんぐ》と川姫《かわひめ》も息荒《いきあら》く、顔《かお》はどちらも薄《うっす》ら冷汗《ひやあせ》が滲《にじ》んでいた。

「……ビビりすぎじゃねぇか？」

もへぇの軽《かる》い問《と》いかけに、姉妹《しまい》は真《ま》っ向《こう》から反論《はんろん》した。

「ビビらぬ方《ほう》がおかしいのじゃ！」

「私《わたくし》たちは平静《へいせい》を保《たも》つのに精一杯《せいいっぱい》でした。本当《ほんとう》に何《なん》ともないのですか？」

「あれで機嫌《きげん》が良《い》い方《ほう》なんだぞ？　こりゃ同居《どうきょ》は無理《むり》だな」

姉妹《しまい》を軽《かる》く言《い》い込《こ》めて、もへぇは婉《えん》に訊《たず》ねた。

「鍋《なべ》と餅《もち》を夜中《よなか》に食《く》わされたのは、どういう意味《いみ》だ？」

「……仙人なら、それ位直《くらいす》ぐに知《し》れよう――」

「――あんたが教《おし》えてくれることに、意味《いみ》があるんだ」

婉《えん》は自分《じぶん》が試《ため》されていることを察《さつ》して、端的《たんてき》に説明《せつめい》した。

あぶたまは遊郭《ゆうかく》の遊女《ゆうじょ》が発案《はつあん》した男試《おとこだめ》しの料理《りょうり》で、男女《だんじょ》が目合《まぐあ》った後《あと》に食《た》べる物《もの》であり、餅《もち》は源氏物語《げんじものがたり》に登場《とうじょう》する『子《ね》の子餅《こもち》』が由来《ゆらい》で、夫婦確認《ふうふかくにん》の意味合《いみあ》いがあるという。

「昨日《きのう》が十月《じゅうがつ》の亥《い》の日《ひ》で『亥子祝《いのこいわ》い』に当《あ》たる。三日前《みっかまえ》に夫婦云々《めおとうんぬん》の誘《さそ》いがなかったか？」

「あちこちの時間《じかん》に跳《と》んで覚《おぼ》えてねぇや。……忍《しのぶ》さんでも験担《げんかつ》ぎするんだな――」

そう言《い》って、もへぇは髪《かみ》を撫《な》でつけ、襟《えり》を正《ただ》して婉《えん》の前《まえ》に改《あらた》まって胡坐《あぐら》をかいた。

「『お婉《えん》さん』。一《ひと》つ頼《たの》まれてくれねぇか」

初《はじ》めて名前《なまえ》に『お』をつけられて婉《えん》は訝《いぶか》しんだが、気《き》がつくと傍《そば》の芝天狗《しばてんぐ》と川姫《かわひめ》までもが自分《じぶん》に頭《あたま》を下《さ》げており、事《こと》の重大《じゅうだい》さに勘《かん》づいたようだった。

「……まさか我《われ》に、夫婦《めおと》になれとか言《い》うのではないだろうな？」

「そのまさかだ」

「正気《しょうき》か？」

露骨《ろこつ》な嫌悪《けんお》に、もへぇは思《おも》わず苦笑《にがわら》いをした。

「相手《あいて》は俺《おれ》じゃねぇよ。断《ことわ》っても良《い》い話《はなし》だ。順《じゅん》を追《お》って説明《せつめい》するから一応聴《いちおうき》いてくれや」

月《つき》は空《そら》に煌々《こうこう》と輝《かがや》き、篝火《かがりび》は囁《ささや》くように小《ちい》さく爆《は》ぜていた。


小高《こだか》い山《やま》の焼《や》け落《お》ちた菩提寺跡《ぼだいじあと》に、婉《えん》は立《た》っていた。

寺《てら》の本堂《ほんどう》は見事《みごと》に消《け》し炭状態《ずみじょうたい》で、新緑《しんりょく》が眩《まぶ》しい境内《けいだい》と対照的《たいしょうてき》だった。

婉《えん》は頭巾《ずきん》で顔《かお》を覆《おお》ってはいたが、その目《め》は明《あき》らかに茫然《ぼうぜん》として、半《なか》ば放心状態《ほうしんじょうたい》だった。

「つけ火《び》か不始末《ふしまつ》か知《し》らねぇが、親父《おやじ》さんと先祖《せんぞ》の位牌《いはい》は焼《や》けちまったようだ――」

横倒《よこだお》しになった石仏《せきぶつ》を屈《かが》んで起《お》こしながら、もへぇは淡々《たんたん》と言葉《ことば》を吐《は》き出《だ》した。

「――一応《いちおう》の浄財《じょうざい》は募《つの》って再建《さいけん》するようだが、先祖《せんぞ》の墓《はか》は前《まえ》もって親父《おやじ》さんの墓《はか》のある潮江山《うしおえやま》に移《うつ》したようだな。ここには曾祖母《ひいばあ》さんの墓《はか》だけみてぇだが、見《み》ておくか？」

言葉尻《ことばじり》に婉《えん》を見上《みあ》げたもへぇに、彼女《かのじょ》は軽《かる》く頷《うなず》いた。

数《かず》ある中《なか》から一《ひと》つを見《み》つけるのは骨《ほね》が折《お》れたが、もへぇは『鳥獣鳴解《ちょうじゅうめいかい》の術《じゅつ》』を使《つか》って野鳥《やちょう》たちと対話《たいわ》し、数《かず》に物《もの》を言《い》わせて婉《えん》の曾祖母《そうそぼ》である野中合《のなかごう》の墓《はか》を見《み》つけ出《だ》した。

「……儒葬《じゅそう》ではないのだな」

曾祖母《そうそぼ》の墓《はか》を前《まえ》に落胆《らくたん》する婉《えん》に背《せ》を向《む》けて、もへぇは野鳥《やちょう》に見返《みかえ》りの米粒《こめつぶ》を与《あた》えた。

「親父《おやじ》さんが掟《おきて》を出《だ》す前《まえ》だ。卵塔《らんとう》なのは仕方《しかた》ねぇさ。この間《あいだ》まで追善供養《ついぜんくよう》が珍《めずら》しかった。やり方《かた》がコロコロ変《か》わりすぎなんだよ」

婉は言葉を返さなかったが、憤《いきどお》りは背中《せなか》から溢《あふ》れ出《で》ていた。

もへぇは野鳥達《やちょうたち》に米粒《こめつぶ》を与《あた》え終《お》えると、小石《こいし》を投《な》げてその場所《ばしょ》に護法円陣《ごほうえんじん》を作《つく》り出《だ》した。

「その輪《わ》を潜《くぐ》れば潮江山《うしおえやま》だ。先《さき》に潜《くぐ》ってくれ」

婉《えん》は軽《かる》く溜息《ためいき》をついて言葉《ことば》の通《とお》りに従《したが》った。

「叔母上《おばうえ》、よくぞいらっしゃいました！」

潜《くぐ》った先《さき》にて、大声《おおごえ》で婉《えん》を出迎《でむか》えたのは、甥《おい》の久万弥五兵衛《くまやごべえ》だった。

「……なぜ、おぬしがここに？」

婉《えん》の戸惑《とまど》う声《こえ》を受《う》けて、もへぇは事情《じじょう》を説明《せつめい》した。

「親父《おやじ》さんの墓《はか》の現状《げんじょう》を話《はな》したら墓掃除《はかそうじ》をすると言《い》い出《だ》してな。墓守《はかもり》も頼《たの》んだってわけよ」

「叔母上《おばうえ》、暇《ひま》を見《み》て足《あし》を運《はこ》び、草《くさ》は毟《むし》り終《お》えましたが、一人《ひとり》ではこれが精一杯《せいいっぱい》で――」

「――御苦労《ごくろう》であった。だが、おぬしは我《わ》が家《いえ》の者《もの》ではない。これ以上《いじょう》の深入《ふかい》りは無用《むよう》だ」

弥五兵衛《やごべえ》に釘《くぎ》を刺《さ》してから、婉《えん》は伝右衛門《でんえもん》の墓《はか》を拝《おが》み、次《つぎ》に先祖《せんぞ》の墓《はか》を順番《じゅんばん》に拝《おが》んだ。

「……拙者《せっしゃ》は、出過《です》ぎた真似《まね》をしたのであろうか？」

小声《こごえ》で心配《しんぱい》する弥五兵衛《やごべえ》に、もへぇは首《くび》を横《よこ》に振《ふ》った。

「心配《しんぱい》したんだよ。関《かか》わり過《す》ぎると、城《しろ》の連中《れんちゅう》に目《め》をつけられるからな」

「心配無用《しんぱいむよう》。拙者《せっしゃ》、小伝次様《こでんじさま》の御取次《おとりつぎ》により城横目《しろよこめ》に見習《みなら》いとして取《と》り立《た》てられたのだぞ」

「……だったら尚更行動《なおさらこうどう》を慎《つつし》め。家中《かちゅう》に伝右衛門贔屓《でんえもんびいき》在《あ》りと知《し》れたら、色々面倒《いろいろめんどう》だぞ」

軽《かる》く注意《ちゅうい》したもへぇは、ついでにと、目線《めせん》で弥五兵衛《やごべえ》に合図《あいず》を送《おく》った。

「おお、そうであった。叔母上《おばうえ》、忘《わす》れぬうちに、これを渡《わた》しておきまする」

弥五兵衛《やごべえ》は、懐《ふところ》から巻物《まきもの》を一本取《いっぽんと》り出《だ》し、婉《えん》に手渡《てわた》した。

婉《えん》が広《ひろ》げると、そこには野中一族《のなかいちぞく》の墓《はか》の配置《はいち》と形《かたち》を詳細《しょうさい》に記《しる》した絵図《えず》が描《えが》かれていた。

「……掛《か》け軸《じく》にでもして、宿毛《すくも》に戻《もど》った暁《あかつき》には、毎日《まいにち》これを拝《おが》めというのか？」

自嘲気味《じちょうぎみ》な婉《えん》に、もへぇは補足《ほそく》した。

「随分後《ずいぶんあと》の話《はなし》だが、地震《じしん》が起《お》きて此処《ここ》にある墓《はか》は残《のこ》らず全壊《ぜんかい》するんだ。あんたは墓《はか》の再建《さいけん》をする立場《たちば》だ。記録《きろく》があればと思《おも》って小伝次《こでんじ》――、七之助《しちのすけ》の弟《おとうと》に作《つく》らせたのさ」

「……未来《みらい》のことが分《わ》かるのか？」

「ああ。あんたが死《し》ぬ歳《とし》も知《し》ってるぜ」

少《すこ》しの沈黙《ちんもく》が流《なが》れ、やがて婉《えん》は口《くち》を開《ひら》いた。

「……弥五兵衛《やごべえ》、すまぬが、場《ば》を外《はず》してくれぬか？」

「承知《しょうち》しました。ごゆるりと」

一礼《いちれい》をして、そそくさと立《た》ち去《さ》った弥五兵衛《やごべえ》を見届《みとど》け、婉《えん》は再度口《さいどくち》を開《ひら》いた。

「本山《もとやま》で聴《き》かされた夫婦《めおと》の件《けん》だが、条件付《じょうけんつ》きで引《ひ》き受《う》けたい」

「……そうか。で？　その条件《じょうけん》は、なんだ？」

「我《われ》が行《おこな》うであろう父《ちち》の――、伝右衛門復権《でんえもんふっけん》の邪魔立《じゃまだ》てを、今後一切《こんごいっさい》せぬことだ」

今《いま》の野中婉《のなかえん》にとって、心《こころ》の糧《かて》は野中家《のなかけ》の名誉回復《めいよかいふく》である。

辛《つら》い幽閉生活《ゆうへいせいかつ》に戻《もど》るに当《あ》たって、障害《しょうがい》となる要素《ようそ》はできるだけ排除《はいじょ》したかったのだろう。

「……解《わか》った。一筆書《いっぴつか》くか？」

「必要《ひつよう》ない。口約束《くちやくそく》すら守《まも》れぬ男《おとこ》ではなかろう？」

「……キツイ念押《ねんお》しだな」

もへぇは軽《かる》く笑《わら》ってから、婉《えん》の未来《みらい》を語《かた》り始《はじ》めた。

「あんたはその足《あし》でここに戻《もど》ってくるが、犠牲《ぎせい》が伴《ともな》う。察《さっ》しはつくはずだ」

「……男系《だんけい》の断絶《だんぜつ》か？」

婉《えん》は驚《おどろ》くほど冷静《れいせい》に答《こた》え、もへぇも小《ちい》さくうなずいた。

「あんたの一族《いちぞく》は長兄《ちょうけい》と次兄《じけい》が死《し》んでるが、まだ二人残《ふたりのこ》ってる。同《おな》じ腹《はら》から生《う》まれた兄《あに》と弟《おとうと》だ。この二人《ふたり》が死《し》んで初《はじ》めて赦免《しゃめん》される。生贄《いけにえ》がないと物事《ものごと》ってのは進《すす》まねぇもんだ」

棘《とげ》のある言《い》い回《まわ》しに、婉《えん》は口《くち》を閉《と》ざして考《かんが》え込《こ》んだ後《あと》、ゆっくり口《くち》を開《ひら》いた。

「……赦免《しゃめん》されてから、我《われ》は、どのくらい生《い》きられる？　数年《すうねん》か？　数《すう》か月《げつ》か？」

「二十年《にじゅうねん》ほどは生《い》きられるな」

「それだけあれば十分《じゅうぶん》だ。弥五兵衛《やごべえ》を呼《よ》んでくれ。宿毛《すくも》に跳《と》ぶ前《まえ》に挨拶《あいさつ》をしておきたい」

もへぇは『言霊合《ことだまあ》わせの貝殻《かいがら》』を取《と》り出《だ》して、殻口《からくち》に話《はな》しかけた。

「叔母上《おばうえ》が挨拶《あいさつ》したいとさ。戻《もど》ってこいよ」

そうして貝殻《かいがら》を懐《ふところ》にしまいながら、入《い》れ替《か》えるように一枚《いちまい》の御札《おふだ》を取《と》り出《だ》して渡《わた》した。

「フキを漉《す》いて作《つく》った『美肌符《びはだふ》』だ。食《た》べれば歳《とし》の半分《はんぶん》の肌《はだ》が維持《いじ》できる。今《いま》すぐ食《た》べろ」

「美肌《びはだ》……、誠《まこと》か!?」

思《おも》わず上《うわ》ずった声色《こわいろ》に、もへぇは堪《たま》らず吹《ふ》きだした。

「あんたも見《み》てくれは気《き》にしてんのか。……墓《はか》の準備《じゅんび》だけはしておいてくれよ」

そう話《はな》す間《あいだ》にも、婉《えん》は躊躇《ためら》いなくムシャムシャ御札《おふだ》を咀嚼《そしゃく》してゴクリと呑《の》みこんだ。

「おまえは建《た》てぬのか？」

「……もう建《た》ってる。伊達《だて》の殿様《とのさま》の落《お》し胤《だね》だった頃《ころ》のがな。殿様《とのさま》の墓《はか》から少《すこ》し離《はな》れた処《ところ》だ。五台山《ごだいさん》の吸江寺《ぎゅうこうじ》に訊《き》けば分《わ》かるさ。高《たか》さ三尺《さんじゃく》で、伊達兵部息《だてひょうぶそく》の墓《はか》と書《か》かれてる」

「では今度死《こんどし》ねば、墓《はか》がもう一《ひと》つ要《い》るな」

「仙人《せんにん》は不老不死《ふろうふし》だ。建《た》てるなら別《べつ》の理由《りゆう》を見《み》つけねぇとな――」

そう言《い》いながら、もへぇはついでにと言《い》わんばかりに付《つ》け加《くわ》えた。

「――今度《こんど》産《う》まれてくる忍《しのぶ》さんの、双子《ふたご》の名付《なづ》け親《おや》にもなってくれねぇか？」

「産みの親では、決《き》め兼《か》ねるのか？」

「名前《なまえ》が長《なが》くなるんだ。欲張《よくば》りだからな。川《かわ》で溺《おぼ》れ死《じ》ぬ寿限無《じゅげむ》なオチにはしたくねぇ。正直《しょうじき》、躾《しつけ》や教育《きょういく》にも自信《じしん》がなくてな。宿毛《すくも》に居《い》る間《あいだ》、教育《きょういく》も頼《たの》めねぇか？　金《かね》は出《だ》す。家名《かめい》復興《ふっこう》の軍資金《ぐんしきん》に使《つか》って良《い》いからよ」

　この提案《ていあん》に、婉《えん》は少《すこ》し考《かんが》えてから訊《たず》ねた。

「いつ産《う》まれる？」

「それは気《き》にしなくて良《い》い。そっちが落《お》ち着《つ》いたら直《す》ぐに行《い》かせる。事前《じぜん》に連絡《れんらく》するし、諸々事情《もろもろじじょう》で、余裕《よゆう》がねぇ時《とき》は見合《みあ》わせるさ。面倒《めんどう》はかけさせねぇよ」

「モノノ怪《け》と言《い》えど加減《かげん》はせぬぞ。武家《ぶけ》の子《こ》と思《おも》うて、厳《きび》しく臨《のぞ》むが、それで良《よ》いか？」

「むしろそうしてくれ。モノノ怪《け》だからこそ人一倍《ひといちばい》、人間《にんげん》らしさが必要《ひつよう》だからな」

　もへぇは満足《まんぞく》げに、大《おお》きく頷《うなず》いた。

「もへぇさん、色々《いろいろ》とお世話《せわ》になりました」

「こっちも助《たす》けてもらって有難《ありがた》かったぜ。この時代《じだい》の俺《おれ》によろしくな」

　二人《ふたり》は、白昼《はくちゅう》の浜辺《はまべ》で別《わか》れの挨拶《あいさつ》をしていた。

　未来《みらい》の太郎《たろう》である前田六郎《まえだろくろう》が本来《ほんらい》いるべき時代《じだい》に、もへぇはやってきていた。

同《おな》じ時代《じだい》に仙術《せんじゅつ》の力《ちから》を持《も》つ同一人物《どういつじんぶつ》が存在《そんざい》すると、意識《いしき》の混濁《こんだく》を招《まね》いて混乱《こんらん》する。

この時代《じだい》のもへぇが意識《いしき》を喪失《そうしつ》している状況《じょうきょう》＝昼寝《ひるね》をしている時間《じかん》に跳《と》んだのだ。

遠《とお》くに見《み》える浦《うら》の広場《ひろば》では、無事《ぶじ》に戻《もど》ってきた海女《あま》たちを、人々《ひとびと》が温《あたた》かく迎《むか》えていた。

「彼女《かのじょ》たちは珊瑚《さんご》の密漁《みつりょう》をしていて、あなたの眷属《けんぞく》である鱶《ふか》に捕《つか》まったのです。おかげで私《わたし》は正確《せいかく》に跳《と》べたのですがね。これから浦々《うらうら》を回《まわ》って他《ほか》の海女《あま》たちも解放《かいほう》していきます。……ああ、そうそう。もへぇさんには、これを渡《わた》しておきましょう——」

六郎《ろくろう》はそう言《い》って、別《べつ》の巻物《まきもの》を一本手渡《いっぽんてわた》し、もへぇは無言《むごん》で、それを受《う》け取《と》った。

「——中身《なかみ》が何《なに》か、訊《き》かないのですか？」

「津呂沖《つろおき》で沈《しず》んだ工作船《こうさくせん》に乗《の》ってた連中《れんちゅう》だろ？　六郎《ろくろう》さんは出会《であ》った時《とき》から、伝右衛門《でんえもん》の遺産《いさん》の顛末《てんまつ》を、概《おおむ》ね知《し》ってたわけだ……」

もへぇは目《め》を細《ほそ》め、低《ひく》い声《こえ》を送《おく》ったが、六郎《ろくろう》は臆《おく》することなく、苦笑《にがわら》いで返《かえ》した。

「言《い》い訳《わけ》をするとですね、大体《だいたい》の話《はなし》は天狗様《てんぐさま》の御二人《おふたり》から伺《うかが》っていたのですが、真実《しんじつ》をこの目《め》で見届《みとど》けたかったのですよ。未来人《みらいじん》が出《で》しゃばると、色々《いろいろ》齟齬《そご》も出《で》ますしね」

「よく言《い》うぜ。俺《おれ》をダシに裏《うら》でコソコソしてたくせに。伝右衛門《でんえもん》を城下《じょうか》に送《おく》り返《かえ》した時《とき》、なに喋《しゃべ》ったんだ？　丸橋忠弥《まるばしちゅうや》の時《とき》みてぇに、気休《きやす》めでも話《はな》したのか？」

「ええ。儒学《じゅがく》は排斥《はいせき》されますが、後《のち》に復興《ふっこう》しますので心配《しんぱい》ありません——、と言《い》いました」

「儒学か。数百年後、王学とか他の学問を排斥《はいせき》する側《がわ》に回《まわ》る加害者《かがいしゃ》でもあるんだがな……」

「確《たし》かに思想《しそう》の違《ちが》いは諍《いさか》いを生《う》みますが、それを個人《こじん》に求《もと》めるのは、違《ちが》う気《き》がしますね。もへぇさんが婉《えん》さんに未来《みらい》を話《はな》したように、私《わたし》は彼《かれ》を安心《あんしん》させたかった。それだけですよ」

「……武芸八《たけひろ》さんと一緒《いっしょ》に、俺《おれ》のことを『時《とき》の淀《よど》み』から見《み》てたのか？」

「ええ。気《き》づかれず覗《のぞ》き見《み》したかったですからね。武芸八《たけひろ》さんにはお世話《せわ》になりましたよ」

したり顔《がお》の六郎《ろくろう》に、もへぇは妙《みょう》な敗北感《はいぼくかん》を感《かん》じた。

「ところで、いつの間《ま》にか、べらんめぇ口調《くちょう》に戻《もど》していますが、何《なに》か心境《しんきょう》の変化《へんか》でも？」

六郎《ろくろう》の指摘《してき》に、もへぇはゆっくりと、自分《じぶん》へ再確認《さいかくにん》するように答《こた》え返《かえ》した。

「酷《ひど》い奴《やつ》だったが、せめて口調《くちょう》くらいは受《う》け継《つ》ごうと思《おも》ってな。親《おや》の一人《ひとり》でもあるし」

「……優《やさ》しいのですね。もへぇさんなら、師匠《ししょう》の子供《こども》たちを立派《りっぱ》に育《そだ》てられますよ」

急《きゅう》に褒《ほ》められ、もへぇは照《て》れくさくなって、話題《わだい》を変《か》えた。

「太郎《たろう》の時《とき》はカリカリしてたが、随分丸《ずいぶんまる》くなったな。忍《しのぶ》さんや妹《いもうと》たちに搾《しぼ》られたのか？」

「はい。特《とく》に義姉上《あねうえ》、……師匠《ししょう》には、たっぷり搾《しぼ》られ、みっちり鍛《きた》えられましたよ――」

「――義姉上《あねうえ》？」

不意《ふい》に聞《き》こえた言葉《ことば》に思《おも》わず訊《き》き返《かえ》し、今度《こんど》は六郎《ろくろう》が、照《て》れくさそうに後《うし》ろ髪《がみ》を掻《か》いた。

「永《なが》らく大陸《たいりく》のモノノ怪《け》と同化《どうか》させられ、同《おな》じモノノ怪《け》に嫁《とつ》ぐのは嫌《いや》だったようでして、私《わたし》に、婿《むこ》の白羽《しらは》の矢《や》が立《た》ったのです」

「……ふぅん。それで？　妹《いもうと》の誰《だれ》と夫婦《めおと》になったんだ？」

「全員《ぜんいん》と、です」

「……は？」

目《め》を丸《まる》くしたもへぇを尻目《しりめ》に、六郎《ろくろう》は八枚《はちまい》の呪符《じゅふ》を宙《ちゅう》に投《な》げると、背中《せなか》の蛇腹剣《じゃばらけん》を引《ひ》き抜《ぬ》いて、素早《すばや》く上空《じょうくう》に呪符《じゅふ》を配置《はいち》して円陣《えんじん》を作《つく》り上《あ》げ、その円陣《えんじん》を通《とお》って八《やっ》つの光球《こうきゅう》が浜辺《はまべ》に舞《ま》い降《お》りて、忍《しのぶ》の妹《いもうと》たちに早変《はやが》わりした。

「ただ今帰《いまかえ》りました。ずいぶんと寂《さび》しい思《おも》いをさせてしまいましたね。申《もう》し訳《わけ》ありません」

六郎《ろくろう》が声《こえ》をかけると、彼女《かのじょ》たちは一斉《いっせい》に駆《か》け寄《よ》って口々《くちぐち》に自分《じぶん》たちのことを話《はな》し出《だ》した。

六郎《ろくろう》は慌《あわ》てず騒《さわ》がず、懐《ふところ》から嫁《よめ》たちへのお土産《みやげ》を取《と》り出《だ》して一人《ひとり》ずつ手渡《てわた》しをして、彼女《かのじょ》たちがお土産《みやげ》で盛《も》り上《あ》がっている隙《すき》に、もへぇのところにやってきた。

「毎日《まいにち》こんな感《かん》じですよ。妻《つま》たち全員《ぜんいん》を相手《あいて》にしてたら、昔《むかし》の気性《きしょう》ではやっていけません」

「……幸《しあわ》せそうで何《なに》よりだな。俺《おれ》はもう帰《かえ》るぜ。六郎《ろくろう》さんはどうする？」

六郎《ろくろう》は答《こた》える代《か》わりに、もう一《ひと》つ巻物《まきもの》を取《と》り出《だ》して宙《ちゅう》に投《な》げ、巨大《きょだい》な帆掛《ほか》け船《ぶね》を出《だ》した。

伝右衛門《でんえもん》の遺産《いさん》の一《ひと》つだった、室津《むろつ》の浜《はま》に座礁《ざしょう》した、某藩《ぼうはん》の工作船《こうさくせん》だった。

巻物越《まきものご》しに見《み》た時《とき》は花台《はなだい》に改造《かいぞう》されたこともあって、消失《しょうしつ》した部分《ぶぶん》が数多《かずおお》くあったが、その後、六郎が改修でもしたのか、立派《りっぱ》な船《ふね》に生《う》まれ変《か》わっていた。

「前々《まえまえ》から妻《つま》たちに強請《ねだ》られていまして。伝右衛門《でんえもん》さんも二《ふた》つ返事《へんじ》で承諾《しょうだく》してくれました」

「抜《ぬ》け目《め》ねぇな。子供《こども》は連《つ》れて来《き》てねぇのか？」

「この時代《じだい》のもへぇさんの処《ところ》へ全員預《ぜんいんあず》かって貰《もら》っていますよ。義姉上《あねうえ》の子供《こども》たちを育《そだ》てている御縁《ごえん》でね。それでは御達者《おたっしゃ》で。未来《みらい》で会《あ》いましょう！」

そう言《い》い残《のこ》し、六郎《ろくろう》は嫁《よめ》たちを連《つ》れて船《ふね》に乗《の》り込《こ》み、飛《と》び去《さ》って行《い》ってしまった。

「……未来《みらい》の俺《おれ》も、苦労《くろう》してそうだな」

もへぇはそうボヤくと、元《もと》の時代《じだい》に帰《かえ》って行《い》った。

史実を語るミニコーナー

野中伝右衛門の解説

野中伝右衛門

野中伝右衛門は江戸時代前期の家老で野中婉の父親です。

2017年の通常国会で総理大臣の施政方針演説に功績の1つ(ハマグリの養殖事業)が引用されるなど、偉人化が進んでいますが、風貌が全く分からないなど謎も多い人物で、一般的には野中兼山(のなかけんざん)と呼ばれています。

彼は儒教の日本版である朱子学を土佐流に改めた南学の思想家であり、短刀で素早く相手に斬りこむ丹石流剣法の使い手でもありましたが、性格に問題があり、補佐役が相次いで亡くなると、独裁的な政治手法を弾劾されて失脚し、数カ月後に急死します。

その後、娘の婉を含めた遺族は族誅を受けて土佐藩西部の宿毛に、男系が絶えるまで約40年間、幽閉されました。

伝右衛門の独裁政治への反省から、その後の土佐藩は、複数の家老による月番制の政治体制を採用することになります。

もへぇ、墓《はか》を建《た》てる

「いい加減《かげん》に起《お》きてください。日《ひ》が暮《く》れますよ」

少々《しょうしょう》、呆《あき》れ気味《ぎみ》の声色《こわいろ》に促《うなが》されて、もへぇは目覚《めざ》めた。

日下村《くさかむら》から少《すこ》し離《はな》れた山間《やまあい》にある、小《ちい》さな神社《じんじゃ》の境内《けいだい》だった。

木漏《こも》れ日《び》は西《にし》に傾《かたむ》いて、確《たし》かに、夕暮《ゆうぐ》れが近《ちか》づいていた。

檜皮葺屋根《ひわだぶきやね》の本殿《ほんでん》に備《そな》えつけられた板《いた》の間《ま》の縁側《えんがわ》に、もへぇは寝転《ねころ》がっていた。

起《お》き上《あ》がって、浜縁《はまえん》を見下《みお》ろすと、そこには十五歳《じゅうごさい》くらいの少年《しょうねん》が立《た》っていた。

地味《じみ》な柄《がら》だが、丈夫《じょうぶ》な木綿着《もめんぎ》の服装《ふくそう》は、それなりに暮《く》らしぶりの良《よ》いことが窺《うかが》える。

もへぇは一度目《いちどめ》を閉《と》じ、大《おお》きく伸《の》びをしてから見《み》せつけるように、ゆっくり欠伸《あくび》をした。

「――良《よ》く寝《ね》たぜ。六郎《ろくろう》さんの子供《こども》たちの面倒《めんどう》、おっ放《ぽ》り出《だ》してきたのか?」

少年《しょうねん》は、少《すこ》しムッとして、すぐさま早口《はやくち》で反論《はんろん》した。

「姉上《あねうえ》が面倒《めんどう》を看《み》ています。それより結界《けっかい》を張《は》って寝《ね》ないで下《くだ》さい。破《やぶ》るのが大変《たいへん》ッ――」

語尾《ごび》を強《つよ》めた瞬間《しゅんかん》、舌《した》が蛇《へび》のように長《なが》くなり、少年《しょうねん》は舌《した》を噛《か》んで口《くち》をへの字《じ》に曲《ま》げた。

弾《はず》みで、頭《あたま》の髪《かみ》の両端《りょうはじ》から狐《きつね》の耳《みみ》が、ピョンと跳《と》び出《で》たので、もへぇは苦笑《くしょう》した。

「大《たい》したもんだ。力《ちから》をつけたな辰之丞《たつのじょう》。さすが忍《しのぶ》さんの息子《むすこ》だぜ」

名前《なまえ》を呼《よ》ばれた少年《しょうねん》は、無言《むごん》で両方《りょうほう》の狐耳《きつねみみ》をゴシゴシ擦《こす》り、人間《にんげん》の耳《みみ》に戻《もど》してみせた。

「父親面《ちちおやづら》しないでと、再三《さいさん》言《い》ってるじゃありませんか。褒《ほ》められても嬉《うれ》しくありませんよ」

「悪かった。どうしても今日《きょう》、一眠《ひとねむ》りしなきゃならなくてな――」

「――過去《かこ》の貴方《あなた》が叔父上《おじうえ》を送《おく》り帰《かえ》す日《ひ》でしょう？　それくらい知《し》っていますよ。私《わたし》が此処《ここ》に来《き》たのはですね――」

話《はなし》を続《つづ》けようとする辰之丞《たつのじょう》に、もへぇはケンピの入《はい》った筍《たけのこ》の皮袋《かわぶくろ》を投《な》げ渡《わた》した。

「……これは餌付《えづ》けのつもりですか？」

嫌味《いやみ》を言《い》う辰之丞《たつのじょう》に、もへぇは笑《わら》ってうなずいた。

辰之丞《たつのじょう》は溜息《ためいき》をついて隣《となり》に座《すわ》り、ケンピをカリカリと食《た》べ始《はじ》めた。

「丹三郎《たんざぶろう》さんの墓参《はかまい》り、してきたんだろ？」

「ええ。墓石《はかいし》が小《ちい》さかったです。もっと大《おお》きいかと思《おも》っていました」

「デカイと家《いえ》が傾《かたむ》くとか何《なん》とか。岡豊《おこう》にある一族《いちぞく》の墓石《はかいし》も小《ちい》さい石《いし》で統一《とういつ》してるらしいな」

「そんな理由《りゆう》があったんですか。でも、らしいと言《い》えば、らしいですね」

辰之丞《たつのじょう》は少《すこ》し感心《かんしん》してから、わざとらしく視線《しせん》を明後日《あさって》の方《ほう》に向《む》けた。

「姉上《あねうえ》にも、私《わたし》と同《おな》じくらい、自然《しぜん》に振《ふ》る舞《ま》って欲《ほ》しいものですよ」

痛《いた》いところを突《つ》かれて、もへぇは首《くび》の後《うし》ろを大《おお》げさに掻《か》いた。

「悪《わり》いとは思《おも》ってんだ。けど忍《しのぶ》さんの顔《かお》に、婉《えん》さんの御性質《ごせいしつ》だろう――」

「――顔《かお》を選《えら》んだのは姉上《あねうえ》です。好《この》みの顔《かお》が見《み》つかれば何《い》れ変《か》えるでしょう。でも性質《せいしつ》については貴方《あなた》の所為《せい》ですよ。野中先生《のなかせんせい》に躾《しつけ》の一切《いっさい》を押《お》しつけたのは貴方《あなた》ですからね」

「……いや、その通《とお》りだけど、俺《おれ》は学《がく》がないから——」

そこまでつぶやいて、もへぇは辰之丞《たつのじょう》が言《い》わんとすることに、ようやく気《き》がついた。

「——容子《ようこ》の奴《やつ》、今度《こんど》は何《なに》を仕出《しで》かしたんだ？」

「叔父《おじ》さんの子供《こども》たちに貴方《あなた》が教《おし》えた知恵《ちえ》の数々《かずかず》を、どうすれば悪用《あくよう》できるか教《おし》えている最中《さいちゅう》ですよ。私《わたし》は言葉《ことば》でも力《ちから》でも姉上《あねうえ》に敵《かな》いませんから、告《つ》げ口《ぐち》をしに来《き》たわけです。貴方《あなた》が構《かま》ってやらないから、姉上《あねうえ》はグレているのです。不良《ふりょう》の一歩手前《いっぽてまえ》ですよ」

澄《す》まし顔《がお》でケンピを頬張《ほおば》る少年《しょうねん》に、今度《こんど》はもへぇが溜息《ためいき》をついた。

そして指笛《ゆびぶえ》を吹《ふ》き、大鷲《おおわし》を呼《よ》び寄《よ》せると辰之丞《たつのじょう》の姉《あね》の元《もと》に向《む》かうべく、両脚《りょうあし》に掴《つか》まった。

それを見《み》て、辰之丞《たつのじょう》は他人事《たにんごと》のように、もへぇに声《こえ》をかけた。

「仙人《せんにん》の『読心術《どくしんじゅつ》』は使《つか》わないのですか？　姉上《あねうえ》とすれ違《ちが》うこともないでしょうに——」

「——俺《おれ》を育《そだ》てて気《き》づいたのさ。親《おや》が成長《せいちょう》しねぇ。それに俺《おれ》は、仙人《せんにん》を休業中《きゅうぎょうちゅう》だ」

そう言《い》い残《のこ》して飛《と》び去《さ》ったもへぇを目《め》で追《お》いかけつつ、ケンピを食《た》べる辰之丞《たつのじょう》の肩《かた》に青白《あおじろ》い炎《ほのお》を纏《まと》った火蜂《ひばち》が留《と》まり、辰之丞《たつのじょう》はケンピを食《た》べ終《お》えると筍《たけのこ》の皮《かわ》に軽《かる》く息《いき》を吹《ふ》きかけて掌《てのひら》で燃《も》やし、火蜂《ひばち》は燃《も》える炎《ほのお》を美味《おい》しそうに食《た》べ始《はじ》めた。

「では、これより道端の銭を屈むことなく手《て》に入《い》れる術《すべ》を教《おし》える。心《こころ》して聴《き》くのじゃ」

辰之丞《たつのじょう》から姉上《あねうえ》と呼《よ》ばれた忍《しのぶ》の娘《むすめ》――、容子《ようこ》は六郎《ろくろう》の子供《こども》たちの前《まえ》で講義《こうぎ》をしていた。

愛宕山忍《あたごやましのぶ》に瓜二《うりふた》つだが、古風《こふう》で気《き》の強《つよ》い口《くち》ぶりは野中婉《のなかえん》そっくりで、忍《しのぶ》と違《ちが》い化粧《けしょう》をして髪《かみ》を染《そ》め、派手《はで》な着物《きもの》で着飾《きかざ》り、婉《えん》と異《こと》なり口《くち》ぶりは背伸《せの》びするように堅苦《かたくる》しかった。

容子《ようこ》と辰之丞《たつのじょう》の名前《なまえ》が決《き》まるまでには、紆余曲折《うよきょくせつ》があった。

忍《しのぶ》はインドや中国《ちゅうごく》の仏典経典《ぶってんきょうてん》から名《な》を肖《あやか》ろうとしたが、もへぇは単純《たんじゅん》に『巳狐《みこ》』や『巳之介《みのすけ》』がマシだと主張《しゅちょう》し、巫女《みこ》や歌舞伎役者《かぶきやくしゃ》と間違《まちが》えると忍《しのぶ》が猛反発《もうはんぱつ》して、危《あや》うく、顔《かお》を合《あ》わせての殴《なぐ》り合《あ》い寸前《すんぜん》にまで陥《おちい》ったが、結局《けっきょく》、名付《なづ》け親《おや》に指名《しめい》された婉《えん》によって、婉《えん》の由来《ゆらい》となった『婉容《えんよう》』の『容《よう》』と、女性《じょせい》の敬称《けいしょう》の『子《こ》』をつけて『容子《ようこ》』と名付《なづ》け、大蛇《おろち》の上位《じょうい》である龍《りゅう》の『辰《たつ》』と、もへぇの兄弟子《あにでし》の市之丞《いちのじょう》の『之丞《のじょう》』から採《と》って『辰之丞《たつのじょう》』、とすることで決着《けっちゃく》したのである。

さて、六郎《ろくろう》の子供《こども》たちは真面目《まじめ》に聴《き》き入《い》っているが、ただ一人《ひとり》、一番《いちばん》の年長《ねんちょう》である娘《むすめ》は、後《うし》ろで落《お》ち着《つ》きなく、そわそわしていたのだが、容子《ようこ》はそれに気《き》づいてはいなかった。

「揃《そろ》える物《もの》は飯粒《めしつぶ》と使《つか》い古《ふる》した草鞋《わらじ》だ。草鞋《わらじ》の裏《うら》に飯粒《めしつぶ》を糊《のり》のように塗《ぬ》り、履《は》いて道端《みちばた》をうろつくだけで小銭《こぜに》が面白《おもしろ》いように張《は》りつく。では実際《じっさい》にやってみせよう――」

容子《ようこ》が飯粒《めしつぶ》を塗《ぬ》った草鞋《わらじ》を履《は》こうとした矢先《やさき》、大《おお》きな影《かげ》が急降下《きゅうこうか》して容子《ようこ》を掴《つか》み上《あ》げ、アッと言《い》う間《ま》に、空《そら》の彼方《かなた》へ飛《と》び去《さ》って行《い》ってしまった。

ポカーンとしている子供《こども》たちの元《もと》に、辰之丞《たつのじょう》が旋風《つむじかぜ》と共《とも》に現《あらわ》れた。

「辰之丞《たつのじょう》のお兄《にい》ちゃん。容子《ようこ》お姉《ねえ》ちゃんが、鷲《わし》さんに連《つ》れてかれちゃったよ」

舌《した》っ足《た》らずな指摘《してき》に、辰之丞《たつのじょう》は慌《あわ》てることなく、淡々《たんたん》と説明《せつめい》をした。

「茂平《もへえ》の小父《おじ》さんが姉上《あねうえ》に用《よう》があるので呼《よ》んだのですよ。飯粒《めしつぶ》は種籾《たねもみ》に戻《もど》しましょうね。やり方《かた》は、山女《やまおんな》のお姐《ねえ》さんから、皆《みな》さん習《なら》っていますよね？」

子供《こども》たちが次々《つぎつぎ》うなずく中《なか》、一人顔《ひとりかお》を曇《くも》らせる年長《ねんちょう》の娘《むすめ》に辰之丞《たつのじょう》は優《やさ》しく声《こえ》をかけた。

「末《すえ》の妹《いもうと》さんは、まだ町見物《まちけんぶつ》から戻《もど》らないのですか？」

「はい。山女様《やまおんなさま》がついておられますから、大丈夫《だいじょうぶ》とは思《おも》うのですが……」

心配《しんぱい》そうな顔《かお》をする娘《むすめ》に、辰之丞《たつのじょう》は笑顔《えがお》で返《かえ》した。

「では義兄上《あにうえ》と一緒《いっしょ》に捜《さが》してみましょう。貴方《あなた》は洞窟《どうくつ》にいる天狗《てんぐ》の小父《おじ》さんと小母《おば》さん、祖母君様《そぼぎみさま》のところに皆《みな》を連《つ》れて行《い》ってください。少《すこ》し経《た》てば貴女《あなた》の父君様《ちちぎみさま》と母君様《ははぎみさま》たちが戻《もど》るでしょうから、それまでには、必《かなら》ず連《つ》れ戻《もど》してきます。ご心配《しんぱい》には及《およ》びませんから、それまで、この子《こ》たちを、よろしく頼《たの》みますよ」

終始冷静《しゅうしれいせい》だが、力強《ちからづよ》い物言《ものい》いに、娘《むすめ》は恐縮《きょうしゅく》して頭《あたま》を下《さ》げた。

「ええいコラッ、放《はな》さぬか！」

暴《あば》れる容子《ようこ》をガッチリ掴《つか》み、鷲《わし》は霧《きり》の中《なか》を飛《と》び続《つづ》けていた。

どちらが右《みぎ》か左《ひだり》か見当《けんとう》もつかず、宙返《ちゅうがえ》りをすれば、上下《じょうげ》も分《わ》からぬ濃《こ》い霧《きり》だった。

「そちらがその気《き》なら、我《われ》も遠慮《えんりょ》はせぬぞ！」

容子《ようこ》の眼《め》が忽《たちま》ち蛇《へび》の眼《め》になり、捲《まく》り上《あ》がった腕《うで》から全身《ぜんしん》にかけて鱗《うろこ》が刺青《いれずみ》のように鋭《するど》く浮《う》かびあがると、身《み》に着《つ》けた衣服《いふく》は忽《たちま》ち裂《さ》け散《ち》り、切《き》れ端《はし》は無数《むすう》の木《こ》の葉《は》となった。

そして巨大《きょだい》な影《かげ》が鷲《わし》の体《からだ》に纏《まと》わり、手足《てあし》に無数《むすう》の鱗《うろこ》を生《は》やし、尻尾《しっぽ》に蛇《へび》の頭《あたま》を持《も》つ、狐《きつね》の化物《ばけもの》にその姿《すがた》を変《か》え、蛇狐《へびぎつね》は鷲《わし》の背中《せなか》に爪《つめ》を立《た》て、躊躇《ちゅうちょ》なく首筋《くびすじ》に咬《か》みついたが、直後《ちょくご》、鷲《わし》は無数《むすう》の御札《おふだ》に変《か》わり、足場《あしば》を無《な》くした蛇狐《へびぎつね》は真《ま》っ逆《さか》さまに落下《らっか》した。

落下《らっか》した場所《ばしょ》には、数《かぞ》えきれないほどの札紙《ふだがみ》が満《み》ち、紙《かみ》の海《うみ》と化《か》していた。

妖《あやか》しを封《ふう》じる札紙《ふだがみ》の力《ちから》で、落下《らっか》と同時《どうじ》に電撃《でんげき》が、蛇狐《へびぎつね》の体《からだ》に何度《なんど》も走《はし》った。

「――いつまでも、これに怯《ひる》んでおる我《われ》ではありませぬぞ！」

蛇狐《へびぎつね》は宙返《ちゅうがえ》りすると尻尾《しっぽ》の先《さき》を筆《ふで》に変《か》え、器用《きよう》に紙《かみ》の文字《もじ》を書《か》きかえて足場《あしば》を足《あし》の数《かず》だけ作《つく》って紙《かみ》の海原《うなばら》に着地《ちゃくち》したが、突如《とつじょ》そこに紙《かみ》の浪間《なみま》を割《わ》って巨大《きょだい》な背鰭《せびれ》が迫《せま》り、巨大《きょだい》な鮫《さめ》の鼻先《はなさき》が、蛇狐《へびぎつね》を宙《ちゅう》に跳《は》ねとばした。

跳《と》ばされた蛇狐《へびぎつね》は、札紙《ふだがみ》を数枚口《すうまいくち》に咥《くわ》え、空中《くうちゅう》に足場《あしば》を作《つく》って難《なん》を逃《のが》れた。

ホッ

見下《みお》ろせば、大鮫《おおざめ》が顎《あご》をガチガチ鳴《な》らし、見上《みあ》げれば大鷲《おおわし》が旋回《せんかい》している。

一匹《いっぴき》と一羽《いちわ》に気を取《と》られ、容子《ようこ》は背後《はいご》に近《ちか》づく、もう一頭《いっとう》に気《き》が回《まわ》らなかった。

山犬《やまいぬ》の一撃《いちげき》を浴《あ》びて、彼女《かのじょ》は紙《かみ》の海《うみ》に再《ふたた》び叩《たた》きつけられた。

正面《しょうめん》から鮫《さめ》に威嚇《いかく》され、背後《はいご》から鷲《わし》に尻尾《しっぽ》を取《と》られて動《うご》きを封《ふう》じられる――。

長巻《ながまき》を携《たずさ》えた山犬《やまいぬ》の君《きみ》が、何十枚《なんじゅうまい》もの呪詛紙《じゅそがみ》を宙《ちゅう》へ階段状《かいだんじょう》に貼《は》りつけ、ゆっくり下《お》りる様子《ようす》に、容子《ようこ》はすっかり戦慄《せんりつ》してしまった。

山犬《やまいぬ》の君《きみ》は大鮫《おおざめ》の鼻先《はなさき》に船《ふね》の舳先《へさき》へ乗《の》るかのようにふわりと座《すわ》り、蛇狐《へびぎつね》を見下《みお》ろした。

そして長巻《ながまき》が振《ふ》り上《あ》げられたところで誰《だれ》かの指《ゆび》が鳴《な》らされ、化物《ばけもの》らは瞬時《しゅんじ》にその姿《すがた》を気配《けはい》ごと消《け》し、後《あと》には、彼《かれ》らを紋章《もんしょう》として取《と》りこんだもへぇが、目《め》の前《まえ》に立《た》っていた。

静寂《せいじゃく》の後《あと》、容子《ようこ》は信頼《しんらい》するが故《ゆえ》の怒《いか》りを、大《だい》にして現《あらわ》した。

「義父上《ちちうえ》！　仙人《せんにん》は休業中《きゅうぎょうちゅう》ではなかったのですか!?」

蛇狐《へびぎつね》の姿《すがた》のまま容子《ようこ》は叫《さけ》んだが、もへぇは無言《むごん》で印《いん》を結《むす》び、周囲《しゅうい》の霧《きり》を晴《は》らした。

人間《にんげん》の喝采《かっさい》や歓声《かんせい》がドッと流《なが》れこんで、容子《ようこ》の狐耳《きつねみみ》がビクッと立《た》った。

いつの間《ま》にか、城下町《じょうかまち》を流《なが》れる鏡川《かがみがわ》の河川敷《かせんじき》にいて、周《まわ》りは人間《にんげん》が沢山集《たくさんあつ》まっていた。

「世《よ》にも珍《めずら》しい珍獣奇獣《ちんじゅうきじゅう》の見世物《みせもの》、堪能《たんのう》して頂《いただ》けましたかな？　頂《いただ》けたなら、どうぞ、金一封《きんいっぷう》を賜《たまわ》りたいと存《ぞん》じます」

両手に抱えた蔓を編んだ大《おお》きな笊《ざる》の中《なか》へ、町人《ちょうにん》たちは次々《つぎつぎ》とお金《かね》を投《な》げ入《い》れた。

「日銭《ひぜに》とは、こうして真《ま》っ当《とう》に稼《かせ》ぐものだな」

群衆《ぐんしゅう》が離《はな》れた後《あと》、満足《まんぞく》げに頷《うなず》くもへぇの耳《みみ》に、養女《ようじょ》の怒号《どごう》が飛《と》んできた。

「我《われ》をダシに銭儲《ぜにもう》けとは！　母上《ははうえ》に言《い》いつけまするぞ――」

「――盗《ぬす》みで稼《かせ》ぐよりマシだと思《おも》うが。……もうちょっと、その姿《すがた》で我慢《がまん》しろ」

騒《さわ》ぎを聞《き》きつけた一人《ひとり》の横目《よこめ》が、手下《てした》を引《ひ》き連《つ》れこちらへ走《はし》って来《く》るのが見《み》えた。

「おんしか？　見世物《みせもの》を開《ひら》いて、銭《ぜに》を取《と》りゆうっちゅう、不届《ふとど》き者《もん》は――」

「――はい、その通《とお》りでございます……、ということになりますかな？」

もへぇは動《どう》じることなく頭《あたま》を下《さ》げたので、馬鹿《ばか》にされたと感《かん》じた横目《よこめ》は声《こえ》を荒《あら》げた。

「よその国《くに》は許《ゆる》しちょるかも知《し》れんが、土佐《とさ》のお城下《じょうか》では見世物《みせもん》は禁止《きんし》されちょるがぞ！」

「ああ左様《さよう》でございましたか。上方《かみがた》から久方《ひさかた》ぶりに来《き》たもので存《ぞん》じませなんだ。如何《いかが》ですかな？　この場《ば》はこれで、なんとか穏便《おんびん》に、矛《ほこ》を収《おさ》めて戴《いただ》けませんか？」

横目《よこめ》と手下《てした》の袖下《そでした》に、それぞれ一分金《いちぶきん》を握《にぎ》らせて、もへぇは再度《さいど》、深々《ふかぶか》と頭《あたま》を下《さ》げた。

横目《よこめ》たちは顔《かお》を顰《しか》め、一瞬《いっしゅん》迷《まよ》ったが、やがて賄賂《わいろ》を受《う》け取《と》り、捨《す》て台詞《ぜりふ》を吐《は》いた。

「――お城下一帯《じょうかいったい》は、おんしのような余所者《よそもん》が来《く》る所《ところ》やないがぜよ。早《はよ》ぅイネッ」

立《た》ち去《さ》った横目《よこめ》たちが雑踏《ざっとう》に消《き》えると、もへぇは周囲《しゅうい》の時《とき》を止《と》め、腰《こし》に提《さ》げた瓢箪《ひょうたん》から反物《たんもの》を取《と》り出《だ》して大《おお》きくすると、容子《ようこ》に投《な》げ渡《わた》した。

「人《ひと》の姿《すがた》でいるなら、人《ひと》の服《ふく》を身《み》に着《つ》ける習慣《しゅうかん》を持《も》った方《ほう》が無難《ぶなん》だぞ」

反物《たんもの》に被《かぶ》さり、モゾモゾ動《うご》いて瞬時《しゅんじ》に反物《たんもの》から服《ふく》を創《つく》りだし、容子《ようこ》は人《ひと》の姿《すがた》に戻《もど》った。

「……せっかくの稼《かせ》ぎも、餅代程度《もちだいていど》に減《へ》りましたな」

「十分《じゅうぶん》だ。最初《さいしょ》から餅《もち》を買《か》うつもりだったからな」

「……どういう意味《いみ》でございますか？」

そう言《い》って、眉《まゆ》を顰《ひそ》める容子《ようこ》が、徐《おもむろ》に目線《めせん》を上《あ》げた直後《ちょくご》だった。

容子《ようこ》の両目《りょうめ》の瞳《ひとみ》スレスレに、二本《にほん》の苦無《くない》が、ゆっくり回転《かいてん》しながら静止《せいし》していたのだ。

「食《た》べ物《もの》を粗末《そまつ》にするな。教材《きょうざい》に使《つか》うなら自分《じぶん》で育《そだ》てて使《つか》え。次《つぎ》は両目《りょうめ》を刳《く》り貫《ぬ》くぞ？」

「……心得《こころえ》ました」

容子《ようこ》の言葉《ことば》と同時《どうじ》に、苦無《くない》は素早《すばや》く、もへぇの懐《ふところ》に呼《よ》び戻《もど》された。

容子《ようこ》が肝《きも》を冷《ひ》やしていると、弟《おとうと》の辰之丞《たつのじょう》が旋風《つむじかぜ》と共《とも》に現《あらわ》れた。

「姉上《あねうえ》への御説教《おせっきょう》は、穏便《おんびん》に済《す》みましたか？」

「説教《せっきょう》なものか。これは折檻《せっかん》じゃ。死《し》ぬかと思《おも》うたわ」

声《こえ》を荒《あら》げる姉《あね》に苦笑《くしょう》した辰之丞《たつのじょう》は、すぐに真顔《まがお》になって、もへぇに声《こえ》をかけた。

「ちょっとした面倒事《めんどうごと》が起《お》きましてね。仙人《せんにん》に復帰《ふっき》していただけませんか？」

「……あいつには、もう知《し》らせたのか？」

もへぇの言葉《ことば》に、辰之丞《たつのじょう》は溜息交《ためいきま》じりに答《こた》えた。

「自重《じちょう》するように釘《くぎ》は差《さ》しましたが、貴方《あなた》が解決《かいけつ》するのが、より穏便《おんびん》だと思《おも》いましたので」

「じゃあ、姉貴《あねき》を連《つ》れて先《さき》に行《い》っててくれ。俺《おれ》は餅《もち》を買《か》ってから合流《ごうりゅう》する」

既《すで》に状況《じょうきょう》を把握《はあく》して話《はな》し合《あ》う二人《ふたり》と違《ちが》い、容子《ようこ》は明《あき》らかに解《わか》っていない様子《ようす》だった。

「義父上《ちちうえ》、何《なに》を呑気《のんき》に、餅買《もちが》いなどを優先《ゆうせん》しておられるのです？」

「姉上《あねうえ》、この面倒事《めんどうごと》の解決《かいけつ》には、その餅一個《もちいっこ》が重要《じゅうよう》なのです。決定打《けっていだ》となりますので」

「……餅《もち》の一個《いっこ》で解決《かいけつ》するほど、容易《たやす》いのか？」

「いいえ。姉上《あねうえ》が想定《そうてい》するより遙《はる》かに深刻《しんこく》です。百聞《ひゃくぶん》は一見《いっけん》に如《し》かずと申《もう》します。一緒《いっしょ》に赴《おもむ》いて、姉上自身《あねうえじしん》の目《め》で、お確《たし》かめになっては如何《いかが》ですか？」

ずいぶん嫌味《いやみ》を含《ふく》んだ言葉《ことば》だったが、容子《ようこ》は全《まった》く気《き》にせず、拳《こぶし》をポンと叩《たた》いた。

「おお、そうであるな。では義父上《ちちうえ》、久《ひさ》しぶりのお手並《てな》み、拝見致《はいけんいた》しますぞ」

言《い》うが早《はや》いか、足元《あしもと》の地面《じめん》を勢《いきお》いよく平手打《ひらてう》ちして護法円陣《ごほうえんじん》を創《つく》り出《だ》し、彼女《かのじょ》は早口《はやくち》で『転送術《てんそうじゅつ》』を唱《とな》えると、弟《おとうと》と一緒《いっしょ》に跳《と》び去《さ》って行《い》ってしまった。

もへぇが茶屋《ちゃや》で餅《もち》を買《か》ってから現場《げんば》にすっ跳《と》んでくると、そこは山深《やまふか》い渓谷《けいこく》で、険《けわ》しい両岸《りょうぎし》の間《あいだ》に挟《はさ》まった感《かん》のある大岩《おおいわ》の上《うえ》で、山女《やまおんな》と六郎《ろくろう》の末娘《すえむすめ》が立《た》っていた。

おかっぱ頭《あたま》の娘《むすめ》は山女《やまおんな》に慰《なぐさ》められ、しこたま泣《な》いたのか真《ま》っ赤《か》にした顔《かお》を時折《ときおり》、鼻《はな》を啜《すす》るために歪《ゆが》ませて、幾分《いくぶん》落《お》ち着《つ》きを取《と》り戻《もど》しているようだった。

「すまないねぇ。わざわざ此処《ここ》まで足《あし》を運《はこ》んでもらってさ」

「なぁに、御《お》やすい御用《ごよう》だ──。で、姐《あね》さん、どんな具合《ぐあい》なんだ？」

「あんたが現《あらわ》れないと、この娘《こ》が買《か》った仔馬《こうま》を食《た》べるとホザいてやがるよ。ホラ聞《き》こえるだろ？　強《つよ》がってる馬鹿《ばか》の雄叫《おたけ》びがさ──」

山女《やまおんな》が指摘《してき》した直後《ちょくご》、雷《かみなり》が間近《まぢか》に落《お》ちたような空気《くうき》の振動《しんどう》が、唸《うな》り声《ごえ》と共《とも》に通《とお》り過《す》ぎ、周囲《しゅうい》の木立《こだち》や川面《かわも》がビリビリと震《ふる》えたが、六郎《ろくろう》の末娘《すえむすめ》を含《ふく》めて、誰《だれ》もが平然《へいぜん》としていた。

もへぇは六郎《ろくろう》の娘《むすめ》の前《まえ》に片膝《かたひざ》をついて、同《おな》じ目線《めせん》で話《はな》しかけた。

「馬《うま》はすぐに取《と》り返《かえ》す。……よく我慢《がまん》したな。偉《えら》いぞ」

褒《ほ》められて頭《あたま》を撫《な》でられた六郎《ろくろう》の娘《むすめ》は、鼻《はな》を一啜《ひとすす》りして無言《むごん》でうなずいた。

「さて、先行《せんこう》している彼奴《あいつ》らだが、先走《さきばし》ってねぇだろうな？」

「様子《ようす》を探《さぐ》るだけと言《い》ってたけど、そろそろ戻《もど》ってくる頃《ころ》じゃないかね？」

山女《やまおんな》の言葉《ことば》の通《とお》り、旋風《つむじかぜ》が起《お》こって、容子《ようこ》と辰之丞《たつのじょう》が姿《すがた》を現《あらわ》した。

「あの分《わ》からず屋《や》めがッ。弱《よわ》いくせにあの態度《たいど》、マジでムカツク奴《やつ》じゃ！」

「……最初《さいしょ》から喧嘩腰《けんかごし》の姉上《あねうえ》が悪《わる》いですよ。あれでは脅《おど》しです、交渉《こうしょう》ではありませんね」

「それがどうした！　義父上に止められてさえおらねば、八つ裂《やざ》きにしてやったものをッ」

怒《いか》り心頭《しんとう》の姉《あね》と冷静《れいせい》な弟《おとうと》が言《い》い合《あ》っていると、更《さら》に上空《じょうくう》から何者《なにもの》かが跳《と》び下《お》りてきた。

やや緑《みどり》がかった体《からだ》に大陸風《たいりくふう》の服装《ふくそう》、恐《おそ》ろしく長《なが》い棒状《ぼうじょう》の武器《ぶき》を携《たずさ》えた青年《せいねん》だった。

もへぇに容姿《ようし》が似《に》ており、特《とく》に赤毛《あかげ》の髪《かみ》は、転生前《てんせいまえ》のそれだった。

青年《せいねん》は長《なが》い棒《ぼう》を如意棒《にょいぼう》のように短《みじか》く収納《しゅうのう》してから、もへぇに笑顔《えがお》を見《み》せた。

「父上《ちちうえ》、待《ま》ちかねておりましたぞ！」

父親《ちちおや》呼ばわりされて、もへぇは顔《かお》を顰《しか》めて頭《あたま》を掻《か》いた。

「父上《ちちうえ》は止《や》めろよ、トラン。今《いま》の俺《おれ》とは血《ち》は繋《つな》がってねぇんだからさ——」

「——しかし、転生前《てんせいまえ》の父上《ちちうえ》の血《ち》を引《ひ》いているのは、間違《まちが》いないのでしょう？」

「……間違《まちが》いはねぇが、それはヌアンが——、おめぇの母親《ははおや》が勝手《かって》にしたことだしなぁ」

トランと呼《よ》ばれた青年《せいねん》は、修行時代《しゅぎょうじだい》にもへぇが出会《であ》った女《おんな》エンコウの息子《むすこ》である。

もへぇとトランの母親《ははおや》が初《はじ》めて出会《であ》った時《とき》、戦闘状態《せんとうじょうたい》となって、もへぇはトランの母親《ははおや》に髪《かみ》の毛《け》を随分《ずいぶん》と毟《むし》り取《と》られたのだが、彼女《かのじょ》はそれを戦利品《せんりひん》として保管《ほかん》し、そのまま大陸《たいりく》に持《も》ち帰《かえ》って、跡継《あとつ》ぎを創《つく》る際《さい》に髪《かみ》の毛《け》から命《いのち》の素《もと》を取《と》りだし、それを使《つか》って子《こ》を作《つく》った。

トランと名付《なづ》けられた子供《こども》は成長《せいちょう》すると出自《しゅつじ》を母親《ははおや》から聴《き》かされ、武者修行《むしゃしゅぎょう》も兼《か》ねて遥々《はるばる》、もへぇに会《あ》い来《き》ていたのである。

「親父《おやじ》と呼《よ》ぶのは勝手《かって》だが、俺《おれ》は正直《しょうじき》、受《う》け入《い》れる気《き》になってねぇんだよな」

「構《かま》いませんよ。いずれ情《じょう》が湧《わ》いて認知《にんち》してくれると、母上《ははうえ》も言《い》っていましたからね」

「……そもそも、何《なん》で現地《げんち》の男《おとこ》と子《こ》づくりしなかったんだよ？」

「仕方《しかた》ありませんよ。母上《ははうえ》が強《つよ》くなり過《す》ぎて、負《ま》かす男《おとこ》が国《くに》にいなかったんですから」

……勘弁《かんべん》してくれ――と、もへぇが内心《ないしん》ボヤいていると、辰之丞《たつのじょう》の声《こえ》が割《わ》って入《はい》った。

「親子《おやこ》の語《かた》らいはそこまでにして、本題《ほんだい》に入《はい》っても宜《よろ》しいですか？　もへぇさんは仔馬《こうま》を連《つ》れて帰《かえ》るでしょうから、それについては何《なに》も言《い》いませんが、何故《なにゆえ》、あの弱《よわ》さの馬泥棒《うまどろぼう》に此処《ここ》まで回《まわ》りクドく振《ふ》る舞《ま》う必要《ひつよう》があるのか、教《おし》えていただけませんか？」

「そうじゃな。あの程度《ていど》の輩《やから》、我《われ》ならば、簡単《かんたん》に息《いき》の根《ね》を止《と》められますぞ」

立《た》て続《つづ》けに姉弟《きょうだい》から質問《しつもん》をされて、もへぇは諭《さと》すように答《こた》えた。

「強《つよ》さには振《ふ》る舞《ま》いが求《もと》められる。怒《いか》りに任《まか》せると必《かなら》ず後悔《こうかい》する。弱《よわ》い相手《あいて》なら尚更《なおさら》だ」

「母上《ははうえ》も仰《おっしゃ》っていましたね。真《しん》に強《つよ》き者《もの》は、礼節《れいせつ》を弁《わきま》える――と」

トランの言葉《ことば》に、辰之丞《たつのじょう》が、やや自嘲気味《じちょうぎみ》に口《くち》を開《ひら》いた。

「……なるほど。生憎人間《あいにくにんげん》の血《ち》を引《ひ》いていない私《わたし》や姉上《あねうえ》には、もどかしい理屈《りくつ》ですね――」

「――血筋《ちすじ》は関係《かんけい》ねぇ。嗜《たしな》みが重要《じゅうよう》なんだよ。嗜《たしな》みがねぇと感傷的《かんしょうてき》になって冷静《れいせい》な振《ふ》る舞《ま》いが出来《でき》なくなる。だからおめぇら二人《ふたり》には小《ちい》せぇ時《とき》から、そこら辺《へん》の人間《にんげん》には太刀打《たちう》ちができねぇ程の知識や作法、礼節《れいせつ》を教《おし》えたんだ」

そう言《い》って見《み》せたもへぇだったが、容子《ようこ》と辰之丞《たつのじょう》は蔑《さげす》むように、目《め》を細《ほそ》めた。

「実際《じっさい》に教《おし》えたのは、義父上《ちちうえ》ではありませぬぞ」

「教育方針《きょういくほうしん》の云々《うんぬん》は兎《と》も角《かく》、その言葉《ことば》は誰《だれ》からの受《う》け売《う》りですかね？」

二人《ふたり》に攻《せ》められて、もへぇは渋々《しぶしぶ》言《い》い返《かえ》した。

「……婉《えん》さんだよ。ひけらかすものじゃねぇと、口癖《くちぐせ》のように言《い》ってただろ？」

婉《えん》という言葉《ことば》を聴《き》いて、容子《ようこ》の表情《ひょうじょう》が豹変《ひょうへん》した。

「それは敬愛《けいあい》する紫式部《むらさきしきぶ》の教《おし》えでもありましたな。ならば辰之丞共々《たつのじょうともども》、深《ふか》く噛《か》み締《し》めねば」

「……女訓《じょくん》を男《おとこ》の私《わたし》も？　いくら師《し》と言《い》えど姉上《あねうえ》は、お婉《えん》の方様《かたさま》を盲信《もうしん》し過《す》ぎでは？」

「何《なに》を言《い》うか！　弟《おとうと》と言《い》えども、暴言《ぼうげん》は許《ゆる》さぬぞッ」

口論《こうろん》に発展《はってん》しそうだったので、もへぇは宥《なだ》めつつ提案《ていあん》を出《だ》した。

「辰之丞《たつのじょう》、おめぇトランと一緒《いっしょ》に、仔馬《こうま》を取《と》り返《かえ》して来《こ》い。命《いのち》のやりとりなしでな」

トランは目《め》をパチクリして辰之丞《たつのじょう》の方《ほう》を向《む》いたが、辰之丞《たつのじょう》はもへぇを凝視《ぎょうし》した。

「……私《わたし》を試《ため》す、のですか？」

「やり方《かた》は任《まか》せる。俺《おれ》は仙人《せんにん》を休業中《きゅうぎょうちゅう》だからな」

もへぇの言葉《ことば》に辰之丞《たつのじょう》は一瞬間《いっしゅんま》を置《お》いて、隣《となり》に立《た》つ姉《あね》に向《む》かって口《くち》を開《ひら》いた。

「残念《ざんねん》ですね。御義父上《おちちうえ》の活躍《かつやく》は、拝《おが》めなくなりましたよ」

しかし、容子《ようこ》は余《あま》り失望《しつぼう》していない様子《ようす》で、間髪入《かんぱつい》れず口《くち》を開《ひら》いた。

「おぬしが挽回《ばんかい》すればよかろう。我《われ》は声援《せいえん》でも送《おく》れば良《よ》いのか？」

「いいえ。仕損《しそん》じた場合《ばあい》に備《そな》えて、仕留《しと》め役《やく》をお願《ねが》いします」

「心得《こころえ》た。弟《おとうと》として存分《ぞんぶん》に振《ふ》る舞《ま》い、義父上《ちちうえ》を見返《みかえ》してやれ」

姉弟《きょうだい》の息《いき》の合《あ》ったやり取《と》りを見《み》て、もへぇの隣《となり》に立《た》つトランが真顔《まがお》でつぶやいた。

「……私《わたし》も、妹《いもうと》か弟《おとうと》が欲《ほ》しいですね」

「帰国《きこく》して母親《ははおや》に強請《ねだ》れ。俺《おれ》を巻《ま》き込《こ》むな」

そこに辰之丞《たつのじょう》が、トランの前《まえ》に一歩《いっぽ》歩《あゆ》み出《で》た。

「義兄上《あにうえ》、体《からだ》を貸《か》して頂《いただ》けますか？」

「お手柔《てやわ》らかに頼《たの》みますよ」

「お任《まか》せください」

満面《まんめん》の笑《え》みを浮《う》かべた辰之丞《たつのじょう》は、素早《すばや》く仙術《せんじゅつ》を唱《とな》えてトランの体《からだ》に憑依《ひょうい》した。

「『狐憑《きつねつ》き』の技《わざ》は便利《べんり》じゃのぅ」

容子《ようこ》が感心《かんしん》していると、トランの体《からだ》を支配《しはい》した辰之丞《たつのじょう》は、もへぇに向《む》き直《なお》った。

「買《か》ったお餅《もち》を頂《いただ》けますか？」

「……方法は分かってるようだな」

「ええ。亡《な》き市之丞《いちのじょう》さんが、よく聴《き》かせてくれましたからね」

辰之丞《たつのじょう》はそう言《い》って、自信満々《じしんまんまん》の笑《え》みを浮《う》かべて見《み》せた。


「もへぇはどこじゃぁ！　もへぇをここに連《つ》れてこぉい！」

耳《みみ》を劈《つんざ》く大声《おおごえ》が山々《やまやま》に響《ひび》き渡《わた》り、木々《きぎ》や渓谷《けいこく》の川面《かわも》がビリビリ震《ふる》えていた。

声《こえ》の主《ぬし》は、白《しろ》い体《からだ》に一《ひと》つ目《め》で一本足《いっぽんあし》の巨大《きょだい》なモノノ怪《け》——、山父《やまちち》だった。

山父《やまちち》は崖《がけ》の岩肌《いわはだ》に腰《こし》をかけて、谷間《たにま》に向《む》かって何度《なんど》も吠《ほ》えていた。

そしてその脇《わき》には黒《くろ》い毛並《けな》みの仔馬《こうま》が一頭《いっとう》、声《こえ》に怯《おび》えて座《すわ》り込《こ》み、脚《あし》を震《ふる》わせている。

「もへぇよ！　早《はよ》う来《こ》ぬと、馬《うま》を食《た》べてしまうぞぉ！——」

「——そう怒鳴《どな》らずとも、此処《ここ》にいますよ」

割《わ》りこんだ声《こえ》に山父《やまちち》が驚《おどろ》いて振《ふ》り返《かえ》ると、トランの体《からだ》を借《か》りた辰之丞《たつのじょう》が立《た》っていた。

エンコウは自在《じざい》に体色《たいしょく》を変化《へんか》することができ、人間《にんげん》に擬態《ぎたい》するのが得意《とくい》である。

今《いま》のトランは髪《かみ》の色《いろ》も含《ふく》めて、修行時代《しゅぎょうじだい》のもへぇに瓜二《うりふた》つだった。

「ややっ、いつのまに！　どこから湧《わ》いて出《で》た!?」

山父《やまちち》は驚《おどろ》いて自慢《じまん》の健脚《けんきゃく》で跳《と》び上《あ》がると、仔馬《こうま》の側《そば》に素早《すばや》く着地《ちゃくち》して毛《け》むくじゃらの太《ふと》い腕《うで》で仔馬《こうま》を掴《つか》み、鋭《するど》い牙《きば》の生《は》えた口《くち》に近《ちか》づけた。

「この仔馬《こうま》の命《いのち》が惜《お》しくば、わしと一勝負《ひとしょうぶ》してもらうぞ」

「別《べつ》に構《かま》いませんが、何故《なにゆえ》に勝負《しょうぶ》を望《のぞ》むのです？」

辰之丞《たつのじょう》の冷静《れいせい》な問《と》いかけに、山父《やまちち》は興奮気味《こうふんぎみ》に捲《まく》し立《た》てた。

「愛宕山忍《あたごやましのぶ》と夫婦《めおと》になるためだ。夫《おっと》であるお前《まえ》を倒《たお》さねば、夫婦《めおと》になれぬのだッ！」

「……はぁ？　どういう意味《いみ》です？」

突如《とつじょ》として母親《ははおや》の名前《なまえ》が出《で》て、辰之丞《たつのじょう》は戸惑《とまど》い気味《ぎみ》に問《と》い返《かえ》した。

それは遠《とお》く離《はな》れて、もへぇと共《とも》に様子《ようす》を見守《みまも》る容子《ようこ》も同様《どうよう》だった。

しかし目《め》を丸《まる》くしたのは最初《さいしょ》だけで、彼女《かのじょ》はすぐに事情《じじょう》を察《さっ》した。

「母上《ははうえ》と形《かたち》ばかりの夫婦《めおと》になったのは、あのような輩《やから》を掃《はら》うためですな？」

「……まぁな――」

もへぇは達観《たっかん》したように、顔色一《かおいろひと》つ変《か》えず話《はなし》を続《つづ》けた。

「――忍《しのぶ》さんは欲《ほ》しくなったら奪《うば》い、飽《あ》きたら捨《す》てる性格《せいかく》だ。最近《さいきん》は捨《す》てるのも面倒《めんどう》で、誰彼構《だれかれかま》わず後始末《あとしまつ》を押《お》しつけて来《き》やがる。こうなることは想定済《そうていず》みだったが困《こま》ったもんだ」

二人《ふたり》が話《はな》している間《あいだ》、山父《やまちち》は辰之丞《たつのじょう》に向《む》かって吠《ほ》えた。

「数年前《すうねんまえ》わしは土佐《とさ》にやってきた忍殿《しのぶどの》に惚《ほ》れて夫婦《めおと》になってくれと頼《たの》んだ。忍殿《しのぶどの》は日下茂《くさかも》平と夫婦になったから、茂平《もへえ》より強《つよ》いことを証明《しょうめい》すれば、夫婦《めおと》になると約束《やくそく》してくれた。

わしはおまえを負《ま》かさねばならぬのだ！」

山父《やまちち》の言葉《ことば》を一言一句《いちごんいっく》聴《き》いた辰之丞《たつのじょう》は、動揺《どうよう》する素振《そぶ》りを一切《いっさい》見《み》せなかった。

山父《やまちち》は心《こころ》を読《よ》み取《と》る力《ちから》を持《も》っているので、弱《よわ》みを見《み》せられないのだ。

「……それでは、穏便《おんびん》に飲《の》み比《くら》べで勝負《しょうぶ》と行《い》きましょうか？」

辰之丞《たつのじょう》は微笑《ほほえ》みを浮《う》かべて、目《め》の前《まえ》に一本《いっぽん》の徳利《とっくり》と大《おお》きな杯《さかずき》を取《と》りだした。


「いやぁ良《よ》い飲《の》みっぷりですね。流石《さすが》ここら一帯《いったい》の山神様《やまがみさま》だけなことはある」

辰之丞《たつのじょう》の煽《おだ》てに乗《の》せられ、山父《やまちち》は勢《いきお》いよく杯《さかずき》を満《み》たした地酒《じざけ》を飲《の》み干《ほ》した。

「さぁ、今度《こんど》は、おまえの番《ばん》だ！」

山父《やまちち》から杯《さかずき》を突《つ》き返《かえ》された辰之丞《たつのじょう》は、平然《へいぜん》と杯《さかずき》に酒《さけ》を満《み》たして一気《いっき》に飲《の》み干《ほ》した。

「流石《さすが》は我《わ》が弟《おとうと》。母上譲《ははうえゆず》りの蟒蛇《うわばみ》であるな」

「何言《なにい》ってんだ。一滴《いってき》も体《からだ》には、酒《さけ》を入《い》れてねぇぜ」

「なんと？」

もへぇの指摘《してき》に、容子《ようこ》は目《め》を丸《まる》くして、今一度《いまいちど》、辰之丞《たつのじょう》を見返《みかえ》した。

「エンコウの体《からだ》は大蛇《おろち》ほど酒《さけ》に強《つよ》くねぇぞ。人間《にんげん》に酔《よ》わされた話《はなし》もよく聴《き》くだろ？」

「では辰之丞《たつのじょう》の奴《やつ》、どのようなカラクリを？」

容子《ようこ》が混乱《こんらん》していると、動《うご》きがあった。

「茂平《もへえ》！　袖《そで》の下《した》に隠《かく》しておる物《もの》を出《だ》せぇ！」

山父《やまちち》の怒号《どごう》が響《ひび》きわたって辰之丞《たつのじょう》が取《と》り出《だ》したのは、もへぇが茶屋《ちゃや》で買《か》った餅《もち》だった。

「それで酒《さけ》に酔《よ》わぬ体《からだ》にしておったか！」

山父《やまちち》は餅《もち》を奪《うば》って一呑《ひとの》みしたが、その直後《ちょくご》、地面《じめん》に倒《たお》れて大《おお》きな鼾《いびき》をかき始《はじ》めた。

「ただの餅《もち》ですよ。眠《ねむ》り薬《ぐすり》入《い》りですがね」

辰之丞《たつのじょう》はそう言《い》って立《た》ち上《あ》がると、仔馬《こうま》を連《つ》れて堂々《どうどう》とその場《ば》を立《た》ち去《さ》った。

仔馬《こうま》を取《と》り戻《もど》して一番喜《いちばんよろこ》んだのは、六郎《ろくろう》の末娘《すえむすめ》でなく山女《やまおんな》だった。

棲《す》む場所《ばしょ》が重《かさ》なり、何《なに》かと山父《やまちち》に色々《いろいろ》と悩《なや》まされていたらしい。

「よくやった！　そこの寝《ね》てる馬鹿《ばか》は拓本《たくほん》を取《と》って、末永《すえなが》く笑《わら》い者《もの》にしてやろうかねぇ」

そう言《い》って小気味《こきみ》よく笑《わら》う山女《やまおんな》の側《そば》では、怯《おび》える仔馬《こうま》を優《やさ》しく宥《なだ》める六郎《ろくろう》の末娘《すえむすめ》と、トランの髪《かみ》の毛《け》をむんずと掴《つか》んで、憑依《ひょうい》した辰之丞《たつのじょう》を無理矢理《むりやり》に引《ひ》き剥《はが》す姉《あね》の姿《すがた》があった。

「どのようなカラクリを使《つこ》うたのだ!?　ええい、言《ゆ》わぬか！」

「姉上《あねうえ》お待《ま》ちくださいませ。義兄上《あにうえ》の体《からだ》に、そのカラクリを仕込《しこ》んだままでございます！」

見《み》ればトランの腹《はら》がみるみる膨《ふく》れ、顔《かお》は真《ま》っ青《さお》になって死相《しそう》が見《み》え始《はじ》めていた。

もへぇはトランをその場《ば》に寝《ね》かせ、ピチピチ跳《は》ねる小魚《こざかな》のような物《もの》を水筒《すいとう》の水《みず》と一緒《いっしょ》に呑《の》み込《こ》ませると、トランの鼻《はな》がムズムズ動《うご》き、大《おお》きなクシャミの後《あと》もへぇの眷属《けんぞく》である鮫《さめ》が、巨大《きょだい》な袋《ふくろ》を咥《くわ》えてポンと飛《と》び出《だ》してきた。

「琉球《りゅうきゅう》の遙《はる》か南《みなみ》で採《と》れるゴムで出来《でき》た袋《ふくろ》だ。これに膨張仙術《ぼうちょうせんじゅつ》を施《ほどこ》した札《ふだ》を貼《は》りつけ、呑《の》み込《こ》めば体《からだ》に一滴《ひとしずく》も酒《さけ》を入《い》れることなく、蟒蛇《うわばみ》になれるって寸法《すんぽう》さ」

「……その通《とお》りです。相変《あいか》わらず推察《すいさつ》は見事《みごと》ですね」

少《すこ》し不満《ふまん》げに呟《つぶや》いた辰之丞《たつのじょう》に、もへぇは眷属《けんぞく》の鮫《さめ》を小《ちい》さくして、水筒《すいとう》の水《みず》で軽《かる》く洗《あら》ってから自分《じぶん》の目《め》に投《な》げ入《い》れると、瞬《まばた》きを二三《にさん》して状態《じょうたい》を確《たし》かめて、トランに声《こえ》をかけた。

「気分《きぶん》はどうだ？」

「……お腹《なか》が空《す》きました」

弱々《よわよわ》しくボヤいたトランの腹《はら》が、合図《あいず》のようにグゥ〜っと鳴《な》った。

「餅《もち》のついでに八丈島《はちじょうじま》へ一《ひと》っ跳《と》びして買《か》ってきた。頑張《がんば》った褒美《ほうび》だ。遠慮《えんりょ》せずに食《く》え」

もへぇは鳶色《とびいろ》の巾着袋《きんちゃくぶくろ》を一《ひと》つ、トランに手渡《てわた》してやった。

すっかり日《ひ》は暮《く》れたが、天井岩《てんじょういわ》の空気穴《くうきあな》から覗《のぞ》く洞窟内《どうくつない》は焚火《たきび》で昼《ひる》のように明《あか》るかった。

天狗夫妻《てんぐふさい》が暮《く》らし、もへぇも修行時代《しゅぎょうじだい》に世話《せわ》になった猿田洞窟《さるたどうくつ》に里帰《さとがえ》りをした六郎夫妻《ろくろうふさい》たちとその子供《こども》らは、家族《かぞく》そろって盛大《せいだい》な宴会《えんかい》を催《もよお》している。

天狗夫妻《てんぐふさい》と山女《やまおんな》や山姥《やまうば》は、笛《ふえ》や太鼓《たいこ》、鼓《つづみ》で各々《おのおの》囃《はや》したて、六郎《ろくろう》の子供《こども》たちが男《おとこ》と女《おんな》に分《わ》かれて踊《おど》る舞《まい》は、かつて恩田武芸八《おんだたけひろ》が広《ひろ》めていた、花取踊《はなとりおど》りと太刀踊《たちおど》りだった。

踊《おど》りにはもへぇの眷属《けんぞく》になった赤鬼《あかおに》たちも加《くわ》わっていて、その光景《こうけい》を、もへぇと辰之丞《たつのじょう》、そして容子《ようこ》とトランは、洞窟《どうくつ》の上《うえ》から見守《みまも》っていた。

「では父上《ちちうえ》、遠慮《えんりょ》なくいただきます」

トランが巾着袋《きんちゃくぶくろ》を開《あ》けると、紐《ひも》で縛《しば》られた魚《さかな》の干物《ひもの》のような物《もの》が束《たば》で姿《すがた》を現《あらわ》したが、その独特《どくとく》の臭《にお》いに、容子《ようこ》は思《おも》わず両手《りょうて》で鼻《はな》を覆《おお》った。

「ムムッ、その魚《さかな》は腐《くさ》っておるぞ!?」

「姉上《あねうえ》、それはクサヤという食《た》べ物《もの》です。義兄上《あにうえ》にとって故郷《ふるさと》の味《あじ》に近《ちか》い物《もの》なのですよ」

辰之上《たつのじょう》の説明《せつめい》を聴《き》きつつ顔《かお》を顰《しか》める容子《ようこ》だったが、トランは平然《へいぜん》とクサヤを口《くち》に入《い》れ、数十回咀嚼《すうじゅうかいそしゃく》した後《あと》、ゴクリと呑《の》みこんだ。

「我々《われわれ》の国《くに》の味《あじ》とは勿論違《もちろんちが》いますが、懐《なつ》かしさはありますね。魚《さかな》の調味料《ちょうみりょう》のせいかな?」

そう言《い》いながら考察《こうさつ》を始《はじ》めるトランを、容子《ようこ》は不思議《ふしぎ》そうな顔《かお》で窺《うかが》っていた。

そんな三者三様《さんしゃさんよう》を眺《なが》めつつ、もへぇは彼《かれ》らに言葉《ことば》をかけた。

「明日《あす》の明《あ》け方《がた》、俺《おれ》の家《いえ》があった場所《ばしょ》に出《で》かけてくる。すぐ近場《ちかば》だ。おめぇらどうする?」

三人は互いに目を合わせ、やがて三様《さんよう》に答《こた》えた。

「明日《あす》の朝餉《あさげ》の当番《とうばん》は辰之丞《たつのじょう》じゃ。義父上《ちちうえ》は気《き》にせず、行《い》って下《くだ》され」

「父上《ちちうえ》、私《わたくし》も遠慮《えんりょ》します。草臥《くたび》れたこの体《からだ》を休《やす》めたいので」

「彼岸《ひがん》の墓参《はかまい》りなら兎《と》も角《かく》、別《べつ》に、もへぇさんの生家《せいか》には縁《えん》も所縁《ゆかり》もありませんしね」

三人《さんにん》とも、同行《どうこう》する気《き》はないようだった。

「……そうか。なら一足早《ひとあしはや》く準備《じゅんび》にかかるから、おめぇらは頃合《ころあ》いをみて休《やす》んでくれ」

もへぇはそう言《い》い残《のこ》して、足早《あしばや》に岩場《いわば》を離《はな》れた。

翌朝《よくあさ》、洞窟《どうくつ》を後《あと》にして日下川《くさかがわ》を歩《ある》いて下《くだ》り、別《べつ》の支流《しりゅう》にある石田《いしだ》という集落《しゅうらく》まで歩《ある》いた。

此処《ここ》には、かつて茂兵衛《もへえ》が隠《かく》れ家《が》として住《す》み、後《のち》にもへぇが育《そだ》った生家《せいか》があった。

だが木造《もくぞう》の茅葺《かやぶき》など数十年《すうじゅうねん》経《た》てば跡形《あとかた》もなく、そこには稲刈《いねか》りの終《お》わった小《ちい》さな水田《すいでん》が寂《さび》しくあるばかりだったが、もへぇはこれで良《よ》かったと内心思《ないしんおも》っていた。

日下茂平《くさかもへえ》は変《へん》に神格化《しんかくか》されることなく、人々《ひとびと》の与太話《よたばなし》の中《なか》にしか存在《そんざい》しないからである。

石田《いしだ》の集落《しゅうらく》を見下《みお》ろせる山《やま》の斜面《しゃめん》に登《のぼ》り、切株《きりかぶ》に腰《こし》を掛《か》けて御札《おふだ》を一枚《いちまい》、懐《ふところ》から取《と》り出して落《お》ち葉《ば》の積《つ》もる地面《じめん》に投《な》げつけると、ドロンと煙《けむり》を吐《は》いて大《おお》きな麻袋《あさぶくろ》が現《あらわ》れた。

紐《ひも》の緩《ゆる》んだ袋口《ふくろぐち》から、両手《りょうて》や片手《かたて》くらいの赤味《あかみ》のがかった石《いし》がゴロっと転《ころ》がり落《お》ちた。

もへぇは、石《いし》を組《く》み合《あ》わせて一尺三寸《いっしゃくさんずん》——、約《やく》四十cmの、自分《じぶん》の墓《はか》を建《た》てた。

墓《はか》が出来《でき》ると、人《ひと》を待《ま》つため、その場《ば》に膝《ひざ》をついた。

やがて夜《よる》が明《あ》け、朝日《あさひ》が遠《とお》くの山々《やまやま》を明々《あかあか》と照《て》らした時《とき》、一陣《いちじん》の風《かぜ》がサァーッと石田《いしだ》の集落《しゅうらく》を越《こ》えて墓石《はかいし》の側《そば》を通《とお》り過《す》ぎ、そしてもへぇの後《うし》ろに、その人物《じんぶつ》は立《た》っていた。

「……静《しず》かだな。長居《ながい》しようとは思《おも》わぬが、気晴《きば》らしには丁度良《ちょうどよ》い場所《ばしょ》だ」

煙草《たばこ》の煙《けむり》を吐《は》き出《だ》す音《おと》が聞《き》こえ、副流煙《ふくりゅうえん》が鼻《はな》をつき、もへぇは目線《めせん》を動《うご》かさず話《はな》した。

「武芸八《たけひろ》さんに、連《つ》れてきてもらったのか？」

「うむ。筆山《ひつざん》にある、一族《いちぞく》の墓《はか》の様子《ようす》を見《み》に行《い》ったついでだ」

「ついでても、会《あ》えたのは嬉《うれ》しいさ。久《ひさ》しぶりだな、お婉《えん》さん」

振《ふ》り返《かえ》ると別《わか》れた時《とき》から十歳《じゅっさい》ほど歳《とし》を重《かさ》ね、煙管煙草《きせるたばこ》を咥《くわ》えた振袖姿《ふりそですがた》の野中婉《のなかえん》がいて、落《お》ち着《つ》いた雰囲気《ふんいき》と滲《にじ》み出《で》る凄《すご》みには、重《かさ》ねた人生《じんせい》の片鱗《へんりん》が垣間見《かいまみ》られた。

宿毛《すくも》に居《い》る間《あいだ》、婉《えん》は名付《なづ》け親《おや》にもなった手前《てまえ》、容子《ようこ》や辰之丞《たつのじょう》を厳《きび》しく躾《しつ》けた。振舞《ふるま》いや作法《さほう》を実践的《じっせんてき》に示《しめ》し、具体的且《ぐたいてきか》つ実用的《じつようてき》な知識《ちしき》を手順《てじゅん》良《よ》く教《おし》えたので、二人《ふたり》は反発《はんぱつ》することなく、素直《すなお》に婉《えん》を師《し》と仰《あお》ぎ、とりわけ容子《ようこ》は心酔《しんすい》するほどだった。

野中家《のなかけ》の男系《だんけい》が絶《た》えて赦免《しゃめん》されると直《す》ぐ、婉《えん》は残《のこ》りの人生《じんせい》を、家《いえ》の名誉回復《めいよかいふく》に捧《ささ》げた。一族《いちぞく》の墓《はか》を建《た》て替《か》え、父《ちち》を祀《まつ》る社《やしろ》を建《た》て、医術《いじゅつ》を活《い》かして医者《いしゃ》としての日々《ひび》を過《す》ごした。

容子《ようこ》は城下《じょうか》から西《にし》の朝倉《あさくら》という場所《ばしょ》に建《た》てられた婉《えん》の家《いえ》に住《す》み、助手《じょしゅ》として医療活動《いりょうかつどう》を支えたり、使用人として年老《としお》いた婉《えん》の母親《ははおや》と乳母《うば》の面倒《めんどう》を最後《さいご》まで看《み》たりしたので、その返礼《へんれい》として、伝右衛門《でんえもん》から譲《ゆず》り受《う》けた丸鏡《まるかがみ》を与《あた》えられ、彼女《かのじょ》は今《いま》も大切《たいせつ》に保管《ほかん》している。

一方《いっぽう》の辰之丞《たつのじょう》は、婉《えん》の特命《とくめい》を受《う》けて、『谷秦山《たにじんざん》』という人物《じんぶつ》の世話《せわ》を、十年《じゅうねん》ほど行《おこな》った。彼《かれ》の通称《つうしょう》は丹三郎《たんざぶろう》――、かつて恩田武芸八《おんだたけひろ》が、鮫退治《さめたいじ》に京都《きょうと》から室津浦《むろつうら》に呼《よ》び寄《よ》せた、あの苦学者《くがくしゃ》で、大成《たいせい》して土佐藩《とさはん》が召《め》し抱《かか》えるほどに出世《しゅっせ》はしたが、隠居《いんきょ》してから数年後《すうねんご》、六代目《ろくだいめ》の土佐守《とさのかみ》から在《あ》らぬ不興《ふきょう》を買《か》ってしまい、赦免《しゃめん》された婉《えん》と入《い》れ替《か》わる形《かたち》で城下《じょうか》から遙《はるか》か東《ひがし》の山田村《やまだむら》に、自宅謹慎《じたくきんしん》を命《めい》じられてしまった。

婉《えん》の兄《あに》の一人《ひとり》が丹三郎《たんざぶろう》の文通相手《ぶんつうあいて》で、婉自身《えんじしん》も赦免後《しゃめんご》に文通相手《ぶんつうあいて》となって丹三郎《たんざぶろう》の妻子《さいし》と面会《めんかい》するなど既知《きち》の間柄《あいだがら》だったので、辰之丞《たつのじょう》に代理《だいり》として白羽《しらは》の矢《や》を立《た》てたのである。

丹三郎《たんざぶろう》は学者肌《がくしゃはだ》な人間《にんげん》で、研究《けんきゅう》や執筆《しっぴつ》に熱《ねつ》が入《はい》る余《あま》り生活《せいかつ》が疎《おろそ》かになりがちであり、辰之丞《たつのじょう》は丹三郎《たんざぶろう》の家族《かぞく》に配慮《はいりょ》しつつ助手《じょしゅ》を務《つと》めるという役割《やくわり》に徹《てっ》したが、おかげで並《な》みの人間《にんげん》でさえ容易《ようい》に習得《しゅうとく》できない学問《がくもん》をいくつもモノにすることが出来《でき》、婉《えん》の教《おし》えを守《まも》ってそれらをひけらかさなかったので、今《いま》ではモノノ怪界随一《けかいずいいち》の賢人《けんじん》と呼《よ》ばれている。

辰之丞《たつのじょう》は、婉《えん》から伝右衛門《でんえもん》の硯《すずり》を貰《もら》って、執筆《しっぴつ》や勉強《べんきょう》の際《さい》は必《かなら》ず持参《じさん》して、丹三郎《たんざぶろう》の亡《な》き後《あと》も、入魂《にゅうこん》の一筆《いっぴつ》をする時《とき》は、験担《げんかつ》ぎに度々《たびたび》使用《しよう》している。

野中婉《のなかえん》は享保十年《きょうほうじゅうねん》の旧暦十二月二十九日《きゅうれきじゅうにがつにじゅうくにち》に、六十五歳《ろくじゅうごさい》で亡《な》くなった。

死《し》ぬ直前《ちょくぜん》、もへぇは婉《えん》の元《もと》に赴《おもむ》き、用意《ようい》した新《あたら》しい体《からだ》に彼女《かのじょ》の意識《いしき》を移《うつ》した。

初対面《しょたいめん》で抜《ぬ》き取《と》った髪《かみ》の毛《け》から創《つく》った体《からだ》で、いくつかの仙術対策《せんじゅつたいさく》も施《ほどこ》していた。

婉《えん》の晩年《ばんねん》の容姿《ようし》は、歳《とし》の半分《はんぶん》ほどに若々《わかわか》しかった。

美肌符《びはだふ》のおかげだったが、これを与《あた》えたのには理由《りゆう》があった。

生前《せいぜん》に持《も》ちかけた夫婦《めおと》の要請《ようせい》とは、愛宕山忍《あたごやましのぶ》の精神的《せいしんてき》な伴侶《はんりょ》になるというものだった。

文武両道《ぶんぶりょうどう》の英才《えいさい》で、モノノ怪界《けかい》の上位《じょうい》に立《た》つ忍《しのぶ》にとって、一番《いちばん》の敵《てき》は慢心《まんしん》だと察《さっ》して、もへぇは文字通《もじどお》り、正道《せいどう》の申《もう》し子《ご》である婉《えん》を送《おく》りこんだのだ。

忍《しのぶ》は数千年《すうせんねん》生《い》きて、見《み》た目《め》は妙齢《みょうれい》の娘姿《むすめすがた》であり、嫁姑《よめしゅうとめ》の容姿差《ようしさ》は軋轢《あつれき》を生《う》むため、是《ぜ》が非《ひ》でも婉《えん》には、若々《わかわか》しいままでいて貰《もら》う必要《ひつよう》があったのである。

半《なか》ば押《お》しかけだったが、忍《しのぶ》に付《つ》き従《したが》っていた元椿姫《もとつばきひめ》は、婉《えん》の同居《どうきょ》を認《みと》めた。

断《ことわ》れば、もへぇと忍《しのぶ》が相撃《あいう》ちになる戦《たたか》いが始《はじ》まり、彼女《かのじょ》も巻添《まきぞ》えを食《く》らうからだ。

婉《えん》との同居《どうきょ》は、忍《しのぶ》にとって気《き》の抜《ぬ》けない日々《ひび》の連続《れんぞく》になった。

高《たか》い教養《きょうよう》を持《も》ち、上《うえ》に立《た》つ者《もの》の在《あ》り様《よう》を細々《こまごま》と説《と》き、親《おや》として母《はは》として子供《こども》にどう向《む》き合《あ》うかを日常《にちじょう》に於《お》いて説《と》く様《さま》は、モノノ怪《け》である忍《しのぶ》にとっては忌々《いまいま》しく、当然《とうぜん》の如《ごと》く婉《えん》にその牙《きば》を剥《む》ける事案《じあん》が多々《たた》発生《はっせい》したが、それこそが、もへぇの狙《ねら》いだった。

婉《えん》の身体《からだ》には、『呪詛返《じゅそがえ》し』の術《じゅつ》が施《ほどこ》され、特定《とくてい》の仙術《せんじゅつ》が効《き》かないようになっていた。

さらに土佐守の十八番《おはこ》だった仙術不使用《せんじゅつふしよう》の力《ちから》も、もへぇは婉《えん》に習得《しゅうとく》させた。

万一《まんいち》忍《しのぶ》が暴力《ぼうりょく》に訴《うった》えた場合《ばあい》も、痛《いた》みを時間差《じかんさ》で返《かえ》す『おこづきの術《じゅつ》』と、川上新助《かわかみしんすけ》と同《おな》じく『躰魂他縛《ていこんたばく》の術《じゅつ》』で、もへぇと婉《えん》を魂《たましい》で繋《つな》げ、命《いのち》が奪《うば》われないようにしていた。

もっとも、そうなる前《まえ》に容子《ようこ》と辰之丞《たつのじょう》が間《あいだ》に入《はい》り、婉《えん》もまた、常《つね》に忍《しのぶ》を立《た》てた。

御蔭《おかげ》で忍《しのぶ》は上《あ》げた拳《こぶし》を振《ふ》り下《お》ろせず、元椿姫《もとつばきひめ》に至《いた》っては軽《かる》くあしらわれる有様《ありさま》だった。

「女三人寄《おんなさんにんよ》ると姦《かしま》しいというが、実《じっ》の所《ところ》は腹《はら》の探《さぐ》り合《あ》いでな。気《き》が滅《め》入《い》って仕方《しかた》がない」

婉《えん》はそうボヤいて、懐《ふところ》の煙草《たばこ》入《い》れに煙管《きせる》を仕舞《しま》って思《おも》い出《だ》したように話題《わだい》を変《か》えた。

「七之助《しちのすけ》の奴《やつ》だったか、比良山庚様《ひらやまかのえさま》の元《もと》へ婿養子《むこようし》に入《はい》るそうだな？」

「らしいな。爺《じい》ちゃんになっちまったが、弟《おとうと》の小伝次《こでんじ》にも一応報告《いちおうほうこく》しておくつもりだ」

桂七之助《かつらしちのすけ》は比良山庚《ひらやまかのえ》の元《もと》に武者修行《むしゃしゅぎょう》に赴《おもむ》いたが、修行《しゅぎょう》が終《お》わっても居《い》ついてしまい、そのまま庚《かのえ》の婿《むこ》に納《おさ》まったので、桂家《かつらけ》は弟《おとうと》の小伝次《こでんじ》が継《つ》いで姓《せい》を勝浦《かつうら》に変《か》えていた。

「お婉《えん》さんがここに居《い》るってことは、忍《しのぶ》さんも来《き》てるのか？」

「いや我《われ》だけだ。これから本山《もとやま》で茶《ちゃ》を嗜《たしな》んでの花見《はなみ》でな。顔見《かおみ》せで寄《よ》ったに過《す》ぎぬ」

そう言《い》って、婉《えん》は風呂敷《ふろしき》に包《つつ》んだ銀《ぎん》の茶釜《ちゃがま》を、軽《かる》く撫《な》でた。

「親父《おやじ》さんに貰《もら》った家宝《かほう》だろ？　茶《ちゃ》の湯《ゆ》に使《つか》って良《い》いのか？」

「宝《たから》は使《つか》ってこそ価値《かち》あるものだ。置物《おきもの》では意味《いみ》がない」

「それも、儒学《じゅがく》の教《おし》えって奴《やつ》か？」

もへぇは軽《かる》く笑《わら》ってから、話《はなし》を切《き》り出《だ》した。

「墓《はか》を作《つく》ったんだが、名前《なまえ》を刻《きざ》むべきかな？　お婉《えん》さんの意見《いけん》も訊《き》いておきたい――」

「――名《な》を遺《のこ》すために建《た》てたのか？」

「いいや。区切《くぎ》りをつけるためさ。俺《おれ》が納得《なっとく》すれば、それで良《い》いんだ」

「己《おの》が名《な》を遺《のこ》すに相応《ふさわ》しい人生《じんせい》を送《おく》ったか、顧《かえり》みることだな。自《おの》ずと答《こた》えは導《みちび》けよう」

そう言《い》って婉《えん》はゆっくりと、もへぇの側《そば》から離《はな》れて歩《ある》き出《だ》した。

「忍《しのぶ》さんからの呼《よ》び出《だ》しか？」

「本山《もとやま》に着《つ》いたようだ。あれだけ言《い》っても性急《せいきゅう》さだけは治《なお》らぬな。……困《こま》ったものだ」

そう言《い》ってから、婉《えん》はふと立《た》ち止《ど》まり、背《せ》を向《む》けたまま、もへぇに念《ねん》を押《お》した。

「この世《よ》に留《とど》まるのは侍《さむらい》の世《よ》が続《つづ》くまでだ。時《とき》が来《き》たら早々《そうそう》に成仏《じょうぶつ》させて貰《もら》うからな」

「ああ。その頃《ころ》には俺一人《おれひとり》で何《なん》とかできるだろうから、気《き》にせず、あの世《よ》に行《い》ってくれ」

「……ところで、コソ泥稼業《どろかぎょう》からようやく、足《あし》を洗《あら》ったそうだな？」

婉《えん》からの問《と》いかけに、もへぇは少《すこ》し黙《だま》ってから、自嘲気味《じちょうぎみ》に笑《わら》いながら答《こた》えた。

「そうなんだよ。お婉《えん》さんに叱《しか》られて、名前《なまえ》を消《け》して以来《いらい》、目録《もくろく》の最後《さいご》が空白《くうはく》になってた。最近《さいきん》、お婉《えん》さんから『あるもの』を盗《ぬす》んでたことが解《わか》って、区切《くぎ》りをつけられたのさ」

「……まさかとは思うが、『心』という、気持《きも》ちの悪《わる》い文字《もじ》を記《しる》してはおらぬだろうな？」

「いや、『死《し》』だよ。勿論《もちろん》、返《かえ》せと言《い》われたら直《す》ぐ返《かえ》すけどな。俺《おれ》にとっちゃ大発見《だいはっけん》だった。だから躊躇《ためら》いなく辞《や》めることができた。お婉《えん》さんには、心底《しんそこ》、感謝《かんしゃ》してるんだぜ」

これを聴《き》いていた婉《えん》は、軽《かる》く鼻《はな》で笑《わら》ったが、見下《みくだ》しでなく、呆《あき》れ返《かえ》っているようだった。

「花見《はなみ》の時《とき》に話《はな》す、ネタに使《つか》わせて貰《もら》うぞ」

「どうぞ御勝手《ごかって》に。いい供養《くよう》になるさ」

目《め》の前《まえ》に現《あらわ》れた忍《しのぶ》の護法円陣《ごほうえんじん》に躊躇《ためら》うことなく、婉《えん》はそれを踏《ふ》み越《こ》えて姿《すがた》を消《け》した。

そして入《い》れ替《か》わるように、円陣《えんじん》から現《あらわ》れたのは辰之丞《たつのじょう》だった。

「姉貴《あねき》と一緒《いっしょ》に、忍《しのぶ》さんと花見《はなみ》じゃなかったのか？」

もへぇの問《と》いかけに、辰之丞《たつのじょう》はムスっとした顔《かお》つきで不満《ふまん》を述《の》べた。

「姉上《あねうえ》に追《お》い出《だ》されました。男子禁制《だんしきんせい》だそうで。何《なに》も落度《おちど》はないと思《おも》うのですけれど」

「男《おとこ》の悪口《わるくち》を言《い》い合《あ》うから外《はず》されたのさ。気《き》を遣《つか》ってくれたんだよ」

辰之丞《たつのじょう》は一瞬《いっしゅん》、眉間《みけん》に皺《しわ》を寄《よ》せたが、やがて手持無沙汰《てもちぶさた》に視線《しせん》を遠《とお》くへ遣《や》った。

「夕刻《ゆうこく》まで、どう暇《ひま》を潰《つぶ》すのです？」

「潰《つぶ》し方《かた》を決《き》めるのは、俺《おれ》じゃねぇよ」

もへぇが明後日《あさって》の方向《ほうこう》に御札《おふだ》を一枚投《いちまいな》げつけると、何《なに》もない空間《くうかん》に突如電撃《とつじょでんげき》が走《はし》って、恩田武芸八《おんだたけひろ》とトランが、隠《かく》れ蓑《みの》を外《はず》して姿《すがた》を現《あらわ》した。

「おやおや、せっかく僕《ぼく》らが気《き》を利《き》かせていたのにねぇ」

「よく言《い》うぜ。俺《おれ》とお婉《えん》さんがどんな関係《かんけい》か、武芸八《たけひろ》さんが一番《いちばん》よく知《し》ってる癖《くせ》に」

呆《あき》れ口調《くちょう》のもへぇの前《まえ》に、トランが一歩前《いっぽまえ》に進《すす》み出《で》た。

「父上《ちちうえ》に辰之丞《たつのじょう》さん。宜《よろ》しければ私《わたくし》の国《くに》に来《き》ませんか？　母上《ははうえ》も喜《よろこ》ぶと思《おも》うのです」

唐突《とうとつ》な提案《ていあん》だったが、もへぇと辰之丞《たつのじょう》には想定内《そうていない》のようで、互《たが》いに軽《かる》く頷《うなず》き合《あ》っていた。

「案内《あんない》は任《まか》せるぜ」

もへぇから『転送術《てんそうじゅつ》』の力《ちから》を込《こ》めた御札《おふだ》を渡《わた》されたトランは、パッと顔《かお》を綻《ほころ》ばせた。

「有難《ありがと》うございます。では、お二人《ふたり》を、宮殿《きゅうでん》の中庭《なかにわ》に御案内《ごあんない》しますね――」

「――宮殿《きゅうでん》って、話《はなし》が大《おお》きくなってきたなぁ」

「……一日《いちにち》で帰《かえ》れますかねぇ。最悪《さいあく》『時亘《ときわた》りの術《じゅつ》』を使《つか》えば良《い》いだけですけど」

期待《きたい》と不安《ふあん》に包《つつ》まれながら、もへぇと辰之丞《たつのじょう》はトランに導《みちび》かれて遠《とお》い南国《なんごく》へ跳《と》び去《さ》った。

見送《みおく》った武芸八《たけひろ》は、扇子《せんす》を煽《あお》ぎながら名前《なまえ》が刻《きざ》まれなかった墓石《はかいし》の前《まえ》に膝《ひざ》を屈《かが》めた。

「……もし忍《しのぶ》ちゃんの懐柔《かいじゅう》に失敗《しっぱい》していたら、僕《ぼく》がここに墓《はか》を建《た》てていたのだろうね。もへえちゃん、本当《ほんとう》に良《よ》くやってくれたよ。ありがとう」

武芸八《たけひろ》はそう言《い》って墓石《ぼせき》を撫《な》でると、踵《きびす》を返《かえ》してフッと姿《すがた》を消《け》して、場《ば》を後《あと》にした。

今日《こんにち》、日下茂平《くさかもへえ》の墓《はか》とされる苔生《こけむ》した石碑《せきひ》には、何《なに》も書《か》かれてはいない。
明治《めいじ》の初《はじ》め頃《ごろ》まで毎年《まいとし》、何者《なにもの》かが墓参《はかまい》りを続《つづ》けていたらしい。
しかし今日《こんにち》では訪《おとず》れる者《もの》もなく、石碑《せきひ》は草葉《くさば》の陰《かげ》に埋《う》もれてしまっている。
もへえが、一体《いったい》どのような人物《じんぶつ》だったのかを知《し》る者《もの》は、もう誰《だれ》もいない。
ただ人々《ひとびと》の記憶《きおく》の中《なか》に、その名前《なまえ》だけが、今《いま》も生《い》き続《つづ》けているのみである。

あとがき

『夢の対決』や『夢の競演』という言葉は、いつの時代も人々を魅了する魔法の言葉だと、私は思っています。『日下茂平』と『野中婉』は生きていた時代が違いますし、『野中伝右衛門』と『松平土佐守』は、生前に面識はあったようですが、真剣勝負をしたという資料は今現在、見つかってはいません。歴史にもしも……、という言葉はないのですが、もしも、あの時、歴史上の人物の、あの人と、この人が出会っていたなら、どんな物語が生まれただろうかと、古今東西の人々は常に夢想をして、伝える手段を変えつつ、創作劇の中でそれらを実現してきたのも、また史実だと思っています。

　創作の中では、自由自在に彼らを出会わせ、時には戦わせる事ができます。また史実とは異なった結末を描く事も、不可能ではありません。ですが、その史実の改変には読者が納得できる説得力を持たせられるのか、という条件があるように私は感じています。これを満たさないと、例え自由自在に創作できたとしても、多くの共感は得られないだろうと

るのです。私は郷土各地に伝わる昔話や伝説を、できるだけ多くの人々に知って

を書きましたが、今回、『タイムスリップ』や『輪廻転生』という題

共感を得られるためにはどうすればよいのかと大いに悩みました。助けとなったのは過去の経験でした。十年ほど前、東京に在住していた頃にタイムトラベルを題材とした中国アニメのシナリオを書いた事があったのですが、中国の会社からは、「歴史改変は政治批判になるから、史実と異なる結末を描いてはいけない」という指摘を受け、私は立場と結末を史実通りに書きました。しかし主人公たちとの出会いで、その歴史上の人物たちに心境の変化がないのは不自然だと思い、史実では不仲に終わった人物同士を、シナリオでは心の底では和解するというものに変更して、中国側へ送りました。書き直されると思っていましたが、特に何も言われず、報酬もきちんと支払われ、少し拍子抜けでしたが、一方で創作に関してほんの少しですが、自信を得る事ができました、例え史実を変えられなくても、夢の対決や共演を通して彼らの心情は変えられるのではないか？　そして、歴史を知る読者に対しての少しばかりの救いに繋がるのではないか？と思うようになったのです。

本作中、『野中婉』は父親と再会し、『松平土佐守』は『野中伝右衛門』と直接対峙する事で、お互いに心の整理がついて、より前向きに自分の運命と向き合えるようになった――、という流れを書いて、私は、過去と向き合う事は、自分を見つめ直し未来に目を向ける事なのだと改めて実感しました。作者自身も少し救われた気分になったのです。

本作の元ネタの数々は、高知の人々でもあまり知られていないような話を中心に選びました。それらには悲惨な話が少なくありません。それを『日下茂平』というキャラクターと上手く繋ぎ合わせ、登場人物にも読者にも、ある種の救いが与えられたら良いな、という想いで私はこの作品を創りました。この想いに少しだけでも共感いただけたなら幸いです。

最後に、野中兼山（伝右衛門）の作中の占い描写に関して、生前に御助言を頂いた歴史研究家の故松岡司先生に、この場をお借りしてお礼を申し上げたいと思います。

そして、ここまで拝読された読者の皆々様方にも改めて感謝のお礼を述べて終わりの言葉にしたいと思います。

ありがとうございました。

令和二年十月

宮崎　文敬

ィール

文敬(みやざき ふみたか)

年生まれ。高知県香南市在住。
卒業後、アニメ会社主催のシナリオ塾にて脚本を学び、関連するアニメ・
画等のシナリオを手掛ける。
在、地元の観光ボランティアや市広報の編集委員を務める。

風 兎 遙(ふうとよう)

1983年生まれ。富山県出身。

現在、アニメーションの修行中。

正木秀尚(まさき ひでひさ)

高知県香美市在住。1985年少年サンデー増刊でデビュー。

主な作品は『雨太』『ガンダルヴァ』『ひきずり香之介狐落し』『TOTEMS』など。

最近作は『ガンダルヴァ－神酒の番人－』

蒼喬(そうきょう)

書道家。現在はフリーランスで活動中。ソーシャルゲームやアニメ、小説などに筆文字を提供し、芸術家としてUAEやフランスなどでの活動も行う。

もへぇ、稼業中《かぎょうちゅう》

2020年12月15日 初版第1刷発行
2021年2月1日 初版第2刷発行

著　　者 宮崎文敬
キャラクター原案 風 兎 遙
装画・漫画 正木秀尚・紫 梅乃
筆文字提供 蒼 喬
発 行 者 坂本圭一朗
発 行 所 リーブル出版
〒780-8040
高知市神田2621-1
TEL 088-837-1250 FAX 088-837-1251
印刷・製本 株式会社リーブル
丁 島村 学

38-286-2